译文经典

盲刺客

The Blind Assassin

Margaret Atwood

〔加〕玛格丽特·阿特伍德 著

韩忠华 译

上海译文出版社

目 录

译　序 ······ 001

第一章
　桥 ······ 001
　《多伦多星报》(1945) ······ 003
　引子：石园花草谱 ······ 004
第二章
　煮鸡蛋 ······ 007
　《环球邮报》(1947) ······ 012
　公园长椅 ······ 013
　《多伦多星报》(1975) ······ 017
　地毯 ······ 018
　《环球邮报》(1998) ······ 022
　口红画的心 ······ 023
　《亨利·帕克曼上校中学之家暨校友会简报》(1998) ······ 030
第三章
　颁奖仪式 ······ 032
　银色盒子 ······ 040
　钮扣厂 ······ 047
　阿维隆庄园 ······ 055

嫁妆 …… 066
留声机 …… 075
做面包的日子 …… 084
黑丝带 …… 097
苏打水 …… 101
第四章
咖啡馆 …… 107
《提康德罗加港先驱旗报》(1933) …… 111
雪尼尔毯子 …… 112
《帝国邮报》(1934) …… 117
信使 …… 118
《帝国邮报》(1934) …… 125
夜之奔马 …… 126
《梅费尔》(1935) …… 130
铜钟 …… 131
第五章
裘皮大衣 …… 136
疲惫的士兵 …… 146
暴力小姐 …… 155
奥维德的《变形记》 …… 165
钮扣厂野餐会 …… 175
布施者 …… 187
照片着色 …… 200
冷窖 …… 211
阁楼 …… 223
帝国餐厅 …… 232
田园俱乐部 …… 240
探戈 …… 251

第六章

犬牙纹套裙 …… 259
红锦缎 …… 263
《多伦多星报》(1935) …… 269
街头漫步 …… 270
看门人 …… 277
《梅费尔》(1936) …… 285
冰封的外星人 …… 286

第七章

扁行李箱 …… 295
火窖 …… 302
寄自欧洲的明信片 …… 312
蛋壳色的帽子 …… 324
迷醉 …… 330
向阳游乐园 …… 338
忽必烈行宫 …… 346

第八章

杀戮者的故事 …… 357
《梅费尔》(1936) …… 366
Aa' A 星球上的桃子女人 …… 367
《帝国邮报》(1936) …… 376
大礼帽烤肉馆 …… 377

第九章

洗衣服 …… 382
烟灰缸 …… 390
头上冒火的人 …… 399
水妖号 …… 406
栗子树 …… 416

第十章
西诺星球的蜥蜴人 …… 419
《梅费尔》(1937) …… 423
贝拉维斯塔诊所的来信 …… 424
高楼 …… 426
《环球邮报》(1937) …… 429
联邦车站 …… 430
第十一章
洗手间 …… 434
小猫 …… 438
美丽的景色 …… 446
明月当空 …… 451
贝蒂小吃店 …… 459
便条 …… 468
第十二章
《环球邮报》(1938) …… 473
《梅费尔》(1939) …… 474
怒气厅 …… 475
黄色窗帘 …… 481
电报 …… 484
萨基诺城的毁灭 …… 486
第十三章
手套 …… 489
家中的炉火 …… 494
黛安娜甜点店 …… 499
悬崖 …… 509
第十四章
金色发束 …… 515
胜利昙花一现 …… 520

一堆瓦砾 …………………………………………………… 529
第十五章
尾声：另一只手 ………………………………………… 536
《提康德罗加港先驱旗报》(1999) ………………… 537
门槛 ………………………………………………………… 538

译序

二〇〇〇年十一月，英国布克奖在伦敦揭晓，加拿大资深女作家玛格丽特·阿特伍德的最新长篇小说《盲刺客》荣获这项拥有“文学奥斯卡”美誉的当代文学最高奖。同年申报布克奖的文学作品共有一百二十部，经过评委会筛选后获得提名的有六部，最后《盲刺客》击败石黑一雄的《我辈孤雏》等其他五部小说而一举夺魁。布克奖评委对获奖作品及作者作了高度评价：“该书视野宽广，结构精彩并富于戏剧性。书中的感情纠葛描写丰富多彩。作者阿特伍德以诗意化的笔触，描写生活细节和人物心理活动。”那么，该书何以能在一百多部作品中脱颖而出，获此殊荣？它究竟是一部什么样的小说呢？

该书是一部新颖奇巧的小说，结构十分复杂，故事里套着故事。小说中的主人公是姐妹俩——艾丽丝和劳拉。小说一开始，妹妹劳拉就在车祸中死去；姐姐艾丽丝生活在死者的阴影中，不断回忆着快要湮没的往事。故事中的另一个故事描述了在动荡的二十世纪三十年代，一个富家小姐和一个逃亡中的穷小伙子的充满危险的恋情。当这对恋人在租借的房子里频频约会的时候，两人想象出了发生在另一个星球的故事（故事中的第三个故事）。这个虚幻的故事里充满了爱、牺牲和背叛，而真实的故事也是如此，因为现实和虚幻都将在战争和灾难中终结。

小说中首先出现的女主人公是八十二岁高龄的艾丽丝。她住在加拿大一个叫提康德罗加港的小镇上，在风烛残年中回忆着自己的一生。她的家族曾是这个小镇的豪门望族，但到她父亲这一代已经开始衰落。她父亲诺弗尔为了挽救家族的企业，将年仅十八岁的女儿嫁给了四十岁的理查德——一个实力很强的企业家兼政客。从此，艾丽丝开始了一种没有爱情的、痛苦的婚姻生活。丈夫理查德表面上对她关爱有加，但实际上并没有把她当作独立的人来看待，而是把她当作一个附属品、一具玩偶、一件泄欲的工具。由于没有经济地位，她只能任人摆布，逆来顺受，甚至靠装傻来求得平安。这是那个时代大多数加拿大妇女乃至整个西方社会妇女的命运。

小说中的另一位女主人公是艾丽丝的妹妹劳拉。她是一个具有叛逆性格的姑娘。随着姐姐嫁给理查德，她作为未成年人也住进姐夫家中，而理查德则成了她的法定监护人。她过着寄人篱下的生活，却不肯俯首帖耳，处处表现出一种争取自由的反抗精神。她爱上了左派激进青年亚历克斯，与他频频约会；当他受到当局的追捕时，她同姐姐艾丽丝一道将他藏匿在自家的阁楼上，并供他吃喝。为了救亚历克斯的性命，她甚至与自己的姐夫、卑鄙的政客理查德达成一项“三方交易”：她甘愿做理查德的秘密情人，用自己的肉体来换取对方确保亚历克斯平安无事的承诺。在等待亚历克斯归来的漫长日子里，她饱受理查德的蹂躏，后因怀孕而被迫堕胎，又因受到刺激言行反常而被送进精神病院。与姐姐艾丽丝的逆来顺受相反，劳拉不断同命运抗争，最后宁可驾车坠崖身亡也不肯向命运低头。劳拉的所作所为代表了西方妇女争取自由和解放的反抗精神，但在现实的社会制度下，反抗的结果必然是失败和毁灭。

除了女主人公艾丽丝和劳拉之外，小说还刻画了众多的其他人物，无一不性格鲜明，栩栩如生：满口仁义道德却一肚子男盗女娼的大资本家理查德、虚荣心和控制欲极强的富婆威妮弗蕾德、投身革命却又生活放荡的青年亚历克斯，等等。

《盲刺客》四十多万字，不仅内容丰富、寓意深刻，而且艺术上具有许多创新之处。首先是小说复杂奇巧的结构，西方文学评论家说它像一个“俄罗斯套娃”——大故事里套着一个中故事，中故事里又套着一个小故事。还有的评论家把小说比作一张卷着的“华丽挂毯”，随着挂毯的展开，读者看到的是一幅幅绚烂生动的画面。再者，小说的叙事方法打破了传统的模式，采用了许多后现代主义的表现手法，如时空交错、人称变换、象征性描写、潜意识挖掘，等等。其中有两点颇为新颖：一是小说中有些章节并不是常规的叙述，而是各家报纸的剪报；作者通过剪报来反映故事的线索，并把它们和整个故事有机地融合在一起，而且融合得天衣无缝。二是部分章节中的人物对话不加引号，对话与叙述浑然一体，由读者自己去区分和判断。这就给予读者一定的思考余地，使读者的阅读行为更加积极主动。这也代表了作者的一种文学思想：一部好的小说不仅应当向读者讲述精彩的故事，还应当让读者学到些什么。最后，不能不提一下作者的诗意化语言和女性特有的细腻笔触。作者阿特伍德集小说家和诗人于一身，因此，小说中不仅出现了大量的诗歌片断，其叙述语言也往往充满诗意。这无疑给读者一种美感和回味。由于作者是位女性，又以女性题材见长，小说对人物的心理和情感描写格外细腻生动，可谓丝丝入扣，淋漓尽致，足以引起读者的共鸣。这也是小说的亮点之一。

玛格丽特·阿特伍德是加拿大著名的小说家、诗人、文学评论家，一九三九年生于首都渥太华，一九四六年随家迁居多伦多。一九五九年就读于多伦多大学，一九六二年获得美国麻省拉德克利夫学院的文学硕士学位。一九六二年至一九六三年、一九六五年至一九六七年，先后两次就读于美国哈佛大学，攻读博士学位。她毕业后曾在温哥华不列颠哥伦比亚大学任教，后来又任加拿大、美国、澳大利亚许多大学的“驻校作家”。她拥有不少学术头衔，曾担任过加拿大作家协会主席。同时，她又是一位十分活跃的社会活动家。目前，她和同为作家的丈夫格雷姆·吉布森[①]以及女儿住在加拿大安大略省的一个农庄里。

玛格丽特·阿特伍德是一位多产的作家，已发表小说、诗歌、文学评论三十余部。《盲刺客》是她的第十部长篇小说。自从她于一九六九年出版第一部长篇小说《可以吃的女人》以来，她的作品频频获奖，为她赢得了广泛的国际声誉。她创作的三部优秀长篇小说《使女的故事》(1985)、《猫眼》(1988)、《别名格蕾斯》(1996) 曾先后获得布克奖的提名，却未能如愿。天道酬勤，她的第十部小说《盲刺客》终于为她摘得了这顶最高文学奖的桂冠，可谓功德圆满。西方文学界认为，她此次获奖几乎是不可避免的，因为她是当今世界上最受欢迎的作家之一。

译　者

二〇〇三年八月

① 吉布森于 2019 年 9 月 18 日去世。

第一章

桥

大战结束后的第十天，我妹妹劳拉开车坠下了桥。这座桥正在进行维修：她的汽车径直闯过了桥上的“危险”警示牌。汽车掉下一百英尺深的沟壑，冲向新叶繁茂的树顶，接着起火燃烧，滚到了沟底的浅溪中。桥身的大块碎片落在了汽车上。她被烧得只剩焦黑的碎块。

这起车祸是一名警察通知我的：警方查了汽车牌照，知道我是车主。这位警察说话的语气不无恭敬，无疑是因为认出了理查德的名字。他说，汽车的轮胎可能卡在了电车轨道上，也可能是刹车出了毛病。不过，他觉得有责任告诉我：当时有两名目击证人——一名退休律师和一名银行出纳，都相当可靠。他们声称目睹了事故的全过程。他们说，劳拉故意猛地转弯，一下子冲下了桥，就像从人行道上走下来那么简单。他们注意到她的双手握着方向盘，因为她戴的白手套十分显眼。

我认为，并不是刹车出了毛病。她有她自己的原因。她的原因同别人的不一样。她在这件事上完全是义无反顾。

“你们是想找个人去认尸吧，”我说，“我会尽快赶去的。”我能听出自己声音中的镇定，仿佛是从远处听到的声音。事实上，我是相当艰难地说出这句话的；我的嘴已经麻木了，我的整张脸也因为痛苦而变得僵硬起来。我觉得自己好像刚看过牙医似的。我对劳拉干的这件傻事以及警察的暗示感到怒不可遏。一股热风吹着我的脑袋，我的一绺绺头发飘旋起来，就像墨汁溅在了水里。

“恐怕要进行一次验尸，格里芬夫人。”他说道。

“那是自然，”我说，“不过，这是一次事故。我妹妹的驾驶技术本来就不好。”

我可以想象出劳拉那光洁的鹅蛋脸、她那扎得整整齐齐的发髻，以及那天她穿的衣服——一件小圆领的连衫裙。裙子的颜色是冷色调的：海军蓝，或青灰色，或者是医院走廊墙壁的那种绿色。那是悔罪者衣着的颜色——与其说是她自己选择了这样的颜色，倒不如说是她被关在这种颜色里。还有她那一本正经的似笑非笑、她那被逗乐的扬眉，似乎她在欣赏美景。

白色手套是彼拉多[①]在法庭上断案时戴的。她在断绝与我的关系，断绝与我们大家的关系。

当她的汽车滑下桥、坠落沟底之前的一刹那，像一只闪光的蜻蜓悬在午后的阳光中，她想到了什么呢？想到了亚历克斯，想到了理查德，想到了别人的欺诈行为，想到了我们的父亲和他的毁灭？也许想到了上帝，想到了她那致命的三方交易？还是想到了她那天早上藏在五斗橱抽屉里的廉价的练习本？（这个抽屉是我放袜子的，她知道我以后会发现这些本子。）

警察离开以后，我上楼去换衣服。要去停尸所，我得戴上手套和一顶带面纱的帽子。我得有东西遮住眼睛，因为可能会碰上记者。我得叫一辆出租车。而且，我还应该把消息告知正在办公室里的理查德；他一定愿意准备一份讣告。我走进更衣室：我需要穿一套黑色的丧服，再带上一块手帕。

① 彼拉多：古罗马犹太巡抚，曾主持对耶稣的审判，并下令把耶稣钉死在十字架上。

我打开抽屉，看见了那些练习本。它们用粗绳扎成一捆，于是我解开了绳子。我感到自己的牙齿打颤，浑身发冷。我断定自己一定是中风了。

当时我想起的是瑞妮，想起我们小时候跟她在一起的情景。当我们有点擦伤或割伤，就是瑞妮来为我们包扎伤口。母亲也许在休息，或者在别的地方做善事，而瑞妮总是在我们身边。她会把我们抱起来，让我们坐在那张白色釉面的厨房长桌上，旁边就是她正在擀的馅饼面团，或者是正在切剁的鸡，或者是正在剖肚的鱼。她会给我们一块红糖吃，令我们闭上嘴。告诉我哪儿疼，她会说，别嚎了。安静下来，让我看哪儿伤着了。

然而，有些人说不准是哪儿疼。他们安静不下来。他们无法不嚎。

《多伦多星报》（1945 年 5 月 26 日）

本市死亡事故引起质疑

《星报》独家报道

上周圣克莱尔大街发生事故，死亡一人，验尸结果为意外死亡。劳拉·蔡斯小姐，二十五岁，五月十八日下午驾车西行；她的汽车行至桥上突然转弯，冲过桥上维修点的隔离栏，坠入桥下的沟壑，并起火燃烧。蔡斯小姐当场死亡。她的姐姐、著名企业家理查德·E. 格里芬的妻子，证实蔡斯小姐患有严重的头痛病，影响了她的视力。对于警方提出的疑问，格里芬夫人否定了蔡斯小姐酒后驾车的可能性，因为后者从不饮酒。

警方认为，汽车轮胎卡在裸露的电车轨道上也是事故的原因之一。人们对市政府有关部门在桥上采取的安全措施是否得当提出了质疑，但经市政工程师戈登·珀金斯证实，安全措施并无不妥。

此次事故再度引起人们对该路段上电车轨道状况的不满情绪。赫布·T. 乔利夫先生代表当地纳税人对《星报》记者说，由于电车轨道的管理不善而造成不幸事故已经不是第一次了。市政会应当加以重视。

《盲刺客》（劳拉·蔡斯著）

纽约莱因戈尔德-杰恩斯-莫罗出版社　1947 年出版

引子：石园花草谱

她有一张他的照片。她把照片塞进一个牛皮纸信封里；信封外面写着剪报的字样。她又把信封夹在《石园花草谱》的书页中间，料定没有人会去翻看。

她仔细地保存着这张照片，因为这几乎是她留下的唯一与他有关的东西。这是一张黑白照片，是战前用一种笨重的箱形闪光照相机拍摄的；这种照相机的口上带有手风琴一般的皱褶，外面套着做工精良的皮套，看上去像牲口的口套，还配有背带和精细的搭扣。照片是他们两个人一起照的——她和他在一次野餐会上的合影。照片背面有铅笔写的野餐的字样——没有他或她的名字，只有野餐两个字。她心里知道名字就行了，不需要写下来。

他们俩坐在一棵树下。那也许是棵苹果树；她当时没太注意是什么树。她身穿一件白衬衫，袖子卷到胳膊肘；下面是条白裙子，撩到膝盖。当时一定有一阵微风，因为裙子向上翻卷，贴着她的身体；或者并没有风，裙子就是紧贴身体；也许天气很热。天气确实很热。她把手伸到照片上方，现在仍能感到热气迎面扑来，就像被太阳晒了一天的石头夜半散发的热气。

照片上的那个男人戴着一顶浅色的礼帽，前檐往下倾，半遮着脸。他的脸看上去晒得比她黑。她半对着他，面带笑容；她记不得从此以后她还对谁那样笑过。她在照片中显得十分年轻，太年轻了；当时她并不认为自己太年轻了。他也在微笑，满口的牙齿像点燃的火柴一般闪着白光。然而，他抬起一只手，仿佛要戏谑地挡开她；仿佛要避开将来可能会看他的那些人，避开可能会从这张小小光纸的方框里看他的那些人。他仿佛要避开她，又仿佛要保护她似的。在他那只伸出来的欲挡镜头的手中夹着一个烟蒂。

在没有人的时候，她会拿出那个牛皮纸信封，把照片从一叠剪报中抽出来。她把照片平放在桌子上，然后盯着它看，就像在往一口水井或一个池塘里看——不是在找自己的倒影，而是在找别的东西，一种她丢失的东西；这东西虽然够不着，却还清晰可见，像沙滩上的一颗宝石闪闪发光。她仔细观看每一个细微之处：他那被闪光灯或太阳的强光照得发白的手指；他衣服上的皱褶；树上的叶子，以及挂在枝头的圆圆的小果实——这些究竟是不是苹果？还有前院里的那些粗草。草当时已经枯黄，因为天气干燥。

在照片的一边，还有一只手——你一开始不会发现——腕部以上被框边截去了；这只手放在草地上，似乎被丢弃了，由它自生自灭。

照片上，晴朗的天空中飘浮着被风吹散的云彩留下的痕迹，像冰淇凌抹在了蓝色的金属上。还有他那被香烟熏黑的手指。远处是闪光的河水。如今，一切都被时光的长河淹没了。

这一切虽说淹没了，但还在我的记忆中闪耀。

第二章

《盲刺客·煮鸡蛋》

那么，你想听什么？他问道，是关于晚宴上绅士们的风流韵事，还是荒芜海滩上的船骸？你自己挑也行：密密丛林、热带岛屿、绵绵群山。或者听听发生在另一个宇宙空间的事——我可是最擅长讲这类故事的。

另一个宇宙空间的故事？不会吧！

别笑我，那可是个好地方。只要你喜欢，那儿什么事情都可以发生。比如说，宇宙飞船、紧身制服、激光枪，以及身上长着许多巨大触角的火星人等等。

你挑吧，她说道，这方面你在行。说说沙漠怎么样？我一直都想去看沙漠来着。当然是要有绿洲的沙漠。如果再有些枣椰树就更好了。她边说边将手中三明治的面包皮撕掉。她可不喜欢吃这个。

沙漠给人的想象空间不很大，也不是很有特点，除非你再加一些坟墓进去。那样一来，就会出现一群已经死去三千年之久的裸体美女——婀娜窈窕的身材、红宝石般的嘴唇、天蓝色的波浪卷发和摄人心魄的大眼睛。不过，我用这些东西哄不了你。你不喜欢这种恐怖的女鬼之类。

这就难说了。兴许我会喜欢呢。

我不信。这种故事只适合讲给一堆下里巴人听。可是这种封面故事很普遍——女鬼们缠住一个男人，把他折腾得够呛，得用枪托才能把她们打跑。

我可以将地点选在另一个宇宙空间吗？不过，还得请你保留坟墓和死去的美女。

这要求可是高了点，但我来考虑一下。我想，我可以添加一些用来祭祀的处女——戴着金属胸罩和银脚链，穿着半透明的祭服。此外，我还可以补加一群饿狼。

我看你准要信口开河了。

那么你是想听关于晚宴上的风流韵事啰？游船、亚麻衬衫、吻女士的手腕、滔滔不绝的虚假情话？

不。那也好。你认为怎么好就怎么讲吧。

抽烟吗？

她摇了摇头。他用火柴在大拇指甲上划着了火，给自己点上一支。

你这样会烧着自己的，她说。

这种事还未发生过呢。

她望望他卷起的白色也许是淡蓝色衬衫的袖管、他的手腕以及手上的褐色皮肤。他身上放出一种光芒，那一定是对太阳光的反射。为什么不是人人都盯着他看？不过，他在外面还是太引人注目了。周围还有其他许多野餐者，穿着浅色的夏天衣服——有的坐在草坪上，有的则支肘趴在上面。一切都极其自然。然而，她却感到他们俩是孤立的。他们头上的苹果树似乎不是树，而是一个帐篷；他们周围似乎有一条用粉笔画的界线。在这界线之内，别人是看不见他们俩的。

那就讲讲太空的故事，他说道，有坟墓、处女和狼群——不过，这得分期讲述。同意吗？

分期讲述？

你知道，就像买家具分期付款。

她噗嗤一笑。

别笑，我是认真的。不能偷工减料，得讲好几天呢。这就意味着我们还得见面。

她犹豫了片刻。那好吧，她说，如果我能设法出来，就依你。

很好，他说道，现在我得动脑筋了。他刻意说得轻描淡写。太急了说不定会把她吓跑的。

在某个星球上——什么星好呢？土星？不好，太近了。在另一个宇宙空间的塞克隆星球上，有一片遍地碎石的平原。北面是一片紫色的汪洋。西面是连绵的群山，传说那儿墓墟中贪婪的女鬼们会在太阳落山后出来游荡。你瞧，我一上来就将坟墓放进去了。

你实在是非常用心，她夸道。

我说话算数。南面是一片火热的荒漠，而东面则是几处陡峭的山谷，那里可能曾经是河流。

我想那是运河，就像火星上一样，对吗？

哦，运河，什么都有可能。虽然这块地方如今只是稀疏地居住着一些古老的游牧部落，但许多迹象表明这儿曾经有过高度发达的古老文明。平原的中部有一大堆石头。土地是贫瘠的，只长着一些低矮的灌木。不能说这完全是一个沙漠，但也差不多了。还有奶酪三明治吗？

她把纸袋子翻了一遍。没有了，她说，但还有一只煮鸡蛋。她还从未如此开心过。对她来说，一切又全是新鲜的，正等待开场。

正如医生嘱咐过的，他说道，一杯柠檬汁、一只煮鸡蛋，还有你的陪伴。他将鸡蛋放在两只手掌之间搓了一下，把蛋敲开，剥去蛋壳。她望着他的嘴、下巴和牙齿。

还有，公园里你在我身边快乐地哼歌，她说，你要加点盐吗?

谢谢。看来你的记性真不错。

谁也没有宣布过拥有这片荒原，他继续说道，或者说有五个不同的部落共同住在此地，其中没有哪个部落强大到能够消灭别的部落。这五个部落的成员都会常常赶着他们的沙克兽——一种暴躁的蓝羊般的动物——或者领着他们的三眼驼队运送不值钱的货物经过这堆石头。

由于他们语言不同，这堆石头的名字也就各不相同了：飞蛇之穴、碎石堆、哀号母亲的居所、遗忘之门、朽骨之坟。然而，每个部落所讲述的关于这堆石头的故事却大致相同。他们说，这堆石头下面埋葬着一位不知姓名的国王——不仅是国王，还有这位国王统治过的辉煌城市的遗迹。战争摧毁了这座城市，国王也被俘虏，并被吊死在枣椰树上以昭告征服者的胜利。夜晚月出之时，人们从树上放下国王将其埋葬，还在他的葬身之处堆起石头作为标志。这座城市的居民全被杀戮——男、女、老、幼，甚至动物都被砍成肉块。任何活的东西都无一幸免。

太可怕了。

只要用铁锹往地下任何一处挖一挖，都可以发现一些可怕的东西。世上有讲故事这个行当真好，我们可以靠这些死人骨头过活。要是没有它们，我们恐怕就没有故事了。还有柠檬汁吗?

没有了，她说，我们全喝光了。继续往下说。

这座城市的真实名称早就被征服者从人们的记忆中抹去了。这也就是为什么讲故事的人只知道它叫毁灭之城。因此，这堆石头不仅标志着刻意的记忆，同时也标志着刻意的忘却。这个地方的人们就是喜欢自相矛盾的悖论。这五个部落个个声称自己是胜利的攻占者。每个部落回忆起那次大屠杀都津津有味。每个部落都认为，这是由他们的神授命的一次正义的行动，以惩罚这座城市里人们的亵渎行径。他们说，邪恶必须用鲜血来清洗。那一天可真是血流成河，后来这座城市一定变得非常干净了。

每一个途经此地的牧人或商人都会往这堆石头上再添一块石头。这是一个老风俗了——纪念那些死去的亲人——但没有人知道这堆石头下面的死者究竟是谁，因此他们在添石头时也并不抱什么希望。他们会向你解释说，这儿过去发生的事一定是神的意愿，他们这样做也是遵从神的意愿。

还有一种说法是：这座城市并没有真正毁灭，而是国王施了魔法，将城市连同居民统统吹走了，只留下他们的幽灵。因此，被烧毁和屠杀的只是这些幽灵。真正的城市被缩得很小，安置在巨大石堆下面的一个洞穴中。原来的一切仍然存在，包括宫殿和长满了绿树和鲜花的花园；居民都变得如同蚂蚁般大小，继续像以前一样活得好好的——他们身穿微小的服装，举行微小的宴会，讲述微小的故事，咏唱微小的歌曲。

只有国王知道所发生的事，这让他整天做噩梦，而他的臣民却蒙在鼓里。他们并不知道自己变得有多小。他们也不知道自己被认为早已死去，甚至不知道自己早已得救。对他们来说，顶上的岩石就像天空；石缝中透下来的光线就是阳光。

苹果树的叶子沙沙作响。她抬头望望天空，然后看看手表。我感觉有点冷，她说道，天也不早了。你能不能把我们留下的东西清理掉？她收拢蛋壳，把包三明治的蜡纸揉成一团。

不用那么急吧？这儿并不冷呀。

水面掠过一阵微风，她说，风向变了。她向前俯了俯身子，准备站起来。

别急着走，他说道，太快了。

我非走不可了。他们要找我了。如果我不按时回家，他们就会追问我去了哪里。

她将自己的裙子放下，两臂抱胸，转身离开。树上小小的绿苹果像眸子般望着她远去。

《环球邮报》（1947年6月4日）

帆船中发现格里芬的遗体

《环球邮报》独家报道

四十七岁的企业家理查德 · E. 格里芬失踪数日后，他的尸体在其位于提康德罗加港的夏日住宅“阿维隆庄园”附近被发现。据称，格里芬是多伦多圣大卫选区进步保守党的候选人。当时格里芬先生正在度假。人们发现他躺在他的“水妖”号帆船上，而船当时停泊在若格斯河他的私家码头上。很明显，他死于脑溢血。警方说没有谋杀的迹象。

作为商业巨头，格里芬先生的事业辉煌。他的商业帝国涉及许多领域，包括纺织、时装和灯饰制造。在二战期间，他为盟国军队提供制服和武器部件不遗余力，为此而受到表彰。他既是“帕格沃什会议”[①]的热心参与者，又是帝国俱乐部和花岗岩俱乐部的领导人物。他热衷于高尔夫球，也是加拿大皇家游艇俱乐部的知名成员。记者就格里芬去世一事打电话到首相的私宅“金斯米别墅”，对他进行采访。首相发表讲话说：“格里芬先生是我们国家最有能力的人之一。我们为失去他而深感

① “帕格沃什会议”：正式名称为“科学与世界事务会议”，首次在加拿大的一个小村庄帕格沃什召开，因此而得名。

悲痛。”

格里芬先生是已故劳拉·蔡斯的姐夫。今年春天，劳拉的处女作小说在她死后发表。格里芬先生去世后留下他的妹妹——社交名人威妮弗蕾德（格里芬）·普赖尔夫人、妻子艾丽丝（蔡斯）·格里芬夫人以及十岁的女儿艾梅。葬礼将于星期三在多伦多的圣西门教堂举行。

《盲刺客·公园长椅》

为什么塞克隆星球上会有人呢？我指的是像我们一样的人类。如果那里是另一个宇宙空间的话，那儿的居民是不是些会讲话的蜥蜴人之类？

那只是在低级科幻小说中才有，他说道，那都是编造出来的。事实上，地球最早曾是塞克隆人开辟的殖民地。就在我们说的那个时代之后几千年的时期里，他们掌握了从一个宇宙空间飞到另一个宇宙空间的技术。他们在八万年前到达我们这里，并且带来了许多植物的种子。于是，我们就有了苹果和橘子，更不用说香蕉了——人们一看香蕉就知道它是从外太空来的。他们还带来了动物，比如说马、狗、羊等等。他们是亚特兰蒂斯城的缔造者。后来，他们就因为太聪明而毁灭了自己。我们则是他们中那些落伍者的后代。

哦，她说，这样你就自圆其说了。多方便啊。

关键时候这样说能管用。关于塞克隆星球的其他特征，它有七个海洋、五个月亮和三个太阳，力量和颜色各不相同。

什么颜色？巧克力、香草和草莓色吗？

你没在认真听我讲故事。

对不起。她把头朝他跟前凑凑。现在我正认真听着呢。瞧见了吧？

他说道：我们暂且照这座城市从前的名字称它为萨基诺城，大致意思就是命运之珠。在这座城市毁灭之前，它可称得上是世界奇迹。甚至那些声称他们的祖先参与过毁城的人都兴致勃勃地描绘它的美丽。无数的宫殿中有铺砖的庭院和花园，清泉从雕刻精致的喷泉口汩汩流出。繁花似锦，鸟语花香。不远处，丰茂的草原上成群的肥壮纳尔在吃草。果园、灌木丛林和森林，一派郁郁葱葱；当时贪心的商人还未将树木砍倒，怨恨的敌人还未将之烧毁。现在干涸的峡谷当时曾经流水淙淙；多条运河把水引入城郊，浇灌大片农田。土壤肥沃，谷穗饱满，直径据说长达三英寸。

萨基诺城的贵族被称为斯尼法。他们是熟练的工匠和精巧机械的发明者，对制作工艺和发明技术保守秘密，决不外传。那时他们还没有发明内燃发动机，仍然用动物来运输，但已经发明了时钟、十字弓和手泵。

斯尼法的男人戴着用珀金线织成的面具，它会随着脸部皮肤的移动而移动，还可以用来隐藏他们的真实情感。女人们则蒙着用查斯蚕茧制成的面纱。非斯尼法人如果用面具或面纱遮脸的话，就可能会被判处死刑，因为这是贵族所享有的特权。斯尼法人穿戴华丽，欣赏音乐、弹奏各种乐器来显示自己的品位和水平。他们热衷于宫廷阴谋，举办盛大的宴会，处心积虑地与别人的妻子私通。虽然丈夫们对妻子的不贞行为可以装聋作哑，但他们还是经常为女人而决斗。

小自耕农、农奴和奴隶被称为伊尼劳。他们穿着褴褛的灰色短上衣，袒露着一个肩膀。女人们则露出一只乳房，毫无疑问成为斯尼法男人们的猎物。伊尼劳人对他们的命运充满怨恨，但往往装作愚蠢来掩盖真实思想。他们偶尔也会奋起反抗，可很快就会被无情地镇压下去。他们中地位最低下的要数奴隶了。他们可以被自由买卖，也可以任意杀害。法律禁止他们看书识字，但他们有自创的用石块画土的秘密文字。斯尼法人把奴隶当作牲口使唤，为他们拉犁耕地。

如果一个斯尼法人破产的话，他就可能沦为伊尼劳。他也可以变卖妻儿抵债，以逃避沦落的命运。一个伊尼劳人要取得斯尼法人的地位是相当罕见的，因为通常降格容易升格难。即便他能够积累必要的钱财，为自己或儿子迎娶一个具有斯尼法身份的新娘，那还要支付一大笔贿赂，而且要过一段时间以后才会被斯尼法的社会所接纳。

我看你的布尔什维主义又抬头了，她说，我知道，你迟早要说到这个的。

恰恰相反。我的描述来源于美索不达米亚①古国文化。《汉穆拉比②法典》和赫梯人③的法律中都有类似规定。或者说，我说的有一部分来源于此。有关面纱和卖妻的内容就是这样。我可以给你找出确切的依据。

今天别给我说了，她说道，我没有力气听这些了。我太没精神了。我身子发软。

时值八月，天气实在太炎热了。湿气像一阵看不见的迷雾向他们飘来。下午四点，阳光就像化了的黄油一般。他们俩坐在公园的长椅上，靠得并不太近。头顶上方的枫树叶被晒蔫了，脚下是龟裂的泥土，周围的青草一片枯萎。几只麻雀

---

① 美索不达米亚：西南亚的一个地区，亦称“两河流域”，位于叙利亚东部和伊拉克境内。

② 汉穆拉比：巴比伦国王，在位期间用武力统一美索不达米亚地区，实行中央集权统治，颁布了《汉穆拉比法典》。

③ 赫梯人：赫梯是公元前17世纪在小亚细亚及叙利亚建立的强大古国，后为亚述人征服。

争着啄食一块面包皮，地上还有一些皱巴巴的包装纸。这不是一个最佳之处。饮水龙头滴着水，三个邋遢的孩子——一个穿太阳装的女孩和两个穿短裤的男孩——正站在水龙头边密谋着干什么坏事。

她身穿一条浅黄色的连衫裙；小臂裸露在外，皮肤上长有一层淡淡的细绒毛。她脱去她的棉质薄手套，将它们揉成一团；她的双手有点紧张。他并不介意她的紧张：他认为这是他令她作出的反应。她戴着一顶女学生的圆草帽，头发束在脑后；一绺湿湿的头发却逃脱了束缚。人们常常剪下一小绺头发，将它存放在项链的小坠盒内戴在脖子上；而男人们则会将它贴心存放。他以前一直不懂这是为什么。

他们认为你该去哪儿？他问道。

买东西。瞧我的购物袋。我买了几双长丝袜，质量上乘——这可是最好的丝织出来的。穿在脚上像是没穿袜子一样。她微微一笑。我只有十五分钟的时间。

她掉下一只手套，落在脚边。他留心那只手套。如果她走时忘了拿，他将拾起来。当她不在身边的时候，可以闻闻她的气息。

我什么时候能再见你？他问道。一阵热风吹动了树叶，阳光透射下来，只见空气中有花粉环绕着她，就像一抹金色的云彩。其实，那是灰尘。

你此刻就在见我，她说道。

别这样，他说，告诉我什么时候。她连衫裙的 V 字领中露出的皮肤上有薄薄一层汗珠，闪闪发亮。

我还说不准，她说道。他转过头去，扫视着公园。

这儿没有人，他说，没有你认识的人。

说不定什么时候会有人，她说道，也说不定什么时候就冒出个你认识的人来。

你该养条狗，他说。

她噗嗤一笑。狗？为什么？

那样你就有借口了，你可以带它出来散步。狗，再加上我。

狗会妒忌你的，她说道，你会认为我更喜欢狗。

可是你不会更喜欢狗的，他说，对吗？

她睁大了眼睛。为什么不会呢？

他说道：狗不会说话。

《多伦多星报》（1975 年 8 月 25 日）

小说家外甥女跌倒身亡

本报独家报道

艾梅·格里芬，三十八岁，已故著名企业家理查德·E.格里芬之女、知名小说家劳拉·蔡斯的外甥女，于星期三被发现死在教堂街的地下室公寓里。她是因为跌倒摔断脖子而死的。显然，她死去至少已有一天的时间。格里芬小姐四岁的女儿萨布里娜去邻居凯利家，引起了男主人乔斯和女主人比阿特丽斯的警觉，因为这个小女孩经常在找不到母亲的时候去他们家要吃的。

据传，格里芬小姐长期服用毒品并酗酒，为此多次住院。调查开始之前，格里芬小姐的女儿一直由她的姑祖母威妮弗蕾德·普赖尔夫人照管。普赖尔夫人和艾梅·格里芬的母亲艾丽丝·格里芬夫人（现居提康德罗加港）都未曾对此事发表评论。

这一不幸事件是当前社会服务懈怠的又一例证，同时也说明有必要进一步完善立法，以保护遭受危险的儿童。

《盲刺客·地毯》

电话里传出嘶嘶和啪啪的声音。是打雷了，还是有人在偷听？幸好这是公用电话，他们无法追查到他。

你在哪儿？她问道，你不该打电话到这儿来。

他听不到她的呼吸声。他想让她将话筒紧贴她的喉咙，但他不会这样要求她；还没到这样做的时候。我在街口，他回答说，离你几个街区。我可以在那个有日晷的小公园里等你。

唉，我不能……

溜出来嘛。就说你要出来透透空气。他等待她的回答。

那我试试看吧。

公园入口处竖着两根方形的石头门柱，顶端呈斜角，看上去像埃及的建筑风格。不过，没有胜利者的碑铭，也没有跪着的带锁链的敌人的浮雕。只有请勿逗留和请拴好狗的告示牌。

从这边进来，他说道，避开路灯的光线。

我不能久留。

我知道。到这后面来。他拉着她的胳膊往前走；她却哆嗦得像大风中的电线。

那边，他说，没人会看到我们。没有老太太出来遛狗。

也没有带着警棍的警察，她说道。她浅浅地一笑。街灯的光透过树叶间的隙缝透射下来，照得她的眼珠晶莹闪亮。我不该来这里，她说，太冒险了。

树丛前有一张石椅。他将自己的夹克衫披在她的肩头。旧的粗花呢，散发出一股烟草味和衣服烫焦的气味，还带着少许咸味。夹克衫上留有他肌肤的味道，现在也有她的了。

这样你会感到暖和一点。现在我们要公然藐视规定了。我们将在这里逗留。

关于请拴好狗那一条呢？

那一条我们也藐视。他并没有伸出胳膊去搂她。他知道，她想要他这么做。她盼望他的爱抚，如同鸟儿盼望树荫的遮蔽。他掏出了香烟，递给她一支；这次她没有拒绝。他们把手窝成杯状，划根火柴，点着了烟；火光一闪，照红了他们的指尖。

她心想：火光持续的时间再长一点的话，我们就可以看到自己的骨头了，就像照X光似的。我们只是一层薄雾，只是一泓彩色的水。水随心所欲，而且总是从高处往低处流。她的喉咙里满是烟雾。

他说：现在我要对你说说那些孩子了。

孩子？什么孩子？

故事的第二集。关于塞克隆星球，关于萨基诺城。

哦，没错。

故事里有孩子。

我们压根儿就没谈到过孩子。

他们是一些儿童奴隶。他们在故事中是不可缺少的。缺了他们，我的故事就没法讲下去了。

我可不想故事中有孩子，她说道。

你可以随时叫我住嘴。没有人强迫你听下去。你可以走人，就像运气好时警察对你说的。他的语气平静。她却并不离开。

他说：萨基诺城现在成了一堆石头，但它一度曾是繁荣的贸易中心。这里也是一个交通枢纽，东、西、南三条陆上交通线汇集于此。北面连接着一条宽阔的运河，一直通向大海，还有一个固若金汤的港口。如今，当年开凿的痕迹和防护墙的残留荡然无存：城毁之后，砍伐下来的石材被敌人或外乡人运走，用来修砌牲口围栏、水槽或简陋要塞，也有一些被大风和波浪埋在流沙底下。

运河和港口都是奴隶们建造的。这一点并不令人惊奇，因为靠这些奴隶萨基诺城才达到了辉煌和强大。不过，这座城市还以它的手工艺品，尤其是编织品而闻名。工匠们的印染技术是秘不外传的：印出来的布料鲜亮，色彩有的如蜂蜜，有的如紫葡萄汁，有的如阳光下倾倒的牛血。织出来的纤细的面纱就像蛛网般轻巧；走在他们柔软精致的地毯上，你会感觉犹如漫步云间，仿佛踩在鲜花和流水上。

多富有诗意啊，她说道，我感到惊奇。

就把它想象成百货商店吧，他说，这样想的话，它们不过是些奢华的商品而已。那就少点诗意了。

这种地毯总是由奴隶中的儿童来编织的，因为只有孩子的纤纤小手才能干这般复杂精细的活儿。由于长时间不断地把眼睛凑近织物劳作，他们一般到八九岁时就全都瞎了。而地毯的价值是卖主根据它完工后瞎了多少个孩子来衡量和叫卖的。他们会说：这张地毯瞎了十个孩子，这张十五个，这张二十个。由于这样可以抬高地毯的价格，他们总是夸大其词。买主也习惯于嘲笑卖主的开价。他们还会摸着地毯说：这张地毯顶多瞎了七个，这张顶多十二个，这张顶多十六个。这张粗糙像洗碗布，充其量不过是乞丐用的毯子。看来还是纳尔织出来的。

这些孩子不管是男是女，一旦瞎了就会被卖到妓院里去。因为织毯而眼瞎的孩子的服务要价也高。据说，他们手指的触摸温柔而灵巧，你会感到自己的皮肤如鲜花般绽放，如泉水般流淌。

他们还对撬锁非常在行。那些从妓院中逃跑的孩子操起了夜间杀人的行当，作为雇佣刺客非常抢手。他们听觉灵敏，走路悄无声息，并能从最小的门缝中钻过去；他们还能判断一个人是熟睡还是在不安地做梦。他们杀人轻巧，就像蛾子在你的脖子上擦了一下。人们并不怜悯他们，却又十分惧怕他们。

这些故事在那些还未失明的织毯儿童中悄悄传开了。这也有可能成为他们的将来。于是，他们中间就流传着一种说法：只有瞎子才能自由。

太惨了，她低声说，你为什么要讲这种悲惨的故事给我听呢？

暮色渐浓。他最终搂住了她。放松点，他心里想。他们就这样纹丝不动。他全神贯注于自己的呼吸。

我对你讲的故事是我擅长的，他说道，也是你会相信的。你不会相信那些花言巧语的无聊故事，对吗？

没错。我才不会去相信呢。

再说，这不能完全算是一个悲惨的故事——有一些孩子从妓院逃跑了。

可他们变成了杀手。

他们没别的选择，不是吗？他们不可能成为地毯商，也不可能成为妓院老鸨。他们没有资金。因此，他们不得不从事那种残忍的勾当。他们也够不幸的。

行了，她说，这又不是我的错。

也不是我的错。只能说，祖先的罪孽在后代身上得到了报应。

那也没必要如此残忍，她冷冷地说。

什么时候才有必要呢？他反问道。该残忍到什么程度呢？翻翻报纸，你就知道我并没有捏造。不管怎样，我是要为这些杀手说话的。当你只有杀人和挨饿两种选择时，你会作出哪种决定？要么就去卖身，人总得生活下去呀。

他越说越离谱，愤怒之情溢于言表。她挣脱了他的怀抱。你又来了，她说，我得回家了。他们身旁的树叶一阵阵地被风吹动。她伸出手去，掌心朝上：天上掉下了几滴雨。雷声越来越近。她从肩上滑下他的皮夹克。他没有亲吻她；今晚他不会了。她觉得是一种解脱。

站在你家的窗子前，他说道，你卧室的窗子前。把灯开着。就站在那儿。

他的话把她吓了一跳。为什么？究竟为什么？

我想要你这么做。我想确定你安然无恙，他补充说，尽管这与安全毫无关系。

我尽量吧，她说道，不过，只站一会儿。你会在哪儿呢？

树底下。那棵栗子树下。你看不到我，但我会在那里的。

她心想，他知道房间的窗户在哪儿。他知道那是棵什么树。那他一定在附近徘徊过，而且窥视过她。她不禁打了个寒颤。

下雨了，她说，要下暴雨了。你会淋湿的。

天不冷，他说道，我会在那儿等你。

《环球邮报》（1998年2月19日）

威妮弗蕾德·格里芬·普赖尔在经过了长期的病痛之后，死于罗斯代尔的家中，享年九十二岁。多伦多市从此失去了一位最忠实的、资格最老的慈善家和捐助人。普赖尔夫人是已故企业家理查德·格里芬的妹妹、著名小说家劳拉·蔡斯的小姑子。普赖尔夫人生前曾是多伦多交响乐团筹建委员会的成员，前不久又在安大略艺术画廊志愿者委员会和加拿大癌症协会服务。在花岗岩俱乐部、诗泉俱乐部、青年女子联盟和全加戏剧节也见到过她活跃的身影。她的侄孙女萨布里娜·格里芬仍然在世，目前正在印度旅游。

葬礼将于本周二上午在圣西门教堂举行，并将在怡山公墓入葬。届时，人们向玛格丽特王妃医院进行捐赠以代替献花。

《盲刺客·口红画的心》

我们有多少时间可以待在一起？他问道。

不少。两三个小时吧。他们都出去忙了。

忙什么？

我不清楚。挣钱、购物、行善，诸如此类。管他们忙什么呢！她将自己的一绺头发塞到耳后，直了直腰。她感到自己招之即来，有一种下贱的感觉。这车是谁的？她说。

一位朋友的。我可是个重要人物。我的朋友是有车族。

别跟我打趣了，她说道。他不吱声。她拉拉手套上的指头。如果有人看见我们怎么办？

他们只会看到这辆车子。这是辆破车，是穷人的车。即使别人盯着你看也认不出你来，因为像你这样的女人不会在这辆破车上被逮个正着。

有时候你并不十分喜欢我，她说道。

最近我无法多考虑别的事，他说，说到喜欢，这可是两码事。喜欢需要时间。我没有时间来喜欢你。我无法集中精力去喜欢你。

不是往那儿开。看这个路标。

路标是给别人看的，他说道，这儿——是这儿。

路面只有犁沟那么宽。到处是餐巾纸、口香糖的包装纸，以及鱼鳔似的用过的安全套。瓶子、鹅卵石和泥路上的一道道车辙，一切都乱糟糟的。她穿的皮鞋跟太高，走路很不方便。他挽住她的手臂，让她走稳。她却挣脱了。

这差不多是一块空地。别人会看见的。

谁会看见呢？我们是在桥下。

警察。别这样。还不是时候。

警察在大白天懒得管别人的闲事，他说，只有在晚上，他们才会打着手电去抓那些邪恶的变态狂。

别忘了还有流浪汉，她说道，还有疯子。

过来，他说，到这下面来。树荫底下。

这儿有毒青藤吗？

根本没有。我保证。也没有流浪汉和疯子，只有我。

你怎么知道这里没有毒青藤？你以前来过这里吗？

别顾虑那么多，他说道，躺下。

别这样。你会撕破我衣服的。等一下。

她听到了自己的声音。那声音如此气喘吁吁，根本不像是她发出来的。

水泥地上有一颗用口红画的心，中间有四个词的首字母。代表爱的L字母将它们连了起来。只有相关的人才知道这些首字母代表的是谁——他们曾来到这里，画了这颗心。他们宣告爱情，却隐去了细节。

这颗心的外面还有另外四个字母，看起来就像指南针的四个极。

F	U
C	K

这个词的四个字母被拆开来写，摊得很开：这是赤裸裸的做爱姿态图。

他嘴里有一股烟味，而她自己嘴里则有一丝咸味。周围充斥着败草和猫的味道，还有角落里发出的难闻的气味。草丛湿漉漉的，他们的膝盖上沾满了尘土。在这种肮脏的地方，植物倒是生长茂盛；长长的蒲公英向阳怒放。

在他们躺的地方，下面有一条潺潺的溪流。顶上则是枝繁叶茂、缀满紫色小花的葡萄藤；高高的桥墩撑起了铁桥，过桥的车子从头顶开过。蔚蓝色的天空被树枝和树叶分割得支离破碎。她背下是坚硬的泥土。

他抚摸着她的额头，手指滑过她的脸颊。你不该崇拜我，他说道，这世上并不是我一个男人有那物儿。总有一天你会明白的。

问题不在这里，她说，反正我并不崇拜你。他已经在表示将来要同她分别了。

好了，不管是什么，一旦我不再烦你，你得到的会更多。

你到底是什么意思？你并没有烦我呀。

生活之路长着呢，他说道，我们分别之后还会有生活。

说些别的吧。

好吧，他说，再躺下来。把你的头放在这儿。他将湿乎乎的衬衫推到一旁。他用一只手搂着她，另一只手到口袋里去掏香烟，接着用大拇指点着了火。她的耳朵紧贴着他的肩窝。

他问道：上次故事讲到哪儿了？

讲到织地毯的人。那些瞎眼的孩子。

没错。我记起来了。

他接下去说：萨基诺城的财富是靠奴隶们创造的，尤其是靠编织上好地毯的儿童奴隶。但是，说这话是忌讳的。斯尼法人声称，他们获取财富不是靠奴隶，而是靠他们自己的高尚品德和正确的思想——即对众神的精心供奉。

天上有许多神。众神总是派得上用处，允许人们做任何事情。萨基诺城的诸神也不例外。所有的神都吃肉；他们喜欢人们用牲畜来作祭品，但人血是再好也不过了。有这样一个传说：在这座城市建立之初，九位虔诚的父亲献出了自己的女儿，将她们埋葬在九个城门下面作为神圣的守卫者。

四面城墙的每一面都有两个这样的城门，一个出、一个进。如果出城是通过进来的那个门，那就意味着这人英年早逝。第九个城门位于市中心一座小山顶上；它是一块大理石板，打开的时候不会移动，只在生与死、灵与肉之间来回转动。这扇门是供众神进出的：由于他们不是凡人，可以在生死之间来去自如，因此也就不需要有两道门。萨基诺城的先知们有这样一个说法：人到底是怎样呼吸的——是呼出还是吸进？这就是神的特性吧。

这第九个门也是溅洒鲜血的祭坛。男孩献给掌管白天、亮光、宫殿、宴会、火炉、战争、美酒、入口和语言的三阳之神；女孩则献给五月之神——她是黑夜、雾霭、绿荫、饥荒、洞穴、生殖、出口和静谧的守护神。人们将男孩放在祭坛上，用木棒敲碎他的脑袋，然后将他扔进神的嘴巴——一个熊熊燃烧的火炉。女孩则被切断脖子，放出血来滋润日见褪色的五个月亮，确保它们永远不会因暗淡而消失。

人们每年都会用九个女孩来祭奠埋在九个城门之下的女孩。这些牺牲的女孩被封为神之处女。人们诵读祷文，献上鲜花，点上香火，让她们为活着的人们说情。据说，一年中的最后三个月称为无面月。这几个月是女神们斋戒的日子，因此庄稼不长。在这段日子里，太阳之神发动战争，于是男孩的母亲们就将他们装扮成女孩的模样以保安全。

最高贵的斯尼法家庭必须献出至少一个女儿作为祭品，这已经成为一条法律。进献任何有污点或瑕疵的女孩都被认为是对女神的侮辱。于是，慢慢地，斯尼法家庭就开始将他们的女儿弄残，以图逃过劫难。他们会割去女儿的一个手指或耳垂，或者割去身体上别的什么小东西。不久，这种残害变成了一种象征性的行为：他们只在女孩的V形锁骨上刺一个椭圆形的青记。如果非斯尼法家庭出身的女子拥有这种等级标志的话，那就是犯了死罪。然而，妓院的老鸨们为了赚钱才不管这些呢。她们会用蓝墨水将最年轻的妓女们的那块地方涂青以抬高她们的身价。这样一来就吸引了大批嫖客；他们希望感受一下蹂躏具有高贵血统的斯尼法公主的滋味。

同时，斯尼法人开始收养一些弃儿——大部分是女奴与她们主人的私生女——今后就用这些女孩来代替自己亲生女儿去献身。这虽说是一种欺骗手段，但贵族家庭有权有势，当局也就只能睁一只眼、闭一只眼了。

后来，这些贵族家庭变得越发懒惰了。他们不想劳神在自己家里抚养这些女孩，干脆就出高价交给女神庙来抚养。因为这些女孩取得了收养她们的家族的姓氏，所以也就有资格充当祭品。这就像主人家养的赛马。这种做法是有悖于高尚祭祀的初衷的，但在当时的萨基诺城，什么都可以用钱来买通。

这些将要献身的女孩被关在神庙的院子里，吃着最好的食物，以确保她们皮肤光洁、身体健康。她们受到严格的训练，为那伟大的一天做准备——以端庄的姿态毫无惧色地去完成自己的使命。按照当时的说法，完美的祭典应当像是一场舞蹈表演：高贵而抒情，和谐而优雅。她们并不是即将被粗暴宰杀的牲畜；她们的生命将由她们自愿地奉献出来。许多女孩都相信一种早就被灌输的理论：整个王国的幸福就依赖她们的无私奉献。她们长时间地祷告，使自己进入正常的心态；抚养者教导她们走路要目光低垂，微笑要带有淡淡的忧郁，还要吟唱女神的歌——关于孤独和沉默、失败的爱情，以及无法言表的悔恨。

又过了许多年。如今，只有一小部分人仍然把神当回事。那些过分虔诚或死心塌地的人被视为怪人。市民们还一如既往地举行这种古老的仪式，但这已不是这个城市的大事了。

尽管这些女孩是与外界隔绝的，但她们中有的已经意识到，她们遭到杀害不过是为了满足一个过时的理念。有些女孩一看见刀就企图逃跑。另外一些在她们被揪着头发放到祭坛上去的时候就开始尖叫，还有一些则公然诅咒在仪式上充当大祭司的国王。有一个女孩甚至还咬了他一口。人们怨恨在这种时候出现惊恐和愤怒，因为最可怕的噩运会由此接踵而来。或者说，如果女神真存在的话，这种噩运就有可能会来。不管怎样，这样的突发行为会破坏整个祭典的节日气氛。这一天，人人都在分享祭典的欢乐，甚至包括伊尼劳人和奴隶们，因为他们被允许放一天假，并且可以开怀畅饮。

因此，女孩们在走上祭坛三个月之前就会被割去舌头。祭司们说，这并不是一种残害，而是一种改良——还有谁比哑巴更要适合做沉默女神的侍女呢？

于是，没有舌头而却有满肚子话要说的女孩一个接一个被领过来，戴着面纱和花环，伴着庄严的音乐拾阶蜿蜒而上，来到这座城市的第九个门前。换到现在，你也许会说她像一个娇滴滴的上流社会的新娘。

她坐起身来。真不像话，她说道，你是想讥讽我。你就是喜欢那些戴着婚纱的可怜女孩被杀害。我敢说，她们一定是金发碧眼的女孩。

没想讥讽你，他说，不是这样的。反正我并不是在胡编乱造。这是有可靠的历史根据的。那些赫梯人……

这点我相信，可你讲这故事时照样舔嘴唇表示欣赏。你带着一种报复的心理——不，应该是妒忌，天知道为什么。你说的赫梯人、你说的历史之类，我统统不管。在我看来，这只是个借口而已。

等一下。是你同意把牺牲的处女放到故事里去的。我只是照你的意思去做。你反对什么呢——是服装？还是面纱讲得太多了？

我们别争了，她说道，她觉得自己快要哭了，握紧双手不让自己哭出来。

我并不想气你。好了，来吧。

她推开他的胳膊。你是故意气我。你喜欢把我惹恼。

我本以为这样可以把你逗乐呢——讲讲故事、耍耍修饰词、摆摆噱头之类。

她把裙子拉下来，将衬衫束进去。那些女孩被割掉舌头，戴着新娘的婚纱死去。这怎么可能逗我乐呢？要么你认为我是个没心肝的人。

我收回刚才讲的故事。我来改编它，为你重写历史。你看怎么样？

你不能，她说道，说出来的话一句也不能收回。我要走了。她跪起双腿，准备站起来。

时间多着呢。躺下。他抓住她的手腕。

不。放开我。瞧，日头都到什么位置了。他们快回来了。我会有麻烦的，尽管对你根本不是麻烦。反正你也不在乎——你只是想尽快，尽快……

什么，快说呀。

你知道我是什么意思，她疲惫地说道。

不是这回事。对不起，是我没心肝。我昏了头。反正这只是一个故事而已。

她将额头埋在膝间。过了片刻，她说：你离开这里以后，我该怎么办呢？

你会慢慢习惯的，他说道。你会照样过日子。来，我把你身上的灰尘掸掉。

灰尘光掸是掸不掉的。

扣好扣子，他说道，别伤心了。

《亨利·帕克曼上校中学之家暨校友会简报》
（提康德罗加港，1998 年 5 月）

“劳拉·蔡斯纪念奖”即将颁发

校友会副会长米拉·斯特奇思

亨利·帕克曼上校中学接受了一个很有价值的新奖项的捐赠，该奖是多伦多的已故威妮弗蕾德·格里芬·普赖尔夫人的慷慨遗赠。我们也将怀念普赖尔夫人的哥哥、知名的理查德·格里芬先生。他生前经常来提康德罗加港度假，十分喜爱在本地河上驾驶帆船。该奖项被称作“劳拉·蔡斯创作纪念奖”，奖金二百美元，专门颁发给毕业班学生中短篇小说创作的冠军。评委会由校友会的三名成员组成。他们将根据作品的文学价值和道德价值两个方面作出评定。校长埃夫·伊文思先生说：“我们感谢普赖尔夫人。她不仅始终记着我们，还给予我们许多其他方面的赞助。”

为了纪念本地有名的女作家劳拉·蔡斯，一等奖的颁发将在六月份的毕业典礼上颁发。劳拉·蔡斯的姐姐、蔡斯家族的艾丽丝·格里芬夫人，此前曾为我们的小镇作出了诸多贡献，此次又欣然同意为我们的幸运者颁奖。现在离颁奖的日子还有几个星期，快让你们的孩子们充分发挥他们的创造力，来一争高低吧！

毕业典礼结束后，校友会将在体操馆举行一个茶会，入场券可以到姜饼房的米拉·斯特奇思处领购。所得利润将用来购买必需的足球队运动服！欢迎大家贡献烘烤食品。请在含有果仁的食品上面标明成分。

第三章

颁奖仪式

今天早上，我带着一种惶恐不安的感觉醒来。起先我还莫名所以，但后来记起来了。今天要举行典礼。

旭日东升，屋内已是暖融融的了。阳光透过网眼窗帘照进来，衬托出悬浮于空气中的尘埃。我身上的睡袍有些潮湿，那是因为奋力赶走梦魇而出汗造成的。我的头昏沉沉的，像一桶糨糊。我挣扎着从乱糟糟的床上爬起来，强迫自己开始起床后的例行公事——目的是要使自己在别人眼里看起来正常而体面。夜里睡梦中被鬼怪吓得竖起来的头发必须梳平；发呆的眼睛必须洗得炯炯有神。牙齿则必须刷得洁白如玉——天知道我睡梦中啃什么骨头来着。

于是，我步入淋浴间，像米拉强制的那样，一面抓紧把手，一面小心手中的肥皂别掉下来：我害怕滑倒。此外，还必须冲洗身体，冲掉皮肤上留下的夜晚的气味。我怀疑身上有一种自己再也觉察不出的气味——一种陈肉和恶尿的臭味。

我浴后擦干身体，又涂液抹粉，仿佛在处理某种发霉的东西。这样，我才有了焕然一新的感觉。不过，我仍感到头重脚轻，或者说感到自己似乎要掉下悬崖。我每跨出一步，总要试探性地踩下去，好像脚下的地板会塌下去似的，只有地板表面的某种张力在支撑着我。

穿上衣服，我的感觉好多了。不穿这些脚手架似的衣服，我就感觉不自在。（可我真正的衣服哪儿去了？这些没样子的花衣服和奇形怪状的鞋子一定是别人穿的。然而，它们却是我的；更糟糕的是，它们现在对我还很合适。）

接着就要下楼去。我非常害怕从楼梯上摔下去——害怕折断脖子，四仰八叉地躺在地上，身上的内衣暴露无遗，等别人发现时我已经腐烂成一摊脓水。多么难看的死法！于是，我一步一步，紧抓扶手，小心翼翼地走下楼去；然后沿着客厅来到厨房，左手的指头在我路过的墙上留下一道道猫须般的痕迹。（我大致还能看见东西，我还能走路。感谢主赐给我们的小恩惠吧，瑞妮会说。我们为什么要感谢？劳拉曾经问道。主的恩惠为什么这样小？）

我不想吃早餐。于是，我喝了一杯水，余下的时间就在坐立不安中度过。到了九点半，沃尔特开车来接我。“天气太热了吧？”他总是这样开口打招呼。冬天，他就把那个“热”字改为“冷”字，而春秋两季则分别用“湿”和“干”来替代。

“今天你怎么样，沃尔特？”我像以往那样问候他。

“平安无事。”他也像以往那样回答我。

“这对于我们来说是再好不过了。”我说道。他以自己的方式微微一笑——脸上露出一道浅浅的皱纹，就像干裂的淤泥。他为我打开车门，把我安顿在乘客座位上。“今天是一个特殊的日子，对吗？”他说，“系好安全带，否则我会被抓的。”他说“系好安全带”就像是在说笑话；他年龄也不小了，过去有许多无忧无虑的日子值得回味。他年轻时开车想必是一个胳膊肘搁在车窗外，一只手放在身旁女友的膝上。令人吃惊的是，此刻闪现在我脑海中的这个女友竟然是米拉。

他小心地将车倒出停车的路缘，默默地开上了路。沃尔特身材魁梧，方方正正的就像一根方形基柱；他的脖子看上去不像脖子，倒像是多出的一个肩膀。他身上散发出一种并不讨厌的破靴子和汽油的混合气味。从他的格子衬衫和棒球帽来看，他不打算参加毕业典礼。他从来不看书，这一点倒使我们俩相处更加自在。对他来说，他只知道劳拉是我的妹妹，而她的死是个遗憾，仅此而已。

我应该嫁一个像沃尔特这样的男人。握着他的手感觉真好。

不，我不该嫁给任何人。这样能省去许多麻烦。

沃尔特在中学门口停了车。学校的建筑是战后的时髦样式，已有五十年的历史，但对我来说还是新的。我不习惯这种平平的、毫无生气的房子，整个看上去就像一个大纸板箱。年轻人和他们的父母一群群地走过人行道，穿过草坪，拥进了学校大门。他们穿的衣服都是各种夏天的色彩。米拉在等我们，站在台阶上向我们打招呼。她穿着印有大朵红玫瑰的白色裙子。其实，这样的大屁股女人不该穿大花的衣服。还有，她系的腰带也不是我喜欢的那种。她把自己的灰头发烫成卷，仿佛英国律师戴的那种假发套。

“你迟到了。”她对沃尔特说道。

“不是我迟到了，”他回答说，“而是大家来早了。再说，也没有必要让她坐着干等吧。”他们习惯于用第三人称来称呼我，好像我是个孩子或一个宠物似的。

沃尔特将我的胳膊递给了米拉，于是我们一起上了门前的台阶，就像“三人绑腿赛跑”一样。我感到，米拉扶着我一定觉得我像是一根粘着粥、滑腻腻的易碎的骨头。我本应拿上我的拐杖，可是我又不能拄着它到台上去；肯定有人会被它绊倒的。

米拉把我带到后台，问我是否要去洗手间——她总是记着这事——然后就让我坐在化妆间里。“你就坐在这里等。”她说道。接着，她就颠着屁股匆忙跑开了；她要确保一切无误。

化妆镜四周有一圈小圆灯，犹如剧院中的一样。灯光能使你在镜子中的形象更动人，但我却没有这样的感觉：我看上去病病歪歪的，皮肤苍白，就像是水中浸泡过的肉。是自己吓自己，还是真的病了？我自己都无法确定。

我找出自己的梳子，马虎地在头顶上划了几下。米拉老是吓唬我，要带我去她所谓的“美容院”的女理发师那里做头发。这个发廊的正式名字叫“发港”，男女头发都做。不过，我总是拒绝。至少我能保留自己的发式，虽然头发根根向上卷曲。头发下面可以看到几处头皮，颜色像淡红的耗子爪。如果被大风一吹，头发就会像蒲公英的绒毛般地散开，露出头皮上的点点发根。

米拉给我留下一块她专为校友茶会制作的巧克力蛋糕，以及一个带有旋盖的杯子——里面是她自己的“炮台苦水”咖啡。我既不能喝又不能吃，可上帝为何还要造厕所？我留下了几片蛋糕屑，表示吃过了。

米拉风风火火地奔进了化妆间，把我从椅子中抱出来，拉着我朝前走。一路上我与校长握了手；他对我能参加这次典礼表示高兴。接着，我被引见给副校长、校友会主席、英语系的主任——一位身穿裤装的女士、青年商会的代表，以及议会的本地议员。除了以前理查德从政的时候，我还从未在同一场合碰到过这么多社会名流呢。

米拉把我扶到我的位子上，悄声说：“我就坐在侧面的包厢里。”学校的交响乐团开始发出吱呀的奏乐声，接着大家就一起高唱《哦，加拿大！》。至于歌词，我从来都记不住，因为它不断地改动。如今歌词甚至还加进了法语，这可是从未听说过的。我们坐下了，大家都感到一种无法言表的自豪情绪在涌动。

接下来由学校的牧师念祷文，讲的大致是上帝如何看待如今年轻人所面临的从未有过的许多挑战。上帝以前一定也听过这类祈祷，我想他可能同我们在座的各位一样感到厌烦。然后就是大家轮流发言，讲的无非都是：现在已经到了二十世纪末，要丢弃旧事物，迎接新事物；未来的市民应该继往开来等等。我让自己的思想开小差；我很清楚，在这种场合只要不失体面就可以了。我想象自己站在乐队指挥台旁，或者在漫长的晚宴上默默地坐在理查德的身边。如果偶尔有人问起我有什么爱好，我会说是园艺。这话充其量只有一半是真的；不过，要做个合格的园艺师也够烦人的。

下一项议程是毕业生领取毕业文凭。他们走上台来，虽然高矮不齐，胖瘦不一，但是个个神色严肃，容光焕发，而且个个漂亮。甚至那些丑陋的孩子、肥胖的孩子、满脸雀斑的孩子也是美的，因为青春才意味着美丽。这些孩子没一个明白他们是多么美丽，但却个个年轻气盛，令人恼火。他们的举止都很不像话；从他们唱歌时那种哼哼唧唧、摇摇晃晃的样子看来，规规矩矩跳狐步舞的时代已经一去不复返了。他们根本不明白自己有多幸运。

会场上几乎没有人瞧我一眼。对他们来说，我看上去一定很古怪。不过，想必每个人都会被比自己更年轻的人视为古怪，除非你血溅地板。战争、瘟疫、谋杀以及任何灾难和暴力才是他们所推崇的。在他们眼中，有流血才意味着我们是正常的。

接下来是颁奖仪式——奖项包括计算机科学、物理、商业技术、英国文学等等，还有一些我没听清楚。颁奖完毕以后，校友会的人清了一下嗓子，虔诚地作了一次颂扬圣人威妮弗蕾德·格里芬·普赖尔的演讲。这个世界上的事，只要用钱买通，人人都可以说谎！我猜想，这个老妖婆在给予这么点可怜的馈赠时就策划了整件事。她知道我不得不参加这个典礼；她存心要在整个小镇都在赞颂她慷慨的同时，让我在众目睽睽之下挣扎。用这笔钱时想着我。我讨厌让她称心如意，可是又无法在不感到害怕和愧疚的情况下逃避这一切，或者对此装得漠不关心。更为糟糕的是：健忘。

现在轮到讲劳拉了。这次是议员亲自上场来作演讲，体现出政客的机智和老练。他讲了劳拉的出生、她的勇气以及她"为实现既定目标而献身的精神"——不管那意味着什么。任何有意义的事情他都讲了，只是闭口不谈她是如何死的。这个小镇的每个人都不相信验尸报告，几乎都认为她是自杀。演讲者压根儿就没有提及她的书，因为大多数人认为这本书最好被忘却。事实上它并未被忘却：即便岁月已过去了五十年，这本书还带有地狱之火和禁忌的气息。我认为这很难理解：书中的性描写还是相当老套的，说的话并不是那种街头巷尾每天都可以听到的下流语言；书中的性爱如同裸体扇舞般羞羞答答——现在看来几乎有些可笑，就像女人的吊袜带一样，已经过时了。

公众当然不是这么看的。人们记得的不是书本身，而是它带来的疯狂：远近的牧师们都谴责它为淫秽书籍；公共图书馆被迫将它从书架上撤下来，连镇上唯一的书店也拒绝进货。并且有消息说，这本书要受到审查。于是，人们就悄悄去斯特拉特福、伦敦或多伦多偷偷地购买此书，就像当时购买安全套的心态一样。回到家里，他们拉上窗帘阅读，有的持有不同意见；有的看得津津有味；有的带着贪婪和欣喜——甚至连那些从未想过要看小说的人也打开了这本书。真可谓一锹泥掀起了文学热。

（毫无疑问，人们看了此书以后表达了几分同情：我无法看完这本书——对我来说故事还不够精彩。这可怜的作者还是这么年轻。如果她不死的话，也许她还会写出更好的作品来。这大概就是人们最好的评价了。）

人们想从书中得到什么？淫荡，秽语，还是证实他们最大的怀疑？但也许他们中有些人不由自主地希望被引诱。也许他们在寻找激情。也许他们一头钻进这本书就像把手伸进了一个神秘的匣子——一个礼盒；盒底是一层层窸窸窣窣的餐巾纸，里面藏着他们梦寐以求，却总也抓不住的东西。

不过，他们还想识破书中人物的原型——除了劳拉之外的真实人物。他们想要的是能和虚构的人物对号入座的真实人物。他们想要的是真正的肉欲。他们最想知道：书中那个男人是谁？他们指的是同死去的可爱年轻女郎劳拉上床的男人。当然有些人认为他们知道。于是，谣言四起。那些可以把人物对上号的读者更是添油加醋：她装得像白雪一样纯洁。有的人往往会假正经。因此，不能光以一本书的封面来判断它的内容。

那时候劳拉已经一去不复返。人们只能对我发难。一封封匿名信向我飞来。我为什么要让这种垃圾出版？而且是在“罪恶之城”纽约出版。多么龌龊的糟粕！难道我不觉得羞耻吗？我让我们如此受人尊敬的家族连同整个小镇都蒙受耻辱！劳拉的脑子从未正常过，大家也有此怀疑，结果她的书证实了这一点。我本应保护她的名声，把她的手稿付之一炬。看着台下一片模糊的人头——那些老古板们，我能够想象他们胸中升起一种由来已久的怨恨、忌妒和谴责，仿佛是从逐渐冷却的沼泽地里升起的一股毒气。

发言的人始终未提劳拉的书，将它甩得远远的，好像对待一个下贱粗俗的亲戚。这本薄薄的、无助的小书，就像是一个古怪宴会的不速之客，又像一只蛾子在舞台的边缘无力地扑扇着翅膀。

正当我在白日做梦时，有人抓住我的胳膊，将我拉起来，并把一个扎着金丝带的信封塞到我手中。获奖者的名字已经宣布，而我却没有听见。

获奖的女孩向我走来，皮鞋跟在台上格格作响。她身材修长；如今的食物里一定有什么激素之类，要不女孩们怎么都长这么高。她身着一袭黑色的连衫裙，这在人们不同颜色的夏装里显得格外庄重。裙子上还镶着银线和闪闪发光的珠子。她的一头乌发长长地垂着，涂着樱桃色唇膏的小嘴镶嵌在她的鹅蛋脸上。眉头微锁，带着一种急切的神情。皮肤呈浅黄色或淡棕色——她是印度人，阿拉伯人，还是中国人？现今，甚至在提康德罗加港这地方，不同种族的人大杂居也是可能的。

望着她，我的心猛地一颤：一种思念让我的心痉挛起来。也许我的外孙女萨布里娜现在也长成这样了。也许是，也许不是，我如何知道呢？我甚至可能都认不出她来了。她离开我已经这么久了；她离我很远。那又有什么办法？

"格里芬夫人。"议员轻声叫道。

我摇晃了一下，又恢复了平衡。那么，我想说些什么呢？

"我的妹妹劳拉将会感到十分高兴，"我对着话筒喘着气说道。我的嗓门又细又尖；我想我快晕过去了。"她喜欢帮助别人。"这是实话，我曾发誓不说任何假话。"她非常喜欢阅读，非常喜欢书本。"这也是事实，而且说到了点子上。"她一定会祝愿你们有一个最美好的未来。"这也是实话。

我费力地将信封递给那个女孩；女孩不得不弯下腰来接。我在她耳边小声说，或试图小声说——上帝保佑你，遇事小心。无论在这种场合想要说点什么，总是这样祝福、这样提醒的。我这是在说话，还是在像条鱼一样张嘴闭嘴呢？

她莞尔一笑。她衣服上的小饰片一闪一闪的，照亮了她的脸庞和头发。这是我眼睛的错觉和台上的强烈灯光造成的。我本该戴上我的浅色墨镜。我站在那儿，不停地眨眼。这时，她却出人意料地俯过身来，在我脸颊上亲了一口。通过她的双唇，我能够感觉到自己皮肤的质地：像小羊皮一样柔软，但起了皱、涂过粉，已经苍老了。

她也在我耳边低语了几声，但我却听不清楚。仅仅是一句道谢，还是有别的什么意思——有吗——难道是外国话？

她转身离去了。从她背后射过来的亮光令人目眩，我只好闭上眼睛。我听不见，也看不见。黑暗慢慢靠近。掌声像扑腾的翅膀拍打着我的耳膜。我摇晃了一下，险些摔倒。

一名机警的工作人员一把抓住我的胳膊，把我扶回我的椅子上。于是，我又回到了昏暗里，回到了劳拉投下的长长的阴影里。不过，这倒是个安全的地方。

然而，旧的伤口已经开裂，看不见的鲜血汩汩地流出来。不久，我的血将要流干了。

银色盒子

橘黄色的郁金香开了，花瓣皱巴巴、乱蓬蓬的，犹如战罢归来的散兵游勇。我轻松地向它们问好，就像从一幢被炸毁的大楼里向它们挥手；不过，没有我的照料，它们也一定尽情开放。我有时也会去后花园的瓦砾中翻翻，清理掉一些干茎和落叶，但仅此而已。我已经无法双膝跪地，用手来扒土了。

昨天，我去医生那里看我的头晕病。他对我说，我得的病是所谓的心，似乎健康的人是没有这种心的。看来我不会永远活着，而只会像关在瓶子里的女巫那样变得越来越小、越来越老、越来越脏。很早以前就一直唠叨着不想活了，而如今我意识到这个愿望真的快要实现了。尽管现在我已经改变了主意。

我裹了一条披巾，坐在后门廊的一张斑驳的木桌旁；这张桌子是我让沃尔特从车库里拿来的。车库里堆放着以前的房主留下的常用物品：一些干了的漆罐、一堆柏油木瓦、半罐锈钉、一卷挂画的金属线。还有干了的麻雀尸体，以及被老鼠做窝的软垫子。沃尔特用清洁剂将垫子上的老鼠窝洗掉了，但上面还是残留着老鼠的气味。

我面前放着一杯茶、一个切成四小块的苹果，以及一本带有蓝条纹的便笺纸——就像人们以前睡衣上的那种条纹。我还买来了一支新圆珠笔，笔杆是黑塑料的，头上有一个滑动珠子；是便宜货。我还记得我的第一支自来水笔，摸上去十分光滑，蓝色的墨水弄得我手指上到处都是。笔杆是胶木做的，外面还镶着银。那是一九二九年，当时我只有十三岁，劳拉未征得我的同意就把这支笔借走了——她借东西一贯如此——结果三下两下就把它弄坏了。我自然原谅了她。我总是在原谅她；我只能这样做，因为在那个荆棘丛生的“孤岛”上只有我们两个人。我们在等待营救。其实，在这个大陆上，每个人都在等待营救。

我写这些东西是为了谁？为我自己吗？我想不是。我并不想日后让我自己来重读这些东西，因为日后难以捉摸。那么，是为我死后的某个陌生人吗？我没有这样的雄心，或者说没有这样的希望。

或许我并不是为了任何人。或许只是像小孩子在雪地上涂写他们的名字一样。

我不如以前那样敏捷了。手指僵硬而不听使唤，手中的笔颤颤巍巍，好一阵子才形成文字。不过，我还是坚持俯身写作，仿佛是在月光下缝衣服。

当我朝镜子里望去，我看到了一个老妇人；或者不用老字，因为如今不可以再说谁老了，那么就用年长吧。有时候我从镜子中看到一个年长的妇人，像我从未谋面的祖母，或者像我自己的母亲(如果她能活到我这样的年龄)。可有时正相反，我又从镜子中看到一张我曾经精心修饰过的、自怜的少女脸庞，在我现在的脸上忽隐忽现；尤其是在午后时分，阳光斜照，这张脸看上去是如此松软和透明，我可以像褪丝袜一样把它褪下来。

医生说，为了我的心脏，我需要每天散步。但我宁可不去散步。这倒并非因为我不愿意走动，而是不愿意出去抛头露面。人们会注视我、议论我——这是我的想象吗？也许是，也许不是。我毕竟是在这儿土生土长的，就像是一块曾经建有珍贵建筑而如今只剩下一堆瓦砾的空地。

我喜欢待在屋里不出来，慢慢变成附近孩子们嗤之以鼻，却还抱有几分敬畏的隐士。让四周的灌木和野草疯长，让房门锈住。而我自己身穿睡袍躺在床上，让头发越长越长，铺满枕头，手指甲长得如猫爪一般；蜡烛油滴得满地毯都是。不过，很久以前我就在经典和浪漫之间作出了选择。我宁愿自己被直挺挺地安葬——躺在白昼下的坟墓里。

也许我不该搬回这里来住。不过，那时候我想不出还有什么地方可以去。就像瑞妮曾经说过的：这鬼地方你熟悉。

今天我努力走出了屋子，一直步行到了公墓。我总得为这傻乎乎的漫步找个目的地吧。我戴着宽边草帽和浅墨镜来遮挡耀眼的阳光，还带上了手杖用来探测路缘。此外，我还带了一只塑料购物袋。

我沿着伊利街往前走，经过了干洗店和照相馆，以及主街上的几家老店；它们成功地克服了小镇郊区新开的购物中心造成的顾客分流而生存下来。贝蒂小吃店则又换了新老板。迟早新老板也会受不了的，要么死掉，要么搬到佛罗里达去。小吃店现在新建了一个天井花园，游客们可以坐在里面尽情地晒太阳；它过去是一块有裂缝的水泥地，是用来放置垃圾筒的。他们将出售的意大利饺子和“卡布基诺”咖啡大胆地放在橱窗里，似乎镇上的每个人一看自然就会明白这些东西是什么。好了，人们现在明白了；人们已经品尝过这些东西，即使仅仅是为了获得讥笑的权利。我不需要咖啡上有泡沫。那东西看上去像剃须霜。喝一口满嘴泡沫。

鸡肉馅饼曾经是这儿的特色食品，可它早就被汉堡包取而代之了。但是，米拉告诫我不要吃汉堡包。她说，汉堡包中的牛肉是人们在用电锯锯冻牛时，掉在地上的肉末做成的。这是她在理发店杂志上看到的。

公墓有一道铁门，上方有一个带着复杂的涡卷装饰的拱形牌楼，上面刻着：尽管我穿越死亡之谷，但我不怕邪，因为有你的陪伴。不错，如果有两个人的话，表面上感觉要安全点；可你是一个滑头的家伙。我所认识的每个你都有一套溜走的方法。他们要么溜出镇，要么背信弃义，否则就像飞虫一样坠地。那么，你又在哪里呢？

就在这公墓里。

蔡斯家族的纪念碑是不容易错过的：它比所有别的建筑物都要高大。这块四角呈涡卷状的巨大方形石碑上雕有两个维多利亚风格的天使，看上去多愁善感，但工艺精湛。一个天使站着，头偏向一边作哀悼状，一只手轻柔地搭在另一个天使的肩上。另一个天使跪着，头靠在站立的天使的大腿上，捧着一束百合花，两眼凝视前方。这两个天使体态优雅，身上裹着带褶皱的柔和的坚硬外衣，但根据身体的曲线可以判断她们是女性。年复一年的酸雨正在夺去她们美丽的容颜：曾经炯炯有神的眼睛如今一片模糊，并且斑斑点点，仿佛生了白内障一般。

不过，也许是我自己的视力不行了。

我和劳拉过去常来这个地方。起先是由瑞妮带我们来的；她认为带孩子们来看看家族的墓地对他们多少有点好处。后来，我们就自己来了；这可是要求出门的一个虔诚的、容易被接受的借口。当劳拉还很小时，她常说那两个天使就是我们俩。我告诉她这是不可能的，因为两个天使是我们的祖母立的，那时我们还未出生呢。然而，劳拉就是不理睬我的推理。她更注重形式——注重事物以什么形式存在，而不是事物本身是什么。她渴望的是精神。

这些年来，我每年至少来墓地两次，不为别的，就是为扫墓。我曾一度开着车来，可现在不行了；我的视力太差。我艰难地弯下腰去，拾起一束束已经枯萎的鲜花——这些鲜花都是不知姓名的劳拉的仰慕者献的——并将它们塞进我的塑料购物袋中。如今，劳拉墓前的鲜花已经不如从前那么多了，但仍然数量可观。今天的许多花看来还相当新鲜。我偶尔还发现了香烛，似乎有人在此招过劳拉的亡魂。

拾掇好劳拉墓前的花束，我就绕碑一圈，读起碑两边刻着的蔡斯家族的亡者名单。本杰明·蔡斯和他心爱的妻子阿黛莉娅；诺弗尔·蔡斯和他心爱的妻子莉莲娜。埃德加和珀西瓦尔；他们不像我们这些活着的人，再也不会变老了。

还有劳拉，她无处不在。她的精神无处不在。

我想起了肉末的事。

上星期，本地报纸上刊登了劳拉的一张照片，以及有关那次颁奖的报道。这张照片是从书皮上翻印下来的标准照，是唯一刊登出来的照片，因为我只给了他们这张照片。照片是在照相馆里照的，上半身转过去，然后回眸望着摄影师；这个姿势令她颈部的曲线显得很优美。再转过来一点，抬头看着我，对了，现在笑一笑。她披着金黄色的长发，而当时我的头发却暗淡无光，几乎发白——似乎所有的铁、铜等红色微量元素都被洗掉了。她长着挺直的鼻子；鹅蛋脸；一对明亮清澈的大眼睛；两道弯弯的眉毛茫然地微微翘着。下巴的线条略带固执，但如果你不知道的话是不会发现的。她不施粉黛，过于素面朝天；看着她的嘴巴，你会明白你是在看一张真正的女人的嘴。

漂亮、优美、天然——这是一个关于纯天然物质制成的肥皂的广告。她的脸看上去冷冰冰的：它具有那个时代所有那些有教养的女孩子的纯洁和娴静。这张脸像一张白纸，应该是让别人写的，而不是去写别人。

现在唯有她的书才使人们记得她。

劳拉是被装在一只烟盒般的银色盒子里送回来的。我知道镇上的人们是怎么议论的；不用听我就知道。盒子里装的当然不是她，只是她的骨灰。你想不到蔡斯家族也会采取火葬，以前可是从来没有过的。他们在鼎盛时期是不会屈就于火葬的。但既然她已被火化，他们倒不如顺其自然，就此了事。不过，我猜想他们觉得她应该和家族在一起。他们想把她葬在那个有两个天使的大纪念碑下。没有人家在碑上刻两个天使，当年他们就是钱多得用不完，任意挥霍。可以说，他们喜欢摆阔气、出风头、充大头。他们肯定在本镇对这事大吹大擂过。

我一向是从瑞妮的嘴里听说这些事的。我和劳拉靠她了解小镇上人们的各种议论。除了她，我们还能靠谁呢?

纪念碑的后面有一块空地。我把它当作是一个保留位子，而且是一个永久的保留位子，就像以前理查德在亚历山德拉皇家剧院订的位子一样。这块地方是属于我的，也是我将来入土的地方。

可怜的艾梅葬在了多伦多的怡山公墓，陪伴格里芬家族的亡者——理查德和威妮弗蕾德，以及他们家俗丽的花岗岩石碑。威妮弗蕾德安排了这一切——她不失时机地介入，为理查德和艾梅订购了棺材。她支付了殡葬费，于是大权独揽。如果可能的话，她甚至不让我参加死者的葬礼。

然而，劳拉是他们中死去最早的一个，当时威妮弗蕾德抢办丧事的手段还没有成熟。我说："她要回家，"事就完了。我将她的骨灰撒在了土地上，而保留了银盒。幸亏我没有将银盒埋掉，不然早就被她的痴迷者盗走了。这些人什么都要偷。一年前，我抓到一个；当时他手里拿着果酱罐和泥刀正在挖墓。

我有时在想，不知萨布里娜最终会被埋在什么地方。她该是我们之中最后一个离开这个世界的。我估计她还活在世上：我没有听到什么不好的消息。她最终是选择哪一方的家族墓地作为归宿，是否找一个远离我们大家的角落安息，都还不得而知。无论她做何种选择，我也不会怪她。

她十三岁第一次离家出走时，威妮弗蕾德憋着一肚子火打电话指责我。她虽未说出诱拐这两个字，但意思就是我帮助和教唆了萨布里娜。她要求知道萨布里娜是否在我这里。

"我认为我没有义务告诉你，"我说道，目的是要折磨她。我这样做公平合理：向来都是她利用一切机会来折磨我。她以前总是将我寄给萨布里娜的卡片、信件和生日礼物退还给我。退还邮寄者，她那粗短、霸道的笔迹印在了我寄出的邮件上。"不管怎么说，我是她的外祖母。只要她愿意，她随时可以到我这里来。我的大门永远向她敞开。"

"我不需要提醒你，我是她的合法监护人吧。"

"如果你不需要提醒我，那你为什么还要提醒呢？"

不过，萨布里娜确实没有到我这里来。她从未来过。个中原因不难猜想。天知道别人对她说了些什么。不会有什么好话。

钮扣厂

夏日的炎热真的来了，像奶糊一样笼罩着整个小镇。这是一种让人得疟疾或霍乱的气候。我走在树荫下，头顶上的枝叶犹如一把把疲软的伞；手里的纸被我捏得湿乎乎的，就连我写在上面的字都像涂在苍老嘴唇上的口红一般化开来。甚至回家爬楼梯也让我脸上渗出一层汗。

我不应该在这样热的天气散步，这使得我心跳加快。想到这里，我心中不免涌起一丝怨恨。我已经知道自己的心脏不健全，不该再让它经受这样的考验。然而，我对此又有一种反常的愉悦，仿佛我是一个霸道的女人，看不起一个爱哭的小孩。

晚上雷声隆隆，就像是天上的神在远处愠怒地发威。我起来小了一次便，然后又躺回了床上。我在潮湿的床单上翻来覆去，耳畔传来风扇单调的呼呼声。米拉让我买一台空调，可我不想要，也买不起。“谁有钱来买这玩意儿？”我对她说道。她一定认为我的额头里藏着一颗钻石，仿佛神话故事里的蟾蜍那样。

今天我散步的目的地是钮扣厂；我想去那儿喝早咖啡。医生嘱咐我不要喝咖啡，但他才五十岁——他穿着短裤慢跑，两条长满毛的腿十分显眼。他对世上的事情并不都了解，尽管这一点他不会承认。即使咖啡不会要我的命，别的东西照样会要我命的。

伊利街上的游客不多，大多数是中年人。他们在午饭后的一段空闲时间里，会去纪念品商店里东瞧瞧、西看看，去书店里挑挑拣拣。他们会开车去附近举办夏日戏剧节的剧场，观看有关背叛、性虐待、偷情和谋杀的节目来轻松几个小时。还有些人和我走一个方向——去钮扣厂。他们要去那里看看有些什么稀奇的玩意儿可以买回去，作为他们二十世纪在这个小镇一日游的纪念。瑞妮会用“废物收藏者”这个雅号来形容这些游客。

我与这群稀稀拉拉的游客一同往前走，从伊利街拐过磨坊街，沿着卢韦托河前行。提康德罗加港有两条河流：若格斯河和卢韦托河——这两条河的名字可以追溯到当年在这两条河的交汇口建立的一个法国贸易站。并不是说我们喜欢在这个地方用法文名称；这两个词在我们英语中分别为“乔格斯”和“洛维托”。卢韦托河湍急的水流最早吸引人们建起了磨坊，后来又建起了发电厂。而若格斯河的水很深，水流也较缓慢；作为伊利湖的上游，它有三十英里的航道。人们利用若格斯河运送石灰石，这可是小镇上最早的工业；丰富的石灰石资源多亏了干涸的内海。（是佩尔缅海还是朱拉西克海？我记不清了。）镇上大部分的房屋都是用这种石灰石建造的，我家的也不例外。

郊外有许多废弃的采石场，现在只留下一个个或长或方的空洞，就像所有的房屋都是从那里挖出来的一样。有时候，我会想象整个小镇是从史前的某个浅海中升腾出来的；对它吹一口气，它就会像海葵或橡皮手套一样伸展开来，如同电影院里故事片开场前放映的褐色粒状花芯冒出来开花的快镜头。收集化石的人经常来这里转悠，寻找鱼化石、古羊齿植物或珊瑚。这里也成了青少年寻欢作乐的好地方。他们会在此生起篝火，酗酒吸毒，互相在对方的衣服里乱摸——似乎这是他们刚发明的新鲜游戏。在回城的路上，他们往往撞坏父母的汽车。

我家的后花园临近卢韦托峡谷，河面在此变得狭窄起来，落差也一下子增大了。泻下来的水足以形成一团团雾气，还真有点令人敬畏呢。在夏日的周末，游人会在悬崖边的小路上散步，临崖拍照留念。我可以看到他们戴着无伤大雅而又令人讨厌的白帆布帽子走过。悬崖边的岩石不断风化破裂，可是小镇却不愿花钱来筑围栏。这地方，大家都有这样的看法：如果你干了一件傻事，那么你就活该承担它的后果。甜甜圈店出来的纸杯子被人用完后丢在下面的涡流中，越积越多。偶尔水上还会漂来一具尸体——是不慎跌入，被人推下，还是自己跳河的？那就难以弄清了，除非死者留下遗书。

钮扣厂位于卢韦托河的东岸，在峡谷上游四分之一英里处。已经有几十年都没有人去管它了，厂房的玻璃窗破的破、碎的碎，屋顶也漏了雨；这儿成了老鼠和醉鬼的窝棚。后来，有一届积极的市民委员会将这块地方抢救下来，并将它改造成了服饰商场。另外，还重建了花坛，对它的外表作了喷沙美化，又修复了年久破败和人为毁坏的景致。不过，人们还是可以从底层窗户上残留的烟黑上找到六十多年前那场火灾的痕迹。

厂房是褐红色的砖结构建筑，大扇大扇的方格玻璃窗是为了更好地采光，也是为工厂节电。作为厂房来说，这样的设计是相当体面的：每幢房子都有垂花饰，中央镶着一朵石刻的玫瑰，窗子都是山墙形的，复式屋顶是由紫绿相间的石板铺成的。厂房边上是一个整洁的停车场。指示牌上用老式的圆形字体写着“欢迎来钮扣厂参观”的字样，另外的一排小字写着“禁止停车过夜”。再下面则是一排黑体草书：你他妈的不是上帝，这地方也不是你他妈的私人车道。这可谓是真正的当地风格。

前门入口处拓宽了，另外还加修了残疾人的专用坡道。原来那道沉重的门也换成了玻璃门，上面写着“进、出、推、拉”的字样——二十世纪权威的四字说明。大门里面音乐阵阵，那是用乡村小提琴演奏的轻快的、断肠的三拍华尔兹。在中央有一块地方，阳光透过玻璃顶篷照射进来；地上铺着人造鹅卵石，放着几张新漆的绿色长椅，另外还有一些无精打采的盆栽灌木。周围一圈开着各种各样的小服饰店，看上去就像一个购物中心。

光光的砖墙上挂着从镇档案馆借来放大的巨幅老照片。首先是摘自一八九九年某日蒙特利尔一家报纸上的一段话：

> 人们一定无法想象旧时代英国磨坊中那令人恐怖的黑暗情景。如今，提康德罗加港的工厂位于一片繁花似锦的绿树丛中，并有悦耳的流水声日夜相伴。厂房洁净，通风良好，工人们心情愉快，工作效率高。夕阳西下，站在横跨卢韦托河瀑布的这座彩虹般美丽的新铁桥上，望着蔡斯钮扣厂闪烁的灯光及其在波光粼粼的水面上的倒影，你会感到仿佛置身于迷人的仙境一般。

当时的这段话所言不虚。至少有不长的一段时间，这里确实很兴旺，足以闻名。

接下来就是我祖父的照片。他身穿长礼服，戴一顶黑色大礼帽，胡须雪白，与一群其他的显要人物正在恭候英国的约克公爵；那年是一九〇一年，公爵访问加拿大。再下来是我父亲的照片。他站在阵亡将士纪念碑前敬献花圈——他高高的个子，一脸肃穆。他留着八字胡，一只眼睛戴着眼罩。照片上有一些黑点，于是我退后几步，观察他的眼睛在看什么。可他并不看我，而是望着远处的地平线。他脊背笔直，挺出胸膛，就像是面对着一队行刑队员。人们会说他很强健。

紧接着的一张照片是钮扣厂，注解上说摄于一九一一年。机器上叮当作响的长臂就像是蚱蜢的腿一般，有钢轮和齿轮，还有上下运动的活塞，打出钮扣的模型。长工作台旁的一排排工人弯着腰，手中干着活。机器由男人们操作；他们戴着护眼帽檐，衣服外面套着马甲，袖子卷得高高的。长台边的工人都是妇女；她们穿着围裙，头发一律往上梳。女人点着钮扣的数量，将它们装入盒内，或者将它们缝在印有“蔡斯”字样的纸板上——每一板上的钮扣从六粒、八粒到十二粒不等。

在鹅卵石铺设的空地的最里面是一个酒吧，名字叫“俱全”；每逢星期六播放现代音乐，啤酒据说是当地小型啤酒厂生产的。酒吧的陈设是木制台面搁在啤酒桶上，旁边是早期那种用松木做的火车座。我发现橱窗内陈列的菜单上都是异国食品(我从未进去过)：肉饼糊、土豆皮、烤玉米片之类。米拉告诉我，这些都是不太体面的年轻人常吃的油腻食品。她在隔壁店里一个有利于观察的位子上坐下来。“俱全”酒吧不管发生什么怪事，都逃不过她的眼睛。她说，一个拉皮条的和一个毒贩子经常在光天化日之下来酒吧吃饭。她一边将他们指给我看，一边还兴奋地对我耳语了一番。那个拉皮条的穿了一件三件套的西装，看上去像一个掮客。而那个毒贩子留着灰白的八字胡，穿着劳动布套装，活像从前的工会领袖。

米拉的店叫“姜饼房”，兼售礼品和收集品。一走进她的店堂，就可以闻到一股香甜的味道——有点像肉桂香型的房间清香剂。小店还出售许多别的东西：广口瓶装的果酱，瓶盖是印花棉布纤维制成的；塞满干草的心形枕头散发着稻草的气味；“传统艺人”雕刻的盒子，开启却很费劲；据称是门诺派教徒缝制的被子；手柄头做成傻笑的鸭子状的马桶刷等等。米拉对店堂的布置是要体现乡村的气息，让城里人感受一下他们祖先的田园式生活——到家以后还能回味一下历史。但据我回顾，历史并不是如此可爱，尤其不是如此干净。然而，真正的历史是卖不出去的，因为大多数人都喜欢他们的历史洁净无味。

米拉喜欢从她那一堆宝贝中拿出几样作为礼物送给我。换句话说，她会把店里没人买的东西塞给我。我有一个用树枝做的畸形花环、一套不完整的画有菠萝的放餐巾的木环，以及一支满是煤油味的粗胖蜡烛。在我生日的时候，她送给我一双龙爪似的烤炉抗热手套。我相信，她是出于好意。

或许她是想软化我；她是浸礼会教友，总想尽早地让我皈依基督，或者让基督感化我。可她的家庭却从未有过这样的事；她母亲瑞妮就不大信奉上帝。这是一个相互尊重的问题。如果你遇到麻烦，你自然就会想到求助于上帝，就像求助于律师一样。但如果真到了求助律师的地步，那就必然是大麻烦了。不然的话，也犯不着花一笔律师费。当然，瑞妮在厨房中靠她的一双手就足够了，用不着求谁帮忙。

盘算一下之后，我在格莱姆林甜甜圈店买了一份燕麦巧克力甜饼和一塑料杯咖啡，然后坐在一张长椅上歇歇脚，边喝边吃。耳畔传来了录音机放出的轻快、哀伤的乐曲。

钮扣厂是我的祖父本杰明在十九世纪七十年代初创建的。随着大陆人口的大幅度增长、制衣业以及相关产业的不断发展，钮扣的需求量很大。钮扣的成本低，价钱也便宜。瑞妮说，这一点正是祖父稳操胜券的原因。祖父早就看准了机会，运用了上帝赋予他的智慧。

他的祖先是在十九世纪二十年代从美国宾夕法尼亚州迁移到这里来的；当时这里的地价便宜，又有很多建设的机会。这个小镇在一八一二年的战争中被烧毁了，因此有大批的重建项目。这里的人除了普通的老实巴交的农民、三个巡回牧师、两个无能的土地投机商和一个小贪污犯之外，都是日耳曼正统派与第七代清教徒的混合人种——不仅勤劳，而且狂热。对于我祖父来说，这就像一次赌博，尽管他的赌注只是他自己。

他的父亲曾是提康德罗加港最早的磨坊主之一，拥有一个不大的代客加工的磨坊；在那个年代什么都靠水力。他的祖父因所谓的中风去世时才二十六岁。他当年继承了那座磨坊，又借钱从美国引进了制造钮扣的机器。最早的钮扣是用木头和骨头做的，好一点的则用牛角。后两种材料在附近的屠宰场很难得到，而木头却到处都是，人们甚至嫌它妨碍耕地而将它烧掉。有了便宜的原材料、廉价的劳动力以及不断扩大的市场，他的事业怎么可能不兴旺发达呢?

祖父公司里生产的钮扣不是像我这样的女孩子最喜欢的那种。他们没有小珠母钮扣，没有精致的黑玉钮扣，也没有淑女们白皮手套上的那种钮扣。他们生产的钮扣好比鞋子中的套鞋——古板而实用，用在大衣、外套和工作服上，外形不免有些粗笨，甚至粗糙。你可以想象它们被缝在女人长内衣后背以及男人裤子门襟上的样子。它们所遮掩的部位看上去仍是垂悬的、脆弱的、令人羞愧的，却又是无法避免的——这类器官世人虽然需要，却又无不鄙视。

除了钱之外，很难看出这样的钮扣对制造商的孙女有多大吸引力。然而，钱乃至关于钱的传言总会投下令人目眩的光环；我和劳拉就是在这种光环中长大的。在提康德罗加港，没人会认为家用钮扣可笑或没啥了不起。人们可是把钮扣当回事的：许许多多人的工作还指望它呢。

那些年来，我的祖父还买下了一些别的磨坊，把它们也改造成工厂。于是，他有了一家生产内衣和连衣裤的编织厂、一家袜厂，以及一家生产诸如烟灰缸之类的小陶件制品厂。他为自己工厂的良好状况而感到自豪。如果有人斗胆向他抱怨，他会耐心地听；如果注意到有人受伤了，他会深感歉疚。他不断改善各种工作条件，包括机器设备。他是镇上第一个为工厂安上电灯的厂主。他认为建造花坛可以提高工人们的士气，于是就常年种植了百日菊和金鱼草；这两种花不贵，观赏性强，而且花期长。他宣称，他厂里妇女们的工作环境就像她们家的客厅一样安全。（他想当然地认为她们家都有客厅。他也认为她们家的客厅是安全的。他喜欢把每个人的情况都想得很好。）他不能忍受有人在工作的时候喝酒、说粗话或者行为不端。

这就是《蔡斯企业发展史》一书中关于他的描述。这本书是一九〇三年祖父委托别人写的，并未公开出版：绿皮封面，不仅有书名，还有他的亲笔签名——自然、遒劲的烫金字体凸出在封面上。他还将这本毫无价值的编年史分赠给他的商业伙伴；他们是否感到惊奇不得而知。这件事必定对他的生意有好处，否则我的祖母阿黛莉娅是不会同意他这样做的。

我坐在公园的长椅上，一点一点咬着甜甜圈。如今这东西味同嚼蜡，酥松而又油腻，而且大得像团牛屎，我吃都吃不完。这么热的天不该吃这东西。我还感到有点头晕，也许是喝了咖啡的缘故吧。

我把咖啡放在一旁。我的手杖从椅子上滑到了地上。我侧身弯下去，可是够不着。由于一下子失去了平衡，我将咖啡打翻了。我感觉到我的裙子上泼到了咖啡，热乎乎的。如果我站起身来，裙子上准会留下一块棕色的污渍。别人还以为我脑子有毛病呢。

为什么我们在这时候总会猜想世人都在盯着我们看呢？通常情况下，没人会看你。不过，米拉却会。她一定是看见我进来了，于是就一直在留心我。她急忙从店里跑出来。“你的脸色像一张白纸！你看上去累坏了，”她说道，“我们来把这污渍擦掉！天哪，你是自己走来的吗？你不能再走回去了！我最好打个电话给沃尔特，让他开车接你回家。”

“我能行，”我对她说，“我没事的。”不过，我还是听从了她的安排。

阿维隆庄园

天气一旦潮湿，我的骨头又开始酸痛起来。这病有很长的历史：好了之后又会反复发作。疼得厉害时，我晚上难以入眠。每天夜里，我想睡却睡不着；睡神像是一块沾满烟垢的窗帘在我的面前飘来荡去。当然，我还有安眠药，可医生又不让我服用。

昨天夜里，经过几个小时的折腾，我觉得身上汗津津的。我从床上爬起来，赤着脚，凭借外面照进来的昏暗的街灯光线摸索着下楼。安全到达楼下以后，我蹒跚地走进厨房，打开冰箱，在耀眼的雾气中找些吃的。冰箱里没有多少可吃的东西：一小捆湿乎乎的芹菜、一个有点发霉的面包头、一只发软的柠檬。还有一点用油纸包着的奶酪，硬邦邦的，看上去像半透明的脚趾甲。我已经习惯一个人生活，每顿饭只求快速和随意。一个人默默地吃点心，默默地款待一下自己，或者来个野餐。我用食指直接从广口瓶中挖了一点花生酱来填肚子。干吗还要弄脏一把匙子呢?

我站在那里，一手拿着瓶子，一面吮吸着手指，不由得产生一种感觉：似乎某个看不见的女人——这座房子的真正主人——正要走进屋来，问我在她的厨房里到底干什么。这种“擅自进入”的感觉我以前也曾有过，甚至在合法的日常起居中也有，比如在剥香蕉或刷牙的时候。

一到夜晚，这座房子对我来说就更像是陌生人的了。当我摸着墙壁走过前面房间、餐厅和客厅的时候，种种属于我的财产在它们自己的影子中飘浮起来，离我而去，并且否认我对它们的拥有权。我用一个盗贼的眼光看待这些物品，看看哪些东西是值得冒险一偷的，而哪些不要也罢。盗贼是见什么要什么的，比如祖母的银茶壶、手绘的瓷器、刻有姓名缩写的匙子和电视机，而我却什么都不想要。

所有这些东西，在我死后都会被别人清点后处理掉。毫无疑问，米拉会争着把这项工作包下来。她认为，她已经从她母亲瑞妮那里把照顾我的任务接过来了。米拉也很乐意做这个值得信赖的家仆。我并不嫉妒她：人活着的时候生活本来就像一堆垃圾，死了以后就更加如此。如果死者留下的垃圾很少，等到处理完之后，你就会知道，以后别人处理你留下的垃圾时将少用多少绿色的垃圾袋了。

还有鳄鱼形的胡桃钳、只剩下一颗珠母的袖扣、掉齿的玳瑁梳子、坏了的银打火机、缺了碟的咖啡杯、少了醋的调味瓶架以及抹布等各种家传杂物，零零碎碎的就像是海难后被冲到岸上的沉船物品。

今天，米拉说动我去买一台立式电扇——比我整天用的那台嘎吱作响的小玩意儿要好。她想好的那一种电扇正在若格斯河桥那边新开张的购物中心打折销售。她要开车带我去；她反正是要去的，这倒没问题。只是她找的借口令我扫兴。

路上我们经过了阿维隆庄园，或者说是过去的阿维隆庄园。令人遗憾的是，如今的名字已经改成了“瓦尔哈拉庄园”。不知哪个愚蠢的政府官僚给一座老房子改了这个他自认为恰当的名字？据我所知，“瓦尔哈拉”早先是指人死后去的地方。不过，也许他们有这个意思吧。

阿维隆庄园地处一个黄金地段——卢韦托河的东岸，若格斯河在此与前者交汇。这地方将峡谷浪漫迷人的景致尽收眼底，同时又是帆船的安全泊地。房子很大，但现在看起来显得拥挤，因为战后在它两旁冒出了许多简易平房。三个老妇人坐在前门廊里，其中一个在轮椅上偷偷地抽烟，就像是躲在厕所抽烟的顽童。总有一天，她们会把这地方烧毁的。

自从他们改造了这房子之后，我就再没有进去过。如今的阿维隆庄园无疑弥漫着婴儿的爽身粉味、酸尿味，以及不新鲜的土豆味。我宁愿记着它的旧模样，即便那时它已开始破败——大厅里冷冷清清，厨房里空空荡荡，前厅的樱桃木小圆桌上的法国瓷碗里装满了干花瓣。楼上劳拉房间的壁炉有一处破了，那是她不当心把炉中薪架掉下来砸破的。她老是这样，只有我才知道此事。看到劳拉的模样——她那光洁的皮肤、柔美的身段以及芭蕾舞演员般的长脖子，人们总是把她想象得优雅不俗。

阿维隆庄园不是标准的石灰石结构的房子。设计者为了让它与众不同，就用鹅卵石加水泥将它构砌起来。远远望去，阿维隆庄园的房子浑身长满了瘤，就像恐龙的皮肤，又像是连环画中的“愿望井”的井壁。在我看来，它现在更像是野心的坟墓。

阿维隆庄园不算是特别优雅的房子，但它曾经也被认为是富丽堂皇的。它是一座商人的宫殿，有一条弯曲的私家车道、一座矮胖的歌德式塔楼，还有一个宽敞的俯视两条河流的半圆形游廊；女士们会戴着花帽在世纪末懒洋洋的夏日午后在此喝茶。在举行露天招待会的时候，这里曾有常驻的四重奏乐队演奏弦乐助兴。黄昏的时候，祖母和她的朋友把这里当成舞台，在游廊四周点上火把，表演业余戏剧；我和劳拉总是躲在游廊下面。现在游廊已开始下陷了，而且也需要油漆一下。

阿维隆庄园曾有一个露台、一个砌着围墙的菜园、几个种观赏植物的花圃、一个养着金鱼的莲花池，以及一个用蒸气供热的玻璃暖房。那时，暖房里种着羊齿植物和菌类植物，偶尔也种些瘦柠檬和酸橘，可现在暖房已被破坏殆尽。屋内有一个弹子房、一间休息室、一间起居室和一间书房。书房的壁炉台上有一尊大理石的美杜莎[①]雕像——十九世纪风格的美杜莎雕像：一双可爱的眼睛冷漠地凝视着前方；头上长的不是头发，而是一条条蠕动的蛇，仿佛带着痛苦的思想。壁炉台是法国产的。原先他们订购的壁炉台是带有酒神狄俄尼索斯和葡萄藤雕像的，可是带有美杜莎雕像的壁炉台先到，而法国又路途遥远，因此就用了这一个。

饭厅宽敞却光线昏暗，四壁贴着“威廉·莫里斯”牌墙纸，印有“草莓贼”的图案。枝状吊灯的支干上缠绕青铜色的莲花；三扇高高的彩色玻璃窗是从英国运来的，上面的彩绘表现了圆桌骑士特里斯坦[②]与伊索尔特的爱情故事中的部分情节。（伊索尔特敬奉装在红宝石般的杯子里的春药；特里斯坦单膝跪地，而伊索尔特披散着金黄的长发，渴望着特里斯坦的爱，颇像一朵感伤的金雀花——这样的情景玻璃彩绘难以描述；伊索尔特孤单一人，身穿紫色的百褶裙，一脸沮丧，身旁放着一把竖琴。）

房子的设计和装修是在祖母阿黛莉娅的监督下进行的。我出生的时候，她已经过世了，而我听说她温柔如丝，遇事冷静，但意志坚定。她很看重文化修养，这使她在道德方面具有一定的权威。如今也许不会这样，但当时人们认为文化修养能使人变得更高尚。他们相信，它可以净化一个人的心灵，至少妇女们认为是如此。那时，他们还未在歌剧院看过有关希特勒

① 美杜莎：希腊神话中的三个蛇发女怪之一。原是凡人，因触犯女神雅典娜，头发变成了条条毒蛇，面貌也变得极为丑陋。

② 特里斯坦：英国《亚瑟王传奇》中著名的圆桌骑士之一，因误食春药与康沃尔国君马可王的妻子伊索尔特相恋。

的剧目。

阿黛莉娅的娘家姓蒙特福特。她出生于一个望族，或者说是加拿大的望族。她是第二代蒙特利尔英国人与法国胡格诺派教徒的混血后裔。蒙特福特家族靠着投资铁路曾经一度发过大财，但由于冒险投机和惰性，他们那时已经是家道中落。因此，阿黛莉娅到了出嫁的年龄已经没有称心如意的郎君可挑了，于是她只好嫁给了钱——粗俗的钱，靠钮扣赚来的钱。人们指望她来净化这些金钱，就像提炼石油一样。

（她不是结婚，而是被嫁了出去。瑞妮一边刮姜皮，一边如是说。这是家庭的安排。在这种家庭里，这样做是理所当然的。谁又能说清这种做法比自己择偶要好还是坏呢？不管怎么说，阿黛莉娅·蒙特福特尽到了自己的责任，也幸运地有了这个机会，因为当时她年龄已经不小了——大概已经有二十三岁了。姑娘到了这个年龄，在那个时代可是相当不利了。）

我现在仍然保存着祖父母的合影；这张照片是他们结婚后不久照的，被镶在刻有牵牛花的银制相框中。背景是带有流苏的天鹅绒窗幔和两盆羊齿植物。祖母阿黛莉娅斜倚在一张躺椅上，厚厚的眼睑，看上去很漂亮。她穿了好几件衣服，戴着长长的两圈珍珠项链，低低的花边开领，雪白的双臂胖鼓鼓的好似鸡肉卷。祖父本杰明穿着全套礼服，站在祖母身后，看上去壮实却不好意思，似乎是为拍结婚照而被人刻意打扮出来的。他们俩显得有些拘谨。

到了我十三四岁似懂非懂的年龄，我在心目中把阿黛莉娅理想化了。每天夜晚，我会注视窗外，目光越过屋外的草坪和银色月光照耀的花圃，看到她穿着一件白色的花边茶会礼服，心事重重地慢慢走过庭园。于是，我向她投去一个懒洋洋的、略带嘲讽的微笑。不久，我又在幻想中加进了她的一个情人。她将与她的情人在暖房外相会。那个时候，由于父亲对蒸汽加热的柑橘树毫无兴趣，因此没人注意这块地方。然而，我却把这地方印在脑子里，并且还为它添了许多花卉——兰花或山茶花。（我那时并不知道山茶花是什么样，可我在书上看到过。）祖母与她的情人会消失在暖房中。然后他们做什么？我说不准。

实际上，阿黛莉娅不可能有情人。小镇很小，而且道德观念褊狭。她犯不着为这事坏了她的好名声；她可不是一个傻子。再说，她自己也没有钱。

作为女主人和家里的管事，阿黛莉娅按照本杰明·蔡斯的要求做得很好。她为自己的高雅情趣而自豪，祖父在这方面也是顺着她的。高雅情趣是她身上的优点之一，为这个祖父才娶了她。祖父是四十岁才结的婚；在此之前他一直努力工作来积累财富，而现在他打算体现金钱的价值，也就是说他要让他的新婚妻子指点他的衣着、纠正他的餐桌礼仪。他以自己的方式在向文化修养靠拢，至少接触一下具体的实物。一日三餐，他要使用高雅的瓷器。

他买来了全套餐具，吃起了十二道菜的大餐：先上芹菜和咸果仁，最后是巧克力。其间有清炖的肉汤、炸丸子、烘馅饼、鱼、烤肉、奶酪、水果，以及放在蚀镂玻璃盘上的葡萄。现在想来，我觉得这像是铁路旅馆里或远洋班轮上供应的食物。镇上当时有好几个知名的制造商，他们对政治党派的支持都举足轻重。因此，历届首相都来过提康德罗加港，而且都住在阿维隆庄园。祖父本杰明分别与约翰·斯帕罗·汤普森爵士、麦肯齐·鲍厄尔爵士、查尔斯·塔帕爵士三位首相合影的照片镶在金框中，挂在书房的墙上。他们一定最喜欢这里提供的食物，而不是别的什么东西。

阿黛莉娅的任务是为宴会配菜订菜，然后还要提防被人瞧见自己在大吃大喝。按当时的习俗，妇女在公众场合只能斯文地小口慢吃，而大嚼大咽的动作是十分粗俗的。我猜想，宴会过后她一定叫人把一盘子食物送到她的房间去。她十指并用，大吃一顿。

阿维隆庄园于一八八九年完工，并由阿黛莉娅命名。她是从丁尼生的诗中取来“阿维隆”这个名字的。

有一个叫做阿维隆的岛上低谷；
没有冰雹、雨水和大雪的光顾，
没有大风吹得呼呼；
有的只是绿草茵茵和果树丰收的欢愉，
低谷种植园的上面是夏日的海域……

她将这几行诗印在圣诞卡的内左页。（根据英国的标准，丁尼生的诗歌有点过时了——王尔德的诗歌正占优势，至少在年轻一代中是如此。不过，当时提康德罗加港的一切都有点过时了。）

镇上的人看到这几行引诗肯定都会笑话她，甚至包括社交圈子里那些具有虚荣心的人——他们称她为“夫人”或“公爵夫人”。不过，如果未被列在受邀请的名单之内，他们却会感到伤心。对于她送出的圣诞卡，他们一定会说：唉，她真不走运，我们这里又下冰雹又下雪。也许她能跟上帝说说这事。工厂里的人可能会说：这里哪有什么低谷种植园，是在她的裙子里面吧？我深知这些人的德性，看来也不会有多大改变了。

阿黛莉娅分送圣诞卡是在出风头，但我以为并不这么简单。“阿维隆”是亚瑟王死去的地方。阿黛莉娅选用这个名字无疑是要表明，她流放至此是多么绝望；她也许通过意志力就能够再现诗歌中所描述的快乐小岛，但这永远都不可能成为现实。她想组织一个沙龙，把艺术家、诗人、作曲家、科学思想家等等这些人都聚集起来，就像她们家当年有钱的时候，她去英国拜访她的第三个表兄时所看见的那样。这才是拥有广阔空间的金色人生。

然而，在提康德罗加港是找不到这样的人的，况且本杰明又拒绝出游。他说，他离不开他的工厂。十有八九是他不想被拖进一大群人中间；他们会嘲笑他是个做钮扣的。餐桌上也不知会冒出什么样没见过的餐具。阿黛莉娅会因为他而感到羞愧的。

没有丈夫的陪伴，阿黛莉娅不愿独自去欧洲或其他地方旅行。外面的诱惑力实在太大了，她可能会不想回来了。在外面四处漂泊，就像飞艇放气一样把钱一点点地花掉，不得不委身于那些下等人或会逗乐的粗汉，最后沦落风尘。穿这样低领的衣裙，她会很容易成为男人的猎物。

就其他方面来说，阿黛莉娅还爱好雕塑。在暖房两侧，各有一尊狮身人面的石雕；我和劳拉常常骑到它们的背上玩耍。一尊快活的半人半羊的农牧神从石凳后面投来不怀好意的目光；他长着两只尖耳朵，私处用一片硕大的葡萄叶遮着，看上去像戴着一枚政府官员的徽章。莲花池边坐着一位端庄的仙女。她有一对尚未发育成熟的少女乳房，大理石做成的头发拧成一条辫子甩在肩后，一只脚轻轻地探入水中。我们常常坐在她身边吃苹果，观看金鱼啃她的脚趾。

（这几尊雕像据说都是“真品”，但真在哪儿？阿黛莉娅是怎么弄来的？我怀疑是上当受骗——某个可疑的欧洲掮客以低价把它们买下来，编造了它们的来源，以欺骗的手法卖给了远隔重洋的阿黛莉娅，从而侵吞了中间的差价。这个掮客断定，他盯上的这个北美洲富婆是不会明白的。）

阿黛莉娅还设计了我们家族墓地的墓碑，并且雕上两个天使。她本想让祖父把他祖先的坟墓也迁到那里去，以显示我们家族赫赫的“王朝史”，可他坚决不同意。结果，她自己倒第一个埋进了那块墓地。

阿黛莉娅死后，祖父本杰明是不是感到松了一口气呢？虽然祖父对祖母的崇拜显然到了敬畏的程度，但他知道他怎么做也达不到她的苛刻标准；对此他可能也厌烦了。祖母走后，阿维隆庄园一切照旧，未有丝毫的改变——照片仍挂在老地方，家具也未移位。也许，他把整座房子都看成是她的一座真正的纪念碑。

因此，我和劳拉可以说是她抚养大的。我们在她的房子里长大，也就是说在她的观念中长大。然而，我们却没有成为她要求的那种人。既然她已经作古，我们也无法同她争辩了。

我父亲是三个兄弟中的老大，阿黛莉娅为他们取了三个高雅的名字：诺弗尔、埃德加和珀西瓦尔——带有亚瑟王的影子和瓦格纳[①]的隐意。我想，他们该为自己庆幸没被取名为“尤瑟”、“西格蒙德”或“乌尔里克”。祖父本杰明很溺爱他的三个儿子，希望他们能够学做钮扣业，但阿黛莉娅却有更高的目标。她送他们去霍普港的“三一”学校就读；如此一来，本杰明和他的机器就无法使他们变粗俗了。她对本杰明财富的用途很满意，但是却希望掩饰它的来路。

三兄弟只有到暑假才回家。在最初的寄宿学校和后来的大学就读之后，他们对自己的父亲产生了一种善意的藐视：他不懂拉丁文，一点都不懂；起码他们三个还懂一点。他们会谈一些他不认识的人，唱一些他从未听过的歌曲，讲一些他不明白的笑话。他们趁着月光，驾着他的小游艇航行；这条船被阿黛

---

① 瓦格纳(1813—1883)：德国著名作曲家。

莉娅命名为“水妖”号——这是她迷恋哥特派艺术的又一实例。埃德加弹奏曼陀林，珀西瓦尔奏响五弦琴；他们还偷偷地喝啤酒，把船上的索具弄得一团糟，留给他们的老父去收拾。家中有两辆新车，他们会开走一辆去兜风。不过，镇上没有多少地方可去，因为镇上的路一年中有半年要么是积满冰雪，要么是泥泞不堪，要么是尘土飞扬。镇上有传言说，父亲的两个弟弟玩姑娘，玩过后又花钱摆平了这件事。也只有钱才能将这几位姑娘打发掉而保住体面——总不能允许出现蔡斯家的私生子到处乱爬的情景吧？不过，她们是外乡的姑娘，因而人们倒不指责本镇的小伙子；相反，男人们却指责那些姑娘。人们笑话这对兄弟，但是却不厉害，因为据说他们长得很结实，而且平易近人。埃德加和珀西瓦尔被昵称为“埃迪”和“珀西”，而我父亲却比较害羞，自尊心也较强，因此别人还是一直叫他诺弗尔。他们都是些帅小伙，只是像别的男孩子一样有点野气。到底什么是“野气”呢？

“他们是恶少，”瑞妮对我说，“但决不是流氓。”

“有什么区别吗？”我问道。

她叹了口气。“我希望你永远都别搞清楚。”她说道。

一九一三年，阿黛莉娅死于癌症——那病当时还没有名称，很有可能是妇科病变。在阿黛莉娅生命的最后几个月里，瑞妮的母亲被叫来在厨房里帮忙，瑞妮也跟着来了。瑞妮那时十三岁，前前后后的事给她留下了深刻的印象。“疼痛非常剧烈，于是他们每隔四小时就给她打一针吗啡；还有护士日夜看护。但她不愿意躺在床上，十分硬气。她总是从床上下来，像往常一样打扮得漂漂亮亮，你甚至可以认为她已经半疯了。我常常看到她穿着淡色的衣裙，戴着有面纱的大帽子在院子里走来走去。她姿势优美，腰挺得比大多数男人都要直。最后，为了她好，他们只能将她绑在床上。你的祖父心都要碎了。人们可以看到，这件事使他完全泄了气。”随着时间的流逝，我已经越来越难以在脑中留下印象了。然而，瑞妮一讲这事还要加进一些令人窒息的尖叫、呻吟以及临终的誓言之类，可她的动机是什么我却不得而知。她是想让我也要表现出这般的刚毅——这般的藐视疼痛、这般的硬气，还是她陶醉于讲述那些揪心的细节？毫无疑问，两者兼有之。

阿黛莉娅去世的时候，三个兄弟都已长大成人了。他们怀念自己的母亲吗？他们为她的离去而悲伤吗？那是当然。他们对奉献了全部爱的母亲怎能不心存感激呢？不过，她对三兄弟管教得太严了，设法将他们束缚得牢牢的。她被妥善安葬以后，他们身上的束缚想必也可以松一点了。

三兄弟中没一个愿意从事钮扣业。虽然他们没有继承她的现实观念，但他们也像他们的母亲那样瞧不起这个行当。他们明白树上不会长钱，可他们对怎样才能赚钱也没什么好主意。我父亲诺弗尔认为他可能涉足法律界，然后再从政，以实现他改善国家的抱负。另外两个兄弟想外出闯荡；一旦珀西读完大学，他们俩就远去南美洲探寻金矿。通往南美的路正在向他们招手。

那么由谁来掌管蔡斯的企业呢？难道就没有蔡斯家族的人来继承吗？如果是这样，本杰明何苦要拼命创业呢？事已至此，他让自己相信：除了他自己的雄心和欲望之外，他这么干还另有原因——为了某种崇高的目标。他已经为蔡斯家族创立了一份家业。他想让这份家业一代代传下去。

在这个港市，这件事一定成了人们茶余饭后带有指责口吻的、反复谈论的话题。然而，三兄弟坚定不移。你无法强迫一个年轻人将他的一生献给钮扣制造业。他们并不是刻意要令他们的父亲失望，但他们也不想挑起这副笨重而耗力的世俗担子。

嫁　妆

新的风扇买回来了。零碎的部件都装在一个大纸箱里。沃尔特带来了他的工具箱，把风扇组装起来。干完活以后，他说："这下把它搞定了。"

沃尔特能够对付各种船只、爆裂的汽车引擎，或者坏了的灯具和收音机——手巧的男人可以摆弄任何一样东西，将它整旧如新。为什么我会感到放心呢？也许在我充满孩子气和信赖别人的内心里，我相信沃尔特会拿出钳子和棘轮为我干好这活的。

这台立式电扇安在了卧室。我把那台旧的搬到了楼下的门廊里，用来凉快我的后颈。凉风像一只手轻抚我的肩膀，这种感觉令我感到舒服，却有些不自在。空气流通了，我就坐在木桌旁，随意涂鸦。不，应该说不是涂鸦。流畅的文字无声地滚过纸页；那是从我的手臂里流淌出来，从我的手指间挤出来的，多么费劲。

黄昏时分，物静无风。湍流穿过花园的水声就像长长的喘息。蓝色的花朵与蓝天混为一体；红色的花朵蒙上一层黑郁郁的色彩；白色的花朵闪耀着银光。郁金香褪去了它的花瓣，只露出光秃秃的黑色花蕊——看上去像个小嘴，不乏性感。牡丹的花期几乎已经过了，湿乎乎的花瓣没精打采地低垂着，犹如弄潮了的纸巾。此时，百合花和夹竹桃却盛开了。晚山梅的花已经凋谢，在草地上留下星星点点的白色花瓣。

一九一四年七月，我母亲嫁给了我父亲。我觉得，从各方面来说，这件事都需要一个解释。

瑞妮是我最大的指望。当我到了对这种事感兴趣的年龄——十一岁、十二岁、十三岁的时候——我总坐在厨房的桌子旁，缠着瑞妮讲给我听。

瑞妮到阿维隆庄园来做全职女佣时还不满十七岁。她是从若格斯河东南岸的联排平房中来的，那里住的都是做工的人。她说自己是苏格兰和爱尔兰的混血儿；她祖母家是爱尔兰的天主教徒，而她不是。开头她是我的女仆，但后来经过一番调动和自然裁员，现在成了我们家的支柱。她有多大年龄？不关你的事。反正阅历不浅，办事牢靠。这就足够了。如果问起有关她自己的生活，她就会守口如瓶。她会说：我从来不与别人交往。当时，我觉得她是多么谨慎小心。现在看来她是多么小气。

然而，她了解我们的家族史，至少了解关于我们家族的一些事。她对我讲的故事，随着我的年龄改变而改变，同时也与她讲故事时分心的程度有关。不过，我用这种方式搜集的关于过去的片断也足以将它重新拼合起来，好比用马赛克拼合成的画像与原像基本相同。反正我并不是想要真正的事实；我只想把事情用简单的线条明晰地勾勒出来，然后再涂上重彩。大多数孩子都希望他们父母的故事是这样的。打个比方说，他们要的只是一张彩色明信片。

瑞妮说，我父亲是在一次溜冰聚会上向我母亲求婚的。瀑布上游的河湾里有一个老磨坊池塘，那儿的水流比较缓慢。在严寒的冬天，水面上就会结一层厚厚的冰，人们可以在上面溜冰。于是，年轻人的教友团体就会来此举行溜冰聚会；其实也不能称为聚会，应该说是外出游玩。

我母亲是循道公会教友，而父亲是英国国教教徒，因此母亲的社会地位要低于父亲；人们在当时很看重这个。（我后来想，如果祖母阿黛莉娅当时还活着的话，她决不会允许这门婚事的。对祖母来说，我母亲的门第太低，而且她太拘谨、太认真、太褊狭。阿黛莉娅一定会把父亲拖到蒙特利尔去，至少给他介绍一个初次参加社交活动的、穿着考究一点的少女。）

瑞妮说，母亲当时十分年轻，只有十八岁，但她决不是一个愚蠢、轻浮的姑娘。她在学校教书；那个时候，一个人不满二十岁也可以做教师。她父亲是蔡斯企业的高级律师，家里过着“小康”的日子，因此她并非不得不去教书。她自己的母亲在她九岁时去世了。母亲像外祖母一样，对自己的宗教很虔诚。她认为，一个人应该帮助那些不如自己幸运的人。瑞妮钦佩地说，她像传教士那样担当起了教育穷人的工作。（瑞妮常常对我母亲的行为钦佩不已，却认为自己这样干则是愚蠢的。她在穷人中间长大，觉得他们是无药可救的。她会说，你教他们教得面红耳赤，而大多数人却把你气得撞墙。可是你母亲，上帝保佑她的好心，她从来看不到这一点。）

有一张我母亲在安大略省伦敦师范学校与另外两位姑娘的合影照片；三个人站在宿舍前的台阶上，手挽着手，开心地笑着。宿舍两边堆起了厚厚的冬雪，屋檐上挂着冰柱。母亲身穿一件海豹皮的大衣；帽子下面露出她秀发的发梢。她的眼睛很早就近视了，我记得她戴着猫头鹰似的眼镜；在此之前，她肯定还有一副夹鼻眼镜，但在这张合影中却没有戴。她穿滚毛边靴子的双脚在照片中可以看到一只，脚踝的姿态十分迷人。她看上去胆子很大，甚至闯劲十足，就像一个去海上冒险的男孩。

毕业以后，她去了远在大西北的一所只有一间教室的学校教书。那是个落后的乡村，贫困不堪，到处是虱子，人们愚昧无知——那段经历深深震撼了她。那儿的人给孩子们缝制的内衣要从秋天穿到开春，没有替换。总之，那些细节给我留下的印象就是肮脏不堪。当然，瑞妮说，那里不是你母亲那样的淑女该去的地方。

然而，我母亲认为她在那里还是有所成就的，至少为那些不幸的孩子做了些实事，或者说她希望如此。后来，她回来过圣诞节；人们说她又苍白又瘦弱，脸颊不见血色。于是，她就同我父亲一起去参加了磨坊池塘的那个溜冰聚会。他单膝跪地，第一次为我母亲系上了溜冰鞋的带子。

其实，他们俩通过双方的父亲而相识已经有些日子了。在此之前，他们也有过礼节性的会面。在阿黛莉娅举行的最后一次花园戏剧表演中，他们还在一起演过莎士比亚的《暴风雨》——他扮演费迪南德，而她则饰演米兰达。演出的剧本作了删节，把性描写和残忍的情节也减少到最低限度。瑞妮说，我母亲身穿一件粉红的连衫裙，戴着玫瑰花环，将台词完美地表达出来，就像一位天使。啊，勇敢的新大陆，你孕育了这样的人民！她那双清澈的眼睛，因近视而难以聚焦，在灯光的照耀下显得有些迷离。你能够明白他们俩是如何终成眷属的。

我父亲本可以去别处找一个更有钱的妻子，但想必他是要找那种忠诚可靠的：一个他可以依靠的女子。瑞妮说，尽管他头脑发热——显然他曾经头脑发热过——他却是个认真的小伙子。言下之意就是：否则的话，母亲也不会接受他。他们俩对自己的理想都很执着；两个都想实现某种高尚的目标，都想把这个世界变得更美好。这是多么诱人而又多么危险的理想！

他们在池塘上一起溜过几圈之后，父亲就要求母亲嫁给他。我猜想，他求婚时肯定是笨嘴拙舌的，但笨拙正表现了男人的真挚。在那一刻，虽说他们一定碰到了对方的肩膀和臀部，两个人却都没有正视对方。他们肩并肩地溜冰，两人的右手握在前面，左手握在身后。（她当时穿什么衣服来着？瑞妮连这个也知道。一条蓝色的毛围巾，以及与之相配的苏格兰圆帽和毛手套。这都是她自己织的。一件绿色的齐膝冬外套。一块手帕塞在袖子里——瑞妮说，母亲从来不会忘记带手帕，不像另外一些她叫得出名字的女人。）

在这个节骨眼上，母亲作出了什么反应呢？她瞅着冰面，没有立即回答。这就意味着同意了。

他们周围的一切都被白雪覆盖了——白色的岩石、白色的冰柱。他们脚下的冰也是白的，而冰下面的河水带着旋涡和逆流，黑沉沉的看不见底。这就是我为那个年代——我和劳拉还未出生的年代——所描绘的情景。那个年代表面看来是那么干净、那么纯真、那么实在，但同样也潜伏着危险。事物的外表之下是未知的东西，正在慢慢地沸腾。

接下来是赠送定情的戒指，并且在报纸上向外公布。我母亲按职责授完一年课回来之后，就举行了正式的订婚茶会。茶点很精美——芦笋三明治卷、水椒三明治，以及浅色、深色和水果味的三种蛋糕；茶是用银壶沏好的。桌上插着玫瑰花——白色的，或粉红的，或淡黄的，没有红色的。订婚茶会上不用红玫瑰。为什么呢？*你以后会弄明白的*，瑞妮如是说。

再接下来就是迎嫁妆。瑞妮喜欢把这事讲得详详细细——有带花边的睡衣和梳妆袍、绣着姓名缩写的枕头，以及床单和衬裙。她还说到衣橱、五斗橱和日用品小柜，以及里面整齐叠放的衣服之类。她没有提到将要穿这些衣服的两位新人，因为对瑞妮来说，婚礼主要就是一个有关衣服的问题，至少表面上是如此。

下面的事宜就是拟定客人的名单、填写请柬、选择花卉等等，然后就是婚礼了。

婚礼之后，接着就发生了战争。爱情、婚姻、灾难三部曲。照瑞妮的说法，这是不可避免的。

战争于一九一四年八月爆发，也就是在我父母结婚后不久。兄弟三人毫无疑问地都应征入伍。现在想来，这样的毫无疑问令人惊讶。三兄弟身穿军装照过一张神气的合影：三个人的额头看上去严肃而天真，留着稚气的小胡子，露出冷静的微笑和坚定的眼神——虽然还未成为正式的军人，却摆出一副军人的派头。父亲的个头最高——他总是将这张合影放在他的桌子上。

他们参加了加拿大皇家军团；来自提康德罗加港的新兵都编入了这个团。很快他们就被派往百慕大，以接替驻守在那里的英国军团。因此，战争的第一年，他们主要是进行队列训练和学习军规军纪。他们在来信中说，他们也会闹点小事之类。

祖父本杰明急切地读着这些来信。时间一天天过去，可谁胜谁负却始终没有定论，祖父变得越发紧张和担心。事情的发展本不该如此呀。具有讽刺意味的是，他的生意倒是越来越红火了。他还发展了赛璐珞和橡胶的业务，钮扣的需求量也越来越大。幸亏阿黛莉娅在世时曾帮助他与政界有过接触，因此他的工厂收到了大量来自军队的订单。他还是一如既往地诚实经营，不卖假货或次品。他并不是一个发战争财的人，但也不能说他没有从战争中获利。

战争对钮扣业十分有益。战争中丢失大量的钮扣，每次都需要整箱整箱、整车整车地补充。它们不是被炸毁了，就是在路上散落了，或者在大火中烧掉了。内衣的命运也同样如此。从经济的观点来看，战争是一场神奇的大火——一场巨大规模的炼金大火，腾起的烟雾将大火变成了金钱。至少这在我祖父身上得到了实现。然而，这个事实已无法再使他的心灵快乐，也无法再维持他的正直了，尽管在最早他自鸣得意的那几年可能如此。他想要他的三个儿子回来。那倒不是因为他们去了什么危险的地方；他们还在百慕大，在阳光下列队走步。

从纽约州的芬格湖度完蜜月回来，我的父母亲就一直住在阿维隆庄园，直到他们能够建起自己的房屋，而母亲则留在那儿为祖父管理家事。他们实在是人手短缺，因为所有的劳力要么去工厂，要么去打仗了，同时也因为大家觉得阿维隆庄园要带头削减开支，母亲坚持饭食简单：星期三吃炖肉，星期天晚上吃烤大豆——这也很合祖父的胃口。实际上，他从未对阿黛莉娅原先的豪华菜单感到自在过。

一九一五年八月，加拿大皇家军团奉命撤回哈利法克斯，准备开赴法国。部队在港口呆了一个多星期，添补给养、招募新兵，并且把热带军装换下来，穿上更暖和的军装。士兵们还发到了罗斯步枪，可是后来都在泥地里卡壳，弄得他们手足无措。

我母亲搭乘火车去哈利法克斯为父亲送行。火车上挤满了上前线的男人。她弄不到卧铺，于是只好一路坐着。走道里到处都伸着脚，堆放着包裹，还放着痰盂。咳嗽声、呼噜声（无疑是醉酒后的呼噜）响成一片。当她看着周围一张张稚气未脱的小伙子的脸，她突然真切地感受到了战争——那不是一个概念，而是一个现实。她年轻的丈夫可能会因此丧命。他的身体可能会被毁灭；可能会被撕碎，可能会成为战争的牺牲品——看来，现在不得不作出这样的牺牲了。伴随这种意识而来的是绝望和恐惧。不过，我相信同时也带来了一种凄凉的自豪。

我不清楚他们俩在哈利法克斯是住在哪儿，住多久。是住在一家体面的大酒店里，还是由于房间紧张而窝在下等客栈或港口边的廉价旅馆里？他们在一起是待了好几天，还是一个晚上，还是几个小时？他们俩做了些什么，又说了些什么？我想也就是一些平平常常的事吧，可究竟是什么呢？如今是再也不可能知道了。后来，“苏格兰人”号海轮载着军团的官兵起航了，我母亲与其他妻子们站在码头上哭泣着向亲人挥别。或许母亲没有哭泣，因为她觉得不能这样放纵自己。

父亲在信中写道：我正在法国某个地方。我无法形容这里发生的一切；我也不会去形容。我们只能相信，这场战争是出于正义，是为了维护和推进现有的文明。伤亡(此处一个字被划掉)难以计数。我以前不知道人类擅长什么。要忍耐的已超出了(此处一个字被划掉)。我天天都在想家，特别是想你，我最亲爱的莉莲娜。

在阿维隆庄园，我母亲开始把意志付诸行动。她对公共服务抱有信念；她觉得，她必须卷起袖子为战争做点有用的事情。她组织了一个“慰问团”，通过捐赠品义卖来筹钱，然后用这钱买小包的烟草和糖果寄往前线的战壕。她为这些活动打开了阿维隆庄园的大门，但据瑞妮说，办这些事把地板弄得一塌糊涂。除了义卖，每个星期二的下午，她的小组就会在客厅里为部队编织衣物——新手们织浴巾；熟手们织围巾；老手们织连帽大衣和手套。不久，又征召了一批“星期四志愿者”；她们是从若格斯河南岸来的一些年长的、文化较低的女人，但个个都是编织能手。这些人为亚美尼亚的挨饿儿童和所谓“海外难民”编织婴儿服。编织了两个小时以后，她们便在餐厅吃一顿简单的茶点；此时，彩绘玻璃上的圆桌骑士和他的情人会懒洋洋地俯视她们。

当伤残的士兵开始出现在街道上和邻近几个镇上的医院里(提康德罗加港还没有医院)，母亲会亲自去看望他们。据瑞妮说，她看望的大多是那些最惨的伤员——破相或残废的士兵。每次回来，她都会筋疲力尽，心烦意乱，甚至还会在厨房里哭泣。这时，瑞妮会冲一杯可可给她喝，让她支撑住。瑞妮说，她从不爱护自己，因而毁了自己的健康。尤其是从她的身体状况来看，她是在拼命地工作。

拼命地工作，不爱护自己，毁了自己的健康——这曾经是一种多么崇高的美德啊！这种无私并不是与生俱来的：它只有通过严酷自律、克服人的劣根性才能获得。而到了我生活的时代，这种诀窍或秘密想必已经丢失了。或许，由于母亲的遭遇对我的负面影响，我并没有去尝试。

至于劳拉，她一点都不无私。她倒是性格敏感，这又是另一回事了。

我生于一九一六年六月初。我出生后不久，珀西在伊普尔前沿阵地的炮火中阵亡了。七月份，埃迪在索姆牺牲；或者说，人们认为他已经死了：他最后一次被人见到是在一个大弹坑旁。这两件不幸的事让母亲难以接受，而对祖父的打击更大得多。八月份，祖父得了严重的中风。他说话和记忆都出现了障碍。

母亲非正式地接过了管理工厂的工作。她周旋于祖父(据说他处于病后恢复期)和其他人之间，每天还要与工厂的男秘书和各种各样的工头会面。由于母亲是唯一能听懂祖父说话的人，或者说她自己认为她能，因此她成了他的翻译，也成了唯一有资格握着祖父的手帮他签名的人。谁敢说有时候她不会照自己意志行事呢?

厂里也不是说万事太平。战争开始的时候，有六分之一的工人是女性；到战争结束的时候，数量已是三分之二了。剩下的男人都是些老弱病残，或者是由于其他原因不能上战场的。这些人对女工的剧增感到不快，于是就发泄对她们的不满，或者开下流的玩笑。反过来，这些女工认为他们是懦夫或懒汉，掩饰不住对他们的藐视。事物的自然顺序——我母亲认为的自然次序——就是把事情反过来做。不过，工人的工资给得很高，而钱给生产加足了油。总的来说，我母亲有能力将厂里的事处理得顺顺当当。

我想象祖父夜晚坐在他的书房里，坐在红木桌后面那张缀满铜钉的绿皮椅里，交叉着两手的手指——一只手有知觉，而另一只手却没有知觉。他在听是否有人来了。门半开着；他看到门外有个影子。他说："请进。"——他心里想说——可是没人进来，也没人回答。

粗鲁的护士来了。她问他一个人坐在黑暗中想些什么。他听到一个声音，但不像是人在说话，更像是乌鸦叫。他没有回答。她抓住他的胳膊，轻易地将他从椅子里拉起来，胡乱地把他推到床上。她的白裙子发出沙沙的声响。他听到一阵干风吹过长满秋草的田野。他听到了冬雪的低语。

他知道自己的两个儿子死了吗？他希望他们再活过来，平安归家吗？如果他的希望成为现实，他自己的结局会不会更令人伤心？也许会更令人伤心——事情往往是这样——但这样想并不能给人多少宽慰。

留声机

昨天晚上，我像平时一样收看了电视台的气象频道。地球上别的地方在发洪水：浑浊的泥水滚滚，泡肿的死牛从眼前漂过，挤成一团的幸存者站在屋顶上。已经有成千上万的人淹死了。据说，这是全球气候变暖造成的后果；人们必须停止焚烧汽油、石油和原始森林。然而，人们不会罢手。贪婪和饥饿迫使人们照烧不误。

我写到哪儿了？我翻回去一页：战争还在如火如荼地进行着。过去人们用如火如荼来形容战争，说不定如今还在继续使用。不过，从这新的、干净的一页开始，我将结束这场战争——我独自用这支黑塑料钢笔一举将它结束。我只要写一下就成：1918 年 11 月 11 日。停战日。

好了。战事结束了。枪声沉寂下来。幸存的士兵穿着湿乎乎的衣服，爬出散兵坑和肮脏的洞穴，抬起一张张满是污垢的脸仰望天空。战争的双方都感到输了。在小镇、乡村、大洋的两岸，所有的教堂都响起了钟声。（我还记得当时钟声阵阵。这是我最早的记忆之一。空中到处都是声音，同时又是空空的，奇怪极了。瑞妮带我到外头去听钟声。她的脸颊流淌着泪水。感谢上帝，她说道。那一天气候寒冷，落叶蒙上了一层白霜，莲花池里也结了薄薄的一层冰。我用棍子把冰捅破了。母亲在哪儿呢？）

父亲在索姆受了伤，但康复后被提升为少尉。他后来在维米桥再次受伤，虽不重，却又被提升为上尉。他在布尔隆林地又受了一次伤，这次比较严重。当他正在英国接受康复治疗的时候，战争结束了。

他错过了在哈利法克斯为归国部队举行的盛大的欢迎仪式，以及胜利游行等一系列活动，但提康德罗加港为他一个人举行了一次特殊的欢迎仪式。火车缓缓停下。人群中爆发出一阵欢呼声。有人伸出手去扶他下车，却迟疑了一下。接着他出现了。他只剩下一只眼睛和一条腿。他的脸看上去不仅憔悴，而且伤痕累累，但狂热不减。

同亲人告别的痛苦令人心碎，可归来的痛苦却有增无减。一个血肉之躯重新站在你面前是无法符合离别所产生的美好幻影的。时间和距离使心上人的形象变得模糊了。然后，心爱的人突然来到你面前；在正午酷烈的阳光下，那张脸上的伤疤、毛孔、皱纹和胡须无一不清晰可见。

我的父亲和母亲就这样重逢了。他们如何为自己如此大的变化而补偿对方呢？——他们俩都无法符合对方心目中的形象。他们之间怎能没有怨恨呢？有怨恨也只能委屈地默默忍受，因为谁都没有错，也没法去指责谁。战争又不是某个人。比方说，我们总不能去指责一场飓风吧？

他们俩就这样站在月台上。镇上的乐队演奏着乐曲，大多是铜管乐。他身穿军服；胸前的军功章像是衣服上的弹孔，透过它可以看见他金属般的身躯发出暗淡的光芒。在他身旁，无形地站着他的两个兄弟——两个已经牺牲的小伙子，他失去的亲人。我母亲今天穿上了她最美的衣服：一件翻领束腰连衫裙和一顶扎着丝带的帽子。她战栗地微微一笑。两个人都不知所措。他们俩凝视着对方，那种惊奇的眼神就像犯了罪似的。这时记者的闪光灯一闪，照下了这一情景。我父亲的右眼戴着黑眼罩，左眼狠狠地瞪着。在那未曾揭开的眼罩下面，疤疤点点的眼窝里已经没有眼球了。

报纸将会大肆宣扬："蔡斯家族的继承人英勇归来。"这又是另外一件事了：我父亲现在成了继承人；也就是说，他既失去了兄弟，又失去了父亲。"蔡氏王国"已掌握在他的手中——握在手上的感觉却像是一团泥巴。

母亲哭了吗？可能吧。他们俩想必尴尬地接了吻，这种尴尬好比去盒装食品义卖会却拿出一张买错的票。这个老练而又操劳的女人——脖子上挂着老处女那种闪光银链夹鼻眼镜——并不是他记忆中的爱人。他们俩现在成了陌路人；他们俩也一定意识到，他们原本就是陌路人。光线可真厉害。这些年来他们不知老了多少！当年的小伙子曾殷勤地单膝跪地为姑娘系溜冰鞋带子；当年的姑娘曾甜蜜地接受这份殷勤——这些事好像从未在他们身上发生过似的。

此外，还有一些现实的事情像一把剑横在他们中间。说来很自然，父亲曾经有过别的女人——那种在战场周围出没、赚取好处的女人。那些娼妓嘴里会说出我母亲从来说不出口的浪语。父亲回来后第一次抚摸她时，她一定感觉到他当年的胆怯和尊重已经荡然无存了。可能开头在百慕大，后来在英国，他都抵挡着诱惑，一直到埃迪和珀西阵亡，而自己也受伤之后，他的防线就崩溃了。从那时开始，他就紧紧地抓住生活——无论是什么，来者不拒。她怎么能不理解在那种情况下他的需要呢?

她能够理解，至少她明白她应该理解。她理解了，对此一字不提，并祈祷上帝给予她宽恕的力量，而她真的宽恕了他。然而，他感到在她的宽恕中生活并不容易。连吃早饭也蒙上了宽恕的阴影：咖啡、粥和黄油烤肉上都带着宽恕。他对此束手无策；一个人怎么可能否认并未言明的事情呢？她也有气，怨恨那些在不同的医院里照顾我父亲的护士。她希望由她独自照顾父亲——不辞辛苦地、忠心耿耿地照顾他，直到康复。这是无私的另一面：无私的专横。

然而，父亲并不十分健康。事实上，他是一具散了架的残骸。他的一些表现即是明证：他在黑暗中大叫、做噩梦、无缘无故发火，还将碗和杯子朝着墙上或地上乱砸；不过，他没砸过母亲。他像一件坏了的东西，需要人去修补。因此，对他来说，她还是有用的。她会为他营造一种安详的氛围；她会迁就他；她会溺爱他；她会将鲜花放在他的早餐桌上；她还会为他做他最喜欢吃的饭菜。至少，他还没得什么可怕的疾病。

但是，一件更严重的事却发生了：父亲变成了无神论者。在战壕里，上帝像气球一样破裂了，剩下的只是几丝丑陋的伪善。宗教像是抽打战士们的棍子，那些卫道士喋喋不休的说教只不过是虔诚的蠢话而已。珀西和埃迪的英勇行为和惨烈的牺牲是为了什么？又取得了什么成就？他们是被一群无能而有罪的老家伙的错误害死的。倒不如当初在“苏格兰人”号轮船上就让这些老家伙割断了喉咙，扔到海里了事。所有那些为上帝和文明而战的屁话都令他作呕。

母亲害怕极了。他是说珀西和埃迪不是为了崇高的目标而死的吗？难道那些可怜的战士都死得不值吗？说到上帝，除了上帝还有谁看到他们经受考验和苦难呢？她请求他至少别宣扬他的无神论。接着，她又为自己的这种要求而感到羞愧——似乎邻居们的看法对她来说是最重要的，而父亲的灵魂与上帝的关系并不重要。

不过，父亲尊重她的愿望。他明白这样做的必要性。反正，只有在他喝醉酒的时候才会说这些话。战争前他是不太喝酒的，而现在却经常喝酒，酒瘾很大。他一边喝酒，一边在地板上拖着他那只坏脚来回踱步。过了一会儿，他就开始发抖。母亲试图去安慰他，而他却拒绝安慰。他会爬上阿维隆庄园那粗矮的塔楼，说他想去抽烟。其实，这只是他想独处的一个借口而已。在塔楼上，他会自言自语，并且用力打墙，最后喝得酩酊大醉才算完事。他避开母亲做这些事，因为他自认为还是个绅士，至少他坚持穿那件标志绅士的破败不堪的外衣。他不想吓着她。另外，我猜想，母亲好意的服侍也深深地刺激着他，使他感到难受。

浅一脚、深一脚、浅一脚、深一脚，他像是一只脚踩进陷阱的野兽在行走。低低的呻吟和含糊的呐喊，以及打碎玻璃的声音都会将我吵醒，因为塔楼的地板就在我房间的上面。

接着就会传来下楼的脚步声，随后安静下来，我卧室关着的长方形的门外隐约出现了一个黑影。我看不见他，但我可以感觉到他——一个蹒跚的、悲伤的独眼怪兽。我早已习惯了这些声响；我从不认为他会伤害我。然而，我却一直是小心翼翼地对待他的。

我不希望给人印象是他每天夜里都是如此。随着时间的流逝，他发作次数越来越少，间隔也越来越长。不过，你可以从我母亲抿紧的双唇看出来：他又要发作了。她有一种雷达系统，可以探测父亲情绪的波动。

我是想说他不爱她了吗？根本不是。他爱她；在某些方面他对她忠贞不贰。然而，他无法进入她的内心，她这方面也一样。他们俩就像喝了某种致命的毒药，使得他们在同一个屋檐下生活，在同一张桌上吃饭，又在同一张床上睡觉，但是他们的心却永远走不到一起。

日复一日地渴求一个就在你眼前的人，那是什么滋味？我永远也不会明白。

几个月之后，父亲就开始了他那不光彩的漫游。不过，不是在本镇，至少起先不是。他会坐火车去多伦多“出差”，实际上是去喝酒，而且还去“找鸡”——当时的话就是这么叫的。消息传开了，快得惊人；丑事一般都是如此。奇怪的是，我的父母却因为此事在镇上更受尊敬了。鉴于当时的情况，有谁会去指责他呢？至于母亲，尽管不得不忍受许多事，可她嘴里从没有说过一句抱怨的话。镇上人们的态度完全是顺理成章的。

（我是如何知道所有这些事的？我并不知道，至少不是通常意义上的知道。不过，在我们这样的家庭里，闭口不谈的事要比讲出来的事多——双唇紧闭、头转过去、匆匆斜睨一眼都表达一定的意思。有时连肩膀也会拱起来，像扛了一个重物似的。难怪我和劳拉喜欢在门外偷听了。）

父亲有一大捆手杖，都带有特制的手柄——象牙的、银的、乌木的。他总是穿戴得整整齐齐。他从未设想过最终要经营家族的企业，但既然接过了这副担子，他就打算把它干好。他本来可以把工厂卖掉，却碰巧当时没有买主，或者说别人不愿出他报的价码。同时，他觉得这是他的义务所在，即便不是为了纪念他的父亲，也是为了纪念他的两个死去的兄弟。尽管家里只剩下他一个儿子，他还是把信笺上公司的名称改为“蔡斯父子(三人)公司”。他想要有自己的儿子，最好是两个，以此来代替他死去的两个兄弟。他想把工厂开下去。

工厂的男人们从一开始就尊敬他。这倒不仅是因为他得的军功章。战争刚结束，厂里的妇女就靠边站了，她们的岗位由战罢归来的男人们顶上——只要这些男人还能够工作。然而，战争时期的大量需求已经结束，因此没有那么多活可干了。就全国来说，许多工厂关闭，工人失业，而我父亲的工厂却不然。他还在雇用工人，而且是超量地雇用。他雇用那些老兵。他说，国家对这些人忘恩负义是可鄙的，而全国的工商业主应该补偿欠他们的东西。不过，很少有人响应。他们对此闭上一只眼，只当没看见。然而，我父亲本来就只有一只眼睛，他不能再把另外一只也闭上。于是，别人就开始说他是叛逆者，说他有点犯傻。

从外表上看，我是父亲的真传。我不光长得像他，还继承了他的绷脸以及他固执的怀疑主义。(最后连他的军功章也继承了。他把它们都留给了我。)当我倔犟的时候，瑞妮就会说我的脾气坏，而她知道这是谁的遗传。与我相反，劳拉则是母亲的真传。在某些方面，她也具有母亲的那种虔诚；她也长着高高的、白净的额头。

不过，长相这种东西带有欺骗性。我开车决不会坠下桥去。我父亲会的，而母亲倒不会。

那是一九一九年秋天。我、父亲、母亲三人一起努力，要把日子过好。十一月份的一天，差不多是上床睡觉的时候了。我们坐在阿维隆庄园的起居室里。由于天气转凉了，起居室的壁炉生了火。母亲最近刚从一种莫名其妙的病中康复过来，据说那病与她的神经有关。她在补衣服。她本来不需要自己干——她可以雇一个人，但她自己想干；她喜欢手里有活。她正在缝我裙子上掉下来的一粒钮扣；别人说我穿衣服从不爱惜。她手肘边的圆桌上摆着印第安人编的带有香草镶边的针线篮，里面放着剪刀、线轴以及她的蛋形木制衬补托，另外还有她新配的专用圆眼镜。做这种近的针线活她是不用戴眼镜的。

她身穿一件天蓝色的连衫裙，白色的宽领子，白色的内包袖口。她的头发过早地开始变白了。她是宁愿砍掉一只手也不愿意去染发的。因此，她那张年轻女子的脸庞之上却是一头银丝。她将头发中分，然后将她那瀑布般的富有弹性的长发在脑后盘成个复杂的髻。（五年后，她去世前已经剪成短发，多了一分时髦，少了一分动人。）她的眼皮垂着，两颊圆圆的，肚子也是圆圆的。她略带笑意的样子看上去和蔼可亲。那盏带粉红色灯罩的电灯在她脸上投下一层温婉的光彩。

父亲坐在她对面的长椅里。他背倚着靠垫，却心神不定。他将一只手放在他的坏腿的膝盖上，坏腿不停地上下抖动。（好腿、坏腿——这两个用词引起了我的兴趣。坏腿做了什么坏事，要称之为“坏”？这种暗里的残废状况难道是一种惩罚吗？）

我坐在他旁边，却并没紧靠着他。他的一只胳膊搁在我身后的沙发背上，但没有碰到我。我拿着我的字母课本，照书朗读给他听，以表明我识字了。其实我并不识字，我只是记住了字母的形状，以及与图片匹配的单词。茶几上放着一台留声机，张开的喇叭像一朵巨大的金属花朵。我的声音有时听上去就像是从那里面出来的：又小又单薄，还很遥远，似乎只要用一个手指就能把这声音掐灭。

A是苹果派，
出炉新鲜又热乎；

有人尝一点，
有人吃多多。

我抬起头，看看父亲是否在注意听我朗读。有时你和他说话，他并没有听见。他发现我在看他，便低头对我浅浅地一笑。

B 是小宝宝，
皮肤粉嫩笑脸甜，
伸着两只小手，
再加两只小脚。

父亲又回头注视着窗外。（他是否把自己置身窗外，正朝屋内看呢？难道他是一个永无家园的孤儿——一个夜间的流浪者吗？这应该是他为之奋战的目标——麦片广告中的炉火旁田园诗一般温馨的场景：有一个体态丰满、脸颊红红的贤惠妻子和一个听话的、充满崇敬的孩子。不过，这种生活也是平淡和枯燥的。他是否对战争产生了某种怀念，而不在乎它的恶臭和无谓的屠杀呢？是否在怀念他直觉中那种盲目的生活呢？）

F 是火，
忠实的奴仆，恶劣的主人。
听之任之，
它会越烧越旺。

课本中的图片是一个男子满身是火地在跳跃——火苗从他的脚跟和肩膀窜出来，头上长出两只小小的火角。他回头向后望去，露出淘气而迷人的微笑；而且，他浑身一丝不挂。火并不能伤害他，没有任何东西能够伤害他。就为这个原因，我喜欢这个人。我还用蜡笔加了些火苗。

母亲将针穿过钮扣，剪断了线。我继续朗读，越来越急，从文雅的M和N读到古怪的Q和难读的R，最后是发讨厌的咝咝声的S。父亲盯着火苗看，看到火中的田野、树林、房屋、城镇、战士和兄弟化为烟雾，于是他的坏脚不由自主地像狗在睡梦中奔跑那般抽动起来。这是他的家——一个被围困的城堡；他则是这城堡里的狼人。窗外，那寒冷的、柠檬色的落日余晖褪成了灰色。劳拉即将诞生，但我对此还一无所知。

做面包的日子

农民们说，今年夏天雨水不足。知了扯着嗓门唱着单调的曲子；路面上尘土飞扬；路边的野草中，蚱蜢发出嗡嗡的叫声。枫树的叶子如软绵绵的手套般悬挂在树枝上。人行道上，我的影子一晃一晃的。

在太阳还未炙烤大地的时候，我就早早地出门散步了。医生鼓励我这样做，说我的身体状况正在好转。可是走到哪里去呢？我带着我的心无可奈何地不停地走着；人和心绑在一起，就像是某个阴谋故事里人们无法控制的两个不情愿的同谋。第二天我们又将去向何方？我明白，让我活下去和要置我于死地的是同一样东西。从这个意义上来说，它就像爱情，或者说有几分像吧。

今天我又去了墓地。有人在劳拉的坟前留下了一束橘黄色和红色的百日菊；色彩浓艳的鲜花远不能抚慰死者的灵魂。当我看到这束花的时候，花朵已经开始凋谢；尽管如此，还照样能闻到一股辛辣味。我怀疑，这些花是某个吝啬的或狂热的崇拜者从钮扣厂门前的花坛里偷来的。不过，这种事情劳拉自己也干得出来。她对所有权概念的认识再模糊不过了。

在回来的路上，我走进甜甜圈店歇歇脚；外面开始热起来，我想找个地方凉快一下。这家饮食店已经相当破旧了；虽说具有一点时髦的现代气息——淡黄色的瓷砖、固定在地上的白色塑料桌子和配套的模压椅子，事实上这地方几乎破烂不堪。这令我想起某个什么学校，或者某个贫困社区的幼儿园，或者某个为思想出问题的青少年设立的活动中心之类。在这里，你可以用来乱扔或乱刺的东西并不多，就连各种餐具也是塑料的。店堂里弥漫着炸油和松香消毒剂的混合味道，还有一股淡淡的咖啡香味。

我买了一小杯冰茶和一块浇糖甜甜圈。那甜甜圈咬起来就像在啃泡沫塑料一样吱吱作响。吃了一半以后，我就再也吃不下了，于是我踩着滑溜溜的地板去女厕所。在去厕所的时候，我已经在脑子里画出了一张提康德罗加港所有的方便的厕所位置图。当你情况紧急的时候，它们的方便性便突现出来。甜甜圈店的厕所是我目前最喜欢的。倒不是因为它比别处更干净或者更有可能提供手纸，而是因为在里面可以看到更多别人的题词。人们到处会留下这种题词，只是大多数地方经常用油漆把它们涂掉，但在甜甜圈店它们保留的时间要长得多。因此，你既可以看到题词的内容，又可以读到别人的评论。

目前保留得最完整的是厕所中间的一个小隔间里的题词。第一句话是用铅笔写的：不要吃任何你不准备杀害的东西。字体则是罗马人刻在墓碑上的那种圆体，深深地嵌入了油漆过的墙面。

接着是绿色记号笔写的：不要杀害任何你不准备吃的东西。

下面是用圆珠笔写的：不要杀生。

再下面是用紫色记号笔写的：不要吃。

最后是用黑粗体写的：去他妈的素食主义者——“凡神皆食荤”——劳拉·蔡斯。

这样一来，劳拉永远不死。

劳拉费了好长时间才来到这个世界的，瑞妮说，似乎她无法断定降临世间是否是个好主意。生下来之后，她先是生病，我们差点儿就失去了她——我猜想她仍然在犹豫不决。但最后她决定试一试，于是她抓住了生命，渐渐地好了起来。

瑞妮认为，人们能够决定自己的死期，同样对自己的降生也有发言权。当我到了可以回嘴的年龄，我会说：我从来没要求过降生，似乎非要得出一个所以然来不可。瑞妮则会反驳说：你当然要求过。就像我们大家一样。瑞妮认为，一旦生下来，我们就要担当起生活的责任来。

劳拉出生后，母亲比平时更累了。她从生活的顶峰上跌落下来，失去了原有的活力。她的意志不再那么坚定；她拖着疲惫的脚步过着每一天。医生说，她得多多休息。瑞妮对来帮忙洗衣服的希尔科特太太说，我母亲身体不好。我原来的那个母亲似乎被某些小精灵偷走了，而现在这个苍白的、萎靡的、泄气的老妈妈取代了她的位置。那时我年仅四岁，被母亲的变化吓坏了。我要有人来拥抱我、安慰我，可母亲再也没有这样的精力了。（我为什么说再也没有了？作为母亲，她的行为举止更具教育意义，而不是爱抚。在她的内心深处，她仍然是一位老师。）

不久我发现，如果我能够安静地待着，不吵着要别人注意；如果我能够帮着做点事——尤其是待在劳拉身旁，摇着摇篮让她入睡（她不容易入睡，而且很快又会醒来），我就可以留在母亲的房间里。如果做不到的话，我就会被带走。这就是我为适应现状而作的改变：保持安静，当一个帮手。

我原本可以尖叫，可以大发脾气。正如瑞妮所说，只有吱嘎作响的轮子才上润滑油。

（银色的相框里有一张照片：我坐在母亲的床头柜边，身穿一条深色的白领连衫裙，一只手笨拙地、狠狠地抓着婴儿盖的白色织毯，两只眼睛带着指责的神情，像在质问相机或持相机的人。照片上几乎看不到劳拉，只有一个毛茸茸的头顶和一只小手；手指钩在我的大拇指上。我是因为家里人要我抱这婴儿而生气，还是我想保护她？我是在守护她——不愿意放手吗？）

劳拉是个不安宁的婴儿，尽管脾气不坏，但性情焦虑。大一点以后，她也是个不安宁的孩子。橱门和柜子的抽屉都会让她担心。她似乎总在竖起耳朵倾听远处或地板下有什么东西——那种像一阵风般悄无声息地靠过来的东西。她会产生一些莫名其妙的精神危机——一只死去的乌鸦、一只被车压烂的猫咪、明朗天空中的一朵乌云都会让她哭泣。另一方面，她对肉体的疼痛却有一种超乎寻常的忍耐力：如果烫伤了嘴巴或割伤了自己，她是一概不哭的。那是一种恶意——老天的恶意——在折磨她。

街头的一些残废老兵令她尤为惊恐——这些闲荡的人、卖铅笔的人和行乞的人已经彻底崩溃，无法从事任何工作。一个失去双腿、瞪着眼睛坐在平板车上生闷气的红脸汉总是把她吓跑。也许是那人两眼中的怒火太吓人了吧。

像大多数的小孩子一样，劳拉认为说出来的话就应该做到，但她太极端化了。只要你说出“迷路”或“跳进湖里”这类话，你就不能不担心后果。你对劳拉说了什么？你难道没有吸取教训？瑞妮会这样责备别人。然而，瑞妮自己也没有完全吸取教训。她有一次告诉劳拉，咬住舌头可以不让问题跑出来，结果劳拉照做不误，好几天都无法吃东西。

现在我来说说母亲去世的情况。要说这件事改变了一切也许有些老套，但我也没说错。我要把它写下来：

这件事改变了一切。

事情发生在星期二。这一天是我们家做面包的日子。我们家吃的所有面包——一周一炉就够了——是在阿维隆庄园的厨房里做的。虽然当时提康德罗加港有一家小面包店，可瑞妮却说面包店的面包是为懒汉准备的。她还说，面包师为了让面粉充分发胀，往里面掺白垩粉；另外，还加了过多的酵母，使面包显得蓬松，充满了空气。这样一来，你会以为买得很合算。因此，瑞妮就自己动手做面包。

阿维隆庄园的厨房并不暗，而三十年前它一定像个黑乎乎的维多利亚式的洞穴。现在它雪白明亮——白墙、白瓷桌、白色的柴灶、黑白相间的瓷砖地；改大的窗户上悬挂着黄水仙般颜色的窗帘。（这是战后重新装修的，是父亲送给母亲的礼物之一，以表达他内心的愧疚和不安。）瑞妮把这间厨房看作是最时髦的东西。母亲对她讲了有关细菌的害处、它们的肮脏习性以及它们的藏身之处，结果瑞妮总是把厨房打扫得一尘不染。

在做面包的日子，瑞妮会给我和劳拉一些生面团捏面人。我们用葡萄干做面人的眼睛和钮扣。然后，瑞妮会为我们把面人放进炉子烘好。我总是将我捏的面人吃掉，而劳拉则会将她的存起来。瑞妮曾在劳拉的顶格抽屉里发现一排硬邦邦的面人，包在手帕里，活像是小小的面包木乃伊。瑞妮说，这东西会招老鼠，必须扔进垃圾堆。但是，劳拉却坚持在菜园的灌木丛后面为它们举行一个集体葬礼，并且还得为它们祈祷。她扬言，如果不这样的话，她就从此不吃饭了。一旦她决心干什么事，就没有人能够劝得动。

瑞妮挖了一个洞。那天园丁正好休息；由于事出紧急，瑞妮就用了园丁那把不让任何人碰的铁锹。劳拉将她的面人在洞里一字排开。“上帝可怜她未来的丈夫吧，”瑞妮说道，“她倔得像头驴。”

“我才不打算嫁人呢，”劳拉说，“我要一个人住在车库里。”

“我也不打算嫁人。”我也不甘示弱地说道。

“这不太可能，”瑞妮说，“你喜欢你那张软软的床。如果不嫁人的话，你可要睡水泥地了，弄得全身都是油迹斑斑的。”

“我要住在暖房里。”我说道。

“暖房里不再供应暖气了，”瑞妮说，“冬天你会冻死的。”

“那我睡在汽车里。”劳拉说道。

在那个可怕的星期二，我们和瑞妮一起在厨房里吃早餐——麦片粥和橘子酱烤面包。母亲有时会和我们一起吃，可那天她实在太累了。母亲对我们比较严厉，让我们身体坐直，把面包皮都吃掉。“别忘了那些挨饿的亚美尼亚人。”她常常会这样说。

或许亚美尼亚人那时已不再挨饿了。战争早已结束，社会秩序也已经恢复。然而，他们的困苦就像一种口号永远留在母亲的脑海里。一种口号、一种祈求、一种祷告、一种魔力。吃面包皮是为了纪念那些亚美尼亚人，不论他们是谁；如果不吃，那就是对神的亵渎。我和劳拉一定明白这种魔力的分量，因为我们从来都是照办不误。

那一天，母亲没有把她的面包皮吃掉。我还记得这事。劳拉不停地对母亲说：这些面包皮怎么办？那些挨饿的亚美尼亚人怎么办？最后，母亲承认她身体不舒服。当母亲说这话时，我感觉自己像被电流击过一般，因为我明白这是怎么回事。我早就明白了。

瑞妮说，上帝创造人类就像她捏面团一样。这就是为什么母亲们怀孕时肚子会鼓起来；这是面团在发酵。她说，她脸上的酒窝是上帝留下的大拇指印。她说自己有三个酒窝，而有些人则一个也没有。这是因为上帝创造的人是各不相同的，否则他准会生厌；于是，他就将各种特征随意分配。这样看似不公平，但最终结果还是会公平的。

那年我九岁，已经开始记事了；而当时劳拉才六岁。我知道婴儿不是用面团捏出来的——那只是讲给劳拉这样的小孩子听的故事而已。不过，瑞妮并没有作详细的解释。

下午的时候，母亲通常坐在凉亭里编织。她正在织一件小毛衣，样子同她给“海外难民”织的差不多。这一件也是给难民的吗？我想知道。也许吧，她会笑着回答说。过一会儿，她的眼皮就会重重地落下，打起盹来，圆圆的眼镜从鼻梁上滑落。她对我们说，她背后长着眼睛；只要我们做了错事，她就会知道。我想象这双眼睛一定有光无色，缺乏生气，就像是一副眼镜。

今天母亲午后小睡的时间过长，不像她平时的习惯。这几天，有许多事情看来都不像她平时那样。劳拉并不担忧，可我却担忧。根据别人说的和我无意间听到的话，我进行了分析。别人对我说：“你母亲需要休息，你得把劳拉带走，别让她烦你母亲。”我无意中还听到瑞妮对希尔科特太太说：“医生的态度不乐观。事情恐怕很难说。她自己当然不会说一个字的，但她确实身体有病。有些男人不管有多少孩子都不会满足的。”于是，我知道母亲处在某种危险之中；虽然我不能确定到底是什么危险，但我明白是有关她的健康和父亲的事情。

我说过劳拉一点都不担忧，可她居然越来越缠着母亲。母亲在凉亭休息的时候，她会盘腿坐在凉亭下面的阴凉处。母亲在写信的时候，她就待在她的椅子背后。母亲去厨房，她就喜欢钻到厨房的桌子底下去。她还会把一块垫子拖过去，带上我以前的一本字母课本。劳拉有许多东西过去都是属于我的。

劳拉现在已经识字了，至少可以看懂字母课本。她最喜欢L这个字母，因为这是她名字开头的字母——L代表劳拉。我名字开头的字母——I代表艾丽丝——并不是我最喜欢的字母，因为I是每个人的字母[①]。

> L是百合，
> 多么纯净，多么洁白；
> 它在白天绽放，
> 夜晚收拢。

课本上画着两个小孩，戴着老式的系带草帽。他们身旁是一朵荷花，上面坐着一位半裸的仙女——身上长着一对薄纱般的翅膀，闪闪发光。瑞妮常说，如果她遇到这样的仙女，她准会举着苍蝇拍去追赶的。这是她同我说着玩的，可没对劳拉说，因为劳拉也许会当真，为此而感到不高兴的。

劳拉与众不同。与众不同就意味着古怪；我明白这一点，但我还会缠着瑞妮问道："'与众不同'是什么意思？"

"就是与别人不一样。"瑞妮会这样说。

不过，也许劳拉与别人的差别并不是太大。也许她与别人

---

① 英文中，字母I也是个单词，意思是"我"。

原本就是相同的，只是大多数人内心一些古怪的、错位的东西藏而不露，而劳拉却表露无遗——这就是劳拉为何会吓着他们。她确实吓着了他们，或者说，在某种程度上让他们感到担忧。随着劳拉年龄的增长，她给人造成的这种担忧自然有增无减。

星期二上午，瑞妮和母亲在厨房里做面包。确切地说，应该是瑞妮在做面包，而母亲在喝茶。瑞妮对母亲说，天气这样闷热，下午准会打雷，因此她应该到树荫底下去坐坐或者躺一会儿。然而，母亲说她不愿意无所事事。她说，那样她会觉得自己不中用了；她倒情愿待在厨房里陪陪瑞妮。

瑞妮认为，母亲可以到池塘边去散散步，可她自己是无权对女主人发号施令的。于是，母亲一边坐着喝茶，一边看瑞妮站在桌旁用双手将面团揉捏翻转。瑞妮的两只手沾满了面粉，看上去就像戴了一副白色的面粉手套；围裙的上半部分也沾满了面粉。她的两只胳膊下面渗出了汗珠，弄黑了她衣服上印有的黄雏菊花。一些已经成形的生面包放在锅里，上面盖着一块干净的湿碟巾。厨房里弥漫着潮乎乎的蘑菇的气味。

由于炉子里燃烧着大量的煤，再加上酷热的天气，厨房变得热不可耐。窗户开着，热浪一阵阵地扑面而来。做面包的面粉储藏在储藏室的大桶里。如果爬进装面粉的大桶，面粉会钻进你的鼻子和嘴巴，呛得你透不过气来。瑞妮说，曾有一个婴儿被他的哥哥姐姐倒提着放进了面粉桶里，结果差点窒息而死。

我和劳拉都钻到了厨房的桌子底下。我正读着一本带插图的儿童读物，书名叫《历史伟人》。拿破仑被流放到圣海伦娜岛——他站在悬崖上，两手插在外套里面。我想他一定是在胃疼。劳拉一刻也不安宁。她从桌底下爬出来喝水。“你要面团做面人吗？”瑞妮问道。

“不要。”劳拉回答说。

“该说：‘不要，谢谢’。”母亲说道。

劳拉重新爬回桌子底下。我们俩可以看到穿着厚鞋的两双脚：母亲的窄脚和瑞妮的宽脚；两人的腿上都套着粉褐色的长筒袜——母亲的腿瘦，瑞妮的腿胖。我们俩还可以听到揉面捶面发出的沉闷声音。突然，茶杯打碎了，母亲倒在了地上。瑞妮跪倒在母亲的身旁。“哦，天哪，”她叫道，“艾丽丝，快去叫你父亲。”

我奔进书房。电话铃正响着，可父亲不在。于是，我又爬上他的塔楼——这地方通常是不准别人进去的。门没锁，屋里除一张椅子和几只烟灰缸之外，没有任何别的东西。前厅、起居室、车库里也都没有他的人影。我想，他一定是在工厂里，可我不熟悉去工厂的路，再说也太远了。除了这些地方，我不知道该去哪儿找他。

我又回到厨房，爬到桌子底下；劳拉双手抱膝坐在那里，她并没有哭。雪白的瓷砖地上有一串暗红的斑点，看起来像是血。我用手指蘸着舔了一下——的确是血。于是，我拿来一块抹布把它擦掉了。“别看。”我对劳拉说道。

过了片刻，瑞妮下楼来，摇了医生的电话——医生不在，他像往常一样去外面闲逛了。接着，她又打电话到工厂，询问父亲的去向。可人们怎么也找不到他。“尽可能找到他。告诉他情况紧急。”她说道。然后，她就又匆忙上了楼。厨房里的面团胀起来又瘪掉，早已不成样子了；她已将这事忘得一干二净。

“她不该待在那闷热的厨房里，”瑞妮对希尔科特太太说，“尤其是这种要打雷的天气。可是她不肯闲着，你又不能对她说什么。”

“她疼得厉害吗？”希尔科特太太同情而又饶有兴趣地

问道。

“我以前见过比这更厉害的，”瑞妮说，“感谢上帝发些小慈悲。那个小东西就像小猫一样滑了出来，可我得说她流了很多血。我们要把床垫烧掉，因为我不知道怎样才能把它洗干净。”

“我的天！不过，她还可以再怀上的，”希尔科特太太说道，“他们夫妻俩肯定是想要孩子的。一定是出了什么问题。”

“据我所知，她不能再怀孕了，”瑞妮说，“医生说最好到此为止，因为再怀孩子会要她命的。这一次就险些要了她的命。”

“有些女人是不该结婚的，”希尔科特太太说，“她们不适合结婚。要结婚的话，你必须身体强壮。我母亲生了十个孩子，连眼睛都没眨一下。不过，这些孩子并没有都活下来。”

“我母亲生了十一个孩子，”瑞妮说道，“弄得她筋疲力尽。”

根据以往的经验，我知道她们俩这就要比一比谁的母亲更有生命耐力，但话题很快就会转移到洗衣服上的。我拉着劳拉的手蹑手蹑脚地上了后楼梯。我们既担心又好奇：我们想知道母亲出了什么事，而且还想看看那只小猫。它就在母亲房门外楼道地板上的搪瓷盆里，旁边放着一堆被血浸透的床单。然而，那并不是一只小猫。那东西看上去灰灰的，像烤熟的老土豆，长着一个特大的脑袋，全身缩着。一双眼睛乜斜地闭着，仿佛受到光的刺激一般。

“这是什么？”劳拉低声说，“这不是一只小猫。”她蹲下来仔细瞧着。

“我们下楼吧。”我说道。医生还在母亲的房间里，我们可以听到他的脚步声。我不想让他看见我们，因为我知道这个小东西是不许我们看的；我明白我们是不该看的。尤其是不该让劳拉看到——它的样子像一个被压扁的动物，劳拉见到照例会尖叫，然后我就会受到责备。

“这是个婴儿，”劳拉说，“它还没有成形。”她的声音出奇地平静。“可怜的小东西。它自己并不想出生。”

快到傍晚的时候，瑞妮领我们去看母亲。她躺在床上，头枕在两只枕头上；瘦瘦的胳膊伸到被单外面，正在变白的头发看上去像是透明的。她左手上的结婚戒指忽闪忽闪的，双手紧攒两边的床单。她的嘴巴抽紧了，似乎若有所思；这样的神态通常是她在许愿的时候才有的。她两眼紧闭。由于弯弯的眼睑垂下来盖住了眼球，她眼睛睁开时看上去就更大了。她的眼镜放在水罐旁的床头柜上，一对圆圆的镜片闪烁着空洞的光芒。

“她睡着了，” 瑞妮轻声说道，“不要碰她。”

母亲睁开了眼睛。她的嘴巴微微颤动了一下，靠近我们的那只手的指头伸展开来。“你可以拥抱她一下，”瑞妮说，“可别太重了。”我照她的话做了。劳拉的头钻过母亲的胳膊，紧紧地偎在她的身边。浆洗过的床单散发出淡蓝色薰衣草的气味。母亲身上带有一股肥皂味，而身子底下却是一种热热的锈味，还混杂着湿草闷燃时的那种甜酸味。

五天之后，母亲去世了。瑞妮说，母亲由于高烧和虚弱，已经没有回天之力了。那段时间里，医生不断地来来往往；动作麻利而态度冷漠的护士像走马灯一样轮流坐在母亲房间的安乐椅上守候。瑞妮匆匆地跑上跑下，不是端盆、拿毛巾就是送肉汤。父亲忙碌地往返于家和工厂之间，只有吃晚饭的时候才出现在饭桌旁，样子憔悴得像个乞丐。母亲发病的那天下午，到处都找不着他。他究竟到哪儿去了？没人说过。

劳拉蹲在楼道上。我负责陪她玩耍，不让她伤着碰着，但她却不要我陪。她双手抱膝坐在那儿，下巴抵在膝盖上，一副神秘而又若有所思的神情，样子像在吮吸一块糖。我们是不允许吃糖的。然而，当我让她给我看看，我发现那只不过是一颗白色的圆石子。

最后一个星期里，我每天上午可以去看望母亲，但只有几分钟的时间。我不可以同她交谈；瑞妮说她正在神游。这话的意思是：她认为母亲的魂儿不在这里，而在另外某个地方。她一天天地在离我们远去。她的颧骨凸出；身上散发出牛奶的气味，还带着一股生腥、酸臭的味道，如同包在油纸里的肉一般。

我每次去看她时都感到闷闷不乐。我看得出她的病有多重，我为此而怨恨她。我觉得，她是在以某种方式背叛我——她在逃避自己的责任，她已经宣布了放弃。我并没想到她会死。我早先就害怕这种可能性，可现在我怕得连想都不敢想了。

最后一天的上午(当时我并不知道那是最后一天)，母亲似乎神志清醒了一些。尽管她看上去更虚弱了，但是比先前精神一些。她似乎看到了我，就瞧着我。“这儿太亮了，”她轻声说，“你能拉上窗帘吗?”我照她的话做了，然后就站到她的床边，两手绞着一块手帕；来之前瑞妮怕我会哭，就给了我那块手帕。母亲拉着我的手。她的手又热又干，手指软软的如同电线一般。

“做一个乖女孩，”她说道，“我希望你成为劳拉的好姐姐。我知道你在尽力这样做。”

我点点头。我不知道说什么好。我感到自己像是一个不公平的牺牲品：为什么总要求我做劳拉的好姐姐，而不是要求劳拉做我的好妹妹？毫无疑问，母亲爱劳拉胜过爱我。

也许并非如此；也许她对我们两个的爱是等量的。或者说，她不再有气力去爱任何人了：她已超越了爱，进入到冰冷的最高层，远离温暖而富有磁力的爱的园地。然而，这种事是我无法想象的。她给我们的爱实在而具体，就像是一块蛋糕。唯一的问题是：我们姐妹俩中谁会分到那较大的一份。

（母亲们的构造是何等奇妙！她们是稻草人、可以让我们扎针的蜡娃娃、粗略的图表。我们否认母亲们自身的存在；我们把她们创造出来是为了满足我们自己——解决我们的饥饿、我们的愿望、我们的缺陷。现在我自己做了母亲，我才明白了。）

母亲那双天蓝色的眼睛紧紧地注视着我。她要费多大的劲才能睁着眼睛呀。在她眼睛里，我一定像是在远处晃动的一个模糊的粉红色小团。她要用多大的气力才能把目光聚集在我身上！可我却看不到她坚毅的神情了，如果那是坚毅的话。

我想说，她看错我了，看错我的心思了。我并没有尽力要成为一个好姐姐；事实恰恰相反。我有时称劳拉为讨厌鬼，叫她别来烦我。就在上个星期，我发现她在舔我喜欢的一只装感谢便条的信封，于是我告诉她信封上的胶水是用煮过的马肉做的，害得她干呕了一阵，还委屈地抽起了鼻子。有时候，我故意躲着她，钻进暖房旁边的紫丁香丛中，用手指塞着耳朵看我的书；而她则到处找我，徒劳地呼喊我的名字。我总是尽可能地逃避作为一个姐姐最起码的责任。

我不同意母亲对事情的安排，但我找不到适当的话来表达这一点。我并不知道我将按她要求的标准成长起来；并不知道她要求我具有的美德像徽章一样别在我胸前，再也没有机会扔还给她（就像母女之间常常发生争执那样——如果她活着，我也长大了）。

黑丝带

今天傍晚，火红的夕阳正在慢慢地褪去它绚丽的色彩。东边，低沉的天空中闪着电光，紧接着是突如其来的一声雷响，就像是门被猛然关上的声音。屋子里尽管有新买来的电扇，可还是热得像个火炉。我已将一盏灯移到了室外；有时候，我在光线不好的情况下反而看得更清楚。

过去的一周我什么都没写。我也无心写作。为什么要记下这样伤心的事呢？但我注意到，我又开始写了。我拿起我的黑笔潦草地涂写；笔中的墨水在纸上划出长长的曲线，交织在一起，却也清晰可辨。我是否有意要留下一个签名呢？我终究还是尽量避免这样做；艾丽丝，她的笔迹这样的字眼删得再短，还是像粉笔写在人行道上的姓名首字母，或者像海盗标在地图上用来表明宝藏所埋海滩的X。

为什么我们总是很想纪念自己？甚至在我们还活着的时候也是如此？我们希望表明我们的存在，就像狗在消防栓上撒尿一样。我们将照片装入相框挂起来，将我们的毕业文凭、镀银奖杯摆出来；我们在衣服上印上自己姓名的缩写，把我们的姓名刻在树上、涂在厕所的墙壁上。这都是出于同一种冲动。我们从中希望得到什么呢？掌声，嫉妒，还是尊敬？还是仅仅想得到任何一种形式的关注？

至少，我们需要有一个见证。我们不甘心我们自己的声音像收音机里的广播一样，慢慢低沉下去，直至消失。

在母亲葬礼的第二天，我和劳拉被打发到花园里去。这是瑞妮的主意；她说她忙了一整天，需要好好歇歇脚。“我已经筋疲力尽了。”她说道。她的眼圈下面有黑影。我猜想，为了不打扰别人，她一定是偷偷地哭过了。我们一走，她还会忍不住再哭的。

“我们会安安静静的。”我说。我不想出去，因为外面的光线太亮、太刺眼，而我的眼皮感觉有点红肿。可瑞妮说，我们必须出去；不管怎样，外面的新鲜空气对我们是有益的。然而，让我们出去并不是让我们去玩耍，因为母亲刚死不久就跑出去玩耍会被认为不孝。我们只可以去外面走走。

葬礼的招待会是在阿维隆庄园举行的。不是守灵——守灵通常是安排在若格斯河的对岸：人们喝酒撒野，吵吵嚷嚷，很不体面。我们家举行的只是一个招待会。来参加葬礼的人很多：有工厂的工人及他们的妻儿，当然还有镇上的名人——银行家、牧师、律师、医生之类。不过，招待会并不是为所有这些人准备的，尽管最好是这样。瑞妮对雇来帮忙的希尔科特太太说，上帝可以成倍地制造面包和鱼，但蔡斯上尉不是上帝，不能指望他为这么多的客人提供食物。他通常对人数是不懂掌握分寸的，瑞妮只希望到时候不会挤出人命来才好。

请来的客人已经挤满了屋子，面部的表情或恭敬，或悲伤，或充满好奇。瑞妮在招待会的前后都点过匙子的数目，唠叨本不该用这么高级的匙子；任何拿得走的东西都会被某些亲戚顺手牵羊拿回去当纪念品。一想到那些人的吃相，她就恨不得给他们用的是铁锹，而不是匙子。

尽管如此，最后还是剩下了一些食物，比如说半只火腿、一小堆甜饼干、各种吃得不成样子的蛋糕。我和劳拉偷偷溜进储藏室。瑞妮知道我们的行径，但她已没有精力再阻止我们——对我们说："你们会没胃口吃晚饭的"，或者"别在我的储藏室里吃东西，否则你们会变成老鼠的"，或者"你们再吃一点点，肚子就要爆了"——或者发出其他一些令我暗笑的警告或预言。

这一次，我们可以肆无忌惮地大饱口福了。我吃了太多的甜饼干和火腿，另外还吃了整整一块水果蛋糕。我们仍然穿着黑裙子，太热了。瑞妮将我们的头发在脑后紧紧地扎成了辫子；两条结实的黑丝带首尾系住，每人头上还有两对朴素的黑蝴蝶发夹。

屋外的阳光照得我眯起了眼睛。我憎恨树叶那浓郁的绿色，憎恨花朵那浓郁的黄色和红色；它们的自信和摇曳的姿态似乎在说，它们拥有这样的权利。我想将它们折断，让它们枯萎。我感到孤独，感到不满，还感到自我膨胀。食物里的糖分在我脑袋里翻腾。

劳拉想让我和她一起爬到暖房边的狮身人面像上去，我没同意。接着，她又想坐到石头仙女身旁看池子里的金鱼。我看没有多大危险。于是，劳拉就蹦蹦跳跳地先我一步踏着草坪走去。她那种轻松的心情令人气恼，仿佛这个世界上没有她关心的事；在母亲葬礼的整个过程中，她一直都是这样的心情。她好像对周围的人所表现出来的悲伤感到疑惑不解。更令人气恼的是，人们似乎因为她的这种反应对她怜爱有加，而对我倒没这样。

“可怜的小东西，”他们说，“她太小了，不明白发生了什么事。”

“妈妈和上帝在一起。”劳拉说道。没错，这是一种表面的说法；所有的祈祷者都表达了这个意思。然而，劳拉对这种说法并非像大家那样理解为两层意思，而是平静地、执著地相信表面的意思。也正是因为这一点，我想摇醒她。

我们坐在莲花池的沿上。在太阳的照射下，莲花的片片叶子像浸湿的绿橡胶般闪着光芒。我不得不把劳拉推高一点。她斜靠在石头仙女身上，摇晃着双腿，一边用手指拨着池子里的水，一边哼着歌。

“你不该哼歌，”我对她说，“妈妈已经死了。”

“不，她没有死，”劳拉喜滋滋地说道，“她没有真死。她在天堂里与那个小婴儿在一起。”

我于是把她推下池沿。不是推进池水里——我还是有这点理智的。我把她推到了草坪上。池沿并不比草坪高多少，况且草地软绵绵的，她不可能摔得很疼。她摔了个四脚朝天，接着她翻过身来，睁大眼睛望着我，似乎没法相信我的举动。她的嘴巴张成一个玫瑰花蕾般的小圆，仿佛连环画中小孩子吹生日蜡烛那样。然后，她就开始大哭起来。

（我得承认，我对自己的举动感到满足。我早就想让她像我一样吃点苦头了。对于她总是可以因年龄小而逃避许多事，我简直烦透了。）

劳拉从草地上爬起来，沿着屋后的车道向厨房跑去。她一边跑还一边哭，仿佛被刀子割伤了一般。我在她后面追；在她找到某个管事的人时我最好也在场，以防她告我的状。她跑起来的样子很难看：两只胳膊甩得很奇怪，细长的小腿朝两边撇开，头上的蝴蝶结在辫子根上扑动，而她的黑裙子则上下抖动。她在路上摔了一跤，这一跤倒让她真的受了伤——手上擦破了皮。看到她摔伤，我松了一口气：她出一点点血可以掩盖我的恶意。

苏打水

在我母亲去世后的那个月的一天（我记不清具体时间了），父亲说他打算带我去镇上。他可从来没对我和劳拉操过什么心——他把我们推给了母亲，后来又推给了瑞妮。因此，我对他的打算感到很吃惊。

他没有带上劳拉，甚至连提都没提出来。

他是在早餐时宣布这个外出计划的。他坚持要我和劳拉同他一起吃早餐，而不要我们像往常那样在厨房里同瑞妮一起吃。我们俩坐在长餐桌的一头，而他坐在另一头。他很少与我们说话；他看他的报纸，而我们俩出于敬畏也不敢去打搅他。

(我们自然是崇拜他的。如果不是崇拜，那就是恨吧。他从来没让我们产生过平和的情绪。)

阳光透过彩色玻璃照射进来，在他的身上投下五颜六色的光芒，仿佛他在水彩中浸过一般。我至今还记得他脸颊上的钴绿色和手指上的橘红色。我和劳拉也能随意调整这些色彩。我们将盛粥的盘子向左移一点，再向右移一点，于是麦片粥单调的灰色就变成了绿色、蓝色、红色或紫色。根据我的心血来潮或劳拉的心情变化，我们面前的食物变得具有了魔力——时而像着了魔一般，时而像下了毒一般。接着，我们会边吃边相对做鬼脸，但都是悄悄地做的。目的是不惊动父亲，以免受到责骂。不管怎样，我们总得为自己找点乐子吧。

在那个不同寻常的日子，父亲早早从工厂回来，于是我们俩步行去镇上。小镇离家并不太远；在当时，我们那个镇是很小的一块地方，大家离得都不太远。父亲倾向于步行，要么就是让别人来开车。我猜那是因为他有一条坏腿：他想表示他能走路。他喜欢在镇上溜达；尽管他有点瘸，可他还是大步行走。为了撵上他一瘸一拐的步子，我在他身旁紧赶慢赶。

"我们去贝蒂小吃店，"父亲说道，"我要为你买一杯苏打水。"这样的好事以前可从来没有过。瑞妮说，贝蒂小吃店是为镇上人开的，不是我和劳拉去的地方；降低我们的档次可不行。再说苏打水不仅会让人上瘾，还会蛀坏牙齿。这两件原来被禁止的事，现在却随意开禁，真让我感到有点受宠若惊。

在提康德罗加港的主街上有五所教堂和四家银行，都是用石头砌的，看上去颇为敦实。虽然银行是不带尖顶的，但有时还是很难区分教堂和银行，非看它们的招牌不行。贝蒂小吃店就在一家银行旁边。门口撑一个绿白条纹的凉篷，橱窗里的鸡肉馅饼看上去像是面粉做的婴儿帽，边上还带着一圈褶边。店内灯光昏黄，空气中弥漫着香草、咖啡和奶酪的混合气味。印有图案的铁皮天花板上吊着电扇，叶片就像飞机的螺旋桨一般。几个戴着帽子的妇女坐在华丽的白色小桌子旁。父亲向她们点点头，她们也回了礼。

店堂的一边是用乌木隔起来的一个个卡座。父亲选一个坐了进去，我也就从他身边一溜而入。他问我想喝哪种苏打水，但由于我不习惯在公共场合与他单独在一起，因而感到害羞。再者，我也确实不知道苏打水有哪些品种。于是，他就给我要了一杯草莓味的，而自己则要了一杯咖啡。

女招待身穿黑色连衫裙，戴一顶白帽子，眉毛修得又细又弯，亮亮的红嘴唇像涂了果酱一般。她称父亲为蔡斯上尉，父亲则叫她为雅格妮丝。根据他们俩的彼此称呼，以及父亲将胳膊肘倚在桌上的姿态，我想父亲对这地方一定很熟悉。

雅格妮丝问父亲我是不是他的女儿，还说我有多可爱；但她对我却投来了不欢迎的一瞥。她转身的工夫就把父亲的咖啡端来了，踩着高跟鞋一摇一摆的。当她把咖啡放到桌上的时候，她轻轻摸了一下父亲的手。(我注意到了这个动作，尽管我还不懂它的含意。)接着，她为我端来了苏打水。盛饮料的玻璃杯是圆锥形的，样子像倒放的锥形笨蛋帽；杯子里放了两根麦管，不断冒出的泡沫直冲我的鼻子，弄得我眼睛泪汪汪的。

父亲在咖啡中放了一块方糖，搅拌了一下之后，将匙子放到了托碟里。我的目光越过玻璃杯的杯口观察他。突然，他的样子改变了，变成了一个我从未见过的人——模糊而不实在，却更复杂。我几乎从未凑这么近看过他。他的头发梳到了脑后，两边剃得短短的，从太阳穴开始已经稀了。他的那只好眼呈暗蓝色，就像蓝纸一般。那张饱经沧桑却仍不失英俊的脸上，有一种心不在焉的神情，与平常早餐时的表情如出一辙，似乎在听一首歌曲，或者是在听远处传来的爆炸声。他的八字胡比从前我看到的更加灰白；仔细想来，男人脸上长这种短须而女人却没有，这似乎很奇怪。在屋内昏暗的香草味灯光照射下，就连父亲穿的衣服也有了一种神秘感，仿佛这衣服不是他自己的，而是从别人那儿借来的。其实，这衣服穿在他身上只不过太大了一点。他的身体变瘦了，而身材倒是显得更高了。

他对我笑了一笑，问我是否喜欢喝苏打水。然后，他又陷入了沉默和深思。他从随身带的银烟盒中取出一支香烟，点着吸了一口，接着吐出一股烟来。“如果发生什么事情，”他终于开口道，“你得保证照顾劳拉。”

我严肃地点点头。什么是什么事情？究竟会发生什么？我十分害怕坏消息，尽管我说不出是什么样的坏消息。也许他要走了——去国外。战争的故事还没有从我的记忆中消失。然而，他并没有向我作进一步的解释。

“我们握一下手说定，好吗？”他说。于是，我们俩隔着桌子握了握手。他的手又硬又干，就像皮箱的拎手。他用唯一的那只蓝眼睛打量着我，似乎在估摸我是否靠得住。我抬起下巴，挺了挺我的肩膀。我十分希望自己能值得信任。

“用五分钱的硬币你能买到什么？”他接下来问道。这个问题让我毫无防备，弄得我张口结舌；我不知道如何回答。我和劳拉从未自己用钱去买过东西，因为瑞妮说我们还需要弄懂一块钱的价值。

父亲从他黑西装的内袋中掏出一本猪皮封面的小本子，扯下一张纸，就开始讲起了钮扣。他说，应该尽早让我学习经济学的简单原理，因为我长大以后要担负起责任来。

“假设你从两颗钮扣起家，”他开始说起来。他告诉我，支出是做钮扣所花的费用，而毛利则是卖掉钮扣所得的钱，净利就是两数之差。接下来，你可以保留一部分净利，同时把剩下的那部分用来生产四颗钮扣；卖掉之后，你又可以生产八颗。他用银色铅笔画了一张小表格，依次写着两颗钮扣、四颗钮扣、八颗钮扣。就这样，钮扣的数目在纸上不可思议地成倍增长；在旁边一栏里，钱的数目也随之增长。这就像是在剥豆子一般——一边的碗里放着豆子，另一边的碗里放着豆荚。他问我是否听得懂。

我细察他脸上的神情，看他是否是认真的。我常常听到他谴责钮扣厂，把它说成是一个陷阱、一片流沙、一种厄运、一个大包袱，但这些话都是他喝醉酒的时候说的。此时此刻，他相当清醒。他看上去并不像是在解释什么，倒像是在致歉。除了等待我的回答之外，他还想从我这儿得到什么。他似乎在请求我的原谅，请求我宽恕他所犯的一些罪过。可他对我做了什么呢？我想不出来。

我感到疑惑不解，同时又觉得自己没有资格去宽恕他。无论他要求或需要我做什么，我都无能为力。这是第一次一个男人期望我做力不能及的事情，但这也不会是最后一次。

“好的。”我说道。

在母亲去世前的一个星期的某个可怕的早晨，母亲说了一句奇怪的话——不过，当时我并不认为奇怪。她说：“你们的父亲在内心深处是爱你们的。”

她通常不会同我们谈感情，尤其是关于爱——她自己的爱或他人的爱，除了上帝的爱。然而，父母应该爱他们的孩子，因此我想必把她说的话当作一种保证：不论父亲表面如何，他同别的父亲是一样的，至少被认为是如此。

现在想来，这话似乎包含着更复杂的意思。它可能是一个警告，也可能是一个负担。即便爱是藏于内心深处的，它上面还有一大堆东西；当你挖掘下去的时候，又会发现什么呢？不会是一件简单的礼物，纯金做的，还闪烁着光芒；相反，它也许是某种古老而又可能有毒的东西，就像枯骨上那锈迹斑斑的铁制护身符。这样的爱是某种护身符，却很沉重；它如同一个重物，把铁链套在我的脖子上，压得我难以前行。

第四章

《盲刺客·咖啡馆》

中午开始下起了小雨，一直淅淅沥沥下个不停。树木和道路都是雾蒙蒙的。她经过画有一个大咖啡杯的玻璃橱窗；这个画出来的白色咖啡杯有一圈绿边，杯子上方还画着三条曲线代表杯里冒出的热气，样子就像三只钩起的手指在湿玻璃上划下的印迹。门上烫金的咖啡馆字样已经褪色。她推开门，走进去，抖了抖手中的伞。她的伞和毛葛雨衣都是奶油色的。她把雨衣上的兜帽甩到了后面。

正如他说的，他坐在最后一个卡座，旁边就是通往厨房的双开式弹簧门。四周的墙壁被烟熏黄了，沉闷的隔间一律被漆成单调的褐色，每间都有一个鸡爪形的金属钩子用来挂衣服。隔间里面坐的全是男人。他们身穿旧毯子似的宽松夹克衫，脖子上没有领带；剃着参差不齐的头发；两腿叉开，穿着靴子的双脚平放在地板上。他们的手犹如树桩一般；这样的一双手，既可以救你于危难又可以把你打个半死，而他们不论干哪件都面不改色。他们身上的一切连同他们的眼睛都是迟钝的。屋内什么气味都有——木板的腐味、泼洒的醋味、毛裤的酸味、陈肉的怪味，以及一个星期才洗一次澡的体味。另外，屋内还弥漫着一种节省、欺骗和忿恨的气氛。她明白，她必须装出一种姿态，好像这屋里什么气味也没有似的。

他举手示意，于是她匆忙向他走去，高跟鞋在木地板上喀喀作响。那些男人都用怀疑和鄙视的目光望着她。她在他对面坐下，如释重负地微微一笑。还好他在。他还在这里。

我的天，他说，你还不如穿貂皮大衣呢。

我做了什么？哪儿不对头？

你的外衣。

这只是一件雨衣。一件普通的雨衣，她迟疑地说道，这又怎么了？

天哪，他说，瞧瞧你自己。再看看你周围。你的衣服太干净了。

我无法让你满意，是吗？她说道，我从来就无法让你满意。

你可以，他说，你知道怎么做才对。但你考虑问题从来就不周到。

你并没有告诉我该穿什么。我以前从没来过这种地方。我总不能穿得像个清洁女工一样跑出门吧——你想过没有？

你可以戴一条围巾什么的，来遮一下你的头发。

我的头发，她绝望地说，那下一个又是什么呢？我的头发又碍着谁了？

你的头发金黄金黄的，太惹眼了。金发女郎就像是小白鼠；小白鼠只能关在笼子里。它们在自然界的生命不长。它们太引人注目了。

你这人不仁慈。

我讨厌仁慈，他说道，我讨厌以仁慈自居的人。那些狂妄自大的施小善者一点点地施舍着他们的仁慈。这些人卑鄙可耻。

我是仁慈的，她勉强地笑着说，不管怎样，我对你是仁慈的。

如果我认为你给的只是些不冷不热、无关痛痒的仁慈，我会离你而去的。我会搭半夜的火车，一走了事。我会去碰碰我的运气。我不是个靠施舍过日子的人。我也不是来找人向我施舍性爱的。

他的情绪变得十分狂躁。她不知是什么原因。她已经一个星期没与他见面了。或许是因为雨天的缘故吧。

也许我并不是仁慈，她说道，也许是自私。也许我极其自私吧。

我更喜欢你自私，他说，我宁愿你贪婪。他掐灭了烟头，伸手想再拿一支香烟，想了一下又打消了念头。他抽的还是成品烟，这对他来说是一种奢侈。他想必是在有节制地抽烟。她不知道他的钱够不够用，可她又不能问。

我不愿意你像这样坐在我对面，你离我太远了。

我知道，她说，可没别的地方可去。外面太湿了。

我来找个地方。没有雪的地方。

可外面不在下雪呀 。

会下的，他说道，北方的冷空气就要来了。

天会下雪。那么，到时候那些可怜的强盗怎么办呢？至少她把他给逗笑了。不过，他的笑更像是皱眉。这些日子你睡在哪儿？她问道。

无所谓。你不需要知道。这样的话，你要是被他们抓住问起来，你就用不着撒谎了。

我并不是一个不会撒谎的人，她勉强笑着说。

对于不在行的人来说，你或许能混过去，他说道，如果遇到在行的人，他们就会识破你，他们会像打开包裹一样把你的话掏出来。

他们仍在找你吗？他们还没有放弃吗？

据我所知，没有。

这太糟糕了，不是吗？她说道，真是糟糕透了。不过，我们还算幸运，对吗？

我们有什么幸运的？他又恢复了原来沮丧的情绪。

至少我们俩都在这里，至少我们有……

一名男招待站到他们的卡座旁。他卷着袖管，穿着污渍斑斑的长围裙；头发一缕缕地梳过头皮，犹如油光光的丝带。他的手指头看上去活像脚趾。

要咖啡吗？

请来一杯，她说，纯咖啡。不加糖。

等男招待离开后，她问道：安全吗？

你指咖啡？你是问里面有没有细菌？不应该有，因为已经煮了好几个小时了。他轻蔑地对她说道，但她装作不明白。

不，我是说这地方安全吗？

他是我一个朋友的朋友。反正我一直注意着门口的动静——万一有情况，我可以从后门脱身。那里有一条小巷。

你没有干那事，对吗？她说道。

我告诉过你了。当时我在场，我本来可以干的。不过，也没关系，因为我能满足他们的需要。他们喜欢把我牢牢抓在手里——我这个人，还有我的坏主意。

你还是得离开，她无望地说。她想到了拥抱这个词，尽管它已经用滥了。然而，这就是她此刻想要的——拥他入怀。

还没到时候，他说道，我还不能走。我不能搭火车走，也不能越境。有消息说，这些地方都有他们的人在守候。

我为你担心，她说，我做梦都担心。我一直提心吊胆。

别担心，亲爱的，他说道，否则你会变瘦的。那样的话，你可爱的乳房和屁股就会瘦得失去风采。那时候谁也不会喜欢你了。

她用手捂住自己的脸颊，仿佛被他扇了一个耳光。我请求你别这么说。

我知道你会这样请求的，他说，穿你这样衣服的姑娘都会有这种请求。

《提康德罗加港先驱旗报》(1933年3月16日)

蔡斯企业支持救济行动

本报主编埃尔伍德·R.默里

正如我们这个小镇所期望的那样，昨天蔡斯工业有限公司的总裁诺弗尔·蔡斯上尉充分表现了他热心公益事业的精神——他宣布该公司将向全国受经济大萧条打击最严重的地区捐赠两车厢的“二级产品”作为救济物品，其中包括婴儿毯子、儿童套衫以及各式男女内衣。

蔡斯上尉向《先驱旗报》表示，在国家的经济危机时期，所有的人都必须像战争时期那样通力合作，尤其是安大略省的人民，因为他们比别人要幸运一些。然而，多伦多皇家传统针织公司的理查德·格里芬先生指责他将剩余产品作为赠品倾泻到市场上，由此使得工人们无法赚取工资。蔡斯上尉则表示，接受捐赠的那些人根本没有经济能力去购买这些产品，所以他并没有剥夺任何人的市场份额。

他补充说，全国的各行各业都遭受了挫折，蔡斯工业公司由于市场需求的减少目前也面临着生产的萎缩。他说，他将竭尽全力使工厂保持运转，但没多久也许就不得不裁减员工，或者因缩短工作时间而减少工资。

我们唯有向蔡斯上尉所作的努力鼓掌称道，因为他说到做到，而不是像中部一些城市如温尼伯和蒙特利尔那样采取破坏罢工或工厂停工的措施。因此，提康德罗加港在这个非常时期却是井然有序，并没有出现工会骚乱、残酷的暴力行动，以及共产党鼓动的流血事件；而在其他一些城市发生的此类事件导致了大量的财产损失以及不少人员的伤亡。

《盲刺客·雪尼尔毯子》

你就住在这里吗？她问道。她拧着手中的手套，似乎手套很潮湿，而她非要把它拧出水来不可。

我只是暂时待在这里，他回答说，这同长期住在这里是两码事。

这是一排房屋中的一幢，整个墙壁都是用红砖砌成的；如今红色的砖面已被污垢和煤尘染上了一层黑乎乎的颜色。屋子不宽，但是很高，还有一个陡峭的屋顶。屋子前面是一个长方形的草坪，落满灰尘，还有几簇草长到了人行道边。旁边有一只撕破的棕色纸袋。

走上四级台阶便是门廊。前面的窗户上悬挂着网眼纱帘。他掏出了钥匙。

她迈进门时不禁回头瞥了一眼。别担心，他说道，没人在监视我们。好歹这是我朋友的房子。我来去十分方便。

你的朋友真不少，她说道。

不多，他说，如果没遇上麻烦事，也不需要很多朋友。

前厅的一面墙上有一排挂衣物的铜钩，地上铺着陈旧的褐黄色的方格油毛毡。通往里面的一扇门的磨砂玻璃上刻着白鹭和仙鹤的图案；这些长腿的鸟儿弯下它们优雅的细长脖子，伸入水中的芦苇和莲花中间。他又用另外一把钥匙打开了这扇门，于是两人走进了昏暗的内过道。他啪的一声打开了电灯开关。头顶上三盏粉红色的玻璃花灯亮了一盏，而另外两盏的灯泡却不知去向。

别这么心神不定，亲爱的，他说道，只要你不去碰它们，没有一样东西会沾上你的。只是别去摸任何东西。

哦，也许会的，她有些气喘吁吁地笑着说，我得摸着你呀。你倒会沾上我的。

两人进去后，他随手拉上那道玻璃门。左边又是一道上过清漆的黑乎乎的门。她想象里面有一只挑剔的耳朵正贴在门板上倾听，又像是有人一步一步走来，发出嘎吱嘎吱的声响；那是一个恶毒的灰头发老太婆——她的存在不是与网眼窗帘正相衬吗？一段长长的早已磨坏的楼梯通向二楼，梯面上铺着地毯，旁边是空格很大的扶手。墙纸上是葡萄架的图案，上面交织着葡萄藤和玫瑰；玫瑰花原先的粉红色如今褪成了奶茶般的淡褐色。他用胳膊小心翼翼地搂住她，嘴唇轻轻吻着她的颈侧和喉咙，而不是她的嘴。她不禁一阵颤抖。

要摆脱我很容易，他低声说道，回家以后只要洗个澡就行了。

别这样说，她也喃喃地说，你在开玩笑。你从来不相信我是认真的。

在这个问题上，你是够认真的了，他说道。她伸出胳膊搂住他的腰，于是两个人抱在一起歪歪扭扭地上了楼；他们俩笨重的步伐令他们走得很慢。走到楼梯的一半，那里有一扇圆形的窗户：在外面钴蓝色天光的照射下，彩色玻璃上的葡萄的淡紫色和花朵的艳红色映在他们脸上。到了二楼的楼梯口，他又一次亲吻她。这一次吻得更热烈了。他将她的裙子顺着丝般柔滑的双腿撩到长筒袜的顶部，伸手去摸弄她的两个橡皮般坚挺的乳头，同时把她紧紧地压在墙上。她总是系一根腰带；要把它解开就像是剥海豹皮一般。

她的帽子掉了；她的双臂搂着他的脖子，整个头部和身体都向后倾，就像被人在身后揪着头发似的。她的头发早就披散下来。他的手顺着她的长发滑下去。她的长发如同瀑布一般，到了尾部就变细了。他想到了火焰——白蜡烛的细火焰，只是倒了过来而已。不过，火焰是不能倒着燃烧的。

他的房间在三楼，想必以前是一间用人房。两个人一进去，他就锁上了门。房间狭小而拥挤，光线也很差。房间里只有一扇窗，开了几英寸，百叶窗几乎落到了底，白色的网眼窗帘向两边拉开了。下午的阳光照射在百叶窗上，将它变成了金黄色。空气中弥漫着干燥的腐味和肥皂的味道；房间的一角有一个三角形的小水槽，上方的墙上挂着一面黄迹斑斑的镜子；水槽下面则塞着他的打字机的方形黑盒子。一个搪瓷杯子里放着他的旧牙刷。这地方太小了，一览无余。她把目光移向别处。屋里放着一个上过清漆的深色五斗橱，上面还有香烟烫过的痕迹以及湿杯子留下的水印；但大部分的空间还是被那张床给占了。那是一种铜制的床，是闺房中用的，式样早已过时；除了床柱上的顶球，整张床都漆成了白色。他们躺上去很可能会吱嘎作响。想到这里，她羞得满脸绯红。

她看得出，他为了这张床费了不少心思——更换了床单，至少是换了枕套，而且还把那条褪色的绿色雪尼尔毯子给烫平了。她倒是宁愿他不要这么大动干戈，因为这会给她带来一种犹如怜悯的痛苦，仿佛一个挨饿的农民把他最后的一块面包献给了她。她不想对他感到怜悯。她不想觉得他在哪方面是脆弱的；只有她才能被允许脆弱。她把她的钱包和手套放在了五斗橱上。她突然意识到，这无异于一种社交场面，而这种社交场面又是多么荒唐。

对不起，这儿没有管家，他说道，要来一杯喝的吗？便宜的苏格兰威士忌。

好的，她说。他平时把酒瓶放在五斗橱最上面的抽屉里；

他把酒瓶拿出来，又拿出两只杯子，开始倒酒。要多少，关照一声。

好，够了。

没有冰块，他说道，但你可以加水。

没关系。她喝了一大口威士忌，咳了几声，背靠橱站着，对他莞尔一笑。

味烈、劲大、不加冰①，他说，你就喜欢我那东西是这样。他拿着酒杯在床上坐下来。为喜欢我那东西干杯。他举起酒杯。不过，他却没有对她微笑。

你今天特别坏。

是自卫，他说道。

我不喜欢你那东西，我喜欢你，她说，我十分明白两者的区别。

有几分道理，他说道，或者你认为是这样。这可以保全一点面子。

说出一个要我留在这个房间的理由来。

他咧嘴一笑。那么，到这儿来吧。

他明白，她是要他说爱她，可他偏不说。或许，他觉得说出来会让他失去防卫，就像是承认犯罪一样。

我先把我的长筒丝袜脱了。你一看它，它就抽丝。

就像你，他说，别脱了。快到这儿来。

太阳移过去了，只有一抹阳光还残留在百叶窗的左侧。外面，一辆有轨电车隆隆地开过，发出叮叮当当的铃声。在这个时候，电车一定是来往不断的。为什么两个人都沉默了？除了沉默，还有他的呼吸声、他们的呼吸声；他们用力干着那事，

---

① 味烈(short)、劲大(hard)、不加冰(straight up)：这在英文中是双关语，还可以表示做爱中男方的“猛烈、坚硬、挺拔”。

又克制着，尽量不发出任何声响。为什么快乐反而像是苦恼？仿佛一个人受了伤一般。他用手捂住了她的嘴巴。

房间里的光线现在更暗了，而她却看见了更多的东西。床罩被堆到了地板上，绞在他们身上的床单就像一根粗壮的布藤蔓。唯一的那只光头灯泡悬在上方；奶油色墙纸上的一朵朵小紫罗兰变成了淡棕色，想必是屋顶漏雨的缘故。门上有铁链拴着，其实并不管用。只要用力一推，或者穿着靴子踹上一脚，门就开了。如果这样的事发生了，她该怎么办呢？她感到墙壁在不断变薄，最后变成了一块冰。他们俩则成了碗中的鱼。

他点上了两支香烟，递给她一支。他们俩一起抽起来。他的那只空手在她身上抚摸，从上到下，又用手指占有她。他不知道她能有多少时间；他也没问。他却抓住她的手腕。她手上戴了一只小小的金表。他用手捂住了表面。

好了，他说，现在要我讲睡前故事吗？

请讲吧，她说道。

上次我们讲到哪儿了？

你刚讲到那些戴着婚纱的可怜女孩被割去舌头。

哦，没错。可你反对这样。如果你不喜欢这个故事，我可以换一个。不过，我不敢保证下一个会比这一个更文明。也许更野蛮，但也许更现代一点。故事里不再有死去的塞克隆人，而可能会有大片发臭的土地和成千上万的……

我就听这个吧，她赶紧说道，反正，你是想讲这个故事给我听的。

她在那只褐色的玻璃烟缸中掐灭了烟头，然后将身体靠在他身上，耳朵贴在他的胸膛上。她喜欢以这种方式来聆听他的声音，似乎他的声音不是发自他的喉咙，而是来自他的体内——像一种嗡嗡声或咆哮声，又像是从地层深处传来的说话声。他说的故事如血液般流过她的心脏：一个字，一个字，又一个字。

《帝国邮报》（1934 年 12 月 5 日）

本内特受到赞扬

《帝国邮报》独家报道

昨天晚上，在帝国俱乐部的讲演中，多伦多的金融家、皇家传统针织公司直言不讳的总裁理查德 · E. 格里芬先生对 R. B. 本内特总理进行了适度的赞扬，而对批评他的那些人则进行了猛烈的抨击。

上星期天，在多伦多的枫叶花园喧闹的集会上，一万五千名共产党人为从狱中归来的领袖蒂姆 · 巴克举行了一场疯狂的欢迎仪式。蒂姆 · 巴克由于煽动叛乱而被囚禁在金斯敦的普茨茅斯监狱，但于上星期六获得假释。谈到此事，格里芬先生为政府迫于来自二十万不明真相的民众的签字请愿书的压力而妥协的行为感到震惊。他说，本内特先生的“无情铁蹄”政策是正确的，将阴谋颠覆民选政府和没收私人财产的那些不法分子关进监狱是反颠覆的唯一出路。

格里芬先生声称，根据法律第九十八条的规定，有成千上万的外国移民被驱逐出境，包括那些遣返德国和意大利之后要面临拘留的移民。这些人曾经主张专制统治，现在将要切身体验它的滋味了。

谈到经济问题时，他说，尽管失业率居高不下，而且局势不稳定，共产党以及他们的同情者继续从中获益，但有可喜的迹象表明，经济大萧条将于春季结束；他对这一点充满信心。

与此同时，唯一明智的政策就是阻止事态的发展，让政府系统进行正确的自我调整。应该抵制任何倾向于罗斯福先生的软弱社会主义的做法，因为这样做只会使病态的经济变得更糟。尽管失业工人的困境值得怜悯，但其中有不少人生性懒惰。还应该立即有效地使用武力，以遏制非法的罢工者和境外的煽动者。

格里芬先生的话博得了满堂喝彩。

《盲刺客·信使》

好吧，故事是这样的：现在天黑了。三个太阳都下山了，两个月亮升上了夜空。山麓小丘里的狼群也出来活动了。被选中的女孩在等待着献祭。她吃过了最后一顿晚餐，食物非常精致。晚餐过后，她被喷洒了香水，抹上了胭脂；赞歌唱过，祷告做毕。现在，她被关在神庙中最里面的一间内室，躺在铺着金红色锦缎的床榻上。室内弥漫着花瓣和供香的混合香味，棺材架上也按惯例洒满了香料。她所躺的这张床被称为一夜之床，因为还没有哪个女孩能在这床上睡过两夜。当这些女孩的舌头还没割掉时，她们称这张床为无声的泪榻。

夜半时分，穿着据说是生锈的盔甲的冥王会来看望她。冥国是个把人肢解和撕碎的地方：所有去天国的灵魂都要经过那里，而有些灵魂——那些罪孽最深重的灵魂——就得留下。每一个作为祭品的女孩在献身前夜都得接受锈甲冥王的来访；要不然，她的灵魂就会得不到满足，去不了天国，而会被迫加入那些长着天蓝色的头发、窈窕的身材、红宝石般的嘴唇和摄人心魄的大眼睛的美丽裸体女鬼的行列——她们经常出没于西部荒山里那些破败的古代坟墓周围。你瞧，我并没有把她们抛到脑后。

我欣赏你的周到细致。

对你来说，什么都是越完美越好。你还想再加些什么，不妨告诉我。就像古时和现代的许多人一样，塞克隆人惧怕处女，尤其是死了的处女。那些被情人辜负的、未成婚就死去的少女，死后不得不去寻找生前不幸失去的东西。白天她们睡在破败的坟墓里，到了夜里她们就捕猎毫无戒心的行人，尤其是一些敢来这种地方的鲁莽的年轻男子。她们扑向这些年轻人，吸掉他们的精髓，把他们变成驯服的僵尸，以满足这些裸体女鬼们变态的欲望。

这些年轻人真倒霉，她说道，难道他们就不反抗那些邪恶的女鬼吗？

你可以用长矛刺穿她们，或者用石头把她们砸个稀巴烂。但是，她们的数目太多了——你就像是在与一条多爪的章鱼搏斗；你还没弄清是怎么回事，她们就一哄而上，把你压得动弹不得。总之，她们会对你施行催眠术，毁掉你的意志力。这是她们的第一步。一旦你看到一个女鬼，你立刻就呆若木鸡了。

我能够想象。再来一点威士忌吗？

我想我可以再来一点。谢谢。那个女孩——你认为她该叫什么名字？

我不知道。你来决定吧。这事你在行。

我要想一想。总之，她躺在一夜之床上，是个预期的牺牲品。被人割断喉咙，或者度过以后的几个小时——她不知道这两者哪个更可怕。在这座神庙里，冥王并不是真的，而只是一个侍臣假扮的。这已经成了公开的秘密之一。就像萨基诺城的其他任何东西一样，这个冥王的位置可以用钱买到；据说这个特权曾通过大量金钱多次易手——当然这一切都是在私下进行的。女大祭司接受贿赂，贪赃枉法之心可想而知；她还以偏爱蓝宝石而著称。她为自己开脱，信誓旦旦地说这钱是用于做善事。事实上，只有当她记起来时，她才会拿出一点来投入善事。这些女孩没有舌头，甚至也没有写字的文具，因而对她们炼狱般的痛苦连抱怨一声的机会都没有。幸好她们第二天都会死去。当女大祭司在数钱的时候，她会自言自语地说：天上掉下来的钱。

此时此刻，远方有一支衣衫褴褛、声势浩大的蛮人队伍正在开来，计划进攻萨基诺城这座闻名遐迩的城市，要将它洗劫一空，夷为平地。他们已经毁灭了西面的好几座城市。文明国度里的任何人都无法解释他们胜利的原因。他们既没有好的衣着，又缺少精良的武器；他们不识字，也没有精巧的机械装备。

不仅如此，他们连国王都没有，只有一个首领。这个首领也不叫首领；当他成为首领时，他就放弃自己的名字，获得一个称号。这个称号叫欢乐公仆。他的追随者又称他为全能的鞭子、无敌之神的正义拳头、邪恶的清洗者，以及道德与公正的捍卫者。这些蛮人源自何处我们一无所知，但有一点可以肯定：他们来自西北方，那是恶风的源头。他们的敌人称他们是蛮荒之民，而他们自己则冠以快乐之民的称号。

他们目前的首领身上带着“神的宠儿”的标记：他出生时包着胎膜，脚上有伤，额头上有一个星形的标记。每当他不知下一步该干什么的时候，他就会进入昏迷状态，同另一个世界的人进行交谈。神的信使带来了命令，要他去毁灭萨基诺城，于是他就踏上了征程。

这名信使是以火焰的外形出现在他面前的，只见无数喷火的眼睛和翅膀。据说，这样的信使会讲一些折磨人的寓言故事；他们的外形也是多种多样的：有时是喷火的沙克兽或者会说话的石头，有时是会行走的花朵，有时则是鸟面人身的动物。有的时候，他们看上去却和一般人没什么两样。根据蛮荒之民的说法，路上三三两两的旅行者、据说是小偷或魔术师的人、能操几种语言的外国人以及路边的乞丐——他们最有可能是这样的信使。因此，所有这些人得小心对付，至少在他们的真面目暴露之前应该如此。

如果他们果真是神的使者，最好给他们好吃好喝，还有女人——如果他们需要的话；然后恭敬地听他们传达消息，完事之后就打发他们上路。如果不是神的使者，他们就该被乱石打死，财产也该没收。可以相信，所有的旅行者、魔术师、陌生人或乞丐，如果发现自己处在蛮荒之民附近，那就得小心准备一些令人费解的寓言——他们称作云语或丝结——必要时在各种场合蒙人。与快乐之民同行，如果没有准备一点谜语或莫名其妙的歪诗，那就等于是找死。

根据长眼睛的火焰所说，选定萨基诺城作为毁灭的对象，是因为它的奢侈、它对假神的崇拜，尤其是它可恶的童祭习俗。基于上述原因，城里所有的人，包括奴隶、儿童以及要做祭品的处女都得杀死。这座城里有人成为祭品是他们大开杀戒的理由之一，连这些人也要杀似乎是不公平的。但是，对快乐之民来说，决定因素并不在有罪或无罪。他们只考虑你是否被玷污，而他们认为这个被玷污的城市中的每个人都被玷污了。

蛮人部队向前进发，扬起了一股滚滚黑尘，仿佛是一面飘扬的旗帜。然而，萨基诺城城墙的哨兵在这么远的距离根本无法觉察。也可能有人发出过警告——边远的牧民、赶路的商人之类，但他们早就被残酷地捕杀，砍成肉酱了。神的信使当然不在此例。

欢乐公仆骑兽走在前面；他一心一意，眉头紧锁，双眼闪着怒光。他肩披粗皮斗篷，头戴象征权力的红色圆锥形帽子。张嘴露牙的追随者紧跟其后。食草动物跑在队伍的前头，食腐动物跟在后面，而狼群则在队伍旁边跳跃前进。

与此同时，在这个毫无戒心的城市里，正在酝酿着一个推翻国王的阴谋。正如以往的惯例那样，这一阴谋是由国王高度信任的几个侍臣发动的。他们雇用一名手段最高明的盲刺客；这个年轻人小时候曾经织过地毯，后来又沦为了童妓，逃脱后就以他的无声无息、行动诡秘以及无情的杀人手腕而名声大噪。他的名字就叫X。

为什么叫X？

这样的男人都被称为X。名字对他们来说毫无用处，只会对他们造成约束。总之，X就代表X光，可以穿透坚固的墙壁，透视女人的衣服。

但X是瞎子呀，她说道。

这样更好。他用内在的眼睛来透视女人的衣服。这正是他作为孤独者的福音。

这是华兹华斯的诗句。可怜的诗人！别亵渎神明了！她高兴地说道。

我不是故意的。我从小就亵渎神明。

X将进入五月神庙的院内，找到第二天要充当祭品的处女侍的房间，并且割断看守的喉咙。他还必须杀死那个女孩，将她的尸体放在著名的一夜之床下面，然后将自己装扮成女孩的模样。他应该在那里等到那个扮演冥王的侍臣——其实就是即将发生的宫廷政变的领导者——来享用他买的东西，然后离去。侍臣花费了大价钱可不是要一具女尸，不管有多新鲜。他要她的心脏仍然在跳动。

然而，安排上出了岔子。时间搞错了：在这种情况下，盲刺客先到了一步。

太可怕了，她说，你竟然有这样的歪脑筋。

他抚摸着她光光的手臂。你要我继续下去吗？通常我讲故事是要收钱的。你是在免费听故事，你得感激我才是。反正，你并不知道接下来会发生什么。我只是渲染一下情节而已。

我认为情节已够复杂的了。

渲染情节是我的专长。如果你希望情节简单，那就到别处听去。

好吧。接着讲。

装扮成被杀死的女孩的模样后，这名刺客就等待第二天早晨有人把他领上祭台。到行祭的那一刻，他就刺杀国王。这样一来，国王看上去就是被女神处死的。他的死将是一场精心策划的暴动的信号。

一些早已被买通的暴民会发起一场暴乱。暴乱之后，事情就会按照古老的传统进行。阴谋者将以所谓的安全的名义将神庙里的女祭司们拘禁，而实际上是逼迫她们支持阴谋者的精神统治。忠于国王的贵族将被就地刺死；他们的儿子也将被统统杀死，以防今后复仇；女儿将被迫嫁人，嫁给胜利者，以便他们合法攫取她们家族的财产；而贵族们娇宠的妻子则会被赶到暴民中去。有权势的人一旦倒台，能在他们身上擦鞋显然是一件乐事。

盲刺客计划趁着混乱逃走，过后再回来索取另一半丰厚的酬金。事实上，阴谋者打算将他立即干掉；万一阴谋失败，他被抓后会被迫交待，这是万万不行的。他的尸体将被严密地隐藏起来，因为大家都清楚盲刺客是受雇于人的，早晚人们会问是谁雇用了他。策划国王的死是一回事，而败露又是另外一回事了。

那个尚不知姓名的女孩躺在铺着红色锦缎的床榻上，等待假冒的冥王到来，同时与自己的生命作无声的告别。盲刺客身穿庙内仆人的灰色长袍，爬下走廊，摸到了门边。看守是一个女人，因为院内是不许有男人的。盲刺客隔着他的灰色面纱对看守说，他带来了女大祭司的旨意，只能告诉她一个人。于是，女看守弯下了身子。这时，盲刺客的刀子以迅雷不及掩耳的速度插进了她的身体，让她毫无痛苦地离开了这个世界。他那双快捷的手伸向丁零作响的一串钥匙。

钥匙在锁孔里转动。屋内，女孩听到了声响。她坐起身来。

他突然住口了。他在倾听外面街上的声响。

她用胳膊肘撑起了自己的身体。是什么声音？她说道。只是车门声。

帮我一个忙，他说，乖乖地穿上你的内衣，往窗外瞧瞧。

如果有人看见我怎么办？她说道，现在可是大白天呀。

没关系。他们不会认识你。他们只会看到一个穿内衣的姑娘；在这里是常有的现象。他们只会把你当成一个……

一个水性杨花的女人？她轻描淡写地说，你也这么想吗？

一个沦落的少女。两者是不同的。

你说话多好听。

有时候，我是自作自受。

如果不是因为你，我会变得更沦落的，她说道。她已站到了窗边，抬起百叶窗。她的内衣是冷绿色的，就像是海岸上的冰，破碎的冰。他无法长久地抓牢她。她会化掉，她会飘走，她会从他的手中滑掉。

外面有什么情况吗？他问道。

没什么不正常的情况。

回到床上来。

然而，她却瞧着水槽上方的镜子。她看到了自己的形象——她光光的脸蛋、乱蓬蓬的头发。她看了一下手上的金表。天哪，太糟糕了，她说道，我得走了。

《帝国邮报》（1934 年 12 月 15 日）

军队平息罢工暴乱

安大略省提康德罗加港

昨日，提康德罗加港又发生了新的暴力事件。这是一星期以来与蔡斯父子工业有限公司闭厂、罢工和停产有关的一系列骚乱的延续。警方力量不足，省议会要求政府加强警力。为了公众的安全，首相已授权加拿大皇家军团的一支特遣队进行干预；该部队于下午两点抵达本地。目前局势已告稳定。

在秩序恢复之前，一个由罢工者组织的集会失去控制。镇上主街两边店铺的橱窗均被砸碎，商品也广遭洗劫。力图保卫自己财产的几位店主受伤进了医院。据说，一名警察的脑袋被砖头砸了，引起严重的脑震荡，情况十分危险。早些时候，第一工厂还着了火，被镇上的消防队员扑灭了。情况正在调查之中，警方怀疑有人纵火。夜间值班员阿尔·戴维森先生被人从蔓延的火势中拖到了安全处，但由于脑部受到重击以及吸入大量烟尘而命归黄泉。这起暴行的元凶正在搜捕之中，数名疑犯已经确定身份。

《提康德罗加港报》的编辑埃尔伍德·R. 默里先生表示，麻烦是由几名外来的煽动者向人群送烈酒而引起的。他声称，本地的工人都是守法公民，除非有人挑动，否则是不会发动暴乱的。

蔡斯父子工业公司的总裁诺弗尔·蔡斯先生尚未对此事发表评论。

《盲刺客·夜之奔马》

这个星期，他换了一幢房子，换了一间卧室。这次，卧室的门和床之间至少有空间可以转身了。房间的窗帘是墨西哥式的，带红黄蓝三色条纹；床头板是鸟眼纹枫木制成的；床上的一条哈得孙湾公司生产的扎人的绯红色毯子被拖到了地板上。墙上挂着一张西班牙斗牛的海报。房间里还有一张紫红色皮革的扶手椅；一张熏橡木的桌子；一只铅笔罐，里面的铅笔都削得很整齐；一个烟斗架。烟草的微尘将室内空气搅浑了。

屋里还有一个摆满书的书架，书的作者有奥顿、维布伦、施本格勒、斯坦培克、多斯·帕索斯等等。一部《北回归线》放在显眼的地方，这本书十有八九是走私进来的。还有《萨兰博》《奇怪的逃亡者》《偶像的暮年》《永别了，武器》，以及法国自由作家巴比塞和蒙泰朗的书。另外，还有一部德文版的《汉穆拉比法典》。她想，这位新朋友是有一定知识修养的，而且也有钱，因此可靠性也就差一些了。他有三顶不同的帽子挂在弯木衣帽钩上，还有一件纯羊绒的格子晨袍。

两人进去后，他转身将房门锁上。她一边将帽子和手套脱下，一边问道：*你看过这些书吗？*

看过几本，他简单地回答说，*把头转过来*。他从她的头发中剔除了一片树叶。

其实，在她转头的时候，她头发里沾着的树叶已经开始飘落下来。

她在想，他的朋友是否知道她要来。他是否不仅知道来者是个女人——他们两个男人之间应该约法三章，以致他的朋友不会闯进来——而且还知道她是谁，以及她的姓名等等。她希望他不知道。根据这些书，尤其是那张斗牛海报来判断，这位朋友原则上应该是敌视她的。

今天，他少了几分冲动，多了几分忧虑。他要流连一番，要克制自己。他要细细观察。

你为什么这样看着我？

我在努力记住你。

为什么？她一边说，一边用手遮住他的双眼。她不喜欢被人用这种方式审视，就像被人摸弄一样。

这样，等我离开以后，我仍然可以拥有你，他说道。

别这样说。别搅了今天的兴致。

打铁要趁热，他说道，这不是你的座右铭吗？

好像是不浪费，不匮乏吧，她说道。他终于笑了。

此刻，她的身子卷在被单里，被单一直盖到她的胸前。她偎依在他身上；双腿裹着白色被单，形成长长的、柔美的鱼尾状。他两手搁在脑后，眼睛盯着上面的天花板。她将手中的黑麦威士忌送到他的嘴边，让他啜了几口。这种黑麦威士忌比苏格兰威士忌便宜。她本想自己带一瓶高级一点的酒来，可是却忘了。

接着讲故事吧，她说。

我得有人给我灵感，他说道。

我怎么才能给你灵感呢？我可以等到五点钟再回去。

下回你真的一定要给我点灵感了，他说，我得养精蓄锐。再给我半个小时吧。

O lente，lente currite noctis equi!

你说什么？

慢些儿跑，慢些儿跑，夜之奔马。这是古罗马诗人奥维德写的诗句，她回答说，拉丁文的诗句节奏缓慢。她引经据典的做法真笨拙，他会认为她是在炫耀。她永远都无法判断他会认可什么，不认可什么。有时候，他假装一无所知，可经她解释后，看来他又是知道的——原本就知道。他诱使她夸夸其谈，然后再把她给镇住。

你真是一个怪女孩，他说，为什么是夜之奔马呢?

夜之奔马拉着时间之车。诗人与他的情人在一起。这就是说，他希望夜晚能够延长，这样他就可以与她在一起多待一会儿了。

为什么呀?他懒懒地说道。五分钟对他来说还不够吗?难道没有更好的事情可以做吗?

她坐了起来。你累了吗?我让你感到厌烦了吗?我是否该离开了?

再躺下来。你哪儿也不许去。

她不希望他用这样的口气说话——像电影里的西部牛仔。他这样做是要使她处于劣势。然而，她还是舒展身子躺下了，并伸出一只胳膊搂着他。

把手放在这儿，夫人。这样很舒服。他闭上了眼睛。他接着说：情人——一个多么古雅的称呼!维多利亚中期的叫法。我应该亲吻你精致的小鞋，或者不断地向你奉上巧克力吧。

也许我古雅。也许我像个维多利亚中期的女子。那么就叫爱人吧。或者叫性伴侣也可以。这样叫是不是更超前?对你来说更公平?

那当然。不过，我想我还是倾向于情人这个叫法。因为事情本来就不是公平的，不是吗?

没错，她说。事情本来就不公平。不管它，还是接着讲故事吧。

他说道：夜幕降临，快乐之民出城后经过了一天的行军，就在路上安营扎寨。历次战斗中俘虏过来的女奴们从皮袋中将发酵过的猩红色朗酒倒出来，并端着一碗碗煨得半生不熟的沙克兽肉，卑躬屈膝地侍候别人用餐。军官们的太太坐在树荫下，一双双闪亮的眼睛从头巾上两个椭圆形黑洞中盯着女奴们看，留心她们有什么闪失。她们知道，今晚她们将独守空房，但至少她们过后可以鞭打那些笨拙或不恭的女奴——她们一定会这样做的。

男人们裹着皮斗篷，蹲在火堆周围吃晚餐，边吃边嘀咕着什么。他们的神情并不愉快。明天或后天(根据他们行程的速度和敌人的防范意识)他们得参加战斗，而这一次他们也许赢不了。不错，火眼信使向无敌之神的拳头保证，只要他们继续虔诚服从、勇敢机智，他们就一定能赢。然而，这种事情总是有许多如果的。

如果输了，他们就会被杀死，他们的女人和孩子也难逃一劫。他们并不期望别人的仁慈。如果赢了，他们自己必须成为刽子手，而屠杀并非总是人们有时所想的那样痛快。按照指示，他们得把这个城市的人斩尽杀绝。男孩子一个也不能留，以防他们长大以后替亡父报仇；女孩子也不能留，因为她们会用美色腐蚀快乐之民。从历次攻克的城市里，已经带回不少年轻姑娘分给战士们，根据他们的勇猛和战绩每人奖赏一个、两个，或三个。不过，神的信使现在说要适可而止。

这种屠杀将是费力而又嘈杂的。这样大规模的杀戮十分繁重，还会污染环境，必须干得彻底；否则快乐之民就会招致大麻烦。全能之神有办法不折不扣地执行法律。

他们的马匹分散地拴在一边。马的数目极少，只有头目们才有资格骑。这些马匹瘦弱而易受惊，嘴巴显得严峻，长长的脸上带着忧伤，眼神无力而怯懦。然而，这并不是马儿的错，它们是被拉来参战的。

如果你有一匹马，你可以踢它、打它，却不可以杀它、吃它的肉，因为很久以前，全能之神的信使就是以第一匹马的模样出现的。据说，马儿记住了这段故事，并为此而自豪。这就是为何它们只让头目们骑的原因。至少这是公开的解释。

《梅费尔》[①]（1935年5月）

多伦多热点琐闻

约　克

今年四月，春天踏着欢快的脚步款款而至。一长串由私人司机驾驶的高级轿车载着显赫的人物，拥向这个季节最为有趣的一次盛会。四月六日这一天，威妮弗蕾德· 格里芬 · 普赖尔夫人在罗斯代尔她宏伟的都铎式宅邸为来自安大略省提康德罗加港的艾丽丝 · 蔡斯小姐举行招待会。蔡斯小姐是诺弗尔 · 蔡斯上尉的千金，蒙特利尔的已故本杰明 · 蒙特福特 · 蔡斯夫人的孙女。她将嫁给格里芬 · 普赖尔夫人的哥哥理查德 · 格里芬先生。长期以来，格里芬先生被认为是本省最优秀的单身贵族之一。他们将于五月完婚，届时豪华的婚典将是结婚日程上不可不看的一大盛事。

上季度初入社交界的女子和她们的母亲，都无不急于一睹这位准新娘的青春风采——她身穿一件斯基亚伯雷式的绉织束腰衣服，褶襞短裙带有一圈深黑色的丝绒滚边，样子娴静而迷人。普赖尔夫人身穿优雅的香奈尔牌浅灰色褶裥裙，上身点缀着素净的小珍珠，站在白色的水仙花和白色的凉棚前迎接客

---

① 梅费尔：一种上流社会的杂志。

人。她身后还有用银色缎带和仿真黑叶葡萄点缀的壁式烛台，上面点亮着一支支细蜡烛。与蔡斯小姐同行的还有她的妹妹兼伴娘劳拉·蔡斯小姐，后者身穿缎子滚边的叶绿色棉绒裙子。

到场的嘉宾有副省长和他的妻子赫伯特·A.布鲁斯夫人；伊顿上校与夫人以及女儿玛格丽特·伊顿小姐；尊敬的W.D.罗斯先生与夫人以及两个女儿苏珊·罗斯和伊索贝尔·罗斯小姐；A.L.埃尔斯沃思夫人与两个女儿——贝弗莉·巴尔默夫人和伊莱恩·埃尔斯沃思小姐；乔斯琳·布恩小姐和达芙妮·布恩小姐，以及格兰特·佩普勒先生与夫人。

《盲刺客·铜钟》

夜半时分。萨基诺城寂静无声。这时铜钟敲响了，标志着破碎之神——三阳之神的夜间化身——降到了黑暗的最深处，经过一场恶战，被居住在此的冥王及其鬼魂勇士撕成了碎块。过后，他破碎的身体将被女神拼接起来；他会苏醒过来，在女神的照料下重新获得健康和力量，像往常一样在黎明时分出现，放出他的万丈光芒。

尽管这位破碎之神是一个受欢迎的神灵，但如今城里谁也不再真正相信关于他的这个神话了。不过，家家户户的女人们还是用泥土捏出他的塑像来，继而又被男人们在一年中最黑的那个夜晚摔个粉碎。女人们则在第二天又重新捏出一个。对孩子来说，他们可以吃到做成小神像的甜面包；他们贪婪的小嘴代表着未来，就像时间本身将要吞噬现在活着的东西一样。

国王独自端坐在他的豪华宫殿的最高层，以便观察星象，叩问下一个星期的凶吉。他摘下他的白金面罩，将它搁在一旁，因为此时他不必再向在场的任何人隐藏他的情绪；他可以随意地微笑和皱眉，就像普通的伊尼劳人那样。此时的心情是多么轻松啊。

他面带微笑，可这微笑却是心事重重。他心里正在想他最近的风流韵事——同一个小官的丰腴妻子苟合。她蠢如沙克兽，但她柔软的厚嘴唇像浸过水的天鹅绒垫；她的纤纤玉指灵巧宛若游鱼；细眼狡黠，举止得体。然而，她却变得越来越苛求，也越来越放荡。她缠着国王，要求他为她的后颈或身体的其他部位写一首诗，就像宫廷中那些纨绔子弟的惯常做法，可国王偏偏又没有这方面的天赋。女人为何如此渴望胜利纪念品，为何想要引起她们回忆的东西呢？难道她想让他出丑，以此来展示她的威力吗？

这对他来说是一种耻辱；他得摆脱她。他要让她的丈夫破产——他要以恩宠的名义带着他的宠臣们去他家吃饭，直到那个可怜的白痴耗尽全部家财。然后，那个女人就会被卖作奴隶来抵债。这样可以把她锻炼得结实一点——没准对她还有好处呢。想象她脱去面纱，脸庞暴露在众目睽睽之下，一路上擎着女主人的脚凳或蓝嘴的威布拉宠鸟，眉头紧皱，那真是一件快乐无比的事情。他本可以派人把她干掉，可是这未免太严厉了。毕竟，她的罪过无非是渴望一首破诗。他可不是一个暴君。

一只开膛剖肚的奥姆鸟躺在他的面前。他无聊地拨弄了一下它的羽毛。他并不在乎星象——他早已不再相信那些鬼话——但他还是得眯起眼睛朝它们看一会儿，然后发布一下公告。在短期内，剧增的财富和丰收的五谷应当可以迷惑人们，而人们总是忘记预言，除非预言真的变成了现实。

他不知道从他可靠的私人渠道——他的理发师——那里得到的消息是否真实：又有一个推翻他的阴谋正在酝酿之中。他是否又得抓一些人，给他们上刑或者砍他们的头？答案是毋庸置疑的。那种可以感觉到的软弱和真正的软弱一样，也有害于维持公共秩序。最好是紧紧把握住自己的统治权。如果有人必须掉脑袋的话，他可是不在其列的。他将不得不采取行动来保护自己；但他却感到了一种奇怪的惰性。管理一个王国始终要把弦绷紧；如果他放松防范，哪怕只是片刻，任何人都会向他扑来。

在北面不远的地方，他看见一道闪光，仿佛是什么东西着了火，但一会儿又消失了。也许是闪电吧。他用手掠过双眼。

我为他感到可悲。我认为，他只是在尽其所能。

我认为，我们需要再喝一杯。怎么样？

我敢说，你会让他死去的。你眼里闪过这样的念头。

秉公而论，他是罪有应得。我自己认为他是一个混蛋。但凡国王都不得不如此，对吗？适者生存。弱者就只好垮台。

这并不是你的真实看法。

还有酒吗？再倒倒看，好吗？因为我真的是非常渴。

我来看看。她下了床，一只手拉着床单裹住身子。酒瓶子在桌上。不需要裹什么床单吧，他说道，我喜欢你赤身裸体的样子。

她转过头来望着他。她说：这样能增加一点神秘感。把你的杯子扔过来。我希望你别再买这种劣等威士忌了。

我只买得起这种酒。幸好我不是很讲究，因为我是孤儿出身嘛。在孤儿院里，长老会教友把我给毁了。这就是为什么我这样忧郁和沮丧的原因。

别用那些老套的孤儿故事来打动我。我的心不会流血的。

会的，他说道，我还指望这个呢。除了你的双腿和好看的屁股，我最欣赏的就是你这点——你的心会流血。

并不是我的心会流血，而是我的思想。我的思想血气十足。至少别人是这么说的。

他噗嗤一笑。那就为你血气十足的思想干一杯。来，干了。

她把酒喝了，做了个鬼脸。

有进就有出，他高兴地说道，说到这个，我得放放肚子里的水了。他站起身来，走到窗边，将推拉窗推上去一点。

你不能这么干！

这下面是条小道。我不会淋到别人的。

那至少躲在窗帘后面去吧！可我怎么办？

你怎么办？你早就见过一丝不挂的男人了。没见你总是闭上眼睛呀。

我不是这个意思。我是说，我不能朝着窗外撒尿。我都快胀死了。

穿上我朋友的晨袍，他说道，看到了吗？架子上那件彩格布的。不过，千万别把厅给弄脏了。房东太太是个难缠的老太婆，但只要你穿上彩格布的衣服，她就看不出你了。这个脏地方就像五颜六色的彩格布一样，你会溶入进去的。

好了，他说道，我讲到什么地方了？

夜半时分，她说道，铜钟敲响了。

哦，没错。夜半时分。铜钟敲响了。钟声响过之后，盲刺客将钥匙插进了门上的锁孔。他的心狂跳不止；在这种十分危险的时刻，他的心通常都会这样。如果他被抓住的话，那么等待他的死亡将是漫长和痛苦的。

他对他要实施的刺杀行动毫无感觉，也无心去弄明白刺杀的理由。谁是刺杀的对象？那些有钱有势的人为何要这么做？他对他们同样都恨之入骨。他们在他年龄很小、无力反抗的时候就夺去了他的视力，还有数十人曾经对他强行鸡奸。因此，他乐意有机会去屠杀他们中的每个人，或者参与过此事的任何人，包括这个女孩。事实上，她不过是个穿着盛装、戴着珠宝的囚徒而已，可对他来说这一点并不能说明什么。那些把他变成瞎子的人也把她变成了哑巴，这一点也不能说明什么。他只要完成他的工作，然后索取他的报酬，仅此而已。

不管怎么说，即便今夜他不把她杀掉，明天她也照样死路一条；而他的解决方法似乎更痛快、更利索。其实，他是在帮她的忙。以往那些拖泥带水的、痛苦的祭杀太多了。没有一个国王是精于刀功的。

他希望，她不会过分大惊小怪。委托人告诉他，她无法尖叫；她没有舌头，嘴巴又受了伤，最多只能像麻袋中的猫那样发出闷闷的喵喵声。不过，他还是要采取预防措施。

他将守卫的尸体拖进房间，以免有人在走廊里被它绊倒。随后，他也光着脚悄无声息地进了房间，并锁上了门。

第五章

裘皮大衣

今天早上，电视里的气象报告解除了龙卷风的警报。下午三四点钟的时候，天空呈现出一派不祥的绿色；树枝开始猛烈地摆动不止，仿佛一个被激怒的巨兽夺路而来。暴风从头顶上刮过，白色的电光像蛇的舌头一样闪过，雷声有如成堆的铁皮盘子倒下来发出的砰砰的声音。数到一千零一，瑞妮常对我们说，如果你能数到这个数，那说明暴风离我们还有一英里呢。她还说，打雷闪电的时候千万不能打电话，否则雷电会射入你的耳朵，把你变成个聋子。她还告诫我们，这时候也不能洗澡，因为雷电会像水一样从龙头里哗哗流出。她说，如果你脖子后面的汗毛竖起来的话，赶紧跳出浴缸；这是唯一可以保命的方法。

暴风在黄昏时分总算是过去了，但周围环境却仍然潮湿得像下水道一般。我躺在床上翻来覆去，难以入眠。我倾听着我的心脏伴着席梦思弹簧跳动的声音，企图让自己感觉舒服一点。最终我还是爬了起来，在睡衣外面罩上一件长套衫，下得楼来。我在外面又加了件带风帽的塑料雨衣，双脚套上了雨胶鞋，然后便走出房门。门廊的木头台阶又湿又滑，很是危险。台阶表面的油漆早就剥落了，木头可能也已开始腐烂。

夜色朦胧，一切都是单调的颜色。空气潮湿，没有一丝风。屋前草坪上的菊花闪着晶莹的水珠；一群鼻涕虫正在津津有味地嚼着仅存的几片羽扇豆的叶子。据说，鼻涕虫喜欢啤酒；我老是在想我应该倒一点出来给它们喝。啤酒倒是颇对它们的胃口，而我却觉得不够味儿。我喜欢那种能够快速麻醉我神经的烈酒。

我步履蹒跚地在湿漉漉的人行道上行走。夜空中挂着一轮满月，四周有一个淡淡的雾环。在街灯的映照下，我的缩小的影子在我前面像个小妖精似地滑行。我感到自己正干着一件胆大包天的事：一个老妇半夜三更孤身出来闲逛。陌生人见到我，也许会认为我毫无招架之力。我确实也有点害怕，至少我的心因为恐惧而怦怦直跳。米拉常常好心告诫我，老妇人是抢劫犯的主要目标。那些抢劫犯据说是从多伦多来的，无恶不作。他们很可能会跳上一辆公共汽车，将作案工具伪装成伞或高尔夫球棒的样子。米拉还愤愤地说，为了达到目的，他们是不择手段的。

我走过三个街区，来到了穿越市镇的主街。我停下脚步，视线越过缎子般又湿又滑的柏油路面，凝望沃尔特的车库。沃尔特正坐在灯火通明的玻璃小房子里，四周是一片漆黑的、空空的沥青场地。他戴着一顶红色的便帽，身子前倾，就像是骑在一匹隐身马上的老骑师，又像是驾驶自己生命之舟的船长，操纵着怪异的舵轮穿越外层空间。事实上，他正盯着他的迷你电视机收看“体育连播”；他的这项爱好是我偶然从米拉那里获知的。我没有走过去同他打招呼，因为他看到我必定会大吃一惊：在这黑夜中我穿着雨鞋和睡衣赫然出现在他面前，看上去像个疯狂的老夜游神。不过，在夜里这个时候看到还有一个醒着的人，心里还是颇感安慰的。

在回去的路上，我听到身后有脚步声。我对自己说，这下你惹祸了，抢劫犯终于来了。然而，身后的人并不是什么抢劫犯，而是一个年轻女子。她身穿黑色的雨衣，拎着一只包或者一个小箱子。她低着头，快步从我身旁走过。

萨布里娜，我想是她。她终于回来了。那一刻，我感到多么宽慰、幸福和满足——时间似乎倒流回去，我手中的那根干巴巴的旧木头拐杖也戏剧性地变成一朵盛开的鲜花。然而，只要看第二眼——无须再多看一眼——我就明白她根本不是萨布里娜，仅仅是一个陌生人而已。我有什么资格获得这样一个奇妙的结果呢？我又怎么能够有这种奢望呢？

不过，我还是盼望奇迹出现——毫无道理地出现。

好了，不说这个了。正如诗中常说的，我现在言归正传。让我们回到阿维隆庄园的事上来吧。

母亲死了。事情永远都不会一成不变。他们要我绷紧上嘴唇。谁要我这么做的？自然是瑞妮，或许是父亲。有意思的是，他们却从未要求我的下嘴唇做什么。下嘴唇是用来咬东西的，用来代替另一种痛苦。

起初，劳拉成天穿着母亲的裘皮大衣。大衣是海豹皮制成的，口袋里还放着母亲用过的手帕。劳拉将大衣套在身上，试图扣上扣子，直到她扣上了所有的扣子，然后在衣服下面爬来爬去。我想她一定是在里面祈祷，或者在召唤——召唤母亲回来。不论她做什么，那都是无济于事的。后来，那件大衣捐给了慈善机构。

不久，劳拉就开始询问那个并不像小猫的婴儿去哪儿了。她不再满足于“去了天堂”之类的回答，因为她知道它被丢在了盆里面。瑞妮说，医生将它带走了。但是为什么没有葬礼呢？瑞妮说，因为它太小了。这么小的一个东西怎么能把妈妈杀死呢？瑞妮说：别操这份心。等你长大了自然会知道的。她还说：你不知道的东西是不会伤害你的。这是一个靠不住的格言；有时你不知道的东西也会深深地伤害你。

夜里，劳拉会蹑手蹑脚地溜进我的房间，把我摇醒，然后钻进我的被窝跟我一起睡。她睡不着，原因就在于上帝。在母亲葬礼以前，她和上帝一直关系不错。上帝爱你们，卫理公会主日学校的老师如是说。母亲原先在星期天把我们送到主日学校去。她去世以后，瑞妮照规矩还送我们去那里。劳拉本来很相信这话，但现在她不再那么相信了。

她开始为上帝究竟在何处这个问题而苦恼。这是主日学校老师的错：她说上帝无处不在，而劳拉想知道：上帝在太阳里吗？在月亮里吗？在厨房、浴室里吗？在床底下吗？（瑞妮说："我真想拧那女人的脖子。"）劳拉不想上帝在她毫无防备的时候突然出现；她之所以有这种想法与上帝最近的行为是分不开的。张开嘴巴，闭上眼睛，我要让你大吃一惊，瑞妮会把一块饼干藏在背后，然后对劳拉这样说道。然而，现在劳拉却不愿意配合了。她要睁着眼睛。这样做并不是她不信任瑞妮，而是因为她害怕吃惊。

上帝很可能在放扫帚的柜子里——这似乎是他最有可能待的地方。他潜伏在里面，就像是个古怪而又可能危险的大叔，但她却无法肯定他是否每时每刻在那里，因为她不敢打开柜子的门。"上帝在你心中。"主日学校的老师如是说。而这话带来的后果更糟糕。如果上帝在放扫帚的柜子里的话，那还可以采取一些措施，比方说锁上柜门之类。

赞美诗中说上帝从来不睡觉——他连眼皮都不会合上。夜晚人们睡觉的时候，他就会在屋子周围漫步，窥视人们的行为——看看他们是否是好人。如果不是的话，他就会把灾难降临到他们身上，结束他们的小命；有时也会实施一些突发的念头。迟早他会做出一些令人不愉快的事情，就像《圣经》中所描述的那样。"听，他来了。"劳拉听着一轻一重的脚步声会这样说。

“那不是上帝。那是爸爸。他在塔楼上。”

“他在干嘛?”

“抽烟。”我不想说他在喝酒。这样说似乎对父亲不忠。

当劳拉睡着的时候，我对她有一种深深的怜爱之情。她小嘴微张，睫毛还湿湿的，但睡得并不安稳。她时而呻吟，时而踢腿，有时还会打鼾，令我自己无法安睡。于是，我会爬下床，踮起脚尖走到窗口。我伸长脖子朝卧室的窗外望去。有月亮的时候，月光会将花园变成银灰色，似乎所有的颜色都被月光吞噬了。我可以看见缩得小小的仙女石像；月亮映照在她面前的莲花池里，而她则将脚趾伸进了池里冰冷的月光中。我冷得瑟瑟发抖，于是又回到床上，仰视窗帘飘动的影子，倾听房子移动而产生的汩汩声和开裂声。我心想，不知自己做了什么错事。

孩子们都认为，凡坏事总是和自己犯错有关；我也不例外。然而，他们同样也相信结局总是美好的，尽管所有的证据都表明结局将会相反；在这一点上我也如此。我只希望美满的结局快点到来，因为我感到孤独无助——尤其是在夜晚劳拉已经睡去，而我也不必再逗她开心的时候。

早晨，我要帮劳拉穿衣服——在母亲活着的时候，这已成为我分内的事了——然后督促她刷牙和洗脸。午饭的时候，瑞妮有时会让我们去野餐。我们会准备一些抹黄油的白面包，再涂上玻璃纸般半透明的葡萄果冻，还有生胡萝卜和苹果片。我们从罐头中将咸牛肉取出来；它的样子就像是阿兹特克人的庙宇。另外，还有一些煮鸡蛋。我们将这些东西装在盘子里，然后带出去，到处都可以拿出来吃——池塘边，或者暖房里。碰上下雨的话，我们就只能在屋里吃了。

“想想那些挨饿的亚美尼亚人吧。”劳拉会这样说，并且紧握双手，闭上双眼，向掉在地上的果冻三明治皮鞠躬。我明白，她之所以说这些是受母亲的影响；这话弄得我直想哭。“其实并没有什么挨饿的亚美尼亚人。那是编出来的。”有一次我这样对她说。但是，她不愿意相信我的话。

那时候，我们俩经常没人管。于是，我们把阿维隆庄园里里外外玩了个遍：哪儿有一道裂缝、哪儿有一个小洞、哪儿有条小地道，我们都弄得一清二楚。我们曾经窥视后楼梯下那个隐蔽的小间：里面有一大堆的旧套鞋、单只的手套，以及一把断了骨子的雨伞。我们还勘查过地窖的各种贮藏室——有堆煤炭的煤窖；有菜窖，卷心菜和南瓜摊在一块板上，带有须根的甜菜和胡萝卜放在沙盒里，土豆浑身上下长着白化体触毛，样子活像螃蟹的腿；有冷窖，里面存放着整桶的苹果，以及一格一格的加工食品——沾满灰尘的果酱和像璞玉般闪光的果冻、印度酸辣酱、泡菜、草莓、去皮的西红柿和苹果泥，全密封在印有“皇冠”标记的罐子里。当然还有一个酒窖，但门是锁着的，只有父亲有门上的钥匙。

我们在游廊底下发现一处潮湿的、满是灰尘的洞穴，只要爬过那些蜀葵就可以到达。洞口只长着一些像蜘蛛般的蒲公英，还有一些锦葵，我们得忍受它的薄荷味、猫臊味和束带蛇留下的恶臭混合在一起的气味。我们还发现了一个阁楼，上面堆放着一箱箱的旧书、被子以及三只空衣箱，另外还有一架坏了的簧风琴和祖母阿黛莉娅的无头女装模型——一具惨淡的、散发着霉味的人体躯干。

我们屏住呼吸，悄悄地穿过我们自己的影子弯弯曲曲地前行。这样做我们很安心，因为我们认为这样就不会被发现了。

听钟的滴答声，我说道。那是一只摆钟——白色和金色相间的古老瓷钟，它还是祖父那个时代的。它端坐在书房的壁炉台上。劳拉认为，我是说钟在来回舔。[①]事实也是如此。铜制的钟摆像舌头般来回摆动，舔着看不见的嘴唇。它在吞噬着时间。

秋天来了。我和劳拉采摘了马利筋豆荚，然后将其剥开，抚摸着龙鳞般交叠的豆子。我们将豆子掏出来，连同薄丝般的豆膜一起撒向空中，留下皮革似的黄褐色的舌状外壳；这些外壳摸上去十分柔软，犹如人们手肘内侧的皮肤。接着，我们会跑到喜庆桥上去，将豆荚从桥上扔到水里，看它们在水中飘浮多久才被冲翻或冲走。我们当时是否把它们想象成载人的船只？我已经记不清楚了。然而，看着它们沉入水下倒是给了我们某种满足。

冬天来了。天空灰蒙蒙的；太阳悬在半空中，呈现出暗淡的粉红色，就像是鱼血。密集的、不透明的、宛如手腕般粗细的冰柱子从屋顶和窗台上倒挂下来，给人的感觉像要坠落下来似的。我们将它们敲碎取下来，当冰棍来吮吸。瑞妮对我们说，这样做舌头会变黑掉下来的。不过，我知道她是在唬人，因为从前我就这么干过了。

阿维隆庄园还有一间船棚和一个冰库，就在码头边上。船棚中放置着祖父的一艘老帆船——“水妖”号，现在当然是属于父亲的了。因为时值冬季，船被搁置起来过冬。冰库屋里存放着冰块。冰块是从若格斯河冰面上割下来的，用马把冰块驮到冰库里，盖上锯末保存起来，供夏天使用。要知道，在夏天这东西可是个稀罕物。

我和劳拉出门，走上了滑溜溜的码头；大人们是严禁我们这样做的。瑞妮说，如果我们掉进河里，小命立刻就不保，因

① 前面“钟的滴答声”原文为“ticking”，而“舔”的原文为“licking”，两者读音相似。

为河水冰冷刺骨。到时候，我们的靴子里会灌满水，然后我们就会像石头一样沉入河底。我们朝河面上扔了一些石头，想看看它们到底会怎样；它们在冰面上滑行了一段距离就停止了，依然可见。我们呼出的气形成一股白烟。于是，我们俩就不停地吹气，仿佛火车冒烟一般；同时我们寒冷的双脚交替站着。我们靴底的雪嘎吱嘎吱作响。我们的双手握在一起，结果两只手套也冻在一起了。当我们把手套摘掉以后，它们像两只蓝色绒线手仍然紧紧握着，而里面却是空的。

在卢韦托河的湍流下面，大块参差不齐的冰块堆在一起。这些冰块中午是白色的，在黎明和黄昏又呈淡绿色；小的冰块在流水的冲击下还会发出铃铛一般的叮当声。在河中心，河水却没有结冰，仍然湍急地流着。孩子们躲在河对岸山上的树丛里大声喊叫；他们的声音在这冰天雪地里听起来又高又远，也很快乐。他们还滑平底雪橇——这是大人不允许我们玩的。我想去岸边踩那些凹凸不平的冰块，看看它们是否结实。

春天来了。柳树枝变黄了，山茱萸变红了。卢韦托河的水猛涨；灌木和树木被急流连根拔起，在旋涡中打转，最后被礁石绊住。一个女人从喜庆桥上跳入了湍急的河水中，尸体两天后才找着。尸体是在河的下游找到的，捞上来已面目全非，因为在那样的急流中漂上两天就像进了绞肉机一般。瑞妮说，这不是离开人世的最佳方法——如果你在乎自己外表的话，最好不要选择这种方法；不过，这种时候你很可能也不会在乎了。

希尔科特太太知道在过去几年这样跳河自尽的人有六七个。你可以从报纸上看到这些报道。其中有一位姑娘，希尔科特太太曾与她一起上过学。那位姑娘后来嫁给了一个铁路工人。她说，铁路工人常年在外，哪里想到家里会发生什么事？“她怀上了野种，”她说道，“又找不出借口。”瑞妮跟着点头，似乎这件丑事说明了一切。

“不管男人有多笨，他们大多数至少还是会扳指头算日子的，”她说，“我估计他狠狠揍了她一顿。可是，马儿跑了，关上马棚的门也没用了。”

“什么马？”劳拉问道。

“她必定还遇上了别的麻烦，”希尔科特太太说，“一旦你遇上麻烦，十有八九还会遇到别的麻烦呢。”

“什么是野种？”劳拉悄悄问我。“什么野种？”可我也不知道。

瑞妮说，除了纵身跳入河中，这些女人也可能会走到河流的上游，让河水浸湿她们的衣服，然后沉入水中；这样一来，即便她们想游离险境也无济于事了。男人们要寻死的话，则更加干脆。他们会选择悬梁自尽，或者用猎枪打爆自己的脑袋；如果他们溺死的话，他们会先撞岩石，或者用其他的重器——斧头、一袋子钉子之类——把自己结果了。在这种严肃的事情上，他们是不喜欢冒险的。然而，女人们通常选择走入水中，任由河水吞噬她们的性命。从瑞妮的口气中，很难判断她是否赞同这些不同的死法。

那年六月，我满十岁了。瑞妮为我做了一只蛋糕。不过她说，母亲刚去世不久，也许不该做；但毕竟生活还是要照样过下去，也许做一只蛋糕不会伤害什么。伤害什么？劳拉问道。妈妈的感情，我回答说。那么，妈妈在天堂看着我们吗？但是，我变得固执起来，而且有点自鸣得意，故意不回答劳拉。劳拉听了关于母亲感情的话，不愿吃她那份蛋糕。于是，我就吃了两份。

尽管我闭上眼睛就可以想起悲伤的事，如同一只被锁在地窖中哀号的小狗一般，但要让我回忆起全部的细节却是很费劲的。母亲去世那天我都做了些什么呢？我记不太清了。当时她到底是个什么模样？现在她留给我们的样子只不过是照片中的形象。我还记得，她突然消失后，她的床给我一种异样的感觉：看上去空荡荡的。下午的斜阳透过窗户静静地流泻在硬木地板上；尘埃在阳光中飘浮，如同雾气迷漫。空气中有一股家具的光蜡味、枯萎的菊花味，以及床上便盆和消毒剂的残留气味。如今，我常常意识到母亲不在了，已很少想起她健在的时候。

瑞妮对希尔科特太太说，没有谁能够替代蔡斯夫人的位置，因为她是个圣人——如果这个世上有圣人的话。不过，瑞妮说，她自己已经做了她所能做的事情；为了我们俩，她始终表现出愉快的样子，因为说得越少，平复得也越快。值得庆幸的是，尽管人们说静流水深，我为了自身也过于沉默，但我们确实似乎是在慢慢地恢复过来。她说，我是那种喜欢沉思的人，到头来总归会走出阴影。至于劳拉，谁也说不准，反正她一直是个古怪的孩子。

瑞妮说，我们俩待在一起的时间太多了。她说，劳拉学的东西太成人化，我也被耽误了。我们俩应该各自同与我们年龄相仿的孩子待在一起，但镇上仅有的几个适合我们的孩子都被送到私立学校去了。按理说，我们也有权利去私立学校读书，可是蔡斯上尉似乎从来也抽不出时间来为我们安排这一切；反正一下子变化太多也不合适。我头脑冷静，自然可以应付，但劳拉还小，去学校读书完全不够年龄。再说，她容易神经紧张。她是那种一碰就惊慌的孩子；即便是掉入六英寸深的水中，她也只会乱扑腾，却不会把头伸出水面，最后淹死在水中。

我和劳拉坐在后楼梯的台阶上，把门开条缝，用手捂住嘴巴以免笑出声来。我们陶醉在这种间谍行为的快乐里。然而，偷听有关我们自己的事情，这对我们俩都没多大好处。

疲惫的士兵

为了避开午间的酷热，今天一大早我就步行去了银行。我早去也是为了赶在银行开门的时候到达，这样可以引起银行职员的注意。我之所以要引起注意，是因为他们又弄错了我的结算单。我对他们说，我还能够做加减乘除，不像他们那些老是出错的机器。他们像餐馆服务员一般笑容可掬，但心肠却像在厨房里向你点的汤里吐口水的跑堂那样坏。我总是要求见银行的经理，可经理总是“会议”不断，而我最终总是被推给一个皮笑肉不笑的年轻职员。看他那神气活现的样子，他还真以为自己将来会成为大富翁呢!

在银行那种地方我感到受人鄙视，因为我口袋里的钱不多，也因为我曾经家财万贯。当然，我并不曾真正拥有过钱财。起初它是属于父亲的，后来又是理查德的。然而，人们却硬把钱财看成是我的，如同那些在案发现场的无辜者被看成罪犯一样。

银行大楼拥有数根古罗马风格的柱子，似乎在提醒人们：“恺撒大帝的东西应当还给恺撒”，就比如说那些荒唐的服务费用应该还给客户。对我来说，哪怕两分钱我都会把它放在短袜里塞到床垫底下；而这样做只是为了向钱这东西泄愤。但我想，当我死后一定会传出这样的消息：一个古怪的老疯婆被人发现死在一间陋室中，屋里堆满了几百只装猫食的空罐，还有夹在发黄的报纸中五元一张的数百万美元的钞票。不过，我无意成为当地吸毒鬼和两眼布满血丝、手指抽搐的外行窃贼的注意目标。

从银行出来，我又去市政厅周围逛了一番。市政厅的钟塔是意大利式的；双色的砖墙是佛罗伦萨式的；旗杆看来需要油漆一下了；那门野战炮曾经在法国的索姆战场使用过。竖立在那里的两尊青铜雕像都是由蔡斯家族出钱制作的。右边的一尊是祖母阿黛莉娅请人雕制的，它的原型是帕克曼上校——参加过美国革命在提康德罗加港最后决定性一仗的老兵；这个地方现在属于美国的纽约州。我们不时会碰到一些糊涂的德国人或英国人，甚至是美国人——他们在镇上逛来逛去，寻找当年战场的遗址。最后，有人会告诉他们：你们弄错了地方，弄错了国家。你要去的是美国那边的提康德罗加。

当年，帕克曼上校开拔他的部队，越过边界，为了纪念他那场失败的战斗而有悖常理地将我们这个镇命名为“提康德罗加”。(这也许并不少见，许多人对他们自己的伤疤有一种纪念兴趣。)这尊铜像中的帕克曼上校骑在马背上，挥舞着一把剑，大有要冲进旁边的牵牛花坛的气势：一个轮廓分明的男子形象，有一双坚毅的眼睛，下巴留着一小撮尖尖的胡须——雕塑家们所塑造的骑兵领袖的模样大多如此。没有人知道帕克曼上校究竟长什么样，因为他生前并没有留下有关他形象的图文资料。这尊雕像是到一八八五年才立的，于是就成了现在这个样子。这就是艺术的独裁。

在草坪的左面也有一个牵牛花坛，花坛旁的一尊雕像同样也是一个虚构的人物：“疲惫的士兵”。他衬衫的上面三个扣子开了，脖子向前下倾，就像是准备挨刽子手的斧子似的。他的军服凌乱不堪，头盔歪戴着，身子靠在一支老爷枪上。他看上去永远年轻，永远一副疲惫不堪的样子。他立在战争纪念碑的顶部，皮肤在阳光下泛出绿色的光芒；鸽子在他脸上留下的粪便仿佛是他的眼泪。

这尊“疲惫的士兵”雕像是我父亲负责的一项工程。它由女雕塑家卡莉斯塔·菲茨西蒙斯制作，因为她受到安大略艺术家协会战争纪念委员会召集人弗朗西丝·洛林的大力举荐。当时，地方上有些人反对菲茨西蒙斯小姐担当此任；他们认为女人做这样的雕塑不合适。然而，父亲的气势远远盖过了其他潜在的赞助者的意见。他反问道：洛林小姐本身不就是个女人吗？父亲由此也引来了一些不恭敬的议论。谁知道他在搞什么鬼？这类话还算是客气的。父亲私下里说，谁承担费用，谁就可以拍板。别的人都是些吝啬鬼，他们要么把钱掏出来，要么就认输。

卡莉斯塔·菲茨西蒙斯小姐不仅是位女艺术家，她还是个年仅二十八岁的红发女郎。她开始频繁地光顾阿维隆庄园，与父亲商量有关设计的事宜。他们会在书房里商量讨论；起先，是开着门的，后来门就关上了。起先她被安排在二等客房中就宿，后来就住进了最好的客房。不久，她几乎每个星期都来此度周末，她住的房间也被看成“她的”房间了。

父亲似乎比以前开心了，当然酒也喝得少了。他派人将外面的场地收拾干净，至少看起来像个样；他还让人将车道重新铺设一下；“水妖”号也被刮去锈斑，重涂油漆，整修一新。有时候还会举行一些非正式的周末聚会，客人都是从多伦多来的卡莉斯塔的艺术家朋友。这些艺术家(这些人的名气也许不为如今的人们认可)并没有穿小礼服或西装，却穿着V字领的套衫。他们在草坪上马马虎虎就餐，谈论艺术的精妙；抽烟、喝酒、争论，煞是热闹。女艺术家们在浴室中用了太多的毛巾，无疑是因为她们从来没见过如此舒适的浴缸——这是瑞妮的理论。而且，她们的手指甲肮脏不堪，还放在嘴里啃。

如果不举行家庭聚会的话，父亲和卡莉斯塔会坐着敞篷小客车(而非那辆小轿车)外出野餐。在此之前，瑞妮会毫不情愿地为他们准备一篮子食物。他们或者去河上航行。卡莉斯塔下身穿宽松的长裤，两手叉在裤袋里，看上去活像法国服装设计师香奈尔；上身则穿父亲旧的水手领紧身套衫。有时候，他们也会一路驱车去温莎城，在路边客栈歇脚。这类客栈的特色是鸡尾酒、疯狂的钢琴音乐和粗俗的舞蹈表演。酒类的走私黑帮也常常光顾这些客栈；他们会从芝加哥或底特律过境来与加拿大的合法酿酒商做生意。（当时美国禁止出售酒类，于是流过国境的酒水就异常昂贵。那些被砍去手指、掏空口袋的死尸被抛入了底特律河，最后漂到了伊利湖的沙滩上，于是就引发了由谁来承担埋藏死尸的费用的争论。）父亲和卡莉斯塔作这样的旅行会在外面过夜，有时连续好几夜。他们有一次去尼亚加拉大瀑布游玩，为此瑞妮颇为眼红；还有一次去水牛城，乘的是火车。

这些情况我们都是从卡莉斯塔那里听来的；她会毫不吝啬地对我们讲述细节。她告诉我们，父亲需要“注入活力”；这样做对他的身体有好处。她说，他需要轻松快活一下，更多地融入生活。她还说，她和父亲是“好伙伴”。她喜欢叫我们“孩子”，说我们可以叫她“卡莉”。

（劳拉想知道，在路边客栈父亲是否也跳舞了；很难想象他可以拖着一条坏腿跳舞。卡莉斯塔说他没有跳，倒是饶有兴趣地坐在那里观看。我却很怀疑这一点。如果你自己不会跳舞，光看别人翩翩起舞是不太有意思的。）

我对卡莉斯塔有几分敬畏，因为她是艺术家。她待人接物像个男士，大步行走以及同人握手的样子也像男士，而且还叼着一个黑色短烟嘴抽烟。她还知道服装设计大师香奈尔的情况。她的耳朵上打过环孔，红色的头发用头巾包起。（我如今才明白，她的一头红发是用散沫花染剂染出来的。）她身穿松垂的长袍般的衣服，上面印着醒目的螺旋图案，有紫红、浅紫、金黄三种颜色。她告诉我，这是巴黎的款式，它的设计灵感来自白俄移民。她向我解释这些图案的含义，解释起来真是滔滔不绝。

“他的又一个荡妇，”瑞妮对希尔科特太太说，“无非是他一长串情人名单上又多了一个；天知道，这个名单已经和你的手臂一样长了。不过，他的夫人尸骨未寒，他是不会将那个女人带回家的，因为这有损他的形象。”

“什么是荡妇？”劳拉问道。

“这不关你的事。”瑞妮回答说。她全然不顾我和劳拉还在厨房就这样讲个没完，这说明她在生气。（后来，我告诉劳拉什么是荡妇：就是那种嚼口香糖的女孩。不过，卡莉斯塔·菲茨西蒙斯并不嚼口香糖。）

“人小耳朵长。”希尔科特太太提醒道。然而，瑞妮还是照讲不误。

“看她穿的那些奇装异服，她恨不得穿着薄薄的三角裤去教堂做礼拜。她的衣服薄得透明，身体的每个部位都一清二楚。并非她有什么东西值得炫耀，她只不过是个轻佻的女人，她的胸脯扁平，像个男人。”

“我可没有这种厚脸皮。”希尔科特太太说道。

“不能称它为脸皮，”瑞妮说，“她不值狗屁。”（瑞妮说话激动时，语法就出错了。）“你想听的话，还有一些事漏说了。她真是脑子有毛病。她一丝不挂地在莲花池中与青蛙和金鱼一起游泳——我遇到她时，她只裹着一条毛巾穿过草坪回来，真不知羞耻。她还点头微笑，连眼睛都不眨一下。”

“我听说了，”希尔科特太太说道，“我以为是谣传。听起来不太可能。”

“她是个淘金女，”瑞妮说，“她只想勾引他，事成之后就把他一脚踢开。”

“什么是淘金女？什么是勾引？”劳拉问道。

轻佻这个词让我联想起晾在绳上的、随风飘动的湿衣服。

不过，卡莉斯塔·菲茨西蒙斯不像是那样的人。

关于阵亡将士纪念碑的事发生了一些争吵，不仅仅是由于有关父亲和卡莉斯塔·菲茨西蒙斯的传言。镇上有些人认为“疲惫的士兵”的雕像看起来太垂头丧气，太不修边幅了；他们反对他的衬衣敞开着。他们要的是一个胜利者的形象，就像别的镇上所立的“胜利女神”雕像——背上有一对天使的翅膀，长袍随风飘起，手里擎着一把三叉剑，看上去像把烤叉。他们还想在它的正面刻上“献给那些自愿作出最高牺牲的人们”的小铭文。

父亲在雕像的问题上拒不让步。他说，他们应该感到幸运，因为“疲惫的士兵”还拥有健全的双手和双脚，更不用说一颗头颅还在。如果他们不防备的话，他还会赞成赤裸裸的现实主义，而这雕像应该是由腐烂的身体各部分组成——他在战场上踩到不知有多少了。至于铭文，并没有自愿的牺牲，因为死去的人并不想用自己的生命来换取一个“王国”。他本人更喜欢“不能忘却”的铭文，这样就表明了罪责所在：我们自己的健忘症。他说，有他妈的太多的人他妈的太健忘了。他很少在公众场合说粗话，所以他说的话令人印象深刻。既然他出了钱，事情当然就是他说了算。

商会勉强出钱买了四块青铜饰板，用于刻录阵亡战士的名单和战役的名称。他们想把自己的名字也刻在饰板的底部，但父亲一顿羞辱打消了他们这个念头。他告诉他们，阵亡将士纪念碑是为死者建造的，不是为那些活着的人，更不是为那些捞到好处的人。他这番话引来一些人的忌恨。

纪念碑于一九二八年十一月的全国“荣军纪念日”揭幕。尽管天气寒冷，还下着濛濛细雨，但是参加的人很多。“疲惫的士兵”雕像放置在用鹅卵石（建造阿维隆庄园的那种石头）砌成的方锥形基座上，青铜饰板边上滚着夹有枫叶的百合花和罂粟花的饰边。有关饰板也有许多争议。卡莉斯塔·菲茨西蒙斯说，这样的设计陈旧俗气——那些垂下的花朵和叶子是“维多利亚式”的——是那个时代艺术家的耻辱。她想要一些更朴实无华的、更具有现代感的东西。然而，镇上的人们喜欢这样，父亲说有时候也不得不作些让步。

在揭幕仪式上，人们奏起了风笛。（“在室外奏要比室内好。”瑞妮如是说。）然后就是长老会牧师的布道。他谈到那些自愿作出最高牺牲的人们的铭文——小镇对父亲的一种嘲讽，挖苦父亲无法控制所有的事项，并说金钱是买不来一切的，最后还是定下了他所反对的这个铭文。接下来是一些演讲和祷告——许许多多的演讲和祷告，因为每种教派都得有牧师参加。尽管筹委会里没有天主教的份，但天主教的神父也来说上几句。这是我父亲力排众议的结果，理由是：牺牲的士兵无论是天主教徒还是新教徒，都作出了同样的牺牲。

瑞妮说，这是看问题的一个角度。

“那另一个角度是什么？”劳拉问道。

我父亲敬献了第一个花圈。我和劳拉手挽手地看着，而瑞妮在一旁哭泣。加拿大皇家军团派来了一个代表团，他们从伦敦的沃尔斯利兵营远道而来。M.K.格林少校在纪念碑前献了花圈。接下来，献花圈的人可以想见——退伍军人团、狮子会、兄弟会、扶轮社、秘密共济会、奥伦治会、哥伦布骑士会、商会以及帝国女儿会等等——最后一位献花圈的是“阵亡战士母亲协会”的代表威尔默·沙利文夫人；她失去了三个儿子。然后，大家齐唱《与我同在》，童子军乐队的一名号手吹奏起哀乐《最后一个营地》，声音有点颤抖。之后，大家静默了两分钟，接着民兵鸣枪致敬。最后是“列队操”表演。

父亲低头站着，可以看得出他在发抖，说不清是出于悲痛，还是出于愤怒。他身穿军服，外面罩了一件大衣，一双戴皮手套的手拄着手杖。

卡莉斯塔·菲茨西蒙斯也出席了仪式，始终站在不显眼的地方。她告诉我们，这种场合是不需要艺术家冲在前面、鞠躬行礼的。她身穿端庄的黑外套和普通的裙子，而不是长袍；一顶帽子遮住了她大半个脸。然而，大家对她还是议论纷纷。

仪式结束后，瑞妮在厨房为我和劳拉冲了点可可，让我们暖暖身子，因为我们在小雨里着凉了。瑞妮也递给希尔科特太太一杯，后者说她盛情难却。

“那东西为什么叫纪念碑？”劳拉问道。

“这是要我们记住那些死去的人。”瑞妮回答说。

“为什么？”劳拉又问道，“为了什么？他们喜欢纪念碑吗？”

“这不是为他们立的，更多的是为我们，”瑞妮回答说，“等你长大就会明白了。”劳拉总是得到这样的回答，她并不全信。她现在就想弄明白。她一口气喝光了杯中的可可。

“我可以再来点吗？什么是‘最高牺牲’？”

“士兵们为我们大家献出了自己的生命。我真希望你不要嘴大肚子小。我再给你一杯的话，你可得喝光它。”

“他们为什么献出自己的生命？他们想这样做吗？”

“不，但他们还是献出了生命。所以我们说它是牺牲，”瑞妮回答说，“够了，别再问了。这是你的可可。”

“他们将生命献给了上帝，因为这是上帝要的。就像耶稣，他是为我们所有的人赎罪而死的。”希尔科特太太说道。身为浸礼会教徒，她认为自己说的话具有最高的权威性。

一个星期之后，我和劳拉在峡谷中顺着卢韦托河边的小路散步。那天有雾，雾气从河中升腾起来，像脱脂的牛奶在空气中盘旋，从光秃秃的灌木细枝上滴下来。石子小路滑溜溜的。

突然，劳拉掉到了河里。所幸的是，我们身边这段河面的水流不急，因此她没有被河水卷走。我一面尖叫，一面沿河往下游跑，终于一把抓住了她的外衣。她的衣服并未被水浸透，但她还是很重，我差点也跟着掉进去。我设法将她拖到了一块平坦的岸礁上，然后把她整个人拽上了岸。她湿得像一只落汤鸡，我浑身也湿得不轻。我摇晃着她的身子。当时她一边发抖，一边大哭。

"你是故意这样做的！"我说道，"我看到你是故意的！你差点淹死！"劳拉喘着粗气，啜泣不止。我将她拥入怀中。"你干嘛要这样？"

"这样的话，上帝就会让妈妈活过来了。"她呜咽道。

"上帝并不想让你死掉，"我说，"你这样会让他很生气的！如果他想让妈妈活过来的话，他反正会这样做的，并不需要你投河。"当劳拉陷入这种低落情绪时，这是同她说话的唯一方式：你得装出知道某些她不了解的关于上帝的事。

她用手背擦了擦自己的鼻子。"你是怎么知道的？"

"你瞧——他让我救了你！明白吗？如果他想让你死掉的话，那么我也早就跟着掉进河里了。我们俩都会淹死的！好了，现在你得把身子弄干。我不会告诉瑞妮的。我就说这是个意外，我说你不小心滑了进去。不过，千万别再做这种傻事了。好吗？"

劳拉不吭声了，可她让我领她回家。家里人免不了好一阵惊恐、紧张和责骂。他们给劳拉喝了一杯牛肉汤，让她洗了个热水澡，还为她冲了一个暖瓶。她的这次闪失被归因于她的众人皆知的笨拙；家里人告诫她以后走路要当心点。父亲说我做得好；我在想，如果失去劳拉，他又会说些什么呢。瑞妮说，我们俩至少有一个还有点头脑，这倒是件好事，可是我们俩究竟去那儿干嘛呢？况且是个雾天。她说，我本该是明事理的。

那天夜里，我躺在床上久久睡不着，两臂抱胸，缩成一团。我的双脚像石头一样冰冷，牙齿咯咯地打颤。我无法抹去劳拉在卢韦托河冰冷黑水中的那一幕——她的头发像烟雾一样飘散在旋风中；她湿漉漉的脸庞闪着银光；当我抓住她的衣服时，她两眼瞪着我。拽她上来是多么不容易！差一点我就松了手。

暴力小姐

我和劳拉并没有进学校读书，而是有家庭教师一个接一个上门授课，男女都有。我们俩并不认为有这个必要，因此总是想方设法为难他们。我们会睁着一双浅蓝色的眼睛盯着他们，或者装聋卖傻；我们从来都不正视他们的眼睛，而把目光对着他们的额头。要把他们赶走常常比想象的要困难。一般来说，他们会在很大程度上忍受我们的捉弄，因为他们被生活所迫，需要这份报酬。我们并不是对他们个人有什么看法，只是不想让他们给我们增加负担。

当我们不与这些家庭教师在一起的时候，我和劳拉是不准出阿维隆庄园的，只能待在屋子里或者就在院子中玩耍。但有谁来监管我们呢？那些家庭教师是很容易躲避的，他们不知道我们的秘密通道；而瑞妮，正如她自己说的，又不可能时刻跟在我们屁股后面。只要一有机会，我们就会偷偷地从阿维隆庄园溜出来，到镇上去闲逛。我们这样做，完全把瑞妮的警告当成了耳旁风。她认为，外面到处都是罪犯、扰乱分子以及带着鸦片烟枪的心怀叵测的东方人——他们留着绞绳般的细八字胡和长长的指甲，还有吸毒鬼和白奴贩子；这些人在等着劫持我们，为的是向父亲索取赎金。

瑞妮许多兄弟中的一个是专门卖廉价杂志的——那种可以在杂货店买到的低级黄色的杂志，还有只能藏在柜台底下的最下流的杂志。他干的是什么工作？瑞妮称之为销售。而我现在认为，那是走私进来的。他有时候会把卖剩的杂志送给瑞妮。尽管她想方设法藏着掖着以防我们看到，可到头来我们总会拿到。其中有一些是关于浪漫爱情的，瑞妮看得如痴如醉，而我们却没什么兴趣。我们喜欢——或者说我喜欢，而劳拉也跟着喜欢——那些描写异国或者其他星球的故事。从未来时空飞来的宇宙飞船上，女人们身穿丝光纤维的超短裙，一切都闪闪发光；在植物会说话的小行星上，巨眼长牙的怪物在游荡；远古时代的一些国度里，居住着身体柔软的女孩——长着黄玉般的眼睛和乳白色的皮肤，身穿薄纱裤子，戴着金属小胸罩，就像用链子连起来的两个漏斗。英雄们则身着粗糙的服装，带翼的头盔上布满了尖刺。

荒唐，瑞妮评论道，全是胡说八道。可我就是喜欢这些。

罪犯和白奴贩子出现在侦探杂志中，封面上画满手枪和一摊摊的鲜血。在这类故事中，那些天真的巨额财富的女继承人总是被乙醚熏昏过去，然后就被人用晾衣绳结结实实捆起来，锁进游艇的船舱里，或者是废弃的教堂地窖里，或者是城堡阴湿的地下室里。我和劳拉都相信有这样的坏人存在，但我们并不是太害怕，因为我们知道如何识别。他们通常开着黑色的大汽车，穿着大衣，戴着厚手套和浅顶软呢黑帽。我们一眼就能把他们认出来，然后撒腿就跑。

然而，这样的坏人我们一个也没见过。我们遇到的怀有敌意的人只是工人们的孩子，特别是那些年龄小的，因为他们还不明白我们是不可以碰的。他们会三三两两地尾随我们，不言语却显得十分好奇，或者漫骂一番。他们偶尔还会朝我们扔石头，尽管从未打着我们。我们在卢韦托河边的小路上漫步时最容易受到攻击，因为头顶上就是悬崖，上面随时可能掉下什么东西来砸我们的脑袋。另外，我们知道，那些僻静的小巷也是不该去的。

我们会沿着伊利街闲逛，仔细观看商店的橱窗。那些廉价小零售店是我们最喜欢看的。我们也会透过小学的钢丝网眼围墙朝里窥视；这所小学是专供工人们的孩子上学的一所普通学校，操场是用煤渣铺成的，大门上方高高的雕花横牌上刻有“男女合校”的字样。课间休息的时候，校园里一片叽叽哇哇的叫声。这些孩子脏兮兮的，尤其是在他们打过架或被推倒在煤渣地上之后。我们庆幸自己不用到这所学校来读书。（我们真的感到庆幸吗？还是我们感到被排斥在外呢？也许两者兼有之吧。）

我们出去游玩时总是戴着帽子。我们认为这是一种保护，可以让我们多少免受一些注意。瑞妮说，淑女出门从来都是要戴帽子的。她还说要戴手套，可我们并没有总是这么麻烦。我记得，我们戴的是草帽——不是浅色的那种，而是炭色的。六月的天气又热又湿，空气里充斥着花粉，令人困倦。天空一片灼蓝，人们都有一种懒洋洋和悠闲的感觉。

我多么想再回到从前那些平淡的下午时光——无聊而又漫无目的，而且什么事都可能发生。从某种程度上来说，我确实又回到了从前，除了现在不像以前那样可能会发生许多事。

这次请来的家庭教师在我们家待的时间比以往大多数都要长。她是一位四十岁的女士。她有整整一橱褪了色的羊绒衫；从这些衣服来看，她以前的生活比现在富裕。她将自己老鼠毛似的头发卷起来，盘到了脑后。她的名字叫戈勒姆小姐——瓦奥莱特·戈勒姆小姐。我在背后给她起了绰号，叫她“暴力小姐”[①]，因为我觉得她的名和姓是个讨厌的组合，而从此以后我每次看她时都忍不住咯咯直笑。不过，这个绰号就这么叫下来了。我把绰号教给了劳拉，后来瑞妮当然也发现了。她说，我们这样取笑戈勒姆小姐太顽皮了。她还说，她是降临到这个世界的一个可怜的人，值得我们的同情，因为她是一个老姑娘。老姑娘是什么意思？也就是说没有丈夫的女人。戈勒姆小姐注定这一生只能享受独身之福，瑞妮不无轻蔑地如是说。

“可是你也没有丈夫呀？”劳拉说道。

“这是两码事，”瑞妮说，“我还从来没有碰到过值得我倾心的男人呢。我是自己不要的。并不是没有人向我求爱。”

“也许‘暴力小姐’也是如此。”我反驳道，目的只是要同她唱反调。那时我也确实快到这样的年龄了。

“不，”瑞妮说，“她没有。”

“你怎么知道？”劳拉问道。

“你可以从她的长相来判断，”瑞妮说，“反正，如果有男人向她求爱，即便那人长得牛头马面，她也会像蛇一样立刻缠上他的。”

我们与“暴力小姐”相处融洽，因为她让我们做自己喜欢做的事。她早就明白自己没有力量来控制我们，于是也就明智地决定不再徒劳了。上午我们在书房里上课；这间书房曾经是祖父本杰明的，现在是属于父亲的。“暴力小姐”对我们干脆是放任自流。书架上摆满了厚厚的真皮封面的书籍，书皮上印着

---

① 家庭教师的名字“瓦奥莱特”（Violet）与英文中“暴力”（violence）一词有几分相似。

淡金色的书名。我怀疑祖父从来都没有看过这些书；这些只是祖母阿黛莉娅认为祖父该看的书。

我会挑一些我感兴趣的书来读：查尔斯·狄更斯的《双城记》；麦考利的历史故事；附有插图的《征服墨西哥》和《征服秘鲁》。我也读诗歌，“暴力小姐”偶尔也会半心半意地教我诗歌，让我大声朗读。忽必烈汗的行宫，宏伟壮观的鬼斧神工。在佛兰德的田野里，一排排的罂粟花在十字架之间绽放。

“别念得这么平淡，”“暴力小姐”说道，“诗句得像流水一样流畅，亲爱的。把自己看成是个喷泉。”虽然她自己粗笨而不雅，但她对优雅的要求极高，而且还要我们像这像那：开花的树、蝴蝶、和煦的轻风等等。她要我们像任何东西，就是不能像膝盖脏兮兮、用手指挖鼻孔的小女孩，因为她对个人卫生是十分挑剔的。

“别再咬你的彩色铅笔了，亲爱的，”“暴力小姐”对劳拉说，“你可不是耗子。瞧，你的嘴巴都变绿了。这对你的牙齿不好。”

我朗读了亨利·朗费罗的《伊万杰琳》；伊丽莎白·白朗宁的《葡萄牙十四行诗》。我以什么方式来爱你呢？让我一一向你述说。“太美了。”“暴力小姐”叹道。她对伊丽莎白·巴雷特·白朗宁的诗很动感情（至少相对她沮丧的性格而言）；另外还有“莫霍克公主”波琳·约翰逊的诗。

哦，河水湍急地流着；
我的船头漩涡环生。
旋啊，旋啊！
在这漩涡险生的水中
但见片片涟漪！

“太激动人心了，亲爱的。”“暴力小姐”说。

我还朗读了艾尔弗雷德·丁尼生爵士的诗；在“暴力小姐”看来，他的权威仅次于上帝。

那块属于花的领地
统统被黑色的苔藓淹没；
那棵系在山墙上的梨树，
锈钉纷纷从绳结上掉落……
她只是说：“我的生活单调乏味，
他[①]连个影子也没有，”她说；
她说：“我非常，非常厌倦，
我宁愿自己已经死去！”

“她为什么想死去？”劳拉问道。通常她对我朗诵没什么兴趣。

“那是因为爱，亲爱的，”“暴力小姐”说道，“是无边无际的爱。但爱却得不到回报。”

“为什么？”

“暴力小姐”叹了一口气。“这是诗，亲爱的，”她说，“那是丁尼生爵士写的，我想他应该最清楚。诗并不推理原因。‘美即真，真即美——这是世上的一切真理，也是你该知道的一切。’”

劳拉轻蔑地望望她，然后回到自己的位子上继续涂画。我翻过去一页，因为我已将整首诗扫视了一遍，发现诗里没有什么其他事情发生了。

---

① 此处“他”指诗中女主人公的情人。

破碎，破碎，破碎，
碎在冰冷灰色的礁石上，哦大海！
我希望我的舌端
能表达我的思想和情怀。

“太妙了，亲爱的。”“暴力小姐”说道。她喜欢无边无际的爱，但她同样也喜欢绝望的忧郁。

有一本包着黄褐色皮封面的薄书，以前是属于祖母阿黛莉娅的。书名叫《鲁拜集》，作者为爱德华·菲茨杰拉德。（该书其实不是他写的，但人们说他是作者。如何解释这个问题？我没有去劳神。）“暴力小姐”有时会从这本书中选取一些内容读给我听，告诉我朗读诗歌应该如何发音：

树枝下有一本诗集，
一罐酒、一个面包——还有你
荒野中在我身旁唱歌——
哦，荒野是怎样的伊甸园！

她喘气发出“哦”这个音，仿佛有谁对她胸脯踢了一脚；发“你”的时候也同样如此。我认为关于野餐的诗太小题大做了。我在想，关于面包他们又会写些什么。“这里的酒当然并不是真正的酒，亲爱的，”“暴力小姐”解释说，“它是指圣餐。”

带翅的天使是否可以及时
扼止住尚未展开的命运，
让严厉的记录之神
记录下来，或者干脆擦去！

哦，爱啊！你我是否能与上帝共谋
整个抓住这个悲惨的格局，
我们要将它破碎——然后
根据我们的心愿重新塑造！

“千真万确。”“暴力小姐”叹了口气说道。不过，她的叹气已经是家常便饭了。她很适应阿维隆庄园的生活——适应维多利亚式的陈旧俗华、腐朽的美、褪去的优雅和忧郁的惆怅。她的生活态度，甚至她褪色的羊绒衫，都与阿维隆庄园的墙纸相吻合。

劳拉不大看书。她不是描画，就是用彩色铅笔将一本本厚厚的旅游书和历史书上的黑白插图涂上颜色。（“暴力小姐”放任她这样做，因为她猜想别人不会注意。）劳拉对于色彩的选择古怪而又固执：她会将一棵树涂上蓝色或红色，而将天空涂成粉红色或绿色。如果她对某人的画像不满意，她就会把画上人的脸涂上紫色或黑灰色，从而让人无法辨认。

她喜欢照着一本有关埃及的书画金字塔；她喜欢给埃及的偶像着色。另外，她还给长着带翼的狮身鹰面或人面的亚述人雕像涂色。这是她从美国考古学家亨利·莱亚德爵士的书上看来的。莱亚德在尼尼微的废墟中发现了这些雕像，然后用船运到英国；据说它们是《圣经·以西结书》中所描述的天使模样。“暴力小姐”不认为这些图画有多好——那些雕像看起来像异教徒，给人的感觉是残忍而好杀戮——但是劳拉不予理会。面对批评，她只会在桌上伏得很低，不停地涂色，似乎她以此为生一样。

“坐直，亲爱的，”“暴力小姐”会说，“把你的脊椎当成一棵树，迎着太阳茁壮成长。”可是劳拉对这种想象毫无兴趣。

“我不想做一棵树。”她会这样回答。

“做树总比做驼背强，亲爱的，”“暴力小姐”会叹着气说，“如果你不注意自己的姿势，你就会变成驼背的。”

有许多时候，“暴力小姐”都会靠窗坐着，阅读从图书馆借来的浪漫小说。她也喜欢翻阅阿黛丽娅祖母手工装订的皮面剪贴簿，里边贴着精美的凸饰请柬、报社印的菜单，而后是一些剪报：慈善茶会、带幻灯片的说教性演讲——有去过巴黎、希腊，甚至印度的大胆而又可亲的旅行者、斯维登堡新教的信徒、费边社[1]社员、素食主义者、所有推行自我修养的人，偶尔也会有一些古怪的事情。比方说，一个去非洲，或撒哈拉大沙漠，或新几内亚的传教士描述当地人如何施展巫术，如何给他们的女人戴上精致的木制面具，或者如何用红漆和贝壳来装饰他们祖先的颅骨。所有这些泛黄的纸片都是无情消失的那段奢侈、矫饰的岁月的见证。对于这些，“暴力小姐”却研究得非常仔细，似乎要铭记在心，而且微笑着从往事中感受乐趣。

她有一小盒金属箔剪成的星星，有金色的，也有银色的；她会在我们做过的东西上贴一枚。有时候，她会带我们到外面去摘野花。我们把摘下的花朵夹在两张吸墨纸中间，上面再压一本重重的书。我们渐渐喜欢她了。不过，她离开的时候我们还是没有哭。她倒是哭了——她痛哭流涕的样子很不雅；平时她举手投足的样子都是如此。

我十三岁了。我成长的方式不是我的错，而父亲却似乎为此感到恼火。他开始注意我的姿势、谈吐以及行为举止。我的衣着应该简单朴素，平时要穿白衬衫和深色的百褶裙，去教堂要穿深色的丝绒连衫裙。那些衣服看上去像制服——像水手

① 费边社：1884年成立于英国伦敦，主张用渐进的改革方法实现社会主义。

服，而事实却不是。我的肩膀应该挺直，不能垂下。我躺着不可以叉开手脚，不可以嚼口香糖，也不可以坐立不安或喋喋不休。他要我达到的要求是根据军队的标准——整洁、服从、安静，无明显的女性特征。性感这个词虽然从未说过，却是要消灭于萌芽状态的。他让我放任自流太久了，现在是收我的心的时候了。

劳拉虽然还未到适当年龄，但也开始受这方面的管制了。（什么是适当年龄？现在我明白，那是青春期。可当时我只是觉得困惑。我犯了什么罪？为什么对我要像对待奇怪的少年管教所里的少年犯一样？）

“你对孩子们太严厉了，”卡莉斯塔说，“她们毕竟不是男孩子。”

“很遗憾，她们不是男孩。”父亲说道。

有一天，我发现我得了一种可怕的病，因为血从我的两腿之间渗出来；我肯定要死了！于是我去找卡莉斯塔。她噗嗤一笑。接着，她向我作了解释。“这只是一个小麻烦。”她说道。她还说，我该称它为“朋友”或“访客”。瑞妮的看法却更具宗教色彩。“这是灾祸。”她说道。她差点说这是上帝又一个奇特的安排，是为了让生活更不易。她说，事情往往都是这样的。至于血，你撕些破布来不就完了。（她没有说“血”，而是说“脏东西”。）她为我沏了杯黄春菊茶，喝起来像烂生菜的味道；另外，她还为我灌了个暖瓶来缓解我肚子的阵阵绞痛。然而，这两种方法都不管用。

劳拉在我的床单上发现了一处血迹，于是就开始哭泣。她以为我要死了。她呜咽着说，我会像母亲一样，不告诉她一声就死掉。我会生一个像小猫一样的灰色小婴儿，然后死去。

我告诉她别犯傻。我说，这血迹与婴儿没关系。（卡莉斯塔没有对我说过关于生孩子的问题。她无疑认为，灌输太多这方面的知识会扭曲我的心灵。）

“总有一天你也会这样的，”我对劳拉说，“当你到我这个年龄的时候，你也一样。女孩子都免不了这种事情。”

劳拉很气愤。她拒不相信我所说的话。就像关于许多别的事情一样，她深信她会是个例外。

那时候，我和劳拉在照相馆里照了一张相。我穿着深色丝绒连衫裙，样子对我来说嫌小了，因为我明显已经有了所谓的“胸脯”。劳拉坐在我旁边，身穿同我一模一样的裙子。我们俩都穿着齐膝的白袜子和“玛丽·简”牌的漆革皮鞋；双腿端庄地交叉在踝部，按规矩右腿在上。我用胳膊搂着劳拉，却有些迟疑，仿佛有人命令我这样做的。而劳拉则双手交叠放在膝上。我们的头发中分，梳在脑后。我们俩都在微笑，笑中带着害怕；当孩子必须听话和微笑时都是如此，似乎听话和微笑是一回事。我们的笑容是在不满意的威胁下挤出来的。这种威胁和不满来自父亲。我们害怕父亲的威胁和不满，但又不知如何避免。

奥维德的《变形记》[①]

父亲已经充分地认识到，我们的教育被忽视了。他想让我们学习法语，还有数学和拉丁文——这种灵活的思维训练可以纠正我们爱做白日梦的倾向。地理也是令人振奋的一门课程。

---

① 奥维德(前43—公元17)：古罗马诗人，代表作是长诗《变形记》，其他作品还有《爱的艺术》、《岁时记》、《哀歌》等。

虽然“暴力小姐”任教其间父亲很少注意她，但他判定“暴力小姐”以及她那松弛、陈旧并带有玫瑰色彩的教学方法必须摒弃。他把我们看成莴苣，要把花哨的、带褶的、沾灰的叶边剪掉，只剩下一个朴实、健康的芯子。他不理解我们为什么喜欢我们爱好的东西。他想用这种或那种方法把我们变成男孩子的模样。唉，你又能指望什么呢？他自己没有姐妹。

他雇了一个叫厄斯金的先生来替代“暴力小姐”的职位。厄斯金先生曾在英国的一所男子学校教过书，但因为健康问题突然被打发到加拿大来。在我们看来，他一点都没有生病的样子；比如说，他从来没有咳嗽过。他矮小结实，身穿粗花呢的衣服，大概三十或三十五岁的样子。他长着一头红发，嘴唇丰满而红润，下巴留着一小撮山羊胡子。他说话尖酸刻薄，还有臭脾气，身上散发着一股类似洗衣篮底的潮味。

我们不久就明白，上课不专心或盯着他的额头看并不能把他赶走。首先他给我们测验，以此来弄清我们懂些什么。我们故意有保留地做了试卷，结果从成绩看来我们懂的东西并不多。于是，他告诉父亲，我们俩都是空空的黄鱼脑袋。我们确实可悲，我们没成为笨蛋真是个奇迹。他带着谴责的口气补充说，我们已养成了懒散的思维习惯——我们是被放纵而养成的这种习惯。值得庆幸的是，事情还为时不晚。父亲说，既然这样，厄斯金先生应当把我们调教好。

厄斯金先生对我们说，我们的懒惰、傲慢、闲荡和做白日梦的倾向，以及我们脆弱的情感几乎断送了我们的生活大事。没有人期望我们成为天才，即使我们是天才也不会带来什么好处。不过，对女孩来说也总得有个最低限度。否则的话，哪个傻男人娶了我们，我们也会成为他的累赘，除非我们加倍努力。

他订购了一大摞练习本，都是那种划线的便宜货，封皮是粗劣的薄纸板做的。他还订购了一些带橡皮擦的普通铅笔。他说，这些是神奇的魔棒；在他的帮助下，我们即将凭借这些魔棒改变自己。

他说到帮助这个词时得意地一笑。

他扔掉了戈勒姆小姐那些闪亮的星星。

他说，书房太让我们分心。他要来了两张课桌，把它们安放在一个空出来的卧房里；他还让人将床以及其他的家具都搬走，于是只剩下一个空荡荡的房间。房门上了锁，他有房门的钥匙。现在我们可以卷起袖子干起来了。

厄斯金先生的教学方法直截了当。他既抓我们的头发，又扯我们的耳朵。他用尺子在我们手指旁的课桌上猛敲，有时就直接打在我们的手指上；如果他被激怒的话，他还会用手掌打我们的后脑勺。他最后一招就是用书砸我们或者从背后踢我们的腿。他的嘲讽相当尖刻，至少我是觉得如此。劳拉常常认为他说的话就是他的意思，这样就更令他生气。他并不为眼泪所动；我认为，其实他是喜欢看别人流泪。

他也并非天天如此。有那么一个星期是平静的。他可能会表现出耐心，甚至显示出一些笨拙的仁慈。过后，就会有一次暴发，他会暴跳如雷。最糟糕的是，不知道他何时会暴发，也不知道暴发到什么程度。

我们无法向父亲抱怨；这不就是他的指示吗？厄斯金先生说，他正是照父亲的指示做的。不过，我们自然就向瑞妮抱怨了。她气愤极了。她说，我已经不是小孩子了，不该受到这样的对待，而劳拉神经又太紧张，我们俩都是——好哇，他以为他是谁？他不过是在贫民区长大的，还摆什么臭架子。他和到这儿来的所有英国人一样，以为自己可以作威作福。她还说，如果他一个月会洗一次澡的话，她就吞了她自己的衬衣。当劳拉将满是鞭痕的手掌伸给瑞妮看时，瑞妮跑去质问厄斯金先生，但是他叫她不要多管闲事。厄斯金先生说，就是她把我们俩宠坏的；她过于放任与娇纵我们——这十分明显——而现在正是他来修理我们的时候了。

劳拉说，她要离家出走，除非厄斯金先生滚蛋。她要逃走。她要跳窗。

“别那么干，我的宝贝，”瑞妮说，“我们要动些脑筋。我们要让他吃不了兜着走！”

“可他吃得了啊。”劳拉呜咽着说道。

卡莉斯塔·菲茨西蒙斯也许可以帮忙，但她会见风使舵；我们并不是她的孩子，我们是父亲的骨肉。他已经作出了这样的决定，她若插手那将是她策略上一个错误。在这种情况下，只能 sauve qui peut（量力而行）；由于厄斯金先生的勤勉教导，这句话我现在总算还可以翻译出来。

厄斯金先生的数学课非常简单：我们需要知道怎样来平衡家庭账目，无非是加减法和复式记账。

他教法语就是让我们学习动词形式以及希腊神话《菲德拉》，选取一些著名作家的格言警句：但愿青年人懂事，老年人力所能及——埃蒂安纳；这就是为什么我最大的担心仍是害怕——蒙田；情感的事自有其道理，但这道理并不是理智所能认识的——帕斯卡；历史，无非是一个被颂扬却不真实的老太太——莫泊桑。不要触摸偶像，以免金漆沾手——福楼拜。如果男人是上帝的化身，那么女人则是魔鬼的化身——维克多·雨果，等等。

地理课教的内容无非是欧洲各国的首都。拉丁文课上讲的是恺撒征服高卢，破釜沉舟，奋勇前进；然后就从罗马诗人维吉尔的《埃涅伊特》中选一些章节——他喜欢狄多[①]自杀那一

① 狄多：希腊神话中迦太基古国的女王，因心上人埃涅阿斯与她分手而自杀。

段——或者是从奥维德的《变形记》中摘取关于神灵对各类年轻妇女作出不轨行为的那些章节。譬如一头大公牛玷污欧罗芭；一只天鹅玷污莱达；一阵黄金雨玷污达娜厄——他嘲讽地笑着说，这些内容至少可以使我们集中注意力。他说得没错。他有时也换换口味，让我们翻译一些用拉丁文写的愤世嫉俗的爱情诗歌："爱与恨"这一类的东西。他乐滋滋地在一旁看着我们同诗人对女孩的坏评价作斗争；很显然，我们注定就是这样的女孩。

"Rapio, rapere, repui, raptum,"厄斯金先生说，"意思就是'抓走'。英文词'勾魂'也出自同样的词根，只不过发生了词尾变化。"接着，尺子啪地打在我们的手上。

我们学了。我们确实学了，是带着一种仇恨的情绪去学的：我们不会给厄斯金先生任何借口。他想骑在我们的头上——哼，如果可能的话，我们不会给他好果子吃的。我们从他那里真正学到的是如何欺骗。数学课是很难作弊的，但我们会在午后花上几个小时在祖父的书房里从几本书中抄袭奥维德诗歌的翻译——老译本是由维多利亚时代的著名学者译的；译本的字体很小，而且用词也很复杂。我们先从这些书中把相关章节的意思弄懂，然后再用简单一点的词汇来替代，并且还故意添加一些错误，从而看上去像是我们自己译的。不过，无论我们翻译得如何，厄斯金先生都会用红色的铅笔在上面作大量删减，并且还在空白处写上粗暴的评语。我们并没有学到多少拉丁文，倒是学了不少作假的本事。我们还学会了如何让自己的脸色变得茫然和僵硬，看上去就像浆过了一般。最好是不要让厄斯金先生看到明显的反应，尤其是不要表现出畏缩情绪。

有一度，劳拉对厄斯金先生警惕起来，但是身体的病痛——她自己的病痛——令她无法完全控制自己。她老是走神，甚至当他在大吼的时候也是如此。他的声音还不够大。她会两眼盯着墙纸——上面的图案是玫瑰花蕾和丝带——或者凝视窗外。她练就了这样一种瞬间变化的本领——前一分钟她还专注于你，后一分钟她的思想就不知跑到哪儿去了。或者说，你到别的地方去了：那是她把你打发掉，仿佛她挥动了一根隐形的魔棒；又仿佛是你自行消失的。

厄斯金先生受不了这种方式的冷落。他开始摇她——他说，那是要她快快醒过来。你可不是睡美人，他会叫嚷着说道。有时候，他会将她往墙上撞，或者掐住她的脖子摇她。当他摇她的时候，她会闭上眼睛，身子软下来，于是愈加激怒了他。起先我还尽力去干涉，但这无济于事。我只会被他那只粗花呢袖子里的臭胳膊狠狠地推到一边。

“别惹恼他。”我对劳拉说道。

“这不是我惹不惹恼他的问题，”劳拉说，“反正他并没有恼。他只是想把手放到我衬衫上来。”

“我从来没看到他这么干过，”我说道，“他为什么要这样？”

“他是当你没在看的时候干的，”劳拉说，“或者将手伸进我的裙子。他喜欢的是我的内裤。”她说这话的时候如此平静，此事想必是她编造出来的，或者是个误会。她误会了厄斯金先生的手，误会了他的用意。她所描述的太难以置信了。在我看来，这不是一个成年男人会干的事，或者说有兴趣干的事。难道劳拉不只是个小女孩吗？

“我们该不该告诉瑞妮？”我试探地问道。

“她可能不会相信我，”劳拉说，“你就不信。”

然而，瑞妮真的相信了她，或者说宁愿相信她，于是厄斯金先生的末日就到了。她明白不该跟他一对一地较量；他会反咬一口，说劳拉在说下流的谎话，接着事情就会更糟。四天以后，她拿着一叠违禁照片走进父亲在钮扣厂的办公室。那些照片在今天看来，人们连眉头都不会皱一下，但在那个时代看来简直就如同丑闻一般——一些穿着黑色长筒袜的女人，两只布丁般的大奶子从巨形的奶罩中喷薄欲出；同一拨女人一丝不挂，叉开双腿摆着扭曲的姿势。她说，她是在为厄斯金先生打扫房间时在他的床底下发现的；难道就该放心让这种男人来教蔡斯上尉的千金吗？

当时那儿围着不少兴趣十足的旁观者。其中有一群工人，还有父亲的律师。凑巧的是，瑞妮后来的丈夫罗恩·欣克斯也在场。瑞妮那带着酒窝的两颊绯红，双眼像复仇女神般闪着怒光，蜗牛形的黑头发也没扎起，手里挥动着一把胸脯硕大、阴毛浓密、赤身裸体的女人的照片。她的这种形象对罗恩产生了抵挡不住的吸引力。他在精神上已经拜倒在她的石榴裙下。从那天以后他就开始追求她，最终成功了。不过，这又是另外一个故事了。

父亲的律师以忠告的口气说，如果有一件事提康德罗加港无法容忍的话，那就是天真青少年的老师手里竟然会有这种淫秽的东西。父亲意识到，这件事情发生以后，他不能再将厄斯金先生留下了，以免别人把他当成一个可怕的父亲。

（我早就怀疑那些照片是瑞妮从她那个经销杂志的兄弟那儿弄来的。这对他来讲是轻而易举的事。我料想，关于那些照片的事，厄斯金先生是清白的。如果真有什么的话，他的兴趣在于孩子，而不是在于巨形奶罩。然而，当时他是不可能在公平的基础上与瑞妮抗衡的。）

厄斯金先生离开了，走的时候还诉说着自己的清白——他不仅愤慨，而且还感到震惊。劳拉说，她的祈祷得到了回报。她说，她祈求把厄斯金先生逐出我们家，上帝听到了她的祈求。瑞妮说，有关淫秽的照片和其他的一切，她是遵照上帝的意志在办事。假如上帝真的存在的话（我越来越怀疑这点），我真不知道他是怎么想的。

另一方面，劳拉在厄斯金先生任教期间对待宗教十分认真。她还是害怕上帝，但又不得不在两个易怒多变的暴君中选择一个，于是她就选了更大的、离她更远的那一个。

一旦作出选择，她就变得很极端，就像对待其他所有的事情一样。当我们中午饭时在厨房吃三明治的时候，她平静地宣布道："我打算去做修女。"

"你不能，"瑞妮说，"他们不会要你的。你又不是天主教徒。"

"我可以成为天主教徒，"劳拉说道，"我可以加入嘛。"

"好吧，"瑞妮接着说，"你得剪去你的头发。修女们藏在头纱下面的脑袋都是光光的，就像鸡蛋一样。"

瑞妮的这一招真精明。劳拉以前并不知道这些。如果说她有什么值得炫耀的东西的话，那就是她的头发。"她们为什么要剪头发呢？"她问道。

"她们认为上帝要她们这样做。她们认为上帝要她们把头发献给他；这正说明她们是多么无知。他要头发又有什么用呢？"瑞妮说，"瞧这主意！可惜了一头秀发！"

"她们怎么处置那些剪下来的头发呢？"劳拉又问。

瑞妮正在噼噼啪啪地掰豆子。"为富婆们做假发呗，"她说道。她说得振振有词，但我知道这是谎话，就像她从前说婴儿是用面团做的一样。"想想那些势利的富婆们。你不愿意看到自己可爱的头发在别人肥胖的臭脑袋上甩来甩去吧。"

劳拉放弃了做修女的主意，或者说似乎放弃了。可是，谁知道接下来她又会盲目相信什么呢？她对信仰的接受度很高。她向宗教敞开自己的心扉，交出自己，献出自身，任由摆布。

其实，不轻信任何事情应该成为一个人的基本防线。

厄斯金先生这几年的教学可以说都白白浪费了。不过，我不该说浪费：我从他那儿学到了许多东西，虽说并不全是他上课教的内容。除了撒谎和欺骗，我还学会了不动声色的傲慢和沉默的反抗。我明白了"君子报仇，十年不晚"的道理。另外，我还学会了如何不被抓住。

与此同时，经济大萧条开始了。父亲在危机时期没有损失多少，但毕竟还是遭到了一些损失。剩下的资本也不允许他再犯决策错误了。他本该因为市场需求的减小而关闭工厂；他本该像其他的厂主那样将钱存进银行——贮存起来。这样做才是明智的。但是他并没有这样做，因为他不忍心。他的工人对他忠心耿耿，他不忍心将他的工人踢出门外。他的工人大多是男人，其中有些是妇女也无所谓。

阿维隆庄园开始了节俭。我们的卧室冬天变得寒冷起来，床单也破烂了。瑞妮将床单盖烂的中间部分剪掉，然后将两边缝合起来再用。一些房间关闭了；大多数的仆人都解雇了。我们没有了园丁，花园里杂草悄悄地滋生。父亲说，他需要我们的合作来打点一切——渡过难关。他说，我们可以帮着瑞妮料理一些家务，因为我们是如此讨厌拉丁文和数学。我们可以学着如何让一美元花的时间长一些。这就意味着，平时晚餐我们只能吃大豆、咸鳕鱼或兔子，而且我们还得自己缝补袜子。

劳拉拒绝吃兔子。她说，它们看起来像剥了皮的婴儿。要吃兔子，你得先变成一个食肉兽。

瑞妮说，父亲心太好了，对他自己不利。她还说，他又太骄傲了。一个男人在力不从心的时候应该承认这点。她不知道今后会发生什么，但败落和破产倒是最可能的结局。

我现在十六岁了。我的正规教育虽然不过如此，可也不得不结束了。我整天闲荡着，可为了什么？我接下来的命运又将如何？

瑞妮有了她自己的偏好。她喜欢上了阅读《梅费尔》杂志，上面有各种社交庆典的报道。另外，她还读报纸上的社会版——有婚礼、慈善舞会、豪华假日。她记住了一连串的名字——名人的名字、游轮的名字以及酒店的名字。她说，我该在正式的社交场合露面了，将自己得体地打扮一下——参加茶会，去见那些社交界重要的母亲；参加招待会或时髦的郊游；参加正式的舞会，同合意的年轻男宾跳舞。阿维隆庄园又将挤满穿戴体面的人们，如同昔日重来；空中飘着弦乐四重奏的音乐，草坪上燃着火炬。我们的家庭至少与那些为女儿的成长提供这种条件的家庭不相上下——甚至更好。父亲应该早就在银行里存下了这笔专款。瑞妮说，如果我母亲还活着的话，所有的事想必已办得妥妥当当了。

我对这点表示怀疑。从我听到的关于母亲的一些说法来看，她可能会坚持将我送进学校——阿尔玛女子学院，或者某所这类知名却乏味的学院——学习一些实用却又乏味的东西，譬如速记之类。至于在社交场合露面，那是一种虚荣的表现。她自己就不曾有过。

祖母阿黛莉娅就不同了；也许时间隔得太久了，因此我可以在心目中将她理想化。她若健在，一定会为我花费一番心血，不遗余力，不惜工本。我待在书房里无所事事，仔细观看挂在墙上的她的一幅幅画像。她的一幅油画像是一九〇〇年画的，画中的她带着一丝神秘的微笑，身穿一件玫瑰红的衣裙，领口很低，因此她的喉咙就显得很突出，仿佛魔术师从幕后伸出的一只胳膊一般；在镀金相框中的黑白照片里，她或是戴着花式女帽，或是插着鸵鸟的羽毛，或是穿着带有冕状头饰的晚礼服，手上戴着小山羊皮的手套。有单人的照片，也有与一群现已被人遗忘的显贵合影的照片。她一定会让我坐下，给我一些必要的建议：如何穿戴、该说些什么、在各种场合如何表现。还有，如何避免自己出丑；关于这一点，我早就明白自己要学的东西还很多。尽管瑞妮从报纸上查阅过不少社交活动的报道，但她知道的还是远远不够的。

钮扣厂野餐会

劳工节周末结束了，在河上的涡流区留下了一些杂物，有塑料杯子、空瓶子以及瘪掉的气球。时值九月，秋天开始宣布自己的来临。尽管正午的太阳还是热力不减，但太阳一天比一天升得晚，而且带着迷雾；傍晚的时候，天气比较凉爽，蟋蟀发出刺耳的嚯嚯声。花园里长满了一簇簇的野翠菊，它们在此扎根已经有一段时间了——有白色的小花，还有开得较浓密的天蓝色的花，另外一些深紫色的花已经生了锈病。这要是在从前我胡乱拾掇花园的话，我早就把它们当作杂草拔掉了。如今我不再劳神去区分香花和杂草了。

现在这种天气更适合散步，外面的阳光不太刺眼。游客也渐渐稀少了，即便是那些仍在逗留的人至少也穿上了体面的衣服：不再有人穿肥短裤和紧身的马夹裙，街上也见不到晒得通红的腿了。

今天，我出发去“露营地”。我上路了，可半路上遇到了米拉开车经过。她提出要我搭她的车。说来惭愧，我当时接受了，因为我已经上气不接下气，早就意识到路实在是太远了。米拉想知道我要去哪儿，以及为什么要去——她必定是继承了瑞妮那牧羊人般的本能。我告诉她我要去的地方；至于去的原因，我说我只是想再到那地方去看看，追忆一下过去的岁月。她说：太危险了，你永远都无法料到那些灌木丛里会爬出什么东西来。她让我保证坐在公园的长椅上等她，这样比较醒目。她说，她过一个小时会回来接我。

我越来越觉得自己像是一封信——投在此地，又在彼地被取走。然而，我却是一封没有收信人姓名的信。

"露营地"其实没什么好看的。它是位于若格斯河与公路之间的一块地方——一到两英亩的面积——上面长着树木以及矮小的灌木丛，中间有一片湿地在春天会飞出许多蚊子。人们去那儿捕鹭；有时候你可以听到它们沙哑的叫声，就像是用一根木头在一只白铁罐上刮磨一般。那里，时而会有几个观察鸟类的人愁眉苦脸地到处探寻，仿佛在寻找他们失去的东西。

树荫底下，有闪着点点银光的香烟盒、被丢弃的瘪掉的避孕套，以及被雨打过的花边纸巾。狗和猫在此间立界做窝；迫不及待的恋人悄悄地钻进了树丛中，不过要比从前少多了——现在他们有了更多的选择。夏天，酒鬼们睡在浓密的灌木丛下；十多岁的少年有时候会去那儿抽一些他们能弄到手的东西。你还可以发现一些蜡烛头、烧焦的匙子和零星的一次性注射针。这些都是我从米拉那儿听来的；她认为这种事情是很不光彩的。她知道蜡烛头和匙子是干什么用的：它们都是吸毒者的随身家当。看来，丑陋的现象到处都有。我来的地方真是个"天堂"。

一二十年以前，人们曾试图将这个地方清理干净。这里竖起了一块牌子——"帕克曼上校公园"（似乎毫无意义）——并添置了三张锈迹斑斑的野餐桌、一只塑料垃圾桶和两间活动厕所，据说是为了方便那些外地来的观光客。不过，这些人宁愿找个别的地方喝啤酒、扔垃圾，以便更清楚地观看河流的景色。结果，那块牌子被几个爱射击的小子做了练习猎枪的靶子，桌子和厕所也被省政府给搬走了——与政府的预算有关——而垃圾桶虽然经常遭到浣熊的洗劫，可还总是满满的；于是他们连垃圾桶也搬走了，现在那个地方恢复了原样。

将此地命名为“露营地”，那是因为过去这里经常举行宗教露营活动。他们在这里支起马戏团用的那种圆形大帐篷，狂热的外地牧师会赶来讲道。那时候，这块地方维护得较好，否则不知还要被践踏成什么样子呢。这里还举行小型的流动集市；商贩们设起了货摊，清理出马道，将小马和驴子用绳子拴住。一批批的游人在里面兜来兜去，最后分散在林中野餐。这是一个适合各种户外聚会的地方。

“蔡斯父子公司劳工节庆祝大会”也常在此举行。这个名称比较正式，而人们就把它叫做钮扣厂野餐会。庆祝大会总是在法定星期一劳工节前的那个星期六举行，排场很大。大会请来了仪仗乐队；自制的彩旗飘舞。还有气球放飞、旋转木马以及一些没有危险的愚蠢的比赛——套袋赛跑、匙蛋赛跑、接力赛跑(用胡萝卜充当接力棒)。“理发店”四人组的歌唱得不赖；童子军军号团会演奏一两部曲子；一拨小朋友在搭建的一个犹如拳击场的木头舞台上表演苏格兰高地舞和爱尔兰踢踏舞，舞曲的音乐是由一架手摇留声机里放出来的。另外，还有一场“最佳打扮宠物”比赛，另一场是给婴儿打扮的比赛。吃的食物有玉米棒子、土豆沙拉、热狗。“妇女援助会”出于各种帮困目的而举行自制糕饼义卖活动，有甜饼、饼干、蛋糕、果酱，还有印度酸辣酱和泡菜；每一种都贴有制作者名字的标签：“罗达什锦蜜饯”、“珀尔李子蜜饯”之类。

除此之外，人们还会瞎胡闹——寻欢作乐。柜台上提供的饮料最多也只是柠檬汁，但是男人们会带来白装和瓶装威士忌。黄昏来临之时，也许会发生扭打、喊叫，喧闹的笑声穿过树林。接着，河边上有一个男人或青年被整个地扔进河里，溅起了片片水花；要么就索性将他的裤子扒掉。若格斯河的这一段水很浅，因此几乎没有人会淹死。夜幕降临之后，人们开始放焰火。在野餐会的鼎盛时期(至少在我印象中是“鼎盛时期”)，人们还举行方形舞会，有小提琴伴奏。但是据我记得，到了一九三四年，这种过分铺张的庆祝活动就被削减了。

下午三点左右，父亲会在踢踏舞的舞台上作一次演讲。演讲总是很短，但无论是年长的男人还是女人都会专心致志地聆听；女人们如此专注是因为她们在厂里做工，或者嫁给了厂里的工人。随着经济的不景气，就连年轻的男人也开始听演讲了；甚至身着夏装、半裸着手臂的姑娘也不例外。父亲的演讲从来不长，但你可以从他话的字里行间领会他的意思。“有理由高兴”是好事；“有根据乐观”就是坏事了。

那一年，天气又热又干，持续了太长的时间。野餐会上没有像往常那样放许多气球，也没有旋转木马了。玉米棒子非常老，玉米粒皱得犹如人的指关节；柠檬汁喝上去像掺了水，热狗被一抢而光。然而，蔡斯公司还没有人被解雇。生产放慢了速度，但没有解雇工人。

父亲说了四次“有根据乐观”，却没有一次提到“有理由高兴”。台下，工人们的神情一片焦急。

当我和劳拉还小的时候，我们很喜欢参加这种野餐会；现在情况却不同了，我们到场却是一种义务。我们得去亮亮相。这在我们很小的时候就耳濡目染：母亲不管有多么不舒服，她总是每场必到。

母亲去世后，瑞妮就接管了我们。她对我们这一天的衣着打扮总是精心准备，一丝不苟。我们不能穿得太随便，因为这会显示出一种轻蔑，似乎我们对镇上人的看法毫不在乎；但也不能穿得太讲究，因为这会给人一种摆架子的感觉。现在我们长大了，可以自己挑选衣服——我刚满十八岁，而劳拉十四岁半——不过我们已不再有很大的选择余地了。尽管我们有了一些瑞妮所说的好行头，但过分的奢侈在我们家向来是不提倡的。不过，最近奢侈的定义变了，它意味着一切新的东西。野餐会上，我们俩穿的都是去年夏天穿过的蓝色阿尔卑斯村姑裙和白衬衫。劳拉戴着我三年前的那顶帽子；我自己戴的则是去年的，只是换了一条丝带而已。

劳拉似乎并不介意，而我却相反。我说了自己的看法，劳拉说我太看重衣着了。

我们听着父亲的演讲。（或者说我听着。劳拉是一派聆听的样子——两眼圆睁，头专注地歪向一边——但你根本无法知道她到底在听什么。）父亲以前总是能够成功地发表他的演说，不管他刚喝过什么酒；可这一次却说得结结巴巴。他将事先打好的讲稿贴近他那只好眼，然后又放远一些，目光茫然，仿佛他并未订购商品却来了一张账单。他的衣服从前都是很体面的，即便旧了也不失风度，可那天他的衣服看上去邋遢不堪。耳边的头发参差不齐，看样子需要修剪一下；他似乎满脸困扰——甚至有些凶恶，活像一个走投无路的抢劫犯。

他演讲完毕后，人们只是完成任务似地鼓了一下掌。有些男人凑在一起，小声地谈论着什么；另一些人把茄克衫或毛毯铺在地上，坐在树底下，或者索性躺下来用手帕盖着脸，打起了瞌睡。只有男人们才这么做。女人们则保持清醒，十分注意。母亲们带着孩子们去河边，踩在小沙滩上玩水。另一边，一场尘土飞扬的篮球赛开始了；一群观众昏沉沉地在一旁观看。

我走到瑞妮身旁，帮她义卖糕饼。这种义卖是为了谁？我记不起来了。不过，我每年都来帮忙——她正指望我这样做。我对劳拉说她也该一起来，可她假装没听到，慢慢走开了，晃动着她那下垂的帽檐。

我让她走了。我应该看住她；瑞妮从未为我操过什么心，但是她认为劳拉太轻信别人了，与陌生人太亲密了。白奴贩子总是在四处探寻，劳拉自然会成为他们的目标。她会上一辆陌生的汽车，开一扇不熟悉的房门，穿过一条不该去的街道——那就完了，因为她不分好人坏人，或者说她的判断标准与别人不一样。你无法提醒她，因为她不理解这种提醒。倒不是她无视常规，她只是把它抛在了脑后。

我老是要看住劳拉，感到烦透了，而她又不领情。我总是要对她的闪失负责，包容她的过错，这我也烦透了。我厌倦了担负责任，到此为止吧。我想去欧洲，或者去纽约，再不就去蒙特利尔——去夜总会，去社交聚会，去瑞妮的社交杂志中提到的所有那些令人兴奋的地方——但家里需要我。家里需要我，家里需要我——这听起来像是终生监禁。说得坏一点，就像是一首挽歌。我被困在了提康德罗加港——一个普通钮扣的光荣城堡、一个为精打细算的购物者生产廉价长衬裤的服装城。我就呆在这个地方不动了，不会发生任何事情；结果我就会像"暴力小姐"那样成为一个老姑娘，招来众人的同情和取笑。这是我内心深处的恐惧。我想去别的地方，然而却没有途径。有时候，我发现自己希望遭到白奴贩子的绑架，即使我并不相信他们。至少，这对我来说是一个改变。

糕饼义卖摊上方搭了一个凉篷，并用茶巾或蜡纸盖着食物，以防苍蝇的叮咬。瑞妮提供了馅饼，但她的烘烤技术没过关。她烤的馅饼包着黏黏的、嫩嫩的馅子，外面的皮却很硬，不过有韧性，看上去像淡棕色的海草或巨大的老蘑菇。在过去经济比较景气的年头，她的这些馅饼很抢手——它们被认为是庆典的物品，而不是食品——但在今天，它们却有点卖不动。人们手头都很紧，他们想拿钱换一些他们真正想吃的东西。

我站在桌摊后面，瑞妮低声向我详细复述了最新的消息。

天还没黑的时候，四个男人被扔进了河里，这可不完全是闹着玩。瑞妮说，一些有关政治的问题引起了争论，人们的嗓门也随之拔高了。除了通常的河边恶作剧，还发生了扭打混战。埃尔伍德·默里被打倒在地。他是一家周报的编辑，从他的上两代长辈手里继承了这份报纸。报纸上的大部分文章都是由他撰写的，同时他还兼顾摄影。所幸的是，他并没有被扔进水里，那样就毁了他的相机；瑞妮碰巧得知，他的那架相机虽是个二手货，却也价格不菲。他的鼻子流了血。他坐在树底下，手里拿着一杯柠檬汁，有两个女人手里拿着湿手帕围着他团团转；我可以从我站的位置看到他。

把他打倒在地是出于政治原因吗？瑞妮不得而知，但人们不喜欢他偷听他们说话。在经济景气的时候，人们把埃尔伍德·默里看成是傻瓜，也可能把他看成是瑞妮所谓的同性恋者——他没有结婚，到了他那个年龄不结婚总意味着一点什么吧——但是，只要他把参加社会活动的所有人的姓名都登出来，而且不出错，人们并不介意他个人怎样，甚至还表示有限度的赞赏。然而，当前并不是太平盛世，埃尔伍德·默里为了自己的利益也太好管闲事了。瑞妮说，你并不想自己有一点点小事就见诸报端。没有哪个正常人会希望如此。

我看见父亲一瘸一拐地走在去野餐的工人们中间。他以他那特有的方式向人们快速地点头，给人一种突兀的感觉。他点头的样子不是向前倾而是向后靠。他那只黑眼罩也在左右移动；远远地看去仿佛是脑袋上的一个窟窿。他的小胡子像一根弯弯的獠牙横在嘴巴上方；当他要笑的时候，它会不时地收紧。他的双手则插在衣袋里。

他身旁是一位稍微年轻一点的男子，身材略高于父亲，却不像父亲那样满脸皱纹、棱角分明。你看到他就会想到光滑这个词。他戴了一顶漂亮的巴拿马草帽，身穿一套亚麻布西装；

衣服看上去闪闪发亮，清新而又干净。他显然是从别的地方来的。

“同父亲在一起的那个人是谁？”我问瑞妮。

瑞妮就像没看似地瞅了一眼，然后笑了一声。“他就是‘皇家传统’先生本人。他居然还会厚着脸皮到这里来。”

“我想就是他。”我说。

“皇家传统”先生就是理查德·格里芬，多伦多皇家传统针织厂的老板。我们的工人——父亲的工人——戏谑地称他的工厂为“皇家传统屎织厂”，因为格里芬先生不仅是父亲的主要竞争对手，而且还算是一个政敌。他曾在报纸上攻击父亲，说他对失业工人、靠政府救济的人以及激进分子的态度太软。他还说父亲对工会也太软；这一条毫无根据，因为提康德罗加港没有工会，而父亲对工会的怀疑态度也不是什么秘密了。然而，现在出于某种原因，父亲却邀请理查德·格里芬参加野餐会以及之后在阿维隆庄园举行的晚宴，并且决定的时间也很突然。只有四天的准备时间。

瑞妮感到，格里芬先生的到来令她措手不及。众所周知，招待敌人比招待朋友还得周到一些。对她来说，要准备这样一个晚宴，四天的时间并不长，尤其是自从祖母阿黛莉娅过世后，阿维隆庄园就再也没有举行过盛大的宴会。卡莉·菲茨西蒙斯倒确实有时会带些朋友来度周末，但那是不一样的，因为他们仅仅是些艺术家而已，只要受到招待，无论好坏他们都该很感激。有时候，你会发现到了夜里他们会将厨房洗劫一空，用剩下的食物做三明治来吃。无底洞，瑞妮这样称呼他们。

“总之，他是个暴发户，”瑞妮一面打量理查德·格里芬，一面嘲讽地说道，“瞧他穿的那条时髦裤子。”她不会宽恕任何批评过父亲的人（任何人，却不包括她自己），而且鄙视那些新发迹的人；他们给人的感觉趾高气扬，或者说她认为趾高气扬；而事实上，格里芬家族就像泥巴一样普通，至少他们的祖父是如此。瑞妮用一种模棱两可的口吻说，他的生意是靠欺骗犹太人起家的——这不是她看过的那些书中所说的绝技吗？不过，对于他到底是怎么样发的财，她却说不出个所以然来。（公平地说，这些关于格里芬家族的瞎话可能是瑞妮编造的。她有时会想当然地为别人编造家史。）

在父亲和格里芬先生后面走着的是卡莉·菲茨西蒙斯和另外一位女士。我猜想，这位就是理查德·格里芬的妻子——年轻、苗条、时髦，身穿一条透明的橘色麦斯林纱裙，仿佛是番茄汤里冒出的一股蒸汽。她头戴绿色的花式女帽，脚蹬一双露跟的绿色高跟鞋，脖子上扎着一条薄围巾。对这个野餐会来说，她穿得过分讲究了。我看她停下来，提起了一只脚，扭过头去看后跟上是否粘上什么东西。我倒希望她粘上东西。不过，我在想，如果拥有这样可爱而昂贵的时装，而不用穿那种规矩的、长可拖地的老式衣裙(这是当时我们必须穿的样子)，那该多好啊。

“劳拉到哪儿去了？”瑞妮突然警觉地问道。

“我不知道。”我回答说。我对瑞妮说话不客气已成习惯，尤其是当她把我差来遣去的时候。你不是我的母亲已成为我最尖刻的反击。

“你应该知道不能让她走出你的视线，”瑞妮说道，“什么人都可能来这儿。”什么人是她最头疼的问题之一。你不知道会有什么人闯入、干些什么偷窃和诈骗。

我发现劳拉坐在树下的草坪上，正与一名年轻的男子交谈——男子，而不是男孩——一个皮肤微黑的男子，戴着一顶浅色的帽子。从他的样子很难判断他是干什么的——不是工厂的工人，也不是做其他工作的——无法确定他的职业。他没戴领带，可这毕竟只是个野餐会。他穿了一件蓝衬衣，边上有点磨损了。看来事先未做任何准备，是无产阶级的样子。许多年轻人都在模仿这种样子——不少大学生就是如此。到了冬天，他们就穿针织的背心，上面有横条的花纹。

“嗨，”劳拉说，“你去哪儿了？这位是我姐姐艾丽丝。这位是亚历克斯。”

“你姓……？”我问那个年轻男子。劳拉怎么这么快就亲切地叫他的名而非姓了？

“亚历克斯·托马斯。”年轻男子自我介绍道。他彬彬有礼，却不无谨慎。他站起身，伸出手来；于是我同他握了握手。之后，我发觉自己也坐在他们旁边了。为了保护劳拉，这似乎是最好的办法了。

“你不是本地人吧，托马斯先生？”

“没错，我是来这儿走亲访友的。”听上去他像是瑞妮说的那种好青年，也就是说不穷。但也不富裕。

“他是卡莉的朋友，”劳拉说，“她刚刚还在这里，介绍了我们俩认识。他是同她坐同一班火车来的。”她解释得太多了一点。

“你见过理查德·格里芬了吗？”我对劳拉说道，“他与父亲在一起。就是那个来参加宴会的人，你见过了吗？”

“理查德·格里芬，那个血汗工厂的大亨？”年轻人问道。

“亚历克斯——噢，托马斯先生了解古埃及，”劳拉说，“他刚才正在向我介绍埃及的象形文字。”她望望他。我从没见过她用同样的眼神看过别人。惊奇，还是倾倒？很难刻画这样的眼神。

“听起来真有趣。”我说道。我能够听出自己在说有趣这个词时那种嘲讽的口气。我需要用某种方式告诉眼前的这位亚历克斯·托马斯，劳拉只有十四岁，但我无法想出一种不让她生气的方式。

亚历克斯·托马斯从衬衣口袋中掏出一盒香烟——我记得是“克雷文”牌。他轻弹烟盒，为自己抽取一支烟。令我有些吃惊的是，他抽的是成烟——这与他穿的衬衣是不相称的。成盒的香烟是一种奢侈品；厂里的工人是自己卷烟草来抽，有些人只用一只手卷。

“谢谢你，请给我来一支。”我说道。我从前只是在背地里抽过几支，那是从钢琴上的那只银盒子里偷的。他目不转睛地盯着我看——我想可能是因为我提出的这个要求，然后他就把烟盒递给了我。他用火柴在拇指上划着了火，递过来让我点烟。

“你不该这样，”劳拉说，“你会烧着自己的。”

埃尔伍德·默里出现在我们面前，又恢复了先前那一副正直、欢快的神情。他衬衣的前襟依然湿乎乎的，上面有一摊淡红的印迹，这是刚才那两个女人用湿手帕为他擦拭血迹后留下的；他的两只鼻孔里满是暗红的淤血。

“你好，默里先生，”劳拉说，“你没事吧？”

“有些小伙子昏了头。”埃尔伍德·默里说道，仿佛是在羞答答地告诉大家他赢了某个大奖。“好玩极了。可以吗？”说着，他用他那架闪光照相机为我们拍了一张照。他在为报纸拍摄照片之前总是先问“可以吗”，但从来不等回答就拍了。亚历克斯·托马斯举起了一只手，似乎在回避。

“这两位可爱的女士我当然认识，”埃尔伍德·默里对他说道，“那你的尊姓大名呢？”

瑞妮突然出现了。她头上的帽子歪了，满脸通红，有些上气不接下气。“你们的父亲一直在到处找你们。”她说。

我知道这是假话。然而，我和劳拉不得不从树荫下站起来，放下裙子，跟着她走，就像是被赶回家的小鸭子一般。

亚历克斯·托马斯与我们挥手道别。他的挥手带有讥讽的意味，至少我这么认为。

“你们难道不知好歹吗？”瑞妮说道，“同一个鬼知道什么人一起倒在草地上。看在老天的份上，艾丽丝，把香烟扔掉，你又不是流浪汉。如果你父亲看到你这个样子怎么办？”

“父亲自己抽起烟来就像个烟囱。”我用我所希望的一种无礼的口气说。

“这是两码事。”瑞妮说道。

“那位是托马斯先生，”劳拉说，“亚历克斯·托马斯先生。他是神学院的学生。或者说，他不久以前是。”她认真地补充道。“他失去了他的信仰。他的良知不让他再继续读下去了。”

亚历克斯·托马斯的良知显然对劳拉产生了巨大的影响，但对瑞妮丝毫不起作用。“那么，他现在干什么工作？”她说，“他多少有些可疑，我要是瞎说就不叫瑞妮。他看上去并不老实。”

“他怎么了？”我问瑞妮。我虽说不喜欢他，但这样评判他肯定是不公平的。

“他很可能就是这种人，”瑞妮说道，“你们在草地上打滚，所有的人都看得清清楚楚。”她对我说教要比对劳拉更多一点。“幸亏你把裙子束了进去。”瑞妮说，一个女孩子与男人单独在一起的时候，两膝盖间的距离不能超过一枚硬币的宽度。她总担心人们——男人们——会看到我们的腿，膝盖以上的大腿。如果有哪个女人将腿露了出来，她就会说：大幕拉开了，表演什么呀？或者说：张贴一个广告吧。或者说得更毒一点：她是自找的，她会惹祸上身。还有最坏的说法：她就等着出事吧。

“我们没有打滚，”劳拉说，“这里并没有山呀。”

"打滚没打滚，你明白我的意思。"瑞妮说道。

"我们没干什么，"我说，"我们只是在交谈。"

"问题不在这里，"瑞妮说道，"问题是人们可以看到你们。"

"下回我们什么事也不做，就躲到灌木丛里去好了。"我说。

"他究竟是什么人？"瑞妮问道。她往往避开我的话锋，因为现在她已无法对付我的挑战了。他是什么人也就是问他的父母是什么人。

"他是一个孤儿，"劳拉说，"他是从孤儿院被领养的。一位长老会牧师和他夫人领养了他。"她似乎在很短的时间里就从亚历克斯·托马斯的嘴里掏出了这个情况。这是她的技巧之一，如果能这么说的话——她会不断地提问，提那种我们一向认为是不礼貌的个人问题，直到双方感到大窘或生气，她才会罢休。

"一个孤儿！"瑞妮说，"那还说不定是什么人呢！"

"孤儿怎么了？"我问道。我知道在瑞妮的心目中这些孤儿的问题出在哪里：他们不知道自己的父亲是谁，因此他们即使没有完全堕落，也是不可靠的。生在沟里，瑞妮会说。生在沟里，被丢弃在别人的家门口。

"不可以相信他们，"瑞妮说道，"他们悄悄地混进来。他们一向无法无天。"

"反正，"劳拉说，"我已邀请他参加我们的宴会了。"

"我可真服了你了。"瑞妮说道。

布施者

在篱笆另一边的庭院深处，有一棵野李树。那是棵古树，疤疤瘌瘌，盘根错节。沃尔特说该砍了它，但我告诉他，从法律角度讲这棵树并不属于我。不管怎样，我还是挺喜欢它的。每年春天，它开满了花，尽管没人照料；到了夏末，蓝色的椭圆形小果实便落到我的院子里，上面还留着细如尘粒的小花。它总是如此慷慨。今天早上，我捡起了一些被风吹落的李子——那是松鼠、浣熊和醉黄蜂留给我分享的果实。我美美地吃了一通，却不知果肉的红色汁水淌了我一下巴。正在这时候，米拉端着她做的金枪鱼砂锅顺便来看我。天哪，她说道，笑得快喘不过气来。你跟谁打了一架？

劳工节那天的晚宴我历历在目，因为那是唯一一次我们家所有的人都聚在一个房间里。

外面，“露营地”的狂欢还在继续。人们正在大喝便宜的烈酒，意犹未尽，没人愿意散去。我和劳拉早早地离开了，去帮助瑞妮准备晚宴。

准备工作持续了好几天。当瑞妮得知要准备晚宴，她翻出了她的一本烹饪书：范妮·梅里特·法默撰写的《波士顿烹饪学校菜谱》。这本书原来是属于祖母阿黛莉娅的；每当准备她的十二道菜的大餐时，她就参考这本书——当然还有其他的各种烹饪书。瑞妮从她那儿“继承”了这本书，平日里做菜却根本不用——据她说，所有的菜谱都装在她的脑子里。然而，问题是上哪儿去找那些稀奇的配料。

在我对祖母浮想联翩的那些日子里，我曾读过这本烹饪书，至少是翻阅过。（如今我已经不读了。我知道，祖母肯定会阻挠我读这本书的，就像瑞妮和我父亲一样；如果母亲还活着，她肯定也会阻挠我。长辈们的生活目的似乎就是要阻挠我干这干那。除此之外，别无其他。）

这本烹饪书封面朴素，是一种平实的暗黄色；其中的操作步骤也简洁明了。范妮·梅里特·法默确是不折不扣的实用派——直截了当，典型的新英格兰作风。她假设你一无所知，于是这样开篇："饮料便是任何可以喝的东西。水是大自然赐予人类的饮料。所有的饮料均含有大量的水，因此饮料的用途分为以下几种：一、解渴；二、让水进入身体的循环系统；三、调节体温；四、帮助排泄；五、滋养身体；六、刺激神经系统和各种器官；七、医疗功能，"等等。

口感和愉悦并未列在她书中的名单上，但在卷首有一段约翰·拉斯金[①]写的奇妙引语：

> 烹饪是一种集公主美狄亚、女巫锡西、美女海伦[②]和示巴女王[③]所有的知识之大成。它意味着通晓一切植物、水果、香料和调味品，熟知田地和树丛中一切有疗效的甜果以及美味的果肉。烹饪意味着对炊具的精细运用，加上自己的匠心，再加上乐意和准备就绪。它是你祖母的节俭加上现代药剂师的科学；它是一种尝试，而不是浪费；它融合了英国人的周到、法国人和阿拉伯人的好客；最终它意味着你日趋完美，成为永远的贵妇人——布施者。

我难以想象特洛伊城的海伦会穿着围裙，卷起袖子，脸颊上沾着面粉；而关于女巫锡西和公主美狄亚，据我所知，她们只做过魔液，要么毒死继承人，要么把人变成猪。至于示巴女

---

① 约翰·拉斯金(1819—1900)：英国艺术评论家、社会改革家，著有《近代画家》《建筑的七盏灯》《时与潮》等。

② 美狄亚、锡西、海伦：希腊神话中的三个人物。美狄亚曾与人私奔，后被遗弃，愤而杀死亲生儿女；锡西精通巫术，能把人变成猪；海伦系斯巴达国王梅内莱厄斯之妻，后被特洛伊王子帕里斯拐走，从而引起著名的特洛伊战争。

③ 示巴女王：示巴是古阿拉伯的一个地区。《圣经》中记载，示巴女王曾朝觐所罗门王，并测其智慧。

王，我怀疑她是否烤过一片面包。拉斯金先生关于女人和烹饪的独特见解从何而来，我不得而知。不过，这布施者的形象定是让我祖母那个时代许多中产阶级妇女心驰神往。她们外表庄重，不可侵犯，甚至高贵，但又拥有一种神秘而又能致命的食谱，能够激起男人心中火一般的情欲。同时，她们又是完美的女性——布施者。她们总是给人丰厚的赠与。

可曾有人把这种事当真？我祖母便是。只要看看她的肖像——那狡黠、满足的笑容和下垂的眼睑，你就明白了。她把自己当成谁了？她把自己当成了示巴女王。

当我们从野餐会回来时，瑞妮正在厨房里忙得团团转。她看上去不太像特洛伊城的海伦。尽管事先做了很多准备工作，她还是慌乱不堪，脾气也暴躁起来；她汗流浃背，头发也披散下来。她说我们只能有什么做什么了。我们还能指望什么别的东西呢？毕竟巧妇难为无米之炊。这时，又冒出了一件事：那个叫亚历克斯的来了——他管自己叫亚历克斯。这小伙子长得倒很帅。

“他就叫自己亚历克斯，”劳拉说，“跟别人没什么两样。”

“他跟别人不一样，”瑞妮说道，“你一眼就能看出来。他很可能是混血印第安人，要么就是吉卜赛人。他当然和我们大家都不一样。”

劳拉不作声了。她向来不会为什么事而感到内疚的，但这次她似乎因为一时冲动邀请了亚历克斯而有点自责。然而，正像她说的，木已成舟，不管谁来都得以礼相待，否则就太失礼了。

父亲也明白这个道理，尽管他心里很不乐意。劳拉自作主张，代替他作为主人而邀请客人，说不定接下去她还要邀请所有的孤儿、流浪汉、倒霉蛋来赴宴呢，简直把他当成了仁慈的文西斯劳斯国王。他说，她这些出于善心的冲动必须受到遏制；他并不是在开救济院。

卡莉·菲茨西蒙斯试图劝慰他。她向他保证说，亚历克斯不是倒霉蛋。不错，他目前没有工作，但他似乎确有收入来源；不管怎样，还从来没听说过他给谁添过麻烦。“他的收入从哪儿来？”父亲问道。卡莉决不会知道，因为亚历克斯对这事守口如瓶。“也许他是抢银行的吧。”父亲讥讽地说。“才不呢。”卡莉说道。不管怎么说，她的一些朋友认识亚历克斯。父亲说，认识不等于他就是好人。那时父亲已开始厌恶艺术家了。他们中有太多人相信马克思主义和工人，谴责他压榨农民。

“亚历克斯没问题。他就是个青年，”卡莉说，“他不过是来玩玩而已。他只是我一个普通朋友。”她可不想让父亲产生误会，以为亚历克斯·托马斯是她的男朋友——他情场上的对手。

“我能帮什么忙吗？”劳拉来厨房问道。

“我不需要别人来帮倒忙，”瑞妮说，“我只要你别来厨房添乱就好。艾丽丝可以帮我。至少她不笨手笨脚。”瑞妮认为，让别人来帮忙是她的一种恩惠。她对劳拉仍旧气恼，所以要赶走她。然而，这种“惩罚”对劳拉不起作用。她戴上太阳帽，又出去逛草坪了。

我要做的是在餐桌上摆鲜花，再就是安排用餐的座位。我从花园边上采了一些鱼尾菊——这个季节几乎只有这种花。排座位时，我把亚历克斯安排在我旁边，另一边是卡莉，把劳拉则安排在餐桌尽头的座位。我觉得，这样安排可以把亚历克斯隔开，至少把劳拉隔开。

我和劳拉都没有合适的衣服参加宴会。不过，我们还是有些衣服的。这些衣服都是小时候穿剩下的：普通的深蓝色天鹅绒连衫裙，下摆低垂，为了掩盖已经被磨损的裙边，还滚了一圈黑丝带。我们的连衫裙原本有一个白色花边领子，劳拉的那件至今还有；我把我那件的领子花边拆下来，这样领口就低一些了。这两件裙子我们穿已经太紧了，至少我那件是这样；劳拉的那件想必也如此。照通常的规矩，劳拉年龄还小，不宜参加这种宴会。但是卡莉说，让她一个人坐在自己的房间里是很残酷的，特别是她还以个人名义邀请了一位客人。父亲说让她去也许是对的。接着，他又说，不管怎样，劳拉像野草般长得很快，看起来已经和我一样大了。他很难判定多大年龄才能参加宴会。他也从来记不住我们的生日。

宴会正式开始前，客人们按时聚在客厅里喝雪利酒，由瑞妮的一个未婚表姐侍候；她是被拉来帮忙的。我和劳拉是不允许喝雪利酒或任何别的酒的。劳拉对这道禁令似乎没什么意见，我却很生气。在这件事上，瑞妮站在父亲一边，而当时她的确滴酒不沾。她一边把那些杯中的残酒倒在水槽里，一边说："我决不会同那些与酒杯接吻的人接吻。"（然而，她错了——宴会后不到一年，她嫁给了当时有名的酒徒罗恩·欣克斯。米拉，如果你读到这一段，请注意：在你父亲被瑞妮打造成社区的栋梁之前，他曾是个有名的酒鬼。）

瑞妮的这位表姐邋遢极了。她按规矩穿着黑裙子，扎着白围裙，可她的长筒袜却是咖啡色棉纱的，而且已经松垂；她的手也不太干净。白天，她在杂货店里干包装土豆的活儿，手上的那种污垢一时实在难以洗去。

瑞妮准备了橄榄片薄饼、煮蛋和腌菜，还有人们没想到的烤奶酪丸子。这些点心放在祖母阿黛莉娅的最好的大浅盘里；这是一套德国的手绘瓷盘。这只大浅盘上画着深红色的牡丹花，带着金色的枝叶。盘子上铺了一张装饰纸垫，中间是一小碟椒盐果仁，四周所有的薄饼都摆放得如同花瓣，上面还插了牙签。瑞妮的表姐端起点心送给客人，动作十分唐突，甚至有点气势汹汹，仿佛要打劫似的。

“这种东西一看就倒胃口，”父亲讥讽地说道；我能听出他语气中隐含的愤怒，“还是别吃为好，否则够你受的。”卡莉对此一笑了之，而威妮弗蕾德·格里芬·普赖尔却优雅地拿起一个奶酪丸子塞进嘴里。她吃的时候嘴唇微微噘起，以防擦掉口红——女人吃东西时都这样。她说，这话真逗。那位表姐忘了给客人们送餐巾纸，所以威妮弗蕾德的手指油兮兮的。我好奇地盯着她，看她是否会把手指上的油腻舔掉，或者擦在她的裙子上，或者擦在沙发上。然而，我的目光开了小差，一不留神没看到。我的直觉是她擦在了沙发上。

威妮弗蕾德不是理查德·格里芬的妻子（据我猜想），而是他的妹妹。（她结婚了，守寡了，还是离婚了？人们不太清楚。她自称威妮弗蕾德夫人；如果曾经有过一位普赖尔先生的话，这对她以前的这位丈夫是一种伤害。很少有人提到普赖尔先生，也从来没人见过他。据说他非常有钱，而且目前“旅居海外”。后来，当我和威妮弗蕾德不再说话了，我常常独自对这位普赖尔先生想象出一些故事：她把普赖尔做成了标本，放在装有樟脑丸的硬纸盒里；或者她和司机一起把他关入地窖，以便他们俩纵欲偷情。这些风流韵事并非完全是空穴来风。不过，威妮弗蕾德干这种事总是谨慎小心的。她能做到掩人耳目，好歹也算一种美德吧。）

那天晚上，威妮弗蕾德穿了一件款式朴素的黑色连衫裙，却非常高雅，脖子上戴的一条三圈的珍珠项链令她十分引人注目。耳环是由细小珍珠做成的一串葡萄，带着黄金做的茎叶。相比之下，卡莉的衣着明显寒伧。几年来，她已经不穿紫红色和橘红色的衣服了，放弃了大胆的俄国移民样式，甚至把她的烟嘴也搁置不用了。如今她白天喜欢穿宽松裤和V字领套衫，还卷起衬衫袖子；她把头发也剪了，把名字缩短成“卡尔”。

她已放弃了为死难士兵建造纪念碑的理想；对死者来说，这件事已经不太需要了。现在她制作的浮雕有工人、农民、穿着油布衣裤的渔夫、印第安捕兽者。还有系着围裙的母亲抱着小孩坐在腿上，用手挡着阳光。只有银行和保险公司才有足够的财力订制这些浮雕。他们无非是用这些浮雕来装饰他们大楼的外墙，以此显示他们紧跟时代潮流。卡莉说，为这些张扬的资本家工作是令人沮丧的。但重要的是浮雕传达的信息；至少当人们在街上路过银行之类可以免费看到这些雕像。她说，这是一种平民艺术。

她曾经指望父亲可以帮她一把——为她多揽些银行的活儿。父亲却淡淡地说，如今他同银行的关系已不像以前那般亲密了。

今晚她穿了一件灰不溜秋的运动裙——她说这叫“托普”色；在法语中，这个词是“鼹鼠”的意思。若穿在任何别的人身上，这裙子看上去就像是个下垂的口袋，只不过多了两个袖子和一条腰带而已。然而，卡莉却设法把它变成了似乎是游离于潮流和时髦之外的服装——它向人们暗示，赶潮流和时髦的东西是不值一顾的。它不惹眼，却又是如此鲜明的一件东西，好像谋杀案发生前厨房里一件普通的利器——诸如冰锥之类。这条裙子好比是寂静人群中举起的一个拳头。

父亲穿着他的宴会装，没有烫过。理查德·格里芬的宴会装却烫得笔挺。亚历克斯·托马斯穿着棕色的短上衣和灰色的法兰绒长裤；在这样的天气显得有些过厚。他还戴着一条蓝底红点的领带。他的衬衫是白色的，领口太大了。这套衣服穿在他身上，好像是借来的一样。不过，他没有料到自己会被邀请参加宴会。

“这房子真可爱，”大家步入餐厅时，威妮弗蕾德·格里芬说道，脸上露出了做作的微笑，“它维护得多好啊！这些彩色玻璃窗真棒——美极了！这里就像是个博物馆！”

我知道，她的意思是“过时”了。我感到了一种羞辱；我一直以为这些窗户是相当漂亮的。但我看得出来，威妮弗蕾德的评价便是外面世界的评价——这个世界对此类东西都普遍持有同样的看法。我原先一直拼命想加入这个世界。现在我才意识到自己多么不适合这个世界，多么土气，多么幼稚。

“这些窗户在那个年代曾经是典范，”理查德说，“而且镶玻璃的工艺也很好。”尽管他口气中带有卖弄学问的优越感，我却对他心存感激。我压根儿就没想到他是在对这房子进行评估。他明白，这个“王国”已经摇摇欲坠：我们不久便会面临拍卖。

“你说这房子像博物馆，是否在说它积满灰尘？”亚历克斯·托马斯问道，“或者说它过时了。”

父亲沉下脸来。威妮弗蕾德不禁脸红了，真是活该。

“你不该专捏软柿子。”卡莉说道，语气中不无高兴。

“为什么不？”亚历克斯回答说，“人人都这样。”

瑞妮把菜单上的菜都买齐了，或者说在那个时期我们所能买得起的东西。不过，她做菜贪多嚼不烂。蔬菜浓汤、乡村鸡——一个接一个，如同滚滚而来的海浪，又如同法律，恒定不变。

浓汤有一股铁皮味；鸡也全是面粉味，做法很粗糙，而且缩水变硬。这么多人在一个房间里用餐，个个费劲地大肆咀嚼，实在不太雅观。这种场面不能叫进餐，而应该叫大嚼。

威妮弗蕾德把她的盘子里的食物拨来拨去，像在玩多米诺骨牌。我看了不禁义愤填膺，决心把盘中的食物都吃得干干净净，连骨头也吃光。我可不能让瑞妮失望。我想，过去她从来没有这样尴尬过——狼狈、出丑，弄得我们也出丑。过去，我们家总是把好厨师请进来的。

坐在我身旁的亚历克斯·托马斯也十分尽职。他在不停地切割，仿佛那是他的谋生手段；鸡块在他的餐刀下嘎吱作响。（瑞妮对他的这种“敬业”并不感激。你可以确信，她只是监视某人吃了什么。她的评论是：那个叫什么亚历克斯的胃口真大，你会以为他在地窖中被饿坏了。）

在这种情况下，谈话是不多的。然而，奶酪上过以后，席间有一阵间歇。此时我们可以停一下嘴巴，默默评价一番：干酪太软、奶油不新鲜、干酪有些变质等等，并四下看看。

父亲用他的一只蓝眼睛瞥了一下亚历克斯·托马斯。“那么，小伙子，”他用一种自认为友好的语气说，“是什么风把你吹到我们这个美丽城市来的？”听起来他像是维多利亚时代古装戏中威严的一家之主。我低头望着餐桌。

“我是来探访朋友的，先生。”亚历克斯相当礼貌地答道。（关于他的礼貌，我们后来可以听到瑞妮是这样评价的：孤儿们都有良好的教养，因为那是在孤儿院中被打出来的。只有孤儿才能够这样自信，但他们的这种自信中蕴含着复仇的本质——他们骨子里对每个人都抱着嘲弄的态度。不过，他们当然要复仇，只要想想他们是如何被人抛弃的就明白了。大多数扰乱分子和绑架犯都是孤儿出身。）

“我女儿告诉我，你正在准备做牧师。”父亲说。（我和劳拉肯定没提起过这事——不用说，一定是瑞妮。她可能心怀恶意地露点风，也可能是她弄错了。）

“我曾经准备做过，先生，”亚历克斯答道，“但后来不得不放弃了。我和他们分道扬镳了。”

“那现在呢？”父亲又问道。他可是习惯于听到实实在在的答案。

“现在我依靠我的才智生活。”亚历克斯说。他微微一笑，带点自我解嘲。

“对你来说真不容易。”理查德轻声说道。威妮弗蕾德却大笑起来。我不无惊讶：我并不相信他有那种才智。

“他一定想说，他是一个报社记者，”瑞妮说，“我们中间的间谍！”

亚历克斯又微微一笑，什么也没说。父亲沉下脸来。在他眼里，报社记者都是社会的害虫。他们不仅满口谎言，还以别人的痛苦谋生——他称他们为尸体上的苍蝇。不过，他认为埃尔伍德·默里是个例外，因为他是我们家的熟人。他最多只会称他为流言贩子。

而后，谈话便转向了大众话题，如政治、经济，正如那个时代大家所谈论的一样。父亲的见解越来越糟糕，而理查德总是使谈话“转危为安”。威妮弗蕾德说，她真不知道该怎么想才好。不过，她自然希望他们能不把事情挑开。

“关于什么？”劳拉问道。到此刻为止，她还没说过一句话。现在她突然开口，如同一张椅子开口说话，令所有人一怔。

“关于社会动乱的可能性。”父亲说。他的话略带责备的口吻，意思要劳拉别再多嘴。

亚历克斯说，他对此表示怀疑。他说，因为他刚刚从营中回来。

“营？”父亲不解地问道，“什么营？”

“救济营，先生，”亚历克斯说，“贝内特的劳动营，专为失业者开设的。每天干十个小时，收入微薄。这些小伙子如今不大想干了——我是说，他们越来越不安心了。”

“要饭的哪能挑肥拣瘦，”理查德说道，“这可比外出谋生强多了。一日三餐有保证，日子比养家糊口的工人还要好过。

而且，我听说伙食也不赖。想来他们应该感恩戴德。”

“他们并不是那种挑肥拣瘦的人。”亚历克斯说。

“我的天，你真是个空想的“左”倾分子。”理查德说道。亚历克斯又低下头看他面前的盘子。

“如果他是的话，那么我也是，”卡莉说，“不过，我认为人们不必先成为“左”倾分子再去实现……。”

“那么你在那儿做什么？”父亲打断了她的话。（他最近同卡莉有过不少争论。卡莉希望他接受工会运动。他则说，卡莉是在异想天开。）

就在这时，冰淇凌被推了进来。那时我们有一个电冰箱——还是在经济危机之前买的。尽管瑞妮对其冷冻室的功能将信将疑，但她那晚将它派上了大用处。冰淇凌做成了球形，绿莹莹的，硬如坚石，一时吸引了所有人的注意力。

喝咖啡时，远处的“露营地”开始放烟火了。我们都去码头上观赏。景色壮观——我们不仅看到烟火，还能看到它们在若格斯河中的倒影。红的、黄的和蓝的光束在空中瀑布般散开：星星状的、菊花状的、杨柳状的，五光十色。

“中国人发明了火药，”亚历克斯说，“但他们从来不用它制造枪炮，只制造烟花。不过，我并未真正感到焰火赏心悦目。它们太像重型炮弹了。”

“你是和平主义者吗？”我问道。看起来他该是那样的人。如果他说是，我就准备不赞成，因为我想引起他的注意。他总是在和劳拉说话。

“我不是和平主义者，”亚历克斯回答说，“但我父母都死于战争。或者说，我猜想他们死于战争。”

我想，现在我们可以得知这个孤儿的故事了。经过瑞妮小题大作了一番之后，我希望这是个好故事。

“你自己也不太清楚吗？”劳拉问道。

“不清楚，”亚历克斯说，“人们告诉我，有人发现我坐在一座烧毁房屋中的瓦砾上。周围其他人都死了。很显然，我被藏在了水槽下面或一个锅灶下面——一个类似金属的容器。”

“那是在哪里？又是谁发现了你？”

“不清楚，”亚历克斯说，“他们其实也不知道。那儿既不是法国，也不是德国。那是在它们东面的一个小国里。我一定是被托来托去的；后来红十字会通过某种途径接收了我。”

“你还记得吗？”我问道。

“不太记得了。过了这么久，一些细节已想不起来了，比方我的名字等等。最后我到了修道院。教士们感到，从多方考虑，忘却对我来说是再好不过了。他们是一小群长老会成员，很爱干净。为不生虱子，我们都剃了光头。我还能记得那种突然没有头发的感觉——好凉啊。从那时起，我才真正开始记事。”

尽管我开始慢慢喜欢他了，我得惭愧地承认，对他的故事我还是相当怀疑。这故事里面包含了太多的传奇色彩——太多的好运气和坏运气。我还太年轻，不相信有这么多的巧合。如果他试图想给劳拉留下深刻印象——他是在这样做吗？——他选择的方法是再好不过了。

“不知道自己究竟是谁，”我说，“那一定很糟糕。”

“我曾经这样想过，”亚历克斯说道，“但后来我意识到，我是一个没有必要知道自己究竟是谁的人。家庭背景之类的东西对我到底有什么意义呢？人们通常用这些来作为他们为人势利的理由，或者失败的借口。我摆脱了这种诱惑，如此而已。我摆脱了各种束缚。没有任何东西可以牵制我。”他还说了些别的，但一个礼花在空中炸开，我没听见他说什么。不过，劳拉听见了；她一本正经地点着头。

（他说了些什么？后来我才知道。他说，至少你不会想家。）

一个蒲公英状的礼花在空中绽放。我们都举目仰望。在这种时候，我们是很难不仰望的。我们很难不张口赞叹。

那天晚上，阿维隆庄园码头上空烟花闪烁，这是否是我们的开始？不得而知。事情的开始往往突然而至，却又是不知不觉的。它们在你近旁悄悄潜行，忽隐忽现，埋伏在你身边。最后，它们突然跳出来了。

照片着色

大雁南飞，发出阵阵悲鸣；河岸上的漆树开满花朵，如同一支支暗红的蜡烛。已经到了十月的第一个星期。在这个季节，人们把充满樟脑丸气味的羊毛衫从箱子里翻出来。夜雾弥漫，晨露浓浓，门前的台阶滑溜溜的，迟缓的鼻涕虫爬了出来。金鱼草很快就青春不再，而别的季节看不到的带褶边的红紫相间的甘蓝花却开得如火如荼。

这是菊花的季节。这种花用于葬礼；这是指白色的菊花。死者对这些花一定感到很厌倦。

早晨天气晴好。我从前花园采了一小束粉红的金鱼草去墓地，放在家人的墓前，献给雪白大理石基座上的两位冥想的天使。我想，这会令两位天使耳目一新。有一次，我举行了小小的仪式：念墓碑上死者的名字。我以为我是在默默地进行，但偶然却听见了自己的声音，就像一个教士在喃喃地做每日祈祷。

古埃及人说，念死者的名字是为了让他们重生。不过，人们并不总是希望死者复活。

我绕着纪念碑走了一圈，发现一个年轻女子跪在墓前——劳拉的墓前。她低着头，一身黑色装束：黑牛仔裤、黑 T 恤衫、黑夹克，背着一个黑色小背包——现今的女孩子都背这样的包，而不再用手袋了。她有一头长长的黑发，和萨布里娜的一样。我的心突然一动：萨布里娜回来了——从印度或是别的什么地方。她不声不响地飘然而至。她已改变了对我的看法。她打算给我一个惊喜，可现在我的到来把它给搅了。

然而，当我看得再仔细一些，才发现那姑娘我并不认识。毫无疑问，她是个忧伤过度的研究生。起先，我以为她只不过是在祈祷，但她其实是在摆花：一支康乃馨，花茎用锡纸包着。当她站起身来时，我看见她哭了。

劳拉能感动人们。我却不能。

钮扣厂举行过野餐会之后，《信使与旗帜报》登载了通常的报道：哪个婴儿赢得了“最美婴儿比赛”的冠军，谁家的狗获得了“最佳狗狗”称号。对此，父亲说了一番话，简述如下：埃尔伍德 · 默里给一切都抹上了乐观主义的光泽，所以听起来一切如常。报纸上还有一些照片：那只获奖的狗——一个深色的剪影；那个得奖的婴儿，胖乎乎的像个软垫，头上还戴着荷叶边的软帽；踢踏舞演员高举着一支巨大的纸板做成的三叶草；父亲站在讲台上。他这张照片拍得并不好：嘴巴半张着，仿佛在打哈欠。

还有一张亚历克斯 · 托马斯和我们俩的合影——我和劳拉分别站在他的左右两旁，如同两个书挡。我们俩都在望着他微笑；他也在微笑，但他把手伸出来挡住脸，就像那些黑社会歹徒被捕时躲避记者的闪光灯一样。然而，他只挡住了半个脸。照片的文字说明是：“艾丽丝 · 蔡斯小姐和劳拉 · 蔡斯小姐招待外来客人”。

埃尔伍德·默里那天下午没有查到我们的行踪；他那样做是为了弄清亚历克斯的真实姓名。当他找到我们家里，碰上了瑞妮。瑞妮说，我们的名字不该同那个家伙的名字一起被传来传去，因此拒绝告诉他。不管怎么说，他印发了照片。埃尔伍德和我们俩同样冒犯了瑞妮。她认为这张照片不庄重，尽管我们的腿并未暴露。她觉得，我们俩在傻傻地暗送秋波，就像两只单相思的天鹅——嘴巴张着，口水都要流出来了。我们大大丢了自己的丑。镇上人人都会在背后笑我们：痴情于一个貌似印第安人或犹太人的年轻恶棍——而且，他袖子卷起的样子看上去还像个共产党。

“那个埃尔伍德该挨板子，”她说，“他认为自己聪明绝顶。”她把报纸撕成碎片，塞进炉子，那样父亲就看不到了。他在厂里一定看过；即使是这样，他也未作什么评论。

劳拉去拜访了埃尔伍德·默里。她并没有指责他，也没有向他转述瑞妮对他的评论。她反而对他说，她想做一个像他那样的摄影师。其实，她根本不会撒这个谎，这仅仅是默里自己推断出来的。她真正说的只是想学习如何冲印照片。事实绝对是如此。

埃尔伍德·默里对这个来自阿维隆庄园的小姐的光顾感到受宠若惊。他虽然爱捣乱，却也是胆小的势利鬼，于是当即同意劳拉每周三个下午去他的暗室帮忙。她可以在一旁看他冲印婚礼照、孩子们的毕业照等等。尽管报纸有人排版，后间也有几个人专门负责印刷，埃尔伍德几乎全包了周报的其他工作，包括自己冲印照片。

他说，也许他还能教她如何给照片着色——这是时尚。人们会把老的黑白照片带来上色，让它们变得更生动。步骤是这样的：先用刷子把黑的部分漂白，然后对整张照片用红褐色的调色剂进行处理，使其具有一种粉红色的底光，最后才是着色。颜料都是用小试管和小瓶子装的，得用细小的画笔小心翼翼地上色；多出来的部分得一丝不苟地抹去。着色者得具备调色的能力；这样，照片上的双颊才不会是两团红色，皮肤也不会像哔叽布料。着色者还得具有良好的视力和稳健的手法。埃尔伍德说，这是一门艺术——如果他真这样说的话，他以掌握这门艺术而自豪。在他报社橱窗的一角，有一组旋转的着色照片，放在那儿做广告。旁边有他手写的标牌："美化你的回忆。"

着色照片内容大多是身穿过时的大战时期军装的年轻士兵，也有新郎新娘的结婚照。还有毕业典礼、首次领受圣餐、庄严的全家福、婴孩的受洗、身穿礼服的姑娘、穿着聚会服装的孩子、小狗小猫之类。偶尔还有古怪的宠物，诸如乌龟、鹦鹉。难得也有躺在棺木内夭折的婴儿，脸色蜡黄，裹着绉纱。

着色的照片颜色都不清晰，看起来朦朦胧胧的，仿佛隔了一层干酪包布。这样一来，照片上的人物并没有显得更真实，看上去反而是超现实的：他们像是奇异国度的居民，绚丽而又沉默，却谈不上真实性。

劳拉告诉我她和埃尔伍德·默里面对面做些什么；她也告诉了瑞妮。我以为她会遭到反对，迎来一阵咆哮；我以为瑞妮会说她自贬身份，或者说她行为俗不可耐，放弃原则。谁能说得准，一个年轻姑娘和一个男子在无灯的暗室里会干些什么？但瑞妮认为，埃尔伍德并非雇劳拉为其工作，而是在教她，这是性质不同的另一码事。这使他与雇来的帮手处于同等地位。至于劳拉和他同处暗室，没人认为这会有什么危害，因为他是个娘娘腔很重的男人。我猜想，当瑞妮发觉劳拉除了上帝之外居然还对别的东西发生兴趣，她私下一定会感到宽慰。

劳拉自然对此发生了兴趣，但她又和往常一样沉迷进去。

她悄悄拿了埃尔伍德的一些着色材料，还带了回家。我是偶然发现这事的：那天我正在书房随便翻阅书籍，突然注意到祖父本杰明的一些镶框照片。每张照片祖父都和一位不同的首相合影。现在的照片上，首相约翰·斯帕罗·汤普森爵士的脸呈现一种淡紫色；首相麦肯齐·鲍厄尔爵士的脸显出一种黄绿色；首相查尔斯·塔珀爵士的脸则变成了淡橙色。祖父本杰明的胡须全带上了一层淡红色。

那天晚上，我将她当场抓住。她的梳妆台上摊满了小管子、小刷子之类，还有以前我和她穿着天鹅绒裙子及“玛丽·简”牌皮鞋的合影。劳拉已经把照片从相框里取了出来，正在把我涂成一种浅蓝色。“劳拉，”我说，“你究竟在干什么？你为什么要给书房里的那些照片上色？父亲知道会勃然大怒的。”

“我只是练习一下而已，”劳拉答道，“反正照片上的人需要修饰一下。他们现在看起来好多了。”

“他们看上去怪怪的，”我说，“看上去病恹恹的。有谁的脸会是绿的！也没有紫的。”

劳拉不为所动。“这是他们灵魂的颜色，”她说道，“灵魂本来就应该是这种颜色。”

“你闯了大祸！家里人会知道是谁干的。”

“没人会看那些照片，”她说，“他们根本不在乎。”

“那好，但你千万别动祖母阿黛莉娅的照片，”我说道，“也别碰已去世的伯伯、叔叔们！否则父亲会扒了你的皮！”

“我想把他们涂成金色，表现他们的光辉形象，”她说，“可惜没有金色的颜料。我说的是伯伯、叔叔们，不是祖母。我要把她涂成铁灰色。”

“你敢！父亲可不相信什么光辉形象之类。你最好把这些颜料还回去，免得别人说你偷窃。”

“我又没用多少，”她说道，“再说，我送给埃尔伍德一罐果酱。这是公平交易。”

“我猜，那一定是瑞妮的果酱。是从冷藏室拿来的吧——你事先问过她吗？要知道，她可是点过数的。”我拿起我们俩的那张合影。“为什么我是蓝色的？”

“因为你睡着了。”她回答说。

劳拉不仅仅偷回来着色颜料。她的工作之一是将照片归档。埃尔伍德喜欢他的办公室和暗室整洁有序。他把底片保存在透明纸信封内，根据拍摄日期整理成册。这样一来，劳拉便能轻而易举地找到野餐那天的底片。于是，她印了两张黑白照片；这是有一天埃尔伍德外出时，只剩下她一个人时干的。这事她谁也没告诉，甚至也没告诉我——后来我才知道。印完照片后，她把底片塞进包里带回了家。她并不认为这是偷窃，因为开头埃尔伍德未经过我们同意就偷拍了这些照片，她只不过拿回那些根本不属于他的东西而已。

当她达到目的以后，就不再去埃尔伍德的办公室了。她没向埃尔伍德说明原因，也没有事先知会一声。我觉得她这样做够笨的；确实也是这样，因为埃尔伍德感到了轻视。他试图从瑞妮那儿了解劳拉是否病了，但瑞妮只告诉他劳拉对摄影的热情一定是冷下来了。这个小姑娘满脑子的主意；她总是对某一件事着迷，现在肯定是在迷上别的东西了。

这下可激起了埃尔伍德的好奇心。他开始密切注意劳拉，比平时更加“多管闲事”。我不能称此为“监视”活动——他并没有埋伏在暗处。他只是对劳拉多加注意。（然而，他还没有发现劳拉偷他的底片。他从未想过劳拉找他学摄影可能是别有用心。劳拉眼睛睁得大大的，目光坦诚，额头又圆又光，几乎没有人怀疑她表里不一。）

起先，埃尔伍德并没发现什么可注意的。劳拉只是在周日早晨沿主街步行走去教堂，给主日学校的五岁大的孩子们上课。在一周内的另外三个早晨，她去火车站旁基督教联合会办的施食所帮忙。该所的任务是给爬火车的那些又饿又脏的男人和孩子分发白菜汤：这是一项善举，但镇上的人并非个个都赞成。有人认为他们是扰乱治安的阴谋分子。还有人觉得不该给他们提供免费餐饮，因为他们得自食其力。有人朝他们大叫："去找工作！"（辱骂决不是单方面的。不过，这些游民用的是更温和的形式。这些人自然憎恨劳拉和所有像她这样的宗教慈善家。他们自然也有发泄自己情感的渠道：一个笑话、一次嘲笑、一次推挤，或是阴沉的一瞥。毕竟，没有比被迫感恩更难的事了。）

当地警察站在一旁，确保这些人不会想出什么歪点子，诸如留在提康德罗加港之类。他们得被赶走，赶到其他地方去。但是，也不许他们偷偷跳上火车站里的棚车，因为铁路公司是绝对不能容忍这种事发生的。游民和警方之间发生了扭打和拳脚相加。埃尔伍德·默里在报上写道：警察在这里滥用警棍。

于是，这些人会沿着铁路线走到很远的地方再跳火车，但这样做更难，因为那时火车已经加速了。确实发生了几起事故，还有一个人死亡——一个不到十六岁的男孩命丧车轮，整个人被碾成了两段。（这起事故之后，劳拉把自己锁于房内两天不吃不喝，因为她曾经给这个男孩发过一碗汤。）埃尔伍德写了篇社论，说道：此次的不幸事故令人遗憾，但这既非铁路方面的过错，当然也不应归咎于这个城镇。如果有人鲁莽地去冒险，那他能指望有什么好结果呢？

劳拉向瑞妮讨些骨头去教会的施食所做汤。瑞妮说，她并不会种骨头，骨头也不会从树上长出来。为我们全家的吃喝，她厨房里也需要骨头。她说，省一文等于挣一文。劳拉难道不明白，在这个困难的年头，我们的父亲需要他赚到的每一分钱？但时间长了，她也经不住劳拉的软缠硬磨，总会给她一块、两块或三块骨头。劳拉不想碰这些骨头，甚至连看都不看，因为她会觉得恶心。于是，瑞妮会帮她包好，叹口气说："喏，拿去。这些流浪汉迟早会把我们家吃空的。我还在里面放了一个洋葱。"她认为劳拉不该去施食所帮忙——对她这样的年轻姑娘来说，这种活太粗了。

"你不该叫他们流浪汉，"劳拉说道，"人人都不理睬他们。他们只是想要工作。他们想要的只是一份活儿。"

"我想是吧。"瑞妮怀疑而又生气地说道。她私下会对我说："劳拉活脱脱是她母亲的翻版。"

我从来没跟劳拉去过施食所。她没叫我去，反正我也没有那个时间。父亲现在认为，我必须学着管理钮扣厂——这是我的责任。由于我没有兄弟，我在蔡斯父子公司要充当儿子的角色。不过，若去掌管工厂，我得弄脏我洁白的手。

我知道我没有管理生产的能力，但我没敢反对。每天早上，我跟着父亲去厂里，看看现实的世界是怎么回事（父亲如是说）。如果我是个男孩，他早就让我到流水线上去干活了。这好比打仗：如果将军自己做不到，那就不能指望他的士兵做到。实际上，他让我盘点存货、结算账目——进多少原材料，出多少成品。

我干得很糟糕，多多少少是故意的。我感到厌烦，却被逼无奈。每天早上，当我穿着修女般的衣裙到达工厂，像条狗一样跟在父亲屁股后面，我就会经过流水线上工人们的面前。我感到女人们在嘲笑我，而男人们则盯着我看。我知道他们在我背后拿我取笑——女人无非是笑我的仪态，而男人们则是笑我的身体。这是他们实行报复的一种方式。我在某种程度上并不责怪他们——身处他们的地位，我也会这么干的——但我还是觉得受到了侮辱。

拉—的—达。她把自己看成是示巴女王。

操她一顿就杀掉了她的威风。

父亲一点都没注意这些。或者说，他根本不想注意。

一天下午，埃尔伍德·默里挺胸凸肚地来到瑞妮厨房的后门，说他带来了不愉快的消息。他看上去一副了不起的样子。当时我正在帮瑞妮封罐头；时值九月底，我们忙着采回最后一批西红柿。瑞妮一贯节俭，而在那个年月，浪费是一种罪过。她一定意识到，我们的家境正变得越来越拮据——她的工作朝不保夕。

埃尔伍德·默里说，为了我们自己好，我们必须知道一些事。瑞妮看看他那种自以为是的样子，估摸事情的严重性，斟酌事情是否已严重到要请他进来。最后还是让他进来了，还给他倒了杯茶。她让他等一下，等她把最后一批罐头从沸水中钳出来，封好盖子，这才坐下来听他讲。

事情是这样的。埃尔伍德说，有人看见劳拉·蔡斯小姐在镇上和一个小伙子在一起，而且他就是在钮扣厂野餐会上同她合影的那个人。他们先是一起在施食所，后来一起坐在公园里的长椅上——坐过好几张椅子，而且还抽烟。或者说是那个小伙子抽烟；至于劳拉，他噘起嘴说，他不敢肯定。他们俩在市政厅旁的阵亡将士纪念碑附近，倚在喜庆桥的栏杆上，俯瞰桥下的激流——这可是情人幽会之处。他们也许已经到过“露营地”；这几乎是暧昧行为的一种标志，或是前奏。不过，他不能肯定此事，因为他并没有亲眼所见。

不管怎样，他认为我们得知道。那个人是成年男子，而劳拉小姐不是才十四岁吗？那个男子如此占她便宜，真不要脸。

他说着靠回椅背，遗憾地摇着头，得意得像个土拨鼠，眼中闪着幸灾乐祸的光芒。

瑞妮气炸了。她不喜欢在飞短流长方面被人占先。“真是谢谢你告诉我们，”她用牵强的礼貌口气说道，“小洞不补，大洞吃苦。”这是她维护劳拉的名誉的策略：还未发生什么事，因此无从采取什么措施。

埃尔伍德·默里走后，瑞妮对我说：“我早就对你说过，他是个无耻的东西。”她当然是指亚历克斯，而非埃尔伍德·默里。

当我们质问劳拉时，她都承认了，但否认她曾和亚历克斯去过“露营地”。没错，他们在公园里的长椅上坐过，虽然坐的时间不长。她不理解瑞妮为什么对此大惊小怪。亚历克斯·托马斯既非“廉价情人”，也非“狂蜂滥蝶”（这些雅号都出自瑞妮）。她说，这辈子从来没抽过一根烟。至于瑞妮所说的“调情”，她认为那简直令人作呕。她究竟做了什么，让别人产生这样低俗的怀疑？她显然不得而知。

照我看，劳拉有些呆：别人听不出什么弦外之音，她自己应当听出来。

按劳拉的说法，在所有这些场合中，她和亚历克斯都在进行严肃的讨论——有关的只有三方。讨论什么？讨论上帝。亚历克斯失去了信仰，而劳拉在帮助他恢复信仰。这是个艰巨的任务，因为亚历克斯愤世嫉俗，也许劳拉的意思是“怀疑一切”。他认为，现实属于人们的今世，而不属于来世。

他要为今世而奋斗。他声称他没有灵魂，对自己死后可能会怎样毫不在乎。然而，不管感化他有多么困难，劳拉打算坚持下去。

我用手捂住嘴咳嗽，不敢笑出来。我过去听到劳拉对厄斯金先生常常说这些高尚的话语，我想她现在又在这样做：用话蒙人。瑞妮双腿分开，两手叉腰，目瞪口呆，像一只斗败的母鸡。

“我不明白，他干吗还待在我们镇上?”瑞妮说不赢就转移话题。“我以为他只是来探访朋友的。”

“噢，他有正事要办，”劳拉淡淡地说，“不过，他想去哪儿就可以去哪儿。我们的国家又不是奴隶制国家。当然，那些挣钱的工资奴隶例外。”我估计，感化工作并不总是单向的：亚历克斯也在影响她的思想。如果事情这样发展下去，我们身边就会出现一个小布尔什维克了。

“他是不是年龄太大了点?”我问道。

劳拉狠狠瞪了我一眼——什么年龄太大了?——不让我多嘴。她说：“灵魂是没有年龄的。”

“可人们都在议论。”瑞妮说道。这向来是她的杀手锏。

“那是他们自己的事。”劳拉说。她的语气中带有一种高傲的恼怒：别人的议论总是成为她背上的十字架。

瑞妮和我不知如何是好。怎么办呢?我们可以告诉父亲；他也许会禁止劳拉再去见亚历克斯。但她决不会服从，因为有一个灵魂需要拯救。我们断定，告诉父亲只会把事情闹大。再说，到底真正发生过什么事?我们也说不上来。(在这件事上，我和瑞妮都是知情者；我们俩商量过。)

过了些日子，我渐渐感到劳拉在哄骗我；不过，具体细节我也弄不清楚。我并不认为她对我们撒谎，但也没说出全部实情。有一次，我看见她和亚历克斯一起走过阵亡将士纪念碑，两人谈得十分投机。另外一次是在喜庆桥上；还有一次，他们在贝蒂小吃店外面闲逛，对人们投来的目光视而不见，也包括我的。这纯粹是对众人的藐视。

“你得向她讲明道理。”瑞妮对我说道。但我同劳拉讲不明白。而且，我渐渐无法同她谈话了；即使谈了，她会听吗?

对她说话犹如对一块木头说话。我的话对她就像耳旁风，左耳进，右耳出。

当我不去钮扣厂的时候，便开始独自游逛，因为父亲也觉得我天天去工厂徒劳无益。我沿着河岸行走，假装有个目的地似的；或者站在喜庆桥上好像在等人，同时盯着桥下的黑沉沉的流水，想起那些跳河的女人的故事。她们殉情而死，因为那是爱情的驱使。一旦你沉醉于爱情，你便会被无情地卷走。书上就是这么说的。

我还会沿着主街溜达，认真观看商店橱窗里的商品：鞋袜、帽子、手套以及螺丝刀和扳手之类。我会仔细端详珑玉电影院外玻璃橱窗里的电影海报，把自己跟明星们比较一下，想象自己把头发梳下来遮住一只眼睛、再穿上合适的衣服会是什么样子。我不可以进去；我结婚前从来没有进过电影院，因为瑞妮说，珑玉电影院是个低级场所，年轻姑娘无论如何是不该独自进去的。下流男人去那儿寻找猎物，他们会挨在你身旁坐下，把黏虫般的手向你伸来，在你不知不觉之中摸遍你的全身。

瑞妮嘴里说出来的姑娘或女人都是迟钝的，身上却有许多可让人攫抓之处，就像个攀缘构架。她会被神奇地剥夺了尖叫或动弹的能力。她会束手无策，不知所措——因为震惊、愤怒或羞耻。她会孤立无援。

冷　窖

空气冷飕飕的；天高云淡。一捆捆的玉米堆在前门，门廊上挂着的南瓜灯在笑眯眯地守夜。往后的一个星期，那些一心想讨糖果的孩子们会跑到街上去，打扮成芭蕾舞演员、僵尸鬼、外星人、骷髅、吉卜赛算命人，或者已故的摇滚歌星；我照例会关上灯，假装不在家。这倒不是讨厌他们，而是出于自我保护——万一哪个小不点不见了，我可不想被控告引诱他进来，然后吃了他。

我就是这样对米拉说的。她的生意正红火，卖橘黄色的矮蜡烛、黑色的陶制猫、缎子缝的蝙蝠，还有穿着漂亮布衣的巫婆——她们的头是用干苹果做的。她听了我的话噗嗤一笑，认为我在开玩笑。

昨日，我一整天都懒洋洋的——我的心脏不舒服，几乎离不开沙发。然而，今天早晨吃完药后，我感到精力出奇地充沛。我兴冲冲地走到甜甜圈店。在那里，我看见洗手间的墙上又新添了一句话：如果你说不出什么好话，那就干脆别说。后面一句是：如果吮不出什么好东西，那就干脆别吮。知道言论自由在我们这个国家还在大行其道，真令人欣慰。

我要了一杯咖啡和一个涂巧克力的甜甜圈，带到外面，放在店家提供的长椅上，紧挨着垃圾箱。我坐在依然温暖的阳光下，活像一个晒太阳的乌龟。不断有人从我面前走过：两个肥胖的女人推着婴儿车；一个瘦一点的年轻女人穿着黑色皮上装，上面有一些银色钉饰，鼻子上也嵌了一颗；还有三个身穿风衣的古怪老头。我感觉他们的眼睛在盯着我。难道我还是那样声名狼藉，或者我还是那样一个偏执狂？或许是因为我不停地对自己大声说话的缘故？我不清楚。莫非我的声音在不经意间像气流般涌了出来？这种空洞的老人低语好似冬日里葡萄藤的婆娑，又好似秋风瑟瑟地吹过枯草。

我对自己说：谁在乎人们怎么想？如果他们愿意听，那就请便。

谁在乎，谁在乎——年轻人总是这样说。我当然在乎。我在乎人们怎么想。我一直是在乎的。不像劳拉，我从来没有坚持自己信念的勇气。

一条狗过来了；我给了它半只甜甜圈。“请便。”我对它说道。当瑞妮抓到谁在偷听时，她总是这么说的。

一九三四年的十月，人们一直在议论钮扣厂发生的事。据说，当时有外来的煽动者在活动；他们激起事端，特别是挑动那些容易冲动的年轻人。人们说起劳资谈判、工人权利以及工会的事。工会肯定是不合法的，或者说只雇用工会会员的企业的工会是不合法的——真的不合法吗？似乎没人搞得清楚。总之，这些人都窝着一股火。

煽动闹事的是些流氓和雇来的罪犯（希尔科特太太如是说）。这些煽动者不仅是外来的人，还是外国人，这种情况在某种程度上更加令人惊恐。那些留着短须的矮个子亡命之徒，用鲜血写下自己的名字，誓死战斗到底。他们会发动暴乱，肆无忌惮；他们会安放炸弹，会在夜里潜进来，割断我们的喉管（瑞妮如是说）。这就是那些残忍的布尔什维克和工会组织者的斗争方法；他们的本性都是一样的（埃尔伍德·默里如是说）。他们谋求性爱自由，毁灭家庭，枪毙任何一个有钱人——哪怕他只有一点点钱，或者一块手表，或者一枚结婚戒指。听说，俄国就是这么干的。

据说，父亲的厂里有了麻烦。

关于煽动者和厂里有麻烦这两件事，都作为谣言被公开否认了。可人们对这两件事都深信不疑。

九月里父亲让一些工人停工回家，其中包括一些年龄不大的人。根据他的说法，他们还年轻，能自己谋生。他还让留下的工人每天缩短工时。他解释说，这只是因为没有足够的活让工厂的全部生产能力运作起来。顾客们不买钮扣，或者说不买蔡斯父子公司生产的那种钮扣，而公司靠的又是薄利多销。顾客们也不买便宜、耐用的内衣；他们把旧的缝缝补补，将就着穿。当然不是人人都丢了工作，但那些有工作的也感到没信心保牢饭碗。他们自然就想省钱，而不是想用钱。这也不能怪他们。你若处在他们的境况，你也会这么干。

数学进入了我的生活——它有那么多长腿、那么多脊骨和脑袋，还有由零构成的无情的眼睛。它告诉你：二加二等于四。但如果你没有二和二呢？那就没有四。确实没有四，我也没办法；我无法让账本的赤字变成盈利。这令我十分不安，似乎是我个人的错。夜里我一闭上眼睛，就能看见账本上那些数字在我眼前闪动，在钮扣厂我的橡木方桌上排成队——这一排排的赤字就像机器毛毛虫大口吞噬剩下的那点钱。有一段时间，蔡斯父子公司钮扣的售价还够不上成本，这时候赤字就出现了。这就是数字的恶劣表现——不讲爱心、不讲公正、不讲仁慈——但又有什么办法呢？数字就是数字，它也别无选择。

十二月的第一个星期，父亲宣布工厂停产。他说这只是暂时性的。他希望很快就能恢复生产。他说，这叫以退为进。他要求工人们能谅解和耐心等待，而工人群众报以警惕的沉默。宣布完之后，他回到阿维隆庄园，把自己关在塔楼里，喝得酩酊大醉。一些东西被摔破了——无疑是瓶子。劳拉和我坐在我房间的床上，紧握双手，听着头顶上面的悲愤的咆哮，就像是屋内的暴风雨。父亲有相当长一段时间没有这么生气了。

他一定感到自己辜负了工人。他失败了。他对此无能为力，这事已经够他受的了。

“我要为他祈祷。”劳拉说道。

“上帝会管吗？”我说，“如果真的有上帝的话，他也根本不会管的。”

“你以后就知道了。”劳拉答道。

以后是什么时候？我很清楚，我们以前曾谈论过：那就是等我们死后。

父亲宣布停产后几天，工会显示出了它的威力。工会本来就有一批骨干分子，而现在希望人人加入。他们在关闭的钮扣厂外面集会，号召所有的工人参加，因为听说父亲再开工时会大幅裁减工资，而给他们的钱还不够糊口。在这种艰难时期，父亲会像别的厂主一样把钱存进银行，坐视不管，直到工人们被榨干，变成穷光蛋；而他却乘机用工人的血汗养肥自己。父亲和他的一大家子，以及两个宝贝女儿都是喝工人血汗的寄生虫。

瑞妮说，可以看出这些所谓的工会组织者是外面来的人。当我们围着坐在厨房的餐桌边吃饭的时候，她向我们叙述这一切。（我们已不在餐厅里吃饭，因为父亲不再来用餐了。他把自己封闭在塔楼里；瑞妮用盘子把饭送上去。）这些粗鲁的工人不懂什么叫体面，把我们俩也卷了进去。其实大家都知道我们是不相干的。她叫我们别当回事，可这说起来容易做起来难。

仍然有一些人对父亲忠心耿耿。在集会的时候，我们听见有反对的声音，后来声音提高了，再后来发生了扭打。工人们脾气一个比一个大。有一个人被踢中了脑袋，结果进了医院，查出是脑震荡。他是罢工者中的一员——他们现在自称“罢工者”。但是这种伤害只能怪他们自己：一旦发起这种动乱，谁能预计产生什么后果呢？

最好不要发起动乱。最好保持沉默。那样就好多了。

卡莉来看望了父亲。她说，她为父亲感到担忧。她担心父亲垮下去。她的意思是指道德上垮下去。他怎么能这样傲慢而吝啬地对待他的工人？父亲要她面对现实。他说，她是一个帮倒忙的好心人。他又问道：是谁把你扯进来的，你的左派同志吗？她说，是她自己想来的，是出于爱，因为父亲尽管是个资本家，原本还是个体面的绅士，但现在她发现他已变成了一个没有心肝的财阀。父亲说，一个破产的人不可能是财阀。她说，他可以变卖资产。他说，他的财产并不比她的屁股值钱；照他看来，不管哪个男人要，她都可以免费奉送。她说，他从来没嫌弃过她的“免费奉送”。他说，这不假，但他暗贴的代价也是够大的了——首先是在他家里为她的艺术家朋友提供饮食，接着是他的身体，现在则是他的灵魂。她骂他是反动资本家。他骂她是社会寄生虫。至此，他们俩已在相互大声对骂。接着，传来几声砰砰的门响，一辆汽车沿着门前的砾石路急冲冲地开走了。两个人就此不欢而散。

瑞妮是高兴还是难过？难过。她不喜欢卡莉，但已经习惯了她。而且，卡莉曾经一度真心对父亲好过。谁会来代替她呢？也许是另外一个荡妇，反正也好不了多少。

接下来的一星期，工会号召全体罢工，以表示与钮扣厂工人团结一致。有命令说，所有的商店和生意都必须关门。电话和邮政也必须停止营业。没有牛奶，没有面包，也没有冰块。（谁在发布这些命令？没人认为命令是由他们同一战线的人发出的。此人自称是本地人，就住在镇上，曾经被认为是个巨头之类的人物。后来才弄清楚他不是土生土长的本地人。看他这种做法，他也不可能是本地人。他算是哪个家族的？）

所以，不是这个人。瑞妮说，他不是幕后策划者，因为他没有这个脑筋。这后面有黑势力在操纵。

劳拉为亚历克斯·托马斯担心。她说，他多多少少卷进去了。她知道他会的。照他的思想，他非卷进去不可。

当天的午后，理查德·格里芬驱车来到阿维隆庄园，后面还跟着两辆汽车。这是三辆大轿车，车身低矮，亮光光的。总共五个人，有四个是大个子，身穿深色大衣，戴着灰色软呢帽。理查德和他的一个随从跟着父亲去书房。另外两个随从则立于房子的两个门口，一前一后；剩下的两个开着其中一辆豪华车去了别的什么地方。我和劳拉躲在她的房间里，隔着窗户观看外面的车来车往。大人嘱咐我们避开客人，实际上也不想让我们听见他们的事。当我们问瑞妮是怎么一回事，她看上去很担忧，说她也猜不出来。不过，她一直在留心外面的动静。

理查德·格里芬没有留下来吃晚饭。他离开时，开走了两辆车。第三辆留了下来，有三个大个子也一起留下来。他们待在车库楼上，我们家原来的司机房里，并不引人注意。

瑞妮说，他们是侦探。一定是的。怪不得他们整天穿着大衣，因为这样可以在腋下藏枪。那是左轮手枪。她是从各种杂志上得知的。她说，这些人留下来是保护我们的。如果夜里我看到花园里有形迹可疑的人——当然不包括这三个人——我们一定要尖声叫喊。

第二天，镇里的主要街道上发生了骚乱。出现了许多以前没见过的人；即使有人见过他们，也不会记得他们。谁会记得一个流浪汉呢？然而，有一些不是流浪汉，而是伪装的外国煽动员。同时，他们一直在做密探。他们如何这么快就到这里了？据说是趴在车顶上来的。他们这种人都是这么流窜的。

骚乱是在市政礼堂外的集会上发生的。一开始举行了演讲，其中提到了雇用的流氓和公司的打手；接着父亲的形象被制成纸人，戴着大礼帽，叼着雪茄烟(他可从来没叼过雪茄)，在人们的欢呼声中被焚烧。两个穿着粉红色褶裙的布娃娃也被浇上煤油，扔进了火里。瑞妮说，那代表我和劳拉。人们取笑两个布娃娃，说它们是小骚货。(劳拉和亚历克斯一起在镇上逛街也没逃过人们的眼睛。)瑞妮说，这是罗恩·欣克斯告诉她的；他认为，她应该知道这件事。他说，我们俩目前不应该去市中心，因为外面群情激愤，不知会发生什么事。我们最好待在阿维隆庄园，只有那儿才安全。他说，那两个布娃娃的事真是奇耻大辱，他真想把干这事的人抓起来。

主街上那些拒绝停业的商店被砸破了橱窗。接着，那些已经停业的商店的橱窗也被砸破了。过后，又发生了抢劫，事态完全失去控制。报社被侵占，办公室遭到破坏。埃尔伍德·默里遭到殴打，印刷间的设备也被捣毁了。只有暗房逃过一劫，他的照相机却未能幸免。他伤心了好一阵子。这些都是我们后来多次听说的。

那天夜里，钮扣厂失火了。火焰从底楼的窗户里蹿出来。从我的房间里看不见火焰，但消防车当当地开过，赶去救援。我自然又惊又怕，但不可否认，我心中也有窃喜。当我在倾听消防车的当当声和远处的叫喊声时，我听见有人从后楼梯走上来。我以为可能是瑞妮，但却不是。那是劳拉。她穿着出门的衣服。

“你去哪儿了？”我问道，“我们该乖乖地呆在这儿。父亲要操心的事已经够多的了。你别到处乱跑。”

“我只是去了一趟暖房，”她说，“我在祈祷。需要找个安静的地方。”

他们终于把火扑灭了，但房屋损害惨重。这只是初步的报告。接着，希尔科特太太来了，气喘吁吁，带来了干净的衣服；她得到了警卫的允许才进来的。她说，有人纵火，因为人们发现了汽油罐。守夜的人躺在地上死了。他头上遭了致命的一击。

有人看见两个人逃走。他们是否被认出来了呢？说不准。但据传，其中一个就是劳拉的男朋友。瑞妮说，那不是劳拉的男朋友。劳拉没有男朋友，那只是她的一个熟人。希尔科特太太说，不管他是谁，很可能就是他放火烧了工厂，并且狠敲可怜的阿尔·戴维森的脑袋，把他敲死了。如果这个人还知道好歹，最好别在这个镇上露面。

吃晚饭时，劳拉说她不饿。她说，她暂时不想吃，但要留一份，待会儿再吃。我看着她端着托盘上后楼梯去了她的房间。那份托盘里的每样食物都是双份的量：兔肉、南瓜、煮土豆。平时，她可是把用餐当作一件烦心事——坐在餐桌旁用手摆弄刀叉，还要听别人谈话——或者当作每天不得不干的一种杂活，就像擦银器一般。对她来说，用餐就是一种乏味的维持生命的例行程序。我觉得纳闷，她什么时候突然对食物产生这么大的好感了。

第二天，加拿大皇家军团的部队开进市里来恢复秩序。这是大战时父亲曾经服役过的军团。他看到这些士兵镇压他们的人民——他自己的人民（他认为这些工人是他的），心里很不是滋味。不难看出，这些工人不再和他同心同德，他心里也很难受。他们过去是否仅仅为了他的钱而爱戴他呢？看来是这样。

当皇家军团控制住局面之后，皇家骑警来了。三名骑警出现在前门。他们礼貌地敲了敲门，然后站到门厅里。他们锃亮的皮靴踩在打蜡地板上嘎吱作响，手中托着硬邦邦的警帽。他们要和劳拉谈谈。

“陪我一起去吧，艾丽丝，”劳拉接到传唤后，低声对我说道，“我不能一个人去见他们。”她看上去弱小而又苍白。

我们俩坐在晨室里的长沙发上，旁边是那台老留声机。骑警们坐在椅子上。他们和我心目中的骑警不一样，年纪太老，腰也太粗。其中有一个还算年轻，但他不管事。中间的那个发话了。他说，在这种困难时刻来打扰我们，他们深表歉意，但事出紧急，不得不来。他们想谈谈亚历克斯·托马斯先生的事。他问劳拉是否知道这个人是出了名的激进派颠覆分子，曾在救济营中煽动人们闹事？

劳拉说，据她所知，他只是在教人们读书认字。

骑警说，那是他的一个方面。但如果他无罪的话，他自然不必躲躲藏藏，请他出来他就会出来的。这点难道她不同意吗？他这些天可能藏哪儿？

劳拉说，她说不上来。

问题用不同的方法又重复了一遍。这位骑警产生了怀疑：劳拉是否愿意协助查找这名罪犯——他放火烧了她父亲的工厂，还可能杀死了一名尽职的员工？如果目击者的证言是可信的，那么就是这个人。

我说，目击者的证言不可信，因为他只看见了罪犯逃跑时的背影，而且当时天已经黑了。

"劳拉小姐？"骑警没理会我，继续问道。

劳拉说，即使她说得上来，她也不会说。她说，除非证明一个人有罪，否则他就是清白的。她决不会把人往火坑里推——这也违背她的基督信条。她说，对于守夜人的死，她感到难过，但这不是亚历克斯的错，他是决不会干这种事的。然而，她说不出更多的话来。

她紧紧握着我的手腕；我能感到她在剧烈地颤抖，就像铁轨震动一样。

那名管事的骑警还说了些关于妨碍司法公正的话。

当时我说，劳拉才十五岁，不能像成人那样负责。我还说，她对他们说的话当然属于机密；如果这些话出了这个房间——比方说捅给报社——父亲定会知道谁捅了娄子。

骑警们笑笑，起身离开；他们的态度不失得体与温和。他们也许看出了这种调查的不当之处。尽管父亲身处困境，他仍然有一些朋友。

他们一走，我就对劳拉说道："好吧，我知道你把他藏在家里了。你最好告诉我他在哪儿。"

“我把他藏在冷窖里了。”劳拉回答说。她的下嘴唇不住地颤抖。

“冷窖！”我惊呼道，“真是个蠢地方！为什么要藏在那儿？”

“这样的话，遇到紧急情况，他也会有足够的食物。”劳拉一边说，一边哭起来。我搂着她，她靠在我肩上抽泣。

“足够的食物？”我说，“有足够的果酱、果冻和腌菜？劳拉，亏你想得出来。”接着，我们大笑起来。等我们笑够了，劳拉也擦去了眼泪，我说道：“我们得把他转移出去。万一瑞妮下去拿罐果酱什么的，无意中碰上他怎么办？她会发心脏病的。”

我们又笑了一阵。我们心里却十分紧张。后来，我说阁楼不错，没人会上去。我说，我来安排这一切。她最好上楼去睡一觉；很显然，她的神经一直绷着。她轻轻叹了口气，像个累坏的孩子，然后照我说的做了。她心里揣着的这个烫山芋一直令她紧张不安，现在交给了我，她总算可以安心睡觉了。

我是否相信自己这么做是在为她解难——同以往一样，总是在帮助她、照顾她呢？

没错。我就是这么想的。

我等着瑞妮收拾完厨房，上床安歇。然后，我走下地窖的台阶。那里面阴冷昏暗，潮湿不堪，还有蜘蛛网的气味。我走过煤窖和上锁的酒窖，来到冷窖的门口。门关着，而且上了闩。我敲了几下，打开门闩进去，听见一阵急促小跑的声音。里面自然黑暗，只有从走廊透过来的光。苹果桶上放着劳拉端来的食物的残渣——兔子骨头。那桶看上去像一个原始的祭坛。

起先我没看见他；他躲在苹果桶的后面。后来我认出他来了——他的一只脚。“没事，”我轻声说，“是我，就我一个人。”

“噢，”他用惯常的语气说道，“忠实的姐姐。”

“嘘。”我说。电灯开关是从灯泡上垂下来的一根线。我拉了一下开关，灯亮了。亚历克斯放松了神经，从苹果桶后面爬出来。他蹲在那儿，局促不安地眨着眼睛，就像一个人在做坏事时被逮个正着。

“你该为自己感到羞愧。”我说道。

“我想，你是来把我赶出去，或者来把我交给当局的吧。”他笑着说。

“别犯傻，”我说道，“我才不想让别人发现你在这里呢。父亲是经不起丑闻折腾的。”

“‘资本家的女儿帮助布尔什维克杀人犯’？”他说，“‘果酱罐旁私筑爱巢’？是这类丑闻吧！”

我朝他皱皱眉头。这可不是闹着玩的事。

“别紧张。我和劳拉什么也没干，”他说道，“她是个大孩子，但她还是一个正在修炼中的圣徒。再说，我也不是个拐骗少女者。”此时他已站起来，掸了掸身上的灰尘。

“她为什么要帮你躲起来？”我问道。

“出于原则。我一旦求她，她非答应不可。我恰好就是她所喜欢的那种人。”

“哪种人？”

“我猜想，”他回答说，“是那种最不相信基督教义的人。”我觉得这话是在嘲讽。接着，他说碰上劳拉也是巧合。他在暖房里遇到了劳拉。他在那里面干嘛？显然是在躲藏。他说，他希望能够和我谈谈。

“我？”我说道，“为什么是我？”

“我想，你知道该怎么办。你看起来是个讲究实际的人。

你妹妹有点……”

“劳拉好像处理得已经够好的了。”我打断了他的话。我不喜欢别人批评劳拉——说她头脑不清，说她愚蠢，说她不负责任。只有我才有资格批评劳拉。“她是怎样帮你蒙过门口那些人的？”我问道，“怎样进入我家的？我是指蒙过那几个穿大衣的人。”

“穿大衣的人有时也得撒尿啊。”他回答说。

我对他的粗俗感到吃惊——这和他在宴会上的彬彬有礼判若两人——但这或许就是瑞妮所预料的孤儿式的嘲讽。我决定不予理睬。“想来火不是你放的了。”我说道。我想带点讥讽的意思，但他并没有感觉出来。

“我不会那么傻，”他说，“我不会无缘无故去放火。”

“人人都认为是你干的。”

“可那不是我干的，”他说道，“不过，某些人很容易产生这种看法。”

“某些什么人？为什么？”这次我在催他说；我猜不出来。

“用用脑子。”他说。然而，他不愿意再多说了。

阁　楼

我从厨房里拿了一支为断电而准备的蜡烛，把它点亮，领着亚历克斯·托马斯走出地窖，穿过厨房，走上后楼梯；接着，再爬上一个窄楼梯到达阁楼。我把他安置在三个空箱子后面。那儿有一只松木的衣物箱，里面装着几条旧被子。我把被子拖出来给他睡觉用。

“没人会来的，”我说，“如果有人来的话，你钻到被子里就是了。别走动，他们可能会听到脚步声的。也别开灯。”（同冷窖一样，阁楼上也有一只装着拉线开关的灯泡。）“早上我们会给你送些吃的来。”我补充道。其实我也不知道能否履行这个诺言。

我下楼去，又拿上一个便壶，没说一句话，就把它放下了。关于瑞妮所讲的绑架的故事，我总有一个问题搞不明白——要大小便怎么办？关在地窖里是一码事，蹲在一个角落里掀起裙子方便又是另外一码事了。

亚历克斯·托马斯点点头，说道：“好姑娘。真是我们的同志。我知道你是讲究实际的。”

每天早上，我和劳拉都要在她的房间里轻声开个会。议题无非是如何弄到食物和饮料，如何留神当心，以及如何倒掉便壶之类。我们俩有一个要假装在房间里看书，开着房门；从那儿可以看到通向阁楼的楼梯口。另一个则忙着取送食物。我们俩商定轮流望风或是忙活。我们的最大障碍自然是瑞妮。如果看到我们太鬼鬼祟祟的话，她一定会起疑心的。

我们从来没谋划过万一被发现该怎么办。我们根本没做过这样的谋划。到时候，“兵来将挡，水来土掩”就是了。

亚历克斯的第一顿早饭是我们吃剩下的烤面包皮。一般来说，我们不吃面包皮，除非瑞妮唠叨个不停——她仍旧会说别忘了那些挨饿的亚美尼亚人——但这次瑞妮来查看时，面包皮都不见了。它们都到劳拉的蓝裙子口袋里去了。

当我们匆匆上楼时，我悄悄地说：“亚历克斯·托马斯一定就是挨饿的亚美尼亚人。”但劳拉并不认为这话好笑。她认为这话一点不错。

我们在每天的早上和晚上两次去亚历克斯的阁楼。我们先去食品储藏室，洗劫全家吃剩下的东西。我们偷走生胡萝卜、火腿皮、吃了一半的煮蛋、夹有黄油和果酱的面包卷，有一次还拿过一个炖鸡腿——这是个大胆的举动。当然还有水、牛奶、冷咖啡。我们把空盘藏在我们房间的床下，等到四下无人时在卫生间的水斗里洗干净，再放回厨房的碗橱里。(这事由我来干；劳拉手脚太笨了。)我们也从来不用好瓷器。万一摔坏了怎么办？即使是一个普通的盘子，都可能会引起注意的；瑞妮数着呢。所以，我们对待餐具十分小心。

瑞妮有没有怀疑我们？我想，她是怀疑的。她总能猜到我们在干些什么。她只不过是"非礼勿视"而已。我想，如果我们的事情败露，她肯定会说她不知道。有一次，她叫我们别老偷葡萄干了；她说我们像个无底洞——突然哪来这么大的胃口？有一回，一个南瓜饼的四分之一不见了，她生气了。劳拉说她吃掉了，因为她突然感到饿了。

"你连南瓜的皮也吞下去了？"瑞妮厉声说道。瑞妮做的饼，她从来不吃皮。没人会吃。亚历克斯·托马斯也不吃。

"我把它喂鸟了。"劳拉回答说。那倒是实话：以后她就这么做了。

起先，亚历克斯对我们感恩戴德。他说，我们是好同志；如果没有我们，他早就完蛋了。后来，他又要香烟——他犯烟瘾了。我们从钢琴上的银烟盒里偷出来一些，但告诫他每天只能抽一支——烟雾可能会被人发觉的。(可他不管这一套。)

接着，他又抱怨说，待在阁楼上最不舒服的是不能保持个人卫生。他说，他的嘴巴臭得像个下水道。我们把瑞妮用来洗银器的旧牙刷偷来，尽可能地为他洗刷干净；他说，那总比没有好。一天，我们给他送去一个脸盆、一条毛巾，还有一壶热水。等到下面没人，他就把脏水从阁楼窗户里泼出来。天刚下过雨，地面还是湿的，泼水也没人注意。过了一阵子，看来没有危险时，我们就让亚历克斯从阁楼上下来，到我和劳拉合用的卫生间好好洗个澡。(我们对瑞妮说，我们要帮她一把，自己打扫卫生间。她对这事的评论是：怪事没完没了。）

当亚历克斯在里面洗澡时，我和劳拉坐在各自的房间里，每人盯着一扇卫生间的门。我试着不去想里面在干什么。想象他那一丝不挂的样子令我难受，可那也没什么好想的。

亚历克斯频频出现在报纸的社论里，不仅仅在我们当地的报纸上。据说，他是个纵火犯和杀人犯，更有甚者说他是个冷血杀人狂。他来到提康德罗加港，渗入工人们中间，散播分裂的种子。他得逞了，造成了全面的罢工和骚乱。他是受过高等教育的邪恶典型——一个聪明的小伙子，聪明反为聪明误。他的聪明由于交了坏朋友和读了坏书，变成了歪门邪道。他的养父，一个长老会的牧师，说他每晚为亚历克斯的灵魂祈祷。然而，他们这伙人属于邪恶的一代。当亚历克斯还是个孩子时，是这位牧师把他从战争的恐怖中拯救出来。这个事实不能忽视。他说，亚历克斯是从死神手里救出来的人，但带陌生人回家总是要冒风险的。言外之意在告诫人们：这种人最好别去救他。

除此之外，警方还印发了对亚历克斯的通缉令，张贴在邮局以及其他公共场所。幸运的是，这张照片不太清晰：亚历克斯用手挡住自己，挡住了半张脸。这张照片是从报纸上复制下来的，那是钮扣厂野餐会上埃尔伍德·默里给我们三人照的合影。（我和劳拉在他两边的形象自然被剪掉了。）埃尔伍德·默里说，他本来可以从底片上印一张更清楚点的照片，可他找不到底片了。不过，这也不足为怪；当报馆被砸时，很多东西都被毁掉了。

我们给亚历克斯送去剪报，还有一张通缉令——这是劳拉从电话线杆上偷撕下来的。他沮丧地看了自己的通缉令，然后说："他们想要我的脑袋。"

过了几天，他问我们可否给他一些纸——写字的纸。我们有厄斯金先生留下的一摞练习本，于是给他送去了，还附加了一支铅笔。

“你认为他在写些什么？”劳拉问道。我们俩都想不出来。一篇囚犯日记，还是一篇自我辩护？或许是一封求救信。不过，他从来没要我们寄过什么东西，因此不可能是信。

照顾亚历克斯的事一时把我和劳拉前所未有地紧紧联系在一起。他是我们深感不安的秘密，又是我们俩的一大善举——一件我们俩终于可以一起做的事。我们是两个助人为乐的小善人，把一个男人从水火之中救上来。我们俩就像圣母马利亚和她姐姐玛莎一样，照料基督——噢，不是基督，就连劳拉也不敢把亚历克斯比做基督。不过，我们俩扮演的两个不同角色却是显而易见的。我扮演玛莎，忙着干杂活；劳拉扮演马利亚，对亚历克斯顶礼膜拜。（男人宁愿要什么？是火腿鸡蛋，还是崇拜？有时是前者，有时又是后者，这要取决于他饿不饿了。）

劳拉小心翼翼地端着食物走上阁楼，像是在向寺庙奉献贡品。她又小心翼翼地把便壶拿下来，仿佛那是一个圣盒，或是一支快要熄灭的珍贵蜡烛。

夜晚，当亚历克斯吃饱喝足后，我和劳拉便会谈起他：今天他的气色怎样、他是否太瘦了、他有没有咳嗽——我们可不想让他生病——他也许需要什么、我们第二天该为他偷些什么。然后，我们才各自上床。我不知道劳拉怎样，但我则会想象他在我头顶上方阁楼里的模样。他可能也在努力入睡，在床上发霉的被子里辗转反侧。接着他睡着了。再接着，他会做梦——做关于战火的长梦，梦见分崩离析的村庄和遍地的瓦砾。

我不知道什么时候他的梦慢慢变成了追捕和逃生；也不知道什么时候我也在梦境中，和他手牵手逃难：黄昏时分，我们从着火的房子里跑出来，穿过刚刚结霜的多茬的腊月畦田，奔向远处黑暗的森林。

然而，我明白这不是他的梦。这是我自己的梦。着火的是阿维隆庄园：地上到处是碎片——上好的瓷器、印有玫瑰花瓣的碗、钢琴上的烟盒。还有那架钢琴、餐厅的彩色玻璃——上面绘有血红的杯子、伊索尔特的破竖琴。是的，我曾希望远离所有这些东西，但不是统统毁灭。我曾想过离开家，但那应该是完好无损的家，以便我随时可以回来。

一天，劳拉出去了；现在外面对她来说不再危险，穿大衣的人和骑警都走了，街上又秩序井然。我决定独自去趟阁楼。我有一些东西要送——满满一衣袋的干果和无花果干；这些东西是从做圣诞节布丁的配料中偷出来的。我侦察了一下，看到瑞妮正在厨房和希尔科特太太聊天，看来很安全。于是，我走到阁楼的楼梯门外，敲了几下门。我们约定了特别的敲门声，一慢三快。接着，我蹑手蹑脚地走上通向阁楼的狭窄楼梯。

亚历克斯蹲在阁楼的椭圆形小窗户旁，正借着日光在干什么。他显然没有听见敲门声；他正背对着我，一条被子裹在肩头，似乎正在写什么东西。我能够闻到烟味——没错，他正在抽烟，手中夹着香烟。我认为，他抽烟不该离被子这么近。

我不知该如何宣布我的到来。“我来了。”我说道。

他惊得一下子跳起来，手中的香烟掉到被子上。我倒抽了一口冷气，立刻跪下来把它熄灭——对阿维隆庄园大火的景象我仍然记忆犹新。“没事了。”他说。他也蹲下来，同我一起查看还有没有剩下的火星。我记得，接下来的事就是我们俩在地板上；他抱住我，吻了我的嘴唇。

我没料想他会吻我。

我料想过吗？这是突如其来的，还是早有序幕——一次触摸、一个凝视？我有过什么挑逗他的行为吗？我压根儿就记不起来了。然而，我记得的事真的发生过吗?

如今，我们三人中只有我还活着，还可以回忆往事。

总之，情况和瑞妮说的关于电影院的那种男人一样，当时除了我并没有感觉到冒犯之外，其余的则如出一辙：我呆呆的，不会动了，孤立无援。我的骨头也变得酥软了。在我能够清醒过来、挣脱逃离之前，他就几乎解开了我衣服上所有的扣子。

整个过程，我一言未发。当我走下阁楼的楼梯，理理头发，把衬衫塞进裙子，我有一种印象：他在我身后嘲笑我。

如果我允许这种事再次发生的话，真不知会出现什么后果。然而，无论是什么后果，至少对我是危险的。我会自讨苦吃，会听天由命，会等来意外。我再也不敢独自和亚历克斯在阁楼里了，也不敢告诉劳拉个中原因。那样的话，对她伤害太深，因为她是永远无法理解的。(还有另一种可能性——他对劳拉干了同样的事。不，我无法相信。她是不会允许这种事发生的，不是吗？)

“我们得把他送出城去，”我对劳拉说道，“我们不能再这样干了。他们肯定会发觉的。”

“现在还不行，”劳拉说，“他们还在铁路上查人。”她对这事可是有发言权的，因为她仍在教会的施食所帮忙。

“那么，把他送到镇上的某个地方。”我说道。

“哪有啊？没有别的地方了。这是个最好的地方——他们永远不会想到来这儿查的。”

亚历克斯说，他不想被困在这儿。他说，在阁楼上过冬会把他逼疯的。他就要精神失常了。他想沿着铁路走几英里，然后跳上货车——那儿有一个高坡，跳车比较容易。只要到了多伦多，他就能躲起来——那儿有他的朋友，有他们的朋友。然后，他设法去美国，那样就比较安全了。根据报上的说法，当局怀疑他早已到了那儿。他们当然不会再在提康德罗加港搜寻他了。

到了一月初，我们觉得送他安全离开的时候到了。我们从衣帽间的最里面偷来了父亲的一件旧外套，又为他包好一份午餐——面包、奶酪和一只苹果——然后送他上路。（父亲后来想起了那件外套，劳拉说她把它送给了一个流浪汉——这话也没完全说错。她的这个举动完全符合她的性格，父亲也没盘问，只是抱怨了几句。）

亚历克斯动身的那天夜里，我们把他送[illegible]门。他说，他欠我们很多，不会忘记我们的。他像哥哥那样分别拥抱我们俩，抱的时间一样长。显然，他要丢下我们了。如果不是在夜里，他那个样子仿佛是要去上课。后来我们哭了，哭得像两个母亲似的。这也是一种解脱——他走了，离开了我们的怀抱。不过，这种感觉也像母亲一样。

他留下了一本我们给他的那些廉价练习本。我们自然迫不及待地打开它，想看看他写了些什么。我们希望看到些什么呢？一封告别信，表达他心中永恒的感激？还是他对我们俩的美好感情？总是类似的东西吧。

我们看到的却是这些：

anchoryne	nacrod
berel	onyxor
carchineal	porphyrial
diamite	quartzephyr
ebonort	rhint
fulgor	sapphyrion

glutz	tristok
hortz	ulinth
iridis	vorver
jocynth	wotanite
kalkil	xenor
lazaris	yorula
malachont	zycron

“这些是宝石？”劳拉问道。

“不是。它们的发音不像。”我回答说。

“那么是一种外语？”

我不知道。我觉得这些字母像是可疑的密码。也许亚历克斯果真像人们所指责的那样：是个间谍之类。

“我们把它扔掉吧。”我说道。

“我来，”劳拉急忙说，“我把它拿到我的壁炉里烧掉。”她把这页纸叠好，塞进了自己的口袋。

亚历克斯走了一周之后，劳拉来到了我的房间。“我想这个还是由你来保存。”她说道。这是一张我们三个人的合影，是埃尔伍德·默里在那天野餐会上拍摄的。但她把自己的像剪去了，只留了她的一只手。她不能把这只手也剪去，否则照片的一边就缺损一块了。她没有给照片上色，却把她的那只手涂成淡淡的黄色。

“天哪，劳拉！”我惊呼道，“你从哪儿弄来的？”

“我印了一些照片，”她说，“那是在埃尔伍德的报社干活时印的。我还拿回了底片。”

我不知道该生气还是该吃惊。把照片剪成那个样子是一件很怪的事。劳拉的那只淡黄色的手，像一只闪光的螃蟹，爬过绿草，伸向亚历克斯。这个景象让我脊背一阵发凉。“你究竟为什么要这么做？”

“因为这是你想铭记在心的东西。”她说道。她说话如此放肆，我倒抽了一口冷气。她直视着我；这种眼光出自任何人都会是一种挑战。但这就是劳拉：语气中既没愠怒，也没嫉妒。她只是在叙述一个事实。

“没关系，”她说，“我还有一张，是留给我自己的。”

“那么我不在上面吗？”

“没错，”她说道，“你不在。只有你的手。”这是我所听到的她对亚历克斯·托马斯最明显的表白。直到临死，她甚至都没用过爱这个字眼。

我应该扔掉这张残缺的照片，但我却没有。

情况又回到原先那种惯常的、单调的秩序之中。仿佛有一种无声的约定，我和劳拉从此不再提起亚历克斯·托马斯。我们双方都还有许多意犹未尽之处。起先，我还常常爬上阁楼——里面还能闻到一股淡淡的烟草味——但过了一段时间，我就不去了，因为去也没意思。

我们又埋头于日常生活，尽可能让自己忙一些。现在我们有一点钱了，因为父亲将获得厂房烧毁的保险赔偿。这点钱还远远不够，但父亲说，我们有了一个喘息的机会。

帝国餐厅

时光如梭，季节轮转。路旁的灌木丛下，夏天留下的纸垃圾四处飘散，犹如雪的信使。空气变得干燥起来，让我们为今年冬天里中央暖气引起的干燥做心理准备。我的两个大拇指已经开裂，脸也更憔悴了。如果照照镜子——不论近看还是远看——就会发现脸上大小皱纹纵横交错，仿佛贝雕一般。

昨天夜里，我梦见自己腿上长满了毛。不只是一点点，而是一大片。当我低头看时，一簇簇的黑毛快速生长，布满了我的大腿，就像动物的皮毛一样。我梦见冬天来了，我要冬眠了。首先，我会长毛，接着爬进洞去，然后睡觉。这一切看起来那么正常，似乎我经历过一样。后来我记起来——即使在梦里——我从来不是一个那样长毛的女人，而是光溜溜的像一个蝾螈，至少我的腿是这样。所以，尽管这双毛腿长在我身上，但它们不可能是我的。一点感觉都没有。它们是别人的腿，或者别的什么东西的腿。我所能做的只是跟着腿跑，用手摸它们，弄清这究竟是谁的腿。

梦把我惊醒了，我信以为真。我梦见理查德回来了。我能听到床上他在我身边的呼吸声。但是，那儿没人。

然后，我真的醒了。我的双腿仍在沉睡，因为我是蜷缩着睡的。我摸索着打开了床头灯，看了看手表：时间是凌晨两点。我的心就像刚跑过步一样，痛苦地怦怦直跳。人们说的看来不错：噩梦可以置你于死地。

我加紧写作，在纸上龙飞凤舞。这是我和我心灵之间慢吞吞的赛跑，但我想先到达目的地。哪儿是目的地？终点，或者终结。两者必居其一。不管哪个都算是目的地。

一九三五年的一月和二月。隆冬。下雪了，天气清冷；火炉燃起来，烟雾袅袅，暖气汀不停地运作。路上的汽车常常冲进沟中，司机感觉获救无望，仍然开着发动机，最后窒息而死。在公园里的长椅上和废弃的仓库里，常常发现流浪汉的尸体，僵硬得如同人体模型，好似在商店的橱窗里作贫穷展览。尸体不能埋葬，因为地冻得坚如磐石，无法掘墓，因此只好放在紧张不安的殡仪馆老板的棚子里，等待天暖再埋。老鼠们却过得十分滋润。有些母亲带着孩子，因为找不到工作，没钱支付房租，被连人带东西赶到外面的冰天雪地中去。孩子们在卢韦托河结冰的磨坊水池上溜冰，有两个坠入冰下，还有一个溺水而死。水管接二连三地冻裂。

我和劳拉在一起的时候越来越少了。确实，我也很少见到她。她说，她在为基督教联合会的救济活动帮忙什么的。瑞妮说，下个月开始，她每周只能帮我们家干三天活，因为她的腿病又犯了。她用这个借口来掩盖一个事实：我们家已经付不起她的全职工钱了。反正我心里明白。这是明摆着的事，就像父亲阴沉的脸色一样。最近，他老待在自己的塔楼上。

钮扣厂已经空了，厂房里面支离破碎。没有钱去进行修复，因为保险公司拒绝赔偿，理由是失火原因不明。有人在私下里说，事实并不像表面上看起来那样简单。甚至有人说火是父亲自己放的，这简直是恶意中伤。其他两个厂也还关着；父亲绞尽脑汁在想办法重新开工。他越来越频繁地去多伦多出差。有时候他会带上我，而我们会在当时最高级的约克皇家饭店下榻。这里是公司总裁、医生和律师喜欢的去处；他们在这里金屋藏娇，进行长达一周的纵情作乐。不过，当时我并不了解。

我们外出的这些费用谁来付账呢？我怀疑是理查德，因为他总是在这些场合露面。他还和父亲保持着生意来往：他是我们仅存的一个客户，生意也是有限的。这次生意是关于出卖工厂的事，有些复杂。父亲曾经试过卖厂，但这年头没人想买，尤其是考虑到他开出的条件。他只想出售一小部分股份，想要保留控股权。他要的只是资本注入，这样他的厂可以得以重开，他的工人又有活可干了。他称他们为“他的部下”，似乎他仍旧在军中，他仍是他们的上尉。他不愿意减少损失而抛弃他们，因为人们都知道，或者曾经知道：船长[1]应该与船共存亡。现在他们不用麻烦了。他们可以变卖工厂，摆脱困境，搬到佛罗里达去。

父亲说，他需要我去为他“做记录”，不过我一点都没记过。我相信，父亲只是需要我陪在身边——做他的精神支柱。他需要一个精神支柱。他瘦得像根竹竿，双手不停地颤抖。他连写自己的名字都费劲。

劳拉从来不和我们一起出差，父亲没要她出来。她留下来，向穷人分发三天前的陈面包和薄薄的稀汤。她自己也开始节俭饮食，仿佛她感到自己没有权利吃东西一样。

“耶稣也吃东西，”瑞妮说，“他什么都吃，从来不节食。”

“是的，”劳拉答道，“但我不是耶稣。”

“谢天谢地，她总算还知道自己不是救世主。”瑞妮对我嘀咕道。她把劳拉晚餐剩下的三分之二食物倒进杂烩锅里，因为浪费是一种罪过，而且是可耻的。在那些年月，瑞妮引以为荣的一点就是她从不扔掉东西。

父亲不再雇用司机，也不敢自己开车。我们父女二人乘火车去多伦多，到了联邦车站，然后过街去饭店。下午，父亲在谈生意的时候，我得自己想办法消磨时光。然而，大部分时间我坐在房间里，因为我惧怕这座城市，还为自己过时的衣着而感到难为情；穿着这样的衣服，使我看起来年龄要小好几岁。我会读些杂志：《妇女之家》《柯里尔评论》《梅费尔》之类。我读的大部分都是关于浪漫爱情的短篇小说。虽然杂志上的美容秘诀吸引我的注意力，但我对厨艺和编织却毫无兴趣。我也看

① 英文中“船长”与“上尉”是同一个词(captain)。

广告。有一种“雷泰克思”化纤紧身胸衣，我穿上可以让我的桥牌打得好一些。如果我坚持嚼“斯巴德”口香糖，不管我抽多少烟，别人都不会在乎，因为我的口气依然清新。有一种名叫“拉维克斯”的樟脑丸可以解除我衣服生虫的后顾之忧。在美丽的贝斯湖畔，有个“大赢客栈”，那里每天充满欢乐。我可以在湖滨做音乐瘦身操。

每天谈完生意之后，我们三人——父亲、理查德和我——会在餐馆吃晚饭。在这种场合我通常不说话。我有什么可说的呢？话题无非是关于经济、政治、大萧条、欧洲局势，还有世界共产主义的令人担忧的进展。理查德认为，从经济的角度来看，希特勒已经把德国统一起来。他不大赞成墨索里尼，认为他是个“半吊子”和外行。当时，有人来找理查德，要他投资意大利人秘密研制的一种新型纤维——那是从加热后的牛奶蛋白中提取出来的。但理查德说，这样的材料一旦弄湿了，就会散发出一种难闻的奶酪味，因此北美妇女绝对不会接受。他依旧对人造丝情有独钟，尽管这种材料遇水会起皱；他会密切留意其发展动向，不放弃任何希望。人造纤维逐步替代真丝以及大部分棉织品的趋势在所难免。妇女们需要的是一种免烫产品——能够晒在晾衣绳上，晒干后不起皱。她们也希望长筒袜透明而坚固，以展示她们的玉腿。他会笑着问我：这么说对吗？凡是谈到关于女人的话题，他就会问我——这已成了他的习惯。

我点点头。我总是点头。我从来不仔细听，因为这些谈话不仅使我感到厌倦，而且令我心痛。看到父亲对于他并不赞同的观点也表示同意，我感到痛苦。

理查德说，他本该请我们到他家吃饭的，但他还是个单身汉，饭菜做得一定难以下咽。他说，他住在空荡荡的房子里，不免凄凉，他过的几乎是和尚的日子。“没有太太，这算是什么生活？”他笑着说。这话听起来像一句引言。我觉得是一句引言。

理查德是在约克皇家饭店的帝国餐厅里向我求婚的。他邀请我和父亲一起去吃午饭；但当我们顺着饭店走廊走向电梯时，父亲说他不能去了。他说，我得自己去。

这自然是他们两人设好的圈套。

“理查德将会问你一些问题。”父亲说道。他的口气中带着歉意。

“噢，是吗？”我说。很可能是关于熨烫衣服的事，不过我无所谓。在我看来，理查德是个成年人。他已经三十五岁了，而我才十八岁。他绝对不会有趣到哪儿去的。

“我想，他可能会向你求婚的。”父亲说道。

这时候，我们已经到了大堂。我坐了下来。“噢。”我说。我突然对这些天来明摆着的事恍然大悟。我想笑，感觉像中了个圈套。我还感到胃口一下子没了。不过，我的声音依然很镇静。“我该怎么办？”

“我已经同意了，”父亲说道，“所以，现在看你的了。”接着，他又补充说：“有些事要靠你了。”

“有些事？”

“我得为你们的将来打算。万一我有什么事，你们怎么办？特别是劳拉的将来，我不得不考虑。”他想说的是：除非我和理查德结婚，否则我们就没钱。他还想说的是：我们两个——尤其是劳拉——根本没有能力保护自己。“而且，我还得考虑那些工厂，”他说，“我还得考虑生意。生意也许还有救，但银行在逼我。他们不肯再等了。”他倚着手杖，眼睛注视着地毯。我看得出他有多么羞愧。他被打垮了。“我不想让一切都化为乌有。不能让你祖父，还有……五六十年的苦心经营付之东流。”

“噢，我明白了。”我已经被逼到了墙角。看起来我毫无选择余地了。

“他们还会接管阿维隆庄园，然后再卖掉它。”

“他们会吗？”

“阿维隆庄园已经全部抵押了。”

“噢。”

“这也许需要一定的决心。还需要一定的勇气。咬紧牙关挺过去。”

我没吭声。

“不过，”他说，“无论你作出什么决定，当然都是你自己的事。”

我仍然不吭声。

“我不希望你做自已极不情愿的事。”他说道。他的那只好眼越过我，朝我身后看去，同时他微微皱了皱眉头，似乎看见了一样具有重大意义的东西。其实，我身后只是一堵墙。

我还是不吭声。

“好。那就这样吧。”他看起来松了一口气。“格里芬这人社会经验很丰富。我相信，他本质不错。”

“我想是的，”我说，“我相信他非常不错。”

“你会有一个好归宿的。当然劳拉也是。”

“当然，”我轻声说道，“劳拉也是。”

“那么，开心点。”

我怪父亲吗？不。不再怪了。今后的事谁也无法预料；他只是在做当时认为是一件负责的事情。他在尽力而为。

理查德来了，似乎得到了信号一样。两个男人握了握手。理查德抓住了我的手，捏了一下，接着抓住我的胳膊肘。在那个时代，男人就是这样挽着女人的胳膊肘转来转去的。于是，我就被挽着胳膊肘进了帝国餐厅。理查德说，他原本想去“威尼斯酒吧”的，那儿的气氛更加轻松和喜庆，可惜座位全被订光了。

现在回忆起来觉得怪怪的；不过，约克皇家饭店是当时多伦多最高的建筑，而帝国餐厅是最大的餐厅。理查德喜欢大的东西。这个餐厅有一排排大的方柱、镶着棋盘花纹的天花板，还有一排枝形吊灯垂着流苏：一派奢华的气势。它给人的感觉是粗糙、笨重、大腹便便——不知怎的，似乎还有暴出的青筋。当时脑海里想到的一个词是斑岩，尽管事实上并没有斑岩。

那是个中午，是黯淡冬天里的一个晴朗日子。一束束淡金色的阳光透过厚窗帘的缝隙照进来；窗帘自然是天鹅绒的，它的颜色想必是紫红色。这里除了大饭店餐厅里通常的蔬菜和鱼的味道，还有一股烧热的金属和闷布的气味。理查德订的位子是在一个昏暗的角落里，避开了刺眼的阳光。桌上的花瓶里插着一支含苞待放的红玫瑰；我的目光越过玫瑰，注视理查德，心中感到好奇，不知他会如何行事。他会抓住我的手，捏着它，犹豫地结结巴巴吗？我想不会的。

我并不过分讨厌他。我也不喜欢他。由于我很少想到他，所以对他几乎没有概念。不过，我曾经注意到他衣着温文尔雅。他有时显得华而不实，但至少不能算丑。看来他是个合适的人选。我感到有点头晕。我仍然不知所措。

服务员过来了，理查德点了菜。接着，他看了看表，开始讲话。我几乎没听见他在说什么。他微微一笑，摸出一个黑色天鹅绒的小盒子。他打开盒子，里面射出一道夺目的光彩。

那一夜，我蜷缩着躺在饭店的大床上，浑身发抖。我的脚冰凉，弓着膝盖，脑袋侧放在枕头上；在我眼前，那浆过的冰冷的白色床单似乎无穷无尽地伸向远方。我明白我永远不能穿越它，找到回来的路，回到我温暖的梦境；我知道自己迷了路。若干年之后，我会在这里被探险队发现——倒在路上，伸出的手臂似乎在抓救命稻草，面孔已经风干，手指被啃啮。

我正在经受恐惧，恐惧倒不是来自理查德。我有一种感觉，似乎约克皇家饭店那金碧辉煌的圆顶被拧掉了；在闪烁的黑色苍穹中，有人满怀恶意地注视着我。那是上帝，用一只空洞洞的、嘲讽的、探照灯般的眼睛往下看。他在观察我，观察我的困境，观察我对他的不信任。我的房间里没有地板；我高高地悬在空中，即将掉下来。我会一直往下掉——掉进无底深渊。

然而，当你年轻时，这种沮丧的感觉是不会常常停留在阳光灿烂的早晨的。

田园俱乐部

窗外，院子里暮色苍茫，雪花飘零。雪片落在窗玻璃上，发出接吻般的声响。雪很快便会化去，毕竟才十一月，但这场雪充当了冬的使者。我不知自己为何这么兴奋。我明白接踵而来的是什么：雪泥、黑暗、感冒、脏冰、寒风，还有靴子上的盐渍。然而，我心中还有一种预期：战斗前的忐忑不安。你可以走出家门与冬天抗衡，然后被它挫败，乖乖地退回屋里去。不过，我希望这屋子有个壁炉。

我和理查德住的房间里有个壁炉。整幢房子共有四个壁炉。我记得，卧室里就有一个。火烧得很旺，烤火时火苗几乎舔着你。

我放下毛衣的袖子，让袖口包住双手，就像菜贩子在冷天干活时戴的无指手套。尽管还是秋天，天并不冷，但我不能掉以轻心。我要让炉子生上火，再翻出法兰绒睡衣，还要储备一些罐装烘豆、蜡烛、火柴等等，以备不时之需。如果来一场去年那样的大风雪，一切供应都可能切断，于是家里就会没有电，卫生间也无法使用，想要喝水只有自己去化开冰雪。

花园里一片萧条，只有一些残枝败叶和几簇顽强的菊花。太阳移向南半球；天黑得早了。我在厨房的桌上写作，心中怀念急流的声音。有时候，外面起了风，从无叶的树枝中呼啸而过；那声音很像急流的声音，尽管这话有点夸张。

订婚之后的那个星期，我被打发去和理查德的妹妹威妮弗蕾德·格里芬·普赖尔共进午餐。请帖是她发出来的，但我感觉是理查德打发我去的。我的感觉也许有误，因为威妮弗蕾德操纵着许多事，这次说不定也是她指使理查德做的安排。这件事很可能是他们俩一起策划的。

那次午餐安排在田园俱乐部；妇女们常在那儿用餐。这个俱乐部位于皇后街辛普森百货商店的顶楼，高而宽敞，据说是按“拜占庭”风格设计的(即以拱门和盆栽棕榈树为特色)。整个布置以紫色和银色为主调，所有的灯具和坐椅都是流线型的。俱乐部半高处围着一圈阳台，带有铸铁的栏杆；这是为那些生意人专设的。他们可以坐在那儿，俯看下面的女人：一个个花枝招展，叽叽喳喳，就像动物园鸟类馆里的一群鸟。

那天，我身穿一套自己最好的出客衣服，也是我应付这种场合最好的行头：一件海军蓝的外套和一条褶裙，内配白色的衬衫，领口有个蝴蝶结，再加一顶海军蓝的船形帽。这身打扮使我看起来像个女学生，或者是救世军①的募捐员。关于我的

① 救世军：西方一个宗教性慈善组织，仿军队编制，对穷人给以物质帮助和精神安慰。

鞋子，我连提都不想提；一想到它们，至今我都觉得太泄气。我把崭新的订婚戒指窝在棉手套里。我知道，人们看见我穿着这样的衣服，却戴着这枚戒指，一定以为那是假的，或者是偷来的。

服务员领班瞥了我一眼，似乎我一定是来错了地方，至少是走错了门——我是否在找工作？我看上去的确不体面，年龄又太小，不够资格来这里用午餐。然而，当我报上威妮弗蕾德的名字，则一切顺利，因为威妮弗蕾德是田园俱乐部的“老土地”了。（老土地是她自封的。）

至少我不用再等，可以坐下来自己喝杯冰水。那些衣着讲究的女人盯着我看，心里纳闷我是怎么进来的；原来威妮弗蕾德早就来了，坐在一张空桌子旁。她比我印象中要高一些——也可以说是苗条，或者婀娜，尽管部分归功于她的紧身内衣。她一身绿色装束——不是那种柔和的浅绿，而是那种鲜亮的翠绿，绿得几乎耀眼。（二十年后流行的绿色口香糖，就是这种颜色。）她脚下是一双相配的绿色鳄鱼皮的鞋子。这双鞋光闪闪的，富有弹性，看上去湿润润的样子，像睡莲的浮叶。我从来没见过如此精美的、不同寻常的鞋子。她的帽子也是同样的色调——一团绿色的织物，稳稳地扣在头上，如同盘起的一条毒蛇。

就在此刻，她开始做一件有失体面的事——我的教养告诉我是不能这么做的。她拿起带镜子的粉盒当众照起来。更糟糕的是，她往鼻子上扑粉。正当我犹犹豫豫，不希望她知道我看见了她的这个不雅举止时，她啪的一下关上了粉盒，丢进闪亮的绿鳄皮手提包中，似乎什么也没发生过。然后，她伸展了一下脖子，慢慢把她抹过粉的脸转过来，两眼如车灯般四处望去。她看见了我，微微一笑，伸出一只软绵绵的手，表示欢迎。她戴了个银手镯；这东西立刻令我羡慕不已。

“叫我弗蕾迪好了，”她等我坐下后说道，“我的好朋友们都这么叫我。我希望我们俩也能成为好朋友。”当时，在威妮弗蕾德这样的女人们中间流行把名字缩短，这样听起来就显得年轻，诸如：比莉、芭比、威莉、查莉之类。我没有这种昵称，所以也无法给她一个。

“噢，这就是那枚订婚戒指吗？”她说，“漂亮极了，是不是？我帮理查德挑选的——他喜欢我陪他购物。上街购物让男人们头痛，对吗？他以为翡翠就可以了，可没有一样东西比得上钻石，你说是吗？”

她一面说这话，一面饶有兴致地冷静地观察我，看我有什么反应——她把挑选订婚戒指说成是一件无所谓的小差使。她的眼睛十分机灵，而且大得出奇，眼皮上则涂着绿色眼影。描过的眉毛修成了一条光滑的弧线，使她看上去具有一种厌烦的神情，同时又带着几分惊奇。这都是受那个时代电影明星们的影响；不过，我怀疑威妮弗蕾德有否真的惊奇过。她的唇膏是一种刚开始流行的暗橙红色——虾色应该是个贴切的名称，这是我以前在下午看杂志时得知的。她的嘴巴同眉毛一样，也弄成影星的那种嘴：上唇画成性感的双弧形。她的嗓音是人们说的那种“威士忌嗓音”——低低的，近乎深沉，又带着一丝猫舌般的粗犷，又像麂皮般柔软。

（后来，我发现她会玩牌。是桥牌，而不是扑克——如果玩扑克，她也会玩得不错，善于虚张声势，但那样风险太大，太像赌博了；她喜欢对有把握的事下注。她也打高尔夫球，主要是出于社交需要；不过，她的水平并不如她说的那样好。网球对她来说强度太大了；她可不愿让人看见她大汗淋漓。她也“出航”，但只是坐在船中的软垫上，戴着帽子，喝着饮料。）

威妮弗蕾德问我想吃什么，我说随便。她叫我“亲爱的”，然后说“沃尔多夫”色拉很不错。我说，那好吧。

我怎么也开不出口叫她“弗蕾迪”；那似乎太亲密了，甚至有点狎昵。毕竟她是个成人——没有三十岁，也有二十九岁了。她比理查德小六至七岁，但他们俩是好伙伴。“我们俩是极好的伙伴。”她第一次坦率地对我说道——但肯定不会是最后一次。如此坦率又轻描淡写地说这话自然是带一种威胁。这不仅意味着她比我早先获得理查德的信任，以及我不可企及的忠诚，而且如果我胆敢冒犯理查德，那么要面对的就是他们两个人。

她告诉我，是她为理查德打理一切的——社交活动、鸡尾酒会、宴会之类——因为他是个单身汉。正如她说的(以后她年年都会这么说),“这些都是我们女人家干的事。”接着，她说她很高兴理查德终于决定安定下来，和我这样年轻的好姑娘成家。他有一些难言之事——一些过去的纠缠不清的风流韵事。(威妮弗蕾德一向称和理查德有关系的女人为纠缠者，如同渔网，或蜘蛛网，或鸟网，或者就像掉在地上的黏乎乎的线头，你一不小心就会踩到鞋上，甩都甩不掉。)

幸运的是，理查德逃出了这些纠缠不清的风流韵事。这倒不是女人们不追他。威妮弗蕾德用低哑的声音说，追他的女人成群结队，于是我脑海中浮现出理查德衣冠不整、头发散乱地在一群疯狂追逐他的女人中仓皇逃窜的形象。然而，我无法相信他的形象真会是这样。我无法想象理查德会奔跑、会忙乱、会害怕。我无法想象他会恐慌。

我点头微笑，不清楚我自己是如何被她定位的。我是理查德的众多纠缠者中的一个吗？也许是吧。然而，她表面上让我明白理查德的真正价值，而实际上却是要告诉我：如果我想配得上他，我就得循规蹈矩。“不过，我相信你会做得很好的，”威妮弗蕾德微笑着说道，“你那么年轻。”如果说我的年轻让我做得不那么得心应手，那么正是威妮弗蕾德所指望的。她可不打算放弃对理查德的控制，哪怕是一点点。

我们的“沃尔多夫”色拉来了。威妮弗蕾德看着我拿起了刀叉，她的表情在说：我总算没有用手吃东西。她轻轻叹了口气。我现在意识到，我是在吃力地应付她。毫无疑问，她认为我是个沉闷的不速之客：不苟言笑，无知而土气。或许她叹气是在想又有一大堆事情可干了，因为我就像一团不成型的泥巴，她不得不卷起袖子来将我塑造成形。

事不宜迟。她立即动手，采取了一套旁敲侧击的方法（她还有另外一招——恫吓，但在吃这顿饭时并没对我使用这一招）。她说，她认识我祖母，至少听说过她。她说，蒙特福特家的女人以她们的风度著称，但阿黛莉娅·蒙特福特在我出生之前就过世了。她是在转弯抹角地说：尽管我出身名门，但我们如今是在白手起家。

她暗示说，我的装束没有风度。衣服自然总是可以买的，但我得学会穿着得体。她说：“亲爱的，你得让衣服像你的皮肤一样，同你融为一体。”我的头发也不合适——长发平直地梳到后面，还用个夹子夹住，显然得修剪一番，再冷烫一下。接下来是我指甲的问题。说句实话，我没有太花哨；在我这个年龄，我还没有花哨的资格。“只要稍花力气，你绝对可以变得迷人的。”威妮弗蕾德向我保证说。

我恭敬地听着，心中却不无反感。我知道自己没有魅力。我和劳拉都没有。我们都太不显眼，或者说太迟钝了。我们从未学会施展魅力，因为瑞妮把我们宠坏了。她觉得，我们的门第配谁都应该绰绰有余。我们不必抛头露面，以甜言蜜语和暗送秋波的方式去哄骗男人。我估计父亲能够看到魅力的某种重要性，但他从来没有灌输给我们丝毫这样的东西。他希望我们更像男孩，而我们也的确像男孩。你怎么可以教男孩去迷人呢？那样他们会被人说娘娘腔的。

威妮弗蕾德看着我用餐，一丝好奇的微笑浮上她的嘴角。我在她脑海里已变成一串有趣的形容词——一串逗人的趣闻。她回去肯定会详细告诉她的那些好友：她穿得像福利院里出来的。吃东西像饿狼。还有那双蹩脚的鞋子！

“好吧，”她用叉子挑了一点沙拉说道，“我们得商量一下了。”她从来不把盘里的东西吃完。

我不明白她的意思。她又轻轻叹了一口气。“我们得筹备婚礼，”她说，“时间不多了。我想，还是在圣西门教堂举行婚礼，然后在约克皇家饭店的中央舞厅接待客人。”

我原本以为我会被简简单单地交到理查德的手中，如同一个包裹一样。然而，事情并没有那么简单。还有一系列的繁文缛节：鸡尾酒会、茶会、新娘送礼会，以及准备登报的婚纱照。瑞妮告诉我，这些都和我母亲的婚礼差不多，但似乎还缺了点什么。白马王子单腿下跪向我求婚那种浪漫的场面哪儿去了？我感到从我的膝头升起一阵沮丧，直达我的脸上。威妮弗蕾德看出来了，但并没有给我打气。她并不希望我高枕无忧。

“别担心，亲爱的。”她说道。她的口气几乎没有给我任何希望。她拍拍我的胳膊。“我会帮你的。”这让我感到，仅剩的一点自信心和意志力也丧失殆尽了。（说真的，我现在想来她其实就像是一个老鸨，一个拉皮条的。）

“天哪，都几点了。”她惊呼道。她有一块流线型的银表，形状像一截金属的丝带；表面上是用小点来代表数字的。“我得赶紧走了。他们还会给你端来茶水，还有一些果酱饼之类。小姑娘都喜欢吃甜食的，不是吗？”她笑着站起身来，用她那虾色的嘴唇吻了我一下——不是在面颊上，而是在我的额头上。这似乎清楚地表明，我在她心目中还是个孩子。

我看她轻快地走过田园乡村俱乐部色彩柔和的大厅，微微点着头，手也在有规律地摆动。她像一团绿云，双腿似乎直接连着腰，袅娜如杨柳轻摇。我为之陶醉，感到自己的身体也冲破束缚，跃跃欲试。我多么想模仿她那种步态，那么身轻如燕、飘飘欲仙、无懈可击。

我出嫁前的准备事宜并不是在阿维隆庄园进行的，而是在位于罗斯代尔的威妮弗蕾德的一幢木结构的仿都铎式的房子里进行的。由于大多数的客人都来自多伦多，这样比较方便。这也免除了父亲的一些尴尬，因为他已办不起这样的婚礼，而威妮弗蕾德却感到应该是她的义务。

他甚至买不起女儿的嫁衣，这也由威妮弗蕾德一手操办了。我仅有的几个崭新的衣箱，其中有一个里面放了一条网球裙、一件游泳衣和几件跳舞长裙。不过，我既不会打网球，也不会游泳和跳舞。我能在哪儿学习这些玩意儿呢？在阿维隆庄园吗？不可能。别谈什么游泳池了，瑞妮可不会准许我们去的。然而，威妮弗蕾德坚持说这些行头是必要的。她说，我尽管不会，但在某些场合我还是要穿的，也不能承认自己不会。“你可以说你头痛，”她对我说道，“这总是一个可以推托的借口。”

她还告诉我许多其他的事。“你可以表现出厌烦，”她说，“只是千万别表示出畏惧。男人们会像鲨鱼一样嗅出来，接着向你游来。你可以垂下眼皮看桌沿，但千万别看地上，那样会使你的脖子看上去不挺拔。别站得笔直，你不是大兵。千万不要畏畏缩缩。如果有人说了侮辱你的话，你就问：你说什么？似乎你没听见；十有八九他们是没脸再说第二遍的。别对服务员大声说话，那是粗俗的表现。让他们弯下腰来听，他们就是干这行的。也不要摆弄你的手套或头发。得让人看起来你总是有更好的事可干，但千万别表现出不耐烦。有怀疑的话，就去一下化妆间，但要缓缓而行。优雅来自漫不经心。”这些都是她的说教。尽管我讨厌她，但我得承认，在日后的生活中，这些东西体现出了相当大的价值。

婚礼前夜，我待在威妮弗蕾德家一间最好的卧房里。“把自己打扮得漂亮一些。”她欢快地对我说道。她这话的意思是我还不够漂亮。她给了我一瓶冷霜和一副棉纱手套——要我把冷霜涂在手上，然后戴上手套。经过这样护理后，你的手会变得又白又软，肤如凝脂。我站在卧房的浴室里听着自来水哗哗地冲在陶瓷浴盆里，同时看着镜中我自己的脸。我觉得自己似乎被抹去了，失去了五官，就像一块用剩的蛋形肥皂，又像亏缺的月亮。

劳拉从她房间与我相通的门走过来，坐在盖着的抽水马桶上。她从来没有敲门的习惯，对于这一点我不以为然。她穿着纯白的棉睡袍，那是我穿过的。她把头发系在后面，麦黄的发束散落在她的肩头。她光着双脚。

“你的拖鞋呢？”我问道。她的表情看上去不无忧伤。那种表情，再加上她的白色睡袍和光脚板，使她看起来像个悔罪者——像一幅老画中走向刑场的异教徒。她在胸前对握双手，手指圈出一个开放的O字，似乎该捧着一根点燃的蜡烛。

“我忘了。”她盛装时看上去比实际年龄大一些，因为她个头高；但此刻她看起来比较小，看上去才十二岁左右，散发着婴儿般的气味。那是香波的缘故——她用婴儿香波，图个便宜。她一向喜欢节省点小钱。她环顾了一下浴室，然后低头看着地砖。“我不愿意你结婚。”她说道。

“我早就看出来了。”我说。在整个筹备过程中——无论是接待客人、试衣还是彩排——她总是阴沉着脸。她对理查德勉强有礼；对威妮弗蕾德茫然地顺从，就像个签约的女仆一样。对我，她却气哼哼的，似乎这次婚礼从好的方面看，是心血来潮；从坏的方面看则是在排斥她。起先，我以为她是出于妒忌，但事实并非如此。“我为什么不该结婚？”我问道。

“你还太小。”她回答说。

“妈妈结婚时才十八岁。不管怎么说，我都快十九了。”

“但她嫁了自己心爱的人。那是她愿意。”

“你怎么知道我不愿意呢？”我恼怒地说道。

她沉默了片刻。“你不可能是愿意的。”她望着我说。她眼圈红红的，泛着泪光。这更让我恼火：她有什么权利哭泣？该哭的人是我。

“我愿不愿意无所谓，”我严厉地说，“这是唯一明智的决定。你有没有注意到我们没钱了？你不希望我们露宿街头吧？”

“我们可以找工作。”她说道。我那瓶古龙水就放在靠近她的窗台上；她顺手拿起来，漫不经心地朝自己身上喷了一下。这种香水叫“柳”，法国娇兰公司出品，是理查德送给我的礼物。（威妮弗蕾德告诉我，这是她挑选的。男人在香水柜台前总是眼光缭乱，不是吗？香味直冲他们的脑袋。）

“别傻了，”我说，“我们能干什么呢？当心你手里的香水瓶，掉地上打碎可就麻烦了。”

“噢，我们可以干许多事，”她放下古龙水含糊地说道，“我们可以去当女招待。”

“我们不能靠当女招待过日子。那比一无所有好不了多少。女招待得为一些小费卑躬屈膝。她们一天下来，腿都快走断了。你不知道干这行的代价。”我说道。我这样说似乎是对牛弹琴。“钮扣厂关了，阿维隆庄园也岌岌可危，现在又要出卖；银行方面也在逼债。你难道没看到父亲的样子吗？他已经憔悴得像个老人了。”

“那么，你是为了他，”劳拉说，“你所做的一切都是为了他。原来是这样。我想，你这样做真够勇敢的。”

“我在做我认为对的事情。”我说道。我感到自己很高尚，同时又感到太亏待自己了，忍着没哭出来。否则，先前的强颜欢笑就全白费了。

“这样做不对，”她说，“这样做根本不对。你可以解除婚约，那还来得及。你可以今晚就逃走，并留个条。我陪你一起走。”

“别烦我，劳拉。我不是小孩子，很清楚自己在干什么。”

“可你要知道，你不得不让他碰你。不仅仅是亲吻，你还得让他……”

“别为我担心，”我说道，“不要管我。我眼睛睁着呢。”

“像个睁着眼睛的梦游人。”她说。她拿起我的一个粉盒，打开闻了闻，然后弹了点在地板上。“不过，至少你会得到漂亮衣服的。”她说道。

我本可以给她一巴掌。当然，我只是在心里出气罢了。

她走之后，地板上留下一串灰白色的脚印。我坐在床沿上，看着面前打开的扁行李箱。它的样子挺时髦，外面是浅黄色，里面是深蓝色；铁包边，钉头像星星一样闪烁。箱里的东西放得整整齐齐，蜜月旅行所需的一切都有了。然而，对我来说，这箱子似乎充满了黑暗——空洞的黑暗，无边的黑暗。

我想，这就是我的嫁妆。嫁妆在我心中突然变成一个不吉利的词——如此陌生、如此不可抗拒。它听上去像捆绑[①]——用肉扦和绳子捆绑生火鸡一样。

对了，还有牙刷。我需要牙刷。我呆呆地坐在那儿，像个

① 英语中“捆绑”(truss)与“嫁妆”(trousseau)读音有几分相似。

木头人。

嫁妆来源于法语里的箱子。那意思就是：放进箱子的东西。所以，烦恼也无济于事，因为它的意思就是行李。它意味着我要打包带走的所有东西。

探　戈

这是那个婚礼的场面：

一个年轻的女子身穿斜裁的白色缎子连衫裙，质地光滑，裙摆呈扇形，拖到脚上，像一团棉花糖。她的站姿看上去有点瘦长，特别是她的臀部和双脚，似乎她的脊椎太直了，不适合穿这件裙子。穿这样的裙子得有玲珑婀娜的身段。

她的头纱垂在两边，有一段盖住了眉毛，在双眼之间投下一道很深的阴影。她笑不露齿，头上戴着一个小白玫瑰花冠，裹着白纱长手套的双臂上还点缀着由红白玫瑰和千金子藤编成的花束。花冠、花束——这些都是报纸上的用词。在“漂亮新娘”的标题下，他们这样写道：“修女觉醒，带来新的红颜祸水。”他们认为，为她投入这么多的钱，漂亮是必然的。

（我之所以称“她”，因为我不记得自己在场；我的心并不在，在场的只是我的躯体。我和照片上的那个女孩不再是同一个人。我只是她在生活道路上一往无前的结果；如果那个女孩存在过，那只是存在我的记忆中。大多数的时候，我能清楚地看见她。然而，即使她想着我，她却根本看不到我。）

理查德站在我的身旁；在那个年代和场合，他是值得赞赏的。我的意思是他不老，也不丑，而且富有。他看起来身强力壮，但又带点揶揄的神情：一边的眉毛上扬，下唇微微凸出，嘴角透着一丝隐约的笑意，就像听了一个秘密而暧昧的笑话。

他衣领的扣眼上，插着朵康乃馨，头发整齐地向后梳去，犹如一个闪光的橡皮浴帽紧紧套在头上。尽管如此，他还是一表人才；我得承认这一点。一个温文尔雅的都市男人。

此外，还拍了一些集体照——大家摆好姿势，后排是乱哄哄的身穿正式礼服的伴郎们。他们的这身礼服同参加葬礼的丧服或饭店领班的制服差不多。前排则是光鲜漂亮的伴娘们，手中的鲜花与脸上的笑容相映成辉。劳拉在拍照时却设法破坏每一张照片的效果。有一张照片上面，她绷着脸；在另一张中，她的头肯定晃动了一下，整个脸一片模糊，如同一只鸽子撞上了玻璃。第三张中，她咬着手指，心虚地斜睨着，就像自己的手伸进钱箱般吃惊。第四张照片看来是胶片感光产生了缺憾：仿佛她夜里站在灯火通明的游泳池边，池中水光粼粼，致使她的脸曝光不均。

婚礼结束后，瑞妮来了，一身蓝色的盛装，帽子上还插着一根羽毛。她紧紧地拥抱了我，说道："如果你母亲还在，那就好了。"她这话是什么意思呢？是喝彩，还是要婚礼停下来？从她的语气听来，两者必居其一。后来她哭了，而我没哭。人们在婚礼上哭的原因如出一辙：为美满的结局而哭，因为他们无奈地太愿意相信明知不可靠的东西了。但我才不那么幼稚呢。理想破灭后，我十分清醒，不再抱幻想。或者说，我认为自己是这样。

接下来自然是香槟酒会。这是必有的仪式；威妮弗蕾德是不会漏掉这一环节的。别的人都在吃喝。有人致词，内容我什么都不记得了。我们跳舞了吗？我想是跳了。我不会跳舞，人却在舞池里，一定跌跌撞撞地跳了一番。

后来，我换上出门的行头。那是一套淡绿色的两件式薄羊毛套裙，还配有一顶端庄的帽子。威妮弗蕾德说，这套衣服价格不菲。我站在台阶上泰然自若地向人们道别(是什么样的台阶来着？我完全忘记了）。我把花束扔向了劳拉，她没接住。她穿着贝壳红的衣服站在那儿，冷眼看着我，双手紧紧地握在胸前，似乎在克制自己。有一个伴娘——格里芬的表妹之类——抓住了花束，贪婪地抢走了，好像那花束是美食似的。

这时候，我父亲不见了。这也在情理之中，因为上次见到他时，他一直在酗酒。我猜想，他又去过他的酒瘾了。

理查德挽着我的胳膊，领着我走向门口的汽车。没有人知道我们去哪儿。人们估计，我们可能是去城外某个幽静浪漫的小旅馆。其实我们只是绕着街区兜了一圈，又回到举行婚礼的约克皇家饭店，然后从边门进去，偷偷上了电梯。理查德说，明天我们要乘火车去纽约，而联邦车站就在街对面，干嘛还要舍近求远呢？

关于我的新婚之夜，或者说新婚的下午，我能说的甚少。根据人们所说，当时太阳还未落山，整个房间沐浴在玫瑰色的夕照之中，因为理查德没有拉上窗帘。我不知道接下来会发生什么；我仅有的一点新婚知识来自瑞妮。她告诉我，接下来的事并不令人愉快，很可能还会有痛楚；关于这一点，她没骗我。她还暗示说，这种不愉快的事或不愉快的感觉很平常，对此不必大惊小怪——所有的女人，或者说所有的已婚妇女，统统都经历过。咬咬牙挺过去，她如是说。她还说会流一点血，事实果然如此。（不过，她没告诉我为什么。这种事真令人惊奇。）

我觉得此事毫无乐趣可言——我感到厌恶，甚至感到受罪。我还不知我丈夫认为这种情况十分正常，甚至合他心意。有些男人觉得，一个女人体验不到性的愉悦是好事，因为那样她就不至于去外面寻欢作乐；我丈夫就是怀有这种心态的男人。或许这种心态在当时十分普遍。或许不是。我不得而知。

理查德叫了一瓶香槟酒，在合适的时间送到房间里来，同时还有我们的晚餐。当服务员在铺着亚麻台布的简易餐桌上摆酒食的时候，我一瘸一拐地跑进卫生间，把自己关起来。我穿着威妮弗蕾德认为在这个场合该穿的衣服：一件软缎的粉红睡衣，镶有精致的灰色网状花边。我用浴巾清洗身子，后来不知把浴巾怎么办：染上的血迹太明显了，好像我流过鼻血一样。最后，我把浴巾丢进废纸篓，希望女佣会认为是不小心掉进去的。

然后，我给自己喷上“柳”牌香水，这种香味闻起来脆弱而苍白。现在我才发现，这香水是根据一出歌剧里的女奴命名的。命运注定她宁可自杀也不愿背叛自己所爱的人，而对方却爱上了别人。歌剧的情节便是这样。我并不觉得这香味很吉利，而我却担心它让我身上发出怪味。我本来没有怪味。怪味来自理查德，但现在却成了我的了。当我跳进冷水时，我不由自主地喘起来，剧烈地吸气。

晚餐是牛排和沙拉。我吃的主要是沙拉。当时饭店里的莴苣都是一个味儿：像淡绿的水，又像是霜。

第二天去纽约的旅程平静无事。理查德读报，我看杂志。我们的谈话和婚前没什么两样。（我也许不该称其为谈话，因为我说得不多。我只是微笑表示同意，并不在听。）

在纽约，我们和理查德的朋友一起在餐馆吃饭。那是一对夫妇，我已经忘了他们的姓名。毫无疑问，他们肯定是暴发户，身上散发着铜臭。他们从上到下穿得就像用胶水贴了一身的百元大钞一样。我纳闷，他们是如何赚到这么多钱的？有点来路不明。

这些人和理查德并不是很熟，他们也并不渴望这样。他们只不过是欠他一些东西——为某些不能言明的利益而有求于他。他们怕他，有点巴结他。我从他们点烟的情形可以看出这点：谁为谁点，速度有多快。理查德对他们的恭敬十分满意。他喜欢有人为他点烟，而且爱屋及乌地也为我点烟。

理查德不仅喜欢有一小群献媚者跟随左右，而且竟然让那些人和我们同行，因为他不愿意和我单独在一起。这一点我能感觉出来。我并没有多少可以指责他的理由。毕竟他现在还在陪着我，对我呵护有加，温柔地在我肩头披上衣服，给予我体贴入微的关心，把手轻轻搭在我的身上。他不时地环顾四周，看看有哪个男人在妒忌他。（这当然是我现在想起来的；当时我并没有意识到这些。）

这家餐馆十分昂贵，也十分时髦。我从未见过这样的餐馆。所有的东西不仅是光亮，而且是熠熠生辉。木料是漂白过的，加上黄铜的边框和华美的玻璃，还用了大量的装饰板贴面。铜制或铁制的女人雕像外表光滑，有眉毛却没有眼睛；有优美的臀部和大腿，却没有脚；手臂则融入了躯干里。白色的大理石球，还有舷窗一般的圆镜子。每张桌子上都放着一个铁制的花瓶，插着单枝的马蹄莲。

理查德的那对朋友比他年长，而朋友的妻子比他的朋友更老。季节已是春天了，可她还穿着白色貂皮大衣。她的长裙也是白色的。她不厌其烦地告诉我们，这件长裙的设计灵感来自古希腊；确切地说，是来自希腊的“胜利女神”像。这是件打褶的长裙，胸部下面用一根金带勒着，双乳中间还勒成一个十字叉。如果我的乳房跟她一样扁平下垂，我决不会穿这种衣服的。她领口以上的皮肤都起皱了，还长着雀斑，手臂上也一样。她的丈夫默默地坐着听她说，双手握成拳头，面带一丝呆板的微笑，而且还明智地低头看着台布。我想，这就是婚姻：忍受这种乏味，忍受这种烦躁，忍受鼻子两边滑落的脂粉。

“理查德事先没提醒我们你这么年轻。”这女人说道。

她丈夫说："青春都会老去。"女人噗嗤一笑。

我思忖了一下提醒这个词：难道我就那么危险？现在我才明白，我只是像绵羊那般危险。绵羊很笨，常常落入危险的境地，走上悬崖或被狼群包围，于是它们的监护人会冒生命危险把它们救出来。

在纽约待了两天或三天之后，我们很快乘"贝伦加丽娅"号跨海去了欧洲。理查德说，凡有身份的人都会来乘这艘船。这个季节，海浪并不大，可我仍然晕船晕得像条狗。（为什么说像狗呢？因为狗看来实在没法子。我也如此。）

他们给我端来一个面盆，还有一杯没有加奶的凉茶。理查德说，我该喝香槟，那个最管用，可我不敢冒这个险。尽管他说我晕船很扫兴，他却不无体贴，但也不无气恼。我说，我不想破坏他今晚的兴致，他该去参加社交活动，于是，他就去了。我晕船的好处就是理查德不想和我上床。做爱可以伴随许多乐事，呕吐却不在此列。

第二天早上，理查德说，我得出去吃早饭；正确对待晕船会好得快些。我坐在餐桌边啃着面包，喝着水，尽量不去理会油烟味。我觉得头重脚轻，软弱无力，皮肤枯萎，就像一个瘪了的气球。理查德不时过来照顾我，但他认识不少人，人们也认识他，因此他会起身与人握手，然后再坐下。有时他把我介绍给别人，有时则不介绍。然而，他并不认识所有他想认识的人。这一点从他心神不定的样子可以看出来：他总是左顾右盼，眼光越过我或那些同他谈话的人，寻找目标。

白天，我渐渐好了起来。我喝了干姜水，这倒挺管用。我没吃饭，但坐在餐桌旁。晚餐有歌舞表演助兴。我身穿威妮弗蕾德为我选定的衣服——鸽灰色的裙子和淡紫色的雪纺绸披肩，脚上穿一双淡紫色的高跟露趾凉鞋。我还不大习惯这么高的跟，走起路来有点趔趄。理查德说，海上的空气想必对我有好处；我的双颊微微泛红，恰到好处，犹如女学生般娇羞，光彩照人。他把我领到预定的餐桌边，为我和他自己都叫了杯马爹利酒。他说，这种酒很快就会让我好起来。

我喝了几口，过一会儿理查德就不在我身边了。一名歌手出现在蓝色的聚光灯下。她的黑发垂下来遮住了一只眼睛，身穿一条黑色筒裙，满缀着大片鳞状的闪光饰片。筒裙紧裹着她那饱满而凸出的屁股。这还是一条吊带裙，像是麻花吊带。我目不转睛地看着她，简直入了迷。我从未去过歌舞助兴的餐厅，甚至没去过夜总会。她扭动着肩膀，用撩人的、呻吟般的声音演唱《暴风雨的天气》。你可以看见她的半个胸脯。

人们坐在桌旁看着她，听她唱歌，自由地对她评头论足——或是喜欢，或是厌恶；或被诱惑，或正襟危坐；对她的表演、服装和屁股，或是赞赏，或是讨厌。然而，她却不是自由的。她得完成表演、唱歌、扭屁股。我不知道她这样表演能赚多少钱，是否值得。我想，人穷了就没办法。从那以后，我似乎觉得聚光灯下就意味着屈辱。如果有可能的话，你就应该尽量避开聚光灯。

歌手唱完之后，一名男子弹奏白色的钢琴，很快完毕。接下来是一对舞蹈演员夫妇表演探戈。同前面的歌手一样，他们穿着黑色的演出服。他们的头发在聚光灯下像漆皮一样发亮，此时显出一种暗绿色。那女人的前额贴着一绺卷发，耳后插着一朵大红花。她的裙叉开到大腿中部，露出里面的丝袜。音乐的节奏刺耳而又带着跳跃——就像四足动物突然用三条腿走路，或者像跛足的公牛低头向前冲。

至于舞蹈本身，它不像舞蹈，倒像是一场战斗。两位舞者脸上的表情是呆板、冷漠的，而他们的眼睛在看对方时却放着光，似乎在伺机咬对方一口。我知道这是表演，看来表演得十分到位。然而，两个人看上去都像受到了伤害。

到了第三天。下午的早些时候，我登上甲板，呼吸一下新鲜空气。理查德没和我一起来。他说，他在等几封重要的电报。他已经收到不少电报；他会用银纸刀裁开电报的信封，看完内容，有的撕掉，有的则藏入他那个总是上锁的公文箱里。

我倒并不特别想他同我一起待在甲板上，只是我感到孤单。由孤单而感到被忽视；由被忽视而感到失败。似乎我被遗弃了；似乎我的心碎了。一群身穿米色亚麻衣服的英国人盯着我看。他们的目光并没有敌意，而是冷淡、漠然的，还带有一丝好奇。没有人学得像英国人的那种目光。我感到自己又凌乱，又邋遢，难以引起别人的兴趣。

天空云层密布；云彩呈暗灰色，像一团团浸水的床垫芯垂下来。一会儿飘起了毛毛细雨。我没戴帽子，因为怕给风刮掉，而只在脖子上扎了条丝巾。我站在船舷旁，俯看大海，望着蓝灰色的波涛翻滚，望着船后白色尾浪拖曳前进。它像一条撕裂的雪纺绸，又像一条潜在的不幸的线索。烟囱里的烟灰飘了下来，落在我身上。我的头发散开了，湿湿的，一缕缕粘在脸上。

我想，这就是大海。它似乎并不如想象的那般高深莫测。我试图回忆起一些读过的关于大海的诗歌之类，可什么都想不起来。破碎、破碎、破碎。某些事情就是这样开始的。海里有冰冷的灰色礁石。哦，大海。

我想朝海里扔点东西。我觉得有必要这么做。最后，我扔了一个铜币，但并没有许愿。

第六章

《盲刺客·犬牙纹套裙》

他转动了钥匙。这是把弹簧锁，很容易就打开了。这回他很幸运，租得了一个套间。这是单身女子的公寓，只有一间大房间，带一个狭窄的灶台，但有一个独立的卫生间，里面放着一个波纹浴缸和几条粉红的毛巾。不乏豪华旅馆的派头。这套公寓是他朋友的朋友的女朋友的；主人去参加一个葬礼，四天以后才回来。因此，他有四整天的安全保障。也许这不过是他的如意算盘。

窗帷和床单很相配；那是一种厚重的带有凸纹的樱桃红丝绸窗帷，里面还有一层薄窗纱。他退后一步，从窗口望出去。透过秋天的黄叶，他看到了阿伦公园。有几个酒鬼或流浪汉醉卧树下，其中一个还用报纸盖住了脸。他自己也曾经那样睡过。脸上的报纸被口里呼出来的气弄潮了，闻起来就像贫穷，像失败，像粘上狗毛的发了霉的垫子。草坪上四处是昨晚人们丢下的纸板标语牌和揉皱的报纸。昨晚这里举行了一次集会，同志们不断高呼着他们的信条，不失时机地向群众宣传他们的理想。此刻，有两个男人很不高兴地事后为他们清理场地，用带铁尖的棍子把这些遗弃物拾起来，装进麻袋里。这至少也算为那些穷棒子尽了力。

她会斜穿这个公园。她会停下来，左顾右盼，看看是否有人在盯着她。每次，她都会发现有人在盯着她。

在白黄相间的书桌上，有一台小型的收音机，大小和样子都和半个长方形大面包差不多。他把收音机打开，里面传出了墨西哥的三重唱。那歌声如同一条水绳，软中带硬，将你紧紧缠绕。那就是他该去的地方——墨西哥。去那里喝龙舌兰酒。去堕落，再堕落，最终成为亡命之徒。他把手提打字机放到桌上，打开盖子，卷上纸。他的复写纸快用完了。如果她来的话，他在她到来之前还有时间打几页。她有时候会被什么事耽搁或被什么人拦截。或者说，她声称是这样。

他喜欢把她抱进豪华的浴缸里，给她涂满肥皂泡沫。同她一起在水中嬉闹，就像两只浑身都是粉红泡沫的小猪。今天也许他会这样。

他脑子里一直在考虑的是一个构想，或者说是一个构想的想象。那是关于外星人派宇宙飞船来地球进行探索的故事。这些外星人的身体是由高密度晶体组成的。他们试图与地球人进行交流。在他们的心目中，地球人和他们差不多：有眼镜、玻璃窗、威尼斯镇纸、高脚酒杯，以及钻戒之类。但他们没能同地球人对上话。他们发回故土的是这样一个报告：这个星球上存在许多有趣的文明遗迹；这个文明一度繁荣昌盛，现在已经灭亡。这想必是一种高度发达的文明。究竟是什么样的灾难造成该星球的所有智慧生物统统灭亡，我们不得而知。这个星球如今只有各种绿色黏性物体，还有大量奇形怪状的半液状丸体，这些泥丸四处滚散。由此产生的尖叫和呻吟应归因于摩擦振动，而不该错当成语言。

不过，这远不能成为一个故事。除非有外星人入侵地球，造成一片荒芜，而且还要有穿着紧身服的性感外星女郎。然而，入侵地球这一说本身就违反了前提。既然那些水晶人认为我们这个星球并无生命，那么他们为何要劳神登陆呢？或许是为了考古吧。来取样的吧。试想，纽约摩天大楼的数千个窗户突然被一个来自外星球的巨型真空管吸走。与之同时吸走的还有数以千计的银行总裁；他们尖叫着坠入死亡的深渊。要真这样的话，倒也不错。

不行。这些仍不足以构成一个故事。他得写一些畅销的东西。还是回到那些嗜血的女鬼们身上吧。这次，他将把她们的头发描绘成紫色的，将她们的活动背景定在阿恩星球上十二个月亮的淡紫色的月光下。最好是将书的封面印上男孩子们可能喜欢的图画，然后从那儿开始。

他已经厌烦了这些人物，这些女人。他已经厌烦她们的尖牙、她们的轻盈、她们坚挺而成熟的圆锥形的乳房，以及她们的贪食。他还厌烦她们的红爪子，厌烦她们毒蛇般的眼睛。他厌烦敲碎她们的脑袋。他厌烦英雄——他们的名字无非是威尔、伯特或奈德，都是些单音节的名字。他厌烦他们的激光枪，以及他们的金属紧身衣。恐怖故事已经卖不了多少钱了。不过，如果他写得快，这还能够谋生。要饭的哪能挑肥拣瘦？

他又快没钱花了。他希望她替他从邮政信箱（不在他名下）取一张稿费支票过来。他会签字，然后她去兑现。用她的名字，去她去的银行，她不会有问题。他也希望她能带一些邮票来，再带一些香烟。他只剩下三支烟了。

他来回踱着方步，地板在他脚下吱吱作响。地板是硬木的，但在暖气管漏水的地方已经有了渍斑。这个街区的公寓是战前建造的，供那些正派的单身生意人居住。当时的经济形势比现在好多了，有蒸汽取暖，二十四小时供应热水，还有铺着地砖的走廊——所有的东西在当时是最先进的。现在这一切都过时了。几年前，当他还年轻时，他认识的一个姑娘就住在这里。在他的记忆中，她是个护士；床头柜的抽屉中有避孕套。她有一个两圈火的炉子，有时候为他做早餐——火腿鸡蛋、蘸有枫树糖浆的奶油薄煎饼之类。他馋得从她手指上吮舔。房间里还有一个以前房客留下来的鹿头标本；她常常把长筒袜挂在鹿角上晾干。

星期六下午和星期二晚上，每当她休息时，他们就共度良宵：喝威士忌、杜松子酒、伏特加，有什么喝什么。她喜欢先喝醉。她不想去看电影，或者外出跳舞。她似乎不想要什么浪漫的花样，更不想要浪漫的假象。她对他的要求只是做爱的耐力。她喜欢拖一条毯子到浴室的地上；她喜欢躺在那儿感受地砖的坚硬。他的膝盖和双肘十分受罪，当时他并不觉得，因为他的注意力在别处。她会呻吟，仿佛被聚光灯照着；她会摇头，转动眼珠。有一次，他让她在大衣橱里做爱。她立于两件羊毛套裙之中，一身樟脑味，双膝发抖。她快活得抽泣起来。后来，她甩了他，嫁给了一个律师。天生狡猾的一对。他们俩举行了婚礼，新娘身披白色的婚纱。他从报上看到了这条消息，感到好笑，并没有怨恨。干得好，他心里想。荡妇有时也会撞上好运的。

那是些年轻不懂事的日子。在那些无名的日子里，一个个荒唐的下午在亵渎中飞快地过去，没有事先或事后的期望，没有话语，也没有回报。在他陷进去之前，事情已经一团糟了。

他看了一下手表，又望望窗外。瞧，她来了，大步斜穿公园。今天，她头戴宽边帽，身穿犬牙纹套裙，紧紧系着一条腰带，胳膊下夹着手提包。她走路的步子奇怪地起伏，褶裙不住地摆动，似乎她从来不习惯用后腿走路一样。不过，这也许是高跟鞋造成的。他常常纳闷，女人穿着这玩意儿如何保持平衡。此刻，她停下脚步，好像接到了暗示一般。她用她那怔怔的目光四处张望，仿佛从一个迷梦中刚刚醒来。有两个正在捡废纸的家伙上下打量她。丢东西了，小姐？但她继续向前走，穿过了马路。他透过树叶可以看见她的身影。她一定在找门牌号。现在，她上了前门台阶。门铃响了。他按了按控制总门的按钮，掐灭香烟，关上台灯，走过来开门。

你好。我快喘不过气来了。我没等电梯，而是走上来的。她关上门，背靠着门站着。

没有人跟踪你。我一直在看着。你带烟来了吗？

带来了。还有你的支票、一瓶五分之一加仑的优质威士忌。我是从我们家存货充足的酒吧里拿来的。我告诉过你我们家有个存货充足的酒吧吗？

她尽量表现得轻松一点，甚至有些轻浮。她不善于掩饰自己。她在支吾其词，瞧瞧他要什么。她从来不先采取行动；她可不想自己露馅。

好姑娘。他走过来，抱住她。

我是好姑娘吗？有时候，我觉得自己像个枪手的情妇——为你跑腿。

你成不了枪手的情妇。我没枪。你电影看得太多了。

看得还不够，她在他脖子边说道。他得理发了，头发像一团乱麻。她解开他胸前上面的四颗钮扣，把手伸进他的衬衫。他的皮肤很紧，纹理细腻，像烤焦的木头。她曾经见过烤焦的木头雕出来的烟缸。

《盲刺客·红锦缎》

这种感觉真好，她说。洗澡的感觉真好。我从来没想象过你披着粉红的浴巾是什么样。同平时相比，今天我们太奢侈了。

诱惑无所不在，他说，声色犬马在向人们招手。我看，这房客八成是个野鸡，你说呢？

他把她裹在一条粉红的浴巾里，然后把这团湿漉漉、滑溜溜的软玉抱到床上。现在，他们俩躺在樱桃色丝质床罩和锦缎的被单里，喝着她带来的威士忌。这种酒口感极好，香醇浓烈，带有烟味，喝下去像吃太妃糖那般润滑。她自由自在地伸展四肢，心里一时只在想事后谁去洗床单。

她无法克服心中的那种负疚感，因为她感到自己侵犯了别人的私人领地——不管房主是谁。她想去翻翻衣橱、五斗橱抽屉——不拿东西，只是瞧瞧。她想看看别人是如何生活的。她也想看看他是如何生活的，只是他没有衣橱，没有五斗橱，没有属于他的东西。因此，她也找不出他的什么秘密。他只有一个磨损了的公文箱，但他上了锁。它通常放在床下。

他的口袋里也看不出什么秘密；她已经翻过好几次了。（这并不是窥视，她只想知道他的东西在哪儿，是些什么东西。）里面有一块白边的蓝手帕、一些零钱，还有两个用蜡纸包好的香烟头——一定是他积攒下来的。还有一把旧军刀。有一次，她还摸到两颗钮扣；她猜是他衬衫上掉下来的。不过，她没有提出替他缝上去，因为那样的话，他会发现她在窥视他。她想要他信赖她。

有一张驾驶执照，上面名字不是他的。还有一张出生证，名字也不是他的。她喜欢用一把篦子把他全身篦一遍，把他上下翻个够，把他像抽屉一样倒个底朝天。

他用一种油滑的声音哼起了歌，就像电台里的低吟歌手。

烟雾缭绕的房间，魔鬼般的月光，还有你——
我从你那儿偷个吻，你向我承诺真爱——
我把手悄悄伸进你的石榴裙，
你咬了我的耳朵，我们疯成一团，

黎明来临，你离我而去——
我好不悲伤。

她噗嗤一笑。你从哪儿学来的？

这是我编的淫曲儿。有感而发。

她不是一个真正的妓女。野鸡也算不上。我想，她是不收钱的。很有可能她从别的方面得到回报。

一大堆巧克力。你会满足于这些吗？

那得用卡车装了，她说，我要价不算太高。床罩是真丝的，我喜欢这颜色——花哨，但相当漂亮。色泽不错，像粉红色的烛光。你有没有炮制别的什么？

别的什么呀？

我的故事。

你的故事？

是的。故事不是为我编的吗？

噢，没错，他说，那是当然。我想不出别的东西。为这，我一整夜都没睡着。

骗人。你觉得烦了？

让你高兴的东西，不会让我心烦的。

天哪，你真有绅士风度。看来我们得常常用粉红色的浴巾。很快你就该吻我的水晶鞋了。好了，继续说吧！

我说到哪儿了？

钟声响了。喉管被人割断了。门开了。

噢，对。

他说：我们说的那个姑娘听到门开了。她背靠着墙，把一夜之床的红锦缎被子拉过来，紧紧裹在自己身上。那被子有一股淡淡的咸味，就像退潮后的盐碱滩：这里凝聚着先她而去的那些姑娘们的恐惧。有人进来了；传来一阵重物在地板拖过的声音。门又关上了。屋内黑得伸手不见五指。为什么这儿没有灯，也没有蜡烛呢?

她把双手放到胸前来护住自己，却感到自己的左手被别人的手轻轻握住：温柔而不带强制。对方似乎在问她什么话。

她不能说话。她无法说：我不能说话。

盲刺客让姑娘的面纱落到地上。他牵着姑娘的手，在她的床边坐下来。他仍然想杀掉她，但可以晚一些。他听说过这些被关押的姑娘，她们一直要关到临死那天才准出来见人；他对她感到好奇。不管怎么说，她算是某种礼物，全是他的。若拒绝这样的一件礼物就是亵渎神灵。他明白，他应该迅速行动，完成任务，然后消失。不过，时间还很充裕，急什么呢？他能闻出他们在她身上擦的香水；那气味闻起来犹如举行葬礼时的棺木，里面躺着尚未结婚的年轻女子。真是暴殄红颜。

他可不愿毁灭任何东西，或者说那些付钱买的东西：那个假扮的冥王一定来过又走了。他是否穿着他那生锈的盔甲？十之八九是这样。他像一把笨重的铁钥匙插进她的身体，在她的肉里转动，猛地将她打开。这种感觉他自己记忆犹新。无论如何，他是不会那样干的。

他拿起她的手放在自己的嘴上，用嘴唇碰碰她的手——这不是一个真正的吻，而是尊敬和膜拜的一种表示。

他说：这个表示是十分虔诚和珍贵的——他说话的口气如同乞丐对潜在的施惠者一样——关于你美若天仙的传说把我带到这里来，尽管来到这里我的生命就完了。我无法用眼睛看你，因为我是个瞎子。你允许我用手来看你吗？这对我来说是最后一次恩惠，也许对你也是如此。

他没有白当奴隶和男妓：他学会了如何恭维，如何巧舌如簧地说谎，如何讨好别人。他把手指贴在她的下巴上，一直等到她开始犹豫，然后点头。他能听见她在想什么：明天我将死去。他不知她是否会猜想他究竟为什么来这里。

一些大好事就出于那些走投无路的人、没有时间的人，或是真正懂得无助这个词的人。他们不算计风险和收益，不顾及未来。他们在节骨眼上只考虑目前。如果被人推下悬崖，你要么摔死，要么飞起来。抓住任何希望，不管它有多小；如果可以用一句用滥的话来说，无非是希望出现奇迹。总而言之，就是在绝望中寻求希望。

今夜就是如此。

盲刺客开始慢慢地抚摸她，仅用一只右手——那只灵巧的手，那只拿刀的手。他的右手从她的脸摸向她的喉咙；接着，他的左手——那只邪恶的手——也伸过来，双手并用，轻柔得仿佛在抚摸一块极其脆弱的丝绸。这种感觉就像受到水的亲吻。她颤抖了，但是已不再像先前那样出于恐惧。过了片刻，她任凭身上的红锦缎被子滑落，抓起他的手，给它以引导。

抚摸的产生先于视觉，先于语言。它是人类最初的语言，也是最终的语言。抚摸永远不说假话。

这就是那个哑女和那个盲男如何相爱的。

你让我感到惊奇，她说道。

是吗？他说。为什么？我倒是喜欢让你惊奇。他点燃了香烟，递给她一支；她摇摇头拒绝了。他抽得太厉害了。这说明他情绪紧张，尽管他的手并不颤抖。

因为你说他们相爱了，她说道，你常常对这个想法嗤之以鼻——说它不现实，是资产阶级的迷信，实质坏透了。还说它是一种令人恶心的情感，是维多利亚时代好色之徒冠冕堂皇的借口。你是不是自己也动摇了。

别怪我，去怪历史吧，他笑着说，这种事是会发生的。相爱已被记入历史，至少这个词语已被记入历史。总之，我认为他在撒谎。

你不可以用这个说法脱身。开头是撒谎。后来你把它改变了。

说得没错。不过，还有一种不带感情的方法来看待这件事。

看待什么？

这种相爱的买卖。

什么时候成了买卖了？她生气地说道。

他微微一笑。这种说法让你讨厌了？是不是太商业化了？你是说，你的良心不安了？不过，总有一个折中的说法，难道不是吗？

不对，她说，没有。不可能总有的。

你可以说，他抓住了他能够得到的东西。他为什么不抓呢？他无所顾忌，他一直生活在人吃人的社会里。你也可以说，他们都年轻，因而不懂世故。年轻人总是把肉欲错当成爱情，充满了各种各样的幻想。哦，我还没说到，他后来并没有杀她。正像我说的，他不是自私，就是一文不值。

看来，你不那么自信了，她说道，你打退堂鼓了，你胆怯了。你不会来玩真的。你就像个胆小的同性恋者，把别人的鸡巴摸硬了，又不让别人真干。

他噗嗤一笑，吃了一惊。是不是她的粗话终于让他吃惊了？小姐，该管管你的嘴了。

为什么该我？你的嘴也不干净。

我是个坏榜样。我们接着说故事：他们俩可以放纵自己，沉溺于感情——如果那叫感情的话。他们可以在感情里打滚——为这千金一刻而活，大发诗兴，耗尽体力，痛饮美酒，对月狂歌。他们的时间不多了。不过，他们一无所有，不怕失去什么。

他有。或者说，他认为自己有！

那好吧。她不会失去什么。他吐出一个烟圈。

不像我这样，她说，我明白你的意思。

不像你，亲爱的，他说道，像我。我就是一无所有。

她说：但你有我呀。我并不是一文不值。

《多伦多星报》（1935 年 8 月 28 日）

上流社会女学生安然无恙

本报独家报道

昨日警方已经找到失踪超过一周的上流社会女学生劳拉·蔡斯小姐，当时她正安全地寄住在她的朋友 E. 牛顿-多布斯夫妇位于马斯科卡湖的夏日别墅里。蔡斯小姐的姐夫、著名企业家理查德·E. 格里芬先生，代表全家通过电话向记者发表谈话。“我太太和我大大松了口气，”他说，“这是一场误会，原因是信件被耽搁了。蔡斯小姐出去度假，她以为我们知道，她的东道主夫妇也以为如此。他们外出度假期间并没有读报，否则也不会出现这场误会。当他们回城得知此事，就立即给我们打了电话。”

曾有谣传说，蔡斯小姐离家出走，住在向阳海滩游乐园旁的一个神秘居所。对此，格里芬先生说，他不知道是谁在散布这些恶毒谣言，但他会去查清此事。“这只是一场很普通的误会，在每个人身上都可能发生，”他声称说，“我太太和我看到她安然无恙感到非常宽慰。我们真诚地感谢警方、报社和有关方面提供的帮助。”据说，媒体的报道令蔡斯小姐心绪不宁，因此她拒绝采访。

尽管没有造成严重的危害，但由于邮件耽搁而引起的重大麻烦绝非第一次。公众有权享受准时、优质的服务。对此，政府方面应该引起重视。

《盲刺客·街头漫步》

她沿着街头漫步，希望自己看起来像一个有资格在这条街上漫步的女人。不过，她看上去并不像。她的衣着不对——帽子不对，外套也不对。她应该系条头巾，从头顶扎到下巴，再穿件宽松的外套。她应该显得老气一些，朴素一些。

这里的房子一间挨着一间。这一排排的简陋小楼都是用人住的，但现在用人不多了，那些富人让他们住到别的地方去了。这些砖房已经被烟熏黑，上下各两间，厕所在屋外后面。有的房子至今在它前面的小草坪上还留有菜园的残余——一条发黑的番茄藤，木桩上还垂着线。这些菜园收成不会好，因为太阴暗，土质也不好，布满煤屑。不过，即使在这个地方，秋树还是长得很茂盛，叶子泛着红橙黄三种颜色，有的则红得像新鲜的猪肝。

房子里传出咆哮、狗吠、叽里哇啦的人声以及砰砰的门声。有女人们高八度的无奈的愤怒声音，还有孩子们大声的顶撞。狭窄的门廊里，男人们坐在木椅上，两手垂在膝下；他们没有工作，但还有家和房子。他们的眼睛盯着她，横眉怒视她的毛皮衣领和袖口，以及她昂贵的蜥蜴皮手袋。他们可能就是这里的房客，挤进地下室和偏角的房间，这样才能付得起便宜的房租。

女人们脚步匆匆，低着头，拱着肩，拎着一个个牛皮纸袋。她们想必都已结婚。她们此刻想到的是一个炖字。她们要向肉店讨些骨头，再买些便宜的肉回家，和蔫白菜一起煮。她的胸脯太挺，下巴昂得太高，脸上没有垂头丧气的表情。当这些女人们抬头看她时，她们的目光是十分肮脏的。她们一定认为她是个婊子，但她穿这样的高档鞋子，又不像是这种人，究竟来这里干嘛?

酒吧到了，就在他说的那个街角。这是个啤酒屋。男人们在外面聚成一堆。当她经过他们身边时，没有人跟她说话；他们只是盯着她看，就像从灌木丛中窥视一般。然而，她能听见他们的小声嘀咕——他们的喉咙里发出的对她的愤恨和觊觎，如同船尾的涡浪一样紧紧跟随她。也许这些男人把她错看成教会义工或傲慢的施善者——干涉他们的生活，问这问那，然后把残羹剩饭施舍给他们。不过，她穿得太好，不像是干这个的。

她是乘出租车来的，在三个街区以外付钱下了车，因为那儿交通相对繁忙。她最好别成为人们谈论的逸闻；谁会在这个穷地方坐出租车呢？然而，她本来就像一个逸闻人物。她需要一件在大甩卖时买的外套，塞入手提箱，进一个饭店的餐馆，先把自己的外套留在前台，溜进化妆间换衣服，然后再弄乱头发，擦去口红，出来时就成了另外一个女人。

不行。这样做行不通。首先是那个手提箱。那是离家时带出来的。你这么匆匆忙忙要去哪儿?

于是，她决定采取惊险行动，仅仅靠她脸上的计谋去冒险。如今她已熟能生巧，表情平和、冷静、茫然。她可以扬起双眉，那种坦然真诚的目光只有双重间谍才能装出来。脸上表情纯洁如水。她应该避免说谎的必要。事先要让对方所有的问题都变成愚蠢的问题。

然而，这样做仍旧有危险。他曾告诉她这样对他也有危险，而且危险更大。他想，有一次他走在街上，被人认了出来。那个人可能是反赤小分队的打手。他的对策是走进一个拥挤的啤酒屋，然后从后门逃出去。

她不知道是否该相信这种所谓的危险：那些身穿着宽松黑色套装、竖起衣领的男人，以及他们转来转去的汽车。跟我们来。我们带你上车。接下来就把你带到空房间里，里面有刺眼的灯光。这一切听起来太戏剧化了，仿佛是黑白电影里大雾中经常发生的事。这种事只发生在别的国家，只发生在外国人身上。即使发生在这里，也不会发生在她身上。

如果她被抓住，不到天亮她就会背叛他。她清楚地、冷静地明白这一点。总之，他们会放过她，把她的卷入看作是一次轻率的涉足或是带有反抗意识的恶作剧。由此而产生的任何混乱将被掩盖起来。她个人当然要为此付出代价。可她用什么来付呢？她已经一无所有了，别指望再从她身上获得什么。她要把自己关在家里，拉上百叶窗，让人们以为她出去吃饭了——永远如此。

近来她总觉得有人在监视她，尽管她每次察看并未发现异常。她变得更小心了；她尽可能地小心翼翼。她害怕了吗？是的。大多数时候是这样。害怕无关紧要。但说实话，害怕有一定的作用。这会令她同他在一起的时候感觉更美好；渐渐地，她也就不再害怕了。

真正的危险来自于她自己：什么事她能做，以及她愿意做到什么程度。能做和愿意做都不相干。她会被推到哪儿，会被领到哪儿，这才是问题所在。她从未考虑过自己的动机。她从未有过所谓的动机；欲望不是动机。在她看来，似乎她别无选择。这种极端的快乐也是一种屈辱，就像被一根耻辱的绳索拉着前行，又像脖子上套着一个狗圈。她怨恨自己缺乏自由，于是就拉长与他见面的间隔时间。她有时故意失约，撒谎说她没看到公园墙上的粉笔记号，或者没有收到消息——诸如那并不存在的服装店的新地址、一张她从未有过的老朋友签名的明信片，或是一通打错的电话之类。

然而，最终她还是回来了。抵制是没有用的。她没有记性，还是要去见他。她投降了，抹掉了自我；进入了自身的愚昧状态，忘记了自己的名字。她想要的是自我献身，哪怕是短暂的献身。她想无拘无束地生活。

不过，她还是会考虑一些她起先从不挂心的事。他是如何洗衣服的？有一次，他在暖气片上烘袜子——他发现她在看，就一下子把袜子拿开了。在她来之前，他会整理一下，至少临时抱一下佛脚。他在哪儿吃饭呢？他说，他不喜欢在一个地方被人经常看到。他必须吃一顿换一个地方。这些话从他嘴里说出来具有一种庸俗的魅力。有些日子，他比较紧张，整天低着头，足不出户。房间里东一个苹果核，西一个苹果核；地板上还有面包屑。

他从哪儿弄到苹果和面包的呢？他对这些细节闭口不谈——她不在的日子他是如何生活的。或许他认为，让她知道得太多会损害他在她心目中的形象。龌龊的细节太多了。也许他是对的。（看看画廊里所有暴露女人私生活细节的那些画。《林中睡仙》《苏珊娜和她的长辈》；一只脚伸在锡盆里的《浴女》——是雷诺阿[①]还是德加[②]画的？两位画家画的女人都很丰满。还有女神狄安娜和她的侍女们的玉体，照样也逃不过那些画家的火眼金睛。但没有一幅名为《水池边洗袜子的男人》的画。）

① 雷诺阿(1841—1919)：法国印象派画家，创作以人物画见长，主要作品有《包厢》《游船上的午餐》《浴女》等。

② 德加(1834—1917)：法国画家，早年为古典派，后转为印象派，作历史画与肖像画，主要作品有《芭蕾舞女》《洗衣妇》等。

浪漫总是在不远不近的地方发生。浪漫就像透过雾蒙蒙的窗户看你自己一样。浪漫意味着排除物质生活：当生活一团糟时，浪漫只能叹息。她还想从他那儿了解更多吗？包括他全部的生活？

危险来自对他看得太真切、看得太多——来自看着他的形象缩小，她自己也跟着缩小。接着，一觉醒来空荡荡的，什么也没了——彻底完了。她将变得一无所有。她将会感到凄凉。

凄凉是个老派的词。

这次，他没来接她。他说最好不去接。她只能自己前去了。她戴着手套的手掌中攥着一张叠着的纸片，上面是他画的秘密地址。不过，她根本就不用看。她能感觉到那纸片在她手心微微发光，就像黑暗里的镭射罗盘。

她想象他也在想象她——想象着她穿过街道，越来越近，就要到了。他是不是等得不耐烦了，焦急万分，等得快受不了？他的心情和她一样吗？他喜欢表现出无所谓的样子——不在乎她来不来——但这只是他的一种装腔作势而已。例如，他已经不再抽盒装香烟了，因为他买不起。他买来烟丝自己卷香烟抽；用一个龌龊的淡红色橡皮卷烟器，每次可卷三支长烟。他再用刮胡子刀片把它们割断，然后装在“克雷文”牌香烟的盒子里。这是他的一个小把戏，或者是他的虚荣心吧。他对香烟的需求量大得让她吃惊。

有时候她给他带些香烟来，一把左右——这对他来讲真是奢侈的大收获。她从家里的玻璃咖啡桌上的银烟盒中偷出来，塞进她的钱包里带来。不过，她并不是每次都带。这样能吊他的胃口，保持他对香烟的渴求。

他躺在那儿，心满意足地抽着烟。如果她想要他表白，那一定得在他抽烟之前，就像玩妓女给钱一样。尽管如此，他还是说得很少。也许只是我想你，或者怎么亲你也亲不够。他闭着眼，咬牙克制着自己；她在他怀里能听得见。

事后，她得套他说话。

说说话吧。

说什么呢？

你想说什么就说什么。

告诉我你喜欢听什么。

如果我这样做了，然后你说了，那话还会是真的吗？

你可以自己琢磨嘛。

可你总是说不出什么让我可以琢磨的话来。

然后他会哼道：

呵，把你那物儿塞进去、抽出来，塞进去、抽出来，
轻烟照样从烟囱里冉冉上升——

他会说：好了，你能听出什么来？

你真是个坏蛋。

我可从没说过我不是。

难怪人们总是借助于故事。

她从修鞋摊向左拐，走过一个街区，再过两幢房子，就看见一座小公寓楼：不断向上公寓。此名想必取自亨利·沃兹沃思·朗费罗[1]的一首诗。还有一面带有奇怪图案的横幅：一个

① 朗费罗(1807—1882)：美国著名诗人，代表作有长篇叙事诗《伊凡吉林》《海华沙之歌》等。《不断向上》是一首篇幅不长的叙事诗，描写一个年轻人揣着一面写着“不断向上”的旗帜，不顾老年人和小姑娘的劝阻，在一个风雪交加的傍晚赶路，最后被埋在雪地里，但是他听到了从天上传来的声音：“不断向上”。现美国纽约州的州印上镌刻着“不断向上”的箴言。

骑士牺牲了所有的世俗利益而攀登高峰。什么高峰呢？就是那种不切实际的资产阶级虔诚的高峰。此情此景，多么可笑。

不断向上公寓是一幢三层楼的红砖房，每层开有四扇窗，还设有带铁栏的阳台——那阳台太小，看起来更像是窗台，连一张椅子也放不下。这些阳台在这个地区曾经风光一时，现在常有人来此凭栏。在一个阳台上，有人拉了根晾衣绳；上面晾了块抹布，像败军的旗帜一样飘摇。

她走过公寓，在下一个街角穿过马路。她停下来，瞅瞅脚下，似乎鞋上沾了什么东西。她又往后看看。没有人跟踪她，也没有车慢慢跟着她。有个壮实的女人吃力地走上公寓的门阶，两只手各拎一只网线袋，看上去很沉；两个衣衫破烂的小男孩在人行道上追着一条狗。门廊上有三个老头弓着身子挤在一起看报纸，除此之外并没有别的人。

她转身往回走，一到不断向上公寓就低头钻进旁边的小巷。她步履匆匆，但决不让自己跑起来。柏油路面不平整，她的鞋跟又太高，在这个地方扭伤脚踝是要坏事的。尽管路两边的房墙上没有窗，她还是感觉自己暴露了，好像处在众目睽睽之下。她的心怦怦直跳，两腿发软，脚下无力。为什么她没来由地慌张起来？

他不会在的——她心里有个声音轻轻说；这声音很轻，很痛苦，仿佛一只悲伤的鸽子在哀鸣。他走了。他被抓走了。再也见不到他了。她几乎哭出来。

她这样自我恐吓真是傻透了。但有一点是真的。他比她更容易消失；她有固定的地址，他知道去哪儿找她。

她停下脚步，抬起手腕，闻了闻袖口毛皮上的香水味，定了定神。后面有扇铁门，供仆役进出。她走过去，轻轻敲了敲门。

《盲刺客·看门人》

门开了，他站在那里。她还没来得及心存感激，就被他拉了进去。他们俩站在后楼梯的平台上。这里很暗，只有上面的一个窗户透进来一些光线。他捧着她的双颊吻了她。他的下巴毛糙得像砂皮。他兴奋得浑身颤抖，但还能克制自己。

她抽开身子。你看起来像个土匪。她从未见过土匪，只是从歌剧中看来的形象：歌剧《卡门》里的走私犯。整个脸用烧焦的木炭涂得黑乎乎的。

对不起，他说，我得匆匆忙忙转移地方。也许是一场虚惊，可我不得不丢下许多东西。

剃须刀之类？

还有别的。来吧，看看我这儿。

楼梯很狭窄，木头也没漆过，带四英尺长、两英尺高的扶手。楼梯底下是水泥地面，泛着煤灰味——一种刺鼻的霉味，就像山洞里潮湿的石头发出的味道。

就是这儿。看门人的房间。

可你不是看门人，她笑着说，你是吗？

我现在就是。房东就是这么想的。他大清早来过几次了，看看我有没有生火炉，但次数不太多。他不希望让房客住得太暖和，那样很贵；温热已经足够了。我这床不太像个床。

这就是床，她说，把门锁上。

这门锁不上，他说道。

这房间有一扇小窗，装有横铁栅，还剩下一块窗帘。外面的光透进来，变成了红褐色。他们用椅子顶着门上的球形拉手；椅子的横档大部分都没了，比破木头好不了多少，构不成什么阻挡。他们躺在发霉的毯子里，上面盖着两人的衣服。床单就无法想象了。她能感觉到他的肋骨，感觉到他肋骨之间的肌肤。

你现在吃些什么？

别烦我。

你太瘦了。我可以给你带点吃的来。

你又不能当我的长期饭票，不是吗？等你来，我都快饿死了。别担心，我很快就会离开这儿的。

离开哪儿？这个房间，还是这个城市，还是……

我不知道。别问个没完。

我只是想知道。我关心你，我想……

别说了。

那好吧，她说，我想还是回到塞克隆星球的故事里去吧。除非你想让我离开。

不。再待一会。对不起，我情绪不好。我们说到哪儿了？我想不起来了。

他在想是割断她的喉管，还是爱她一辈子。

没错。对，通常就是这两个选择。

正当他在想是割断她的喉管，还是爱她一辈子的时候，突然，凭着盲人敏锐的听觉，他听到走廊上有金属摩擦的刺耳声音。这是一种身上裹着盔甲行走时甲片的碰撞声，声音越来越近。从这姑娘的样子来看，他知道冥王还未曾行使他买得的来访权。你可以说，她还是个清白的处女。

现在该怎么办？他可以藏到门后或床下，让这个姑娘等待她的命运，然后再出来杀了她，完成自己的任务。尽管可以这样，他还是不愿意这么干。要么等冥王沉醉于那销魂一刻而听不见外面的声音时，他再溜出门。不过，这样一来就会玷污刺客这个职业团体的荣誉。

他拉起姑娘的胳膊，把她的手捂住她自己的嘴，示意她不要作声。然后，他把她从床上引到门后藏起来。他检查了一下门，确保没被锁上。冥王不会碰到值班修女，因为他已和女大祭司达成了交易：他的来访不让任何人看到。如果值班修女听见他来，她自己就会吓个半死。

盲刺客将断气的值班修女从床下拖出来，放在床罩上，用她的围巾扎住她喉咙上的刀口。她的身体还没有变冷，血已经不流了。如果冥王带着点亮的蜡烛就糟了；没有蜡烛光，黑暗中难辨真伪。修女经过修炼，一般都表现出被动和顺从。冥王身穿笨重的神之甲胄，戴着头盔和面罩，可能要花一些时间才发觉自己操错了女人，而且还是个死的。

盲刺客拉上缎子床帷，走到门后，和姑娘一起紧紧贴在墙上。

沉重的门被吱吱嘎嘎推开了。姑娘看见一团光游进来。冥王显然看不太清楚；他撞到了什么东西骂了一声。他此刻摸索着床帷。你在哪儿，我的美人儿？他说道。她不回答他，这并没有令他吃惊，因为他明白她是无法开口的。

这时候，盲刺客和姑娘悄悄从门后溜出来。我怎么才能把这该死的盔甲脱掉呢？冥王自言自语道。

刺客和姑娘蹑手蹑脚走到门口，然后进入过道，手牵手，就像孩子躲避大人一样。

从他们身后传来一声愤怒或恐怖的惊叫。盲刺客一只手摸着墙，奔跑起来。他一面跑，一面拔下一个个烛台上的火炬，使劲地往后掷，希望它们熄灭。

他通过触觉和嗅觉，对神庙内部了如指掌；他就是干这一行的。用同样的方法，他了解整个城市，能够像迷宫中的老鼠一般来去自由。他知道门口在哪儿，隧道在哪儿，哪儿是漏洞，哪儿是死胡同，哪儿是梁，哪儿是下水道。多数情况下，他甚至还知道口令。他知道哪堵墙可以爬，墙上哪里可以踩脚。他此刻走在一块大理石板上，那上面有破碎之神——逃亡者的保护神的浮雕。根据姑娘走路跌跌撞撞的情况来看，他知道他们是在黑暗中。他第一次意识到，带着她逃跑，他的速度会减慢。她能看得见，但这也是妨碍他快行的一个因素。

从墙的另一面，传来有人走过的脚步声。他轻声说：抓住我的袍子。他又不必要地加上一句：别说话。他们到了神庙的秘密地道里了；里面纵横交错，可以让女大祭司和她的同伙从这里知道许多忏悔者鲜为人知的秘密。不过，现在他们得尽快离开这儿。毕竟，这儿是女大祭司第一个想到要查看的地方。他进来时是抽掉外墙上一块松动的石头钻进来的，现在他不能再带着姑娘钻出去。那个假冥王可能知道这个情况，因为是他安排了刺客，而且规定了时间和地点。他此刻一定猜到了盲刺客的背叛。

隔着厚厚的石墙，他听到了铜锣的响声。他能够用脚听到这声音。

他带着姑娘在墙与墙之间穿梭，然后突然走向一个狭窄的楼梯。她害怕得抽泣起来；割掉她的舌头并没有让她丧失流眼泪的能力。他心想：真可怜。他摸到了上面的那个废弃的下水道，让她踩在他的手上，把她托起来，然后自己也一跃而上。现在他们俩必须在下水道里爬行，里面的味道不太好闻。不过，那是很久以前人们的排泄物风干结块后发出的臭味。

他们终于爬出去了，呼吸到了新鲜的空气。他用鼻子嗅着，看看是否有火炬的烟味。

有星星吗？他问她。她点点头。那么，没有云彩。太不走运了。他根据月份知道天上五个月亮中有两个应该很亮，还有三个也很快就要出来了。两个月亮在夜里始终清晰可见，到大白天它们更是灿烂辉煌。

神庙可不想让他们逃跑的事成为街谈巷议——那样不仅会丢面子，还会出大乱子。另一位姑娘将会被定为祭品：姑娘戴着面纱，谁知道她会是谁呢？但许多人将会追捕他们，悄悄地却又无情地进行。

他能够为两个人找个藏身之穴，但迟早要出来找食物和水。也许他一个人可以克服，但两个人就不行了。

他始终可以抛下她。或者杀了她，把她扔进一口井里。

不，他不能这么做。

刺客们也有老巢。当他们没有任务时，他们都去那儿，闲聊、分赃、吹嘘他们的战绩。他们的老巢就隐藏在神庙主殿里审判室的正下方；洞很深，里面铺着地毯——那是他们小时候被迫织就的，以及后来从别处偷来的。他们通过触摸，十分熟悉这些地毯，常常坐在上面，吸着产生梦幻的野烟草，用手指抚摸着五颜六色的花纹，回忆着自己失明前这些花纹是什么颜色。

只有盲刺客才能进这个洞穴。他们组成了一个秘密团体，陌生人只能作为战利品被带进去。况且，他收了人家的钱，又没杀掉目标，这就背叛了这个行业。他们这些刺客都是职业杀手；他们以完成契约而自豪，不能容忍有成员破坏他们自己的行规。不久，他们会毫不留情地把他杀掉，然后再杀了她。

很可能就是他的一个同行被雇来追踪他们俩。这是让贼来捉贼。他们俩迟早会死于非命。单单她身上的香味就会让他们俩暴露——她浑身上下都被抹足了香水。

他得把她带出萨基诺城——逃出这个城市，逃出这块他们熟悉的土地。这样做有危险，但留下来更危险。或许他可以带她去码头，然后乘船出逃。可如何溜出城门呢？按夜间惯例，八个城门都上锁，并有人看守。他一个人可以爬墙——他的手指和脚趾能够像壁虎一样勾住墙壁——但要带上她翻墙的话，那就是死路一条。

还有另外一条出路。他竖起耳朵，凭听觉领着她往下走，一直可到达这个城市的海边。萨基诺城所有喷泉的水都流向一条运河，而这条运河通过一个拱形隧道从地下流出城墙。水位高过人头，水流湍急，从来没有人尝试过通过这条水道进城。那么出城呢?

走这条水道还可以冲掉她身上的香味。

他自己倒会游泳。这是刺客们必须学会的技能之一。他猜想这姑娘不会游泳——他猜得没错。他让她脱下所有的衣服，扎成一捆。然后，他脱下自己身上的袍子，和她的衣服结成一个绳圈。他把这个绳圈一头系在自己肩膀上，另一头绕在她的手腕上，并叮嘱她，一旦绳结松开，千万要抓住他。到了拱门，她必须屏住呼吸。

涅克鸟叫了；他能听到第一声鸟啼。天很快就要亮了。三条街外，有人正朝这儿走来，步子平稳而从容，似乎是在搜查。他半拉半推地把姑娘摁进冰冷的水里。她喘着气，但照他吩咐做了。两人一起在水里漂浮；他感受着水流的方向，听着流水进入拱门发出的湍急声。如果潜水太早，他们会憋不住；而太晚的话，他们又会撞上石头。他潜下水去。

流水是无形的，你的手可以穿过它；但它也能要你的命。这东西的力量在于它的冲力、它的速度。

在水中过关的过程是漫长而痛苦的。他觉得肺都快爆炸了，胳膊也没力气了。他感觉到她拖在他身后，不知她是否淹死了。总算是顺流。他身体刮到了隧道壁；有什么东西刮破了。不知是衣服还是皮肉?

他们在拱门的另一头浮出水面；她呛得直咳嗽，他轻轻笑出声来。他采取仰泳姿势，把她的头托出水面；就这样，两人漂浮了一段路程。当他觉得已到达安全的地方，就把她拉上了石头坡岸。他摸到一棵树的树荫。他累极了，却又感到很满足，心中充满了一种奇怪的、苦涩的快乐。他救了她。他生平第一次发了善心。这和他的初衷相比，发生了多大的转变啊！

这儿有人吗？他问道。她驻足四处望望，摇摇头，表示没有。有动物吗？也没有。他把两人的衣服晾在树枝上；然后，在金黄、紫红和洋红色三个不同月亮的朦胧月光下，他轻柔地将她抱入怀中，重重地进入她的身体内。她的胴体像瓜一样清凉，又略带咸味，宛若一条新鲜的鱼。

两人相拥而卧，沉沉睡去。突然，有三个人在他们身上绊了一下；这三个人是蛮荒之民派来侦查入城通道的探子。他们俩被粗暴地弄醒了，一个探子用很不熟练的口语盘问他们。接着，他告诉同伴，这小伙子是个瞎子，而姑娘是个哑巴。三个探子都很惊奇：他们俩是怎么来到这儿的？肯定不是从城里来的，因为所有的城门都锁上了。他们似乎从天而降。

答案显而易见：他们俩肯定是神的使者。于是，三个探子恭敬地让他们穿上已经晒干的衣服，请他们坐在其中一个探子的马上，带他们去见欢乐公仆。三个探子对自己的发现极为高兴，盲刺客也明白此时少说为妙。他曾隐隐约约听说过这些人，听说过他们迷信所谓的神的使者。据说，这些使者常常用模糊的语言传达信息，于是他尽力在记忆中搜索所有他知道的谜语、悖论和难题。诸如：向上走就是向下走。什么动物走路早上用四条腿，中午用两条腿，晚上用三条腿①？肉出自食者；

① 谜底：人。

甜出自强者。黑、白、红在一起是什么东西[1]？

这些东西不属于塞克隆文化。他们没有报纸。

说到点子上了。这个不算。再猜猜：比上帝更强大，比魔鬼更邪恶；穷人有，富人缺，吃下去会死掉。是什么？

这是个新谜语。

猜猜看。

我放弃。

是一无所有。

她想了一会儿。对，是一无所有，她说道。这应该是谜底。

他们俩骑在马背上，盲刺客总是腾出一只胳膊搂着姑娘。怎样才能保护她呢？在绝望中，他忽然心生一计，尽管不成熟，但也许能奏效。他将申明他们俩确是神派来的使者，但两个人是不同种类的使者。他接受无敌之神的谕旨，但只有这位姑娘才能够破解。她用手语表达出来，而这种手语也只有他能懂。他将补充说，除了他自己，任何人都不可以碰这位姑娘，更别说打她的坏主意了。否则，她就会失去神力。

只要这些人相信，这个计谋就万无一失。他希望她的理解力强一些，能够即兴应对。他不知道她是否懂一点手语。

今天就讲到这儿吧，他说，我得开窗了。

可天太冷了。

我倒不觉得。这地方像个储藏室。我觉得憋气。

她摸了摸他的前额。我想你大概病了。我可以去趟药房——

不用。我从来不生病。

---

① 谜底：报纸。英语中"红"(red)与"阅读"(read)的过去分词读音一致。

那是怎么回事？你哪儿不舒服？你在担忧吧。

我不会担忧成这样。我也从来不担忧。但我不相信现在发生的事。我不相信我的朋友——我那些所谓的朋友。

为啥？他们在干些什么？

屁事不干，他说道，这就是问题所在。

《梅费尔》（1936 年 2 月）

多伦多热点琐闻

约　克

在一月中旬举办本季第三次慈善化装舞会之际，约克皇家饭店挤满了奇装异服的纵情者。舞会募得款项用于赞助市中心弃儿育婴堂。与去年主题为“帖木儿在撒马尔罕”的花花艺术舞会相呼应，今年的主题是“忽必烈行宫”。在华莱士·维南特先生老练的筹划下，三个豪华的舞厅被布置成奢侈的行宫，流光溢彩，蔚为壮观。在那儿，你能看到忽必烈汗和他穿金戴银的侍从在处理朝政。来自东方国度的君主们，带着他们的随从——女眷、用人、舞伎、奴隶，还有抱着扬琴的少女、来自各地的商人、妓女、托钵僧、士兵、成群的乞丐——围着壮丽的“阿尔芙圣河”喷泉尽情狂欢。在喷泉的顶上那些闪烁的彩灯中，一盏聚光灯把喷泉的水映成了紫色，灯彩的中间露出一个“冰洞”。

在两个相邻的花园凉棚下，正在举行欢快的舞会。凉棚上缀满了鲜花，爵士乐队在一旁演奏乐曲。我们从中根本听不出有任何“祖先预言战争的声音”，所听到的只是甜蜜悦耳的乐曲。这一切都得归功于威妮弗蕾德·格里芬·普赖尔夫人的有力调度。她是舞会发起人，浑身上下除了鲜艳的猩红色便是金色，打扮得如同拉贾斯坦的王妃。舞会主办者还包括理查德·蔡斯·格里芬夫人——她身穿绿色和银色相间的衣服，打扮成一个阿比西尼亚丫环；奥立佛·麦克唐纳夫人——一身中国红；休·N.希勒特夫人，她的洋红色衣服令她看起来像个苏丹女人。

《盲刺客·冰封的外星人》

他现在又换了一个住处，在铁路枢纽站附近的五金店楼上租了一个房间。五金店的橱窗里稀稀拉拉摆着几把扳手和一些链条。这家店生意不太好；这地方做什么都不红火。这里的环境不佳：风中卷着沙砾，地上到处是纸团。人行道由于结冰常常让人滑跤，厚厚的积雪根本就没人去铲。

再远一点，火车从那儿呜呜地鸣着汽笛驶向远方。它永远只会说再见，从来不说你好。他可以跳上一列火车，但那是要冒风险的；列车上冷不防会有人巡逻。总之，现实就是：他是为了她而窝在此地了，尽管她像火车一样，从不准时到来，却总是要离开。

这个房间位于三楼，后面的楼梯上有橡皮踏板。虽然踏板已经磨损斑驳，但至少这是一个独立的通道。偶尔也会碰到隔壁的年轻夫妻和小孩；他们也走这楼梯。不过，他很少碰到他们，因为他们总是起得很早。尽管如此，夜半时分他要工作时，就能听见他们的声音。夫妻俩没命地做爱，他们的床发出的嘎吱声如同老鼠叫。这声音快把他逼疯了。有个孩子哇哇大哭，按理他们可以停歇了，但他们不，他们依然马不停蹄。不过，他们很快也就完事了。

有时，他会把耳朵贴在墙上聆听。那种感觉就像是风雨大作时把耳朵贴在舷窗上一般。到了深夜，所有人都会原形毕露。

他曾有几次在楼梯上碰到过那家的女人。她穿得鼓鼓囊囊，戴着头巾，就像一个俄国老太。她常常费力地拎着大包小包，推着婴儿车。夫妻俩总是把婴儿车存放在楼梯底下；那东西张着黑口等在那里，仿佛一辆异国的死亡之车。他帮她搬过一次婴儿车，她报以一笑。那笑似乎是偷偷摸摸的，小牙齿的边缘闪着青光，颜色就像脱脂牛奶。夜里我的打字机吵你们没有？他曾大胆地问道。这是在暗示她，他当时还醒着，听到了他们的房事。没有，一点没有。她茫然地看着他，样子就像个傻大姐。她眼圈发黑，鼻翼旁的皱纹延伸到了嘴角。他怀疑他们夫妻俩晚上的行为是她的主意。她丈夫做爱一定像抢银行那样速战速决。她看来是个十分乏味的女人；说不定她当时正盯着天花板，脑子里想着该拖地板了。

他的房间是一个大房间一分为二隔出来的，所以中间那堵墙十分单薄。房间又小又冷；窗框里总有风溜进来，暖气汀卡卡作响，滴着水，却发不出热量来。在阴冷的角落里有个卫生间，陈年尿渍和锈斑使马桶蒙上了一层黄色的污垢。淋浴房是镀锌的，橡胶浴帘年代已久，肮脏不堪。淋浴器用黑胶管挂在墙上，带着一个金属的莲蓬头，从里面滴出来的水冷如冰泉。有一张折叠床，他得用大力气才能把它放平。还有一张用钉子钉出来的长桌，前些日子漆成了黄色。屋里有个单环火的炉子。床上的毯子脏兮兮的，黑得像煤屑。

同他以后呆的地方相比，这儿也许算得上是个天堂了。

他抛弃了他的同伴，不告而别，也没有留下地址。为他办一张护照，或者办他所要求的两张护照，应该不需要这么长时间。他觉得，他们把他搁置起来是为保险起见：如果有更重要的人被抓，他们可以拿他做交换。总之，他们可能正在考虑出卖他。他将会成为一个有趣的替罪羊。他不值得保留，因为他并不真正符合他们的要求。他是一个走得不够远或不够快的同路人。他们讨厌他的博学；他们讨厌他的怀疑主义，误认为那是轻浮。有一次他曾经说：张三错并不等于李四就对。他们很可能把这句话记录在案，以备将来查阅。他们设立了小档案。

可能他们要有自己的殉道者，要他们队伍中有一个人成为政治牺牲品。在他被绞死，当他那张红色恶棍的面孔登上所有的报纸以后，他们将披露一些关于他无罪的证据——从公众的义愤中得分。看，现行制度干的好事！公然谋杀！公理何在！这些同志就是这样想的。就像是一盘棋，他将成为一颗被牺牲的小卒子。

他走到窗边，向外看了一下。从屋顶沿窗玻璃垂下来的冰柱像咖啡色的獠牙。他想起了她的名字，那名字像一个性感的霓虹光环让他情欲难平。她在哪儿？她不会乘出租车来，直接到达这里的；她很聪明，不会这样做。他注视着电车站，期待她的出现——穿着优质高跟靴的脚从车里跨出来。踩着高跷的小蹄子！如果别的男人这么说她，他一定会揍这个混蛋。他自己为什么会这么想呢？

她会穿一件裘皮大衣。他会因此而鄙视她，但他还是会叫她穿在身上。她穿了这件衣服浑身上下毛茸茸的。

上回他看见她大腿上有块淤青。他希望是他搞出来的。这儿怎么了？我撞到了门上。她若说谎，他总能看出来——至少他是这么认为的。认为自己能看出来会给他带来麻烦。一位过去的教授曾夸他有钻石般坚硬的智力，当时他颇感得意。现在回想起来，尽管钻石坚硬而耀眼，可以用来切割玻璃，但它只是靠反射别的光芒来发光。一旦处于黑暗中，钻石便毫无用处。

为什么她不断地来这里？他是否充当了她玩游戏的对象？他不愿意她为他掏钱，不愿意让自己成为商品。她想从他那儿获得一个爱情故事，因为姑娘们都是这样，至少她这种类型的姑娘是这样——她们还期望从生活中获得某些东西。从另外一个角度来说，她们想报复，想惩罚别人。女人用各种奇怪的方法去伤害别人。结果，她们反倒伤害了自己；而被伤害的男人通常得过了很久才明白自己受到了伤害。想到这儿，他明白了。接着，他那物儿就痿了。尽管她有迷人的双眸，还有完美的喉部曲线，他有时也能瞥见她复杂的和不干净的一面。

她人不在场，最好别对她胡乱猜想。等她真的来了再说。然后，他才能根据她的表现锁定她的形象。

他有一张桥牌桌、一瓶从跳蚤市场买来的葡萄酒，以及一张折椅。他在打字机前坐下来，对手指呵了一口气，把打字纸卷进去。

在瑞士的阿尔卑斯山（最好是落基山脉，格陵兰岛则更好），几名探险队员在晶莹剔透的冰流中发现了一艘宇宙飞船。它的形状像一艘小艇，两头却是尖的，又像一个羊角豆荚。它透过冰层，闪耀出一种神秘而怪异的光芒。那是一种绿中泛黄的光，使人想起苦艾酒的颜色。

探险队员用什么东西来化冰呢？是用随身携带的喷灯？还是用附近树木生的火？如果用树木的话，那就是落基山脉。格陵兰岛是不长树的。也许还可以用大块的水晶在太阳下聚光。童子军都学过用这种方法生火——他自己也曾当过短期的童子军。这些童子军的男孩们会避开他们的团长——一个乐呵呵、喜欢哼歌、佩着短斧的苦脸汉子，用把放大镜对着自己赤裸的手臂聚光，看谁能熬得时间更长。他们还用这种方法点火燃烧松针和用过的卫生纸。

不，要找到这样的大块水晶是不可能的。

冰渐渐融化了。X——一个执拗的苏格兰人警告说，别去弄它，否则没有好果子吃。但英国科学家Y说，他们必须为人类的知识积累作贡献。而美国人Z却说，他们能赚到数百万的钱。长着一头金发和肥嘟嘟嘴唇的姑娘B说，这一切令人激动。她是俄国人，想必相信自由性爱。X、Y和Z并没有将此付诸实施，尽管他们内心都想这么做——Y是带着潜意识，X是带着负罪感，而Z是带着赤裸裸的欲望。

他总是先用字母称呼他的人物，后来再填上姓名。有时候他会查电话簿，有时候去看墓志铭。女人开头总是B，代表难以置信、笨蛋、大奶子，全凭他的心情而定。当然，还有金发美女。

B睡在一个单独的帐篷里。她老是丢掉她的连指手套，老是违反规定在夜间出来闲逛。她赞叹月亮的美妙，赞叹狼嗥的悦耳。她和拉雪橇的狗关系亲密，用俄语对狗说儿语，还声称这些狗是有灵魂的（尽管她是科学唯物主义者）。因此，X用他悲观的苏格兰语气得出结论：如果他们断炊而想吃一条狗的话，这还真是个麻烦。

那个发光的豆荚状飞船已从冰流中剥离出来，但是探险队员已经没有时间可用来分析它的制作材料了——那是一种人类尚未知晓的合金。它很快就蒸发了，留下一股气味——像杏仁，像薄荷，像烤糖，像硫磺，又像是砒霜。

飞船化掉之后出现了一个人形的东西，显然是男性，身穿蓝绿色孔雀毛的紧身衣，带有甲壳虫翅膀般的光泽。不，这样描绘太像一位仙人了。那我们这样说吧：他穿着煤气火焰般的绿蓝色紧身衣，就像泼在水面上的汽油一般闪亮。他还被原先飞船中的冰裹着。他长有浅绿色的皮肤、微尖的耳朵、凿出来一般的薄嘴唇，还睁着一双大眼睛。这双眼睛像猫头鹰的一样，看过去只见瞳孔。他的头发呈一种暗绿色，卷在脑袋上，格外引人注目。

真是难以置信！这就是一个来自外星球的人。谁知道他在里面躺了多久？几十年？几百年？还是几千年？

他肯定早已经死了。

他们四个人怎么办呢？他们把包裹外星人的大冰块抬起来，然后展开了讨论。（X说，他们现在该走了，去给当局打电话；Y想当场解剖外星人，但有人提醒他说，外星人也许会像飞船一样蒸发掉；Z决定用狗橇把外星人拖走，用干冰把他包起来，以最高价码拍卖掉；B指出，他们的狗已对外星人产生了不健康的兴趣，汪汪直叫，但这个俄国女人言过其实的说法无人理睬。）此时，天已经黑了，北极光也显得不寻常，他们决定把外星人放在B的帐篷里。于是，B只能同三个男人同住在另一个帐篷里。她睡觉前肯定要换登山衣，钻睡袋，这样就为三个男人借助烛光偷窥她的身体提供了机会。夜里，他们会轮流值班，看守外星人，每四小时一班。他们将在第二天早晨抽签作最后的决定。

X、Y和Z值班时一切正常，然后轮到B。她说，她有一种不祥的预感：一定会有什么事发生。由于她一贯喜欢这样说，没人把她的话当回事。Z把她叫醒，带着淫荡的目光望着她。她伸伸懒腰，爬出睡袋，套上防寒外衣。接着，她去另一个帐篷值班，看守那个冰冻的外星人。烛光摇曳，令她昏昏欲睡；她浮想联翩，不知这个全身绿色的男人坠入情网会怎么样——尽管他很瘦，他却长着迷人的眉毛。她就这样打着瞌睡，终于睡着了。

被冰裹着的外星人开始发光，起先很微弱，后来越来越强烈。冰悄悄地化成了水，流得帐篷里满地都是。冰化完后，外星人坐了起来，接着又站了起来。他无声无息地走近正在睡觉的姑娘。他的暗绿色头发开始一圈圈竖起来，然后伸长，变成了一个个触角。一个触角缠住了姑娘的脖子，一个绕着她的丰乳，还有一个则缠在她的嘴上。她似乎从噩梦中惊醒，但这不是噩梦。那个外星人的脸和她的脸贴得很近，他冰冷的触角把她裹得牢牢的；他带着一种她从未见过的强烈渴望和赤裸裸的肉欲注视着她。从来没有一个男人这样深情地望着她。她挣扎了一下，就在他的怀抱中投降了。

她并没有多大选择的余地。

外星人张开绿色的嘴巴，露出尖牙，伸向她的脖子。他深深地爱她，想把她吸收到他的体内——让她永远成为自己的一部分。他们俩将会融为一体。她不通过言语交流就能理解，因为这位先生具有心灵感通的天赋。没错，她叹了一口气。

他又卷了一支烟。他是不是就让 B 被外星人这样吃掉呢？还是让那些雪橇狗挣脱绳索，冲出帐篷，把外星人一个触角一个触角地撕碎，把她救出险境呢？还是他更情愿让那个冷静的英国科学家去英雄救美呢？要不要接着来一场恶斗？那样也许不错。蠢货！我本来可以把一切传授给你的！外星人会在临死前通过心灵感应微笑着对 Y 说这句话。他血的颜色要和地球人不一样。橙色应该是个不错的选择。

或者让这个绿色的外星人把自己的血液和 B 交流，把 B 也变成一个和他同类的生物——一个完美的绿色女人。然后，他们俩把另外三个人碾成肉酱，再杀了雪橇狗，一同出发去征服世界。那些富庶、专制的城市必须摧毁，高尚的穷人必须解放。他们俩将宣布：我们是上帝的正义之鞭。他们将从附近的五金店抢来扳手和铰链，运用外星人的知识制造出死光。他们有了死光武器，谁敢说个不字？

再或者，外星人不喝 B 的血——他把自己的血注入 B 的体内！他自己的身体将像颗葡萄一样瘪掉；他皱巴巴的干皮灰飞烟灭。第二天一早，他就杳无踪迹了。另外三个人碰到B时，她会没睡醒似地揉揉眼睛。我不知道发生了什么事，她会说。她的确什么也没干，于是他们三个人会相信她的话。也许我们产生了幻觉，他们会这样说。北方的极光会把人的脑子弄糊涂，寒冷会让人的血液浓缩。他们不会发现姑娘眼中闪耀着超智慧的绿色光芒，因为她的眸子本来就是绿色的。然而，那些狗会知道。它们能嗅出这种变化。它们会咆哮，它们会哀号，它们不再是她的朋友了。这些狗是怎么了？

可以有很多种方法把故事讲下去。

挣扎、战争、救助。外星人之死。在此过程中，衣服会被扯掉。事情总是这样的。

他为什么要匆匆写出这些乱七八糟的东西？因为他得谋生，否则他就得出门找别的差事；如此一来，他就会在公众场合露面，这是一种不谨慎的做法。再说，他有写作能力。并不是每个人都有这个能力的；许多人尝试过，许多人都失败了。他曾经有过更大的志向，更庄严的志向。去客观真实地描写人的生活。深入社会底层，去了解那些为面包而流血流汗却吃不饱的工人，了解那些失去尊严的廉价妓女，了解暴力行为和贫民窟里的罪恶。他要揭露现行制度的运作，揭露国家机器；在这个机器里面，工人就像一个个齿轮一样，被折磨得筋疲力尽。

然而，普通工人不会读他写的这种东西，尽管这些同志认为写作是天生高尚的。这些家伙需要的是他作品里的低俗描写。书要卖得便宜，花上几毛钱就能读到快节奏的故事，还要有大量的奶子和屁股。并不是你可以把奶子和屁股这些字直接写出来；黄色书刊一般都是出奇的谨慎。最多只能说胸脯和臀部。可以有血污和子弹，有非礼、尖叫和扭动，但没有正面的裸体描写，也没有淫秽的语言。也许这不是谨慎，而是他们不想被封掉。

他点上一支烟，踱来踱去，从窗口往外望去。煤灰弄黑了雪。一辆电车隆隆驶过。他转过身，又踱起了步子，打着腹稿。

他看了一下表：她又晚了。她不会来了。

第七章

扁行李箱

描写真实的唯一方法是：假设你所写的东西永远没有人会读到。不仅别人读不到，甚至你自己后来也读不到了。否则，你便开始原谅自己。你一定要把写作看成是从右手食指流出长长的墨迹，而左手在不断地把它擦去。

这当然是不可能的。

我一行一行地写，在白纸上编织着文字的黑线。

昨天我收到了一个包裹：新版的《盲刺客》。这本书是免费赠送的，不要付款，至少不要我来付。此书的版权如今已属于公众，任何人都可以拿来出版，所以劳拉的这项知识产权不再会产生任何利润。作者去世若干年以后都是这样：作者本人失去了控制权。这本书在世上不断重版，天知道有多少个版本，都没经过我的许可。

这是一家英文出版社，名叫"阿蒂米西亚书局"。我想就是他们要我撰写这本书的简介，我自然拒绝了。从这家出版社的名称来看，很可能是一帮女人经营的。我不知道她们心目中的阿蒂米西亚是从战争中逃走的那个波斯女将领，还是将亡夫的骨灰吃尽而想成为他的活冢的那个罗马女人？或许是那个被强奸的文艺复兴时期的女画家；她是至今被人记得的唯一的一个阿蒂米西亚。

这本书放在我厨房的餐桌上。封面书名下面有一行斜体字：*被忽略的二十世纪的杰作*。封面的勒口上写道：劳拉是个“现代派”作家。她受琼娜·巴恩斯、伊丽莎白·斯马特、卡森·麦卡勒斯等作家的影响(据我所知，劳拉其实从来没有读过他们的书)。不过，书的封面设计得不差。淡淡的褐紫底色上是一个生动的画面：网眼窗帘后面，有一个身穿背带裙的女人倚窗而立，脸部处在阴影中。她身后是男人身体的一个部分——手、臂、后脑勺。我看，这再合适不过了。

我觉得该给我的律师打电话了。确切地说，他算不上是我真正的律师。我以前真正的律师——他帮我处理与理查德之间的事，还帮我还击威妮弗蕾德，尽管是徒劳的——已经死去几十年了。从那以后，我便在公司内部调来调去，就像作为结婚礼物的华丽银茶壶一代代传下去，但从来没人用过。

“请赛克斯先生听电话。”我对接电话的姑娘说道。她想必是个接待员之类。我想象她留着又长又尖的褐红色指甲。不过，也许如今接待员的指甲已经不是这种样子了。也许她们的指甲已涂成了冰蓝色。

“对不起。赛克斯先生正在开会。你是哪位？”

她的声音如同机器人。“我是艾丽丝·格里芬夫人，”我用最强硬的语气答道，“我是他的一个老客户。”

我的话不起任何作用。赛克斯先生还在开会。看来他是个忙碌的小伙子。可我为什么会把他当成小伙子呢？他大概五十多岁——没准就是劳拉死的那年出生的。劳拉真的死了那么久，时间长到能够让一个律师成熟起来吗？有些事情，尽管我不相信是真的，可人人都相信，因此我想大概是真的，眼下这就是其中的一件。

“要不要我转告赛克斯先生是什么事？”接待员问道。

“是关于我遗嘱的事，”我说，“我正在考虑写一份遗嘱。他常常对我说，该立遗嘱了。”（这是瞎话，但我想让她那个容易糊涂的脑瓜认为，我和赛克斯先生关系密切，非同一般。）“另外，还有一些别的事。我很快就会来多伦多，向他咨询。他要有空的话，请他给我回一个电话。”

我想象赛克斯先生得到口信；我想象他在记忆中搜寻我的名字时脊背发凉，最后想起来了，于是他浑身都起了鸡皮疙瘩。这好比从报纸上看到关于以前那些一度大名鼎鼎或富于魅力或臭名昭著的人的小新闻，你以为他们早已经死了，而现在他们却像石头底下皱巴巴的黑色老甲虫忽然出现，让人不寒而栗。

“好的，格里芬夫人，”接待员说，“我一定让他给你回电。”这些接待员想必受过说话技艺的训练，才能把周到和鄙视融合得如此恰到好处。但我有什么可抱怨的呢？我自己也曾对这种技巧驾轻就熟。

我放下电话。毫无疑问，赛克斯先生会和他那些开着名牌汽车、大腹便便的秃顶年轻伙伴们挤眉弄眼：这个老太婆能留下什么口信？

换句话说，这又何足挂齿？

我厨房的一角有一个扁行李箱，贴着破旧的标签。它是我嫁妆的一部分——黄色小牛皮做的，新的时候很光亮，现在已经暗淡无光，铁皮镶边也又锈又脏。我把它锁着，钥匙深藏在一个装满麦片的封口罐中。如果放在咖啡罐或糖罐里的话，那就太显眼了。

我死命地开启罐子，终于打开了，取出了钥匙；我得找个好地方，可以让我更方便地藏取钥匙。我费力地蹲下身子开锁，打开箱盖。

我有日子没开过这个箱子了。一股如同秋叶般的旧纸的焦味扑面而来。箱子里都是些廉价的、粗糙的硬面笔记本；还有一些打字稿，用旧绳子十字形地捆着。还有一些写给出版社的信——当然是我写的，不可能是劳拉的；当时她已经死了。还有那些校稿，以及过去收集的一些攻击性的信件。

还有五本初版的书，护封还完好无损——不无俗艳，但战后那几年，书的护封都是这个样。劣质的纸张以鲜黄、黯紫、橙绿色为底色，上面有一个画得十分难看的人物形象——埃及艳后般的女人，长着一对绿色的球形乳房，涂着黑眼圈，紫色的项链从下巴一直垂到肚脐，噘着一张橘红色的大嘴，仿佛袅袅紫烟中升起的一个妖精。护封已受到酸性的腐蚀，就像热带鸟标本的翅膀一样，不断地褪色。

（我收到了六本赠书——这是给作者的所谓样书，但我送了一本给理查德。我不知道这本书在他手里的命运如何。我估计他会撕掉；以前他总是这样处理他不要的纸张。我现在想起来了：不是这么回事。后来发现这本书放在他船里的餐桌上，在他的头旁边。威妮弗蕾德把它寄回给我，还附上一张纸条：瞧你做的好事！我把它扔了出去。我讨厌身边有任何理查德碰过的东西。）

我常常在想如何来处理这些东西——这个藏有零碎物品的百宝箱，这个小小的档案馆。我既不可能自己去卖掉它们，也不舍得把它们扔掉。如果我不干，那么米拉定会替我来收拾的。想象一下：她读了一会儿先是吃惊，接下来无疑是一通撕扯。然后，她会划着一根火柴，将它们付之一炬。她把这看成是一种忠心；倘若瑞妮健在，她也会这么干的。过去，我们总是把麻烦问题囿于家族内部，因为相对来说，家族还是包容麻烦问题的最佳场所。多年之后，事过境迁，何必把一切再翻出来呢？

或许我该把这箱子连同里面的东西送到一所大学或图书馆去。那儿至少会有人欣赏，自然是出于挖丑的好奇心。还有不少学者会把爪子伸进所有这些废纸里面。他们会把这些战利品叫做资料。他们一定把我想象成守着一堆不义之财的凶神般的古板老太婆——一个占着茅坑不拉屎的病鬼、一个吹毛求疵的干瘪女看守。这个不苟言笑的女看守看着地牢，腰上挂着一大串钥匙；在地牢里，饥饿的劳拉被铁链锁在墙上。

几年来，他们通过书信对我轮番轰炸，想要劳拉的亲笔信，想要她的手稿、纪念物、来访记录、轶事——所有令人不快的细节。一个个都是那样死皮赖脸，我给他们的回信通常都是简短而干脆：

“亲爱的 W 小姐：在我看来，你关于在劳拉不幸亡故的那座桥上举行‘纪念仪式’的计划不仅不得体，而且还有些病态。你的脑子一定出了毛病。我觉得你患上了自体中毒症，应该去灌肠。”

“亲爱的 X 女士：我收到了你关于要撰写论文的来信。不过，我觉得你的论题没多大意义。毫无疑问，这个论题对你有意义，否则你也不会想出这个论题。我无法为你提供任何帮助，而且你也不配。‘解构’意味着使用破碎机，‘问题化’不能用作动词。”

“亲爱的 Y 博士：关于你对《盲刺客》所做的神学研究，我想告诉你：我妹妹笃信宗教，但并非传统意义上的信教。她不喜欢上帝，不赞同上帝，也未声称理解上帝。她说她爱上帝，而对人类又是另一回事了。不，她不是个佛教徒。别昏了头。我建议你要学会阅读。”

“亲爱的Z教授：我注意到了你的看法：早就该出版一部劳拉·蔡斯的传记了。你说，她可能是本世纪中期最重要的女作家之一。我说不上来。但你指望我同‘你的项目’合作，这是不可能的。我无意满足你从逝者身上捞油水的欲望。

劳拉·蔡斯不是你的‘项目’。她是我的妹妹。她并不想死后还被人折腾，不管这种折腾冠以什么委婉的名义。成文的东西可以造成很大的伤害。人们往往都考虑不到这一点。”

“亲爱的W小姐：关于同一个问题，你已经寄来四封信了。别再骚扰我了。你真是块讨厌的牛皮糖。”

几十年来，我对自己当年这些恶言恶语的涂鸦之作感到一种残忍的满足。我舔舔邮票，贴在信封上，然后像扔手榴弹般把这些信丢进光亮的红色邮筒中，让那些伸长脖子的好事者得到报应，心中十分快慰。但近来，我不再回信了。何必要刺激陌生人呢？他们不在乎我对他们有什么看法。对他们来说，我只是个附属物：劳拉的一只额外的、奇特的手——这只手把她传送给世界，传送给他们。他们把我看作一个档案馆——一座活陵墓、一个他们所谓的材料库存。那我又为什么要帮他们呢？对我而言，他们是一群食腐动物——争先恐后的鬣狗、闻到肉味的豺狼、随意捕食的猛禽，或是叮着尸体不放的苍蝇。对他们来说，我仿佛是一家古玩铺；他们想从我这里寻找铁片碎陶、楔骨碎片、古纸草残留、古董、失传的玩具和金牙之类。如果他们怀疑我还藏有这一箱东西，他们会破门而入，把我打翻在地，理直气壮地抢走箱子。

不行。我还是不把它送到大学去吧。我为什么要让他们满意呢？

或许，我这个扁行李箱应该送到萨布里娜那里去，尽管她决定把自己关起来，不再理会我——这才是让我烦心的事。然而，过来人都知道，毕竟血浓于水。这些东西按理是属于她的。你甚至可以说，这些是她该继承的遗产；她毕竟是我的外孙女。她也算是劳拉的外孙女。一旦她抽出时间来，她肯定想知道她长辈的事。

不过，她无疑会拒绝这一馈赠。我提醒自己，她已经长大成人了。如果她想要问我什么，想要对我说什么，她迟早会告诉我的。

但她为什么不这样做呢？她沉默是想报复什么事或什么人吗？肯定不是对理查德——她从来不认识他。也不是对威妮弗蕾德；她是从她那儿逃走的。那么是对她的母亲——可怜的艾梅？

她能记得多少？她只有四岁。

艾梅的死并不是我的错。

萨布里娜如今在哪儿？她在追寻什么？在我想象中，她是个瘦削的女孩子，带着迟疑的微笑。然而，她很可爱，长着一双劳拉一样深沉的蓝眼睛；长长的黑发卷起来，像冬眠的蛇一般盘在头上。不过，她不戴面纱；穿着一双实用的凉鞋，或者是靴子，鞋掌都磨薄了。她是不是也裹着印度的莎丽？她那样的女孩子一般都是这种装束。

她在为某种使命奔波——给第三世界的穷人发放食物，安慰将死的人；为我们其余的人赎罪。这是一个徒劳的任务——我们的罪孽像无底的深渊，而且越来越多。但她无疑会说：那是上帝的意思——徒劳无功。上帝总是喜欢人们徒劳无功；他认为那是高尚的。

她在这方面很像劳拉：易走极端，不肯折衷，嘲笑人类的失败。若要掩盖这个缺点，你得长得很漂亮。否则，你就似乎只剩下乖戾了。

火　窖

天气在这个季节不该这么温暖。芬芳而和煦，干燥而明亮。一年中的这个时节，太阳通常黯淡无力，而现在却又大又圆，连落日也十分灿烂。电视台气象频道的那些活泼的、笑眯眯的家伙说，这源于远方的一场大灾难——是地震，还是火山爆发？这是又一次不可抗拒的致命天灾。他们的座右铭是：祸兮，福所倚。但另一方面，福兮，祸所伏。

昨天，沃尔特开车送我去多伦多和律师见面。如果能避免，他是绝对不会去那儿的，但米拉还是说服他去了。因为我说要搭公共汽车去，她可不愿意我搭车去那儿。人人都知道，去多伦多的公交车每天只有一班，天没亮就启程，天黑了才回来。她说，如果我在夜间下车，那些开车人看不见我，我会像只虫子一样被他们的车碾碎的。总之，我不能独自去多伦多，因为，人人都知道，那儿骗子成群，恶棍遍地。她说，一定要沃尔特陪我去。

沃尔特出发前戴了一顶红色的棒球帽；在他的帽子后檐和衣领之间，他毛拉拉的脖子硬邦邦地凸出来。他的眼皮满是皱褶。“我原本要开那辆小卡车的，”他说，“那车结实得像个砖砌的厕所，那帮蠢小子在撞我之前得掂量掂量。不过，小卡车缺了几根弹簧，路上不会那么平稳。”听他的口气，多伦多的开车人都很疯狂。“我说，你去那儿是不是疯了？”他又说道。

“我们就是去那儿。”我指出道。

“不过，就这一回。就像我们常对姑娘们说的，一回不算。”

“那她们相信你吗，沃尔特？”我故意用话套他。他也喜欢这样。

“当然啦。她们都傻乎乎的。特别是金发姑娘。”我能感觉到他在咧嘴偷笑。

像个砖砌的厕所。这话过去是用来说女人的（意为长得壮实）。这是句恭维话；那时候并不是所有人都盖得起砖砌厕所的。厕所通常是木头盖的，单薄易倒，而且臭气熏天。

沃尔特让我上了他的汽车，给我系上安全带，立刻就打开了收音机。里面传出了电子小提琴的音乐，是令人心碎的四拍，诉说着畸形的浪漫爱情。这无非是陈腐的无病呻吟，但毕竟也是一种痛苦。娱乐业就是以此为生。我们早已习惯了这些色情的东西。我靠在米拉为我准备的枕头上。（她为我们准备的东西像是我们要去远航：膝毯、金枪鱼三明治、巧克力小方饼，还有一暖壶咖啡。）窗外，若格斯河在懒懒地流淌。我们过河以后往北拐，经过几条街道——两边原是工人的住房，如今则成了所谓的廉价“鸳鸯楼”；又经过一些小店铺：一家拆车铺、一家快倒闭的健康食品商场，还有一家矫形鞋店；门口有个脚形的绿色霓虹灯闪烁，仿佛在原地踏步。再过去是一个小型的购物中心，其中五家店面，唯有一家挂上了圣诞节的灯饰。接着是米拉的美容院，名为“发港”。橱窗里摆着一张剪短发的人的照片，我搞不清是男是女。

再过去是一家名叫“旅行目的地”的汽车旅馆。我猜，旅馆老板想的一定是“情侣幽会目的地”，但并非人人都领这个情。这个旅馆给人的感觉也许太邪门，只有进口，却没有出口；旅馆里有患动脉瘤和脑血栓的房客，有吃空的安眠药瓶，还有脑袋上有枪伤的人。如今干脆更名为“旅行”。名称改得多明智啊。这样一来就不再含有终结的意味。与其说是个目的地，不如说是个驿站。

我们还经过几家快餐连锁店——有的店家招牌上是几只笑吟吟的鸡端着一盘炸鸡块，还有的是一个乐呵呵的墨西哥人手举着玉米卷。这个城镇的贮水塔在前方若隐若现；这些水泥的庞然大物点缀在乡间，就像喜剧连环画一样有趣。现在我们到了真正的乡间。一个金属的筒仓像指挥塔般耸立田间；路边，三只乌鸦正在啄一只旱獭的毛茸茸的身体。栅栏、筒仓、湿漉漉的牛群、一排深色的雪松。再过去是一汪沼泽，夏天茂盛的芦苇也已凋谢了。

天开始下起了毛毛雨。沃尔特启动了前窗的雨刷。伴着雨刷柔和的催眠曲，我进入了梦乡。

当我醒来，我首先想到的是：我打鼾了吗？如果打了，我的嘴巴张着没有？如果那样的话，有多难看、多丢人啊。但我忍着没问。要知道，这是虚荣心在作怪。

我们在八车道的高速公路上行驶，快到多伦多了。这是沃尔特说的。我看不见，因为我们被堵在一辆装满一筐筐白鹅的卡车后面——这些肉鹅无疑是送往市场的。它们那长长的、注定要被宰杀的脖子伸出筐外，嘴巴一张一合地在悲鸣，叫声被车轮的声音淹没了。它们落下的羽毛在风中飘舞，贴在车窗上。车里充满了鹅粪味和汽油味。

那卡车的后面贴着一条警示语：“如果你看得清，那说明你靠得太近了。”当它终于转弯开走了，多伦多已近在眼前——一个在湖边平原上耸立着的玻璃和水泥的高楼大厦的城市，飘浮在一片橘褐色的烟雾之中。我以前从未见过这样的城市，它似乎在一夜之间如海市蜃楼般长出来了。

车旁窜过黑色的火花，似乎有一堆纸在闷烧。空气中跳动着愤怒的热量。我想起了那些一面开车、一面向外开枪的泄愤行为。

律师事务所位于金街和湖湾街的十字路口。沃尔特迷路了，找不到地方停车。我们不得不下来走五个街区；沃尔特搀着我的胳膊。我不知道自己身处何地，一切都发生了巨变。我并不常去多伦多，但每次去都会发现新的变化。这种变化日积月累，产生的效果是惊人的——似乎这个城市被炸为平地，然后又重生了。

我记忆中的市中心是毫无生气的。居民基本上都是信奉卡尔文派新教的白人。男人身穿深色大衣在人行道上古板地行走。偶尔出现一名妇女，穿着标准的高跟鞋，戴着手套和帽子，腋下夹着手袋，眼睛正视前方。这样的景象已经一去不复返，而且有些日子了。多伦多不再是个新教徒的城市，而变成个五色斑斓的城市：街上人头攒动，人们的衣着款式多样，色彩鲜艳。有撑着黄色太阳伞的热狗摊子、椒盐脆饼摊，有卖耳环、手工包和皮带的小贩。还有胸前挂着“失业”牌子的乞丐；他们中间也划出各自的领地。我从一个吹长笛的人身边走过，又看见一个弹电吉他的三人小组，还有一个穿苏格兰短裙的男人在吹风笛。我随时准备碰上玩杂耍的、吃火的，或是戴着风帽、摇着铁铃的麻风病人。眼前的景象，嘈杂不堪，仿佛一部光怪陆离的电影展现在我的眼前。

我们终于到了律师事务所。当我四十年代首次来此事务所咨询时，它位于一群曼彻斯特式的红砖建筑中；那些红砖由于年代久远，已被煤烟熏黑了。门厅的地上铺着马赛克，门口放着石狮子。嵌着石水晶的木门上，金色的招牌闪闪发光。电梯是那种简陋的铁笼子；走进去就像进了牢房一般。有个穿海蓝制服、戴白手套的女人开电梯，到了一层呼叫一下。那电梯只开到十楼。

如今，这个律师事务所开在一幢玻璃幕墙的办公大楼中，位于第五十层。我和沃尔特走进闪亮的电梯，里面装饰着人造大理石。电梯里挤满了西装革履的男男女女，弥漫着汽车软垫的味道。人们个个如工作机器般面无表情，目光也尽量避开别人。这年头，人们开始只看自己该看的东西了。事务所的接待室装潢得如同五星级酒店：到处花团锦簇，尽显奢华；地上铺满了厚厚的蘑菇色地毯，墙上挂着一幅昂贵的、难懂的抽象画。

律师出来了，同我们握握手，比划着嘀咕了一句，意思是要我跟他进去。沃尔特说他不进去了，就在原地等我。他用惊异的目光盯着那个年轻优雅的女接待员。她身穿黑色的套裙，领带是紫色的，指甲是珍珠色的。女接待员也在盯着沃尔特，不是看他本人，而是看他的格子衬衫和他那双豆荚状的大胶鞋。沃尔特一屁股在双人沙发上坐下去，就像坐在一大团棉花糖上一样。他的双膝收拢，裤子缩了上去，露出了厚厚的伐木工人的红色短袜。他面前有一张小巧的咖啡桌，上面有一堆商业杂志，内容是教人如何投资理财。他随手拿了一本谈共同基金的杂志；这本杂志在他的大手掌里简直就像一张薄薄的纸巾。他的眼球不住地转动，仿佛一头逃亡中的小公牛。

"我不会去很久的。"我安慰他说。事实上，我去的时间比我预料的要长一些。不过，这些律师也是计时收费的，同下等妓女没什么两样。我一直指望听见敲门声，接着是一个烦躁的声音：喂！还在里面磨蹭什么？快把那物儿翘起来，打一炮完事！

我和律师洽谈完毕之后，两人回到车上。沃尔特说要带我去吃午饭。他说，他知道一个好地方。我猜想，米拉一定关照过他：看在老天的分上，一定要让她吃点东西。她那个年龄的人都吃得很少，甚至不知道肚子瘪了。她会饿死在车里的。他的肚子也可能早就饿了；在我睡觉时，他把米拉为我们精心准备的三明治吃了个精光。那些巧克力小方饼也一并进了他的肚子。

他说的那个地方叫“火窖”。他上次在那儿吃过一次，大概两三年前吧。这家餐馆在多伦多还算体面。他那次吃了一份全料双层奶酪汉堡包。这家餐馆还供应烤肋排，他们擅长各种烧烤。

我也记得这家餐馆。那是十多年前，萨布里娜第一次离家出走之后，我在暗中照看她的那些日子里去过。她放学时分，我常在她学校附近逗留，坐在公园的长椅上，待在可以拦截她的地方——偶尔我也会差点被她认出来。我往往用张开的报纸遮住脸，就像一个无望地迷上了姑娘的可怜虫，而她却像避鬼一般地躲着我。

我只想让萨布里娜知道我在那里；我是活生生的人；我不像她听说的那样；我可以成为她的庇护所。我知道她需要一个庇护所，她曾经需要过一个：威妮弗蕾德。不过，没有任何结果。她从未发现过我，我也从未暴露过自己。一旦到了节骨眼上，我却成了个胆小鬼。

一天，我跟踪她进了“火窖”。看起来，这家餐馆是她这样年龄的女学生在午饭时或逃课时常去的地方。门外的招牌是红色的，窗框上点缀着黄色的塑料扇贝壳，代表火焰。对于该店诗意般大胆的名字，我感到吃惊：他们在取名时是否明白会招来什么?

熊熊火焰从天而降，
带来可怕的毁灭和骚乱。
……火海无边，
燃烧的硫磺永远烧不完。

不，他们不明白。“火窖”只是肉类的地狱。

餐馆内部装着带有彩色玻璃的灯罩，摆放的泥罐里长着有斑点的纤维状花草——给人一种六十年代的感觉。我在萨布里娜和她两个女同学用餐的卡座隔壁找个位子坐下来。她们三个都穿着粗笨的、有点男性化的校服；在威妮弗蕾德看来，那毯子般的苏格兰短裙及与之相配的领带一贯是名校的象征。而此刻，三个女孩正在竭力破坏这身校服给人的良好印象——袜子往下缩，衬衫一半露在裙子外面，领带也歪系着。她们嚼着口香糖，似乎觉得这样做天经地义。她们烦躁地大声说话——这个年龄的女孩子似乎都会这一套。

她们三个都很美丽，是那种青春女孩所具有的美。这种美无法掩盖，也无法包藏；它新鲜而饱满，出自天生，却十分短暂，无从复制。然而，她们并不满足。她们总在千方百计改变自己，美化自己，掩盖缺点；在脸上涂脂抹粉，照自己想象的、不现实的模式塑造自己。我没有责怪她们的意思，因为我年轻时也这样。

我坐在那儿，从太阳软帽的帽檐下窥视萨布里娜，偷听她们的闲谈。这种闲谈如同一种伪装。她们没有一个说出自己的心事，也不信任别人——这种年龄的女孩子都会玩这种小把戏。萨布里娜的两个同学都是一头金发；她自己的头发则是乌黑的，像桑葚般发亮。她并没有真正在听她的两位同学讲话，也没有在看着她们。在她刻意作出的茫然的凝视目光后面，一定酝酿着反叛。我察觉到了她的那种阴郁、那种固执、那种如同被俘公主一般的愤慨。她在积蓄力量，等待报复。我得意地想：小心点吧，威妮弗蕾德！

萨布里娜没有注意到我。或者说，她注意到我了，但不知道我是谁。她们三人也瞥了我几眼，然后耳语窃笑一番；这种事我不会忘记。瞧那个干瘪老太婆，或者别的什么流行的说法。估计我的帽子是她们的话题。那帽子的式样早已过时。那天，在萨布里娜看来，我只是一个老妇——一个难以形容的老妇，一个不足挂齿的老妇。

她们三个离去后，我上了趟洗手间。那个小隔间的墙上有一首诗：

我爱达伦我真爱
他属于我而不属于你
如果你想取而代之
我发誓一定让你破相。

如今的年轻姑娘比我们那时候要直率得多。不过，她们不会使用标点符号。

我和沃尔特终于找到了“火窖”——他说，这地方和他上次来时不一样了。窗户上钉了三夹板，上面贴着一张正式通告。沃尔特在锁着的门外嗅来嗅去，就像狗找不着骨头一般。他说：“这店看上去关掉了。”他把双手插在口袋里，站了好一会儿。“他们总是不停地改，”他说，“你跟都跟不上。”

在探路和七拐八弯一大圈之后，我们在一家低档小餐馆里找张桌子坐了下来。店里椅子是塑料的，桌旁有自动唱机，可以放乡村音乐、老甲壳虫乐队的乐曲，以及“猫王”的歌曲。沃尔特放了一首《伤心旅馆》；我们一边吃汉堡、喝咖啡，一边听着歌。吃完后，沃尔特坚持要付账——无疑又是米拉要他这么做的。她一定还塞给了他二十元钱。

我只吃了半个汉堡包，实在吃不下一整个。沃尔特吃了我余下的半个，似乎一口就吞下去了。

在出城的路上，我让沃尔特开车经过我的老房子——我曾经和理查德共同居住过的房子。去那儿的路我是记得很清楚的，但到了老房子，开头我却没认出来。它还是那么笨拙难看，窗户斜开；整个房子大而无当，呈深茶色，但墙上爬满了长春藤。那间仿瑞士农舍的小木屋，以前是奶油色的，如今它和前门都被漆成了苹果绿。

理查德不喜欢长春藤。我们入住时，墙上曾有过一些长春藤，但他把它们都扯掉了。他说，这种爬藤会腐蚀砖墙，堵塞烟囱，还会招来老鼠之类的东西。那时候，他还在为自己的想法和做法找出理由来，而且要我也接受他的理由。后来，他干脆就不说理由了。

我记得当时因为天热，我戴着草帽，身穿淡黄色的棉布裙。那是我结婚后第二年的夏末，地面干得像砖头一般。在威妮弗蕾德的怂恿下，我干起了园艺；她说，我需要有个爱好。她让我从搞花园假山开始，因为即使我弄死了花草，那些石头还在。她打趣说：*石头你是弄不死的*。于是，她派来三个所谓可靠的人，要他们帮我挖土、摆石头，好让我种花草。

花园里已经有一些由威妮弗蕾德订购来的石头：大大小小的，大的像石板，东一块，西一块，或者像倒了的多米诺骨牌一样堆在那儿。我和那三个可靠的人都站在那儿，看着那一堆乱石头。他们戴着帽子，脱去外衣，卷起了衬衫袖子，精神抖擞地等着我发号施令，但我却不知说什么好。

后来，我还想自己动手，处理这堆乱石——死马权当活马医。我认为自己能行，可我对园艺一窍不通。我欲哭无泪；不过，你一旦哭了，你就完了。那三个可靠的人就会鄙视你，接着他们也就不再可靠了。

沃尔特把我扶下车，然后默默地等在我身后；如果我一不小心跌倒，他可以及时拉住我。我站在人行道上看那老房子。假山花园还在，却完全荒芜了。当然，眼下是冬天，所以还很难说，但我怀疑花园里是否还长着花草，或许还有一些龙血草——这种草可以随处生长。

车道上放着一个垃圾大铁箱，里面全是些碎木、塑料板之类：人们在不断地对房屋进行整修。老房子曾经失过一次火；楼上的一个窗户被砸碎了。据米拉说，流浪街头的人往往在这样的房子里安营扎寨；在多伦多只要有一间空房子没人住，他们就会蜂拥而入，聚众吸毒或者做别的什么坏事。她说，这些人都崇拜魔鬼撒旦。他们会在硬木地板上升起篝火，堵塞卫生间的马桶，在水槽里大便。他们还会偷走水龙头、好看的门把手或任何可以卖钱的东西。偶尔也会有小孩子进来恶作剧。小孩子在这方面总是有天赋的。

这幢房子看起来无人管理，不会长久，就像售房广告上的图片一般。如今它和我已不再有任何关系。我试图回忆我的靴子在雪地里嘎吱嘎吱的声音——深夜我回家，编造各种借口；门口黑色的吊闸；街灯的光照在路两边的雪堆上，雪泛着蓝光；黄色的狗尿像盲文一样点缀在雪地上。当年的一切已物是人非。我的心在激烈地跳动，呼吸急促，口中呵出白气。我的手指尖在发热；涂着唇膏的嘴巴冻得生疼。

起居室里有个壁炉。我常和理查德坐在炉前，火光映照着我们俩和我们的玻璃杯；为了保护地板，杯子下都有杯垫。晚上六点是我们喝马爹利酒的时间。理查德喜欢在这个时候清理一天的事——这是他的说法。他一面清理，一面总是把一只手轻轻地放在我颈背上。一个案子在提交陪审团以前，法官们是要做清理工作的。或许他就是这样反省自己的。然而，我往往不清楚他内心的想法和动机。

这是我们之间关系紧张的原因之一：我无法了解他，无法揣摩他的欲望，而他把这归因于我对他的不关心——一种任性的、蓄意的不关心。事实上，这也是一种困惑，后来变成了害怕。渐渐地，他越来越不像我的丈夫——尽管他有血有肉，而是变得越来越像一个大谜团。我注定要着魔般地天天试图去解开这个谜团，但从来就没解开过。

我站在老房子外面，等待着触景生情。然而，什么感觉也没有。我经历过心潮澎湃，也经历过心如死水。我真不知道哪个更糟。

草坪里的栗子树上垂下一双摆荡的腿，是一双女人的腿。我一时以为那是人腿，走近看了才发现原来是一双连袜裤，里面塞满了东西——无疑是卫生纸或内衣。一定是那帮恶棍们举行什么仪式，或是孩子们恶作剧，或是那些无家可归的人狂欢时扔出来的，然后被树枝勾住了。

这双连袜裤想必是从我过去住的房间的窗户里扔出来的。我想象自己很久以前在那个窗口眺望，谋划着怎样从窗口逃出去，而不被人注意——脱下鞋子，穿着袜子顺着树爬下来。不过，我从来没有那样干过。

那时，我站在窗边向外望去，犹豫着，思考着。那时候我是多么茫然啊。

寄自欧洲的明信片

白昼渐渐短了，树木也失去了精神。尽管太阳落山一天比一天早，但还未到冬至。没有白雪，没有冻雨，也没有呼啸的寒风。它们迟迟未来，给人一种不祥的预兆。人们笼罩在一种褐色的寂静之中。

昨天，我一直步行至喜庆桥。有人说那座桥已经锈蚀了，出现了结构上的问题；有人说要推倒重建。米拉说，有个不知名的无耻的开发商要把分套公寓建在该桥旁边——这是块黄金宝地，因为景观好。这年头，景观可比土豆值钱，尽管那块地从来没长过土豆。有谣传说，在幕后已有一大笔来历不明的脏钱花在这次交易上。我认为该桥初建时肯定也有这样的事发生，表面上说是为维多利亚女王争光。一些承包商想必花钱买通了女王陛下钦定的代表，以获得大桥的建造权。这个城镇的人仍然恪守老的信条：要不择手段地赚钱。这些事就出于老的信条。

想来奇怪，那些身穿褶裥裙的淑女曾经在桥上漫步，倚着雕工精美的桥栏，饱览如今弥足珍贵的景观：桥下喧闹的流水、西边如画的石灰岩峭壁，以及边上的多家工厂。这些工厂每天开足十四个小时，点着像赌场里那样昏暗的煤气灯，里面挤满了辛勤劳作的老实巴交的乡下人。

我站在桥上，注视着河流的上游；那儿水面平静，黑暗而沉寂，潜伏着危险。河的另一边有小瀑布，下面是浪花飞溅的漩涡，发出隆隆的水声。不过，这离我站的地方还是有一段距离的。我开始担心我的心脏，并且有点头晕气喘，好像被什么淹没了。是什么呢？不是水；是比水更稠的东西。那是时光：昔日的时光、昔日的悲伤，仿佛沉淀在池塘里的层层淤泥。

诸如：

六十四年前，我和理查德在大西洋彼岸走下“贝伦加丽娅”号的舷梯。他喜滋滋地歪戴着帽子，我则戴着白纱手套，一只手轻轻搭在他的胳膊上——好一对欢度蜜月的新婚夫妇。

为什么把它叫做蜜月呢？用蜜做成的月亮——仿佛月亮不是一个冰冷、无空气、寸草不生、坑坑洼洼的岩石球体，而是一颗软软的、香甜的金色蜜饯李子——化在嘴里，勾起你的欲望，甜得让你牙齿发酸。它又好似一个温暖的、浮动的光团，不是在天上，而是在你自己的体内。

我对此深有体会，记忆犹新。不过，这种感觉不是来自我的蜜月。

我记得很清楚，那八九个星期的蜜月给我的感觉无非就是忧虑。我担心，理查德会对我们的婚姻生活同我一样感到失望——我指的那部分属于隐私，难以启齿。不过，表面上并非如此。至少在公开场合，理查德开头对我是十分殷勤的。我尽可能地掩饰我内心的这种忧虑，于是不停地洗澡；我感觉自己的头脑糊里糊涂，就像一枚鸡蛋。

在南安普敦下船后，我和理查德就乘火车去了伦敦，住在布朗饭店。我们在套房里用早餐，这时我会穿上威妮弗蕾德为我挑的晨袍。她一共为我挑了三件：一件是白玫瑰色的；一件是骨色的，带鸽灰的花边；还有一件是淡紫色的，镶着海蓝宝石。那种淡雅、柔和的颜色跟早上醒来时的脸色很相配。每件晨袍都配有一双缎面的拖鞋，鞋边上镶着彩色毛皮或天鹅绒。我想，这一定就是成熟的女人早晨穿的行头。我曾经看到过这样的场景(但从哪儿看来的呢？或许是从广告上，某种咖啡品牌的广告？)——一个穿西服、打领带的男人头发往后梳得溜光，一个刚刚梳妆完毕的女人身穿晨袍，一只手端着个弯嘴银咖啡壶；两个人面带微笑，目光越过盛黄油的碟子，痴痴地望着对方。

劳拉对这样的行头一定会嗤之以鼻。当初她看见我把这些行头打进箱子的时候，已经在嗤笑我了。不过，那还算不上是嗤笑，因为她还不会。她缺乏必要的残忍。(必要的残忍是故意的。她的残忍则是偶然的——那是她脑袋里闪过的高尚意念的副产品。)她的反应更像是吃惊，更像是难以置信。她用微微颤抖的手抚摸着那些缎面的行头；我自己也用指头摸过那冰凉柔滑的料子，感觉就像蜥蜴皮一样。“你真要穿这样的东西吗？”她问道。

在伦敦的那些夏日的早晨，为了遮挡刺眼的阳光，我们会拉上一半窗帘吃早餐。理查德总是吃两个煮鸡蛋、两大块熏肉、一只烤番茄，还有涂橘子酱的面包片。面包片烤得脆脆的，搁在烤架上凉着，而我只要半只柚子。我们喝的茶又浓又苦，像沼泽里的水。理查德说，这是正宗的英国式早餐。

早餐时我们俩讲话很少，不外乎那两句义务性的问候：“亲爱的，睡得好吗？”“嗯——你呢？”这时候，总会有人给理查德送报纸和电报来，而且远远不止一份。他会浏览报纸，接着拆开电报来读，再重新仔细叠好，塞进衣袋。要么他就把电报撕成碎片。他从来不把它们揉成一团扔进废纸篓。当时即使他这么做，我也不会拾起来看的；我那个年龄还不懂这么做。

我想，所有的电报都是发给理查德的：我从来没给别人发过电报，自然也没理由指望别人发给我。

白天，理查德总有各式各样的约会，想必都是生意上的往来。他为我雇了一辆车和一名司机，让司机带我去他认为值得一看的地方观光。我参观的大多是建筑物和公园。当然也包括在建筑物外面或公园内立的塑像：昂首挺胸的政治家，前腿弓起，手握卷着的文件；还有马背上的军人。有立在纪念柱上的英国海军统帅纳尔逊；有坐在宝座上的艾伯特亲王①，脚下有四个异国美女卖弄风情，口中喷出水果和麦子。这四个美女代表四大洲殖民地。尽管艾伯特亲王已死，他仍然主宰着他的“四大洲”，但他并不在意；他坐在金碧辉煌的穹顶下，目光严厉，默默地凝望着远方，似乎他心里有更远大的目标。

① 艾伯特亲王(1819—1861)：英国维多利亚女王的丈夫。

晚饭时，理查德会问：“今天你看了哪些地方？”我就会像背书似的一一例举所到之处：伦敦塔、白金汉宫、肯辛顿宫、西敏寺、议会大厦。他不主张我去一般的博物馆，但可以去自然史博物馆。现在我常想，为什么他认为去看这个馆里众多的大动物标本对我的教育有利？很明显，他为我安排的所有这些参观活动目的都在教育我。然而，这些动物的标本对我好在哪里呢？在他看来，这些东西比一屋子的油画更有教育意义。我认为，我了解他的用意，但也许我错了。或许充满动物标本的博物馆多少像个动物园——那是大人带小孩去玩的地方。

不过，我还是去了国家美术馆。这是在我已经无处可去时，饭店的门卫推荐的。这次游览让我筋疲力尽——里面人头济济，琳琅满目，好像进了百货商店，但同时我又非常兴奋。我从来没有在一个地方看到过那么多的裸体女人。那儿也有裸体的男人，但他们不全裸。除此之外，还有不少奇装异服。或许这就是原始的分类：女人裸体，男人穿衣服。噢，上帝就是这么想的。（劳拉小时候曾经问过：上帝穿什么？）

每到一个参观地点，送我的车和司机都会在外面等着，而我则轻快地走进门去。我尽量装作是专程来的，尽量不让人看出我的寂寞和空虚。所以，我目不转睛地看了又看，好让自己回去后能说出点名堂来。然而，我对眼前的东西实在一窍不通。建筑不过是建筑而已。除非你懂建筑学，或者知道历史上那里曾发生过什么，否则就看不出什么名堂来。我就没看出什么来。我也缺少概观的天赋。我的眼光似乎只盯住那些我该看的东西，而离开后只剩下对材料的印象：粗糙的砖石、光滑的打蜡木栏杆、硬邦邦的肮脏毛皮。还有那些带条纹的牛角、泛着暖光的象牙，以及玻璃眼睛。

除了这些教育性的游览，理查德还鼓励我去购物。我觉得商店售货员有些气势汹汹，于是买得很少。有的时候，我还去做头发。理查德不希望我剪头发或烫头发，所以我没有剪烫。他说，简单的发型最适合我，因为我年轻。

有时我会去散步，或者坐在公园的长椅上，等到该回家的时候回去。有时候，会有一个男人过来坐在我身边，试图跟我搭话，然后我就会离开。

我为穿衣服翻花样费了不少时间。一会儿是束皮带的，一会儿又是带搭扣的；一会儿斜戴帽子，一会儿又穿棱线袜。我总是担心衣着合不合时宜。没有人帮我扣领口，也没有人告诉我从背后看我的样子如何，衬衫下摆是否全塞进了裙腰。以前是瑞妮或劳拉在帮我，而如今她们已不在我身边。我很想念她们，竭力克制着自己。

我还需修指甲、泡脚、拔掉或剃掉身上的毛。皮肤有必要保持光洁柔顺。我要像团湿泥，别人摸上去的感觉该是滑溜溜的。

蜜月本可以让新婚夫妇进一步相互了解。然而，一天天过去，我感到对理查德的了解却越来越少。他在刻意淡化自己的形象，这是不是一种自我隐蔽？其目的是让自己退居有利的地位。然而，我自己在按他的期望被塑造成型。每次照镜子，我都发觉自己增加了一点色彩。

离开伦敦后，我们又去了巴黎——先是乘船过海峡，然后再乘火车。我们在巴黎的生活和伦敦差不多，只是早餐不同：面包圈、草莓酱、加热奶的咖啡。午餐和晚餐总是很丰盛；理查德对此十分讲究，对葡萄酒特别挑剔。他一再说，这不是在多伦多。对我来说，这个事实不言自明。

我去看了埃菲尔铁塔；由于我不喜欢登高，所以没有上去。我还参观了先贤祠和拿破仑墓。我没去巴黎圣母院，因为理查德不喜欢教堂，至少不喜欢天主教堂。他认为教堂会让人失去活力，尤其是那里面的香气会令人变得迟钝。

法国旅馆装有洗屁股用的坐浴盆。有一次，理查德发现我在里面洗脚，于是带着一丝诡笑向我解释它的用途。我想，法国人懂得一些别人不懂的东西。他们懂得人体的需要，至少承认人体的需要。

我们住在“老巴黎”饭店。后来饭店在二战中成了纳粹的总部，可我们怎么会知道呢？早上，我会坐在咖啡厅里喝咖啡，因为我害怕去别的地方。我想，如果我走远看不见饭店的话，肯定是回不来的。此时，我才明白厄斯金先生教我的法语几乎没有用处：风花雪月之类的内容不能为我带来更多的方便。

一个海象脸的老侍者为我服务。他驾轻就熟地把咖啡和热奶从两个壶中倒出来，把壶举得高高的。他的这种表演让我着迷，仿佛他是一个在孩子面前变戏法的魔术师。有一天，他用他懂的那点英语问我：“你为什么忧伤？”

“我没有忧伤。”我一面说，一面哭起来。陌生人的同情真让人受不了。

“你不该忧伤，”他用那双苍老、忧郁的海象眼看着我说道，“一定是为了爱情。不过，你又年轻又漂亮，今后有的是时间忧伤。”法国人是鉴赏忧伤的行家，了解各种各样的忧伤。这也就是为什么他们会安装坐浴盆。“爱情是祸水，”他轻轻拍着我的肩膀说，“但没有爱情更糟糕。”

他对我的安慰第二天有点打折，因为他对我提出了非分的要求；也许是我的法语不够好，难以判断。毕竟他还不算太老，大约有四十五岁的样子。我本该接受他的要求。不过，他关于忧伤的看法错了。其实年轻的时候忧伤比年老的时候要好得多。一个忧伤的漂亮姑娘比一个忧伤的干瘪老太更容易博得同情。不过，这件事倒也无所谓。

后来，我们又去了罗马。我对罗马似乎还比较熟悉——至少很久以前厄斯金先生给我们上拉丁文课时介绍过。我参观了古罗马广场，或者说它的遗址。我还参观了亚壁古道，以及古罗马圆形剧场；那剧场看上去像一块被老鼠啃过的奶酪。还有各种各样的桥；各种各样破旧的天使塑像，表情严峻而忧郁。我发现流经罗马的台伯河水黄得就像患了黄疸病。我还参观了圣彼得教堂，不过只是在外面看了一下。这个教堂大极了。我以为，我该看见身穿黑色军装的墨索里尼的法西斯部队行进在大街上，粗暴地对待老百姓——他们是否那样做了？反正我没亲眼看见。这种事是看不见的，除非恰巧碰到你自己的头上。否则，只有在新闻片中才能看见，或者从事隔很久以后拍摄的电影中才能看见。

下午，我总是叫杯茶来喝——我正在逐步掌握叫饮料的窍门，琢磨用什么语气同侍者说话，如何与他们保持安全的距离。我一边喝茶，一边会写些明信片。我的明信片是寄给劳拉和瑞妮的，有几张是寄给父亲的。这些都是风景明信片，上面印有我参观过的建筑物的照片——精致而逼真。我写的都是些没有意义的空话。我对瑞妮写道：*天气好极了，我很开心*。对劳拉写道：*今天我参观了古罗马圆形剧场。从前他们在这里把基督徒扔下去喂狮子。你来了一定也会感兴趣的*。对父亲写道：*祝你健康。理查德向你问好*。（最后一句是谎话。但我逐渐懂得，作为人妻，我应该说什么样的谎话。）

我们蜜月的最后一周是在柏林度过的。理查德在那儿有一些业务，是关于铁锹手柄的生意。理查德有一个公司是做铁锹手柄的，而德国这时候木头紧缺。德国有许多需要挖掘的工程，更多的还在计划之中，而理查德能够提供这种手柄，而且他开的价格比他的竞争对手更优惠。

瑞妮常说：*积少成多*。她又说：*生意归生意*，接着就是勾当。不过，我对做生意一窍不通。我的任务只是微笑。

我得承认，我在柏林过得很愉快。我从没在哪个地方受到过作为金发美女的这种礼遇。男人们都格外彬彬有礼，尽管他们进转门时从来不顾后面的人。吻女士手的男士风度掩盖了种种罪恶。也正是在柏林，我学会了往手腕上涂香水。

我通过城市的旅馆记住一个城市，又通过旅馆的浴室记住一个旅馆——穿衣、脱衣、泡入水中。好了，不谈这些旅行见闻了。

在八月中旬的盛夏，我们途经纽约返回多伦多。游历过欧洲和纽约之后，我眼中的多伦多似乎变得低矮而又狭小。联邦车站外弥漫着一股沥青的烟雾；养路工正在铺平坑坑洼洼的路面。我们雇的一辆车来接我们，载我们从扬尘的、当当作响的电车边上开过，经过装饰华丽的银行以及百货大楼，然后爬坡开到罗斯代尔的栗子树和枫树的树荫下。

我们在理查德通过电报买的那幢房子前下了车。他说，原来的房主把自己搞破产了，于是他就捡了个大便宜。理查德喜欢说，捡便宜就像唱歌一样容易，这话是很滑稽的，因为他从来不唱歌。他甚至从来不吹口哨。他根本就五音不全。

房子的外观很阴暗，墙上爬满了长春藤，高高的窄窗是往里开的。钥匙放在门垫下面，前厅里有一股油漆味。我们去度蜜月时，威妮弗蕾德帮我们进行了重新装修。看来还没有完工，因为油漆工的工作服还在前面的房间里。他们撕下了原来的维多利亚风格的墙纸，并且新刷了油漆。那是一种淡淡的珍珠色——华贵而又淡雅，仿佛飘浮于花鸟之上的卷云，淡淡地抹上了落日的余晖。这就是为我安排的飘飘欲仙的环境，让我在里面飘来飘去。

瑞妮一定会鄙视这样的内部装饰——耀眼的空荡、苍白的色调。这整个地方像个卫生间。同时，她也会和我一样，被吓一跳。我想起了阿黛莉娅祖母：她知道该如何作出反应。她能看出这是在花钱出风头；她会很有礼貌地不屑一顾。她会说：天哪，这有多时髦。我想，她会否定威妮弗蕾德的做法。不过，这无法带给我任何安慰；我自己现在也是威妮弗蕾德圈子的人了。至少部分是如此。

那么，劳拉呢？她一定会把她的彩色铅笔和颜料偷偷带进来。她会把一些颜料泼在墙上，打碎一点东西，至少把房子的一个小小的角落弄得面目全非。她要在这房子上留下她的印记。

前厅里，有一张威妮弗蕾德的字条搁在电话机上。“你们好，年轻人！欢迎回家！我让他们先搞好了卧室！我希望你们喜欢——多漂亮啊！弗雷迪字。”

“我不知道威妮弗蕾德在帮我们装修。”我说道。

“我们是想给你一个惊喜，”理查德说，“这种烦事，我们不想把你拖进来。”我又一次感到自己像个被大人排除在外的小孩。而且是那种和蔼却又霸道的大人，事事都忙于作决定，一旦决定便不可更改。我可以断定，理查德给我的生日礼物总是我并不想要的东西。

在理查德的建议下，我上楼去梳洗打扮一番。我看上去一定是无精打采的。我也觉得自己又蔫又萎。（理查德说我像缺少露水的玫瑰。）我的帽子已经不像样了；我一下子把它扔到了梳妆台上。我用水冲了脸，然后用威妮弗蕾德准备好的织着姓名首字母的白毛巾把脸擦干。从卧室看出去是后花园，那里还没有收拾过。我踢掉了脚上的鞋子，一下子倒在奶油色的大床上。床的上方有个顶篷，四周垂下一个纱帐，看上去像非洲考察队的帐篷。这就是我要逆来顺受的地方——这张我从来没铺过，却必须睡在上面的大床。从此以后，我将透过这个雾蒙蒙的纱帐仰望天花板，而在我的脖子以下进行着世间的俗事。

床边那部白色电话的铃声响了。我拎起听筒，传来了劳拉的哭声。“你去哪儿了？”她抽泣着说，“你为什么不回来？”

“你说什么呀？”我说道，“我们原定就是现在这个时候回来！冷静点，我听不清你的话了。”

“你一点回音都不给我们！”她嚎啕大哭起来。

“你到底在说什么？”

“父亲死了！他死了，他死了——我们给你发了五封电报！是瑞妮发的！”

“等等。慢点说。这究竟是怎么回事？”

“那是你走后一星期的事。我们千方百计打电话找你，打到所有的饭店去。他们说会告诉你的，他们答应的！难道他们没告诉你吗？”

“我明天就回来，”我说，“我不知道。没有人告诉我任何情况。我没收到过任何电报。我根本就没收到过电报。”

我简直无法接受这个事实。究竟发生了什么？出了什么岔子？父亲为什么死了？为什么我没收到通知？我发现自己伏在骨灰色的地毯上，蜷缩在电话旁，仿佛那是件珍贵而又易碎的东西。我想起了从欧洲寄回来的那些明信片，带着欢乐、琐碎的问候到达阿维隆庄园。它们很可能还在前厅的桌子上。祝你身体健康。

“可报纸上也登过的呀！”劳拉说道。

“我那地方的报纸没有登，”我说，“那里的报纸是不登的。”我也不想再告诉她，我从来不看报纸。当时我已经惊呆了。

在船上和饭店里都是理查德收的电报。我看到他用手指小心翼翼地撕开电报封皮，读电报，再把它方方正正地折好收起来。我无法指责他说谎，因为他根本没说过电报的事。然而，这和说谎又有什么不同呢？

他一定关照饭店里的人不要把电话接过来——当我在的时候不把电话接过来。他是有意把我蒙在鼓里的。

我心想我大概病了，但我没有。过了片刻，我下楼去。瑞妮常说：小不忍则乱大谋。理查德正坐在后游廊上喝着杜松子补酒。“威妮弗蕾德还为我们准备了杜松子酒，她想得真周到。”这话理查德已经说过两遍了。白色玻璃台面的矮桌上，有一杯酒是为我准备的。我端起了酒杯，杯中的冰块和晶莹的杯壁碰撞，发出了悦耳的声音。我的声音听起来正需要这样的悦耳。

“我的天，”理查德望着我说，“我以为你在梳洗打扮呢。你的眼睛怎么了？”我的两眼一定是红红的。

“父亲死了，”我说，“她们发来了五封电报。你没告诉我。”

“都怪我，”理查德说道，“我知道应该告诉你的，可我不想让你担忧，亲爱的。当时我们已无能为力，也来不及赶回去参加葬礼。我不想毁了你的蜜月。另外，我还有点自私——我想把你完全留给我自己，哪怕是一小会儿。现在坐下来，打起精神，把酒喝了。原谅我吧。这事我们明天再说。”

天气热得让人头晕。烈日下的草坪一派炫目的碧绿。树下浓荫成片。理查德的话像电码一样断断续续进入我的耳朵：我只听到了几个词。

担忧。来不及。毁了。自私。原谅我。

我还能说什么呢？

蛋壳色的帽子

圣诞节来了，又走了。我尽量不去理会这个节日。然而，米拉是不会无动于衷的。她给了我一个亲手做的李子布丁，加了糖蜜，还点缀着切成两半的浸过酒的樱桃；这些半个的樱桃，颜色鲜红，就像老派脱衣舞女胸脯上戴的乳头罩。她还送给我一幅木猫画；那只猫笼罩着光环，长着天使般的翅膀。她说，这些木猫画在姜饼房风行一时，她觉得相当可爱，就留下了一幅。这幅有一条细细的裂缝，可肉眼几乎看不出来，挂在我壁炉的上方一定很好看。

我对她说，那是个挂画的好地方。壁炉上方有一位天使，而且还是位食肉的天使——来的正是时候！而下面的炉子则是实实在在的东西。我们这些位于天使和炉子中间的凡夫俗子还是要食人间烟火的。听到这种话，可怜的米拉一定会感到困惑，就像她听神学课感到困惑一样。她喜欢她那个朴素的上帝——朴素而自然，就像一个萝卜。

我们一直在等待的冬天，在除夕之夜来到了——寒风呼啸，第二天下了一场大雪。窗外，雪花纷飞，一阵阵落下，仿佛儿童剧的最后一幕里老天在倒洗衣粉一样。我打开电视的气象频道，了解一下全面的情况：道路封了，汽车埋在了雪里，电力供应断了，商业活动也停止了。身穿厚棉衣的工人步履蹒跚，好像在雪地里玩耍的衣着臃肿的大孩子。电视节目主持人却始终保持着乐观和自信的态度，把这些事委婉地称为“现状”，正如他们报道每次灾难性事件时的说法一样。他们就像自由自在的游吟诗人，或是露天游乐场的吉卜赛人，或是保险公司的推销员，或是证券市场的股评专家——总是在作天花乱坠的预测，而他们自己也明白：这些预测永远不会成为现实。

米拉打电话过来，问我身体如何。她说，一旦雪停了，沃尔特就会过来把我救走。

“别说傻话，米拉，”我说道，“我完全可以自己救自己。”（这是谎言——我根本就不想动一根指头。我有足够的花生酱，可以熬到雪化。但我想要有人陪伴，而我一表示要亲自动手，往往会加快沃尔特的到来。）

“千万别自己动手铲雪！”米拉说，“每年都有成百上千像你这样年龄的老人因铲雪突发心脏病而死！如果停电了，点蜡烛时要小心！”

“我还没老糊涂呢，”我厉声说道，“如果房子烧了，那一定是我故意的。”

沃尔特来了，为我铲雪。他还带来一纸袋甜甜圈；我们坐在餐桌旁吃起来。我细嚼慢咽，而他狼吞虎咽，却还若有所思。对他来说，咀嚼是思考的一种方式。

当时我回想起向阳游乐园内雪绒甜甜圈店橱窗里的广告——那是什么时候来着？——噢，那是一九三五年的夏天：

兄弟，当你在人生道路上漫步，
不管你的生活目标是什么，
请注意甜甜圈，
别注意圈饼当中的空洞。

甜甜圈本身就是个矛盾的东西。尽管是个空洞，人们却学会了拿它来卖钱。一个负质量，也就是零，竟然变成了可吃的东西。我在想，这是否可以用来说明上帝的存在。给一个虚无的空洞取个名称不就把它转化成存在了吗？

第二天，我冒险跑出去，跑到那些寒冷的、绚烂的冰丘中去。尽管有点荒唐，但我还是想去铲雪——雪在被弄脏以前，还是很吸引人的。我屋前的草坪变成了一座灿烂的雪山，中间的一条路好似阿尔卑斯山的隧道。我走出家门，来到人行道上。起先我还安然无恙，但北面的几位邻居没有像沃尔特那样认真地铲雪，因此我在一堆雪上绊了一下，踉跄了两步，滑倒了。虽然没有伤筋动骨——我自己这样认为——但我就是爬不起来。我躺在雪地里，像一个被翻过来的乌龟，四肢拼命挣扎。孩子们常会故意这么做——像鸟儿在扇动翅膀，扮演天使。他们这样做是为了取乐，而我不是。

有两位陌生人把我扶起来，用小车把我推回家。这时候，我开始担心自己冻坏了。我蹒跚地走向客厅，没脱套鞋和外衣就倒在了沙发上。米拉老远就嗅出灾祸——她来了，还带来了从某个家庭聚会上剩下的半打杯形蛋糕。她为我灌了一个热水袋，递给我一杯热茶，然后叫来了医生。他们俩都大惊小怪，给我提了一大堆建议，还虚张声势地数落我一通。他们这么做，自己感到十分满意。

现在我安顿下来，并开始生自己的气。或者说，不是气自己，而是气自己的身体不争气。身体是个自大狂，它吵吵嚷嚷表达自己的需要，用蒙骗的手段把它肮脏和危险的欲望强加给我们，而它最后的一招就是自己消失。正当你需要它的时候，正当你能够用胳膊和腿的时候，它偏偏有别的事情要做。它畏缩不前，它垮下来；它像雪一样化去，留不下多少痕迹。两块煤、一个旧帽子，还有用鹅卵石嵌出来的笑脸——这就可以造就一个雪人。不过，它的骨头是由干柴做成的，容易折断。

这简直是对我们的一种侮辱。膝盖无力、关节炎、静脉曲张、虚弱、不体面——这些都不是我自己的，我们从来没想要过，也从来没承认过。在我们内心，我们还保持着完美的形象——还处在最佳年龄和最佳状态：永远不会尴尬地一只脚踏出汽车，另一只脚还留在车内；也不会剔牙，或耷拉着脑袋，或碰破鼻子或屁股。如果我们光着身子斜倚着，还能朦胧地看到自己身体的优美曲线，就像那些电影明星摆的姿势一样。他们就是我们年轻时候的样子，但青春会像神话一样稍纵即逝。

劳拉小时候常常问道：*如果在天上，那我现在是几岁？*

劳拉站在阿维隆庄园门前的台阶上等我们，左右是两个空空的石瓮——里面已经不种花了。尽管她已经长高了，看上去还很小，也很娇弱和孤单。那样子又像一个贫寒的农家女孩。她身穿一条淡蓝色的便裙，上面印着褪色的紫色蝴蝶——三年前的夏天还是我的衣服。她脚上没穿鞋。（这是否是一种新的肉体苦行？还是她的怪癖？还是她忘了穿？）她的头发梳成了一条辫子，从肩头垂下来，就像我们家莲花池中的仙女石像。

天知道她在那儿等了多久。我们无法告诉她准确的到达时间，因为我们要坐汽车回来；一年中的这个时候，才可能坐汽车：路不会被洪水淹没，车轴不会陷在泥里，有的路段还已经铺好了。

我说*我们*，因为理查德是和我一起来的。他说，他不愿意在这个时候让我一个人面对这件事。他十分担心。

他自己开着那辆蓝色的双门小客车——他的最新玩具。汽车后部的行李厢里有两个为了过夜的小衣箱：他的箱子是紫绛红的，而我的则是柠檬黄的。我穿了一身蛋壳色的亚麻套裙——无疑有些轻浮，但这是从巴黎带回来的，我非常喜欢。我也知道，下车以后我套裙的后背会变得皱巴巴的。我的鞋也是挺括的亚麻料，脚趾部分若隐若现。衣着相配的一顶蛋壳色的帽子放在我的膝头上，如同一个礼盒。

理查德开起车来十分紧张。他不喜欢别人和他讲话——他说，那样会分散他的注意力。所以，整个旅途中我们可以说是沉默寡言。本该路上开四个小时，如今不足两小时就到了。晴空万里，蓝天明亮而深邃；烈日火辣辣地照在我们身上。沥青路面腾起一阵阵的热浪。为了避开灼人的阳光，小城镇家家都关闭门窗，拉上了窗帘。我还记得他们那些晒焦的草坪和白柱子的门廊。还有那些孤独的加油站；它们的加油泵仿佛圆柱形的独臂机器人，它们的玻璃顶就像无檐的圆顶礼帽。公墓看起来也好像不再葬人。我们不时会路过一个湖泊，湖水会泛出一股死鱼味，还有水草晒热的味道。

当我们到了家门口，劳拉并没有向我们招手。她只是站在那儿呆呆地等。理查德把车停下来，下了车，然后绕到车的另一边为我开门。我把腿偏向一边，双膝并拢，把手伸向理查德伸过来的手——这些都是有人教我的。这时劳拉突然醒悟过来。她跑下台阶，抓住我的另一只胳膊，一把将我拉出车外，完全无视理查德的存在。接着，她张开双臂，紧紧抱住我，仿佛她是个快淹死的人。她没有哭，只是紧紧地搂着我，快要把我的骨头都搂碎了。

我的蛋壳色帽子掉在沙砾地上，劳拉一脚踩了上去。我听到了破裂声，理查德倒抽了一口气。我什么也没说。那一刻，我已不在乎帽子了。

我和劳拉互相搂着腰走上台阶，进了房门。瑞妮的影子出现在厅那头的厨房门口。不过，她颇为善解人意，知道此刻不该打扰我们姐妹俩。我指望她去招呼一下理查德——给他一杯饮料之类来稳住他。不过，他心里肯定想看看房子，在院子里走走，因为这一切都已归在他的名下了。

我们俩径直走进劳拉的房间，在她床上坐下来。我们的手紧紧握在一起——她左手握着我右手，右手握着我左手。劳拉没有像打电话时那样哭泣。相反，她十分冷静。

“他死在了塔楼上，”劳拉说，“他把自己锁在里面了。”

“他总是把自己锁在里面。”我说道。

“但这次他没有出来。瑞妮把他的饭菜放在托盘里留在门口，他却不吃也不喝——我们不知出了什么事。于是，我们只好把门踢开了。”

“是你和瑞妮踢的？”

“瑞妮的男朋友罗恩·欣克斯来了——她打算嫁给他。是他踢开了门。父亲躺在地板上。医生说，他这样躺着至少已有两天了。他看上去很惨。”

我还不知道罗恩·欣克斯就是瑞妮的男朋友——她的未婚夫。这事有多久了？我怎么没注意到？

“你是不是说，他已经死了？”

“起先我没这么想，因为他的眼睛睁着。但他肯定死了。他看上去……我无法告诉你他当时的样子。他像是在听什么——听什么令他吃惊的声音。他带着警惕的神色。”

“他是不是被枪打了？”我不知道自己为什么会这样问。

“不。他就是死了。报纸上说他死于自然原因——突发性的自然原因。瑞妮对希尔科特太太也说是自然原因，因为酗酒是父亲的第二天性。从剩下的那些空酒瓶来看，他喝下去的酒足以噎死一匹马。”

“那么他是自己喝酒喝死的。”我说道。这个死因没问题。“什么时候的事？”

“就在他们宣布永久性关厂之后。是这个消息杀了他。没错！”

“什么？”我说，“什么永久性关厂？哪些厂？”

“所有的厂，”劳拉答道，“我们家在这个镇上所有的厂。我以为你肯定知道的。”

“我一点都不知道。”我说。

“我们家的厂和理查德的厂合并了，都迁到多伦多去了。

现在的名字叫‘格里芬-蔡斯皇家联合公司’。换句话说，不再有下属工厂了。理查德把它们统统关掉了。”

“那就是意味着没有活干了，”我说，“这儿什么活也没了。完了。彻底完了。”

“他们说，这关系到成本的问题，他们说，重建烧毁的钮扣厂成本太高。”

“他们是谁？”

“我不知道，”劳拉说道，“是不是理查德？”

“这场交易不公平。”我说。可怜的父亲——居然相信了双方握手、信誓旦旦的承诺以及未言明的假定。我渐渐明白，这场交易后来已不是那么回事了。也许一开始就不是这样。

“什么交易？”劳拉问道。

“没什么。”

我当时白白嫁给了理查德——我既没能挽救那些工厂，自然也没能挽救父亲。不过，至少还有劳拉；她没有露宿街头。我得为她着想。“父亲留下什么没有——信，或者字条？”

“没有。”

“你有没有去找过？”

“瑞妮去找过了。”劳拉小声说。这说明她自己没去找。

我想，这很自然。瑞妮一定会去找的。如果真的发现字条之类的东西，她肯定会烧了它。

迷　醉

不过，父亲是不会留下什么字条的。他一定明白这将意味着什么后果。他不想得到一个自杀的结论，因为他买过人寿保险：他多年一直都在交纳保金。因此，他在生命的最后一刻安排好后事，这也无可非议。他生前已把这笔钱搁置起来——这笔钱将直接进入一个信托基金机构，确保只有劳拉可以动用，而且要等她满了二十一岁才行。他当时肯定已经对理查德产生了怀疑，断定把钱留给我是没有用的。我还未成年，又是理查德的妻子。那时候的法律和现在不同。按法律规定，我所有的财产也都是他的。

我已经说过，我已获得了父亲的真传。是什么？勇气——面对灾难的勇气。还有高贵的自我牺牲精神。我想，大家都希望我不要辜负这种真传。

瑞妮说，镇上人人都来参加葬礼。应该说是差不多人人都来了，因为还有些地方人们怨气不小。然而，父亲还是相当受人尊敬的，那时候人们已经明白不是他想永久关厂。人们明白，他并没有参与——他是无力阻止，仅此而已。他上了那些大企业的当。

瑞妮说，镇上的每个人都为劳拉感到难过。（但言外之意就是：没有人为我感到难过。在他们看来，我的结局是享受这笔不义之财。理查德获得的就是不义之财。）

理查德所做的安排如下：

劳拉将过来和我们住在一起。她自然非得过来；她只有十五岁，不能独自留在阿维隆庄园。

“我可以和瑞妮待在一起。”劳拉说道。理查德说，那是不可能的。瑞妮快要结婚了；她不可能有时间照顾劳拉。劳拉说，她不需要别人照顾，但理查德只是淡淡一笑。

“瑞妮可以跟我去多伦多呀。”劳拉说道。理查德说，瑞妮不想去。（实际上是理查德不想让她去。他和威妮弗蕾德早已安排好一套他俩认为合适的家政班子——他说都是些行家里手。言下之意是：班子懂得迎合他的口味，也懂得迎合威妮弗蕾德的口味。）

理查德说，他已经和瑞妮讨论过此事，双方达成一致满意的决定。他说，瑞妮和她的丈夫将作为阿维隆庄园的看管人，监管房子的修缮工作——我们的房子已经岌岌可危，所以，从屋顶开始，有大量的修缮工作要做。他们还要随时为我们小住做好准备，因为今后我们要把这儿作为避暑的夏居。他还以一位宽容的大叔的口气说，我们可以回到阿维隆庄园来荡舟什么的。这样一来，我和劳拉的祖屋就不会被剥夺了。他说祖屋的时候，嘴角泛着一丝微笑。难道我们不喜欢吗？

劳拉并没有对理查德表示感谢。她用曾经对待厄斯金先生那种刻意的茫然神情，瞪着理查德的前额。我明白，我们将会有麻烦了。

理查德还说，他和我仍旧驱车回多伦多，当然是等事情都处理完毕之后。首先他需要同我父亲的律师们会面，我们姐妹俩则无需出场；考虑到最近发生的事，我们再经历这样的场面太折磨人。他想尽可能地免除我们的痛苦。瑞妮私下告诉我，其中一个律师是我母亲的亲戚——我二表姐的丈夫。他肯定会为我们留个心眼的。

劳拉先留在阿维隆庄园，等瑞妮帮她收拾完东西再乘火车来多伦多，而我们去车站接她。她将和我们一起住在我们家——正好有一间多余的卧室，只要再装修一下就很适合她。她将去一所合适的学校读书。理查德为她选定了圣塞西莉亚学校——这当然是跟威妮弗蕾德商量的结果，因为她熟悉情况。劳拉也许还需要补课，但他可以肯定，随着时间推移，一切都会迎刃而解。这样一来，她就能够获得利益，获得优势。

“什么优势？”劳拉问道。

“你地位的优势呗。”理查德回答说。

“我看不出我有什么地位。”劳拉说道。

“你这样说是什么意思？”理查德说，他的态度已不太宽容了。

“艾丽丝才有地位，”劳拉答道，“她是格里芬夫人。而我是多余的。”

“我知道你心里烦，”理查德硬邦邦地说，“想想这些不幸的事，我可以理解。其实我们大家都不好过。但是，没必要不开心。我和艾丽丝也不容易。我只是尽我所能为你做点事。”

“他认为我会碍他的事。”劳拉当晚在厨房这样对我说道。我们俩是为躲开理查德才去厨房的。看着他在那儿开单子——什么要扔、什么要修、什么要换，我们心里很不是滋味。我们只能看着，默默无言。瞧他那架式，好像他是房子的主人，瑞妮气愤地说。可他就是啊，我答道。

“碍什么事？”我问道，“我肯定他没这个意思。”

“碍他的事，”劳拉说，“碍你们俩的事。”

“一切都会好的。”瑞妮说道。她说这话像背书一样。她的声音疲惫，缺乏说服力。我明白不能指望她再帮我们了。那晚在厨房里，她看上去老了，又相当胖，而且神情沮丧。不久以后，她怀上了米拉。那是因为她上了男人的床。她常说，随便上男人床的女人一钱不值，可她却违反了自己的行为准则。她的心思一定在别的事上。比方说，她能否步入教堂举行婚礼。如果不能，怎么办？现在无疑是她的艰难时期。温饱和灾难并无多大距离：如果你滑倒了，拼命挣扎还是会沉下去。她要镇上重新给自己一个机会是很难的。即使她去别处生下孩子，送给人家，事情还会传开，镇上的人是永远不会忘记这种事的。她倒不如挂出一个招牌，附近的人会排队来看热闹。女人一旦失足，她就不得不破罐子破摔。她一定在想：牛奶都免费了，何必再去买头奶牛呢？

所以，她对我们不抱希望了，她把我们放弃了。多年来，她为我们尽了全力，现在她已经没有力气了。

回到多伦多以后，我等待着劳拉的到来。暑气依旧不散。天气闷热；额头上汗津津的。我冲了个凉，然后坐在后游廊上，一边喝着杜松子补酒，一边望着晒焦的花园。空气就像一团湿火；花园里的花草全都耷拉着，泛着黄。卧室里的电扇就像装有一条假腿的老人在爬楼：一声喘息，一声咯噔，又一声喘息。没有星星的深夜，当理查德还在干着那事时，我两眼盯着天花板。

他说，他对我十分迷醉。迷醉——好像他喝醉了酒似的。好像他头脑清醒时从来没想过要对我干那事似的。

我瞧着镜中的自己，心中在想：我怎么样啊？我有什么地方可以让他如此迷醉？这是个落地镜，可以照到全身；我试图从镜子里看看自己的背面，但自然是看不到的。你看到的自己永远和别人看到的你是不一样的——不同于一个男人在你不知道的时候从后面看到的你，因为在镜子中你总是偏着头，不免有卖弄风情之嫌。你可以再拿一面镜子来照自己的背面，那你看到的就是众多画家爱画的一张画：《照镜子的女人》。据说这幅画是对虚荣心的一种讽喻。这般照镜子不太可能出于虚荣心；恰恰相反，那是为了找自己的瑕疵。我怎么样啊？可以很容易理解为：我什么地方有问题？

理查德说，女人可以分为苹果型和梨型两种——这是根据她们的臀部的形状来分类的。他说我是一只梨，一只还没成熟的梨。这正是他喜欢我的地方——我的青和我的紧。我想，他是指我的臀部，也可能是指我的全身。

我洗完澡、剃完毛、梳完头之后，总是小心翼翼地把掉在地板上的毛发清除掉。我会拾起聚在浴缸或水池漏口处的毛发，把它们扔在抽水马桶里冲掉，因为理查德无意间曾说过，女人总是到处掉毛。他的言外之意就是：女人就像脱毛动物。

他是怎么知道女人分梨形和苹果形，以及脱毛的事？是不是从别的女人那儿？这些女人又是谁呢？我只是有点纳闷，并没有上心。

我试着不去想父亲，不想他怎么死的，不想他在死前做什么，不想他生前的感受，也不想所有理查德认为不该告诉我的事。

威妮弗蕾德忙得团团转。尽管天气酷热，她却给人一种凉感——身穿轻飘飘的纱衣，看上去就像一个假冒的仙女教母。理查德不厌其烦地说她有多么了不起，让我少操了多少心之类的话，但她却让我越来越紧张。她从屋里频繁地进进出出；我不知道她何时会出现，会在我房门口探头露一下笑脸。我唯一能躲过她的地方是卫生间，因为在那儿我可以不失礼貌地把门锁上。她正在监管未完的装修工程，为劳拉的房间订购家具。（一个带印花绉纱边的梳妆台，还有与之相配的窗帘与床单，再加一面带有白底金花框的镜子。我同意在劳拉的房间摆这些东西吗？我并不同意，但说也是白说。）

她还在设计布置花园的方案；她已经搞出了几套设计方案——她说，这只是一些初步设想。她把它们写在纸上塞给我，又不停地拿回去，再送来另外一些设想，结果她的设想把文件夹塞得满满的。她说，装一个喷泉不错——要法国式的，但必须是正宗的。天晓得那是怎么回事？

我希望劳拉快来。她来的日期已被推迟了三次——她还没整理好东西，她感冒了，她丢了票。我用那架白色电话机跟她通话，她的声音听起来拘谨而又遥远。

两名用人已经安排进来。一名是爱抱怨的厨娘兼管家，另一名是个双下巴的高大男人，担任园丁兼司机。他们姓穆加特罗伊德；据说他们是夫妻，但他们看上去却像是兄妹。他们用不信任的目光打量我，我也同样回敬他们。白天，当理查德上班而威妮弗蕾德又无处不在时，我总设法逃出房子。我会佯称去市中心——我说去购物，因为那是一个可接受的消磨时间的理由。我会在辛普森百货商店门口甩下司机，告诉他我出来后乘出租车回家。然后，我进店去匆匆买些袜子或手套之类的东西，作为我逛店的证明。接着，我会从商店的后门出来。

我又回到以前的习惯做法：毫无目标地漫步，看看橱窗和电影海报。我甚至还会独自去看电影；那些想勾引女人的男人对我来说已不具有影响力，因为我已知道男人脑子里在想什么，他们在我的心中已失去魅力的光环。我对那种老套的做法毫无兴趣——那种缠人的抓捏和摸弄。把你的手拿开，否则我要喊了。只要你打算喊叫，这句话还真管用。他们似乎知道我会的。在那个年代，琼·克劳馥是我喜欢的电影明星。她有一双充满沧桑的眼睛，还有一张令人销魂的嘴。

有时，我去安大略皇家博物馆。我参观那些盔甲、动物标本和古代乐器。这还不太过瘾。我会去黛安娜甜食店喝杯苏打水或咖啡；这是百货商店对面的一家上流茶室，大多是女士们光顾，因此我不太会受到闲散男人的骚扰。我还会步行穿过女王公园，脚步快速而又坚实。如果走得太慢，肯定会有一个男人出现。瑞妮曾把某些年轻女人叫做粘蝇纸。她们不得不费劲地摆脱那些苍蝇似的男人。有一次，一个男人在我面前对着我脱裤子。（这怪我自己不好，因为我独自坐在大学校园一个僻静处的长椅上。）他也不像个流浪汉，穿得颇为体面。“对不起，”我对他说，“我没兴趣。”他看起来很失望。很可能他想要我晕倒在地。

按理我想去哪儿都行，而事实上还是有许多无形的障碍。我只能在主要的街道转悠，在比较热闹的地方转悠。即使在这些限制之内，能让我感到轻松自如的地方其实也不太多。我观察着来来往往的人们——主要不是男人，而是女人。她们结婚了吗？她们要上哪儿去？她们有工作吗？仅看外表，我无从判断，但看她们的鞋我还是可以判断的。

我感到自己似乎被带进了一个陌生的国度，那里的人都说一种我听不懂的语言。

有时候也会见到一对夫妻，手挽着手——幸福地笑着，温情脉脉。我感觉，他们是一个巨大骗局的受害者，同时又是始作俑者。我怨恨地望着他们。

有一天——那是个星期四——我见到了亚历克斯·托马斯。他站在马路对面，等着红绿灯的变换。那是在皇后街和扬街的十字路口。他穿得破旧不堪——一件工人的蓝衬衫和一顶破帽子——但那的确是他。他被照得通亮，仿佛有一道光从天而降，照到他身上，让他十分显眼。无疑，街上人人也都在看着他——他们肯定都知道他是谁！现在，他们随时都有可能认出他来，他们会大声呼叫，他们会追捕他。

我的第一个反应是去警告他。不过，当时我明白，这个警告应该是对我们两个人的，因为无论他有什么麻烦，我也会立即卷入其中。

我可以不理会。我可以转过身走掉。这是很明智的做法。然而，当时我并不具备这种明智。

我从人行道下来，穿马路朝他走过去。这时候红绿灯又变了；于是我被困在了路当中。汽车纷纷按响喇叭，有人大声喊叫，交通一片混乱。我不知道是该进还是该退。

这时候他转过身来，起先我不敢肯定他是否能看见我。我伸出手，像一个溺水的人在寻求救援。那一刻，我在心里已经背叛了我的婚姻。

这是一种背叛，还是一种勇敢的行为？也许两者都是。我们俩事先谁都没想过：这种事，眨眼之间便发生了。这只是因为我们在黑暗和沉默中反复演练的缘故；在这样的沉默中、这样的黑暗中，我们都无视自己。我们仿佛在跳一曲彼此都熟悉的舞，两个人盲目而又坚定地走向对方。

向阳游乐园

三天后，劳拉按理应该到了。我赶到联邦车站去接她，但她却不在火车上。她也没在阿维隆庄园；我打电话给瑞妮，招来她好一通埋怨。她早知道这种事总有一天会发生的，因为劳拉就是这种性格。她曾把劳拉送上火车，照吩咐帮她托运了箱子和行李，已经事事小心了。她原本应该一路陪劳拉过来的，瞧，现在出事了吧！一定是白奴贩子把劳拉给拐跑了。

劳拉的行李按时到了，而劳拉本人却似乎消失了。理查德比我预料的还要烦恼得多。他是怕某个不知名的团伙偷偷把劳拉绑架了——目的是要报复他。有可能是那些赤色分子，也有可能是某个肆无忌惮的生意对手；这种变态的人确实存在。他还暗示说，由于他现在同政界的关系日益密切，犯罪分子就和那些不择手段的家伙勾结起来对他施加压力。他认为，接下来我们就该收到勒索信了。

那年八月，他对许多事情都抱有怀疑态度。他说，我们一定要保持高度警惕。在七月份，渥太华曾发生过一次大规模的游行示威——成千上万的所谓失业者和要求合理工酬的人是受了颠覆分子的怂恿才这么干的。幕后操纵者的目的是推翻政府。

“我敢说，那小子——叫什么来着——也一定参加了。”理查德眯起眼睛望着我说。

“哪个小子啊？”我问道，目光却瞄向窗外。

“听好了，亲爱的。是劳拉的好友。那个小黑皮。就是那个恶棍烧毁了你父亲的工厂。”

“工厂并没有被烧毁，”我回答说，“他们及时扑灭了大火。再说，也没有证据说明是他放的火。”

“他溜了，”理查德说道，“跑得比兔子还快。我看，这就是最好的证据。”

这段时间以来，理查德一直在和高层人物打交道。他暗示说，渥太华的游行参与者落入了一个幕后精心设计的圈套。游行的领导人被诱骗去渥太华进行所谓的“官方对话”，却统统被困在了里贾纳。按照事先的计划，对话毫无结果，却发生了骚乱：颠覆分子挑起事端，人群失去控制，人们或死或伤。在幕后操纵这一切的就是共产党；什么蹊跷的事都有他们的份。谁敢说劳拉的半路失踪不是他们干的好事呢？

我认为，理查德没有必要过分激动。对于劳拉的事，我也感到很不安，但我相信劳拉只是走失罢了。那才更像她的风格。她下错了车站，又忘记了我们的电话号码，结果就迷了路。

威妮弗蕾德说，我们该去医院查问一下：劳拉可能病倒了，或者发生了什么意外。然而，她并不在医院。

我们忧心忡忡地等了两天之后就报了警。尽管理查德事先采取了某些措施，但这事还是很快见了报。记者们把我们的房子围了个水泄不通。他们拍照，尽管只拍到了门和窗；他们打来电话询问；他们要求进行采访。其实，他们真正想要的是丑闻。“知名上流社会女生隐身爱巢。”“联邦车站恐怖犹存。”他们希望得知劳拉和一个有妇之夫私奔了，或者被捣乱分子绑架了，或者被发现死在行李房的旅行箱里。性爱或死亡，或者两者兼有之——那才是他们真正想要的东西。

理查德说，我们对记者应该彬彬有礼，同时要守口如瓶。他说，我们没有必要同报纸对立，因为记者们可是一群报复心极强的小人；他们会怀恨在心，多年不忘，以后在你最意想不到的时候报复你。他说，他会处理好这件事的。

首先，他向外宣称我已经处于精神崩溃的边缘，要求媒体能够尊重我的个人隐私，体谅我虚弱的身体。他的这番话让记者们有所收敛；他们想当然地认为我是怀孕了。要知道，在那个时代怀孕也算是一件大事，会让妇女神经紧张。接着，他又放出话来，凡提供劳拉消息者将会获得赏金。不过，赏金是多少，他却没有提。到了第八天，我们接到了一个匿名电话，说劳拉并没有死，而是在向阳游乐园的一个蛋糕摊上打工。打电话的人声称，他是根据报纸上的描述认出她的。

理查德和我决定一同驱车去那里把劳拉领回来。威妮弗蕾德说，父亲的意外死亡给劳拉带来了太大的震撼，再说尸体又是她发现的。这一切很可能使劳拉仍处于震撼的余波之中。这种事对于任何人来说都是极其严峻的考验，更何况劳拉还是一个神经质的女孩。很可能她几乎不知道自己在做什么或说什么。把她接回来后，必须给她打一针强镇静剂，然后送她去看医生。

威妮弗蕾德说，最重要的是不能走露半点风声。一个十五岁的女孩这样离家出走，那会给家庭的名誉带来很坏的影响。人们也许会认为她受到了虐待，这会成为一个严重的障碍。她是说，这对理查德和他的政治前途来说是个严重的障碍。

向阳游乐园当时是人们夏天消遣的好去处，却不是理查德和威妮弗蕾德这种人去的地方。对他们来说，那里喧闹无比，汗气熏天。旋转木马、赤色分子、根汁汽水、射击场、选美比赛、公共浴室——总之，全都是一些低俗的消遣。理查德和威妮弗蕾德可不希望离别人的胳肢窝这么近，也不希望站在数着分币的那些人的身旁。不过，我不明白自己为什么也如此清高，因为我也不愿意去那种地方。

现在一切都不复存在了。就像别的许多地方一样，向阳游乐园已经拆除很久了，取而代之的是五十年代修建的十二车道的沥青公路。然而，那年的八月，它依然热闹非凡。我们开着理查德的箱式小客车来到向阳游乐园，但由于交通拥挤，不得不把车停在离游乐园不远的地方。一眼望去，人行道上和尘土飞扬的马路上，人头攒动，熙熙攘攘。

那天的天气糟透了，十分炎热，而且雾蒙蒙的；用沃尔特现在的话来说，简直比地狱之门还热。人们光溜溜的肩膀晒得流油而发出的气味、刺鼻的香水味，夹杂着煮香肠的蒸汽和棉花糖的糊味，在湖滨上空形成了一层若有若无的雾气。走进人群就像是掉入了一锅大杂烩——你就变成了一种配料，熏上某种味道。理查德戴着一顶巴拿马草帽，帽檐下的额头上湿漉漉的。

我们的头顶上传来了金属的碰撞声、可怕的轰鸣声以及女人们的尖叫声——那是过山车。我从来都没有坐过过山车，惊奇地张大了嘴巴，直到理查德说："把嘴闭上，亲爱的，不然苍蝇会飞进你的嘴巴。"后来，我听到一个奇特的故事——是谁说的呢？是威妮弗蕾德，没错；她总是喜欢把这类事情拿来翻来覆去地讲，以表示她了解真实的生活，尤其是下层社会的幕后生活。故事说的是一些惹上麻烦的女孩子——照威妮弗蕾德的说法，似乎这些女孩子们的麻烦都是自找的。这些有麻烦的女孩子会来向阳游乐园坐过山车，希望用这个办法把肚子里的孩子打掉。讲到这里，威妮弗蕾德噗嗤一笑。那当然行不通，她说。如果行得通的话，在那么高的空中，她们又怎么止血呢？亏她们想得出来！

在她讲这个故事的时候，我的脑海里浮现出这样的画面：远洋轮起航时，从船上飘下的红色飘带，像瀑布一般洒向下面的参观人群；从过山车和里面的女孩子那里泻出长长的、浓浓的鲜红线条，就像是从桶里泼出来的油漆。一条条长长的红云挂在空中，仿佛飞机喷涂的文字。

于是我想：如果是文字的话，那是哪一类的文字呢？日记，小说，还是自传？或者仅仅是涂鸦而已——玛丽爱约翰。然而，约翰却不爱玛丽，或者说爱得不够深。他的爱没有深到能阻止她用那种方式打掉孩子，阻止她在每个人身上都涂洒上鲜红、鲜红的字母。

一个老故事。

不过，在一九三五年八月的那一天，我还没有听到过打胎这一说。即便是他们当着我的面说出这个词（当然他们并没有说），我也弄不清那是什么意思。甚至连瑞妮也从来没有提过这个词；她最多也就隐晦地说到过“厨台屠夫”。我和劳拉躲在后楼梯偷听到这话，以为她是在讲人吃人的风俗。当时我们还觉得十分有趣。

过山车呼啸而过。从射击场传来的声音就像是在爆玉米花。还有一些人在开怀大笑。我觉得肚子饿了，可又无法提出来吃点东西；当时提出这个建议是不得体的，况且那里的食物也令人难以下咽。理查德紧锁着眉头，一只手拽着我的胳膊，带我穿过人群，另一只手则放在衣袋里。他说，这种地方必定到处都是手脚麻利的扒手。

我们好不容易来到了蛋糕摊，却没有看见劳拉。不过，理查德也不愿意一上来就找劳拉谈；他知道这样做不明智。如果可能的话，他总喜欢按照从上到下的顺序来处理事情。所以，他要求先同摊主单独聊两句。摊主是个高大的黑下巴男子，身上散发着一股馊奶酪味。这人一看见理查德就明白是怎么回事了。他从摊位里走出来，还偷偷回头瞥了一眼。

理查德问摊主：他是否知道自己藏匿了一个离家出走的少女？这种事天打雷劈！摊主惊恐地说道。劳拉骗了他——说自己十九岁了。不过，她干活十分勤快，把摊位收拾得干干净净；蛋糕生意忙的时候，她还会搭把手。那她睡在哪里呢？这事摊主说不清楚。这里有人给了她一张床，但并不是他。这其中也没有什么见不得人的事情，我们得相信这一点；至少摊主是这么认为的。劳拉是个好女孩，而他是个婚姻幸福的男人，不像这里的某些人。他只是可怜她，以为她可能遇上了什么麻烦。对于像她这样的好孩子，他的心肠总是很软。事实上，他就是那个给我们家打电话的人。他并不仅仅是为了赏金；他认为，她最好回去同家里人待在一起，不是吗？

说到这里，摊主满怀期待地望着理查德。理查德把赏金给了他；但不知怎的，我觉得赏金没有摊主所期望的那么多。接着，劳拉被叫出来了。她并没有表示抗议；她看了我们一眼，就决定不这么做了。“不管怎样，谢谢你为我做的一切。”她对摊主说道。她还和他握了握手。她并不知道摊主把她给卖了。

理查德和我一人拽着她的一只胳膊，带她一起穿过向阳游乐园往回走。我觉得自己就像个叛徒。理查德把她塞进车里，让她坐在我们夫妇俩中间。我伸出胳膊，紧紧搂着她的肩头。我对她很生气，但我知道此时得好好安慰她。她身上散发出香草和热糖浆的味道；好久没洗的头发有一股难闻的气味。

我们和劳拉刚踏进房子，理查德就叫穆加特罗伊德太太给劳拉端来一杯冰水。可她并没有喝；她坐在沙发的正中间，双膝并拢，面无表情，目光呆滞。

理查德问她：知道她自己给家里带来了多大的不安和混乱吗？不知道。她在乎吗？没有反应。他希望她今后别再干这样的事了。还是没有反应。他现在可以说是她的监护人，他对她负有责任，而他所做的一切都是为了履行这种责任，不管为此付出何种代价。无论什么事都不是一厢情愿的，因此他希望她明白她对他也负有责任——对我们也负有责任。那就是循规蹈矩，不做出格的事。她明白吗？

“是的，”劳拉说，“我明白你的意思。”

“我当然希望如此，”理查德说道，“我当然希望你能明白，年轻的女士。”

年轻的女士这个称呼让我感到紧张。这是一种谴责，似乎年轻是一种过错，身为女士也是一种过错。如果是这样的话，我也该受到这种谴责了。为了岔开这个话题，我问劳拉：“这些天你都吃什么了？”

“苹果脯，”劳拉说，“还有雪绒甜甜圈店的甜甜圈。隔天的比较便宜。那里的人真好。我还吃红肠面包。”

“噢，天哪。”我一边说，一边对理查德挤出一个不以为然的微笑。

“在现实生活中，”劳拉说，“别人吃的就是这些东西。”我开始有点明白向阳游乐园对她的吸引力了。劳拉所关心的只是那些别人——那些人对我们来说一直是别人，而且永远都是别人。劳拉渴望为这些“别人”服务。她在某种程度上渴望成为他们的一份子，但那是永远也不可能的。那只不过是在提康德罗加港施食所做义工的重演而已。

“劳拉，你为什么要这样做呢？”当屋里只剩下我们俩时，我问劳拉。（你是怎么去那儿的？答案很简单：她在伦敦下了火车，然后又上了另一班晚一点的火车来多伦多。幸好她没有跑到别的城市去；否则我们可能永远也找不到她了。）

“理查德害死了父亲，”她说，“我不能住在他的房子里。住在这里是不对的。”

“这样说不太公平，”我说道，“父亲的死是多种不幸因素造成的。”话一出口我自己都感到羞耻：这种口气同理查德如出一辙。

“也许不公平，但这是事实。说穿了，这就是事实，”她说，“不管怎样，我需要一份工作。”

“可这是为什么呀？”

“只是想表明我们——表明我能够工作。我——我们不一定要……”她一边咬着手指，一边眼睛看着别的地方。

“不一定要什么？”

“你知道的，”她说，“所有这一切，”她指了指带褶边的梳妆台，以及配套的镶花窗帘。“我开头想去当修女。我曾去过海洋之星修道院。”

天哪！我暗自叫道，别再谈什么修女了。我想，我们和修女已经没什么关系了。“那她们是怎么说的？”我以一种和蔼而淡然的口气问道。

“不行，”劳拉说，“她们对我非常好，但却拒绝了我的要求。这不单是因为我不是天主教徒。她们说，我并不是真正想将自己奉献给上帝，而只是在逃避自己的责任罢了。她们说，如果我想效忠上帝的话，我应该在他为我安排的生活中为他效忠。”她停顿了一下。“什么生活？”她说，“我根本就没有生活！”

她放声大哭，我张开胳膊把她搂在怀里。这个动作对她来说是再熟悉不过了。当她还是小孩子的时候，我就是这样哄她的。别嚎了。如果我有一块红糖，我就会给她，但我们早已过了红糖的年龄。糖果不再起作用了。

“我们怎样才能离开这里呢?”她呜咽道,“否则就来不及了!”至少她还知道害怕;她比我更有危机感。不过,我只当是她青春期的一个小插曲罢了。“什么来不及了?”我用轻柔的口气问道。我们需要的是深深吸一口气;一次深呼吸,镇定下来,再做盘算。用不着惊慌失措。

我以为我能够对付理查德和威妮弗蕾德。我以为我能够像老鼠般生活在老虎的城堡里——低下脑袋,保持沉默,蜷缩在角落里。不,我太自信了。我没有看到危险。我甚至不知道他们就是老虎。更糟糕的是:我不知道自己也可能变成一只老虎。我不知道,如果时机得当,劳拉也会变成一只老虎。在那种情况下,任何人都会变成老虎的。

“乐观一点。”我尽量用抚慰的口气对劳拉说道。我轻轻拍拍她的背。“我去给你拿杯热牛奶。你喝了以后,美美地睡上一觉。明天你感觉就会好多了。”但她还是不停地哭,怎么劝也没有用。

忽必烈行宫

昨天夜里,我梦见自己穿上了“忽必烈行宫”舞会时的服装。我在舞会上是扮演一名阿比西尼亚少女——一位演奏扬琴的淑女。那服装是绿色缎子做的:上身是一件镶着金边的短上衣,领口开得很低,直到腹部;下身是半透明的绿缎子紧身裤。我脖子上的项链、额头上的头箍,都是由许多假金币串成的。一顶小而精致的头巾式女帽上别着一枚新月形的饰针。还有薄薄的面纱。这套服装不知是哪个没有品位的马戏团服装师设计的,还自以为具有东方神韵。

一开始,我还觉得穿这套衣服相当漂亮,可后来我看见了自己下垂的肚子、青筋暴突的肿大关节、起皱的胳膊，才意识到我早已青春不再。

然而，我并不在舞会上。我孤单一人——至少开头似乎是这样——呆在阿维隆庄园废弃的玻璃暖房里。地上的空盆东一个、西一个；还有一些别的盆盆罐罐，里面也只是干硬的泥土和枯死的植物。一尊斯芬克斯石像歪倒在地上，脸上被涂得面目全非——有签名、字母缩写，还有蹩脚的画。暖房的玻璃顶上有一个洞。整个暖房散发出一股猫臊味。

我身后的主屋一片漆黑，没有人声。所有的人都走了，只剩下我穿着这身滑稽的化装服，孤零零地待在这里。夜深沉，月如钩。月光下，我看见还有一株活着的植物——一种有光泽的灌木，开着一朵白色的小花。劳拉，我脱口而出。从远处的暗影里，传来一个男人的笑声。

你或许会说，这不过是个不太可怕的噩梦罢了。你倒做个这样的梦试试。我醒来的时候可是沮丧极了。

一个人的脑海里为什么会出现这样的景象呢？梦魇找上门来，撕裂我们，死死地抓住我们。据说，如果你饿极了，你就会开始吞食自己的心。或许两者的道理是一样的。

荒唐。这都是人脑细胞的化学反应。我需要采取措施对付这些噩梦。一定有某种药片可以帮我摆脱噩梦。

今天的雪下得更大了。只要向窗外看一眼就会让我的手指生疼。我在餐桌上写字，写得慢极了，就像在刻字。我的钢笔很沉，写起字来很费劲，仿佛钉子在水泥板上刻画一样。

一九三五年的秋天。炎热渐渐过去，寒气慢慢袭来。霜降在落叶上，然后又降在未落的树叶上。然后，窗户也结了一层霜花。我乐于观察这些细节的变化。我喜欢深深地吸气。我肺里的空间是完全属于我自己的。

与此同时，一切都在继续。

现在，被威妮弗蕾德称为“劳拉的小恶作剧”的这件事已经被尽可能地掩盖起来。理查德对劳拉说，如果她对任何人，尤其是对她学校的人谈论这件事，他一定会知道，而且会认为这是对他个人的冒犯，也是一种蓄意捣乱。理查德也给了报界一个说法：牛顿-多布斯夫妇是理查德非常尊敬的朋友——牛顿先生是铁路部门的一位官员——这对夫妇可以作证，劳拉这段时间一直都和他们在一起，住在马斯科卡他们的家中。这个假期的安排决定得十分仓促，劳拉以为牛顿-多布斯夫妇给我们打了电话，而牛顿-多布斯夫妇则以为劳拉打了电话，这一切不过是一场误会罢了。他们并不知道人们以为劳拉失踪了，因为他们在度假期间从来不看新闻。

这倒是个编得很像的瞎话。不过，人们相信这个说法，至少是不得不假装相信。我想牛顿-多布斯将事情的真相悄悄告诉了起码二十个亲密的朋友，叮嘱他们不得外传。如果换了威妮弗蕾德，她也会这么做的，因为小道消息也会像商品一样流通。幸好，事情的真相并没有被报纸披露。

劳拉被打扮了一番之后，身穿苏格兰短裙、扎着彩格领带，被送往圣塞西莉亚学校。她毫不掩饰她对这所学校的厌恶。她说，她没有必要非去那里不可；她说，她已找到过第一份工作，也可以找到第二份工作。劳拉对我说这番话的时候，理查德也在场。她是不会直接和理查德说话的。

她经常咬手指甲。她吃得很少，人也太瘦。我开始为她十分担心——其实本来我也就该为她担心的。但理查德说，他可是听够了这种可笑的傻话，不想再听关于找工作的事。劳拉还太小，根本就不能独立生活。如果去工作的话，她就会卷入不光彩的事中，因为森林里有许多大灰狼正等着对她这样的傻丫头下手。如果她不喜欢现在的学校，可以去远一点的学校——另一个城市的学校。如果她要再次逃跑的话，他就要把她送到“少女教养所”去，让她和那些少年犯待在一起。如果还不行的话，那只有把她送到一所专科医院去——那种在窗户上装有铁栅栏的私人诊所：如果她想要的就是痛苦和悔恨的话，那无疑是个好地方。劳拉是个未成年人，而他手中又掌握着权力，而且他必定会说到做到。劳拉知道——大家都知道——他可是一个说到做到的人。

理查德的眼睛在生气的时候往往会凸出来。他的眼睛现在就凸出来了，但他在说这番话的时候，语气平静而又令人信服。劳拉信了他的话，被吓坏了。我试图打断他，因为这些威吓对劳拉来说过于严厉。他根本就不了解劳拉，不知道她会把这些话当真。但他叫我少管闲事。他说，现在就需要采取强硬手段。劳拉已经被宠坏了，是到了该收敛的时候了。

接下来的几星期，他们两个人之间维持着一种令人不安的和平局面。我想尽力安排好一切，省得他们俩发生冲突。我只希望大家表面上客客气气就行了。

这件事威妮弗蕾德自然也插上了一手。她一定吩咐过理查德坚持立场，理由是：尽管理查德抚养劳拉，可她这种女孩子还是会毫不留情地咬他一口，除非给她戴上口套。

理查德什么事都和威妮弗蕾德商量，因为她一向同情他、支持他、鼓励他。她在社交上扶持他，培养他对政治的兴趣。他什么时候进军议会？她悄悄对别人说：时机尚未成熟，但是快了。她断定（理查德自己也认为），他将来政治上一定大有作为，而他背后应该有一个女人。每个成功男士的背后不都有一个女人吗？

那个背后的女人当然不是我。威妮弗蕾德和我各自的地位现在都清楚了。威妮弗蕾德一贯都清楚，而我现在也开始清楚了。对于理查德来说，她是必不可少的，而我则是可有可无的。我该做的就是张开双腿，闭上嘴巴。

如果这话听起来很残忍，那么事实就是残忍的。不过，这种事情并不罕见。

白天，威妮弗蕾德总是设法让我忙东忙西。她可不想让我闲得发慌，因此而神经不正常。她绞尽脑汁为我炮制一些毫无意义的任务，然后为我重新安排时间和地点，好让我能够去完成它们。这些任务毫无挑战性，因为威妮弗蕾德并不隐瞒她的看法：我是个笨妞儿。对于这一点，我从来不和她争执。

威妮弗蕾德发起了为市中心育婴堂募捐而举行的慈善舞会。她把我定为舞会的组织者之一；这样不但可以让我有点事做，而且可以美化理查德的形象。所谓“组织者”不过是个笑话罢了；她认为我连“组织”自己鞋带的本领也没有，那还能给我分配什么样的杂活呢？她决定让我写信封。她的决定是对的，我能够写信封，甚至还写得不错。我写信封不用动脑筋，一边写一边还可以想别的事情。（“感谢上帝，她总算还有一项本事，”我能够听见她在打桥牌时对牌友们说，“噢，我忘了——她有两项本事！”然后是一阵大笑。）

为救助贫民区儿童而设立的市中心育婴堂可算是威妮弗蕾德的金字招牌，至少慈善舞会是如此。这是一个化装舞会——此类舞会多半化装，因为人们当时都喜欢穿着化装服。他们穿化装服的热情不亚于穿制服。不管是制服还是化装服，都具有同样的功能：你可以将自己伪装起来，装扮成别的人。只要一穿上奇装异服，你就可以变得更加强大有力，也可以变得更加神秘而诱人。这的确是一件有意思的事。

威妮弗蕾德为舞会搞了个委员会，但大家都知道，所有的重大事情都是由她一个人决定。她设了一个圈子，别人就纷纷跳进来。是她为一九三六年的舞会选取了“忽必烈行宫”这个主题。那是因为前不久主题为“帖木儿在撒马尔罕”的花花艺术舞会大获成功。舞会选择东方主题是没有错的，而且在学校时肯定人人都读过《忽必烈汗》那首诗。所以，就算是律师、医生、银行家都知道“忽必烈行宫”是怎么回事。他们的妻子当然也不会不知道。

在雄伟的欢乐行宫
忽必烈汗颁布旨意：
阿尔芙，这条圣河
穿过无底的深洞
流入不见阳光的海洋。①

威妮弗蕾德命人把整首诗打印出来，发给委员会的每一位成员。她说，目的是要大家理解这首诗的真谛，并且非常欢迎我们提出建议。不过，我们都知道她心里早有了主意。这首诗还要镌印在请帖上——烫金的字母，再配上金蓝相间的阿拉伯文组成的花边。有谁能看懂阿拉伯文呢？没有，但请帖看上去很漂亮。

这样的舞会只有收到请帖的人才能参加。如果你被邀请了，那么你就要出一笔钱。不过，舞会被邀请的人名额十分有限。所以，那些对自己的地位信心不足的人就会产生紧张的期待心理。原以为会收到请帖却没有收到，这种滋味是十分难受的。我猜想，一定有不少人为这种事抹眼泪，不过是偷偷地抹——在那个世界里，你不能让别人看出来你在乎这种事。

威妮弗蕾德用她那沙哑的嗓音朗读了那首诗——我觉得她读得好极了。她读完之后说，“忽必烈行宫”舞会的魅力就在

① 引自英国著名诗人柯尔律治(1772—1834)的名诗《忽必烈汗》。

于：有了这个主题，你在选择服装时能够随心所欲，可以把自己裹得严严实实，也可以充分暴露自己的身体。丰腴的人可以身穿华丽的丝绸，而苗条的人可以打扮成女奴或波斯舞娘。你可以穿戴任何你喜欢的服饰：透明的纱裙、手镯、丁零的脚链——不一而足。当然，男人们喜欢打扮成“帕夏”[①]，并且假装他们有后宫。威妮弗蕾德还说，她不知道自己能否说服什么人来扮演太监。

劳拉年纪太小，还不能参加这个舞会。威妮弗蕾德打算在时机成熟时，为劳拉举行一个正式进入社交圈的仪式；在此之前，她还没有资格。然而，劳拉对舞会的节目很感兴趣。我大大松了一口气，她总算对什么东西又有了兴趣。她对学校的功课没兴趣；她的分数糟透了。

纠正一下，她并不是对舞会的节目感兴趣，而是对那首诗感兴趣。我早就从阿维隆庄园、从“暴力小姐”那里知道了这首诗，但劳拉当时还不太在意这首诗。现在她却一遍又一遍地读它。

她想知道：什么是魔鬼情人？为什么海上没有太阳？为什么海洋里没有生命？为什么充满阳光的欢乐行宫会有冰洞？阿博拉山是什么地方？为什么阿比西尼亚少女要歌唱它？为什么祖先的声音预言战争？

这些问题当初我一个也答不上来。现在我都有答案了。答案不是来自于诗人塞缪尔·泰勒·柯尔律治——当时他沉湎于毒品，不见得能给我们答案。不过，我有了自己的答案。

圣河是有生命的。它流向无生命的海洋，因为那是一切生命的最终归宿。魔鬼情人就是可望而不可及的情人。充满阳光的欢乐行宫有冰洞，那是因为它原来就有——不久，它就变得

---

① “帕夏”：旧时奥斯曼帝国的高级官员。

十分寒冷，然后融化，然后你在哪里呢？全淹在水里了。阿博拉山是阿比西尼亚少女的家，她歌唱它是因为她不能够回家。祖先的声音预言战争，那是因为他们的声音从不停止，他们不喜欢出错，而战争早晚是要发生的。

如果我错了，那就纠正我。

下雪了。开头只是飘着一些小雪花，后来变成了坚硬的雪籽，打在皮肤上像针刺一般生疼。下午，太阳出来了，天空从淡血色变成了乳白色。烟囱里和烧煤的火炉里冒出了缕缕浓烟。运面包的马车在路边卸下了一堆堆热气腾腾的黑面包；不一会儿，这些小圆面包就冻得硬邦邦的。孩子们就用这些小面包砸来砸去玩耍。午夜的钟声一遍又一遍地敲响。每天午夜，深蓝色的天空中都布满了冰冷的星星，还有一轮惨白的月亮。我从卧室的窗户向外望去，目光穿过栗子树的枝叶，落在了人行道上。然后，我打开了房间的灯。

“忽必烈行宫”舞会定于元月的第二个星期六举行。那天早上，我的化装服送来了，放在一个盒子里，还包了好几层棉纸。其实，聪明的做法应该是去马拉巴服装店租一套化装服；为参加舞会而专门做一套太费事了。现在已经快六点了，我正在试穿。劳拉就在我的房间里；她常常在我的房间里做作业，或者假装在做作业。“你准备化装成什么人？”她问道。

“一位阿比西尼亚少女。”我回答说。我还没想好弹什么乐器来代替扬琴。也许是扎丝带的五弦琴吧。我突然想起来，我知道的唯一的一把五弦琴还在阿维隆庄园的阁楼上，是我已故的叔叔们留下来的遗物。我到了舞会上不想用什么扬琴。

我并不指望劳拉会夸我漂亮，甚至可爱的。她从来不会这样说；她的小脑瓜里根本就没有漂亮和可爱的概念。这次，她对我说道：“你看上去不太像阿比西尼亚人。阿比西尼亚人不该是金发。”

“我又不能改变我头发的颜色，”我说，“要怪只能怪威妮弗蕾德。她本该为我选北欧海盗之类的。”

“为什么他们都怕他？”劳拉问道。

“怕谁？”我说。（我从这首诗里没感觉到恐惧，只感觉到欢乐。欢乐行宫。欢乐行宫就在我真正住的地方——那里的我才是真实的我，一个不为周围人知晓的真我。四周筑起了高墙和塔楼，这样别人就无法进入我的领地了。）

“听着。”她说道。她闭上眼睛，开始背诵这首诗：

她的交响曲、她的歌声
能否在我的心中复苏，
让天大的喜悦笼罩着我？
伴着响亮而悠长的音乐，
我可以在空中筑造欢乐行宫，
那充满阳光的行宫！那些寒冷的冰洞！
所有的人都应该目睹，
所有的人都应该高喊：“留神！留神！”
他那闪动的眼睛、他那飘动的头发！
绕他转上三圈，
满怀敬畏地闭上眼睛，
因为他吃的是琼浆玉液，
喝的是天堂的牛奶。

“看，他们都怕他，”她说，“但这是为什么？为什么要留神？”

“真的，劳拉，我一点也不知道，”我说道，“这不过是一首诗罢了。你不可能弄懂所有诗歌的意思。也许人们认为他疯了。”

“那是因为他太快乐了，”劳拉说，“他喝了天堂的牛奶。在那种情况下，如果你太快乐了，那会吓着别人的。是不是这个道理？”

“劳拉，别老是刨根问底的，”我说道，“我不可能什么都懂。我可不是教授。”

劳拉穿着校服，坐在地板上。她一边吮着指关节，一边盯着我看，眼里满是失望。我最近老是让她失望。“那天我见到亚历克斯·托马斯了。”她说道。

我急忙转过身，照着镜子调整我的面纱。绿绸缎化装服的效果相当糟糕：我看上去就像好莱坞电影里的荡妇。不过，我能够自我安慰，心想别人看上去同样都傻乎乎的。“亚历克斯·托马斯？真的吗？”我说道。其实，我应该表现出更大的惊讶才对。

“怎么，你难道不高兴吗？”

“高兴什么？”

“高兴他还活着，”她说，“高兴他们没有抓到他。”

“我当然高兴了，”我说道，“不过，别对任何人提这件事。你不想让他们追查到他的行踪吧。”

“你不用对我说这些。我又不是小孩子。所以我当时没有向他挥手。”

“他看见你了吗？”

“没有。他匆匆走在大街上。他把大衣的领子竖起来，用围巾裹住了下巴。但我知道那就是他。他还把双手插在衣袋里。”

提到双手、提到衣袋，一阵剧痛袭过我的全身。“在哪条街上？”

“就在我们住的这条街上，”她说，“他在街的另一边，看着这边的房子。我想，他是在找我们。他一定知道我们住在这附近。”

“劳拉，”我说道，“你还在迷恋着亚历克斯·托马斯吗？如果你还迷恋他的话，你应该尽快忘记他。”

“我没有迷恋他，”她用不屑的口气说，“我从来就没有迷恋过谁。迷恋是个可怕的词。它真让人恶心。”劳拉自从上学之后，就变得不再那么虔诚了，说话也变得激烈了。恶心这样的用词越来越多了。

“不管你怎么说，你都应该放弃。那根本就是不可能的事，”我轻柔地对她说道，“那只会让你不幸。”

劳拉两臂抱膝。“不幸，”她说，“你究竟知不知道什么叫不幸？”

第八章

《盲刺客·杀戮者的故事》

他又搬家了；这正合她的心思。她不喜欢他原来那个靠近交叉路口的住处，不喜欢去那儿。不管怎么说，那儿很远，又很冷——每次到那里，她都被冻得牙齿打架。她讨厌那狭小、阴暗的房间：锈住的窗户无法打开，里面充斥着一股多日抽烟留下的恶臭；墙角的淋浴房又小又脏；还有她常常在楼梯上碰到的女人——那个女人就像某部陈腐小说中描写的受压迫的农妇，你总是以为会看到她背着一捆柴火回家。她会气哼哼地、无礼地瞪上你一眼，仿佛她能真切地看见他们俩关上门后在屋里干些什么。她的眼光里带有一丝嫉妒，还带有一丝愤恨。

好了，终于可以摆脱这一切了。

现在雪已经化了，但背阴处还有几堆灰色的残雪。太阳光暖洋洋的，空气中弥漫着潮湿的泥土味。去年冬天人们丢弃的旧报纸现在都变成了黏乎乎的纸屑，混在生命力旺盛的草根中，让人难以辨认。在城里的富人区，水仙花已经开了。在没有遮掩的几处房前的花园里，郁金香正在绽放，有红的，也有橘黄的。正如报上园艺栏上说的，这是个好兆头。不过，现在已到了四月末，前天还下了雪——大片的雪花落地即融，真是一场不寻常的大雪。

她头裹围巾，身上穿着一件海军蓝大衣——这是她最素淡的衣着了。他说，她这身打扮再合适不过了。这地方的大小旮旯污秽不堪：有雄猫留下的臊味，有呕吐物和关在笼子里的鸡发出的恶臭。路上有马粪——这是骑警巡逻留下来的杰作。他们的任务不是抓小偷，而是追查煽动闹事的人——侦察外国赤匪的藏身之处。这些人会像躲在草堆中的老鼠一样窃窃私语。他们无疑会六个人挤在一张床上睡觉，分享他们的女人，酝酿他们偏执的罪恶阴谋。从美国逃亡来的埃玛·戈德曼据说就住在附近。

人行道有斑斑血迹；一个男人正提着水桶，用刷子清洗。她小心翼翼地绕过那淡红色的小水坑，生怕沾上半点污渍。这是一个犹太屠户聚居区，也有裁缝和毛皮批发商住在这里。毫无疑问，还有一些血汗工厂。

一排排从国外移民来的女工弓着身子，在机器上干活儿，肺里吸满了棉绒。

你这套衣服是从别人身上扒下来的吧？他有一次对她这样说道。没错，她轻快地回答，但我穿上好看多了。接着，她又生气地说：你指望我干什么？你指望我干什么？你真的以为我有多大本事？

她在一家水果店停下来，买了三只苹果。苹果不太好，是落市货，果皮已发软起皱，但她觉得需要带点礼物去同他和解。女店主从她手中取回一个苹果，指了指上面的烂斑，给她换了一个好的。双方都没讲话，只是意味深长地点点头和露齿一笑。

街上，男人身穿黑色长大衣，戴着宽边黑礼帽；眼睛滴溜溜转的小个子女人则披着披巾，穿着长裙。他们说一口不地道的蹩脚英语。他们并不对你直视，却能把你看个大概。她十分惹人注目，因为她的个子相对高大，她的双腿暴露在外。

她来到他提到过的钮扣商店。她驻足片刻，向橱窗里望去。花式钮扣、缎带、穗带、花边、闪光饰片——这些都是为时装增添梦幻色彩的原料。她那件白色雪纺绸晚披肩上的白鼬皮饰边，想必是这附近裁缝的巧手缝制的。薄如蝉翼的纱和高档毛皮相映成趣，正讨绅士们的喜欢：细嫩的皮肤，再加上毛茸茸的装饰。

他的新住所是在一家面包店的楼上。从边上的楼梯上去，雾蒙蒙的空气中有她喜欢的味道。然而，一股强烈的发酵味像受热的氨气，直冲她的脑门。她好久没见到他了。她为什么一直不见他呢？

他正好在家。他打开了房门。

我给你捎来几个苹果，她说道。

片刻之后，这个小世界里的东西又恢复了本来面目。那是他的打字机，还放在小小的脸盆架上，随时有可能掉下来。旁边是一个蓝色手提箱，上面却摆着一只脸盆。地板上有一件皱巴巴的衬衫。为什么地上那件破衬衫总是意味着情欲呢？这种情欲是扭曲的、冲动的。你看那油画中的火焰：就像一块被扔出来的橘黄色的衬衫布。

他们俩躺在一张雕花的红木大床上。这床大得几乎占据了整个房间。这是以前的结婚家具，从遥远的地方运来，象征着白头偕老。白头偕老，现在看来是多么愚蠢的话；厮守一生，简直是荒唐。她用他的小刀把苹果切开，一块块地喂他吃。

假如我不明事理的话，我会认为你在勾引我。

不——我只是想让你活着。我要把你养肥，以后好把你吃了。

这是个变态的想法，年轻的女士。

没错。这想法是从你那儿来的。你不至于把那些长着天蓝色头发和摄人心魄的大眼睛的女鬼都忘了吧？她们早晚会把你当早餐吃掉的。

那要等我允许才行。他又伸手去搂她。这都好几个星期了，你躲到哪儿去了？

是啊。等等，我要告诉你点事。

紧要吗？他问道。

是的。也不太紧要。不。

夕阳西下，窗帘的影子映在床上。外面大街上传来嘈杂的声音，听不懂是哪国话。我要永远记住今天的事，她对自己说道。那时——何苦去想将来的回忆呢？时间还没到那时，而是现在。现在还没有过去。

我想出了你的那个故事，她说，故事的后半部分。

噢？你有自己的想法了？

我一向有自己的想法。

那好。讲出来听听，他说道，咧嘴笑笑。

好吧，她说，我们最后说到，那姑娘和盲刺客被领去见欢乐公仆。他是被称为蛮荒之民的那些野蛮入侵者的头领。他们俩被怀疑是神的使者。如果我说错了，帮我纠正。

你真的在意这种故事吗？他半信半疑地说，你真的记得故事内容？

我当然记得啦。你说过的每个字我都记得。他们俩来到了野蛮人的营地。盲刺客告诉欢乐公仆，他带来了无敌之神的圣谕，只是这圣谕必须私下传达，而姑娘要在场。这是因为他不想让她离开他的视线。

他看不见。他是个瞎子，记得吗？

你明白我的意思。于是，欢乐公仆说：很好。

他不会只说很好。他要长篇大论地讲一通。

这个我可讲不来。三个人离开众人，走进一个帐篷。盲刺客说，他带来了神的计划。他将告诉他们如何进入萨基诺城，决不会被围攻，也不会伤亡。我是指他们的生命。他们应该派几个人来，他会告诉这几个人进城的口令——他知道口令，记得吗？他们一旦进了城，就得直奔运河，在拱门下漂下一根长绳。他们得把绳子的一端拴在石柱或别的什么东西上，到晚上一队士兵就拉着绳子手换手潜水进入城内，干掉卫兵，把八个城门全打开，接着你就瞧好吧。

瞧好？他笑道。这可不太像塞克隆星球上的话。

好了，进城一切顺利。进城之后，他们可以痛痛快快地杀人，如果他们想那样做的话。

一个漂亮的诡计，他说道，非常狡猾。

是的，她说道，古希腊人希罗多德的书中写过这个或者类似的诡计。我想，巴比伦也是这样攻陷的。

你头脑子里的鬼点子多得令人吃惊，他说，不过，我想是否要来个平衡？我们这两个年轻人不能再继续扮作神的使者了。这样太危险。迟早他们会露馅，会失败，然后就会被处死。他们得逃走。

没错。我考虑过这一点。在交代口令和方案之前，盲刺客说，必须得先把他们俩带到西山脚下，还要准备足够的食物等等。他会说，他们得去那里朝拜——上山获得更多神的指示。到那时候他才会交货——他指的是口令。一旦野蛮人攻城失败了，他们俩早已远走高飞了，而萨基诺人也不会想到去追他们的。

但是，他们俩会被狼吃掉，他说道，如果不被狼吃掉，他们也会死于有着美妙身材和红宝石般嘴唇的女鬼之手。或者，她被杀掉，而他则被留下来满足她们反常的情欲，而且没完没了，可怜的家伙。

不会，她说，事情不会是这样的。

不会吗？谁说的？

别说不会吗。是我说的。听着——是这样的。盲刺客听到了各种传闻，因此他知道那些女人的真实情况。事实上，她们根本没有死。她们之所以散布这些谣言，是不想让人打扰她们的生活。她们其实是些逃亡的奴隶，有的则是不愿被丈夫或父亲卖掉而逃出来的女人。这些人并不全是女的——也有男的，但都是善良友好的男人。她们都住在山洞里，以放羊为生，也有自己的菜园。为了装鬼，她们轮流潜伏在坟地里，向过往行人又哭又嚎，吓唬他们。

此外，那些狼也不是真狼。它们不过是学会装狼的牧羊犬而已。实际上，它们很温驯，也很忠诚。

因此，这些人会收留这两个逃亡者。一旦听了他们俩的悲惨遭遇，他们定会把两个人视若兄弟姐妹。然后，盲刺客和没舌头的姑娘会在一个山洞里安居下来。他们俩迟早会生儿育女，他们的孩子既不瞎也不哑。他们一定会尽享天伦之乐的。

与此同时，他们的同胞正在被屠杀吗？他说道，咧嘴一笑。你赞成背叛自己的祖国？你牺牲大众的利益来换取个人的满足？

不过，那些人本来就要杀他们——他们俩的同胞。

只有极少人会有这种意图——那些上层的人，那些头头们。你连他们手下的人也要谴责吗？你要让这两个人背叛自己的人民吗？你这样做太自私了。

历史就是这样，她说，在《征服墨西哥》这本书中——他叫什么来着？噢，科尔特斯[①]——他的阿兹特克族情妇就是这么干的。在《圣经》中也有类似的故事。妓女喇合在耶利哥城失陷时也干了同样的事。她帮助了约书亚手下的两名探子，于是她和她的家人被免于一死。

---

① 科尔特斯(1485—1547)：西班牙殖民者，1523年征服墨西哥。

有点意思，他说道，不过，你违反了游戏规则。你不能异想天开把这些不死的女人变成一群民间传说中的田园式牧民。

你从来没把这些女人真正融入到故事中去，她说，从来没有。你只讲关于她们的那些传言。传言可以是骗人的。

他噗嗤一笑。太对了。下面是我的版本。在快乐之民的营地，一切都照你所说的那样发生了，但我所讲的更好听一些。我们两位年轻的主人公被带到了西山脚下，留在了坟地里。然后，那些野蛮人依照指示开始进入城内。他们掠夺钱财，毁坏城池，屠杀城内居民，无人幸免于难。国王被吊死在树上，女大祭司被挖心掏肺，国王身边的谋士也同其他人一起被处死。无辜的小奴隶、盲刺客团体、神庙里献祭的少女——无一幸免。宇宙中的这个文明整个都消灭了。懂得怎样编织那些奇妙地毯的人没一个活下来，这不能不说是一种遗憾。

同时，这两个年轻人手挽手，正慢悠悠地在西山中寂寞地穿行。他们深信，好心的种菜人不久就会发现他们，并邀请他们到家做客。然而，正像你说的，传言不一定准。盲刺客相信了错误的传言。那些女鬼真的死了。不仅如此，那些狼也是真狼，女鬼可以随意召唤它们。我们这两位浪漫的主人公转眼就被狼吃掉了。

你可真是个不可救药的乐天派，她说。

我并不是不可救药。不过，我喜欢我的故事真实可信。那就是说，故事里得有狼，不管是什么样的狼。

为什么那是真实可信的呢？她转过身子躺下来，眼睛盯着天花板。她有点恼火，因为自己的故事被比下去了。

一切故事都与狼有关。那么，一切都值得重复。除此之外，别的都是浪费感情的废话。

一切故事？

那当然，他说道，想想看吧！有狼口脱险的故事；与狼拼斗的故事；捕狼的故事；驯服野狼的故事；自己被抛进狼群中，或者把别人抛进狼群中，让狼把别人吃掉而自己得以幸免的故事；与狼共舞的故事；摇身变狼，最好是变成领头狼的故事。除此之外，再没有好听的故事了。

我认为有，她说，你给我讲关于狼的故事，这本身就是个故事，却与狼无关。

别和我较劲了，他说道，我身上就有狼的成分。你过来。

等等。我有件事要问你。

好吧，快说，他懒洋洋地说。他又闭上了眼睛，一只手搂着她。

你对我有过二心吗？

二心？多古怪的字眼。

别管我的用词，她说道，你有没有二心？

同你对我差不多。他停顿了一下。要我说，这不能叫二心。

那你说这叫什么？她冷冷地问道。

从你这方面来说，这叫心不在焉。一闭上眼睛，你就不晓得自己躺在谁的怀里了。

那从你这方面来说呢？

这么说吧，女人中你是最有味道的。

你真是个坏蛋。

我说的是实话，他说。

不过，也许你不该这么说。

别发毛，他说道，我只是逗你玩呢。我决不会去碰别的女人一根毫毛。我会恶心的。

一阵沉默。她吻了他一下，抽回身子。我要出远门了，她小心翼翼地说，我必须告诉你。我不想让你牵挂我的去向。

去哪儿？干什么去？

我们要去参加处女航。家里所有的人都要去。他说，我们不能错过这次机会。他说，这是本世纪的大事。

本世纪只过去了三分之一。即使如此，我认为，大战的可能性已经很小了。花前月下品尝香槟，不能和数百万人死在战壕里相提并论。还有流感蔓延，或者……

他指的是社会大事。

噢，请原谅，女士。我认错。

怎么了？我只是外出一个月而已——一个月左右吧。根据行程安排而定。

他一声不吭。

并不是我想要去。

是呀。我想你不会的。天天山珍海味，夜夜舞会。一个姑娘家怎么吃得消。

别这样嘛。

别教我应该怎样！别跟众人一个腔调，说为了我好！我他妈的烦透了。我不会改变自己的。

对不起。对不起，对不起，对不起。

我讨厌你卑躬屈膝的样子。可是，天哪，你居然对这个还很在行。我敢说，你在家里一定总是这个样子。

也许我该走了。

想走你就走吧。他翻过身去，背对着她。去做他妈的你想做的事去吧。我又不是你的监护人。你没必要坐起来，又是求，又是哭，向我摇尾乞怜。

你不明白。你甚至也不想弄明白。你根本不明白是怎么一回事。我并不是喜欢去。

没错。

《梅费尔》（1936 年 7 月）

美轮美奂

小赫伯特·霍金斯

……从来没有这么漂亮的船驶过这里的海面。这艘船造型优美，船体呈柔和的流线型；内部设施一应俱全，无愧为舒适、奢侈、豪华的杰作。它简直就是一座游动的沃尔多夫-阿斯托里亚宾馆[①]。

我已找到了恰当的词语来形容它。我们可以说它不可思议、激动人心、华美壮观、富丽堂皇、威严高贵和无与伦比。这些词语加起来能把它形容得恰到好处。然而，拿出其中一个词来只能说明"英国造船史上最伟大的成就"的一个方面。"玛丽女王"号难以描述：对它必须是看和"感觉"才行，还要加上它独一无二的船上生活。

……大厅里自然每天晚上都举行舞会。优雅的音乐、豪华的舞池、衣冠楚楚的男男女女——这一切本来只可能出现在世界上少数几个大城市的宾馆舞厅里，很难想象这样的场面会在海上出现。在这里，你可以看到伦敦和巴黎发布的最新夜礼服，崭新挺括，刚从包装盒里取出来。你还会看到最新款式的饰物：精致的手袋；飘动的晚披肩，色彩与款式的搭配相得益彰；华丽的围巾和裘皮斗篷。宽松的夜礼服独占鳌头——不论是塔夫绸的，还是网眼的。在崇尚苗条身段的地方，连衫裙总

① 沃尔多夫-阿斯托里亚宾馆：美国纽约市的一家高级宾馆。

是和精心裁剪的塔夫绸或印花绸的束腰上衣搭配起来穿。许多人都披着雪纺绸的披肩，款式多样。这些披肩从女人肩膀上飘垂下来，犹如士兵的斗篷。有一位长着细瓷般可爱面孔的年轻女士，头戴白色的假发，披着一件淡紫色的雪纺绸披肩，配一袭灰色的长礼服。还有一位高挑的金发女郎身穿西瓜红的夜礼服，披着一件饰有白鼬毛皮的白色雪纺绸披肩。

《盲刺客·Aa’A星球上的桃子女人》

夜夜都有舞会：男男女女在光滑的地板上翩翩起舞，令人眼花缭乱。她被欢闹的气氛所感染，于是每晚必到。闪光灯到处咔嚓作响，说不准记者们把镜头对着谁，也说不准什么时候自己的照片上了报纸——头往后仰着，嘴巴张着，露出满口牙齿。

每天早上，她双脚都感到酸疼。

下午，她则戴着太阳镜，躺在帆布椅上，沉浸在对往事的回忆之中。她不去游泳，不去套圈，也不去打羽毛球——这些都是没完没了的无聊游戏。消遣就是为了打发时间，她有自己的消遣方式。

几条套着脖圈的狗在甲板上遛来遛去，走在它们后面的主人都是上流社会的人。当他们走过时，她假装在看书。

有些人在图书室里写信。对她来说，这没多大意思。他居无定所，即使给他寄信的话，他也可能收不到。信倒有可能落入别人之手。

无风之日，海浪十分平静，尽如人意。人们说，海上的清新空气对健康有益。尽情地呼吸吧，放松身心，纵情欢乐。

几个月以前，她说：你为什么要跟我讲这些悲伤的故事？他们俩躺在床上，身上盖着她的毛皮大衣，毛朝上——这是他要这么盖的。冷风透过破窗户吹进来；外面大街上电车当当驶过。等会儿，她说道，有颗钮扣硌了我的脊背。

我只知道这类故事——悲伤的故事。总之，从逻辑上说，每个故事的结尾都是悲伤的，因为在结尾人人都要死的。出生、交媾、死亡，无一例外。不过，交媾的事可能有例外。有的家伙还没尝过这种滋味就呜呼哀哉了，可怜虫。

但是，这中间也有幸福的事，她说，从出生到死亡，不是吗？如果你相信有天堂，我想升天也算是一个幸福的故事了——我指的是死亡。天使们唱着颂歌为你送行。

哼，人死了就万事皆空了。什么天使呀，颂歌呀，都免了吧。

不过，还是会有幸福的事，她说道，或者说，有一些幸福的事你都没提起过。

你是指我们俩结婚，住在一间小矮房里，然后再生两个孩子？是这样的幸福故事吗？

你太刻薄了。

好吧，他说，你想听一个幸福的故事。我看你是不达目的不罢休了。故事是这样的：

时间是后来被称为百年大战——或西诺星球大战——的第九十九年。在另一个宇宙空间的西诺星球上，居住着一个绝顶聪明而又极端残忍的物种，叫做蜥蜴人。不过，他们可不这样称呼自己。他们身高七英尺，长满鳞甲，皮肤是灰色的。他们的眼睛是竖长的，就像猫眼或蛇眼一样。他们的皮肤很坚硬，通常不用穿衣服，只穿一条裤衩——用金属面料卡兹尼做的，地球上没有这种柔软的红色金属。这种裤衩可以保护他们的要害部位——那物儿也长满鳞甲，而且个头挺大，同时却容易受伤。

哎呀，谢天谢地，有点意思，她说道，噗嗤一笑。

我就知道你喜欢这样的故事。总之，他们的计划是从地球上抓一大批女人，为他们生育一种超级物种——一半像人，一半像西诺蜥蜴人。这样，他们的后代就能比他们更适应宇宙中其他可居星球上的生活——可以呼吸各种稀奇古怪的空气，吃各种各样的食物，抵抗各种未知的疾病，等等。不过，他们同时也具有西诺人的力量和宇宙智慧。这种超级物种会横扫太空，征服太空，一路上把不同星球上的居民统统吃掉，因为他们需要扩大领地，需要新的营养源。

西诺蜥蜴人的太空舰队在一九六七年首次袭击地球，给一些大城市造成毁灭性的打击，致使数百万人丧命。在地球人的一片恐慌中，蜥蜴人把欧亚大陆和南美洲的一些地区建成他们的奴隶营，残忍地把年轻女人用作他们的生育实验品；男人们则成了他们的盘中餐，他们想吃哪块就吃哪块，然后把吃剩的残尸填进大坑里。他们最喜欢吃用文火烤过的脑子、心脏和腰子。

然而，西诺星球的供给线被地球上隐蔽的宇宙火箭的火力切断了，使得蜥蜴人的致命的激光枪失去了关键的原料。地球人集结起来，奋起还击——不仅动用了战斗部队，还使用了大量的毒气——是由一种稀有的霍兹彩色青蛙的毒液制成的。这种毒液曾经被尤林斯星球的拿克罗德人用来涂箭头，地球上的科学家们早就发现西诺星球上的人对这种毒素特别缺乏免疫力。结果，双方打了个平手。

再者，他们的金属裤衩具有可燃性，如果被炽热的导弹击中，就会烧起来。地球上的狙击手使用远程磷弹枪，射击目标准确无误。他们是伟大的英雄，虽然遭到猛烈的还击，经受前所未有的电击折磨的剧痛，仍然坚持战斗。蜥蜴人不会轻易地让他们的阴部烧起来，这谁都明白。

现在，到了二〇六六年，外星蜥蜴人已被赶回另外一个宇宙空间，地球空军飞行员驾驶着小型双人快速歼击机正在乘胜追击。他们的最终目的是把西诺外星人全部消灭，只留下大概几十个关在特别加固的动物馆里展览——橱窗的玻璃也是特制的，打不破。然而，西诺人不会束手就擒，仍要负隅顽抗。他们还有一支独立的太空舰队，袖子里还有几张好牌可以打。

他们还有袖子？我以为他们都光着上身呢。

看在老天的分上，别太挑剔了。你明白就行了。

威尔和博伊德是一对老搭档——他们两个满身伤疤，是拥有三年军龄的、久经考验的歼击机老飞行员。驾驶歼击机伤亡很大，干三年已经算是长的了。到目前为止，他们在一次又一次大胆的袭击中勇猛行事，每次都能幸免于难，而指挥官却说他们勇大于谋。

正如故事开头讲的那样，一架西诺人的战机已经咬住他们；他们的飞机受到重创，抖得厉害。激光枪把他们飞机的油箱打了个洞，切断了他们同地球指挥官的联系。飞机的操纵器也被烧化了，致使博伊德的头皮受了重伤，同时威尔腰部的什么地方也受了伤，鲜血顺着宇航服往下流。

看来我们要吃苦头了，博伊德说，全身被弄得血肉模糊。这破飞机随时都会完蛋。但愿我们来得及再炸死几百个满身鱼鳞的龟儿子，然后同归于尽。

说得对，我也这么想。哎呀，老伙计，你眼睛里有稀泥，威尔说道，好像有什么东西从你眼里往外流——红色的稀泥。你的脚趾头漏了。哈，哈。

哈，哈，博伊德痛苦地做了个鬼脸。开什么玩笑。你总是喜欢穷开心。

威尔还没来得及回答，歼击机就失去了控制，在空中旋转起来。令人头晕目眩。他们俩被一个重力场吸引到了一个未知的星球上，不知身处何地。他们的人造重力系统失灵了，两个人都失去了知觉。

苏醒过来之后，他们简直不相信自己的眼睛。他们的太空歼击机已无踪影，就连身上的紧身金属宇航服也不翼而飞。他们身上却穿着宽松的绿色长袍，闪闪发光，不知是用什么面料做的。他们发现自己是在一个绿藤掩映的凉亭内，正躺在柔软的金色沙发上。他们身上的伤口也愈合了，就连威尔上次空战时被炸掉的左手中指也长出来了。他们感到神清气爽，精力充沛。

神清气爽，精力充沛，她咕哝道，喔唷唷。

没错，我们这些爷们偶尔也喜欢用个把高级的词汇，他像电影里的匪徒般歪着嘴说道，这可以给那鬼地方增加一点品位。

亏你想得出来。

我接着说下去：我弄不明白，博伊德说，我们是不是已经死了？

如果我们死了的话，那我也认了，威尔答道，这倒也不错，挺好。

一点不假。

这时，威尔低低地吹了一声口哨。听到口哨声，有两个女人朝他们走来——他们从未见过这么漂亮的女人。她们俩头发的颜色就像柳条筐的颜色。她们身穿着紫蓝色长裙，上面有一个个的小皱褶，走起路来沙沙作响。这令威尔想起了那些势利的高档杂货店里的水果包装纸。她们裸露着胳膊，光着脚，头上都戴着一种奇特的红色网状头饰。她们的皮肤呈金红色，而且水灵灵的。她们走起路来波浪起伏，好像在糖水里游泳似的。

你们好，地球人，第一个女人说道。

对，你们好，第二个女人也说，我们等你们很久了。我们通过星际摄像机知道你们来了。

我们这是在哪里？威尔问道。

你们是在Aa' A星球上，第一个女人说道。这个星球名称的发音听上去像是吃饱饭时的打嗝声，中间还夹着婴儿睡梦中翻身时发出的轻微喘息声。它又像快死的人最后的呼吸声。

我们是怎么到这里来的？威尔问道。博伊德却一言不发。他正在打量他面前这个成熟女人鲜嫩、玲珑的身体。我要是能咬上一口该多好，他暗自想道。

你们坐的飞机从空中坠落下来，第一个女人说，不幸的是，你们的飞机坏了。你们只能留下来和我们待在一起。

这好办，威尔说。

我们会好好照顾你们的。你们应该得到回报。你们同西诺人打仗，在保护地球的同时，也保护了我们的星球。

谦逊稳重的谈吐，给她们蒙上了一层面纱。接下来发生的事可就不敢恭维了。

真的吗？

我马上就要说到了。只是先要补充一点：博伊德和威尔是Aa' A星球上仅有的两个男人，而这两个女人当然都是处女。但她们能猜透别人的心思，知道威尔和博伊德心里想干什么。很快，这两个老搭档的不可思议的白日梦就实现了。

随后，她们给两个人端来美味的珍馐琼浆，并告诉他们吃后可以长生不老。接着，她们又带他们去美丽的花园里散步，观赏奇花异草。然后，两个人被领进一间大屋子，里面摆满了各种雪茄烟。他们可以挑自己喜欢的尽情享用。

雪茄？你抽的那种？

同时，又给他们换上了拖鞋，让他们舒服自在。

我想，这是顺理成章的事。

当然，他咧嘴笑道。

接下来的事更美妙。二位少女，一个性感十足；另一个知书达礼，可以同你谈论艺术、文学、哲学，更不用说神学了。她们似乎任何时候都知道要她们干什么，并能根据博伊德和威尔的情绪和意向进行自我调整。

在和睦相处中，时间不知不觉地过去了。随着时间的流逝，他们对 Aa’A 星球的了解也增多了。其一，这里的人不吃肉食，这里也没有食肉动物，但有许多蝴蝶和鸣禽。要不要我补充一点，Aa’A 星球上崇拜的神样子像个大南瓜？

其二，这里没有真正意义上的生育。她们长在树上，长在树干的顶端，成熟后就被她们的长辈从树上摘下来。其三，这里也没有真正意义上的死亡。当死亡来临时，每个桃子女人——威尔和博伊德这么称呼她们——就会分解她身体的细胞分子，然后通过树木重新把分子聚合起来，长成一个新鲜的女人。所以，刚出生的女人，不论在外观上还是在本质上，都同先前死去的女人一模一样。

她们怎么知道死亡什么时候来临？什么时候分解她们身体的分子呢？

首先，当她们的身体熟透了，她们天鹅绒般的皮肤会变松、起皱。其次，还可以根据果蝇来判断。

果蝇？

到那个时候，黑压压的果蝇会在她们红色网状头饰的上方盘旋。

这就是你说的幸福故事？

别急。还有呢。

博伊德和威尔过着神仙般的日子。但过了一段时间，他们对这种生活开始厌倦了。一方面，为了确保他们生活得幸福，这两个女人总是没完没了地检查他们的身体。这对男人来说太乏味了。更要命的是，天底下没有这两个宝贝做不出来的事。她们完全不知廉耻，或者说，根本就没有廉耻。稍加暗示，她们就会做出最淫荡的动作。说她们是荡妇，那还算客气的。她们有时也会变得羞羞答答、一本正经、阿谀逢迎、优雅端庄；甚至还会哭哭啼啼、大喊大叫——这也是看两个男人的脸色行事。

一开始威尔和博伊德觉得挺好玩，但不久感到恼火了。

当你揍这两个女人时，她们不会流血，只会流出一些汁液。揍得再狠一些的话，她们就会化成香甜的果酱，很快又能变成另一个桃子女人。她们好像感觉不到痛，威尔和博伊德开始怀疑她们是否能感觉到性的快乐。那多少个销魂一刻难道都是装样子吗?

问到这个问题时，她们只是笑而不答。你永远也无法知道她们的底细。

你知道我现在最想要什么？威尔在一个大好天这样问道。

我敢说，和我想的一样，博伊德回答说。

一大块烤牛排，嫩嫩的，还滴着血。一大包炸薯条，再加一杯冰镇啤酒。

没错。吃完之后，再同西诺星球上那些满身鱼鳞的龟儿子狠狠干一仗。

对极了。

他们决定打探一下路线。尽管他们已经得知，在Aa’A星球上，每个方向都一样，他们只会碰到更多的树、亭子、鸟、蝴蝶和更多水灵性感的女人，但他们还是向西出发了。走了很久，他们没有遇到任何险情，却被一堵无形的墙挡住了去路。这堵墙像玻璃一般光滑，又很柔软，用手推一下就凹进去。接着，它又反弹回来，恢复原样。墙很高，他们够不着，也爬不上去。它简直就像一个巨大的水晶泡泡。

我看，咱们是陷进了一个透明的巨大乳房里面了，博伊德说道。

他们坐在墙角下，彻底绝望了。

这个地方又安静又宽敞，威尔说，夜里它是一张柔软的床，睡在这里一定美梦不断；阳光灿烂的早晨，它是餐桌上绽放的郁金香，又是给你煮咖啡的小女人。它是你梦想的风流韵事。当男人们在另一个宇宙空间作战时，它是他们渴望的一切。这就是那些男人为之献身的原因。我说得对吗？

你说得太妙了，博伊德答道。

这地方好得有点不对头，威尔说，这一定是个圈套。甚至可能是西诺人歹毒的阴谋，想把我们困在这里，不让我们去作战。这里是天堂，但我们却出不去。再好的地方，倘若我们出不去，那也是地狱。

可这里不是地狱。这里有幸福，一个从附近的树枝上现身的桃子女人说道，这里无路可走。放松点。好好享受吧。你们会习惯的。

故事结束了。

就这么完了？她说道，你要把这两个人永远困在那里吗？

我是照你的要求讲的。你要听幸福的故事。我可以让他们困在那里，也可以让他们出来，这要看你的想法了。

那就让他们出来吧。

出来就等于死亡。记得吗？

噢，明白了。她侧过身子把裘皮大衣拉到身上盖好，伸出胳膊去搂他。不过，你对桃子女人的看法是错的。她们并不像你想的那样。

哪里错了？

你就是错了。

《帝国邮报》(1936年9月19日)

格里芬提醒人们当心西班牙的赤色分子

《帝国邮报》独家报道

在上星期四帝国俱乐部里举行的一场激烈的演讲中，格里芬-蔡斯皇家联合公司的著名实业家理查德·E.格里芬警告说，由于西班牙国内持续的动乱，正有一种潜在的危险威胁着世界秩序，威胁着国际贸易的正常进行。他说，共和党人正听命于赤色分子，这已经从赤色分子掠夺财物、杀戮平民、亵渎宗教的种种暴行中得到证实。许多教堂遭到亵渎和焚烧，残害修女和教士更是家常便饭。

以佛朗哥将军为首的民族主义者作出反应是人们早就预料到的。西班牙各阶层人士皆义愤填膺，已经全体动员起来，要共同勇敢地维护传统和文明秩序。全世界正在焦急地拭目以待。倘若共和党人取得胜利，那就意味着俄国的对外政策更具侵略性，许多小国的安全会因此而受到威胁。在欧洲大陆，只有德国和法国——在某种程度上还有意大利——才有足够的力量抵制这股逆流。

格里芬先生竭力主张加拿大采取英、法、美等大国的做法，不参与西班牙国内的这场冲突。这种不干涉的政策是合理的，应当立即采纳，不能让加拿大公民冒生命危险去干涉别国的动乱。然而，国内已有一小撮共产党死硬分子秘密离开加拿大，奔赴西班牙。这是法律明令禁止的，但国家正好利用这个机会，不用花纳税人的一分钱，就可以清除这些破坏分子。

格里芬先生的发言赢得了热烈的掌声。

《盲刺客·大礼帽烤肉馆》

大礼帽烤肉馆有一块霓虹灯招牌——一只蓝手套举着一顶红色大礼帽。帽子会自动往上升，过一会儿又往上升一下；它从来不会下降。不过，帽子下没有脑袋，只有一只眼睛，眨呀眨的。这是个男人的眼睛，睁睁闭闭；是个变戏法的眼睛；是个诡谲的、无头的玩偶。

大礼帽最能表明大礼帽烤肉馆的档次。他们俩坐在一个卡座里，公开地在一起用餐，每人手里拿着一块热气腾腾的牛肉三明治——夹肉的面包又白又软又淡，就像天使的半边屁股。他们面前还摆着一盒勾芡过重的棕色调味肉汁。旁边则放着罐装的豌豆，绿中带点灰色；还有涂着黄油的炸薯条，软绵绵的。在其他火车座里落座的有孤独忧郁的男人，两眼充满血丝，带着愧疚的神情——他们是小会计，衬衣有点脏，领带油光光的。有几对喜欢凑热闹的穷夫妻，周末破费来此尽兴；还有三三两两的妓女，做完生意后来此小坐。

她心里暗想：我不在场时，他会不会找这些妓女去逍遥呢？那么，我怎么知道她们是妓女呢？

这是这里花钱能买到的最好的东西了，他说。他指的是热牛肉三明治。

你就没花钱买过别的乐子？

没有。不过，你对吃食天生很在行。

这里的三明治真的相当不错。

别对我说些言不由衷的客套话，他说道，口气不算太失礼。他的情绪不太快乐，但他保持着警觉。他似乎有什么心事，神经一直绷着。

她旅行回来时，他还不是这个样子。那时候，他沉默寡言，报复心切。

好久不见了。来找往日的感觉？

往日的什么感觉？

往日打炮的快感呀。

你为什么说话总是这么下流？

近墨者黑嘛。

她当时不解的是：何必非要到外面来吃饭？为什么不在他的住处吃呢？他怎么那么大大咧咧呢？他是从哪儿搞到的钱？

他先回答了她的最后一个疑问，尽管她没有开口。

你看你面前的牛肉三明治，他说，是西诺蜥蜴人的厚礼。让我们为他们——那些讨厌的满身鱼鳞的畜生——干杯。也为与他们作殊死搏斗的所有人干杯。他举起了他那杯可口可乐——他已从随身携带的酒瓶里往杯中掺了点朗姆酒。（这里恐怕不卖鸡尾酒，他刚才领她进门说道，这地方没有一点酒味，淡得就像巫婆的那个什么东西。）

她端起了自己的杯子。西诺蜥蜴人？她问道，就是你故事里的外星人？

正是。我把故事写下来了，两星期前寄了出去。报社赶紧登了出来。稿酬支票昨天到了。

他一定自己去了邮局，又把支票兑成了现金；他最近一直自己出来办事。他不得不这么做，因为她很久不去他那儿了。

你对自己写的故事满意吗？你好像很满意。

是的，当然很满意……这是篇杰作。大量的拼杀、遍地的血污，再加上如云的美女。他咧嘴一笑。谁能不心动？

你说的是“桃子女人”？

不是。这个故事里没有桃子女人。这完全是另一个故事。

他暗自思忖：如果我告诉她真相，结果会怎样？分手还是厮守一生，哪一种结果更糟？她戴着一条轻柔、飘逸的围巾，其颜色是一种橘红色。西瓜瓤是对这种颜色的最恰当的形容——甜脆多汁。他又想起第一次见到她的情景。当时，他想象她脱去衣服的样子是很模糊的。

你又在想什么？她问道，你看上去很……你一直在喝酒吗？

没有。喝得不多。他拨弄着他盘子里的浅灰色豌豆。机会终于来了，他说，我就要启程了。护照和一切都准备好了。

噢，她说道，就这样了吗？她竭力掩饰内心的沮丧。

就这样了，他说，我和同志们已经联系上了。想必他们认为我去那边要比留在这里更有用。总之，经过无数次的旁敲侧击之后，他们突然迫不及待地要我离开。这样，他们又少了一块心病。

一路上你会安全吗？我想……

要比留在这里安全。但据说，不再有人煞费苦心地打探我的下落了。我有一种感觉，敌方也希望我赶快滚蛋。这样对他们来说更省事。不过，我决不会告诉任何人我将乘哪趟火车。我可不想头上砸个窟窿，背上再挨一刀。

那你怎样通过边境呢？你总是说……

边境的关卡现在就像绵纸一样薄弱；如果你要过境的话，它就是一张绵纸。海关那些家伙很识时务；他们都知道从这里有直通纽约，然后再到巴黎的秘密通道。过境是有组织的行动，每个人的名字都一样，都叫乔。他们过境时，边防警察也奉命睁一只眼、闭一只眼。警察们都懂有奶便是娘的道理。他们才不在乎呢。

我希望能跟你一起去，她说道。

这就是为什么要带她到外面来吃饭了。他想找一个地方告诉她这个坏消息，而她不至于吵闹。他希望她在大庭广众之下不会发作：比方说嚎啕大哭、撕扯自己的头发，等等。他就是指望这个才来的。

是呀，我也希望你能去，他说，但你不能去，那边太苦了。他无声地哼起来：

暴雨狂风，
怎么搞的，我裤子的门襟上怎么没有扣子？
噢，有条拉链……

千万别犯混，他告诫自己。他觉得脑子里翻腾起来，像姜汁汽水一般泛起泡沫。热血在沸腾。他仿佛飞起来了，从空中往下看她。她那可爱的脸蛋带着忧虑的神情，像涟漪起伏的池水里摇曳的倒影；画面越来越淡，很快变成了个泪人儿。然而，尽管满脸哀怨，她看上去却比任何时候都娇美动人。柔和的乳白色光晕笼照着她；他握着她的一只裸露的胳膊，多么丰满圆润。他恨不得一把把她抱起来，扔到自己的房间里，把她干个够。似乎这样才能把她弄得服服帖帖。

我要等你回来，她说，你一回来我就离开家门，然后我们远走高飞。

你真的会走？你会离开他吗？

是的。为了你，我会的，只要你愿意。我会抛弃一切的。狭长的霓虹灯光透过窗子照到他们头顶上方，一会儿红，一会儿蓝。她想象他受了伤——这是能让他留下来的好办法。她真想把他关起来，绑上，自己一个人厮守着他。

现在就离开他，他说道。

现在？她的眼睛瞪得溜圆。就现在？为什么？

因为你和他在一起，我受不了。一想起来我就受不了。

这对我来说是无所谓的，她说。

对我却有所谓。尤其是我走以后，见不到你的时候。想到这事会让我发疯的。

可我没钱啊，她踌躇地说，你让我住哪里？租个房间，一个人住吗？不见得像你一样，她暗想。我靠什么生活呢？

你可以找个活干，他无奈地说道，我还可以寄点钱给你。

别说了，你自己都没钱。况且我啥也干不了啊！我不会裁缝，又不会打字。还有一个原因，她暗想，但我不能告诉他。

一定会有办法的。不过，他没有逼她。或许，让她出来独自谋生不是个好办法。在这个物欲横流的世界里，每个男人——从这里到遥远的中国——都会打她的主意。万一出了什么差错，他将后悔莫及。

我想，我暂时还是不出来为好，你说呢？在你回来之前，也只好这么办了。你会回来的，对吗？你会平平安安回来的吧？

一定，他说。

如果你不回来，我真不知道怎么办才好。万一你被打死或出了什么意外，我会完全崩溃的。她暗想：我说话好像在演电影。但除此之外，我还能用什么别的方式说话呢？我们已经忘了别的方式了。

糟了，他想。她开始激动起来。她快要哭了。她一旦哭起来，我只能像个傻瓜那样坐在那里看着。女人一旦哭起来，那是无法让她们停下来的。

行了，我去给你拿大衣，他绷着脸说道，这里没意思。我们的时间不多了。回我的住处去吧。

第九章

洗衣服

终于到了三月，可以隐约感受到几丝春天的气息了。树木还是光秃秃的，芽苞还是硬硬的，像包了一层茧。不过，在阳光照射到的地方，积雪已开始消融。野狗到处撒尿，流到地上越淌越细，也不再马上结冰，只是边上结了少许黄色的冰碴碴。草坪一块块显露出来，上面点缀着尚未化尽的带泥的积雪。阴间大概就是这个样子吧。

今天，我吃的早餐有点特别。那是米拉给我带来的一种新品种的麦片，吃了可以让我精力充沛；她十分相信包装盒背面的产品介绍。包装盒上醒目的文字是烫印的，说这种麦片色泽如棒棒糖，柔软如丝绵跑步衫；它不是由受到污染的、过分商品化的玉米和小麦做成的，而是由一些原始而神秘的谷物做成——这些谷物鲜为人知，名字也很难读。这些谷物的种子是从哥伦比亚发现新大陆之前就存在的坟墓里和埃及的金字塔里发现的。言之凿凿，不由得你不信；但只要你稍微动一下脑子，你就明白不是那么回事。据称，这种神奇的麦片不仅能像锅刷那样帮你清除体内垃圾，还能使你精神焕发、永葆青春、长命百岁。包装盒的背面画有一段柔软的粉红色肠子；正面则是一张翡翠色的拼花面孔，没有眼睛。负责广告宣传的人一定不知道，这是阿兹特克人[①]死后下葬时戴的一种面具。

为了对得起这种新食品，我强迫自己规规矩矩地坐在餐桌旁，摆上全套餐具和餐巾纸。那些单身族都养成了站着吃饭的习惯；既然无人共享美味或品头论足，那又何必讲究这些繁文缛节？但是，一个方面的漫不经心，可能导致全面的乱糟糟。

昨天，我决定洗衣服——星期天干活是对上帝的大不敬。并非上帝很在意今天是星期几；我们差不多都知道，在天堂里，就像在人的潜意识里一样，时间是不存在的。实际上，我这样做是对米拉的大不敬。米拉总是说，我不该自己铺床，我也不该提着大篮小篮的重重的脏衣服到地下室去洗。那台洗衣机又老又不灵；通往地下室的楼梯摇摇欲坠，令人提心吊胆。

那么，洗衣服的活谁干呢？当然是米拉，不用我动手。我在这里时，家里的活我不妨全包了，她总是这么说。我们俩都心照不宣，假装她什么也没干。我们在共谋一个虚假的神话——或者说正在成为一个虚假的神话——我能够照料自己。然而，这种伪装造成的压力开始影响她的身心健康了。

她还感到腰酸背疼。她想雇一个爱管闲事的女工来做所有的那些家务。她的借口是我心脏不好。她不知从哪儿了解到我的病情，了解到我的医生，以及医生给我开的药和我病情的预测——我猜是从医生的女护士那儿打听到的。那个护士染着一头红发，说起话来两个嘴角不停地蠕动。这个小城就像一个大漏勺，什么事也包不住。

我告诉米拉，我个人的私事不用别人操心。我要尽可能地把这个外来的女工拒之门外。雇个人来的确会令我相当难堪。我不想让外人知道我的隐私——我的缺陷、我的污迹和我的气味。让米拉知道却没关系，因为我们相互了解。我是她身上背

---

① 阿兹特克人：墨西哥印第安人。

着的十字架：我让她在别人眼中成为一个大善人。她只要叫一下我的名字，转动一下眼珠，她就能得到宽容；即使得不到天使的宽容，至少也能得到那些十分难缠的邻居们的宽容。

请不要误会我的意思。我并不是在嘲笑善良。善良同邪恶一样复杂，而解释什么是善良要困难得多。不过，有时候善良却让人难以忍受。

我决定开始我的洗衣闹剧。如果米拉发现那一摞洗得干干净净、叠得整整齐齐的浴巾，一定会苦恼地尖叫起来，而我自己则会得意洋洋地哈哈大笑。我把头伸进放脏衣服的疏格篮里仔细查看，差一点一头栽进去。我把自己认为能拿去洗的衣服挑出来，其中有去年买的那些内衣裤，挺让人怀旧的。（以前的这些衣服多漂亮啊！如今的衣服再也不是这样了，不用钮扣、不用手缝。或许也有原来的那种衣服，但我没见到过；再说，我反正买不起，也穿不上了。这样的衣服一般都是小腰身。）

我把挑出来的衣物一股脑儿塞进塑料篮子里，沿着楼梯的一侧一步步往下走，就像“小红帽”[1]骑马穿过阴间去她奶奶家似的。不过，我自己就是个老奶奶了，身体里还有一只恶狼在不停地咬啊咬。

客厅里的地板还算结实。我沿着走廊进了厨房，然后开亮下面的灯，惴惴不安地进入了潮湿的地下室。顿时，恐惧也随之而来。这幢房子里我曾经能够轻易对付的那些地方，如今已经变得充满危险：上下推拉的窗像个捕兽夹，随时有可能掉下来卡住手指；梯凳似乎就要散架了；壁橱的最上面的几层，堆着颤巍巍的玻璃器皿，随时可能倒下来砸到头上。沿地下室楼梯走到一半，我就后悔不该下来了。楼梯太陡，光线又太暗，

---

① 小红帽：《格林童话 · 小红帽》里的小姑娘。

那里的气味太难闻，简直就像被巧妙毒死的配偶刚刚浇上水泥而发出的气味。地上一片黑暗，像个真正的水池，深不可测，灯光一照泛着微光。或许以前就是一个真正的水池；或许底下有一条暗河，水从地板里涌上来，就像我在电视气象频道中看到的一样。自然界四大元素的任何一种随时都可能跑错地方：大火会从土地中喷薄而出；土地会变成大水，在你耳边翻滚；空气会像石头般撞击你，把你头上的房顶掀掉。接下来怎么会不发大水呢?

我听到咯咯一声，可能是我体内发出的，也可能不是；我吓得心咚咚直跳。我明明知道那池水是眼睛、耳朵或大脑的一种奇怪的幻觉。不过，还是别下去的好。我把一篮子要洗的衣物撂在通往地下室的楼梯上，不管了。也许以后我会再下去取的，也许不会。但有人会的。米拉会闭紧双唇去取的。现在我把衣物留在了那里，米拉准会把那个女工强派给我。我转过身去，差点摔倒，赶紧抓住楼梯扶手，然后一步一格地往上攀，终于回到了温暖明亮的厨房，顿觉神清气爽。

窗外灰蒙蒙的。那是没有生机和活力的一片灰色：阴沉沉的天空，还有踩上去吱吱作响的积雪。我插上电壶插头，水很快就开始吱吱冒气了。当你感到你的器具在关照你，而不是你在关照你的器具时，你的身体状况可就不妙了。不过，我还是感到一丝慰藉。

我沏了杯茶，把它喝了，然后用水把茶杯涮干净。不管怎么说，我还是能够自己洗碗碟的。接着，我把茶杯放回橱里，归类摆好。碗橱里茶杯的花色都是祖母阿黛莉娅手工绘制的；不同花色的茶杯都分类摆放，百合花的归百合花，紫罗兰的归紫罗兰。这样一来我的碗橱至少不至于乱七八糟。然而，看到丢弃在地下室楼梯上的那堆脏衣物我就心烦。所有那些破衣服，那些皱巴巴的烂布片，就像从我身上褪下的一层层白壳；

不过，颜色并不是全白。这说明了一个问题：我的躯体在这些空页上乱涂乱画，慢慢地却毫无保留地把躯体里面的东西都翻了出来，留下了隐秘的痕迹。

也许我该去把这些衣物拾掇一下，然后放回塑料篮里收起来，神不知鬼不觉。这里说的神鬼无非是指米拉。

看来，我情不自禁地产生了一种对整洁的渴望。

迟做总比不做强，瑞妮如是说。

呵，瑞妮。我多希望你在我身边啊。回来照顾我吧！

然而，她不会回来了。我只能自己照顾自己。我曾郑重地许下诺言：要照顾好劳拉和我自己。

迟做总比不做强。

说到哪儿了？那是个冬天。不，我已经过了冬天。

当时是春天，一九三六年的春天。那是个一切都开始分崩离析的年代。在那一年，分崩离析不断，而且越来越厉害。

爱德华国王在那一年退位；他选择了爱情，而放弃了江山。不，他是选择了温莎公爵夫人的小江山，而放弃了他的大江山。这件事到现在人们还记忆犹新。再者，西班牙内战开始了，但真正开始是在数月之后。那年三月有什么事是家喻户晓的呢？有。理查德在早餐时抖抖手中的报纸说道：他终于干了。

那天，只有我们两个人吃早饭。除了周末，劳拉是不和我们共进早餐的；平时她也假装睡过头，尽量不和我们一起吃。平日，因为要去上学，她自己一个人在厨房里吃早餐。有时却不是她一个人：穆加特罗伊德太太常常也在厨房里。穆加特罗伊德先生开车送她去学校，再接她回来，因为理查德不喜欢她步行去上学。确切地说，他是担心她走失。

她午饭在学校吃，星期二和星期四要学长笛，因为乐器演奏是必修课。她学过钢琴，但毫无长进；学大提琴也是如此。听说劳拉讨厌练习乐器，但傍晚有时也会欣赏到她那跑调的长笛声。那跑调的笛声似乎是故意吹出来的。

“我要找她谈谈。”理查德说道。

“我们没什么可抱怨的，”我说，“她只是在照你的要求去做。”

劳拉表面上不再对理查德不恭。然而，只要理查德一进屋，她就会离开。

我们再回到早报的事上来。理查德在我面前张开报纸，我可以看到报纸上的标题。他就是希特勒。他的大军已经开进了莱茵河流域。他违反了国际准则，越过了边界，做了公理不容的事。我说，理查德说道，你别看他的部队只前进了一英里，可其他地方照样也会受到突然袭击。他才不把他们放在眼里呢。他可是个狡猾的家伙。看到篱笆上有个洞他就进去。看到一个机会他就抓住。你不得不拱手相让。

他说的有道理，但我没听进去。那几个月里，为保持心情平静，我采取的唯一办法就是对什么都听而不闻。我得排除外界噪声的干扰。我仿佛是一个在尼亚加拉大瀑布上空走钢丝的艺人，不敢分心，唯恐一失足成千古恨。当你每天所想的都离现实生活很远时，你还能干什么别的呢？桌上摆着一只花瓶，那天早晨里面有一株多花水仙；它是从威妮弗蕾德送来的那盆球芽中挑出来的。一年中的这个时候有水仙花太好了，她说，闻起来真香，好像闻到了一丝希望。

威妮弗蕾德认为我无关紧要。换句话说，她认为我是个傻子。后来——十年后——她在电话中说（那时我们不再见面）：“我以前认为你很傻，其实你很歹毒。你对我们一直怀恨在心——你父亲破了产，并烧毁了自己的工厂，而你把这事全怪在我们头上。”

“他没有烧毁自己的工厂，”我反驳道，“是理查德干的。或者是他一手策划的。”

“这是恶毒的谎言。你父亲已经彻底破产了；如果不烧掉工厂，骗点保险金的话，你们连一个子儿都没有！是我们把你和你那个傻妹妹拉出了泥潭！要不是我们，你们俩早就沦落街头了，决不会像金娃娃那样备受宠爱。你总是衣来伸手，饭来张口，从来不用付出任何努力。你从来没有向理查德表示半点感恩之情。你也不肯花一点力气帮助他，从来没有。”

“你们要我干啥就干啥。我从来不出声。我总是面带微笑。我不过是家里的花瓶而已。但他对劳拉行为太缺德。他不该把魔爪伸向劳拉的。”

“这全都是诬蔑，诬蔑，诬蔑！你一切都靠我们，对这一点你无法忍受。于是你就对他进行报复！你在夫妻生活中害死了他，就像你拿枪对准他脑袋扣动扳机一样。”

“那么，劳拉又是谁害死的？”

“劳拉是自杀的，这你再清楚不过了。”

“我也可以这样说理查德。”

“这是造谣诽谤。无论怎么说，劳拉当时是疯疯癫癫的。我不懂你怎么会相信她说的话，不管是关于理查德的或者别的什么事。任何神经正常的人都不会相信的！”

我讲不下去了，只好挂断了电话。不过，我不是她的对手，因为当时她手上有个筹码——艾梅。

然而，在一九三六年的时候，她还是友好和蔼的，也还是我的保护人。她不断地拉着我参加一个又一个社交聚会——青年女子联盟会议、政治联欢会，以及这样那样的委员会——一到那里她就把我安顿在椅子上或角落里，自己则忙于进行必要的社交活动。我看得出人们并不怎么喜欢她，不过是在敷衍她而已，因为她有钱，精力又充沛。无论举行什么活动，这个圈子里的大多数女人都满足于让威妮弗蕾德唱主角。

我坐在那里，不时会有人悄悄走过来和我搭讪，说她认识我祖母。年轻一点的女人则说，如果她认识我祖母该多好——重新回到战前的黄金岁月里，可以过真正高雅的生活。这是一种暗示：在她们眼中，威妮弗蕾德是个暴发户——一身铜臭、缺乏教养、俗不可耐；而我则应当站出来维护另一种价值观。这时，我总是淡淡地一笑，说在我出生以前，祖母早就死了。换句话说，她们不能指望我跟威妮弗蕾德作对。

你那足智多谋的丈夫怎么样了？她们会问，我们什么时候能听到他当官的大新闻？理查德能不能当官同他的政治生涯有关，而他的政治生涯还没正式开始，却已经沸沸扬扬。

噢，我会笑着说道，我希望能最先知道。我不相信理查德能当官；我是最不希望他当官的人。

我们的生活——我和理查德的生活——已经纳入了我原来估计的那种永恒的模式。或者说，我们过着两种生活：白天的和夜里的。两种生活截然不同，而又一成不变。每天的生活都平淡无味，按部就班；夫妻间表面上相敬如宾，却暗藏着家庭暴力，如同一只野蛮的脚重重地踩在铺着地毯的地板上，多么不和谐。每天早晨我都要去洗澡，洗去夜里的污秽，洗去理查德头发上抹的那种东西——一种价格不菲的香脂。他往往搞得我满身都是。

我对他夜里的房事毫无兴趣，甚至反感——这是否会让他感到不快？一点不会。在生活的各个方面，他都喜欢征服女人，不喜欢同女人合作。

随着时间的推移，我受的皮肉之苦越来越多——有时身上出现青肿，先是紫，后变蓝，再变黄。理查德曾笑着说，我动辄身上就有伤，这太奇怪了。只要碰一下就肿起来。他从来不知道女人这么容易受伤。那是因为我年龄太小，太娇嫩了。

他喜欢拧我的大腿，那个部位外人是看不到的。任何事只要让外人知道了，都可能影响他的仕途。

有时，我觉得身上的这些伤痕是某种密码——像花开花谢，又像烛光烘照下的隐显墨水。然而，如果伤痕是一种密码，那谁持有破解密码的钥匙呢？

我仿佛是沙子，我仿佛是白雪——别人在上面写了又写，轻轻一抹就平了。

烟灰缸

我又去看医生了。是米拉开车送我去的。她说，路上的雪融化之后又冻成了冰，太滑了，我不能走着去。

医生轻轻敲了敲我的肋骨，又听了听我的心脏，然后皱起眉头，接着眉头又舒展了——他一定有了主意。于是，他问我的感觉怎么样。我猜想他的头发经过处理了；原来头顶上的头发一定很稀疏。他是不是热衷于在头皮上粘贴一缕缕的假发？或者比这更糟，作过毛发移植？啊哈，我心里在想。尽管你每天坚持慢跑，腿上汗毛浓密，但你已开始渐渐显出老态。不久，你就会后悔皮肤被晒成棕色了。你那满是皱纹的脸看起来会像晒干的橘子皮。

他喜欢开一些粗俗的玩笑。不过，至少他不会说：我们今天怎么样？他从来不把我说成“我们”，有些医生是这么说的。看来他懂得“我”的重要性。

“我睡不着，”我对他说，“梦做得太多。”

“如果你在做梦的话，那你一定睡着了。”他故作机智地答道。

“你没懂我的意思，”我尖锐地说，“做梦和睡觉不是一回事。梦老是把我弄醒。”

“你喝咖啡了？”

“没有。”我撒了个谎。

“一定是心中有愧。”他动笔开处方，无疑都是些糖衣片。他在独自咯咯地暗笑：他一定觉得自己挺滑稽的。过了一定的年龄，人的经历好像又倒了过来；随着年龄的增长，我们表现得越来越天真了，至少在别人看来是如此。我在医生眼中只不过是一个不中用的，因而也是不值得责怪的老太婆。

当我在门诊室接受诊断的时候，米拉则坐在候诊室里翻阅过期的杂志。她把一篇关于怎样应付压力和另一篇关于吃生卷心菜有益的文章撕了下来。她说，这都是给我看的；对这个小小的意外收获，她沾沾自喜。她总是在给我下诊断。她关心我的身体健康不亚于关心我的心理健康；她对我的肠子尤其在意。

我告诉她，不能说我受到什么压力，因为封闭的生活中没有压力。至于生卷心菜，它把我胀得像死牛一般，因此我宁愿不要它的益处。我说，我没有长命百岁的奢望；也不想苟延残喘，身上发出泡菜般的酸味，嘴里发出卡车喇叭一样难听的声音。

我关于身体功能的这一番粗鲁的描述，往往能让米拉闭上嘴巴。她接着开车往回赶，一路上不再说话，脸上挂着一丝僵硬的笑容，像是糊上了一层石膏。

有时候，我为自己感到惭愧。

现在我手头有活。说手头是再合适不过了：有时似乎只有我的手在写，而不是整个人在写。似乎我的手有了它自己的生命；即使从我身上砍下来，它也会继续写下去。它就像用香熏过、施过魔法的某种埃及人的崇拜物，或者像干兔爪——人们把它悬挂在汽车反光镜上以求平安。尽管手指患有关节炎，我这只手近来还是显得异常灵活，似乎欲罢不能。当然，如果让我平心而论，它的确写下了许多不该写的东西。

一页又一页，不停地写啊写。我写到哪里了？噢，一九三六年四月。

四月份，我们接到了圣塞西莉亚学校的女校长打来的电话；劳拉当时正在那里上学。她说，这件事与劳拉的在校表现有关，不宜在电话里讨论。

理查德为生意上的事脱不开身。他提议让威妮弗蕾德陪我去，但我说，这事没什么大不了的，我自己可以处理；如果有什么重要事情的话，我会告诉他的。我跟女校长约好了时间；她的名字现在我已经记不起来了。我刻意打扮了一番，希望能对她起点震慑作用，或者至少能让她想起理查德的地位和影响。我记得，我身披一件狼獾皮镶边的开司米羊毛大衣——在这个季节确实热了一点，但却高贵威严。帽子上饰着一只死雉鸡，确切地说是雉鸡的一部分：翅膀、尾巴和头。鸡头上还嵌着一对红玻璃的小眼珠，亮晶晶的。

女校长头发花白，身材像一副木头衣架——一把老骨头披着一件看起来潮乎乎的衣服。她正坐在她的办公室里，面前横着一张橡木办公桌。看到我这身打扮，她吓得双肩耸得老高，把耳朵都快遮住了。如果是在一年前，我也会像她现在怕我一样怕她。说她怕我，倒不如说怕我的钱袋子——我可是一副贵夫人的模样。现在，我对自己信心十足。我曾经观察过威妮弗蕾德的一举一动，反复模仿操练。现在我已经练到炉火纯青的地步，可以一次竖起一条眉毛。

她忐忑不安地笑了笑，露出两排大黄牙，看上去像啃掉一半的玉米棒上的玉米粒。我心里在琢磨：劳拉究竟捅了什么漏子，惹得这位女校长竟然同理查德和他的无形权势对抗？“恐怕我们真的不能再让劳拉在学校待下去了，”她说，“我们已经尽力了。我们也清楚还有缓和的余地，但我们做每件事都要考虑到其他学生。劳拉影响太恶劣了，把全班都搞乱套了。”

那时我才懂得，耐心听别人辩解是很重要的。“对不起，我不明白你的意思，”我勉强动了动嘴唇，“什么缓和的余地？什么影响恶劣？”我双手稳稳地搁在大腿上，昂着的头稍稍偏一点，帽子上的鸡头正对着她。我希望她觉得有四只眼睛盯着她，而不是两只。虽然我有钱有势，但她却有年资和校长的职位。办公室里热不可耐。我脱去大衣，扔在椅背上。即便这样，我还是像码头工人一样汗流浃背。

“劳拉怀疑上帝，”她说，“宗教常识课是唯一她似乎有点兴趣的科目。不过，她太离谱了，竟然写了一篇题为《上帝撒谎吗？》的文章。全班同学的思想都被搞乱了。”

“那她得出什么结论呢？”我问道，“关于上帝？”我心里暗暗吃惊，不过没有表现出来：我原以为在上帝这个问题上，劳拉是满不在乎的，但看来事实不是这样。

“她的结论是肯定的。”她低头看着办公桌，劳拉写的文章正摊在她面前。“她引用了——在这里——第二十二章《列王纪(上)》中上帝欺骗了以色列王亚哈的那一段。‘看啊，上帝把一个撒谎的灵魂放入了所有那些预言者的口中。’劳拉继续写道：如果上帝撒了一次谎，那么我们怎么知道他没撒第二次呢？我们又怎么能区别假预言和真预言呢？”

“不过，这个结论倒是符合逻辑的，”我说，“劳拉对《圣经》有她自己的见解。”

“要我看，”女校长恼火地说道，“撒旦也会照自己的意图引用《圣经》。劳拉进而又说，尽管上帝撒谎，却没有糊弄人——他派人传达的预言也总是正确的，但我们凡人不听。照她看来，上帝就像个电台播音员，而我们都是坏收音机。这样的比喻，至少可以说是不敬。”

“劳拉并没有不敬的意思，”我说，“反正没有对上帝不敬。”

女校长对我的话不以为然。“她不只是搞了这套似是而非的理论这件事。更严重的是，她第一个提出了这种问题。”

“劳拉喜欢刨根问底，”我说道，“尤其关于重要的问题。我确信你一定同意上帝是个重要的问题。我不明白凭什么说她是在添乱。”

“其他学生也是这个看法。他们认为，她是在——噢，是在逞能。她在向权威挑战。”

“就像基督曾经做过的那样，”我说，“也许当时有些人也这么想。”

她没有挑明说，这种事对于基督来说可能是百分之百正确，但对于一个十六岁的女孩来说就不合适了。“你还是不太明白。”她说道。她一边说，一边扭着双手。这是我从没见过的动作，我便饶有兴趣地仔细看着。“别人认为她——认为她是在出风头。或者说，有些人是这么认为的。还有些人认为她是个布尔什维克。其他的人则说她刁钻古怪。总之，她的不良形象引人注目。”

我开始明白她的意思了。“我不认为劳拉想出风头。”我说道。

“可这很难说！”我们两个人隔着办公桌，默默对视了片刻。“你知道，她后面还跟着一大帮学生。”女校长带着一丝妒忌说道。她等我吃透这句话，又接着说：“她常常旷课也是个大问题。她有健康问题，这我理解，不过……”

“什么健康问题？”我问道，“劳拉的身体可是好好的。”

“噢，考虑到那么多的医生预约，我想……”

“什么医生预约？”

“你没在上面签字？”她拿出来一扎信件。我一眼认出了那些便条纸，确实是我的。我翻了一下：便条不是我写的，却签着我的名字。

“我明白了。”我一面说，一面收起我的狼獾皮镶边大衣和手提包。“我得找劳拉好好谈谈。谢谢你的接待。”我握了握她的手指头。不言而喻，劳拉不得不退学了。

“我们确实尽力了。”可怜的女人说道。她简直要哭出来了。这又是一个“暴力小姐”——一个雇来的教书匠，心有余而力不足。她不是劳拉的对手。

那天晚上，理查德问起我同校长见面的情况。我告诉他，劳拉把全班都搞乱套了。

他非但没生气，似乎还挺高兴，简直有点佩服她。他还夸劳拉有股子骨气。他说，适度的反叛是一种有魄力的表现。他说，他自己就不喜欢上学，常常让老师下不了台。我并不认为这是劳拉的动机，但我没有说出口。

我没有向他提起伪造医生便条的事，那会引起轩然大波的。同老师捣乱是一码事，逃学完全是另一码事了。这多少算是一种不良行为。

“你不该仿冒我的字迹。”我私下对劳拉说道。

“我无法仿冒理查德的字迹。他的字和我们的太不一样了。你的要容易多了。”

“字迹可是私人的东西。仿冒别人的字迹就等于偷窃。”

她看上去确实有点懊恼，只是一会儿。“对不起。我不是偷，而是借。我原以为你不会介意的。”

“我真猜不透你为什么要这样做。”

“我从来没要求把我送到那所学校去，”劳拉说，“他们不喜欢我，我也不喜欢他们。他们不把我当回事。他们不是正经人。如果让我一直呆在那里，我真会闹病的。”

“当你不上课时，”我问道，“你在干些什么呢？你都到哪里去了？”我担心她会去同什么人约会——同一个男人约会。她已经快到那个年龄了。

“噢，哪儿都去，”劳拉回答说，“我去闹市区，或者在公园之类的地方坐坐，或者只是在街上溜达。有两次我还看到你了，但你没看见我。我猜你是去购物吧。”我顿时觉得体内的血往上涌，接着胸口发闷；我感到恐慌，似乎有一只手在捏我的心。我看上去一定脸色苍白。

“你怎么啦？”劳拉问道，“不舒服吗？”

那年五月，我们坐“贝伦加丽娅”号班轮越洋到达英国，然后乘“玛丽女王”号回纽约。“女王”号是当时有史以来所建造的最大的、最豪华的远洋游轮，这在各种旅游指南中均有介绍。理查德说，这次是它的处女航，具有划时代的意义。

威妮弗蕾德同我们一起前往。劳拉也去。理查德说，这样的远航对她会大有益处的。自从她突然离开学校以来，她一直面容憔悴、身体瘦弱，又无所事事。这次旅行对她将是一次教育——对她这样的女孩尤其有用。不管怎么说，我们不能撇下她不管。

公众不可能了解“玛丽女王”号的全部情况。关于这艘游轮的文字描绘和图片宣传十分诱人；船上的装饰也是富丽堂皇——装有条形灯光，船壁上有塑料贴面，还有带凹槽的柱子和枫树球——处处金碧辉煌。然而，它在大洋上航行起来却像猪打滚一般。此外，站在二等舱的甲板上俯视可以清楚地看到一等舱甲板的情况。因此，你若在一等舱甲板上散步，二等舱甲板的栏杆边就会挤满了穷小子，傻乎乎地盯着你看。

出海第一天我有点晕船，后来就好了。船上舞会很多。那时我已经学会了跳舞，跳得还算可以，但不能说太好。（干什么都别干得太好，威妮弗蕾德说，别人会认为你想出风头。）我没有陪理查德跳舞，而是陪他引见给我的人跳——那些都是他在生意场上结识的人。艾丽丝就交给你们了，他会对这些人说，同时拍拍他们的胳膊。有时，他会同别的女人跳舞——他认识的那些人的妻子。有时，他也会到外面去抽支烟，或者在甲板上逛一圈，或者他随口说去干什么什么。可是，我却觉得他心里不痛快，或者生闷气。有时，我一个小时看不到他的影子。他回来后，坐到我们的桌子旁，看着我翩翩起舞，而我则在寻思他坐下来有多久了。

我断定他心里不高兴，因为这次旅行并没有达到他的期望值。在船上的韦兰德烤肉铺，他订不到他要的晚餐。他也没有见到想要见的那些人。在他那一亩三分地里，他可是个响当当的大人物，但在“玛丽女王”号上他只能算个无名小卒。威妮弗蕾德也是个不起眼的小角色，她那股子活跃劲儿完全没用。有好几次，我见她凑上去同别的女人搭讪，结果没人理她。后来，她只有灰溜溜地回到她所谓的“我们的圈子”里来，还生怕别人看到。

劳拉不去跳舞。她不会，也没兴趣；毕竟她还太小。吃过晚饭，她就把自己关在自己的房舱里；她说她要看书。到了航程的第三天，吃早饭的时候，她的眼睛变得又红又肿。

上午十点左右，我去找她。她躺在一张甲板躺椅上，身上的一条花格毯子盖到了脖子，正在懒洋洋地看套圈游戏。我在她身旁坐下来。一个壮实的年轻女人牵着七条狗在我们面前阔步走过，每条狗的脖子上都拴着皮带；天气已经凉了，但她还穿着短裤，两条腿晒成了棕色。

"我可以找一份这样的工作。"劳拉说道。

"什么样的工作？"

"遛狗，"她说，"别人养的狗。我喜欢狗。"

"可你不会喜欢狗主人的。"

"我又不遛狗主人。"她戴上太阳眼镜，身体却有点哆嗦。

"怎么了？"我问道。

"没什么。"

"你看上去挺冷。我觉得你好像有点不舒服。"

"真的没什么。别大惊小怪的。"

"我自然要为你担心。"

"你不必担心。我已经十六岁了，知道自己有没有病。"

"我答应过父亲要照顾好你的，"我生硬地说，"也答应过母亲。"

"你真傻。"

"没错。不过，我还年轻，做事缺乏头脑。这就是年轻的错。"

劳拉摘下太阳眼镜，却不正眼看我。"别人的承诺我不管，"她说，"父亲把我塞给了你。他从来不知道怎么照顾我——照顾我们。但现在他不在了，母亲也不在了，这就好了。我不用缠你了。你也解脱了。"

"劳拉，你的这是什么意思？"

"没什么，"她说道，"不过，每次当我要静下来想一想——整理一下心绪，你就说我病了，不停地唠唠叨叨。我都快被你逼疯了。"

"你这么说不太公平，"我说，"我一次又一次地为你操心，我总是袒护你，我给你最……"

"别说这个了，"她说道，"看，多么愚蠢的游戏！我就纳闷，他们为什么把它叫作‘套圈’呢？”

我把这一切都归因于她旧日的伤痛——归因于她为阿维隆庄园和那里发生的一切痛心疾首。或者，她是不是还在恍惚地思念亚历克斯·托马斯？我本该多问她几次，本该不断地问下去的。不过，即使那样，我还是怀疑她是否会告诉我她烦恼的真正原因。

那次航行让我印象最深的，除了劳拉之外，再就是那天轮船抵港时所发生的“洗劫”行动。所有印有“玛丽女王”号字样或首字母的东西——书写纸、镀银餐具、毛巾、肥皂盒、各种套件，只要没被铁链拴在地板上，都统统被塞进了大大小小的手袋或旅行箱里。有人甚至拿螺丝刀把水龙头手柄、小镜子和门把手都卸了下来。一等舱乘客的表现比其他人更为恶劣——富人全有盗窃癖。

“洗劫”的理由是什么呢？纪念物。这些人需要靠点什么东西来记住自己经历过的事。猎取纪念物是一种奇特的事：现在就变成了过去，尽管现在还没有过去。有时候，你不太相信你就在场，于是就留下了个证据，或者你误认为是证据的东西。

我呢，抢走了一只烟灰缸。

头上冒火的人

昨天晚上，我临睡前吃了一片医生给开的安眠药。我很快就睡着了，但接着就做起梦来，而且和没吃药做的梦差不多。

我站在阿维隆庄园的码头上，河里绿莹莹的碎冰块涌来涌去，像铃铛般丁当作响。我没穿冬装——只穿了一件连衣裙，上面印着斑斓的蝴蝶。我还戴着一顶塑料花做的帽子，颜色绚丽——一种茄红色，红得发紫，令人厌恶——里面还装有发亮的小灯泡。

我的帽子在哪儿？劳拉用五岁孩子的稚嫩嗓音问道。我低下头来看她，但一下子我们都不再是孩子了。劳拉变老了，跟我一样；她的眼睛变成了两颗小小的葡萄干。这太可怕了，我一下子醒了。

现在是凌晨三点钟。我等到心里不再扑腾了，摸索着走到楼下，为自己热了一杯牛奶。我早就应该明白，靠吃药是不行的。睡个好觉可不是花点小钱就能买到的。

我接着上回说下去。

从"玛丽女王"号下船后，我们这一家子在纽约逗留了三天。理查德说，他有些生意上的事要了结，其他人则可以四处游览一下。

劳拉不想去看罗基特舞蹈队的表演，又懒得爬上自由女神像的顶端或帝国大厦。她对购物也没有兴趣。她说，她只想四处走走，看看街景。理查德说，她孤身一人去逛街太危险了。于是，我只好陪她去。她并不是一个活跃的游伴——但要比陪威妮弗蕾德强得多；后者则太活跃了，直到折腾不动才肯罢休。

随后，我们在多伦多又待了几周；理查德在这段时间里把生意的事办完了。然后，我们动身去阿维隆庄园。理查德说，我们要坐船去。听他的口气，阿维隆庄园唯一的好处就是可乘船去玩；他十分乐意牺牲自己的时间来满足我们的兴致。说得更好听一点，是让我们高兴——让我高兴，也让劳拉高兴。

在我看来，他现在似乎把劳拉看作是一个谜，沉下心来要破解这个谜。我发现他偶尔会盯着她看，那种专注的神情就像在看股市专栏——寻找控制、扭转、切入的机会。照他的人生观来看，世上什么事都可以控制或扭转。不行的话，就用钱来解决。他想控制劳拉，把劳拉的脖子踩在自己的脚下，不管能踩住多少。然而，劳拉并没有那种可以供他踩的脖子。所以，每次他把一只脚抬得高高的想踩下去时，都被她躲开了，就像电影中的捕熊猎人摆好架势而狗熊却眨眼不见了。

劳拉是怎样对付他的呢？她不再同他直接对抗；到这个时候，她已经避免同他发生正面冲突。当他冲上来时，她就往后退，然后突然抽身，闪他一个踉跄。每次他向她猛扑过来，想抓住她，每次都抓个空。

他想要的就是让她接受他，甚至佩服他，或者仅仅是感激他，诸如此类。如果换了别的女孩，他早就施以小恩小惠了：一条珍珠项链、一件开司米羊毛衫之类——十六岁的少女们梦寐以求的东西。然而，他知道劳拉是不会上钩的。

我认为，他是瞎子点灯白费蜡。他永远也猜不透她的心思。她不为金钱所动，对他所拥有的一切都不屑一顾。不论同任何人进行任何形式的意志力比赛，我都看好劳拉。她的性格倔犟得像头骡子。

有机会能在阿维隆庄园多待上一段时间，我想她一定求之不得——她曾经那么不愿意离开那里。然而，当我们提到这个计划时，她似乎无动于衷。她不愿意为任何事感激理查德；或者说，我的感觉是如此。她只说了一句话："至少，我们能见到瑞妮了。"

"我遗憾地告诉你们，瑞妮不再在我们家干了，"理查德说，"她被解雇了。"

这是几时的事？是刚才，还是一个月，还是几个月前？理查德含糊其词。他说，瑞妮的丈夫很成问题——他一直在酗酒。因此，任何一个明事理的人都看得出来，房子的修缮工作拖了时间，搞得难以令人满意。理查德不会花大钱养懒汉，养一个只会唯唯诺诺的人。

“他是存心不想让她和我们待在一起，”劳拉说道，“他知道瑞妮站在我们一边。”

我们在阿维隆庄园的主屋里转悠。房子好像缩水了；家具上蒙着布，落满灰尘。还剩下些什么家具呢？一些大件及颜色较深的早已搬走了——我猜准是理查德吩咐这么做的。我想象得出威妮弗蕾德会说，没有人会喜欢天天看到做工笨拙的橱柜，而且上面雕刻的葡萄一点也不像。那些皮封面的书籍目前还摆在书房里。不过，我有一种预感，那些书在那里也摆不了多久了。祖父本杰明和历届首相的合影也被拿掉了；一定是有人——准是理查德——看出了他们的不太清晰的面孔。

阿维隆庄园以前给人的感觉是稳如山岳，牢不可摧——就像一块巨大的磐石砰地砸在时间的溪流当中，岿然不动。然而，现在它是千疮百孔、寒伧破败、岌岌可危，再也没有那种堂皇富贵的气派了。

威妮弗蕾德说，这地方一片狼藉，满是尘埃，厨房里老鼠成灾。她看到了老鼠屎和一种名叫蠹鱼的小虫。那天，穆加特罗伊德夫妇坐火车来迟了，一同来的还有几个人——我们这个大家庭的新用人。好了，很快一切都会变得井井有条，当然那条船除外(她说着，噗嗤一笑)——她指的是“水妖”号。理查德此时正在船库里检查那条船。关于船体的整新工作——刮磨和重漆——原归瑞妮和罗恩·欣克斯负责，但这件事又未完成。威妮弗蕾德不明白理查德要拿那条破船干什么。如果理查德真想玩船的话，他应该砸了那条老牛般的破船，去买条新的。

“我想，他认为那条船具有情感上的纪念意义，”我说，

“我的意思是说，这是对我们而言——我和劳拉。”

“是吗？”威妮弗蕾德说道，脸上露出她那促狭的微笑。

“不，”劳拉说，“怎么会呢？父亲从来没带我们上过那条船。只有卡莉·菲茨西蒙斯带我们上去过。”我们坐在餐厅里；那张长餐桌还在，真是万幸。我心里在想：不知理查德——或者说威妮弗蕾德——会如何处理玻璃彩画上的圆桌骑士特里斯坦与情人伊索尔特以及他们过时的浪漫故事。

“卡莉·菲茨西蒙斯来过父亲的葬礼现场。”劳拉说。此时只有我们两个人在；威妮弗蕾德已上楼进行她所谓的美容休息去了。她把蘸有金缕梅酊剂的小棉垫敷在眼皮上，再把一种价格不菲的绿泥化妆品抹到脸上。

“噢？你没告诉过我。”

“我忘了。瑞妮对她非常生气。”

“就因为她来葬礼现场？”

“是因为她没早点来。瑞妮对她态度够凶的。她说：‘你整整晚了一个小时，真是昏头了。’”

“但她讨厌卡莉！卡莉每次来住在这里，她总是觉得讨厌！在她眼里，卡莉是个荡妇！”

“要我说，她还不配做瑞妮所说的荡妇。她怕麻烦，没有尽到责任。”

“没有尽到荡妇的责任？”

“噢，瑞妮认为她陪父亲应该陪到底。至少，当父亲面临重重困难时，她应该在他身边，帮他减轻点烦恼。”

“这都是瑞妮说的吗？”

“不完全是，但你可以从她的意思里猜出来。”

“卡莉有什么反应？”

“她装着没听懂。然后，她像参加葬礼的其他人一样，哭了一番，而且还说谎话。”

“什么谎话？”我问道。

“她说，即使她同父亲的政治观点有时不一致，父亲也是个大大的好人。瑞妮说政治观点全是狗屁，不过是在她背后说的。”

“我认为父亲努力过，”我说，“我指的是做个好人。”

“不过，他努力得不够，”劳拉说道，“难道你不记得他说过的话了吗？他说，母亲把我们俩都撂给他了，好像我们是一种累赘似的。”

“他已经尽力了。”我说。

“还记得那年圣诞节他扮成圣诞老人的事吗？那时母亲还没过世，我刚满五岁。”

“记得，”我说道，“我就是这个意思。他尽力了。”

“我讨厌，”劳拉说，“我就是讨厌那种一惊一乍的事。”

我记得，当时大人吩咐我们在外面的衣帽间里等着。大厅的双开玻璃门里面挂着薄纱的门帘。我们看不到正方形前厅里的情况：里面有个老式的壁炉，圣诞树就竖在那里。我们在衣帽间的长靠背椅上坐着，椅子后面有块长方形大镜子。大衣都挂在那一排长衣帽架上——父亲的大衣、母亲的大衣，上方还有帽子；母亲的帽子上插着大羽毛，父亲的插着小羽毛。坐在那里，我们闻到了橡胶套鞋味、前楼梯扶手上的花环飘来的松脂和雪松的清香味，以及地板受热发出的地板蜡味。炉火烧得正旺：暖气汀发出嘶嘶、咔咔的声音。从窗下吹来一股冷风；外面下雪了，真令人兴奋。

衣帽间的天花板上吊着一盏孤灯，灯上罩着一只黄色的丝绸灯罩。玻璃门上映出了我们的影子：漂亮的蓝丝绒连衫裙，衣领上镶着花边；白皙的脸庞；浅色的头发，中间一分为二；两手交叉着放在大腿上。还有我们的白短袜，以及我们的黑皮鞋。父母一向教导我们，坐着时要双脚盘在一起——不能膝盖压着膝盖——我们就是这么坐的。我们身后上方的那面镜子，看上去就像我们头上长出来的一个玻璃泡泡。我可以听见我们自己的呼吸声，焦急等待的呼吸声。然而，它听上去却像别人在呼吸——一个高大的隐身人，正躲在挂着的大衣里面。

突然，双开门呼地一下开了。门口出现了一个红衣巨人，高高地矗立在那里。他身后是漆黑的夜色，还有一团耀眼的火焰。他脸上蒙着一层白烟，头上冒着火。他张开双臂，摇晃着向前走来，嘴里发出“呜呜”的叫声，或者说是吼声。

当时我一下子吓蒙了，但我毕竟大了，知道是怎么一回事。吼声实际上是笑声。那是父亲在扮演圣诞老人，身上也没燃烧——只是他身后的圣诞树亮了，他头上则戴着一圈点燃的蜡烛。他身上倒穿着一件红缎子睡衣，而胡子则是用棉条做的。

母亲常说父亲从来不知道自己的分量：他不知道，对别人来说，他是多么巨大。他不会知道自己看起来会有多么吓人。他真把劳拉给吓坏了。

“你拼命叫啊，叫啊，”我说，“你当时不知道他是在演戏。”

“比这还要糟，”劳拉说道，“我当时认为，他平时倒是在演戏。”

“你什么意思？”

“我是说，这才是他的真实面目，”劳拉耐心地说，“在外表下面，他的内心在燃烧。一直在燃烧。”

水妖号

今天早晨我睡过了头：昨晚在黑夜中乱逛把我给累坏了。我的两脚都肿了起来，就好像在坚硬的地面上跋涉了很久似的；我的头也觉得昏昏沉沉。是米拉敲门把我给弄醒了。“快起床。”她对着门上的投信口颤声叫道。我挺固执，故意不回答。也许她认为我死了——在睡梦中翘辫子了！毫无疑问，她已经在为我的遗体该穿哪件印花衣服操起心来，而且正在盘算葬礼结束后要招待亲友们什么样的饭菜。这不能叫守灵，哪有这么野蛮的。守灵就是看看能否把死者弄醒，因为在往棺材上填土之前，你最好确保死者真的死了。

想到这里，我微微一笑。接着，我记起来米拉有我房间的钥匙。我想把床单拉到脸上，吓她一跳开开心。转念一想，还是不这样做为好。我一骨碌坐起来，翻身下床，披上了晨袍。

“别急。”我对着下面的楼梯口喊道。

然而，米拉已经进来了。同她一起进来的还有那女工：清洁工。她长得人高马大，样子像葡萄牙人。看来是没法把她拒之门外了。她马上就拿起米拉的吸尘器干了起来——她们把什么都想到了。我像个哭妖似地跟着她，苦苦哀求：别碰这个！别把那个拿掉！这个我自己能干！你这样搞，我会什么都找不到的！万幸的是，我赶在她们之前冲进厨房，赶紧把我的一叠手稿塞进空炉子里。第一天清扫，她们是不太可能碰到那东西的。不管怎么说，炉子里不算太脏，因为我从来没在炉子里烤过任何东西。

“好了，”当那女工打扫完之后，米拉说道，“一切都干干净净，整整齐齐。难道你不觉得舒服多了？”

她从姜饼房给我带来一样新鲜的小玩意——一个栽种番红花的翡翠绿花盆，只有一点碰坏的瑕疵。外形做成个小女孩的头状，脸上还挂着一丝腼腆的笑容。番红花可以从上面的数个孔中长出来，开出一个花环。她说的一点不假。米拉说，我只管浇水就行了，不久它就会长满可爱的花朵。

瑞妮以前说，上帝总是在神秘地创造奇迹。那米拉是不是上帝派给我的守护天使？或者相反，她来是要我先尝尝炼狱的滋味？这两者又如何区分呢？

到达阿维隆庄园的第二天，我和劳拉就去看瑞妮了。要找她的住处并不难；小镇上人人都知道。或者说，去过贝蒂小吃店的人都知道，因为她每周三天在那里上班。我们没有告诉理查德和威妮弗蕾德我们要去哪里——何必在大家吃早饭时增加不愉快的气氛呢？如果告诉他们了，我们不至于遭到严令禁止，但招白眼是肯定的。

我们带去了我在多伦多的辛普森商店给瑞妮的小宝宝买的玩具熊。这并不是一只人见人爱的玩具熊——它表情严厉，塞得又挺又硬，看起来像个小公务员，或者说像那个年代的小公务员。我不知道他们现在是什么打扮。十有八九会穿牛仔裤吧。

瑞妮和她丈夫住在一排灰岩小楼中的一座。这原是为工厂工人盖的住房，两层楼、尖房顶，龟缩在狭窄的花园后面——离我现在住的地方不太远。他们没有电话，因此我们无法事先通知瑞妮我们要来。当她打开房门，看见我们俩正站在门口，她咧嘴笑了，接着就哭起来。不一会儿，劳拉也哭了。我抱着玩具熊站在那里，觉得自己成了一个局外人，因为我没有跟着哭。

“上帝保佑你们，”瑞妮对我们俩说，“快进来，看看我的小宝宝吧。”

我们顺着铺着亚麻油毡的走廊走进厨房。瑞妮把厨房刷成了白色，还装上了黄色的窗帘，色调和阿维隆庄园的窗帘一样。我注意到厨房里有一套小罐子，也是白色的，上面印着黄色的字样：面粉、食糖、咖啡、茶叶等等。不用问，这准是瑞妮自己搞的小玩意。这些小罐子、窗帘以及别的东西，她都会自己动手搞。她搞得很出色。

这个小宝宝就是你——米拉，你终于进入到我们的故事里来了。她正躺在柳条编的洗衣篮里，圆溜溜的眼睛一眨不眨地看着我们；她的眼睛比一般婴儿的眼睛更蓝。我看她长得像个板油布丁，可当时大多数婴儿都是这样。

瑞妮一个劲儿地要给我们沏茶。她说，我们现在是大小姐了；我们可以喝真正的茶，不能在牛奶里稍微掺点茶就拉倒——我们过去一直是这么喝的。她的身体发胖了；她的手臂以前浑圆结实，但现在手臂内侧的肉却一抖一抖的。她向炉子走去，一摇一摆地像个鸭子。她的双手胖乎乎的：手一伸直，指关节处就形成一个个小酒窝。

“一怀上孩子，你就得为两个人吃饭，到后来饭量也不再减了，”她说，“瞧见我的结婚戒指没有？除非把它给割断，否则别想把它取下来。看来我得把它带到坟墓里去了。”她说这话时还带着一声得意的叹息。过了一会儿，小宝宝开始哭闹了。瑞妮把她抱起来，放在自己的膝上，隔着桌子用几分神气活现的目光望着我们。这张桌子不好看，又很窄，铺着印有黄色郁金香的油布，像一条大沟把我们隔开了：一边是我们姐妹俩，另一边是瑞妮和她的小宝宝——现在看来很遥远了。尽管她们离我们很遥远，但这并不遗憾。

有什么可以遗憾的呢？是因为她抛弃了我们？或者这只是我一个人的感觉。

瑞妮的态度有点怪，不是对她的小宝宝，而是对我们俩——好像我们发现了她的秘密似的。我心里一直在琢磨——你得原谅我，米拉，我把这故事讲出来了。其实你是不该读这一段的，好奇心有时候也会惹祸。我一直在琢磨，这个小宝宝的亲生父亲究竟是不是罗恩·欣克斯？会不会是我的父亲？我外出度蜜月之后，在阿维隆庄园只剩下瑞妮一个仆人。当时，父亲在精神上完全垮了。她会不会像一帖膏药那般委身于他，就像给他端碗热汤、送个热水瓶那样随叫随到？在寒冷的夜里，这对他不能不说是一种慰藉。

如果是那样的话，米拉，你就是我的妹妹，或者说是半个妹妹。我们永远都不会知道真相，至少我永远不会知道真相了。我想，你可以把我从坟里挖出来，拿我的一点头发、骨头或别的什么东西送去分析一番。不过，我想你是不会如此出格的。另一个唯一可能的证据就是萨布里娜了——你可以把你们的点点滴滴加起来，然后作个比较。但要做到这一点的话，萨布里娜就得回来。只有上帝知道她愿不愿回来。她天马行空，居无定所。她也可能死了，或者葬身海底了。

不知劳拉是否知道瑞妮和父亲的事——如果确有其事的话。她了解许多事情。不知她是否也了解这件事，只是不说出来罢了。这是完全有可能的。

在阿维隆庄园的日子过得很慢。天气还是太热，还是太潮湿。两条河的水位很低：就连卢韦托河的湍流也缓慢了许多；若格斯河水则散发出难闻的气味。

我大部分时间待在祖父的书房中，窝在皮靠椅里，两腿搭在扶手上。去年冬天冻死的一些苍蝇的躯壳板结在窗台上；穆加特罗伊德太太心里并不十分愿意打扫书房。祖母阿黛莉娅的画像仍然主宰着这个房间。

我天天下午翻阅她的剪贴簿；里面有关于茶艺和来访的费边社社员的文章。还有的文章是关于一些探险者用神奇的幻灯片，描述土著人奇特民俗的。土著人装饰他们祖先的颅骨，我不明白为什么有人对此感到奇怪。实际上，我们也在做同样的事情。

我也浏览旧的社交杂志，回想起我以前是多么羡慕杂志里的那些人物。我有时还会翻阅用金边薄纸印刷的诗集。儿时从“暴力小姐”那里学到的那些令我神魂颠倒的诗句，如今读来十分做作，大倒胃口。这些诗句里的用词有许多是自作多情的古语。我以前对这些字眼感到很不舒服，现在我终于明白了：这些字眼令失意的人们变得滑稽可笑，就像那个可怜的闷闷不乐的“暴力小姐”自己。这些诗集的页边软绵绵的，字迹模糊，摸上去湿乎乎的，就像掉进水里的面包，你碰都不想碰一下。

我的童年似乎已离我远去了——遥远的往事渐渐淡化，苦乐参半，仿佛干枯的花朵。我痛惜童年的时光吗？还想它回来吗？我可不想。

劳拉并没有足不出户。她在镇上到处乱逛，就像我们以前那样。她身穿我去年夏天穿剩的黄裙子，又戴着那顶配套的帽子。我从背后看她，心里总会产生一种特别的滋味——似乎在看我自己。

威妮弗蕾德毫不掩饰她的厌倦情绪。她每天都去游泳，就在船库旁边的私人小浴场，但她从不涉足没过头顶的深水区。她头戴一顶洋红色的大“苦力帽”，游泳大多用狗爬式。她邀请我和劳拉一起去，但我们谢绝了。我们俩的游泳技术都不过关，并且我们也知道河里倒进了什么东西，可能现在还在里面。当威妮弗蕾德不去游泳也不晒日光浴时，她就在房子里转来转去。她拟初稿，画草图，记下各种缺陷——前厅的墙纸应该换了、楼梯出现了一块块的腐斑之类，或者干脆就躲进自己房间去打个盹。阿维隆庄园似乎耗干了她的精力。世间真有什么东西可以耗干她的精力，那倒是令人欣慰的。

理查德不断地打电话，还都是长途。要么他就到多伦多去待一整天。其余的时间，他则围着“水妖”号转悠，监督工人修船。他说，在我们离开之前让船下水是他的目标。

他让人天天早晨送报上门。“西班牙内战爆发了，”他有一天吃午饭时说道，“不过，已经酝酿很久了。”

“真不是什么好事。”威妮弗蕾德说。

“不关我们的事，”理查德说道，“只要我们不参战，让共产党和纳粹党自相残杀去吧——他们很快就会打起来的。”

劳拉没来吃午饭。她一个人端着杯咖啡去了码头。她常常去那个地方，这令我很不安。她会躺在码头上，一只胳膊垂入水中，歪着头盯着河水出神，好像她有什么东西掉到了水里，正瞅着河底寻找似的。然而，河水太暗了，看不清什么东西。只能偶尔看到一群银白色的小鱼，像扒手的手指倏然掠过。

“不过，”威妮弗蕾德说，“我还是希望他们别打起来。战争讨厌极了。”

“战争能给我们带来好处，”理查德说道，“也许它会激活市场——帮助人们度过目前的经济大萧条。我认识几个指望靠战争发财的家伙。有人就要赚大钱了。”从来没人告诉我理查德的经济状况，但从最近的各种征兆来看，他没有我原来想象的那么有钱。或者说，他已经风光不再了。重建阿维隆庄园的工程搁浅了——或者说推迟了——因为理查德不愿意再掏更多的钱。这是瑞妮说的。

“他们为什么要赚大钱呢？”我问道。答案我是再清楚不过了，但我已养成了问天真问题的习惯，看看理查德和威妮弗蕾德怎么说。他们圆滑的处世哲学还是很吊我的胃口。

“因为世上的事本来就是这样，”威妮弗蕾德不耐烦地回答说，“对了，你的那个老朋友被捕了。”

“哪个老朋友？”我赶紧问道。

“那个叫卡莉斯塔的女人。你父亲心爱的老情人。那个自称画家的女人。”

她说话的腔调令我恼火，但我又不知道如何反驳。“我们小时候，她对我们非常好。”我说。

“她当然会那样，不是吗？”

“我喜欢她。”我说道。

“这毫无疑问。几个月前，她拉着我——说死说活要我买她的什么无聊的油画、壁画之类——画上是一帮身穿工作服的丑女人。谁也不会把这种画挂在餐厅里的。”

“他们为什么要逮捕她？”

“那是‘反赤小分队’在对一个激进分子聚会的大围捕中，把她给抓起来的。她把电话打到这里来了——她急疯了。她要你接电话。我看不该把你也卷进去，于是理查德就径直进城把她给保出来了。”

“他为什么要保释她呢？”我说，“他几乎不认识她。”

“噢，他就是出于好心，”威妮弗蕾德宽厚地笑道，“尽管他总是说那些人待在监狱里比在外面惹的麻烦更多。对不对，理查德？他们在报纸上拼命叫屈。这要公正，那要公正。可能他是在为首相分忧吧。”

“还有咖啡吗？”理查德说。

这是在暗示威妮弗蕾德别再谈这个话题了，可她还是照说不误。“也可能是他觉得该为你家做这件事。我看你不妨把她当作个传家宝，就像个破罐子从上代人传到下代人的手中。”

“看来我要到码头上去陪劳拉了，”我说道，“今天天气真好。”

我和威妮弗蕾德说话时，理查德一直在埋头看报。然而，听到我这句话他马上抬起头来。“不，”他说，“别去。你太宠她了。别管她，她自己会排解的。”

“排解什么？”我问道。

“那些令她苦恼的事。”理查德说。他扭头朝窗外望望远处的劳拉。此时，我第一次注意到他脑后有一处头发稀疏，棕色的头发已盖不住那片粉红色的头皮。他不久就要秃顶了。

“明年夏天我们将去马斯科卡，”威妮弗蕾德说道，“这次短短的试验性度假不能算是很成功。”

度假快要结束的时候，我决定到阁楼上去看一看。我在等待机会。机会来了：理查德正忙着打电话，而威妮弗蕾德则在我们那块小小的狭长沙滩上晒太阳——躺在帆布床上，眼上蒙着块湿巾。我偷偷地打开了通向阁楼楼梯的门，又随手关上，然后蹑手蹑脚地爬了上去。

劳拉早就上去了，正坐在一只雪松木箱上。她已经打开了窗户；这地方还有扇窗，真是一种恩赐——否则这地方会憋死人的。屋里有股烂布和老鼠屎的霉味。

她慢慢地转过头来。看来我没有吓着她。“你好，”她说，“这上面住着蝙蝠。”

“这并不稀奇。”我说道。她身边放着一个大纸袋。“你这里面装的是什么？”

她开始一件一件地往外掏——各种各样的小玩意和小摆设。有祖母的银茶壶；三套德国德累斯顿产的瓷茶杯和茶碟，上面有手工绘制的图案；刻着姓名缩写的汤匙；形状像短嘴鳄的核桃夹子；一只孤零零的珠母袖扣；一把断齿的玳瑁壳梳子；一只镀银的破打火机；一个调味瓶架，上面缺一个醋瓶。

“你捣腾这些东西干什么？”我说，“你可不能把它们带回多伦多去！”

“我要把它们给藏起来。他们不可以糟踏所有的东西。”

“谁不可以？”

“理查德和威妮弗蕾德。他们不管三七二十一，会把这些东西一扔了事；我听见他们说起过要处理无用的破烂。他们早晚会彻底清除这些东西的。所以，我要保存几件物品——为了我们。我想把它们放在这阁楼上的一个箱子里。这里比较安全，我们也容易找到。”

“他们发现了怎么办？”我说道。

“他们不会发现的。这里没有值钱的东西。你瞧，”她说，“我找到了我们俩读书时的旧练习本。它们还在这里，在我们原来放的地方。还记得我们什么时候拿上来给他的吗？”

劳拉从来不提亚历克斯·托马斯的名字：她总是称“他”、“他的”。我以为她已经放弃他了，或者说不再想他了，但看来显然并非如此。

“现在想来简直难以置信，”我说，“我们把他给藏在这阁楼上，而又没有露馅。”

“我们俩当时处处小心。”劳拉说道。她沉思片刻，然后微微一笑。“关于厄斯金先生的事，你从来没有真正相信过我，”她说，“是不是？”

看来我该说个瞎话，而我却折衷了一下。“我不喜欢他。他讨厌极了。”我说。

“不过，瑞妮相信我。你说他如今在哪里？”

“厄斯金先生吗？”

“你知道我指的是谁。”她打住话头，又把头扭向窗外。“你还留着你们的照片吗？”

“劳拉，我看你不该对他念念不忘，”我说道，“我看他不会再出现了。这是不可能的。”

“为什么？你认为他已经死了吗？”

“他为什么不会死呢？”我说，“我并不认为他已经死了。我只是认为他逃到天涯海角去了。”

“反正他们还没抓到他，否则我们早就听到风声了。报上肯定也会登的。”劳拉说道。她把旧练习本收起来，丢进她的纸袋里。

我们在阿维隆庄园逗留的时间比我预料的要长。我并不想待这么长的时间；我觉得自己被团团包围了，受到了监禁，行动不自由。

在我们动身的前一天，我下楼去吃早饭。理查德不在，只有威妮弗蕾德在吃鸡蛋。“你没赶上盛大的下水仪式。”她说道。

“什么下水仪式？”

她用手指指前方：一面是卢韦托河，另一面是若格斯河。我惊奇地看到劳拉在“水妖”号上；船正在往下游驶去。她坐在船头，像一个安在船首的破浪神雕像。她的后背对着我们。理查德正在操纵舵轮，头上戴着一顶难看的白色水手帽。

“幸亏他们没有沉下去。”威妮弗蕾德酸溜溜地说。

“难道你不想去？”我说道。

“不想，真的。”她说话的腔调怪怪的，我误以为是出于嫉妒：好像理查德大事小事离开她都不行似的。

我感到宽慰：也许劳拉现在心情会放松一点，也许她会冰释前嫌。也许她会开始把理查德当人看，而不再把他看作是从石头底下爬出来的什么虫子。我想，我的日子自然也会好过一点，家里的气氛也会轻松一些。

然而，事情并非这么简单。说实在的，气氛反而变得更僵了，但情况却倒了过来：现在只要劳拉一进屋，理查德准会马上离开。他倒反而怕她似的。

“你对理查德说了些什么？”当我们大家回到多伦多以后，一天晚上我问她。

“你指的是什么？”

“那天你和他一起乘船，在‘水妖’号上。”

“我啥也没对他说，”她答道，“我干嘛要说？”

“我哪里知道。”

“我什么也没对他说，”劳拉说，“因为我没啥可说的。”

栗子树

我回头看看我写的东西，知道自己出错了，不是因为写的内容不对，而是因为漏掉了一些内容。漏掉的内容太明显了，就像房间里缺少了灯光。

你当然希望知道真相。你希望把情况综合起来进行推断。不过，综合推断未必能得出真相。综合推断等于隔窗听音；综合推断等于空话。活生生的鸟可不是贴着标签的鸟骨头。

昨天夜里，我从睡梦中突然醒来，心咚咚直跳。窗外传来丁当的响声：有人在朝玻璃窗砸小石子。我从床上爬起来，摸索着来到窗前，把推拉窗推上去一段，探出头去。我没戴眼镜，却能看得清清楚楚。一轮满月悬挂当空，月亮上蛛网般的老纹络依稀可见。星空下，路灯的光直射云天，形成一个橘红黄的光晕。我下面正好是一条人行道，路上影影绰绰的；前院的栗子树挡住了我的部分视线，有的地方看不清楚。

我知道这个地方不该有栗子树；栗子树应该在别处，离这里有一百英里，在我和理查德曾经住过的房子外边。然而，栗子树明明就在眼前，树影婆娑，像张开的一张密网，枝头上白蛾般的花朵闪着微光。

砸玻璃的丁当声又响起了。下面有个影子，猫着腰：一个男人正在垃圾箱里找东西，把一些空酒瓶翻来翻去，拼命想从哪个酒瓶里倒出点剩酒来。这是个街头醉汉，看来是饥渴难耐。他鬼鬼祟祟，躲躲闪闪，似乎不是在翻东西，而是在搞间谍活动——从我丢弃的垃圾中筛选对我不利的证据。

接着，他直起腰来，侧着身子走到明亮处，抬起头来。我可以看清他的乌黑眉毛和深陷的眼窝；他张嘴一笑，露出的两排牙齿在椭圆形的黑脸上看似一道白色的伤口。他锁骨以下是一片煞白：原来是件衬衫。他举起手，向旁边挥了一下。这算是向我打招呼，或者是道别。

他转身离去，我无法叫住他。他知道我也不会叫他。他就这样走了。

我觉得胸口憋得难受。不，不，不，不，有个声音说道。泪水顺着我的脸颊流下来。

然而，发出那个声音的却是我——声音太大了，把理查德都吵醒了。他站在我身边，正要用手摸我的脖子。

此刻，我真的醒了。我躺在床上，满脸泪痕，睁大眼睛，茫然地盯着灰色的天花板，等心情慢慢平静下来。现在我从睡梦中醒来不再经常大哭大叫了，只是偶尔脸上有几处泪痕。这次我又大哭大叫了，真是不可思议。

在你年轻的时候，你以为干什么都可以随心所欲。你做事没有常性，虚度光阴。你就是你自己的快速跑车。你认为可以任意丢弃东西，也丢弃人——把他们一古脑儿抛在身后。但你还不谙世故，不知道他们还会回来。

在梦里，时间是凝固的。你永远也走不出你待的地方。

真的传来了玻璃碰玻璃的丁当声。我爬下床——我自己的单人床——走到窗前。两只浣熊正在街对面邻居家的垃圾池里拱来拱去，弄得瓶瓶罐罐丁当作响。它们是家里垃圾场的拾荒者。它们警觉地抬头看看我，并没有惊慌失措。在月光下，它们脸上宽宽的黑色条纹像小贼惯戴的黑色面罩。

我心里说，祝你们走运。只要能拿的，统统都拿去吧。谁管东西是不是你们的呢？只是别被逮着了。

我重新回到床上，躺在深深的黑暗里，聆听着明知不存在的呼吸声。

第十章

《盲刺客·西诺星球的蜥蜴人》

几个星期来，她一直在商店货架旁转悠。她去最近的杂货店，买一些指甲砂锉或剔指甲的橙木棒之类的小东西，然后溜达到杂志架前，不去碰这些杂志，小心翼翼地装作看都不看的样子，却用眼睛快速扫描杂志的封面：她在寻找他的名字。他有好多名字。这些名字她现在都知道了，或者大部分都知道了，因为她曾经用他的名字兑过支票。

神奇的故事。怪异的传说。令人震惊。杂志架上的那些杂志她一本都不放过。

功夫不负有心人。这本想必是他的作品：《西诺星球的蜥蜴人》。塞克隆星球战争史上第一个激动人心的战役。封面上，一个金发女郎身穿类似巴比伦式的服装，一件白色的长袍用一条金链皮带紧紧地束在难看的乳房下面，脖子上缠着一条天青石项链；头上的银饰像新月从她的头顶喷薄而出。她双唇湿润，张着嘴巴，瞪大了眼睛，被两个长着三个手指头、眼睛竖长的怪物紧紧地抓着。这两个怪物都身穿一条红色的短裤，别的什么也没穿。他们的脸像扁平的圆盘，身上长满鳞片，亮闪闪的，像抹上了一层油。青灰色的鳞片皮肤裹着鼓囊囊的肌肉，也是油光光的。他们没有嘴唇，嘴巴里长着无数颗牙齿，全都像针一样尖。

她无论在哪里都能认出这些怪物。

怎么才能弄到一本呢？不能在这家书店里，别人会认出她来的。任何不正常的举止都会招来纷纷议论，这绝对不行。下一次上街购物时，她绕道去了火车站，在报刊摊上找到了那本杂志。这本杂志只卖区区十美分。她戴着手套付了一枚硬币，迅速地把杂志卷起来，塞进了手提包。卖报刊的小伙子奇怪地看着她，不过男人当时都是这个德性。

她乘出租车回家，一路上紧紧抱着这本杂志。到家以后，她将杂志偷偷带到楼上，又带着它把自己关在卫生间里。她知道，她在翻阅杂志的时候，双手会颤抖。这种故事是躲在货车里的流浪汉看的，或者是上学的小男孩夜里用手电筒照着看的。工厂的门卫半夜里靠它来提神；推销员白忙一天后回到旅店里，一把扯下领带，敞开衬衣，跷起二郎腿，把威士忌倒在刷牙的杯子里，一边喝一边津津有味地读起来。警察们在百无聊赖的夜晚，也会靠它来消遣。他们没有一个人会发现隐藏在字里行间的消息。这种消息只是给她一个人的。

纸质太软，杂志在她手中差一点散架了。

在紧闭的卫生间里，她把杂志摊在膝头，迫不及待地读起来。充满神奇的萨基诺城展现在眼前——它的众神灵、它的民俗、它奇妙的地毯编织术、它的那些被奴役和虐待的儿童以及将要成为祭品的少女。它拥有七个海洋、五个月亮和三个太阳。在它西部的群山和恐怖的墓地里，群狼恶嚎，美丽的女鬼忽隐忽现。宫廷里酝酿着政变的阴谋，国王估摸着叛方的力量，等待粉碎阴谋的时机；女大祭司悄悄收下了贿赂。

现在是祭祀的前夜。被选中的少女躺在致命的床上等待那一刻的到来。然而，盲刺客在哪里呢？他怎么了？还有他对那个无辜姑娘的爱呢？她断定，他一定把这部分情节留到后面去说了。

她还没来得及往下想，残忍的野蛮人就在他们狂妄头领的鼓动下展开进攻了。但是，他们进入城门却大吃一惊：三艘飞船正停在东面的平原上。飞船的形状就像煎鸡蛋，或者被劈成两半的土星；它们来自西诺星球。蜥蜴人一下子从里面冲杀出来，抖动着身上的灰色肌肉，带着他们的金属浴桶和先进武器。他们拥有激光枪、电子套索、单人飞行器等各式各样的新式装备。

蜥蜴人的突然入侵把塞克隆人的一切都改变了。野蛮人和城里人、政府官员和叛乱分子、主人和奴隶——他们都统统忘记了彼此的身份，投入到共同的战斗中去。阶级障碍也消失了：斯尼法人把他们古老的封号连同面具一齐抛掉，卷起袖子，同伊尼劳人肩并肩据守街垒。大家都以屈斯托克相称——大意是我同他换过血的人，也就是同志或兄弟。妇女和儿童被带到神庙里，并锁好庙门，以确保他们的安全。国王开始领导抗战。人们也欢迎勇猛善战的野蛮人进城。国王同欢乐公仆握手言和，决定共同担负起指挥作战的重任。国王援引古老的谚语说：拳头大于手指的总和。在紧要关头，八扇厚重的城门关上了。

蜥蜴人在城外靠突袭初战告捷。他们抓到了几个漂亮女人，把她们关在笼子里，惹得几十名蜥蜴人士兵在笼外垂涎三尺。但是，西诺星球的军队不久就遭到了挫折：由于星球引力的不同，他们的看家武器激光枪的威力在塞克隆星球上大打折扣；电子套索只有在近距离才会有效；而且，萨基诺城的居民和他们隔着一堵厚厚的城墙。蜥蜴人没有足够的单人飞行器来运送充足的兵力攻克此城。只要蜥蜴人一靠近，各种射弹就像雨点一样从护城堡垒上洒下来。塞克隆人发现西诺人的金属短裤在高温下容易燃烧，于是他们投下一团团燃烧的火球。

蜥蜴人的首领大为恼火，结果处决了五名蜥蜴人科学家。西诺星球显然不是一个民主国度。那些活下来的科学家立即着手解决技术问题。他们声称，只要有足够的时间和适当的装备，他们就能摧毁萨基诺城的城墙。此外，他们还能研制出一种让塞克隆人失去知觉的毒气。这样一来，他们就可以从容地进行他们的罪恶勾当了。

第一回就这么结束了。但那个爱情故事的下文呢？那个盲刺客和没舌头的姑娘哪儿去了？在一片混乱中，姑娘几乎被遗忘了——人们最后一次看见她时，她是躲在红锦缎床下——盲刺客根本就没出现。她飞快地一页一页翻过去，或许她漏看了什么。但是没有，他们两个完全消失了。

也许在下一个扣人心弦的情节中，他们的爱情将会有一个圆满的结局。也许他将向她传递什么消息。

她知道，这么想多少有点疯狂——他不会向她传递消息的；即使他会，也不会用这种方式——但她就是摆脱不了这个念头。内心的渴望令她想入非非——这是一种空指望，不会实现。也许她的脑子出了问题，也许她迷失了方向，也许她精神失常了。精神失常，那就像一扇破损的房门、一个撞坏的大门、一只生锈的保险箱。当你精神失常时，应该保留在体内的东西都跑了出来，而应该拒之门外的东西却乘虚而入。门锁已不起作用了。门卫睡大觉去了。口令也没用了。

她心想，也许我被抛弃了。抛弃是个陈旧的词儿，但用来形容她的困境却正合适。可以想象他会做出抛弃她的事来。他也许一时冲动，会为她而死，但要为她而活就截然不同了。他可受不了那单调乏味的生活。

尽管她这么想，但她还是月复一月地等待着、观望着。她经常出没于杂货店、火车站。每次走过报摊，她都要看一看。然而，下一个动人心弦的故事情节就是没有出来。

《梅费尔》(1937 年 5 月)

多伦多热点琐闻

约 克

今年，四月像小羊羔般蹦蹦跳跳地来到了。春天在你来我往的欢快忙乱中，怀着愉快的心情来临了。亨利·里德尔先生和夫人已从他们的墨西哥冬季之旅中归来；约翰逊·里夫斯先生和夫人从佛罗里达棕榈海滩的度假地驾车返回；T. 佩里·格兰奇先生和夫人在游历了阳光灿烂的加勒比海群岛后也归来了；而 R. 韦斯特菲尔德夫人和女儿达芙妮已启程去法国——“只要墨索里尼准许”，再去意大利；W. 麦克莱兰先生和夫人已前往神奇的希腊。杜蒙·弗莱彻一家在伦敦度过了欢快的冬季之后，再次登上本地舞台，恰好赶上全加戏剧节；弗莱彻先生在其中担任评委。

与此同时，在田园俱乐部的淡紫色和银白色的背景下，人们正在恭候另一种闪亮登场。人们看到理查德·格里芬夫人(婚前的艾丽丝·蒙特福特·蔡斯小姐)在她小姑子威妮弗蕾德·格里芬·普赖尔夫人举行的午宴上熠熠生辉。年轻的格里芬夫人是前一个季节最亮丽的新娘之一，如今风采依旧。她身穿一件漂亮的天蓝色真丝套裙，戴一顶尼罗绿的帽子。她正在接受人们的祝贺：她新添了个女儿——艾梅·阿黛莉娅。

文艺团体为他们的客座明星弗朗西丝·霍默小姐的到来兴奋不已。弗朗西丝·霍默小姐是著名的独角戏表演家。她在伊顿大会堂再次表演了她的《命运女人》系列。她惟妙惟肖地刻画了历史上的名女人，以及她们给一些世界名人的人生带来的影响，诸如拿破仑、西班牙的斐迪南国王、英国海军统帅霍雷肖·纳尔逊和莎士比亚等等。霍默小姐像美国著名女笑星耐尔·格温一样妙趣横生，充满生气，像西班牙的伊莎贝拉女王一样富有戏剧天赋。她演的《约瑟芬[1]》是一出令人赏心悦目的短剧；她的《爱玛·汉密尔顿夫人[2]》则是一出辛酸的小品。总之，这是一次生动的、极富魅力的演出。

演出结束的当晚，文艺团体及其客人一起在圆厅享用丰盛的自助餐，由威妮弗蕾德·格里芬·普赖尔夫人做东。

贝拉维斯塔诊所的来信

安大略省多伦多市
西金街20号
格里芬-蔡斯皇家联合工业有限公司
董事长兼总裁
理查德·E.格里芬先生

亲爱的理查德：

二月份与你会晤的情景还历历在目——尽管当时情况有点令人尴尬——但多年之后有幸再次与你握手还是很高兴。自从那些“人心美好的旧时光”过去之后，我们的生活自然已经让我们分道扬镳。

话归正传。我很遗憾地告诉你：你年轻的小姨子，劳拉·蔡斯小姐的身体状况并没有好转。如果说有什么变化的话，只

---

① 约瑟芬(1763—1814)：拿破仑的妻子、法国皇后。
② 爱玛·汉密尔顿夫人(1765—1815)：英国海军上将纳尔逊的情妇，曾运用其交际能力使纳尔逊的舰队在西西里得到补偿，从而在尼罗河战役中击败法军。

是更恶化了一些。她的妄想症更厉害了。我们以为，她对自身的安全已构成威胁，必须对她进行日夜监控，必要时还要使用镇定剂。虽然她不再砸坏玻璃窗，但有一次却挥舞着一把剪刀，十分危险。不过，我们将尽力来防止此类事情再次发生。

我们正在继续竭尽全力治疗她的病症。目前，有几种新的治疗手段，我们希望能产生积极效果，特别是“电子休克疗法”——我们很快就会添置此类医疗设备。如果你允许，我们将在使用胰岛素的同时增加这种新的疗法。我们坚信，蔡斯小姐的病情最终会有好转，尽管她的身体以后不会很强壮。

说来也许令人沮丧，我要求你和你的夫人不要再来探望她，甚至也不要寄信给她。因为，她和你们夫妇中任何一位接触都对治疗不利。想必你知道，你本人是蔡斯小姐一直依恋的焦点。

本星期三我要去多伦多，想和你私下谈谈——在你的办公室里谈。你年轻的夫人初为人母，这种令人不安的事就不该烦扰她了。届时，你若同意我们提出的治疗方案，我还要请你签字。

冒昧地附上上个月的医疗账单，请尽快付款。

你真诚的
杰拉尔德 · P. 威瑟斯庞医师

1937 年 5 月发自
安大略省安普赖尔市
贝拉维斯塔诊所
所长办公室

《盲刺客·高楼》

她感到自己沉重而又肮脏，就像一袋未洗的脏衣物。同时，她又感到身体瘪瘪的、空空的。她犹如一张白纸，上面隐约可见一个无色的署名印迹，那不是她的。这种印迹一个侦探能看出来，但她自己却无所谓。她也不会费心去看。

她没有放弃希望，只是把它藏在心底，不必天天表现出来。同时，她必须保重身体；不吃东西可不行。最好保持头脑清醒，而营养对此大有裨益。还要有一点小乐趣：可以赏赏花，比如刚刚绽放的郁金香。心烦意乱可没有用。若是光着脚在大街上边跑边喊：失火了！人们肯定会知道事实上并没有失火。

保守秘密的最好办法就是装作没有秘密。谢谢你的好意，她在电话里说，但是，对不起。我不行。我忙极了。

有些日子——特别是风和日丽的日子，她觉得自己仿佛被活埋了。天空是一个蓝色的石头穹顶，太阳是中间的一个圆洞；日光通过这个圆洞嘲弄地照耀着人间。同她一起被活埋在里面的其他人并不知道发生了什么事：只有她一个人知道。如果她说出来，他们会把她永远关起来的。她唯一的机会就是装作一切依然正常，同时暗自盯住头顶上的蓝色天空，留心那终将出现的大裂缝。一旦天空裂开，他可能就会踩着绳梯穿过裂缝下来。而她将爬上屋顶，跳起来一把抓住绳梯。他们两个人将紧紧抓着绳梯，身体贴在一起，而绳梯又被拉上去。他们将越过塔楼、高楼和尖顶，从假天空的裂缝中穿出去。其他人则被撇在下面的草地上，张大了嘴，呆呆地望着他们俩。

这真是周密又孩子气的计划。

在蓝色的石头穹顶下，时而淫雨霏霏，时而阳光普照，时而狂风大作，时而云开雨霁。想想这些自然的天气现象是如何安排的，真是令人称奇。

附近有个婴儿，其哭声像乘着风断断续续地向她飘来。门开开关关，其细微而又猛烈的声音，一会儿有，一会儿无。门竟能发出嚎叫般的声音，令人惊异。那呼哧呼哧的呼吸声有时非常近，其声又尖又柔，像丝绸被扯裂一般。

她躺在床上，至于被单是盖在身上还是垫在身下，那要看什么时间上床了。她偏爱雪白的枕头，白得像护士的工作服，淡淡地上了一点浆。她靠在几只枕头上，品一杯香茗，这样她就不会胡思乱想了。她双手捧着茶杯，似乎一旦茶杯落地，她就会被惊醒似的。她并不总是这样；她一点都不懒。

她时时会陷入虚妄的空想之中。

她想象他是如何想象她的。这是她的精神寄托。

她的灵魂在城市中穿行，追寻它迷宫般的大街和蛛网般的肮脏小巷：每一次安排、每一次约会、每一扇门、每一段楼梯、每一张床。当时他说了些什么，她又说了些什么；他们做了些什么，接着又做了些什么。甚至他们俩如何打架、争吵、分离、痛苦，然后又和好如初。他们多么喜欢伤害对方，揭对方的伤疤。她暗想，我们在一起是互相毁灭。不过，当今除了生活在沉沦之中，我们还能怎样生活呢?

有时候，她真想点把火把他烧死，结束这种没完没了的、徒劳的渴望。至少，每天的日子和她自己的身体的消耗也会起这个作用——让她精疲力竭，擦去她脑海中的那个兴奋点。然而，光有祈求还不够，何况她也没有很虔诚地去祈求。祈求并不是她想要的。她想要那种心惊肉跳的幸福——那感觉就像一下子从飞机上掉下来那么刺激。她想要他那如饥似渴的眼神。

她最后一次看见他是他们俩回到他的房间——那是一种仿佛被淹死的感觉：一切都变得黑暗了，发出咆哮的声音，但同时又银闪闪的，缓慢而清晰。

这就是说：沉湎而不能自拔。

也许他一直把她的肖像带在身边，比方说放在胸前的项链小坠盒里，或者说并不是肖像，而是一张图。一张寻宝的地图：他得靠它回来取宝。

首先经过的是土地——数千英里的土地，四周布满岩石和山脉，冰雪覆盖，沟壑纵横；然后是森林，地上堆积着被风吹落的果实，毛茸茸的一层，腐烂的死树枝滋生着苔藓；接下来是零星的林间空地。再接下来是灌木丛生的荒野、狂风呼啸的大草原和干燥少雨的红色山丘。战争在那儿延续不断。在干裂的峡谷中，防御部队趴在岩石后面，设下埋伏。他们擅长打狙击战。

接下来的是村庄，房屋简陋而又肮脏。斜眼的顽童四处乱跑；女人们吃力地拖着一捆捆的木柴；猪在泥土路上打滚，留下了一个个污秽的坑洼。接着是通往城镇的铁路，还有车站和修理厂、工厂和仓库、教堂和大理石砌成的银行。然后是城市：一幢幢巨大的长方形高楼，鳞次栉比，明暗相间。这些高楼都裹着硬石的外壳。不，应该是更现代化、更可信的材料。不是锌制的材料，那只能做穷女人的澡盆。

这些高楼裹着钢铁的外壳。那里制造炸弹，炸弹也落向那里。然而，他绕过所有那一切，没有伤着一根毫毛，径直来到这座容纳她的城市。一座座房屋和尖塔环绕着她；她坐在最里面、最中心的一幢高楼里。不过，这幢高楼一点也不像高楼。它被伪装起来了；如果把它同普通房屋混淆起来，那也是情有可原的。她是一个跳动着青春的生命，却被窝在雪白的床上。

她被关了起来，远离危险，但她是一切事情的核心。核心就是要保护她。他们耗费时间干的就是这件事——把她和一切都隔开，以保证她的安全。她望望窗外：没有任何东西能够得着她，她也够不着任何东西。

她是个圆圈，骨子里是个零。她是一个空间——一个虚无缥缈的空间。这就是为什么他们够不着她，也动不了她一根毫毛。这就是为什么他们连一条罪名也无法加到她头上。她笑容可掬，但笑容后面并没有她的身影。

他想把她看成是无法伤害的——她站在亮着灯的窗户前，身后是紧锁的房门。他想先来到窗外的树下，抬头向上看。接着，他鼓足勇气，用双手顺着藤蔓和外窗台爬墙，快乐得像个得逞的骗子。他猫着腰，抬起推拉窗，迈腿进入屋内。收音机轻轻地放着音乐，舞曲的声音忽高忽低，淹没了脚步声。他们俩一句话都没说，就迫不及待地又开始那销魂的颠鸾倒凤。他们发出低沉的、不连贯的哼声，就像在水下。

他曾经对她说：你过着风雨无忧的生活。

她答道：你可以这样说。

然而，除了通过他，她如何从现在的生活中解脱出来呢？

《环球邮报》（1937 年 5 月 26 日）

巴塞罗那的血仇

《环球邮报》驻巴黎记者独家报道

尽管官方层层封锁来自巴塞罗那的新闻，我报驻巴黎记者还是得到了有关该市共和党内部对立派别之间发生冲突的消息。据传，获得斯大林支持的共产党人，配备精良的俄国武器，正在肃清他们的对立派“珀姆党”[1]。该党派是极端的托洛茨基分子，同无政府主义者沆瀣一气。共产党人指控“珀姆党”的“第五纵队”图谋不轨，昔日共和党统治时期的和睦美好氛围已变得尔虞我诈，人心惶惶。该市已经发生了公开的巷战，警方站在共产党人一边。据说，许多“珀姆党”的成员被抓进监狱或逃亡他乡。在交火中，可能有几个加拿大人被俘，但这些报道尚有待证实。

在西班牙其他地区，马德里仍在共和党手中。不过，佛朗哥将军领导的民族主义力量正在发展壮大。

《盲刺客·联邦车站》

她弯下脖子，把额头靠在桌沿上。她在想象他的到来。

黄昏时分，车站的灯亮了。在灯光的映照下，他的脸显得瘦削不堪。附近一定有海岸，凭海鸥的叫声就能知道。他穿过一团团嘶嘶作响的蒸汽，纵身跳上了火车。他举手把旅行包放到行李架上，然后一屁股坐到座位上，取出刚买的三明治，打开皱巴巴的包装纸，把它掰开。他几乎累得都吃不下东西了。

坐在他旁边的是一位老年妇女。她正在织一团红色的东西——一件毛衣。他知道她在织什么，因为她告诉了他。如果他允许的话，她会把有关毛衣的一切都告诉他，还有她儿子的事和她孙子的事。她肯定还带着他们的照片，但他并不想听她的那种故事。他曾经目睹了那么多死去的孩子，他不愿意再去想他们的事。死去的孩子给他的印象太深了，甚至比女人和老人还要深。他们的样子总是突然浮现在他的脑海里：惺忪的睡

① “珀姆党”(POUM)：西班牙“马克思主义统一工人党”的名称缩写。

眼、苍白的小手、松垂的指头，以及浸透鲜血的破布娃娃。他扭过头去，凝视着映在夜窗上的自己的脸：两眼凹陷，披着湿漉漉的头发，皮肤黑中带绿，沾着煤灰。黑漆漆的树影在他身后急驰而过。

他艰难地跨过老妇人的膝盖，来到过道上。他站在两节车厢中间抽起烟来，然后扔掉烟头，对准车厢的接缝撒了一泡尿。他觉得自己就像刚刚撒下去的尿——进入了虚无缥缈之中。他可以从这里消失，人们永远也找不到他。

在依稀可辨的地平线上，有一片沼泽地。他重新回到座位上。车厢里时而阴冷潮湿，时而闷热难受；他要么冻得瑟瑟发抖，要么热得大汗淋漓，或者两者兼有之：他要么火烧火燎，要么寒冷彻骨，就像在恋爱中一样。座位的靠背里塞着毛拉拉的填料，已经发了霉，靠背像芒刺般蹭着他的脸颊，很不舒服。后来，他终于睡着了，张着嘴，头歪向一边，贴着脏兮兮的玻璃。老妇人那织衣针的窸窣声传入耳内；下面，车轮沿着铁轨滚动，发出咣当咣当的声音，仿佛一只单调的节拍器在反复地敲个不停。

现在，她想象他在做梦。她在想象他梦见了她，就像她梦见了他一样。他们俩穿越天空——那天空的颜色犹如淋过雨的青石板；他们张着看不见的翅膀，在希冀和渴望的促使下，向对方飞去，然后又吓得折了回来。在梦中，他们俩肌肤相亲，交缠在一起——这更像是一次碰撞。他们的飞行就这样结束了。他们落回地面，像犯规的跳伞运动员，又像笨手笨脚、浑身沾满煤灰的天使；爱情像撕裂的丝绸拖在他们身后。地面上，敌人的炮火向他们迎头袭来。

他坐在火车上，过了一个白天、一个晚上、又一个白天。在一个停车点，他下去买了一个苹果、一瓶可口可乐、半包香烟和一份报纸。其实，他应该买一杯烈酒，甚至一整瓶——靠它可以忘却一切。外面在下雨，雨水模糊了车窗。他向窗外望去：漫漫原野仿佛一块满是毛茬的大地毯不断展开，一个又一个树丛飞驰而过。不一会儿，他的睡意上来了，眼皮直打架。傍晚时分，夕阳眷念着大地，恋恋不舍地向西退去，余晖从浅红色慢慢地变成了浅紫色。在火车的开开停停中，在它刺耳的汽笛声中，夜幕降临了。他的双眼发红，红得像积下的小小火种，又红得像爆竹在空中炸开的火花。

黎明时分，他醒来了。他看出铁路的一边是水，一望无际，泛着银光——终于到达内陆湖了。另一边是矮小、寒酸的房屋；院子里，洗过的衣物沉甸甸地挂在晾衣绳上。接下来是一座高高的砖烟囱，外面结了一层污垢，那是一家毫无生机的工厂。然后是另一家工厂，窗户很多，闪着幽幽的蓝光。

她想象他会在一个清晨降临，穿越车站，穿越长长的、铺着大理石的圆柱拱形大厅。大厅里回声飘荡；扩音器里的声音模糊不清，听不出在说什么。空气中烟味很浓——香烟的烟雾、火车喷出的烟雾和城市本身排出的烟雾。这城市更像是一片尘埃。她也正在穿越这一片尘埃或浓烟。她站稳脚步，张开双臂；他一下子把她举到了半空中。她喉咙发哽，分不清是因为喜悦还是恐慌。她看不到他的身影。黎明的阳光透过高高的拱形窗照射进来，烟雾迷蒙的空气似乎被点燃了，地面熠熠发光。现在他进入了视线，在远远的另一端，身上每个部位都清晰可辨——眼睛、嘴巴和手。不过，他的形象有点抖动，就像波光闪闪的池水里的倒影。

然而，她的脑海留不住他，她记不住他的样子。似乎一阵风吹过水面，他散成各种破碎的颜色，变成了涟漪；然后，他在别的什么地方又重新成形，绕过一根柱子，又呈现出他那熟悉的身影。他周围一片波光粼粼。

波光粼粼处，他又不见了。但在她看来，那正是光明。正是每天的光明照亮了她周围的一切——每一个白天和黑夜、每副手套和每双鞋子、每把椅子和每个盘子。

第十一章

洗手间

从这里开始，情况变得不妙了。不过，当时你知道会这样的。你知道后来的结果，因为你已经知道劳拉出了什么事。

当然，劳拉本人并不知道。她没想过要扮演一位命运多舛的浪漫女主角。只是到后来，由于她自己的原因，她在那些爱慕者的眼中才变成了那样。在平时的生活中，她像别人一样常常惹人气恼，或者让人腻味。她有时也会喜形于色；只要她内心隐藏的渴望得到满足，她就会欣喜若狂。她的阵阵喜悦如今让我感到最为酸楚。

在我的记忆中，她随意地做着那些平淡无奇的事，在外人眼里没有什么特别的——一位满头金发的姑娘朝山上走去，想着自己的心事。这里有许多这样可爱的、满腹心思的姑娘点缀着美丽的风景；每时每刻都会出现一位。大多数情况下，这些姑娘身上不会发生什么不寻常的事。一位又一位，然后她们由青春少女逐渐变成了妇人。但劳拉在你我的眼中和她们不一样。在一幅画中，她正在采野花，虽然在现实生活中她很少这样做。在森林的幽暗处，那个面目狰狞的神灵潜伏在她身后。只有我们能看见他，知道他会纵身扑向她的。

回头看看迄今写下的东西，似乎写得有点不恰当。也许写了太多无聊的事，或者说人们认为无聊的事。那么多的衣服，款式和颜色都过时了，就像蝴蝶身上掉下的翅膀。那么多的晚宴，并不总是很成功。早餐、野炊、远航、化装舞会、报纸、河上泛舟——这些事似乎和悲剧并不沾边。但在生活中，悲剧可不是一声长长的惊叫就完事了。它包括事情的一切前因后果。平淡的日子一小时又一小时、一天又一天、一年又一年地流逝着，然后悲剧突然之间发生了：尖刀刺人、炸弹爆炸、汽车坠入桥下。

现在已经到了四月。雪花落地即融，番红花也开了。不久，我又可以回到后门廊里去；当阳光明媚的时候，我又可以坐在那张灰褐色的、疤疤瘌瘌的破木桌旁消磨时光了。人行道上已经没有冰雪，所以我又开始外出走走了。冬天的几个月里不活动，我变得更虚弱了；这从我的两条腿上可以感觉到。不过，我决心恢复我以前的活动领地，再去造访我爱去的那些场所。

今天我拄着拐杖出去，一路上歇了好几回，才终于走到墓地。蔡斯家族的两尊天使雕像，整个冬天都被裹在雪里，外表上显然没有一丝损坏；只是那些亡者的名字，比原来更模糊难辨一些了，但也许是我的视力有问题。我抚摸着这些名字，抚摸着每个字母；尽管这些字母还是相当坚硬、轮廓分明，但我一摸，它们似乎就酥软、褪色、摇动了。时光用它那无形的利齿在啃噬它们。

有人已把劳拉墓上湿漉漉的树叶打扫干净了；那是去年秋天的落叶。墓上有一小束水仙花，已经枯萎，花朵的梗子外面还包着铝箔。我把这束花捡起来，扔进了最近的一个垃圾箱。这些劳拉的崇拜者，他们认为谁会感激他们献上的花束呢？直截了当地说，他们认为谁会在他们走后捧起这花束呢？他们的这些破花不过是假慈悲而已，倒把这肃穆的墓地都给弄脏了。

我要给你们一点厉害，让你们哭个够，瑞妮常这么说。如果我们是她的亲生儿女，她一定会打我们屁股的。实际上，她从来没这么做过，所以我们无从知道这么吓人的厉害可能是什么样。

在回去的途中，我到甜甜圈店里歇歇脚。我看上去一定疲惫不堪，因为我能感觉出来，还因为有一名女招待看到我马上走了过来。通常，她们是不到餐桌旁服务的，你必须站到柜台前自己端食物。然而，这位姑娘——鹅蛋脸、黑头发，身穿一套黑色的工作服——却主动问我要点什么。我点了一杯咖啡；为了换一下口味，又要了一份蓝浆果松饼。后来，我看见她同柜台后面的另一位姑娘说话，我意识到她根本不是女招待，而是一位像我一样的顾客；她的黑色工作服也不是工作服，而是夹克衫加宽松裤。她身上的某个地方闪着银光，也许是拉链吧；我看不太清楚。我还没来得及好好谢谢她，她就走了。

这位姑娘如此彬彬有礼、如此善解人意，令我眼睛一亮。这种年龄的姑娘表现出来的往往只是不顾他人的忘恩负义（我想到的是萨布里娜）。不过，忘恩负义是年轻人的护身法宝；离开它，他们又如何活下去呢？老年人祝福年轻人一切都好，但同时又希望他们倒霉。他们想把年轻人一口吞下去，吸取他们的青春活力，以使自己长生不老。如果没有乖戾和无常在进行保护，所有的孩子都会因为过去——压在他们肩膀上的别人的过去——而被摧垮。自私也算是他们的一种长处吧。

当然，只能说在某种程度上是如此。

身穿蓝色工作服的女招待端来了咖啡和松饼。我一见松饼就后悔了；我实在吃不下多少。如今饭店里的一切都变得越来越大、越来越厚——这个物质世界看来就像一块巨大的湿面团。

我撑开肚子喝了一通咖啡之后，起身去洗手间。在当中的那个小隔间里，去年秋天涂在壁上的话我还记得，如今已被油漆盖住了。但所幸的是，这个季节的涂写又开始了。在右上角，像以往一样，一组姓名缩写羞答答地表达着对另一组的爱恋。下面有一行清晰的蓝色印刷体字迹：

好判断来自经验。经验来自坏判断。

这行字下面又有一行紫色圆珠笔写着的草体字：欲觅一位经验丰富的姑娘，请打电话给“大嘴”阿妮塔，我将带你步入天堂。此外，还留有一个电话号码。

在这话之下又是一行红色记号笔写的粗体字：末日审判即将来临。准备迎接你的末日吧——你阿妮塔的末日。

有时我想——不，有时我在玩味这个念头——这些洗手间的涂鸦实际上是劳拉的大作，似乎是她在远方通过女孩子们的胳膊和手写上去的。这是一个愚蠢的想法，但令人愉悦。接着，我又进一步推断：如果是那样的话，这一定是为我而写的——劳拉在这个镇上还认识谁呢？但如果是为我而写的，那劳拉是什么意思呢？她写的话不会是她真正的意思。

有的时候，我会产生一阵强烈的冲动，也想添上几句，奉献点什么；让自己颤抖的声音汇入这没头没尾的小夜曲的无名大合唱里去——其中有胡乱涂写的情书、下流的广告、赞美诗和脏话。

命运之神的手指在书写，不断向前；
任凭你虔诚万分或智谋万端，
也骗不回她删减一行半篇，
流尽你的眼泪也擦不去只字片言。

哈，我想：看到我的大作，那些正在方便的女人一定会身子一挺，大叫一声。

到哪天，当我身体好一些的时候，我还要回到那里，真的把这些话写上去。她们都会高兴的；难道这不是她们想要的吗？我们都想在身后留下一条有影响的痕迹，一条抹不去的痕迹——即使是糟糕的痕迹。

不过，留下这样的痕迹也许很危险。在你祈求之前要三思，特别是在你祈求命运之神为你安排一生之前更要三思。

（瑞妮说：要三思而行。劳拉问道：为什么只能“三”思呢？）

小猫

九月来了，接着又是十月。劳拉回到了学校，另一所不同的学校。那里的女生穿灰色和蓝色相间的苏格兰短裙，而不是紫红色和黑色相间的那种。除此之外，依我看，这所学校和原来的学校没什么两样。

十一月，劳拉刚满十七岁就声称：理查德让她上学是白白浪费钱。如果他一定要她上学的话，她的身体会坐在课桌旁，但她学不到任何有用的东西。她说这话时心平气和，毫无怨气。令人大为吃惊的是，理查德这次竟然让步了。“反正她原本就用不着去上学的，”他说，“她不像是将来要靠工作来养活自己的人。”

然而，劳拉总得找点事干，就像我这样。她参加了威妮弗蕾德领导的一个名叫“亚比该”的组织——一个探视医院病人的志愿者团体。“亚比该”是一个充满生气的组织，把家教好的女孩训练成未来的威妮弗蕾德。她们身穿挤奶女工的连胸围裙——围裙的前胸绣着郁金香，疲惫地在病房里转来转去。她们的任务是同病人谈话，给他们念书，哄他们开心——至于具体该怎样做，并没有明确规定。

结果，劳拉干得很在行。不消说，她不喜欢别的“亚比该”女孩，但她却喜欢上了连胸围裙。可以预料，她重点是去穷人的病房；对这些病房，别的“亚比该”女孩子退避三舍，因为这些病房臭气熏天、脏乱不堪。这些病房里住满了无家可归的病人：精神错乱的老妇人、一贫如洗的倒霉老兵、身患三期梅毒而烂掉鼻子的男人等等。这些病房里缺少护士，于是劳拉很快就开始去做严格说来和她无关的工作。看起来，病人在床上拉屎拉尿、乱吐乱呕并没有使她感到不自在；病人的辱骂、胡言乱语以及各种各样的怪异行为也没有令她退缩。威妮弗蕾德没料到情况会是这样，但不久我们也跟着陷了进去。

医院里的护士们认为劳拉是一位天使(或者说，有的护士这么认为；有的却觉得劳拉碍手碍脚)。威妮弗蕾德在劳拉身边安排了线人，密切关注着事态。据她说，人们都说劳拉对那些病入膏肓的病人尤其关爱有加；她似乎没有意识到他们快要死了。她把他们当作是普通的病人，甚至当作是正常的人。威妮弗蕾德推测，那些病人多少能因此而得到些安慰，而神志正常的人决不会有这种感觉的。对威妮弗蕾德来说，劳拉的这种本事或才能是她怪异本性的又一表现。

“她一定有冰一样的神经，”威妮弗蕾德说，“换了我的话，一定不会这么做。我是无法忍受的。想想那里有多么肮脏！”

与此同时，准备让劳拉进入社交圈的计划已在进行了。不过，这个计划还未告诉劳拉。我叫威妮弗蕾德做好心理准备：劳拉对此事的反应不会是积极的。威妮弗蕾德说，如果是那样的话，要把整件事好好安排一下，然后弄成既成事实。如果主要目的(把她策略地嫁出去)达到了，她就完全不必进入社交圈了；这样反而更好。

我们在田园俱乐部吃午饭；是威妮弗蕾德请我去的，就我们两个人。照她的说法，我们要替劳拉想个策略。

“策略？”我问道。

“你明白我的意思，”威妮弗蕾德说道，“这没什么害处。”接着她又说，从各方面考虑，最好有一位“敢吃子弹”的有钱的好男人向劳拉求婚，把她领向婚姻的圣坛。最好是个温顺、有钱而又愚蠢的男人，根本看不出有“子弹”在等着他——当他看出来时，生米已经煮成了熟饭。

“你心里有什么样的‘子弹’？”我问道。我怀疑，这是否就是威妮弗蕾德俘虏难以捉住的普赖尔先生时运用的计谋。她是否把她那子弹般的本性一直掩饰到蜜月，然后突然向他扑过去？这就是从来没人见过他，而只见过他照片的原因吗？

“你不得不承认，”威妮弗蕾德说，“劳拉不止是有一点古怪。”她住了口，朝我背后的一个人笑了笑，晃动手指打了个招呼。她的银手镯叮当作响；她身上的饰品戴得太多了。

“你这话是什么意思？”我不露声色地问道。听取威妮弗蕾德解释她自己的话，已经成为我的一个不高尚的爱好了。

威妮弗蕾德噘起了嘴唇。她的唇膏是橘红色的，而她的嘴唇已开始起皱。如今我们会说，这是晒太阳太多的缘故，但那时人们还没把这与太阳联系起来。威妮弗蕾德喜欢把皮肤晒成古铜色；她喜欢金属的光泽。“她并不合所有男人的口味。她总有一些古怪的念头。她缺乏——她缺乏谨慎。”

威妮弗蕾德穿着她那双绿色的鳄鱼皮鞋，但我再也不觉得她有多优雅了；相反，我觉得花哨俗气。威妮弗蕾德以前在我心目中的许多神秘撩人之处，如今变得明显而平淡了，只因为我了解得太多了。她的色泽无异于破瓷器；她的光华就像是清漆。我看到了幕后的东西；我看到了绳索滑轮，看到了塑造体型的金属线和紧身褡。我已经形成了自己的审美观。

“什么样的古怪念头？”我问道。

“昨天，她告诉我婚姻并不重要，只有爱情才是重要的。她说耶稣也同意她的观点。”威妮弗蕾德说。

“噢，那是她的态度，”我说道，“她只是实话实说。不过，你知道，她并不是指性。她说的不是性爱。”

威妮弗蕾德碰到什么不理解的事情时，她要么付之一笑，要么置若罔闻。对此，她就置若罔闻。“无论这些女孩子明白与否，她们的意思都是指性，”她说，“这种态度会给她那样的女孩带来许多麻烦。”

“到了一定年龄，她会放弃这种态度的。”我说道。其实，我自己并不认为是这样。

“越早越好。思想不着边际的女孩子是最糟糕的——男人会占她们的便宜。否则，只要来一个甜言蜜语的小罗密欧，就会把她给毁了。”

“那么，你有什么建议？”我面无表情地盯着她问道。我用这种木然的表情来掩饰气恼，甚至愤怒，却只是助长了威妮弗蕾德的气焰。

“我说过，快把她嫁给一个傻乎乎的好男人。以后，如果她高兴，她可以搞些婚外恋之类的把戏。只要她偷偷地干，没有人会指责她。”

我拨弄着盘中吃剩的鸡肉馅饼。威妮弗蕾德最近学会了不少俚语。我猜，她一定认为这些俚语很时髦；她已到了关注潮流的年纪。

很显然，她并不了解劳拉。我难以接受关于劳拉偷偷干那种事的推想。光天化日之下走在人行道上，这更像劳拉的风格。她会向我们挑战，揭我们的疮疤。她会私奔，或者做出别的什么疯狂举动，让我们这些人知道我们是多么虚伪。

“等劳拉长到二十一岁，她会有钱的。”我说。

“那笔钱还不够。”威妮弗蕾德说道。

“也许对劳拉来说足够了。也许她只想过她自己的生活。”我说。

“她自己的生活！”威妮弗蕾德说道，“想想她怎么个过法！”

想让威妮弗蕾德改变看法是徒劳的。她就像一把举在半空中的切肉刀。“你有什么人选吗？”我问道。

“还没定，不过我正在寻思，”威妮弗蕾德轻快地说，“有些人不介意和理查德家攀亲。”

“别太费心了。”我嘟哝道。

“唉，如果我不费心的话，”威妮弗蕾德眉飞色舞地说，“那怎么办呢？”

“听说你惹恼了威妮弗蕾德，”我对劳拉说道，“搞得她浑身不自在。你用所谓‘自由性爱’的话去逗她。”

“我从来没说过‘自由性爱’，”劳拉说，“我只说过婚姻是过时的习俗。我说它与爱情无关，就这些。爱情是给予，婚姻则是买卖。你不能把爱情订入合同。后来，我说天堂里没有婚姻。”

“这里可不是天堂，”我说道，“也许你还没意识到。反正，你把她吓了一跳。”

“我只是在说真话。”她正用我的橙木指甲棒把她指甲根部的外皮按平。“我猜，她现在已开始张罗把我介绍给别人了。什么事她都想插一手。”

“她不过是担心你会毁了自己的生活。我的意思是说，如果你执意要爱情的话。”

“结婚就能使你的生活免于被毁吗？这么说是不是有点为

时过早了？”

我没理睬她的口气。“那么，你是怎么想的？”

“你又有了一种新香水。是理查德给你的吗？”

“我是说，关于婚姻这件事。”

“没什么想法。”此刻她坐在我的梳妆台前，用我的梳子梳理她那金色的长发。最近她更注意打扮自己了；她开始穿她自己的衣服，也穿我的，打扮十分新潮。

“你的意思是，你不在乎？”我问道。

“不在乎。我根本没想过。”

“也许你应该想想，”我说，“也许你应该为你的未来考虑，至少得想一下。你不能总是优哉游哉，什么也……”我想说什么也不做，但如果说出来，那可就错了。

“未来不存在。”劳拉说道。她已养成一个习惯：跟我说话时似乎我是妹妹，她是姐姐；似乎她必须把事情一一向我解释清楚。接着，她说出她的一个怪想法。“如果你是一个蒙着眼睛走钢丝的人，在一根高高的钢丝上走过尼亚加拉大瀑布，你会对什么更关注——远在岸上的人群，还是你自己的脚？”

“我想是我的脚。希望你以后别再用我的梳子。这不卫生。”

“但如果你太关注自己的脚，你会掉下去的。如果太关注岸上的人群，你也会掉下去的。”

“那么，正确答案是什么呢？”

“如果你死了，这把梳子还会是你的吗？”她一面说，一面用眼梢瞅着镜子里的自己。镜子里的她露出一丝狡黠的表情，这可不太寻常。“死人还能拥有东西吗？如果不能，怎么还能说是‘你的’呢？上面有你的姓名缩写吗？或者有你身上的细菌吗？”

“劳拉，别开玩笑了！”

“我没开玩笑，”劳拉放下梳子说道，“我在思考。你分不清两者的区别。我不懂你为什么老是听威妮弗蕾德的话。这就像是在听一只老鼠夹子说话。一只等着夹你的老鼠夹子。”她补充说。

最近她变了。她以一种新的方式变得难以相处、漫不经心、肆无忌惮。她不再公开反叛。我怀疑她在背着我抽烟；有一两次我在她身上闻到了烟味。除了烟味，还有别的：一些老练的、世故的东西。我早该对她身上发生的变化更警觉一些，但我自己还有许多别的烦心事。我等到十月份才告诉理查德我怀孕了。我说，我是想确定之后再告诉他。他按惯例表达了自己的喜悦之情，并吻了我的额头。“乖女孩。”他说道。我只是在做人们期待我做的事情。

有一个好处就是：现在到了夜里他谨慎地不再碰我。他说，他不想因此而坏事。我对他说，他考虑得十分周到。“而且，从现在开始，你要少喝酒。我不许你调皮。”他一面说，一面朝我晃动着手指。我觉得他这个动作够恶心的。他有时候的轻浮行为令我很吃惊；看他那个样子就像看一只蜥蜴在嬉戏。“我们得找最好的医生来检查一下，”他补充说，“不管花多少钱。”把宝押在金钱上让我们俩都感到安心。因为有金钱在运作，我知道我现在的处境：我身上背着一个不折不扣的价值连城的包裹。

威妮弗蕾德在发出一声充满真正惊吓的尖叫后，虚情假意地大惊小怪了一番。她是真的大吃了一惊。她猜测（正确地猜测），作为一个男性继承人的母亲或仅仅是一个继承人的母亲，我在理查德的心目中将会获得更重要的地位，比我应有的要重要得多。我的地位越重要，她的地位就越不重要。她会时刻保持警惕，想方设法削弱我的地位。我等待她随时拿着装饰育婴室的详细方案来到我的面前。

“我们的小宝宝什么时候降生呀?”她问道。我立刻明白,我将面临她的一长串虚情假意的花言巧语:新来的人儿、仙人的礼物、小陌生人等等,没完没了。关于那些敏感的话题,威妮弗蕾德总能表现得相当精明和挑剔。

“我想是四月份吧,”我说,“或者是三月份。我还没去看医生。”

“但你自己该清楚。”她一边说,一边竖起眉毛。

“我以前又没生过孩子,”我恼怒地说道,“我并没料到会怀上孩子。我没留意。”

一天晚上,我去劳拉的房间,想告诉她这个消息。我敲敲门,她没有应声。于是,我便轻轻地推开门,心想也许她睡着了。然而,她并没有睡觉。她正跪在床边,身穿蓝色的睡袍,垂着头,头发好像被静止的风吹散了;双臂张开,仿佛被人扔在那里似的。起先我以为她在做祷告,但她并不在祷告,或者说我听到的不是。当她终于看见我时,便没事似的站了起来,似乎她一直在那里擦灰尘。接着,她坐到梳妆台前那张铺着荷叶边坐垫的凳子上。

像以往一样,劳拉和她周围环境之间的关系又触动了我。这个新环境是威妮弗蕾德为她挑选的——精致的印花、缎带玫瑰花蕾、蝉翼纱、荷叶边。如果把这个情景拍下来,照片上显示出来的只是和谐。但在我看来,不和谐却是十分强烈的,几乎是超现实的。劳拉像是一窝蓟种子冠毛中的一块燧石。

我说的是燧石,而不是石头;燧石的中心有一团火。

“劳拉,我想告诉你,”我说,“我快要生孩子了。”

她转过头来面对我,脸像瓷盘一样洁白光滑,封闭了所有的表情。然而,她似乎并不吃惊,也没向我表示祝贺。她反而问道:“还记得那只小猫吗?”

"什么小猫？"我说。

"母亲生下的小猫。让她丧命的那只小猫。"

"劳拉，那不是只小猫。"

"我知道。"劳拉说道。

美丽的景色

瑞妮回来了。她对我不太满意。我说，小姐，你自己还有什么话说？你对劳拉做了些什么？你没脑子吗？

这类问题是没有答案的。它们的答案和问题本身缠绕在一起，打成了结，一股股地拧着，根本不是真正的答案。

我明白，我正在受到审问。我知道你将会怎么想。你想的和我自己想的大同小异：我是否本该用另一种方式立身处事？毫无疑问，你认为应该这样。然而，我当时有别的选择吗？如今我可以有这样的选择了，但如今可不是当时。

我本该读懂劳拉的心思吗？我本该知道所发生的事吗？我本该预见到以后发生的事吗？我是我妹妹的监护人吗？

本该是个无用的词。它与没发生的事有关。它属于一个与我们平行的世界。它存在于另一宇宙空间。

二月的一个星期三，下午小睡后我下楼去。那些日子，我经常小睡一会儿；拖着七个月的身孕，我整夜都睡不好。我还有点担心血压高。我的脚踝也浮肿了，医生建议我卧床，两脚尽量抬高。我觉得自己像一颗巨大的葡萄，胀得糖分和紫色的汁液都快迸裂出来了。我觉得自己丑陋而又笨重。

我记得那是个下雪天。大片轻柔而湿润的雪花在空中飞舞。我硬撑着站起身来，朝窗外望去。我看到那棵栗子树银装素裹，宛如一支巨大的珊瑚。

威妮弗蕾德正在灰暗的起居室里。这不足为奇——她进进出出，似乎她是这地方的主人。不过，理查德也在那里，而每天的这个时候，他通常是在自己的办公室里。他们俩每人手中端着一杯饮料。两个人看上去都闷闷不乐。

“怎么了？”我问道，“出什么事了？”

“坐下来，”理查德说，“到这边来，坐在我旁边。”他拍了拍沙发。

“这件事太让人吃惊了，”威妮弗蕾德说道，“发生在这样的节骨眼上，我真感到遗憾。”

她抢过话头说起来。理查德握着我的手，眼睛盯着天花板。他会不时地摇摇头，仿佛他觉得她的叙述太让人难以置信或者太真实了。

她说的内容大致如下：

劳拉最终啪的一下精神崩溃了。她说“啪的一下”，好像劳拉是一个豆荚似的。“我们本该早点为这可怜的姑娘寻求帮助，但我们确实以为她在康复。”她说道。今天，当劳拉在医院对病人进行慈善探视时，她失去了控制。幸好有一位医生在场，还叫来了另一位专家。他们断言劳拉对自己和他人已构成危险，结果理查德不得不把她托付给一个专门机构照料，真是不幸。

“你在跟我说什么？她究竟怎么了？”

威妮弗蕾德摆出一副悲天悯人的表情。“她威胁要伤害自己。她还说了一些——唉，她显然是精神错乱了。”

“她说了些什么？”

“我看就别告诉你了吧。”

“劳拉是我妹妹，”我说道，“我有权知道。”

“她指控理查德想杀害你。”

“她是这么说的吗？”

“她显然就是这个意思。”威妮弗蕾德回答说。

“不，请告诉我她的原话。”

“她说他是一个撒谎的骗子、一个背信弃义的奴隶贩子、一个堕落的拜金狂。”

“我知道，她有时思想会走极端，确实常用直截了当的方式来表达自己的看法。但总不能因为一个人说了那些话，就把这个人关进疯人院吧。”

“还不止这些。”威妮弗蕾德阴沉着脸说道。

理查德宽慰我说，那不是一个普通的医疗机构——不是维多利亚式的。它是个私人诊所，条件非常好，是最好的私人诊所之一。贝拉维斯塔诊所。他们将给予她最周到的照顾。

“那里的景色怎么样？”我问道。

“你说什么？”

“贝拉维斯塔。它的意思是美丽的景色。那么，那里的景色怎么样？当劳拉向窗外看，她将看到什么呢？”

“你不是开玩笑吧？”威妮弗蕾德说。

“不。这很重要。窗外有草坪、花园、喷泉，还是别的什么？还是一个肮脏的小巷？”

他们俩谁也说不上来。理查德说，他坚信那是某种自然环境。他说贝拉维斯塔诊所在城外，那儿是风景区。

“你去过那里吗？”

“我知道你心里不好受，亲爱的，”他说道，“也许你该睡个午觉了。”

“我刚睡过。请你告诉我你去过没有。”

“没有，我没有去过那儿。我当然没去过。”

“那你怎么知道那里风景好？”

“算了吧，艾丽丝，”威妮弗蕾德说，“这又有什么关系呢？”

“我想去看看她。”劳拉突然精神崩溃，这令我难以置信。不过，当时我已经习惯了劳拉的古怪行为，不再觉得奇怪了。我会轻易忽略一些异常现象——她表现出来的精神脆弱的迹象，诸如此类。

据威妮弗蕾德说，医生建议我们暂时不要去看望劳拉。他们特别强调这一点。她的精神严重错乱，而且还有暴力倾向。再说，还得考虑我自己的身体状况。

我大哭起来。理查德把他的手帕递给我。手帕淡淡地上过浆，还带有古龙香水的气味。

“还有件事你该知道，”威妮弗蕾德说，“这件事非常令人头疼。”

“也许应该以后再说这件事。”理查德压低嗓音说道。

“太让人痛心了。”威妮弗蕾德装作不情愿地说。因此，我当然要她马上说出来。

“可怜的姑娘说她怀孕了，”威妮弗蕾德说道，“就像你一样。”

我止住眼泪。“啊？是真的？”

“当然不是，”威妮弗蕾德说，“她怎么会呢？”

“谁造的孽？”我不敢想象劳拉竟会凭空捏造这种事。我的意思是，她会说是谁呢？

“她不肯说。”理查德说道。

“她自然是歇斯底里，”威妮弗蕾德说，“所以全都乱套了。她好像认为你要生的孩子是她的；她也不能解释这是为什么。当然，她是在胡言乱语。”

理查德摇摇头。“太叫人伤心了。”他咕哝道。他的声音低低的，像殡仪员那一本正经的语气；闷闷的，又像一块厚重的紫褐色地毯。

“那位专家——精神病专家——说劳拉一定是在疯狂地妒忌你，”威妮弗蕾德说，“妒忌你的一切——她想要过和你一样的生活，她想成为你，于是她就采取这种方式。专家说，你该远远地躲开她，以免受到伤害。”她呷了一小口饮料。“你自己难道没有怀疑过吗？”

你可以看出她是个多精明的女人。

艾梅在早春四月出生了。那个年代，医院通常使用麻醉剂，所以我在分娩时失去了知觉。我深吸一口气就昏过去了，醒来时发现自己腹部平坦，全身虚弱。孩子不在身边，同别的婴儿一起放进了育婴室。我生的是个女孩。

“孩子没问题，是吗？”我问道。我很不放心。

“十个手指、十个脚趾，”护士轻快地说，“不该长的都没长。”

午后，我的小宝宝被抱了出来，裹着粉红色的毯子。我在脑子里已经给她起了个名字：“艾梅”——意思是被爱的人。我当然希望有人去爱她。我怀疑自己是否有能力去爱她，给她所需要的那么多爱。我无奈地躺在床上，瘦弱极了。我想，我的身体已经所剩无几了。

艾梅看上去和别的新生儿一样——扁平的小脸，仿佛曾经重重地撞过墙似的。头上的胎毛又黑又长。她通过几乎闭着的眼睛斜睨着我——一种不信任的斜睨。我想，我们的出生是多么艰难啊；与娘胎外空气的第一次接触想必是一次令人吃惊的糟糕碰撞。我着实可怜这个小家伙。我发誓，为了她我一定要竭尽全力。

我和小宝宝在互相审视的时候，威妮弗蕾德和理查德来了。护士开始错把他们当成了我的父母。“不，这位就是自豪的爸爸。”威妮弗蕾德说道。三个人都笑了起来。他们俩抱着一大捧鲜花和精心挑选的全套婴儿用品——全是花哨的针织品，上面扎着白色缎子的蝴蝶结。

“太可爱了！”威妮弗蕾德说，“天哪，我们还以为是个金发小姑娘呢。瞧那头发，多黑啊！”

“对不起，”我对理查德说道，“我知道你想要个男孩。”

“下一次吧，亲爱的。”理查德说。他似乎没有一点不高兴。

“那只是胎毛，”护士对威妮弗蕾德说道，“许多婴儿出生时都有，有时一直长到背上。胎毛掉了之后才长真正的头发。她没像有些婴儿那样长出牙齿或尾巴，你们就该谢天谢地了。”

“祖父本杰明的头发在变白之前也是黑色的，”我说，“祖母阿黛莉娅也是一头黑发，当然还有父亲。不过，我不清楚他的两个兄弟的头发是什么颜色。家族里长金发的是我母亲这一方。”我用随便的口气说了这番话；看到理查德没在意，我松了一口气。

我是否庆幸劳拉没在场？庆幸她被关在遥远的一个我够不着的地方？她同样也够不着我；她不能像个不请自来的参加洗礼的仙女站在我床边，并且问道：你们在说什么？

如果她在场，她当然会明白我们在说什么。她立刻就会明白的。

明月当空

昨天夜里，我看见一名年轻女子往自己身上点火：一个苗条的年轻女子，身穿易燃的薄纱长袍。她以这种方式来抗议某种不公平；但为什么她觉得把自己烧成一团火才能解决问题呢？哎呀，别这么做，我想对她说。别烧掉你的生命。不管是为了什么，都不值得这么做。不过，这对她来说显然是值得的。

是什么迷住了这些具有自残天赋的姑娘的心窍？她们这样做是否要显示姑娘们也有勇气？她们不仅能哭泣和呻吟，还能神气十足地面对死亡？她们的这种冲动是从哪里来的？是源于藐视？如果是这样，藐视什么？藐视像重铅一样令人窒息的常规事态？车轮上嵌着尖钉的巨型战车？瞎眼的暴君？瞎眼的神灵？是不是这些姑娘鲁莽之极或狂妄之极，认为把自己奉献给某个理论祭坛，就能阻止这些事情的继续？或者这是一种验证？如果你钦佩执著的信念，那么这种行为就是令人钦佩的，同时也是勇敢无畏的。然而，这完全是徒劳的。

我就这样为萨布里娜而担心。在遥远的天涯海角，她在做什么？她受到基督教徒或佛教徒的迷惑吗？她脑子里有没有别的疯癫的念头？施其之少，汝施于我。这是否是她的通往徒劳生活的护照上的话？她想为她那个唯利是图、破落可悲的家庭赎罪吗？我当然希望不是。

甚至艾梅身上也有一点这种倾向，但在她身上表现得更缓慢一些，曲折一些。艾梅八岁时，劳拉坠下桥去。她十岁时，理查德死了。这些事件不可能对她没有影响。接着，她在我和威妮弗蕾德之间被扯来扯去，几乎被扯碎。倘若是现在，威妮弗蕾德是不会赢的，但当时她赢了。她把艾梅从我身边偷走了。我再怎么努力，也无法把艾梅要回来。

难怪艾梅到了法定年龄，拿着理查德留给她的钱离家出走，借助各种化学药品来寻求安慰，找一个又一个男人来打发日子。（比方说，谁是萨布里娜的父亲？很难说。艾梅也从未透露过。她会说，转动一下轮盘，转到哪个是哪个吧。）

我曾经设法和她保持联系。我一直希望同她和解，弥补她童年的不幸。她毕竟是我的女儿，我对她有一种负罪感，我想补偿她。然而，那时她已开始同我作对。她也同威妮弗蕾德作对，这多少给了我一点安慰。她不许我们两个靠近她们母女俩——特别是萨布里娜。她不想让我们污染萨布里娜。

她躁动不安地频繁搬家。有几次，她因为未付租金被赶到了街头；还因为扰乱治安被拘留过。她好几次住进医院。我猜你会说，她变成了不折不扣的酒鬼；不过我讨厌这个用词。她有足够的钱，所以她从来不需要找工作。这也好，因为她从来什么工作也干不长。或许这样并不好。如果她不游手好闲；如果她必须把心思集中在谋求下一顿饭上，而不总是想着我们给她造成的伤害，情况也许就大不一样了。不劳而获使得具有这种倾向的人更加自怜自哀。

我最后一次去看艾梅时，她住在多伦多靠近议会街的贫民窟的一幢联立房子里。前门走道旁的泥地上蹲着一个孩子，我猜一定是萨布里娜——一个头发乱蓬蓬的邋遢小孩，只穿着一条破短裤，没穿T恤衫。她手里拿着个旧的白铁杯子，正用一把弯曲的汤匙往里灌沙子。她真是个精明的小东西；她向我要一枚两角五分的硬币。我给她没有？八成是给了。“我是你的外婆。”我对她说道。她仰头盯着我看，仿佛我是个疯子。毫无疑问，从来没人告诉过她有我这么个人存在。

那一次，我在她的一户邻居那里听说了许多事。他们看来是些好心人。当艾梅忘记回家时，他们会热心地喂养萨布里娜。我记得这家人姓凯利。当人们发现艾梅摔断脖子躺在楼梯底下时，就是他们报的警。至于艾梅是摔下去的，被推下去的，还是自己跳下去的，我们不得而知。

那天，我应该抱起萨布里娜，带着她逃走。去墨西哥。如果我知道将要发生的事，我一定会这么做的。我不知道威妮弗蕾德会拐走萨布里娜，并把她关了起来，不让我见面；她当初对艾梅就是这么干的。

萨布里娜跟着我会比跟着威妮弗蕾德过得更好吗？在一个富有、怀恨、积怨的老女人身边长大，而不是在我这样一个贫穷、怀恨、积怨的老女人身边长大，她会成什么样子呢？不过，我会全心去爱她的。我怀疑威妮弗蕾德是否会这样做。她抓住萨布里娜不放只是要向我泄愤，要惩罚我，要表明她赢了。

但那天我没有抢走孩子。我敲了敲门，没人答应。于是，我推开门走进去，然后爬上陡直、黑暗、狭窄的楼梯来到二楼艾梅的房间。艾梅正在厨房里，坐在一张小圆桌旁，眼睛盯着自己的双手，手上捧着一个带球形捏手的大咖啡杯。她把杯子举到眼前，左右晃动。她面色苍白，头发零乱。我不能说她很动人。她正在抽烟。很可能她喝了掺有某种麻醉剂的酒，不太清醒。我在房间里能闻出来，还有多日的烟味、肮脏的水池味和未刷洗的垃圾桶味。

我试着同她谈话。我轻声慢语地说起来，但她并没有心情去听。她说，她对这些说教厌倦了，对我们所有的人都厌倦了。最主要的是，她厌倦了我们对她隐瞒事情。全家人都把真相掩盖得严严实实，没有人告诉她真相；我们的嘴开开合合说出话来，但是不说明任何事情。

但不管怎样，她自己已经琢磨出来了。她被剥夺了遗产，因为我不是她的亲生母亲，理查德也不是她的亲生父亲。她说，劳拉的书里写得明明白白。

我问她这话究竟是什么意思。她说，事情很明显：她的亲生母亲是劳拉，而她的亲生父亲是《盲刺客》里的那个男人。劳拉阿姨爱着他，但我们这些人阻挠她——用某种方法除掉了她那个不知名的情人。我们吓跑了他，收买了他，赶走了他，诸如此类。她住在威妮弗蕾德家里这么久，看清了我们这样的人是如何行事的。后来，当我们发现劳拉怀上了他的孩子，就把她送走以掩盖丑闻。我自己的孩子一出生就死去了，于是我们偷了劳拉的孩子来抚养，冒充是我们自己的。

她说得一点也不连贯，但大体是这个意思。你可以看出，这种异想天开对她有多大的吸引力。如果有机会，谁不愿意有一个神秘的人物——而不是陈旧的、现实中的人——做自己的母亲呢？

我说她完全想错了，把事情弄混了，但是她就是不听。她说，难怪她同理查德和我在一起时，从来不觉得快乐。我们的所作所为从来不像她的亲生父母，因为事实上我们不是她的亲生父母。难怪劳拉阿姨从桥上跳下去——那是因为我们伤透了她的心。劳拉可能给艾梅留了便条，解释这一切，等她长大以后再看，但理查德和我肯定把便条给销毁了。

她接着说，难怪我是个这么糟糕的母亲。我从来没有真正爱过她。如果我爱她，我会把她放在首位的。我会考虑她的感情。我也不会离开理查德了。

"也许我不是个十全十美的母亲，"我说，"我愿意承认这一点。不过，在当时的情况下，我尽了最大努力——你对当时的情况知道得很少。"我接着对她说，她是怎么对待萨布里娜的？就让她在屋外乱跑，衣服也不穿，浑身脏得像个乞丐？这不是在照料孩子，孩子随时会丢失；现在不断有孩子丢失的事情发生。我是萨布里娜的外婆，我很乐意收养她，而且……

"你不是她的外婆。"艾梅说道。她开始哭起来。"劳拉阿姨才是。或者说，她曾经是。她死了，是你害死了她！"

"别犯混了。"我说。我这样回答失策了，因为你越是强烈否认这种事，人们就越是相信。但是，当你受到惊吓时，你常常会作出失策的回答。艾梅确实吓着我了。

我说犯混这个词时，她开始朝我尖叫。她说我才犯混呢。我犯混得厉害，我混到甚至不知道自己在犯混。她说的一些话，我不想在这里重复。后来，她拿起了那只咖啡杯朝我砸过来。接着，她又摇摇晃晃地朝我逼过来；她在吼叫，撕心裂肺地呜咽起来。她伸开双臂，我觉得样子十分吓人。我不知所措，全身打颤。我往后退，抓住楼梯扶手，躲着扔过来的其他东西——鞋、碟子之类。到了前门，我夺路而逃。

也许我应该伸出自己的双臂；我应该拥抱她；我应该掉眼泪。然后，我应该和她一起坐下来，告诉她我现在告诉你的这个故事。但我没有那样做。我失去了机会，后悔莫及。

仅仅过了三个星期，艾梅就从楼梯上摔了下来。当然，我悼念她。她是我的女儿。不过，我得承认，我悼念的是那个更年轻的她。我悼念她原本可以成为的那个艾梅；我悼念她失去的各种机会。更为重要的是，我悼念我自己的失败。

艾梅死后，威妮弗蕾德把魔爪伸向了萨布里娜。她这样做十之八九是合法的，而且是她先到现场。她一阵风似地把萨布里娜接到她在罗斯代尔的俗丽的小别墅去，还没容你来得及眨眼，她已宣布自己是法定的监护人。我也想过和她斗一斗，但这将是又一次的艾梅之战——一场注定我会输的战斗。

威妮弗蕾德接管萨布里娜时，我还不到六十岁；我还能开车。隔一阵子我就前往多伦多，像老的侦探小说里的私家侦探一样尾随萨布里娜。我在她就读的小学外徘徊——她新转的私立小学——只为了瞧她一眼，并聊以自慰：不管怎么说，她一切还好。

比如说，在威妮弗蕾德抢走萨布里娜几个月后的一天上午，她带萨布里娜到伊顿商店买晚会鞋，我就在商店里面。毫无疑问，她不征求萨布里娜的意见就给她买衣服——这是她的一贯作风——但买鞋子必须要试穿。出于某种原因，威妮弗蕾德没把这件琐事交给下人去办。

圣诞节快到了——商店里的柱子上缠绕着假冬青，门口上方悬挂着用金色松果和红色缎带编成的花环，好像带刺的光晕。威妮弗蕾德被堵在唱圣歌的人群中，十分恼火。我则在隔壁的一条过道上。我身上穿的不是平时的那套衣服——我穿着一件旧粗花呢的外套，头巾拉到了前额上——尽管她朝我这边看，却没看见我。很可能她看到了一个女清洁工，或者一个觅购便宜货的移民。

她像往常一样打扮得十分讲究。尽管如此，她还是相当难看。对了，她一定快近七十了。过了一定的年龄，她这种化妆风格让她看上去活像木乃伊一般。她不应该老用橘红色的口红；对她这种年纪来说太耀眼了。

我能看见她眉毛之间那一道道恼怒的粉沟，以及她那擦过胭脂的下巴上抽紧的肌肉。她正拽着萨布里娜的一只胳膊，试图从身穿臃肿冬装的购物人群中挤过去。她一定讨厌这种热情洋溢、随兴所至的歌唱。

然而，萨布里娜却想听音乐。她拖在后面，像小孩子们惯用的伎俩一样，赖在那里不动——看不出来的反抗。她的一只胳膊直直地举着，仿佛她是一个正在回答问题的好女生，但她又像一个小鬼似地绷着脸。威妮弗蕾德的所作所为一定伤害了她。她采取相应立场，发布宣言，坚持不懈。

歌曲是《好国王文西斯劳斯》。萨布里娜知道歌词，因为我可以看见她的小嘴在翕动。“那晚明月当空，虽然霜冻严寒，”她唱道，“过来一个穷汉，正在捡过冬的木炭。”

这是一首关于饥饿的歌。我看得出萨布里娜理解它的意思——她一定还记得饥饿的感觉。威妮弗蕾德扯了一下她的胳膊，紧张地四处张望。她没有看见我，却感觉到我在场，如同防护严密的田地里的一条母牛感觉到一只恶狼出现一般。即便这样，母牛不像野生动物，它们习惯于被保护起来。威妮弗蕾德容易受惊，但她并没有被吓着。如果她偶尔想到我的话，她一定认为我在某个遥远的地方——我被她打发去的那遥远的黑暗之中。

我有一种抑制不住的冲动要把萨布里娜抢过来，抱着她逃走。我可以想象，当我闯过古板的唱圣歌的人群时，威妮弗蕾德会发出颤抖的哀嚎。

我会紧紧地抱着她，我不会跌跌绊绊，我不会让她摔倒的。但我也是逃不远的。他们会立即追上来。

我独自一人走到大街上。我垂着头，竖起衣领，顺着市中心的人行道走啊走。风从湖那边吹来，雪花打着转飘落下来。虽是白天，但由于云层很低，还下着雪，光线暗淡。汽车顺着未清扫的街道缓缓驶过，车轮卷起了积雪；红色的尾灯朝后隐去，就像弓着背后退的野兽的眼睛。

我当时还提着个袋子——我忘记买的是什么了——我没戴手套。我一定是把手套掉在店里了，掉在了人群的脚下。但我并没有感到遗憾。我能够光着手在暴风雪中走过，一点感觉也没有。只有爱、恨、恐惧或仅仅是怒火才会令你没有感觉。

我以前常常做关于自己的白日梦——可以说，现在还在做。这是一种荒谬至极的白日梦，但我们往往通过这样的想象来塑造我们的命运。（你会注意到，一旦扯到这方面，我多么容易使用塑造我们的命运这样夸张的语言。）

在我做的这个白日梦里，威妮弗蕾德和她的朋友们，头上缠着一圈圈的钞票，趁萨布里娜睡觉时，围在她那带荷叶边的白床铺旁，正在商量赠与她什么。她已经得到了从礼品店买来的雕花银杯、画有温驯狗熊的育婴室墙纸、单串珍珠项链的珠子，以及其他的黄金礼品。这些礼品看上去十分体面，但毫无价值。现在她们正计划着给她矫正牙齿，要让她上网球课、钢琴课、舞蹈课，还要让她参加夏令营。她还有什么希望呢？

正在这时，闪过一道绿光，飘来一阵烟雾，一双煤黑色的皮革翅膀扑啦啦扇动：我出现了——一个不请自来的害群之马的教母。我也要赠与一样礼物，我叫道，我有权这样做！

威妮弗蕾德和她那帮人指着我发出一阵冷笑。你！你早就被开除了！近来你照镜子了吗？你不修边幅，看上去有一百零二岁。滚回你那肮脏的老洞里去吧！你能给予什么？

我给予真理，我说道，只有我能做到。它是这屋里唯一能存留到明天早晨的东西。

贝蒂小吃店

几个星期过去了，劳拉还没有回来。我想给她写信，给她打电话，但理查德说那样对她有害。他说，她不能被过去生活中任何人的声音打扰。她需要把思想集中于她的现状——当前的治疗。这是医院告诉他的。至于治疗的性质，他不是医生，不能不懂装懂。这种事最好还是留给专家去管吧。

我想象她在囚禁中挣扎，陷在她自己酿造的痛苦的幻想中，或者陷在她周围的人同样痛苦的幻想中；这种想象时时在折磨我。她自己的幻想何时变成了别人的幻想？介于内部世界和外部世界之间的门槛在哪里？我们大家每天都不假思索地跨过这道门槛；我们使用语法的口令——我说、你说、他和她说、它、另一方面、没有说——使用流通的硬币以及约定俗成的语意购得清醒理智的权利。

甚至当劳拉还是个孩子的时候，她就不太认同约定俗成的语义。问题不就出在这里吗？当需要说是时，她却坚持说不。她的态度总是同大家相反。

他们告诉我，劳拉的情况不错：她有了进展。接着，情况又不好了：她有了反复。她有什么样的进展？又有什么样的反复？我不该深究这些，那会扰乱我的情绪。作为一个年轻的母亲，保持精力对我很重要。“我们要让你马上好起来。”理查德拍拍我的胳膊说道。

“可我真的没病。”我说。

“你懂我的意思，”他说道，“恢复到正常状态。”他充满柔情地一笑，向我投来几乎是挑逗的一瞥。他的眼睛变小了，或者说眼睛四周的肉往里长了；这给予他一种奸猾的表情。他正盘算着何时能回到属于他的地方：社会的最上层。我在想，他会压得我透不过气来。他体重增加了；他经常在外边吃饭；他在俱乐部和各种重大的集会上发表演说。这些都是沉重的集会，重量级的男人们在此会面并沉思默想，因为国家将面临重大困难——对这一点大家都有所猜测。

发表那些演说能令一个男人自我膨胀。至今我已见识过多次，也见识过他们在演说中的那种用词。那种用词极容易冲昏头脑。你可以从电视和政治广播中见识到——这类词像气泡一样从他们口里不断冒出来。

我决定病着，时间越长越好。

我为劳拉的事烦恼不已。我翻来覆去地考虑威妮弗蕾德说过的话，并从各个角度去分析。我不太相信她的话，但又不能不信。

劳拉总是有一种巨大的力量；这种力量不经意就把东西给打破了。她从来不尊重别人的所有权。我的东西就是她的：我的自来水笔、我的古龙香水、我夏天的裙子、我的帽子、我的梳子。难道也包括我还未出生的孩子？然而，如果她患了妄想症——如果她一直在编造事情——为什么她恰好就编出了关于孩子的事呢？

但另一方面，假设威妮弗蕾德在撒谎，假设劳拉的神志正常。如果是这种情况，那么劳拉一直在说真话。如果劳拉一直在说真话，那么劳拉就是怀孕了。如果她真的有了孩子，那孩子的下落呢？她又为什么不告诉我，而去告诉一个医生——一个陌生人？为什么她不向我求助？我琢磨了好一阵子。可以有许许多多的原因。我健康状况不佳恐怕也是原因之一。

至于孩子的父亲，不管是想象出来的还是真的，只有一个男人有这种可能性。那准是亚历克斯·托马斯。

然而，这又是不可能的。这怎么可能呢？

我再也不知道劳拉会怎样回答这些问题了。她变得让我感到陌生了，就像你戴着手套，你对手套的衬里感到陌生一样。她一直和我在一起，但我却无法观察她。我只能感觉到她存在的轮廓：一个空洞的轮廓，填满了我自己的想象。

几个月过去了。六月，七月，然后是八月。威妮弗蕾德说我看上去脸色苍白，精疲力竭。她说，我应该多去户外活动一下。我应该采纳她一再的建议，打网球或高尔夫球。这对我的胃有帮助——我应该注意保护它，以免患上慢性胃病。如果我不想打球，至少我可以料理一下我的石园。这活儿对孕妇非常合适。

我不喜欢我的石园；同许多别的东西一样，它仅仅名义上是属于我的。（由此想到，“我的”孩子也是如此：它无疑是被偷换来的孩子，一定是吉卜赛人留下的；而我真正的孩子——不那么爱哭，而爱笑，也不那么尖刻——被拐走了。）石园同样也不欢迎我的照料；我所做的一切丝毫不能取悦它。花园的各种石头倒是赏心悦目——有许多粉红色的花岗岩，还有石灰岩——但在石头上我什么也种不了。

我满足于靠书本来打发日子——《石园花草谱》《北方地区的沙漠肉质植物》之类。我翻阅这些书籍，列出单子——我要种的或实际上已种下的植物，以及应该长却没长出来的植物。龙血树、银边翠、屋顶长生花，等等。我喜欢这些名字，却不太在乎植物本身如何。

“我不像你，”我对威妮弗蕾德说，“我可没有高超的园艺技术。”我假装啥也干不好；这种佯装的本事现在成了我的第二天性，我几乎不用动脑子。威妮弗蕾德不再认为我的无能对她十分方便。

“不过，你自然得作出一点努力。”她会如是说。一听这话，我就让她看我列出的那些没种活的植物的名单。

“石头多漂亮啊，”我说道，“难道我们不能把它叫雕塑吗？”

我盘算着独自动身去看望劳拉。我可以把艾梅托给新来的保姆；我想她一定是穆加特罗伊德小姐——在我心目中，我们所有的用人都姓穆加特罗伊德，他们全是一伙的。但是不行，保姆会提醒威妮弗蕾德。我可以对付他们所有的人；我可以在某天早晨带着艾梅偷偷溜走；我可以乘火车走。然而，到哪儿下车呢？我不知道劳拉在何处——不知道她被藏匿在何处。据说，贝拉维斯塔诊所在北方某地，但北方是个很大的范围。我在理查德书房的书桌里乱翻，却没找到来自这个诊所的信件。他一定是放在办公室了。

有一天，理查德回家很早。他看上去相当烦恼。他说，劳拉已经不在贝拉维斯塔诊所了。

怎么会呢？我问道。

他说，诊所来了个男人。此人自称是劳拉的律师，或者说是她的代理人。他说，此人是蔡斯小姐信托基金会的一名理事。他对把劳拉送进贝拉维斯塔诊所的做法提出质疑。他威胁要采取法律行动。我是否知道这些过程?

不，我不知道。(我一直把两手叠放在腿上。我露出吃惊的表情，也露出一丝兴趣。我并没露出兴高采烈的表情来。)后来又怎么样了? 我问道。

贝拉维斯塔诊所的所长当时不在，医护人员慌作一团。他们让劳拉在这个男人的监护之下出院了。他们断定，病人家属一定希望避免不必要的曝光。(那位律师说了一些此类威胁的话。)

我说，我认为他们做得对。

理查德说，没错，这点毫无疑问。但劳拉精神正常吗? 为了她好，为了她自己的安全，至少我们得确保这一点。尽管她表面上看来比以前平静了，但贝拉维斯塔诊所的医护人员仍抱有怀疑。如果允许她随便四处乱跑，谁知道她会给自己或别人带来什么样的危险?

我没碰巧知道她在哪儿吗?

我不知道。

我没收到过她的信吗?

我没有。

我会不会犹豫告诉他呢?

我不会犹豫。这些都是我的原话。这是些没有宾语的句子，按字面意思不是假话。

我明智地等了一段时间，然后动身乘火车去提康德罗加港找瑞妮商量。我谎称接到了一个电话。我向理查德解释说，瑞妮最近身体不好，她想在有个三长两短之前再见我一面。我制造了一种假象：她正在鬼门关前徘徊。我说，她想要艾梅的一张照片；她想叙叙旧。至少这是我能做的一件事。毕竟，实际上是她把我们俩抚养大的。我马上又纠正说，是她把我抚养大的，目的是别让理查德想到劳拉。

我约瑞妮在贝蒂小吃店见面。（那时她已经有了电话；她在自力更生。）她说，那是再好不过了。她仍在那里工作，是非全日性的；我们可以在她下班后见面。她说，贝蒂小吃店换了新主人；老店主不喜欢她像个顾客似地在前面坐着，即使她自己掏腰包。但新店主想明白了，凡能掏钱的顾客他都需要。

贝蒂小吃店已开始急剧走下坡路。彩条遮篷不见了，黑糊糊的卡座看上去凌乱而又俗气。不再有新鲜的香草味，闻到的却是腐臭的油腻味。我意识到，我穿得太讲究了。我不该戴我那条白色的狐毛围巾。在这种环境中，炫耀还有什么意义呢？

我不喜欢瑞妮的样子：她臃肿不堪，皮肤蜡黄，喘着粗气。也许她真的身体不好；我不知是否应该问一下。"让我的脚卸下这身肉真舒服。"她一边说，一边面对我在卡座里慢吞吞地坐下。

米拉——那时你多大了，米拉？你一定三四岁了吧？我记不清了。瑞妮把米拉带来了。她的双颊兴奋得发红，眼睛圆圆的，微微有点鼓，好像被人轻轻地卡着脖子似的。

"我把你的一切都告诉她了，"瑞妮动情地说，"你们两个的一切。"我得说，米拉对我没多大兴趣，但我围巾上的小狐狸却让她着迷。那个年龄的孩子通常喜欢毛皮动物，即使是死的。

"你见过劳拉了？"我问道，"你同她谈过了？"

"话还是少说为妙。"瑞妮一面说，一面向四处张望，似乎这儿隔墙有耳。我看没必要如此谨慎小心。

"我猜，那位律师是你请的？"我问道。

瑞妮显得很精明。"我做了应该做的，"她说，"不管怎样，那个律师是你母亲二表妹的丈夫。从某种角度上说，他也算是家里人。当我知道了正在发生的事以后，他看出了问题的关键。”

“你是怎么知道的？”我暂时没问你知道些什么情况。

“她给我来了封信，”瑞妮说道，“她说曾写信给你，却从来没有接到回音。那里本来是不准她寄信的，但厨娘帮了她的忙。事后劳拉给了她钱，而且还多给了一点。”

“我从来没收到过什么信。”我说。

“这点她估计到了。她估计他们对这事作了防备。”

我知道他们指的是谁。“我猜她到这儿来了。”我说道。

“她还能到哪儿去呢？”瑞妮说，“可怜的小家伙。毕竟她还是挺过来了。”

“她挺过来什么？”我很想知道，同时心里又害怕知道。我对自已说，劳拉可能一直在编瞎话。她可能患了妄想症。不能排除这一点。

然而，瑞妮却排除了一点：无论劳拉告诉她什么，她都照信不误。我怀疑她听到的故事是否和我听到的一样。我尤其怀疑这故事中有个婴儿，不论以什么样的形式出现。“有孩子在这里，我就不能细说了。”她说道。她朝米拉点了点头；米拉正在狼吞虎咽地吃一块粉红色蛋糕。她盯着我看，好像想要舔我似的。“如果我全都告诉你，你夜里会睡不着觉的。唯一的安慰是你没有参与。她是这么说的。”

“她是这么说的？”听到这里，我松了一口气。理查德和威妮弗蕾德被看成是魔鬼的化身，而我却得到了谅解——我的问题无疑只是道义上的软弱。不过，我看得出来，瑞妮没有完全原谅我，因为我的疏忽导致这一切发生了。（后来，劳拉坠下了桥，她就更不原谅我了。在她看来，我肯定与这事有关系。从那以后，她就对我冷淡了。她临死都对我怀着怨恨。）

“像她这样的年轻姑娘，根本不该送到那种地方去，不管是什么理由，”瑞妮说，“那里的男人敞着裤子到处跑，乱七八糟的。真不像话！”

“它们咬人吗？”米拉一面问，一面伸手摸我围巾上的小狐狸。

“别碰它，”瑞妮说道，“你的小手黏乎乎的。”

“不咬人，”我说，“它们不是真的。瞧，它们的眼睛是玻璃的。它们只咬自己的尾巴。”

“她说，如果你知道的话，你是决不会把她丢在那里不管的，”瑞妮说道，“她说，你并不是个冷酷无情的人。”她斜眼瞧着那杯水，皱皱眉头。对劳拉说的这一点她表示怀疑。“那里的病人主要吃土豆，”她说，“劳拉说，是捣碎和水煮的土豆。诊所克扣病人的食物，从可怜的傻子和疯子嘴里抢食。我猜想，他们是在填自己的腰包。”

“她去哪儿了？她现在在哪儿？”

“只在你我之间说说，”瑞妮说道，“她说，你还是不知道为好。”

“她看上去是不是——她是不是……”我想问：她是不是明显疯了？

“她还是那个老样子。不好也不坏。她不像个疯子，如果你是问这个的话，”瑞妮说，“她瘦了——她的身子骨需要长些肉——也不再多谈上帝了。我只希望上帝如今也帮她一回。”

“瑞妮，谢谢你所做的一切。”我说道。

“不必谢我，”瑞妮生硬地说，“我只是做了我该做的。”

她的意思是：我没有做我该做的。“我能给她写信吗？”我在口袋里摸我的手帕。我觉得自己快要哭出来了。我觉得自己像个罪犯。

“她说，你最好别写。不过，她想让我告诉你，她给你留了一张便条。”

“一张便条？”

“在他们把她送到那个地方去之前，她留下了那张便条。她说，你知道在哪里能找到它。”

“那是你自己的手帕吗？你是不是感冒了？”米拉一边问，一边饶有兴趣地看我抽鼻子。

“如果你问得太多，你的舌头会掉出来的。”瑞妮说。

“不，不会的。”米拉喜滋滋地说道。她开始哼起歌来，很不成调；桌子底下，她胖胖的两条小腿磕着我的膝盖。看来她乐观而又自信，不会轻易被吓倒——我常常觉得她这种秉性惹人生气，但现在转而令我庆幸了。（也许对你来说是个新闻，米拉。趁有这个机会，快把它当作恭维收下吧。这种机会是很难得的。）

“我想，你也许想看看艾梅的照片。”我对瑞妮说道。至少我还有这点小成就来炫耀，也可以弥补我在她心目中的形象。

瑞妮接过照片。“哎呀，她是个黑头发的小东西，不是吗？”她说，“人们永远猜不到孩子出生后长得像谁。”

“我也想看看。”米拉说着就用她那双粘着糖的小手去抓照片。

“快点，我们得走了。你爸爸要等急了。”

“不。”米拉说道。

“金窝银窝，不如家里草窝。”瑞妮一边唱，一边用餐巾纸擦去米拉小鼻子上的粉红色糖霜。

“我想待在这儿。”米拉说道。然而，瑞妮给她穿上大衣，把她的绒线帽檐拉到耳朵上，硬把她拖出了卡座。

“自己多保重。”瑞妮说。她并没有吻我。

我想张开胳膊抱住她，大哭一场。我想有人来安慰我。我希望跟她走的人是我。

“金窝银窝，不如家里草窝，”劳拉十一二岁时有一天说道，“这是瑞妮唱的。我觉得这话很傻。”

“你是什么意思?”我说。

“你看。”她写出一个方程式。没有地方＝家。因此，家＝没有地方。所以，家是不存在的。

坐在贝蒂小吃店里，我打起精神在想：家是心灵安息的地方。可我不再有心了，它已经破碎了；或者没有破碎，而是不在那里了。我的心已从我身体里挖出来，如同蛋黄从煮熟的鸡蛋里挖出来一般。我残余的身体血液流尽了，凝固起来，空洞无物。

我想，我没有了心，因此我也就没有了家。

便　条

昨天我感到太累了，只能躺在沙发上休息、看电视。我看了一档白天的访谈节目，这无疑成为我的懒散习惯。在这类节目中，他们互揭伤疤。如今，揭伤疤竟也成为一种时尚：他们揭他人的伤疤，也揭自己的伤疤，甚至无中生有的伤疤也不放过。他们出于负罪感和内心的痛苦这样做，供自己取乐，但主要是因为他们想展示自己，别人也想观看他们的展示。我并没有把自己排除在外：我对这些东西感到津津有味——这些卑劣的小罪过、这些肮脏的家庭纠纷、这些珍藏已久的伤痛。我兴致勃勃地等着拧开那个“虫子罐”，就像等着看某种神奇的生日礼物。人们看后却是一脸的扫兴：硬挤出的泪水、吝啬的满意表情，以及经过暗示后勉强作出的喝彩。就这些吗？他们肯定在琢磨。你身上的这个伤口，不该更不同寻常一点、更肮脏一点、更史诗化一点、更令人揪心一点吗？再讲一些！难道我们不能让痛苦再刺激一点吗？

我不知哪一种办法更好——浑身装着自己的秘密过一辈子，直到在它们的重压下崩溃？还是把每个段落、每个句子、每个单词都挤出来，直到最终你耗尽了曾经像藏金般珍贵、皮肤般亲近的一切？这是对你至关重要的一切，令你畏畏缩缩想掩藏的一切，曾经是属于你的一切——你必须像一只在风中摆动的空麻袋度过余生。那是一只贴着明亮的荧光标签的空麻袋，人人都会知道里面曾经装着你什么样的秘密。

无论结果好坏，我都不辩解。

“嘴不严，沉没船。”战时海报上这样写道。当然，船反正早晚都会沉没的。

这般肆意幻想一番之后，我踱进厨房，吃了半根发黑的香蕉和两块苏打饼干。我不知是否有什么东西——某种食品——掉到垃圾桶后面去了：那儿有一股肉腥味。我马上检查了一下，却没有发现什么。也许这股气味是我自己的。我不禁认为，我的躯体闻起来像猫食的味道，不管今天早上我往身上喷了什么样的陈腐香水——是意大利的“托斯卡”，还是“玛吉莉芙”？或许是法国的“香丽温”？我还有东一摊、西一摊零零碎碎的这类东西。米拉，如果你有时间处理的话，可以把它们装在绿色的垃圾袋里。

理查德觉得我需要抚慰的时候，就送给我香水。除了香水，还有丝绸围巾，以及做成小动物、笼养鸟或金鱼形状的小珠宝别针。这些都是根据威妮弗蕾德的口味买的，但不是买给她的，而是买给我的。

从提康德罗加港回来的火车上，以及后来的几个星期里，我一直在琢磨劳拉的便条——据瑞妮说是她留给我的。当时，她一定清楚，不论她打算向医院的陌生医生说些什么，都可能会引起后果。她一定知道这是一次冒险，所以她事先有所提防。以某种方式，在某个地方，她给我留下了一个信息，一条线索，就像丢下的一方手帕或洒在树林里的白色小石子。

我想象她以一贯的书写方式写这张便条。毫无疑问，那是用铅笔写的，一端被咬过的铅笔。她常常咬手中的铅笔；小时候，她嘴巴里有木屑味。如果是彩色铅笔，她的嘴唇会变成蓝色、绿色或紫红色。她字写得很慢。字迹稚嫩，圆圆的元音字母和封闭的 o；字母 g 和 y 的茎长长的，有些抖动；i 和 j 上的点是圆的，远远地靠右点着，仿佛那一点是被一根无形细线牵着的黑色小气球；“t”的交叉笔划倾向一边。我在想象中坐在她旁边，看她下一步干什么。

她写完了便条，装进信封，封上口，然后藏起来，就像她在阿维隆庄园藏她那一包七零八碎的东西一样。她会把这个信封藏在哪里呢？不可能藏在阿维隆庄园；在她被送走之前，她根本没靠近过那里。

噢，一定藏在多伦多的家里。一个别人找不到的地方——理查德找不到，威妮弗蕾德找不到，姓穆加特罗伊德的用人们也找不到。我到处寻找——抽屉底下、碗橱后面、我的冬大衣口袋里、我的手袋里，甚至我冬天戴的手套里——但什么也没找到。

后来我想起来，有一次在祖父的书房里碰见她，那时她十岁左右。她把家用《圣经》[①]摊在面前；那是一本皮封面的大书。她正用母亲的旧剪刀剪下书中的一些章节。

---

① 家用《圣经》：附有供记录家庭成员、生死、结婚等空页的大型《圣经》。

“劳拉，你在干什么？”我说，“这可是《圣经》呀！”

“我把我不喜欢的部分剪下来。”

我把她扔进废纸篓里的书页抚平：一条条的《编年史》、一页页的《利未记》，以及圣马太的一些片言只语；其中有耶稣诅咒不结果的无花果树的事。现在我想起来，在劳拉上主日学校的时候，她对关于无花果树的那一段很是气愤。耶稣对一棵树竟如此恶毒，她感到义愤填膺。*人人都有倒霉的时候*，瑞妮当时一边说，一边轻快地搅着黄碗里的蛋清。

“你不该这样做。”我说道。

“这只是纸，”劳拉说，并不停下手中的剪刀，“纸并不重要。重要的是印在上面的话。”

“你会惹大麻烦的。”

“不会的，没事，”她说道，“没人会翻开看的。他们只会看前面的内容，查查出生、结婚和死亡之类。”

她又说对了。从来就没有人发现过。

想到这里，我翻出了我的结婚纪念册，里面是婚礼上拍摄的各种照片。威妮弗蕾德自然对这本纪念册没什么兴趣，也从未见理查德深情地翻看。劳拉一定知道这种情况；她一定知道这本纪念册很安全。但她一定想过，什么原因会让我自己去翻看呢？

如果我一直在寻找劳拉，我会去翻看的。她知道这一点。纪念册里有许多她的照片，四个角用黑三角贴在褐黄色的纸页上；她身穿伴娘的服装，紧绷着脸，盯着脚下。

我找到了那张便条，但不是用字写成的。劳拉对我婚礼上的那些照片肆意着色，那一管管的染色剂是她从提康德罗加港埃尔伍德·默里的报社办公室里偷来的。她肯定还一直藏着。对于她那样一个声称鄙视物质世界的人，她连扔东西也不会扔了。

她只涂改了两张照片。第一张是婚宴的集体照。照片上，伴娘和伴郎被涂上一层厚厚的靛青色——他们完全从照片上消失了。照片上留下了我、理查德和劳拉自己；还有威妮弗蕾德，因为她是首席女傧相。理查德被涂上可怕的绿色，威妮弗蕾德也一样。我被涂上一片水蓝色；劳拉给自己涂上明亮的黄色，不仅是她的裙子，而且手和脸也都涂上了。这种明亮意味着什么？颜色确实明亮，似乎劳拉的体内在发光，就像一盏玻璃灯或者一个荧光小女孩。她不在向前看，而是向旁边看，好像她的注意力根本不在照片上。

第二张是在教堂前拍的新郎和新娘的正式结婚照。理查德的脸被涂成深灰色，以致五官都看不出来了。他的双手被涂成红色，似乎火苗从四周以及脑袋里喷射出来，仿佛头颅本身在燃烧。我的结婚礼服、手套、面纱、花束——这些装饰劳拉都没劳神去涂抹。然而，她对我的脸却关爱有加——她把它给涂白了，所以眼睛、鼻子和嘴看上去像是蒙上一层雾，犹如寒冷潮湿天气里的窗户。她把照片的背景乃至我们脚下的教堂台阶完全涂黑了，只剩下我们两个人影，似乎在半空中飘浮，在最深邃、最黑暗的夜色里飘浮。

第十二章

《环球邮报》(1938 年 10 月 7 日)

格里芬称颂慕尼黑协定

《环球邮报》独家报道

在多伦多帝国俱乐部星期三会议上题为“管我们自己的事”的强有力的激烈演讲中，理查德 · E. 格里芬先生——格里芬-蔡斯皇家联合工业有限公司的董事长兼总裁——赞扬了英国首相内维尔 · 张伯伦先生为签订上周的慕尼黑协定而付出的非凡努力。格里芬先生说，英国下议院所有党派都为这条消息欢呼，此事意义重大。他希望加拿大的所有党派也都为它喝彩，因为这条协定将结束经济大萧条，同时将迎来一个新的和平繁荣的“黄金时代”。它显示出政治艺术和外交手段的价值，也显示出积极的思维方式和朴素务实的商业观。“如果人人都献出一点，”他说，“那么大家将获得许多。”

关于协定中捷克斯洛伐克的地位，他回答说：他认为，该国家的公民享有充分防卫安全的保障。他声称，一个强大的健康的德国有利于西方，特别是有利于西方的商业，而且能够“遏制布尔什维主义，使它远离我们的海湾街”。下一个期望的目标是一份双边贸易条约。他确信，此事已在进展之中。现在可以将注意力从黩武转向为消费者提供商品，以便在最需要的地方创造就业和繁荣——“在我们自己的后院里。”他宣称，过去的七年贫瘠将继之以未来的七年肥硕；展望四十年代，可以看到一片金色美景。

据传，格里芬先生正在和保守党领袖磋商，而且他正觊觎着舵手的位置。他的演讲赢得了满堂喝彩。

《梅费尔》(1939年6月)

皇家园会和皇家风范

辛西娅·费维斯

在渥太华总督官邸举行的国王陛下的生日庆祝会上，当国王陛下夫妇驾临时，特威兹穆尔勋爵阁下与夫人及五千位贵宾沿花园通道而立，神魂颠倒。

下午四点半，一行人从总督官邸的中国画廊走出来。国王身穿晨礼服；王后选择了薄斜纹呢的衣裙、柔软的毛皮围巾和珍珠项链，还戴了一顶宽大的微微上翘的帽子。她的脸庞娇嫩飞红，亲切的蓝眼睛含着笑意。所有人都为她的迷人风采所倾倒。

走在陛下夫妇后面的是总督特威兹穆尔将军和夫人。总督阁下是殷勤友好的男主人，总督夫人则端庄美丽。她一身白套裙，配上产自加拿大北极区的狐毛围巾，在帽子上一大颗绿松石的映衬下，愈加光彩照人。蒙特利尔的费伦上校和夫人被引见给陛下夫妇。费伦夫人身穿印花真丝衣裙，上面印有鲜艳的小花；漂亮的帽子上有一圈透亮的赛璐珞宽帽檐。埃尔金斯准将和夫人及琼·埃尔金斯小姐，以及格拉德斯通·默里先生和夫人也获此荣幸。

理查德·格里芬先生和夫人最为风光。格里芬夫人的披肩为银狐毛皮，毛皮呈光线状贴在黑色雪纺绸上，套在一件淡紫色衣裙外面。道格拉斯·沃茨夫人穿着一身苹果绿的雪纺绸，外加一件褐色丝绒短上衣；F. 里德夫人则身穿镶花边的蝉翼纱女礼服，苗条可爱。

全场听不见喝茶声，直到国王和王后挥手告别。照相机喀嚓作响，灯光闪烁，众人高声唱起了《上帝保佑国王》。接着，生日蛋糕成为庆祝会之焦点……巨大的白色蛋糕，覆盖着雪一般的糖霜。端进国王房间里的蛋糕上，不仅饰有玫瑰、三叶草和野蓟，还有一群嘴里叼着白色三角旗的微型糖鸽子——一种恰当的和平与希望的象征。

《盲刺客·怒气厅》

午后，天气又阴又潮，所有的东西都是黏乎乎的；她的白色全棉手套，因为手握栏杆已经弄得污迹斑斑。世界沉甸甸的，犹如一个坚硬的重物；她的心撞击着这个世界，仿佛撞击着石头。湿热的空气使她憋闷。一切事物都纹丝不动。

此时，火车进站了。她像按照规定似地等在大门口。他走进了大门，仿佛是一个应验的诺言。他看见了她，朝她走过来。两个人迅速地碰了一下对方，然后握了握手，就像一对关系不近的朋友。她草草地吻了吻他的面颊，因为这是公共场合，你无法知道会发生什么情况。他们俩走上长长的斜坡，进了铺着大理石的车站。同他在一起，她觉得新鲜、紧张；她几乎没有机会正面看他。无疑，他比以前瘦了。还有些什么变化呢？

这次回来真够我受的。我身上没多少钱。一路上坐的都是不定期的货船。

我本该给你寄些钱，她说道。

我明白。但我没有固定的地址。

他把行李袋留在包裹寄存处，只拎着他的小手提箱。他说，他回头再来取行李，现在随身带着不方便。人们在他们俩周围来来去去，还有脚步声和说话声。两个人犹豫不决地站着，不知道该去哪里。她本该想到的，她本该作些安排，因为他自然没有房间，目前还没有。不过，至少她手提包里还塞着一小瓶苏格兰威士忌。这个她倒没忘记。

他们俩总得去一个地方，于是他们去了一家旅馆——一家他记得的便宜旅馆。他们这是第一次这样做，而且是有风险的。然而，当她一看到旅馆，她就知道这里没有人会猜想他们是结过婚的；或者说，如果结过婚，他们俩也不是夫妻。她穿着半年前的夏季雨衣，头上包着围巾。这条围巾是真丝的，但这已是她最糟糕的打扮了。也许人们会认为他花钱买她陪夜。她希望如此；这样一来她就不显眼了。

旅馆外那一段人行道上有碎玻璃、呕吐物，还有看来像是变干的血迹。别踩上去，他说道。

底楼有间酒吧，虽然它叫饮料厅。告示上写着：只对男士开放，女士需有人陪同。外面有一块红色霓虹灯招牌，字母垂直排列，一支红箭向下又拐了个弯，于是箭头指向门口。英文饮料厅中两个字母不亮了，所以读起来就成了怒气厅[①]。宛如圣诞灯的一些小灯泡闪闪烁烁，灯光绕着招牌流动，好似蚂蚁顺着水管往下爬一样。

即使在这个时候已经有男人在附近游荡，等待开门。当他们俩经过时，他挽着她的胳膊，让她稍稍加快步伐。他们身后

---

① 饮料厅的英文是 Beverage Room，去掉两个字母变成 Be rage Room，意思就成了“怒气厅”。

一个男人发出一声雄猫般的哀号。

有一个单独的门出入旅馆部分。入口处黑白马赛克贴砖围绕着的曾经也许是一只红狮子，但它仿佛被吃石头的虫子啃噬了，所以现在更像是乱糟糟的珊瑚虫。赭色的油地毡有日子没擦洗了，泥渍像被挤压的灰色花朵一样在上面绽放。

他在登记表上签了名，付了钱。他在办这些手续时，她站在一旁，希望自己表现出厌倦的神情，并保持面部平静，眼睛越过愁眉苦脸的接待员，看着挂钟。它朴素、自信，毫不假装优美，就像火车站的挂钟一样：实用。这就是时间，它告诉人们，只有一层意思，没别的。

他拿到了钥匙。二楼。有一个小棺材般的电梯，但她想到它就受不了；她知道里面会是什么气味——臭袜子和烂牙的气味。她无法忍受同他在那种气味中面对面地如此接近。他们俩走上楼梯。脚下的一张深蓝与大红相间的地毯，如今已经褪色。一条印花地毯的走道，现在被磨到了根部。

真抱歉，他说，这里还应该更好一点。

一分钱一分货，她说道，试图做出开朗的样子。但是，她不该这样说，因为他会认为她在说他囊中羞涩。不过，这里是个不错的隐蔽地，她说，企图弥补一下。他没有答话。她说得太多了，她可以听见自己说的话，而且她说的一点也不逗趣。她和他记忆中的形象不一样了？她变化很大吗？

大厅里贴着墙纸，颜色已经褪尽。门是深色木头的，布满洞眼和刻痕，表皮也一块块掉了。他找到了房间号，转动钥匙开门。这是个长手柄的旧式钥匙，好像是用来开老式保险柜的。房间比他们以前住过的任何一间带家具的房间都糟糕；那些房间至少表面上还有个清洁的样子。在这个房间里，一张双人床上铺着滑腻腻的床罩，是绗过线的人造绸缎，颜色像脚掌心般发黄的暗粉红。一张椅子，软座都裂开了，似乎里面塞的全是灰尘。一个豁口的褐色玻璃烟灰缸。香烟的烟味、泼洒的啤酒味，其中还有夹杂着一股更令人难受的气味——似乎是很久没洗的内衣发出来的。门上方有一个气窗，凸凹不平的玻璃漆成了白色。

她脱下手套，连同她的外套、围巾一起扔到椅子上，然后从手袋里摸出一个小酒瓶。没见有杯子，他们只得对着酒瓶小口啜饮。

窗户开着吗？她说，我们可以来点新鲜空气。

他走过去，抬起推拉窗。一股混浊的微风吹了进来。外面，一辆有轨电车嘎嘎驶过。他转过身来，仍站在窗边，身子向后倾，两手放在身后的窗台上。由于光线从他身后照过来，她看到的只是他的轮廓。任何人的轮廓都可能是这个样子。

好了，他说道，我们又到一起了。他听上去累到了极点。她觉得，除了在这房间里睡觉，他也许什么事都不想做了。

她走到他面前，伸手搂住他的腰。我找到了那个故事，她说。

什么故事？

《西诺星球的蜥蜴人》。我到处找它，你真应该看看我在报摊边转来转去的样子。他们一定认为我疯了。我找啊找啊的。

噢，那个呀，他说道，你读了那个无聊的东西？我已经忘了。

她不愿表现出沮丧。她不愿表现出太多的需要。她不愿说它是一条证明他存在的线索；这多少算是一种证明，不管有多荒唐。

我当然读了。我一直在等下一个情节。

我从来没写过，他说，在战斗中忙于挨敌我双方的枪子儿。我们这帮人被夹在中间。我一直忙着躲避自己人。真是糟透了。

过了片刻，他的胳膊才搂住她。他身上有一股酒味。他把头搁在她的肩膀上，他那砂皮般的脸颊贴着她的颈侧。他安全地在她身边，至少此刻是这样。

老天，我需要一杯酒，他说。

别睡着了，她说道，现在别睡。到床上来吧。

他睡了三个小时。红日西沉，天色暗下来了。她知道她该走了，但又不忍心一走了之，也不忍心唤醒他。回家以后，她将找什么借口呢？她可以编造一个老太太摔下楼梯，需要救助；可以编造乘出租车，陪老太太去了医院一趟。她怎么可以丢下那个不能照料自己的可怜老人呢？让她躺在人行道上，没有一个朋友来帮忙？她会说，她知道应该打个电话回家，但附近没有电话，而且老太太疼得厉害。她咬咬牙，准备接受一顿数落，要她别多管闲事；他们会无奈地摇摇头，因为他们能拿她怎么办呢？她什么时候能学会撒手不管别人的事呢？

楼下，钟在嘀嘀嗒嗒地走，报告着逝去的分分秒秒。走廊里有人声，有匆忙、快速的脚步声。这是有人在进来和出去。她醒着躺在他身边，听他睡觉的呼吸声，不知道他曾去了哪里。还有，她在想该告诉他多少为好——她是否应该告诉他所发生的一切。如果他要求她跟他走，那么她就必须说了。否则也许最好不说。或者说，现在还不说。

他醒来了，又想要一杯酒和一支香烟。

我想我们不该吸烟，她说，不该在床上吸烟。我们会失火的，会把我们自己烧死。

他没吭声。

战争怎么样了？她问道，我读了报纸，但说法不一样。

是啊，他说。是不一样。

我真担心你会被打死。

差一点，他说道，奇怪的是，尽管活受罪，但我已经习惯了。现在这样，我反倒不习惯了。我说，你比以前胖了点。

噢，是不是我太胖了？

不。挺好。我可以有张小肉床了。

此时，天完全黑了。窗户底下，饮料厅开向大街的地方传来阵阵走调的歌声、叫喊声、笑声；接着是打碎玻璃的声音。有人砸破了瓶子。一个女人尖叫起来。

他们在举行庆祝活动。

他们庆祝什么？

战争。

但是没有战争呀。战争全都结束了。

他们在庆祝下一个，他说，战争就要来了。它在天上的仙境里，人人都否认它，但在下界的地面上，你可以闻到它正在来临。随着西班牙被当作靶子打得稀烂，他们将很快挑起严重事端。它就像空中的响雷，他们为它激动不已。那就是为什么有这么多瓶子被砸碎了。他们想先开个头。

噢，肯定不会，她说道，不可能再有一场战争了。他们签订了和平条约什么的。

我们这个时代的什么和平，他轻蔑地说。去他妈的胡扯！他们希望约瑟夫大叔[①]和阿道夫[②]互相撕得粉碎，而且还替他们除去犹太人，而他们则舒舒服服地坐着赚钱。

你还是像以往一样愤世嫉俗。

你还是一样天真。

不完全是，她说道，我们别争了。战争不是由我们来决定

---

① “约瑟夫大叔”指斯大林。

② 阿道夫：希特勒的全名是阿道夫·希特勒。

的。不过，这更像他这个人，更像他的处事方式，因此她感觉好一些。

没错，他说，你是对的。战争不是由我们来决定的。我们是小人物。

如果再发生战争，她说道，你终究是要走的。不管你是不是小人物。

他望着她。别的我还能做什么呢？

他不知道她为什么哭了。她竭力不哭出来。我真希望你受了伤，她说，那样你就不得不留在这儿了。

那样对你并没什么好处，他说道，过来。

离开的时候，她泪眼模糊，几乎看不清东西了。她独自走了一会儿，让自己平静下来。然而，天黑了，人行道上人又太多，于是她上了一辆出租车。她坐在后座上，给嘴唇补了口红，又在脸上扑了粉。车停之后，她在钱包里翻出钱，付了车费。接着，她走上石阶，穿过拱形牌楼，关上厚厚的橡木门。她在自己的脑子里排练：对不起，我回来晚了。恐怕你们不会相信我碰到了什么事。我经历了一场小小的冒险。

《盲刺客·黄色窗帘》

战争是如何渐渐萌发的？它是如何形成的？它是由什么构成的？有些什么样的秘密、谎言、背叛？什么样的爱和恨？投入了多少笔钱、多少吨钢铁？

希望放出一种烟幕。烟幕迷惑了你的眼睛，所以没有人有心理准备，但突然战争就来了，像失去控制的篝火——像谋杀，成倍扩大的谋杀。它如火如荼。

战争爆发呈黑白色。这对外围的人来说是如此。对于真正身处其中的人，战争就呈现出多种过浓的色彩：太明亮、太红太黄、太液体化、太白炽化了。然而，对其他人来说，战争却像一部新闻片——画片上斑斑点点的，沾着污渍，其中有断断续续的嘈杂声；有大群的灰皮肤的人在奔跑，或沉重地行走，或摔倒在地，以及别的地方发生的一切。

她去电影院看新闻片。她读报纸。她知道自己的命运受事态的摆布。如今，她又知道事态是不会怜悯人的。

她打定了主意。她现在下了决心：她将牺牲一切事和一切人。任何事、任何人都不能挡她的道。

这就是她要做的事。她全都计划好了。某一天，她将不动声色地离开这个家。她身上要带些钱，一定数量的钱。需要多少钱还不清楚，但肯定有某种可行的做法。别人是怎么做的呢？他们去当铺，她也得这样做。她弄钱要当掉些东西：一块金表、一把银匙子、一件裘毛大衣，还有零零碎碎的东西。她将一点一点地典当，一件也不会漏掉。

这些钱是不够的，但又必须让这些钱够用。她将租一间屋子，不贵但也不能太昏暗——涂上一层漆就亮堂了。她将写一封信回家，说她不回来了。他们会派来特使、大使之类，然后是律师；他们会威胁她、惩罚她。她时刻都会害怕，但她会坚定不移。她将烧毁所有的桥梁，只剩下通向他的桥梁，尽管通向他的桥梁是如此脆弱。他曾经说，*我会回来的*。但他怎么能肯定呢？这样的事是无法保证的。

她将靠苹果、苏打饼干、茶和牛奶生存，还有罐装烤豆和腌牛肉。如果弄得到的话，还可以吃煎鸡蛋。她将在街角的咖啡馆吃几片吐司；报童和醉汉也在那里吃饭。退伍老兵也将在那儿吃饭；随着时间的推移，退伍老兵越来越多：一些缺了手、胳膊、腿、耳朵或眼睛的汉子。她希望和他们交谈，但她不能这样做，因为她表现出来的任何兴趣难免都会被误解。像往常一样，她的美妙身体会妨碍自由谈话。因此，她只好侧耳偷听。

在咖啡馆里，人们谈论的话题无非是关于战争的结束；人人都说仗快要打完了。他们会说，战争结束只是个时间问题，小伙子们都会回来的。说这话的男人们互不相识，但他们总会交换这样的看法，因为胜利的曙光令他们喋喋不休。空气中会有一种不同的感觉，半是欢乐，半是恐惧。现在，任何一天都有船进港，但谁能断定船上装的是什么？

她的公寓将位于一间杂货店楼上，带一个小厨房和一个小卫生间。她将买一株盆栽植物——秋海棠，或者别的什么羊齿植物。她将记着去给植物浇水，因此它不会死。开杂货店的女人将是一头黑发，体态丰满，充满慈爱。这个女人将会说她瘦弱，说她需要多吃一些，告诉她胸寒该怎么办。也许她会是希腊人——希腊人或类似的民族，胳膊粗壮，头发中分，脑后扎了个鬏。她的丈夫和儿子都在国外；她有他们的照片，镶在漆木相框里，照片还上了色，就摆在收款机旁边。

她们两个人——她和这个女人——将花很多时间倾听各种声音：脚步声、电话铃声、敲门声。在这样的情况下很难入睡；她们将讨论治疗失眠的方法。偶尔，这个女人会把一只苹果塞到她手里，或从柜台上的玻璃罐中拿出一块绿色酸味糖果给她。这样的礼物尽管不值钱，却能给她带来莫大的安慰。

既然她的桥梁都被烧毁了，那他如何知道去哪儿找她呢？然而，他会知道的。他会想办法找到的，因为旅途的终点就是恋人相聚。他们应该相聚。他们必须相聚。

她将为窗户缝制窗帘，黄色的窗帘——鲜黄色或蛋黄色。那是喜悦的窗帘，如同阳光一般。别担心她不会缝，因为楼下的女人会帮她。她将把窗帘浆洗一下，挂起来。她将跪在地上，用小笤帚清除厨房水池下面的老鼠屎和死苍蝇。她将从旧货店淘来一套小罐子，重新油漆一下，分别印上字：茶、咖啡、糖、面粉。她在做这些事时还将哼着小曲。她将买一条新毛巾，一整套新毛巾。还有床单，这很重要。还有枕套。她将经常梳理头发。

这些是在等待他的时候，她将做的快乐之事。

她将去当铺买一台收音机，小小的二手货；她将收听新闻，跟上时事。她还将装一部电话；从长远来看，电话是必要的，虽然没有人会给她打电话，暂时还没有。有时，她会拎起电话，只是听话筒嗡嗡的声音。或许也会有声音，那是合用线传来的谈话。十有八九是女人，交流关于做饭、天气、购物、孩子的琐事，还有关于远在别处的男人。

当然，这些事一件也没发生。或者说，它确实发生了，但却是觉察不到的。它发生在另一个宇宙空间。

《盲刺客·电报》

同平常一样，电报是由一个身穿深色制服的男人送来的。从他的脸色来看，他就没有带来什么好消息。当他们受雇干这份工作时，老板就教给他们那种表情，漠然而忧郁，如丧钟一般。他的表情看上去仿佛送来了一口闭合的棺材。

电报是装在一个带透明纸窗的黄色信封里送来的。它和此类别的电报的腔调如出一辙——言辞疏远，像一个陌生人或闯入者站在一间长长的空屋子的另一头说话。字不多，但每一个字都清晰明了：通知、损失、遗憾。谨慎的中性词，背后却有一个潜藏的问句：你期待什么？

这是什么电报？这人是谁？她说，噢，我想起来了。是他。那个男人。可他们为什么要把电报发给我？我几乎算不上他的亲属！

亲属？家里有个人说道，他有吗？这是句俏皮话。

她扑哧一笑。这和我没关系。她把电报揉成一团。她猜想，电报在传递给她之前，他们已经偷偷读过了。他们读所有的信件，这是不言而喻的。她一屁股坐了下来，似乎有点太唐突。对不起，她说，我突然觉得头晕得厉害。

喝杯饮料吧。这能使你振作起来。喝下去就好了。

谢谢。电报和我没关系，不过它还是令人震惊。就好像有人在你坟上走动似的。她打了个寒颤。

别着急。你脸色有点发青。别太难过了。

也许搞错了。也许他们弄错了地址。

有这个可能。或许是他自己发的电报。也许他是想开个玩笑。我记得，他是个怪人。

比我们想的还要古怪。这事干得真缺德！如果他还活着，你可以控告他恶作剧。

也许他是想让你感到歉疚。他们那号人专门干这种事。嫉妒，他们所有人都嫉妒。自己得不到，也不愿意别人得到。别为它烦恼了。

不过，无论怎么看，这总归不是什么好事。

好？哪里还谈得上好？他从来就没有过你所谓的好。

我想，我可以给他的上司写封信。要求一个解释。

为什么该他了解情况呢？不该是他，这种事该问我们这边的某个公务员。他们只是用档案里记下来的材料。他会说材料一团糟，我听到这种说法决不是第一次了。

不管怎么说，大惊小怪是不明智的。那样只会招来人们的注意。无论你怎么费劲，你永远无法弄清他为什么要这样做。

除非死人变活。全家人的眼睛亮亮的，都在警觉地注视着她。他们害怕什么？他们害怕她会做什么？

我希望你别用那个字，她恼怒地说。

哪个字？噢，她是指死。不妨直截了当，铲子就叫铲子。转弯抹角没意思。我说，别……

我不喜欢铲子。我不喜欢它们的用途——在地上挖洞。

别太沮丧了。

给她一块手帕。没时间和她纠缠。她应该上楼去，休息一会儿。然后，她就没事了。

别为它苦恼。

别往心里去。

把它忘掉。

《盲刺客·萨基诺城的毁灭》

夜里，她突然醒过来，心怦怦直跳。她滑下床，静静地走到窗前，把推拉窗抬高，伸出头去。月亮快要圆了，布满蜘蛛纹般的旧伤疤。月亮下，街灯向天空投射出一圈淡黄色的光晕。下面是人行道，影子洒在上面一块块的，部分被院子里的栗子树遮住了。树枝像一张坚硬的密网铺开，白蛾般的花朵微微闪光。

有一个男人在朝上看。她可以看见他那黑黑的眉毛、深陷的眼窝；他的微笑像他椭圆形脸上的一道白色切口。他颈部的V形之下是一片惨白：一件白衬衣。他举起手挥了挥：他想要她与他做伴——溜出窗外，爬下树去。然而，她感到害怕。她害怕自己会摔下去。

他到了外面的窗台上；他进屋了。栗树花闪了一下：凭借它们白色的光，她能看见他的脸：皮肤灰黑，一个平面，像一张照片，但沾满了污迹。他有一股烧熏肉的气味。他不在看她，确实不在看她；似乎她是她自己的影子，而他在看那影子。如果她的影子有眼睛的话，他是在看她影子的眼睛。

她渴望触摸他，但她犹豫不决：如果她要拥他入怀，无疑他会变得模糊，然后消融成一片片的布，成为烟、成为分子、成为原子。她的手将会径直穿过他。

我说过我要回来的。

你出了什么事？出什么问题了？

你不知道吗？

接着，他们俩到了外面，似乎站在屋顶上，俯瞰整个城市，但这并不是她所见过的任何一座城市。仿佛有一颗巨大的炸弹落下来，全城一片火海，一切都立刻燃烧起来——房子、街道、宫殿、喷泉和庙宇——统统都在爆炸，像爆竹一样迸裂。没有声音。这座城市在静静地燃烧，好像照片上的情景——白色、黄色、黄色和橙色。没有尖叫声。城里没有人；全城的人想必都已经死了。在闪烁摇曳的光线下，他在她身旁闪烁摇曳。

什么都不会剩下了，他说道，一堆石头，一些老话。这座城市不复存在了，全抹去了。没有人会记得。

但它是这么美丽！她说。此刻，它看上去仿佛是她熟悉的一个地方；她非常熟悉，就像对自己的手背一样熟悉。天空中升起了三个月亮。塞克隆星球，她心想。心爱的星球，我心中的乐土。在那里，很久以前我曾经幸福过。现在一切都消失了，都毁灭了。她不忍心看那熊熊的烈火。

对某些人是美丽的，他说道，这总是个问题。

出什么问题了？谁干的？

那个老太太。

什么？

历史，无非是一个被颂扬却不真实的老太太。

他像锡一样闪闪发光。他的眼睛成了两条垂直的缝。他已不是她记忆中的样子了。他身上一切独特的东西都被烧掉了。没关系，他说，他们会再把它恢复起来。他们一向都是这样做的。

现在她对他感到害怕了。你变了这么多，她说道。

形势紧急。我们不得不以火攻火。

然而，你胜利了。我知道你胜利了！

没有人胜利。

难道她弄错了？确实有胜利的消息。有庆祝游行，她说，我听说了。还有铜管乐队。

看着我，他说道。

但她不能。她看不清他，他的形象无法保持稳定。他的形象模糊，摇曳不停，像一炷不发光的烛火。她看不见他的眼睛。

当然，他已经死了。他当然死了，难道她没有收到电报吗？但这一切都是虚构的。这只是另一个宇宙空间。那么，为什么又如此荒凉？

现在，他开始离去了。她无法在他后面叫喊，她的嗓子发不出声来。现在他走掉了。

她觉得自己的心脏周围有一种压力，压得她透不过气来。不，不，不，不，一个声音在她脑子里说道。泪水顺着她的脸颊流下来。

这是她真正醒过来的时候。

第十三章

手　套

今天下雨了。这是四月初有节制的细雨。蓝色的绵枣儿已经开花，水仙的茎芽露出了地面；自生的勿忘我开始悄悄探头，准备攫取阳光。植物又一年的你挤我拥来临了。这些植物似乎永远乐此不疲：它们没有记忆，这就是原因。它们记不得以前曾经这样做过多少次了。

我必须承认，我惊奇地发现自己仍然在这里，仍然在同你谈话。我喜欢把它看作是谈话，而它当然不是，因为我什么也没说，你什么也没听见。我们之间存在的只是这缕黑色的字线：一缕字线投在白纸上，投在空气中。

卢韦托河谷里冬季的冰几乎已经化了；即使在悬崖背阴的缝隙中，也是如此。先黑后白的冰水飞驰而下，穿过石灰岩裂隙，漫过巨卵石，总是毫不费力。响声巨大，但令人心旷神怡，几乎充满了诱惑。你可以看到人们是如何被吸引过去的。人们被吸引去瀑布，去高地，去荒漠和深湖——没有归路的地方。

今年河里到目前只有一具尸体：一个来自多伦多的吸毒的年轻女子。又一个匆忙踏上不归路的姑娘。又一次青春年华的荼毒——她自己的青春年华。这里有她的亲戚：一个叔叔和一个婶婶。他们已经成了人们斜眼看的对象了，仿佛他们和这件事有关；从他们愤怒的神情来看，他们已经自知是被逼迫的无辜者了。我确信他们没有过错，但是他们活着；谁留下来活着，谁就受到责怪。这是此类事件的法则。不公平，但一贯如此。

昨天早晨，沃尔特来我家进行“春季调试”。他就是这样称呼每年对我家所做的常规修缮的。他带来了他的工具箱、手提电锯、电钻之类；他最喜欢像个马达一样嗡嗡地转个不停。

他把这些工具搁在后门廊上，然后在屋外噔噔地四处查看。他回来时，脸上带着一种满足的表情。“花园门少了一块板，”他说，“我今天就可以钉上去一块，等它干了再上漆。”

“噢，别麻烦了，”我像往年那样说道，“样样东西都在散架，不过它们可以维持到我寿终正寝。”

沃尔特照例没理会我的话。“还有前台阶，”他说，“需要油漆了。有一块台阶应当撬掉——换一块新的上去。原来那块时间太久了，进水之后就烂了。不过，我们也许可以在门廊台阶上涂一层底漆，这对木头有好处。我们可以沿着台阶边缘再刷上一道颜色，这样人们就能看得更清楚。目前的情况是：人们可能会失足，伤了自己。”出于礼貌，他用了“我们”这个说法，而“人们”指的则是我。“今天晚些时候我就能换上那块新台阶。”

“你会淋成落汤鸡的，”我说道，“气象频道说，雨还会下大。”

“不会的，天就要放晴了。”他甚至都不抬头看天一眼。

沃尔特走开了，去拿些必要的材料——我猜是一些木板之类。在这段时间里，我斜倚在客厅沙发上，像小说里某个缥缈的女主人公，被遗忘在她自己的书页中间，同书本身一样变黄、发霉、碎裂。

一个病态的形象，米拉会如是说。

你还能提出别的什么形象吗？我会这样答道。

事实上，我的心脏又在捣蛋了。“捣蛋”是一个奇特的短语。人们这样说，无非是要把他们身体状况的严重性减低到最小程度。它暗示：某个讨厌的器官（心、胃、肝，等等）是个暴躁放肆的孩子，但一巴掌或一句训斥就能让它规矩起来。同时，这些症状——震颤、疼痛、心悸——只是在做戏而已。那个捣蛋的器官将停止胡闹，不再出风头，而是继续它那平静的、幕后的生存。

医生不高兴了。他一直嘀咕着要我去检查、扫描，还要我到多伦多去就医；那儿还潜伏着仅有的几位专家——他们还没有逃到更富裕的邻国去。他更换了我的药片，给我的药箱里又新添了一种。他甚至提出动手术的可能性。于是我问道：那将承担什么风险？又能产生什么疗效？结果表明，风险太大，而疗效又不佳。他怀疑，我需要整套新的部件才行——这是他的术语，仿佛我们在说洗碗机似的。而且我必须排队，等候别人身上不再需要的部件。说得难听一些，那是别人的心脏：一个从年轻人身体里挖出来的心脏。你不会想安装一个人们打算扔掉的那种虚弱的、干瘪的老心脏吧。你想要的是一个新鲜的、水灵灵的心脏。然而，谁知道他们从哪儿弄到这些人体器官的？我猜是从拉美的街头流浪儿身上弄来的——最偏执的传言是这样说的。偷来的心脏，黑市买来的心脏，从敲碎的肋骨间扯出来，热乎乎的滴着鲜血，祭奉给假神。假神是谁？是我们。我们和我们的钱。劳拉会这样说的。别碰那钱，瑞妮会说，你不知道它是从哪里来的。

当我知道自己体内装着一个死孩子的心脏，我能心安理得吗？

但如果不能，那又能怎样呢？

请不要把这种胡乱的忧惧误认为是恬淡寡欲。我服用药片，我蹒跚地去散步，但对忧惧还是束手无策。

午饭时，我吃了一块发硬的奶酪、一杯不知是否变质的牛奶、一根蔫软的胡萝卜，因为米拉这星期在她自告奋勇为我的冰箱贮货的时候摔倒了。午饭后，沃尔特回来了。他又量又锯又锤的，然后敲敲后门，说他弄出这么大的响声很抱歉，但现在一切都井井有条了。

“我给你煮了点咖啡。”我说道。在四月的这个时候，这是个老规矩。这一次我把咖啡煮糊了吗？无所谓。反正他已喝惯了米拉煮的咖啡。

“味道不错。”他小心地脱下胶靴，放在后门廊上——米拉把他调教得很规矩，不许把她所谓的“他的泥”踩到“她的地毯”上。然后，他那双穿着巨大的袜子的脚踮起脚尖走过我的厨房；由于米拉的女工用劲地擦洗打光，厨房地板现在像冰川一样光滑危险。地板上曾有一层非常有用的黏性表面，积累的灰尘污垢像一层薄薄的胶壳，但现在再也没有了。我真应该撒上一些粗沙，否则我会滑倒跌伤的。

看沃尔特踮着脚走路真是一件乐事——仿佛在看一头大象走在鸡蛋上。他走到厨房桌子前，放下他那双黄色的皮工作手套。手套躺在那里，活像巨大的、多余的爪子。

“一双新手套。”我说道。这双手套新得几乎发亮，上面一道刮痕也没有。

“这是米拉买的。过去三条街有一个家伙，不小心用线锯锯掉了手指尖。她为此紧张万分，担心我也会这样，或者更糟。不过，那家伙是个笨蛋，是从多朗(伦)多搬来的——原谅我的法语不好——但不应该让他摆弄锯子。他使锯子能把自己的脑袋给锯下来，不过对世界也没什么损失。我告诉她，搞那种花架子真是个白痴，反正我没有线锯。可她还是让我到处提着这个鬼东西。我每一次出门，她就嚷嚷：带上你的手套。”

“你可以把它们给丢了。”我说。

“她会再买一副的。”他沮丧地说道。

“把手套留下吧。就说你忘记带走了，你会来取的。以后也不用来取了。”我想象在孤独的夜晚，我握着沃尔特的一只皮革空手：它勉强算是一个伴侣。真可悲。也许我应该买一只猫，或者一只小狗。某种温暖、不唠叨、毛茸茸的东西——一个同伴，为我守夜。我们需要和哺乳动物挤在一起；太孤寂对视力有害。不过，如果我有那样的宠物，我很有可能被它绊倒而摔断脖子。

沃尔特的嘴抽动了一下，咧嘴而笑，露出了上牙的齿尖。“英雄所见略同，对吗？”他说，“那么，也许你该偶然或故意地把手套倒到垃圾桶里去。”

“沃尔特，你这无赖。”我说道。沃尔特笑得更厉害了，往咖啡里加了五勺糖，一口喝下去。然后，他双手按在桌子上，把身体撑到空中，像一座被绳子吊着的尖塔。在那个动作中，我突然预见了他和我有关的最后一个动作：他将抬起我棺材的一头。

他也知道这一点。他站在一旁。他不是个徒有虚名的巧匠。他不会大惊小怪，他不会丢下我；他将保证我在最后的短短旅程中走得平稳、安全。他会说：“把她抬起来。”然后，我就起来上路了。

这是悲哀的事。我知道悲哀，而且还令人伤感。不过，请容忍我，垂死的人应该允许有某种自由，就像孩子过生日的时候一样。

家中的炉火

昨晚，我看了电视新闻。我是不该看电视的，那对消化不利。某个地方又有一场战争——他们所谓的小规模战争。不过，对于任何恰巧卷入其中的人当然就不是小规模的了。这些战争都有类似的模样——男人身穿迷彩服，嘴巴和鼻子上都蒙着布；缕缕硝烟、毁坏的建筑物、伤心哭泣的平民。不计其数的母亲，带着不计其数的跛足孩子，脸上血迹斑斑；还有不计其数的惶恐的老人。他们把年轻人拉走，并谋杀他们，企图阻止报复，就像希腊人在特洛伊城的所作所为。我记得，这也是希特勒杀害犹太婴儿的借口。

战争爆发了，又逐渐停止，但在别的地方又打起来。房屋像鸡蛋一样开裂，里面的东西被烧掉或偷走，或者被恶狠狠地踩在脚下；难民遭到飞机的扫射。在上百万的牢房里，皇室的成员面对行刑队；缝进贴身衣服里的宝石也救不了他们。希律大帝[1]的军队在成千条街上巡逻。就在隔壁，拿破仑抢走了金银器皿。任何入侵之后，沟渠里填满了被奸淫的妇女。公正地说，还有被奸淫的男子、被奸淫的儿童、被奸淫的狗和猫。事态会完全失去控制。

但不在这里；不在这温和、枯燥、死气沉沉的地方；不在提康德罗加港，尽管公园里有一两个吸毒者，尽管偶尔有盗窃行为，尽管偶尔在水涡里发现飘浮的尸体。我们坐在这里，喝着我们的睡前饮料，啃着我们的睡前点心，仿佛透过一扇秘密

---

① 希律大帝(公元前 73—公元前 4)：罗马统治时期的犹太国王，希律王朝的创建人，凶恶残暴，曾下令屠杀伯利恒城的男婴。

窗户，窥视着世界。当我们看足了，我们就关上窗户。我们一面上楼，一面说：二十世纪就到此为止了。然而，远处却有一种咆哮声，犹如汹涌的浪潮冲击海岸。二十一世纪来了，就像一艘载满残忍的蜥蜴外星人或金属翼龙的宇宙飞船，从我们头顶上席卷而过。迟早它们会嗅出我们来；它们会用铁爪掀掉我们单薄的小巢的屋顶，而我们将会和别人一样，赤身裸体、饥寒交迫、病痛交加、毫无希望。

原谅我把话扯远了。在我这个年纪，人们沉溺于对世界末日的这些想象。你说：世界末日就要到了。你自己骗自己——很高兴我不会亲临观看——其实再没有比这事更让你喜欢的了，只要你能透过秘密小窗观看，只要你不被卷入其中。

不过，何必对世界末日操心呢？每一天都是某个人的世界末日。时间像潮水般涨啊涨，当它涨到你眼睛的水平，你就淹死了。

接着，发生了什么事？我一时失掉了线索。要我想起来很难，但我还是想起来了。当然是战争。我们没有准备，但同时知道我们以前经历过战争。同样的寒冷，雾一般滚滚而来的寒冷；我就出生在寒冷之中。像那时一样，一切都呈现出颤抖的焦虑——椅子、桌子、街道、路灯、天空、空气。一夜之间，整个被认作现实的东西完全消失了。当战争来了，就会发生这样的事。

不过，你太年轻了，不会记得是哪场战争。对于任何过来人来说，每一场战争都是那场战争。我所指的那场战争发生在一九三九年九月初，一直持续到……噢，历史书里都有。你可以去查。

把家中的炉火烧旺，是旧时战争的口号之一。每当我听到这句口号，我就会想象出一群女人，长发披肩，两眼放光，凭借着月光，一个、两个地偷偷进来，在她们自己家里放火。

在战争开始前的几个月里，我和理查德的婚姻开始动摇了，虽然可以说从一开始就动摇了。我有过一次流产，然后又有一次。理查德呢，有过一个情妇，然后又有一个；或者说，我怀疑是这样。考虑到我虚弱的身体状况和理查德的冲动，这是不可避免的(威妮弗蕾德后来如是说)。在那个年代，男人有冲动；这些冲动难以计数；它们潜存在男人体内黑暗的角落里，隔一阵子就会积聚力量，像鼠群般冲出来。这些冲动是如此狡猾而强大，怎么能指望一个真正的男人战胜它们呢？这是威妮弗蕾德的理论。公平地说，这也是许多其他人的理论。

理查德的这些情妇(我猜)是他的秘书——无一不是十分年轻、美丽、体面的姑娘。这些妙龄姑娘是他从培养她们的各类学校招聘进来的。有一度，当我打电话到他办公室找他时，她们在电话里紧张地以屈尊俯就的态度对待我。她们也会被派去为我买礼物、订花之类。他希望她们节制她们的优先权：我是他的合法妻子，他并没有和我离婚的打算。离婚的男人不能成为国家的领袖，在那个年代不能。这种情势给了我一些权力，但只有在我不使用它时，它才是权力。实际上，只有我装作什么事都不知道时，它才是权力。悬在他头上的威胁是：我可能会发现他的秘密；我可能会揭开一个已经公开的秘密，让各种各样的罪恶跑出来。

我在乎吗？是的，我在某种程度上在乎。然而，我告诉自己，半条面包总比没有强，而理查德就是某种面包。对于我自己和艾梅来说，他就是桌上的面包。瑞妮常说：超越它；而我确实尝试过。我试图超越它，升入空中，像一只摆脱控制的气球。有时候我成功了。

我把我的时间利用起来，而且我已经学会怎样去利用。现在我开始认真地养花种草，正在逐步取得一些成绩。我种的东西并没有全死掉。我计划搞出一个四季常青的绿荫花园。

理查德维持着体面的夫妻关系，我也如此。我们去参加鸡尾酒会和晚宴，一起进进出出，他的手挽着我的胳膊肘。我们不忘记在餐前喝一两杯酒，或者三杯。我渐渐有点喜欢上了杜松子酒——同这个酒或那个酒掺起来喝。不过，只要我还能感觉到四肢，管住舌头，我就不会到喝醉的程度。我们仍然在事物的表面上滑行——在良好风度的薄冰上滑行，掩盖了下面黑暗的湖水：一旦冰融化了，你就沉下去了。

半个生活总比没有强。

我没能全面地反映理查德这个人。他仍然像一个硬板纸的剪影。我明白这一点。我无法真实地描绘他，我找不到准确的焦点：他的形象模糊不清，就像潮湿的废报纸上的一张脸。甚至在我看来他的形象小于真实面目的时候——尽管总是大于真实面目——也是如此。这源于他拥有太多的钱，在世上出头露面太多——这就导致你从他身上期待比实际更多的东西，于是他身上的平庸似乎就像是缺陷了。他生性残忍，但不像一只狮子，而更像是一种大的啮齿动物。他在地下挖通道；他咬掉植物的根来弄死它们。

他为了表现出大度的慷慨行为，对他的资金作了大笔的调动，但实际上却一毛不拔。他已经变成了他自己的一尊雕像：巨大、出名、气势不凡，却空空如也。

倒不是他在摆谱；他还没有足够的资格摆谱。简单说，他就是这么回事。

战争爆发的时候，理查德处境不妙。在生意上，他曾经同德国人打得火热；在演讲中，他对他们赞赏有加。像他的许多同事一样，他对德国人践踏民主的野蛮行径曾经视而不见；我们的许多领袖一直批评民主制度不可行，但他们现在却热衷于维护了。

理查德无法再同一夜之间变成敌人的那些人做生意，因此他注定要损失许多金钱。他不得不争争抢抢，磕头求人；这对于他并不容易接受，但他还是这样做了。他设法挽救了自己的位置，挤回到有利的地位——不过，他并不是唯一两手不干净的人，其他人最好不要用他们沾着污迹的手指去指着他——很快，他的工厂就轰鸣起来，开足马力为战争出力，于是没有人比他更爱国了。因此，当俄国加入同盟阵营，约瑟夫·斯大林突然成了人人亲爱的叔叔时，局势并没有对他不利。不错，理查德曾经说过许多反对共产党的话，但那都是过去的事了。现在一切都既往不咎了，难道你敌人的敌人不就是你的朋友吗？

与此同时，我艰难地过着一天又一天，不是像以往一样——情况已经有所改变——而是尽力过好。现在我会用固执这个词来描绘那时的自己，或者昏昏沉沉也行。不再有游园会要去应酬；不再有长筒丝袜，除非去黑市购买。肉类配额供应，黄油和糖也是如此；如果你想比别人多要这些东西，那么建立某种关系就变得重要了。不再有豪华游轮穿越大西洋航行——“玛丽女王”号变成了军用船。收音机不再是手提的音乐台，而变成了狂热的神谕。每晚我都打开收音机听新闻；新闻开头总是糟糕的。

战争不停地继续着，像一台无情的发动机。那种持续的、沉闷的紧张把人们消磨得精疲力竭。这好比在黎明前的幽暗中听一个人磨牙，而你躺在床上，整夜整夜地睡不着。

然而，战争也带来了某些好处。穆加特罗伊德先生离开我们，参军去了。就是在那时我学会了开车。我接管了家中的一辆车，我想是那辆本特利牌汽车。理查德已经把它登记在我的名下——这给了我们更多的汽油。(当然，汽油也是配额供应，可对理查德这样的人不那么严格。)它也带给了我更多的自由，虽然这种自由对我不再有多大用处了。

我患上了感冒，又转化成支气管炎——那年冬天人人都得了感冒。我用了几个月的时间才治愈。我长时间躺在床上，心中悲伤。我不停地咳嗽。我不再去看新闻片——演说、战役、轰炸、破坏、胜利，甚至是入侵。有人对我们说，这是轰轰烈烈的时代，但我已经失去了兴趣。

战争的尾声临近了。它越来越近，然后结束了。我记得最后一场战争结束后的安静，接着是钟声鸣响。当时是十一月份，水洼上还结着冰，而现在是春天了。举行了庆祝游行，发布了公告，吹起了喇叭。

然而，结束一场战争并不那么容易。战争是一团巨大的火焰；喷出的烟灰飘得很远，落得很慢。

黛安娜甜点店

今天，我一直走到喜庆桥，然后向前到了甜甜圈店。我在店里吃了小半个橘子味的甜麻花。那是一大团面粉和油脂做的，像淤泥一样通过我的动脉蔓延开来。

然后，我去了洗手间。中间的小隔间里有人，于是我等着，也不去照镜子。岁月使你的皮肤变薄；你可以看见静脉和腱。它也使你变得不再敏感。当你皮肤薄得透明时，要回到你原先的样子就难了。

小隔间的门终于开了，出来一个姑娘——皮肤微黑，身穿深暗的衣服，涂了黑眼圈。她短促地尖叫了一声，接着噗嗤一笑。“对不起，”她说，“我没看见你在那儿。你吓得我汗毛都竖起来了。”她带着外国口音，但她属于这里；她来自年轻的一族，如今我才是圈外人。

墙上最新的话是用金色记号笔写的：没有耶稣，你去不了天堂。那些注释者又作了改动：“耶稣”两个字被划掉了，上方用黑色笔写上了“死亡”二字。

在那句之下，用绿色笔写着：天堂在一粒沙里。布莱克。

再下面，用橙色笔写着：天堂在西诺星球上。劳拉·蔡斯。

又是一个引用错误。

战争在五月的第一个星期正式宣告结束——欧洲的那场战争。这是唯一让劳拉挂心的事。

一个星期之后，她打来了电话。她是在上午早餐后一小时打的电话；她一定知道这个时候理查德不在家。我没有听出她的声音，因为我已经不再指望她的音讯了。起先我还以为她是裁缝店的那个女人。

“是我。”她说。

“你在哪儿？”我小心翼翼地问道。你一定记得，此时她对我是个未知的因素——也许神志还有问题。

“我在这儿，”她说，“在城里。”她不肯告诉我具体的地方，但她说定了一个街角，午后我可以去那儿接她。我说：也好，我们可以一起喝茶。我打算带她去黛安娜甜点店。那个地方安全、僻静，顾客主要是些妇女；那儿的人都认识我。我说，我要开上我的汽车。

“噢，现在你有车了？”

“算是有吧。”我把车描述了一番。

“听起来像辆不错的车。”她轻快地说道。

劳拉站在金街和斯帕蒂纳街的拐角，正是她说的那个地方。那不是个名声很好的地区，但她似乎并不担心。我揺揺喇叭，她挥挥手走过来，爬进车里。我探身亲了亲她的脸颊。我立即有一种自己背信弃义的感觉。

“我简直不能相信你真的来了。”我对她说。

“但我还是来了。”

突然，我快哭出来了；她似乎无动于衷。然而，她的脸颊一直很凉，又凉又瘦。

“不过，关于我来这儿的事，我希望你没向理查德提起过，”她说。“也不要向威妮弗蕾德说起，”她补充道，“因为这是一码事。”

“我不会那样做的。”我说。她没吭声。

因为我在开车，无法正面瞧她。我不得不等到泊完车，等到我们来到黛安娜甜点店，再等到我们俩面对面坐下，我才终于看清楚她整个人。

她既是又不是我记忆中的那个劳拉。当然，老了一些——我们俩都是——但不仅仅是这一点。她衣着简洁，甚至有点过于朴素：一件暗蓝的衬衫式连衣裙，外面套了一件打了褶的马甲，上面的小扣子一直扣到胸前。她的头发朝后梳成一个简单的髻。她看上去有点干瘪，身体也有点往里缩，失去了光彩，但同时又像是半透明的——仿佛小钉子般的光线从里面穿透她的皮肤刺出来，又仿佛荆棘般的光线呈毛绒式的雾状从她体内射出来，好像举起来照着太阳的蓟。这是一种难以描述的情形。（你不该太相信我的描述。我的视力已经不正常，我已经需要眼镜了，尽管我还没有意识到。劳拉周围模糊的光线也许是一个视觉错误。）

我们俩叫了饮料。她要咖啡，而不要茶。我告诫她，这里的咖啡不好——由于战争，在这样的地方喝不到好咖啡。但她却说："我已经喝惯了坏咖啡。"

一阵沉默。我几乎不知道从何说起。我还没准备好问她回到多伦多在做些什么。我问她这段日子去了哪里？她一直在做什么？

"开头我在阿维隆庄园。"她说道。

"可阿维隆庄园整个都被封掉了呀！在整个战争期间，它一直封着。我们多年没回去了。你怎么进去的？"

"噢，要知道，"她说，"我们想去的话，总能进去的。"

我还记得卸煤的斜槽，以及地窖门上那把不可靠的锁。不过，那在很久前就修好了。"你是破窗而入的吗？"

"不需要。瑞妮还留着一把钥匙呢，"她说道，"不过，别告诉人。"

"暖气炉不会开着。不可能有暖气的。"我说。

"没有暖气，"她说道，"但有许多老鼠。"

我们的咖啡来了。它的味道像烤焦的吐司皮和烤菊苣；这没什么可奇怪的，因为他们放进去的就是这个。"你想要些蛋糕或别的什么吗？"我说，"这儿的蛋糕不错。"她瘦成这样，我觉得她可以吃些蛋糕。

"不，谢谢。"

"后来，你又做了些什么？"

"后来，我二十一岁了，于是我从父亲留下的信托基金里得到一点钱。于是我去了哈利法克斯。"

"哈利法克斯？为什么去哈利法克斯？"

"船在那儿进港。"

我没有追问下去。这事背后有一个理由，劳拉总是有理由的。我避免去听这个理由。"可你当时在干什么？"

"无非是这样那样的活儿，"她说，"我让自己派上用处。"在这个问题上，她只会说这么多了，我猜是在某个施食所，或类似的什么机构干活，或者在医院里打扫厕所之类。“你没收到我的信吗？从贝拉维斯塔诊所寄出的？瑞妮说你没收到。”

“没有，”我说道，“我从来没收到过什么信。”

“我估计他们偷了这些信。而且，他们还不让你给我打电话，也不让你来看我吧？”

“他们说，那会对你有害的。”

她轻轻笑了一声。“那会对你有害的，”她说，“你真不该待在那儿，待在那个家里。你不该和他待在一起。他恶劣极了。”

“我知道你一直有这种感觉，可我还能做什么呢？”我说道，“他永远不会让我离婚的。而且我也没有钱啊。”

“那不是个理由。”

“也许对你不是。你得到了父亲的信托基金，但我没有份。再说，艾梅怎么办？”

“你可以把她带在身边呀。”

“说来容易做来难。她也许不想来呢。如果你一定要知道的话，她目前还离不开理查德。”

“她为什么会这样？”劳拉问道。

“他讨好她。他送给她东西。”

“我从哈利法克斯给你写过一些信。”劳拉转换话题说。

“我也从来没收到过那些信。”

“我估计，理查德一直在查看你的信件。”劳拉说道。

“我想是的。”我说。话题正转向一个我没有料到的方向。我原以为我会安慰劳拉，听取一个悲伤的故事，对她表示同情；但相反，她却在对我进行说教了。我们多么容易滑回我们原来各自的角色中去。

“关于我，他对你说了些什么？”她终于问道，“关于把我关进那个地方？”

问题来了，直接摆到了台面上。这是个关键问题，两者必居其一：要么劳拉疯了，要么理查德一直在撒谎。我不能两者都相信。“他给我说了个故事。”我含糊其辞地说。

“什么样的故事？别担心，我不会伤心的。我只是想知道。”

“他说你——嗯，精神上受了刺激。”

“那自然。他会那样说的。他还说了些什么？”

“他说你以为自己怀孕了，但那只是一种幻觉。”

“我是怀孕了，”劳拉说，“问题的关键就在这里——这就是他们为什么如此匆忙地把我弄走。他和威妮弗蕾德——他们俩吓坏了。这样的耻辱，这样的丑闻——你可以想象他们认为这对他辉煌的前途会产生什么影响。”

“是的。我能够看到这一点。”我也能够看到当时的情形——医生悄悄的来访、那种心理恐慌、兄妹俩之间匆匆的商量，以及他们的紧急计划。接着，他们专为我编造了另一套假话。我通常十分温顺，但他们一定知道我有条底线。一旦他们越过这条底线，他们一定害怕我会作出什么反应。

“总之，我没有生下孩子。这是他们在贝拉维斯塔诊所做的事情之一。”

“事情之一？”我感到摸不着头脑。

“我意思是说，除了骗人的鬼话、药片和机器之外，他们还做剖腹产，”她说道，“他们像牙医那样用乙醚把你麻昏过去，然后把孩子取出来。然后，他们对你说，这一切都是你想象出来的。然后，当你指控他们时，他们说你对自身和他人构成了危险。”

她是如此平静，如此言之凿凿。“劳拉，”我说，“你肯定吗？我是指那个孩子。你肯定真有一个孩子？”

“我当然肯定，”她说道，“我为什么要编造这样一件事呢？”

尽管劳拉的话还有几分可疑，但我这次相信了她。“这事是怎么发生的？”我低声问道，“谁是孩子的父亲？”谈这种事需要压低声音。

“如果你还不知道的话，我认为我不能告诉你。”劳拉说。

我猜测，孩子的父亲一定是亚历克斯·托马斯。亚历克斯是唯一令劳拉感兴趣的男人——除了父亲和上帝。我极不愿意承认这种可能性，但实在没有别的选择。他们俩过去一定是频频约会：当她开始在多伦多的学校里逃课的时候；当后来她根本不去上学的时候；当她身穿一本正经、道貌岸然的连胸围裙，鬼话连篇地安慰医院里老叫花子的时候。毫无疑问，他从那连胸围裙上获得一种廉价的刺激；那种古怪的式样一定吸引了他。也许那就是她退学的原因——同亚历克斯约会。她当时有多大——十五岁、十六岁？他怎么可以做出这种事来？

“你和他在恋爱吗？”我问道。

“恋爱？”劳拉说，“和谁？”

“和——你知道的。”我不能说出来。

“噢，不，”劳拉说，“根本没有。太可怕了，但我不得不这样做。我不得不作出牺牲。我必须自己承受苦难。我就是这样向上帝保证的。我知道，如果我那样做的话，就可以救亚历克斯。”

“你到底在说什么呀？”我对劳拉的心智健康刚建立起来的信任开始崩溃：我们又回到她疯狂的玄学王国里去了。“救亚历克斯什么？”

“不让他被抓住。否则，他们会枪毙他的。卡莉·菲茨西蒙斯知道他在哪儿，就是她露的口风。她告诉了理查德。”

“我简直无法相信。”

“卡莉是个告密者，”劳拉说道，“这是理查德说的——他说，卡莉一直为他提供情报。还记得那次她被关进监狱，是理查德把她弄出来的吗？这就是他保她的原因。他欠她的情。”

我觉得这事的原委令人震惊。听来也不可思议，尽管有一丝微乎其微的可能性：它也许是真的。但如果是这样，卡莉一定在撒谎。她何以知道亚历克斯在哪儿？他如此频繁地更换住处。

不过，他也许和卡莉保持着联系。他也许这样做了。她是他可以信赖的人之一。

“在这场交易中，我这一头做到了，”劳拉说，“而且奏效了。上帝不骗人。但后来亚历克斯去打仗了。我意思是说，他从西班牙回来之后。卡莉就是这么说的——她告诉了我。”

我听不懂这话的意思。我的头开始晕了。“劳拉，”我说道，“你为什么来这儿？”

“因为战争结束了，”劳拉耐心地说，“亚历克斯很快就要回来了。如果我不在这里，他不知道去哪儿找我。他不会知道贝拉维斯塔诊所，他也不会知道我去了哈利法克斯。他同我联系的唯一地址是你的。他会想办法给我一个口信的。”她具有忠实信徒那种铁一般的信心，令我十分恼火。

我真想摇醒她。我把眼睛闭上了片刻。我看见了阿维隆庄园的莲花池，石头仙女把脚趾浸在池水中；我看见母亲葬礼的第二天，烈日照在柔韧的绿叶上闪闪发光。我吃了过多的蛋糕和糖，觉得反胃。劳拉挨着我坐在池沿上，喜滋滋地自己哼着歌，坚信一切太平，而且天使也同她在一起，因为她和上帝签订了某种疯癫的秘密条约。

我恨得手指发痒。我知道后来发生了什么。我把她推下去了。

现在，我就要说到至今仍萦绕在我心头的那件事了。此刻我真该咬掉自己的舌头；此刻我真该把嘴紧紧闭上。出于爱，我应该撒谎或者说些别的，就是不说真相。千万别打扰梦游人，瑞妮常说。震惊会要了他们的命。

“劳拉，我真不愿意告诉你这件事，”我说，“但不管你做了什么，都没能救成亚历克斯。亚历克斯死了。他在六个月前阵亡了。是在荷兰。”

她周身的光芒暗淡下来。她的脸色变得十分苍白。望着她就像望着一团蜡在冷却似的。

“你怎么知道？”

“我收到了电报，”我说道，“他们发给了我。他把我列为他最近的亲属。”甚至到那时我还可以改变策略；我可以说：一定弄错了，电报一定是发给你的。但我没有那样说。相反，我说道：“他太不谨慎了。考虑到理查德，他不该那样做。不过，他没有家人，而且，要知道，我们俩是情人——暗地里相爱很久了——再说，他还能指望别的什么人呢？”

劳拉一言不发。她只是看着我。她的目光穿透了我。天知道她看到了什么。一条下沉的船、烈火中的城市、插入后背的一把刀。然而，我认出了那种眼神：那日她在卢韦托河几乎淹死，就要沉下去时的眼神——恐惧、寒冷、痴迷，像钢铁一般闪着光。

过了片刻，她站起身来，把手伸过桌子，迅速而又几乎小心地拿起我的钱包，好像里面装着什么易碎的东西似的。接着，她转过身，走出了甜点店。我没有起身去阻拦她。我惊呆了。当我从椅子上站起来时，劳拉已经走了。

付账时有了麻烦——我的钱都在钱包里。我解释说，我妹妹错拿了我的钱包。我答应第二天来偿还。这事解决后，我差不多是跑步到我泊车的地方的。车不见了。车的钥匙也在我的钱包里。我并不知道劳拉已经学会了开车。

我步行了几个街区，心里在编造着各种故事。我不能告诉理查德和威妮弗蕾德我的车怎么了；它会被用作对劳拉不利的又一条证据。而我要说，我的车抛锚了，被拖到了修车铺。他们为我叫了一辆出租车，我上了车，一直被送回家，然后我才意识到我把钱包忘在车里了。我要说，没什么可担心的。第二天早晨一切都会解决了。

于是，我真的叫了一辆出租车。穆加特罗伊德太太会等在家里给我开门，替我付车费。

理查德没在家吃晚饭。他在某个俱乐部之类的地方，吃着糟糕的晚餐，并发表演说。现在他正干得不亦乐乎，他的目标指日可待。这个目标——我如今知道——不仅仅是财富或权力。他想要的是尊敬——无非是尊敬，尽管他是个暴发户。他对它充满了企盼和渴望；他希望自己得到的尊敬不仅像一把锤子，而且像君王的节杖。这样的欲望本身并不可鄙。

这个专门的俱乐部只接纳男人；否则的话，我也会去那里——坐在后面，面带微笑，最后热烈鼓掌。每当理查德去俱乐部的情况下，我会放艾梅的保姆一夜假，亲自照料艾梅睡觉。我会看着用人给艾梅洗澡，读故事给她听，然后把她掖进被窝里。在这样的特殊夜晚，她反常地迟迟不能入睡；她一定知道我在为什么事情烦恼。我坐在她身边，握着她的手，抚摸她的额头，望着窗外，一直到她迷迷糊糊睡去。

劳拉去哪儿了？她此刻人在哪儿？她把我的车怎么了？我怎样才能找到她？我说什么才能把事情解决好？

一只六月的甲虫被灯光吸引，撞到了窗户上。它像一个瞎子在玻璃上跌跌撞撞。它听起来怒气冲冲，受到了挫败，又孤立无助。

悬 崖

今天，我的脑子突然一片空白，仿佛是白雪反射的结果。并不是某个人的名字消失了——那倒是正常的——而是一个单词，像一只被吹翻的纸杯，倒空了它的意义。

这个词就是“悬崖”。它为什么会出现呢？“悬崖，悬崖。”我反复念叨，也许是大声念叨，但眼前没有影像出现。它是一种物体，一种活动，一种心境，还是一种身体缺陷？

什么都没有。只有眩晕。我在边缘摇摇欲坠，两手朝空中乱抓。最后，我求助于词典。“悬崖”，一个垂直的筑垒，或者是一个陡峭的岩面。

我们曾经相信，天地万物的开始就是上帝这个词。上帝是否知道词也许是多么轻弱的一种东西？多么稀薄，一抹就被抹去了？

或许这就是发生在劳拉身上的事——真真切切地把她推下了悬崖。她曾经依赖这些词，在上面建造她的卡片房子，相信它们是坚实的；而这些词却翻了过来，让她看它们空洞的中心，然后像许多废纸一样飞掠而去。

上帝。信任。牺牲。公正。

忠诚。希望。爱情。

更不用说姐妹之情了。噢，没错。这种情感总是如此。

那天我和劳拉在黛安娜甜点店喝完茶之后，我整个上午都在电话机旁徘徊。几小时过去了，没有音讯。当日，我曾和威妮弗蕾德以及她委员会两个成员约好在田园俱乐部吃午饭。凡是同威妮弗蕾德约好的事，最好恪守原定的计划——否则会引起她的好奇——所以我就去了。

我们听说威妮弗蕾德将有一项最新的社会活动——为资助受伤军人举行一场“卡巴莱”①表演。演出中有歌舞，有一些姑娘表演常规的坎坎舞，所以我们都必须卷起袖子大干一场，还要兼带卖票什么的。威妮弗蕾德会不会穿着上裥边裙子和黑色长筒袜，亲自上场跳舞呢？我衷心希望她别上场。如今她快瘦成皮包骨了。

“你脸色有点苍白，艾丽丝。”威妮弗蕾德偏着头说道。

“是吗？”我和颜悦色地说。她最近不断告诉我说，我没有达到做妻子的标准。她的意思是：我没有全力支持理查德，对他攀登荣耀之梯没起推动作用。

“是的，有点憔悴。是理查德把你弄得筋疲力尽了？这个男人的精力可是太旺盛了！”她看上去兴致勃勃。她的计划——关于理查德的计划——一定进展顺利，尽管我不闻不问。

然而，我无法给她太多的关注了；我正为劳拉的事发愁呢。如果她不很快出现，那我怎么办？我几乎不可能报告我的车被偷了，因为我不想她被捕。理查德也不想那样。那对谁都没有好处。

当我回到家里，穆加特罗伊德太太告诉我：我不在时，劳拉来过了。她甚至没有按门铃——穆加特罗伊德太太恰巧在前厅碰上她。过了这么多年，突然看见活生生的劳拉小姐真是令人震惊，就像见到了鬼。不，她没有留下任何地址。不过，她说了一些话。告诉艾丽丝，我以后要和她谈谈——无非是这一类的话。她把房屋的钥匙留在信件盘子里，说她拿错了。穆加特罗伊德太太说，拿错钥匙真是件奇怪的事。她那扁平的鼻子

① “卡巴莱”：一种餐馆或夜总会的歌舞表演。

闻出了几分可疑。她不再相信我说的关于我的车进了修车铺的故事了。

我松了一口气：一切也许都还好。劳拉仍然在城里。她以后要和我谈谈。

她是得和我谈谈，尽管她有旧话重提的倾向，就像死者有重复往事的习惯一样。死者说的全是活着时对你说过的那些事，但极少说什么新鲜的事。

当警察带来事故的消息时，我正在把午宴服换下来。劳拉冲过一个有“危险”标志的隔栏，然后径直翻下圣克莱尔街大桥，掉进下面的深谷里。警察黯然地摇着头说，汽车已摔得不成样子了。她开的是我的车；他们查到了牌照。一开始他们自然以为汽车残骸里发现的那个烧焦的女人是我。

现在这事差点都成了新闻。

警察离开之后，我竭力停止颤抖。我需要保持冷静，我需要振作精神。你必须勇敢地面对音乐[①]，瑞妮曾经如是说。然而，她想到是什么样的“音乐”呢？并不是舞会音乐。那是严峻的铜管乐，某种游街，两旁是观望的人群，指指点点地讥笑着。路的尽头有一个刽子手，他的精力十分旺盛。

理查德当然会盘问我。关于汽车和修车铺的故事还能站得住脚，如果我补充说：那天我和劳拉一起喝茶，但没有告诉他，因为我不想在他一场关键的演说前不必要地烦扰他。（目前，他所有的演说都是关键的，因为他越来越接近成功了。）

我会说，当汽车抛锚时，劳拉正在车里；她陪我去了修车铺。我遗落钱包后，她一定拾到了，然后就玩起小孩子的把

---

① 面对音乐：英语中的习语，意为“勇于面对困难或承担后果”。

戏：第二天早晨她去领回了汽车，从我支票簿上撕下一张空白支票，用假支票付了账。为了显得真实，我将从支票簿上撕去一张支票。如果他们再三问修车铺的名称，我就说我忘了。如果再进一步逼问，我就哭鼻子。我会说，怎么可以指望我在那种时候记住这样无足轻重的细节?

我上楼去换衣服。到停尸所去，我得戴上手套和一顶带面纱的帽子。也许已经有记者、摄影师在场了。我本想要开车去，然后记起我的车已经成了废铜烂铁。我不得不叫辆出租车。

再者，我应该提醒正在办公室的理查德：一旦走漏消息，“尸体上的苍蝇”就会来包围他。他的名声太大了，事情必然会这样。他一定愿意准备一份讣告。

我拨通了电话。理查德新任的年轻女秘书接了电话。我告诉她，事情紧急，不能通过她转达。我必须和理查德本人通话。

一段间歇之后，理查德被找来了。“什么事?”他问道。他从来不喜欢别人打电话到他办公室去。

“出了一个可怕的事故，”我说，“是劳拉。她开的车摔下桥了。”

他没吭声。

“那是我的车。”

他还是没吭声。

“恐怕她已经死了。”我说道。

“我的上帝。”他停顿了一下。“这些日子她到哪里去了?她什么时候回来的?她在你的车里干什么?”

“我认为你需要立即知道这件事，要早在报界得到消息之前。”我说道。

“没错，”他说，“这想法是明智的。”

“现在，我得去一趟停尸所。”

“停尸所？”他问道，“市里的停尸所？见鬼，为什么？”

“他们把她放在那里了。”

“那么，把她弄出来，”他说，“送她到一个体面的地方去。一个更……”

“更隐秘的地方，”我说道，“好，我去办。我该告诉你，警察话里有话——一名警察刚来过——有一些暗示……”

“什么？你对他们说什么了？什么暗示？”他听上去相当紧张。

“只是说她故意坠下桥去的。”

“胡扯，”他说，“那一定是个事故。我希望你是这样说的。”

“当然。不过，这事有目击者。他们看见……”

“她有留言吗？如果有的话，烧了它。”

“目击者有两个人：一个是律师，另一个在银行做事。她开车戴着白手套。他们看见她转动方向盘。”

“那是光线引起的错觉，”他说道，“要么是他们喝醉了。我要打电话给律师。我会处理好这事的。”

我搁下了电话。我走进化妆间：我需要穿一套黑色丧服，再带上一块手帕。我想，我还得告诉艾梅。我要说是桥出了问题。我要说是桥断了。

我打开我放长筒袜的五斗橱抽屉，里面有练习本——一共五本，是我们跟厄斯金先生读书时用的廉价练习本，用粗绳子扎在一起。劳拉的名字用铅笔写在封面上——她的笔迹稚气未脱。下面是标题：数学。劳拉讨厌数学。

我想，这是旧的课堂作业。不，是旧的家庭作业。为什么她要留给我这些东西呢？

我原本可以说到这里为止了。我原本可以选择一无所知，但我做了你也会做的事——如果你读到这里，你也会这样做的。我选择了知情。

我们中大多数人都会这样做的。不管什么事，我们都会选择知情。在这个过程中，我们不免会伤害自己；如果需要，我们会把双手伸进火里。好奇不是我们唯一的动机：爱、悲痛、绝望或仇恨会驱使我们去做。我们会无情地窥探死者的秘密：我们会拆他们的信件；我们会读他们的日记；我们会翻动他们的垃圾，希望从那些离我们而去的人那里得到一个暗示、一句遗言、一种解释——他们令我们捧着口袋，而口袋常常比我们想象的要空得多。

然而，埋下这些线索要让我们意外发现的那些人是怎么了？他们为什么要费心这样做？是出于自私？怜悯？报复？还是一种简单的显示他们存在的声明，就像在洗手间墙上涂写姓名缩写一样？存在与匿名相结合——坦白却不悔过，有真相却没有后果——它自有它的魅力。用这种或那种方式，洗去你手上的血迹。

对那些留下此类线索的人来说，如果有陌生人来探问每一件和他们根本无关的事情，他们几乎难以抱怨。而且不仅仅是陌生人，还有情人、朋友、亲戚之类。我们都是窥视癖。为什么只因为我们发现了过去的事，我们就认为一切都可以随意拿取？一旦打开别人锁上的门，我们就都成了盗墓者。

然而，仅仅是锁门而已。房间和里面的东西都完好无损。如果留下东西的人想被别人遗忘，他们总是可以把这些东西付之一炬的。

第十四章

金色发束

现在我必须加快速度了。我能看见终点在我前方远远地闪烁，好像是夜雨中的一个路边汽车旅馆。这个战后的汽车旅馆是我旅途中最后一次机会了。在这种旅馆里，他们不问你问题，前台登记簿上的姓名没有一个是真实的，而且他们预收现金。办公室里挂着旧的圣诞树彩灯；后面是一排昏暗的客房，里面的枕头散发着一股霉味。门前有一个圆形的加油泵。不过，它里面没有汽油，几十年前它就干了。你就在这儿停下来吧。

终点，一个温暖、安全的避风港。一个休息的地方。但我还没有到达；我又老又累，一瘸一拐地走着。我在树林里迷了路，也没有白石子来指示路径。脚下的地面险情莫测。

狼群，我祈求你们！长着天蓝色头发和摄人心魄的大眼睛的女鬼们，我召唤你们！站到我身旁来，因为我们快到终点了！请引导我那颤抖的患关节炎的手指，引导我那支黑色的破圆珠笔；让我那颗破漏的心再漂浮几日，直到我把事情安排妥当。做我的伙伴、我的帮手、我的朋友；我说再帮我一次，难道过去我们不是很熟悉吗？

瑞妮曾经说过，一切事物都有它们自己的位置。她心情恶劣时还对希尔科特太太说，没有屎就开不出花来。厄斯金先生确实教给我一些有用的小花招。如果需要，一句召唤“复仇三女神”[①]的妙语便能脱口而出。这主要是在进行报复时的做法。

开头，我的确认为我想要的不过是公正而已。我以为我的心是纯洁的。当我们要打算做伤害别人的事情时，我们的确喜欢把我们自己的动机看成是良好的。然而，正如厄斯金先生也指出的那样，带着弓箭的爱神厄洛斯[②]并不是唯一的盲神。公正女神[③]也是一个。他们是持有锋利武器的年轻盲神。公正女神手里的那把剑，再加上她那块蒙眼的布，是伤害你自己的良方。

你自然想知道劳拉的那些笔记本里记的是什么。当初她自己用褐色的粗绳把它们扎起来，和别的东西一起放在我的扁行李箱里，那是留给你的。我一点都没有动过。你可以自己去看。笔记本上撕去的纸页并不是我撕的。

一九四五年那个充满恐惧的五朔节，我在期待什么呢？坦白？责备？还是详细记录劳拉和亚历克斯幽会的日记？他们俩幽会是毫无疑问的。我在精神上早已经准备遭受伤害了。我受到了伤害，但并不是我原来想象的那种伤害。

我割断绳子，铺开那些笔记本。一共五本，内容分别是："数学"、"地理"、"法语"、"历史"和"拉丁文"。这些都是知识之书。

她像天使般写作，《盲刺客》某个版本的封底上这样介绍劳拉。我记得，那是个美国版本，封面上印有金色的涡卷装饰；在那个国家，人们很看重天使。其实，天使是写不了多少东西的。天使记录罪恶，记录那些下地狱者和被赦免者的姓名；他

---

① 复仇三女神：希腊神话中的复仇女神。

② 厄洛斯：希腊神话中的爱神。

③ 公正女神的形象是一个手持天平和剑，双眼蒙住的神。

们也以脱离躯体的手的形式出现，在墙上涂写警世之言。他们还传递预言，几乎没有什么好消息："愿上帝与你同在"并不是个纯粹的祝福。

记住这一切，没错：劳拉像天使般写作。也就是说，写得不多，但写到了点子上。

我打开的第一个笔记本是记拉丁文课的。剩下的大多数纸页是空白的；还有一些参差不齐的页边，劳拉肯定撕去了她的旧家庭作业。她留下一篇维吉尔的《埃涅伊特》第四部结尾几行的译文——这是她在我的帮助下，参考了阿维隆庄园书房里的图书完成的。埃涅阿斯扬帆远航，通过战争去完成他的使命。狄多点燃了与她消失的情人埃涅阿斯有关的所有物品，形成一个祭坛，然后把自己刺穿在熊熊燃烧的祭坛之上。尽管狄多像被刺穿的猪一般流着鲜血，她却死得很艰难。她的身体扭动了许久。我记得，厄斯金先生十分欣赏这一段。

我记得当初劳拉翻译这段诗的情景。午后的阳光透过我卧室的窗户照进来。她躺在地板上，朝天蹬着她那穿袜子的双脚，把我们俩涂鸦的合力之作费劲地抄到她的本子里。她身上带有一股象牙香皂和铅笔屑的味道。

> 后来，神通广大的朱诺[①]对狄多长时间的痛苦和艰难的旅程感到难过，于是从奥林匹斯山把艾丽丝[②]调来，命她将狄多痛苦的灵魂从所依附的躯体上割开。必须这样做，因为狄多之死既非自然亦非别人所为，而是在绝望中被一个疯狂的冲动驱使，走上了死亡之路。反正，那时普

① 朱诺：罗马神话中的天后，主神朱庇特（宙斯）之妻，相当于希腊神话中的赫拉。
② 艾丽丝：希腊神话中的彩虹女神。

罗塞尔皮娜[①]尚未从她的头上割下金色的发束，或者把她送下冥界。

接着，一切都变得雾蒙蒙的，艾丽丝的翅膀像番红花般金黄，拖曳着千百种彩虹般的颜色在阳光中闪烁。她飞下来，在狄多的上方盘旋。她说：

我奉命来取走这个属于死亡之神的神圣之物；我把你从你的躯体里解脱出来。

然后，所有的热气立即停止了，她的生命消失在空中。

“为什么她必须割下别人的一束头发？”劳拉说，“那个艾丽丝？”

我不得而知。“那正是她必须要做的一件事，”我说道，“有点像祭奉。”我高兴地发现，我和故事里的一个人物有相同的名字，而不只是照某种花取的名字——我以前一直是这个看法。在我母亲的家族里，给女孩取植物名字的做法十分盛行。

“这样做是帮助狄多脱离她的身体，”劳拉说，“她不想再活下去了。这使她脱离了痛苦，所以这样做是对的。是吗？”

“我想是的。”我说道。我对这样细微的伦理观点没多大兴趣。奇特的事情发生在诗歌里；要去把它们弄明白并没有意义。不过，我的确怀疑狄多是不是金发女郎；从故事的其余部分来看，她似乎更像是个深褐色头发的女子。

“谁是死亡之神？他为什么想要那束头发？”

“别再说头发了，”我说，“我们做完了拉丁文课的作业。现在让我们把法语课的作业做完。厄斯金先生照例给我们布置

---

① 普罗塞尔皮娜：罗马神话中主神朱庇特之女，被冥王普路托强娶为妻，成为冥后。

了过多的作业。现在来翻译：Il ne faut pas toncher aux idoles；la dorure en reste aux mains.”

“不要触摸偶像，以免金漆沾手。怎么样？”

“没有说到油漆呀。”

“可它就是这个意思。”

“你了解厄斯金先生。他才不在乎是什么意思呢。”

“我讨厌厄斯金先生。我希望让‘暴力小姐’回来教我们。”

“我也是。我还希望母亲回到我们身边。”

“我也是。”

厄斯金先生对劳拉的这段拉丁文诗歌的翻译评价不高。他用红铅笔在译文上打满了叉。

我如何描绘我现在落入的悲伤之渊呢？我描绘不出来，所以我就不劳神了。

我飞快地翻阅其他的笔记本。“历史”是空白，除了劳拉贴上去的照片——她和亚历克斯在钮扣厂野餐会上的合影。他们两个现在都染成了淡黄色，我的一只孤零零的蓝手在草地上朝他们爬去。“地理”除了厄斯金先生布置的一段关于提康德罗加港的简短描写之外，什么也没有。“这个中等面积的城镇坐落在卢韦托河和若格斯河的交汇处，因生产石头和别的东西而闻名。”是劳拉作业的第一句。“法语”撤去了所有的法语，反倒记录了亚历克斯·托马斯在我们的阁楼上留下的一连串古怪的单词。那些单词——我现在发现——劳拉终究没有烧掉。Archoryne，berel，carchineal，diamite，ebonort...一种异国语言，没错；但我已经学会了理解，理解得比法语还要好。

“数学”有一竖栏长长的数字，有些数字对面还有单词。我想了一会儿才意识到它们是什么样的数字。它们是日期。第一个日期正巧是我从欧洲回来的日子，而最后一个日期是劳拉去贝拉维斯塔诊所的三个月之前。这些词是：

阿维隆庄园，没有。没有。没有。向阳游乐园，没有。"忽必烈行宫"，没有。没有。"玛丽女王"号，没有。没有。纽约，没有。阿维隆庄园，开头没有。

"水妖"号，X.[①]"迷醉"。

多伦多。X.

X. X. X. X.

O.[②]

这就是事情的整个过程。一切都清楚了。这事一直是在我的眼皮底下进行的。我怎么会如此视而不见?

那么，这个男人不是亚历克斯·托马斯。从来就不是亚历克斯。对劳拉来说，亚历克斯属于另一个宇宙空间。

胜利昙花一现

看完劳拉的笔记本之后，我把它们放回我的袜子抽屉里。一切都清楚了，但什么也无法证实。这一点是显而易见的。

然而，正像瑞妮所说的那样，剥猫皮的方法总不止一种。如果你径直走不过去，那就绕道走。

我一直等到葬礼结束，然后又等了一个星期。我不想行动太仓促。瑞妮也常说，宁愿稳妥以免后悔。这是一句靠不住的

① X是英文单词sex(性)的缩写，在此处代表理查德诱奸劳拉。

② O在此处代表大肚子(怀孕)。

格言，因为常常是两者兼有之。

理查德去渥太华了——一次重要的渥太华之行。他暗示说：上层人物也许会突然提出问题；如果不是现在，那也快了。我告诉他以及威妮弗蕾德，我将利用这个机会，带着盛在他们银色盒子里的劳拉的骨灰去提康德罗加港。我说，我需要撒这些骨灰，还要负责把她的名字刻在蔡斯家族的方石碑上。一切都顺理成章。

"别责怪你自己了。"威妮弗蕾德说道。她就希望我这么做——如果我怪罪自己，我就抽不出时间来责怪别人了。"有些事情经不起老是去想。"不过，我们不免老是去想。我们无法克制自己。

送走理查德以后，我放了用人一晚上的假。我说，我愿代她照管。最近以来，我多次这样做——我喜欢独自在屋里守着熟睡的艾梅——所以，连穆加特罗伊德太太也没起疑心。等到四下没人时，我迅速采取行动。我预先已经偷偷地打点了一些包裹——我的珠宝盒、我的那些照片、那本《石园花草谱》。现在我动手整理其余的东西：我的衣服，但绝不是全部；艾梅的东西，也绝不是全部。我把所能拿的东西放进扁行李箱——那只曾经放我嫁妆的箱子；还有的则放进与之配套的手提箱。根据我事先的安排，火车站的人来运走了行李。然后，第二天，我轻易地带着艾梅乘出租车去了联邦车站，每人只带着过夜的小包，神不知鬼不觉。

我给理查德留下了一封信。我说，鉴于他的所作所为——我现在得知的情况——我不想再见他了。考虑到他的政治抱负，我将不会要求离婚。不过，根据劳拉笔记本里的记录，我掌握了他下流行为的充分证据。我撒谎说，这些证据都锁在一个保险柜里。我补充说，如果他想用他的脏手去碰艾梅的话，他应该打消这个歹念，因为我会制造一个非常大的丑闻。而且，如果他不满足我经济上的要求，我也同样会这么做的。我要求的数额不大：这笔钱够在提康德罗加港买一间小房子，能确保艾梅的抚养费就行了。至于我自己的生活费，我可以用别的方法来解决。

我在这封信署名时用了谨启一语。当我舔着信封的封口时，我不知在信中是否拼对了下流这个词。

离开多伦多的前几天，我找到卡莉斯塔·菲茨西蒙斯。她已经放弃了雕塑，现在是个壁画家。我在一家保险公司的总部找到了她；她在那里揽了一个画壁画的活儿。壁画的主题是妇女对战争的贡献——已经过时了，因为战争已经结束。（不过，我们两个并不知道，这幅画很快就会被刷上一层平庸乏味的褐灰色。）

他们给了她整整一面墙的面积作画。画上有三名工厂女工，身穿工作服，勇敢地微笑着挖出了炸弹；一位开救护车的姑娘；两名扛着锄头、拎着一篮西红柿的农场帮工；一个穿制服的女人，高举着一台打字机。在下面的一角，画在一边的是一位系围裙的母亲，正从烤炉里取出一条长面包，两个称许的孩子在一旁观看。

卡莉看到我不无惊讶。我没有事先告诉她我要来；我不希望她躲避我。她正在监看画匠们工作。她把头发用一方印花头巾扎了起来，身穿卡其布宽松长裤，脚蹬一双网球鞋，两手插在口袋里，下唇叼着一支烟，大步地四处转悠。

她听说了劳拉的死讯。她是在报纸上看到这条消息的——这么可爱的姑娘，小时候就如此与众不同，真是遗憾。等她说过那些客套话之后，我把劳拉告诉我的事说给她听，问她是不是真的。

卡莉感到十分气愤。她在话里多次用了胡扯这两个字。确实，当她因为从事煽动活动被反赤小分队抓起来之后，理查德帮过她的忙，但她认为那只是他看她曾是家里人的份上才这么做的。她否认曾经告诉过理查德关于亚历克斯或者别的激进分子或同情者的情况。真是胡扯！这些人是她的朋友！至于亚历克斯，没错，当他陷于困境时，她开头帮过他，但后来他消失了。事实上，他还欠她一些钱。再后来，她听说他去了西班牙。当初她自己都不知道他在哪里，她怎么能告发他呢？

一无所获。或许理查德在这件事上对劳拉说了谎，就像他在许多别的事情上对我说谎一样。反过来，或许是卡莉在说谎。不过，我还能指望她再说些什么呢？

艾梅不喜欢待在提康德罗加港。她想要她的父亲。她想要她熟悉的东西；小孩子都是这样。她想回到她自己的房间。唉，我们不也都是这样吗？

我解释说，我们必须在这里待几天。我不该说“解释”，因为没有什么好解释的。对于一个八岁的小孩，我怎么说才能让她明白呢？

提康德罗加港现在不一样了；战争造成了损害。交战期间，有几家工厂重新开工——身穿工作服的女人生产雷管——但现在它们又关闭了。也许，一旦确定归来的军人到底想买些什么，它们会转向和平时期的生产，因为这些退伍军人无疑会建造房子和建立家庭。同时，有许多人失业，正在等待和观望。

还有一些空缺。埃尔伍德·默里不再办报纸了；他参加了海军，被炸死了，很快将成为阵亡将士纪念碑上一个新的、闪亮的名字。有趣的是，传说镇上哪些男人死了，哪些男人自杀了，人们谈论这事时仿佛死亡是一种笨头笨脑的行为，甚至是轻微而蓄意的行为——几乎像你花钱去理个发一样。买到了饼干是最近男人们通常用来指死亡的术语。你不禁纳闷，在他们心目中这种“饼干”是谁的烘焙手艺。

瑞妮的丈夫罗恩·欣克斯没有被列入这些漫不经心的赴死者的名单。人们郑重地说，他和加拿大皇家军团中一群来自提康德罗加港的同伴，战死于西西里。瑞妮领到了抚恤金，但没什么别的收入，于是把她小房子的一个房间租了出去。同时，她还在贝蒂小吃店干活。不过，她说自己的背疼得要命。

我很快发现，不是她的背要她的命，而是她的肾要她的命。我搬回去六个月之后，她的肾就不行了。米拉，如果你读到这里，我希望你知道这是个多么严重的打击。我一直指望她健在——她不总是健在的吗？——如今，突然之间，她不在了。

后来，我却越来越感到她的存在；当我想听不停的唠叨时，我听到的能是谁的声音呢？

当然，我去了阿维隆庄园。这是一次令人难堪的旧地重访。庭园荒芜，园中杂草丛生；暖房成了废墟，玻璃窗破碎，干枯的花草仍长在花盆里。不过，当年我们住在这里的时候，也有几盆这样的花草。守园的两尊斯芬克斯石雕身上刻上了几行约翰爱玛丽之类的话；有一尊已经翻倒在地。石头仙女的莲花池里堵满了枯草败叶。仙女本身还立在那里，虽然缺了几根手指。然而，她的微笑依旧：超脱、神秘、漠然。

我不需要破门而入；那时瑞妮还活着，她私下仍然持有一把钥匙。房子的状况令人悲哀：到处是灰尘和老鼠屎；如今已经灰暗的镶木地板，不知滴上了什么东西，弄得污渍斑斑。特里斯坦和伊索尔特还在，俯看着空荡荡的餐厅。不过，伊索尔特的竖琴受了些损伤。一两只谷仓的燕子在中间的窗户上筑了窝。然而，房子内部并没有遭到人为的破坏。蔡斯家族的姓氏之风仍然在四周吹拂，不管多么微弱；空气中一定还残存着越来越黯淡的权势和金钱的光环。

我走遍了房子的各个角落。处处散发着一股霉味。我查看了书房，美杜莎的雕像仍然傲立在壁炉台上。祖母阿黛莉娅的肖像也还在原来的地方，但已开始下陷：她的脸现在表现出一种压抑，却又快乐而狡黠的神情。我在想：我敢肯定你曾四处放荡。我敢肯定你有一种不为人知的生活。我敢肯定是它给了你活下去的动力。

我在书里到处乱翻；我打开了书桌的抽屉。在其中一个抽屉里，有一盒当年祖父的钮扣样品：一粒粒白色的骨头在他手里曾变成了黄金——许多年来一直是黄金，而如今又变回了骨头。

在阁楼上，我找到了劳拉从贝拉维斯塔诊所出来之后给自己建立的小窝：被子是从贮藏箱里拿来的，毯子是从她楼下床上搬来的——如果有人来这房子搜查的话，她必定暴露无遗。地上有几片干了的橘子皮、一个苹果核。她照例没有想到清理任何东西。藏在壁橱里的是她在乘“水妖”号那年夏天存放的一包零碎物品：银茶壶、瓷茶杯和碟子、刻有姓名缩写的匙子。还有鳄鱼状的胡桃夹子、一粒单个的珠母袖扣、那只坏了的打火机、缺少醋瓶的调味品架子。

我对自己说，我以后还要回来，再多拿些东西。

理查德本人并没有出现；我看这是他感到内疚的迹象。他派来了威妮弗蕾德。“你失去理智了吗？”她张口就质问道。（这是在贝蒂小吃店的一个卡座里；我不想让她到我租住的小房子里来，我不想让她靠近艾梅。）

“没有，”我说，“劳拉也没有。或者说，没有像你们俩编造的那样。我知道理查德干了什么。”

“我不明白你在说什么。”威妮弗蕾德说道。她身披着一件拖着闪光尾巴的貂皮披肩，正在脱手套。

“我想，他认为娶我是做了一笔好买卖——花一个的价钱买了两个。他几乎是白捡了我们姐妹俩。”

“别荒唐了，”威妮弗蕾德说，尽管她看上去心烦意乱。“不管劳拉说什么，理查德的手绝对是干净的。他像积雪一样纯净。你犯了个严重的判断错误。他想让我转告你，他已准备不计较这件事——你的这次失常行为。如果你回来，他完全愿意宽恕这一切，忘掉这一切。”

“但我没有荒唐，”我说，“他也许像积雪一样纯净，但那不是积雪。那完全是另一种东西。”

“小声点，”她嘘道，“别人在看我们呢。”

“他们反正是要看的，”我说，“因为你打扮得像阿斯特[①]夫人的马儿似的。要知道，那种绿色一点也不适合你，尤其是对于你现在的年龄。说真的，从来就不适合你。它使你看起来像患了胆病一样。”

这句话击中了要害。威妮弗蕾德觉得谈话难以继续；她不习惯我这新表现出来的、恶毒的一面。“你想要什么，准确地说？”她说道，“并不是理查德做了什么。但他不想闹得沸沸扬扬。”

“我准确地告诉他了，”我说，“我写得一清二楚。现在我想要支票。”

“他要见艾梅。”

“没门儿，”我说，“这事我决不允许。他对小姑娘有癖好。你是知情的，你一直都知情。早在我十八岁时，我对他已经忍耐到极限了。我现在终于明白，让劳拉和我们同住一间房子对他的诱惑太大了。他无法不碰劳拉。但是他别想碰

---

① 阿斯特：美国一个有名的富翁，他的夫人生活奢侈。

艾梅。”

“别恶心了。”威妮弗蕾德说道。她此刻已经十分生气了。她的浓妆盖不住脸上的斑斑点点。“艾梅是他的亲生女儿。”

我差点说：“不，她不是。”但我知道那将是个策略上的错误。法律上，她是他的女儿；我没有办法证明不是，因为当时还没有发明检测基因之类的手段。如果理查德得知了真相，他会更急于把艾梅从我身边抢走。他将把她扣作人质，我将失去我至今赢得的一切优势。这是一场肮脏的游戏。“他谁都不放过，”我说，“即使是艾梅。然后，他会把她打发到一个见不得人的堕胎营，就像他对劳拉那样。”

“我看，这样讨论下去没有任何意义了。”威妮弗蕾德一面说，一面收起她的手套、披肩和鳄鱼皮钱包。

战争结束之后，情况改变了。它改变成我们现在这个样子。过了一阵子，死气沉沉的灰色和中间色调不见了。取而代之的是正午的耀眼亮色——艳丽、原色、无阴影。灼热的粉红色、强烈的蓝色、浮水气球的红白色、塑料的荧光绿；太阳像聚光灯一样炙烤着大地。

在城镇的郊区周围，推土机横冲直撞，树木纷纷倒下；地上铲出了一个个大坑，好像落过炸弹似的。满街是沙子和泥土。一块块光秃秃的草地显露出来，上面种植着细长的小树；白桦十分普遍。枝叶稀疏，树顶间露出了太多的天空。

肉铺的橱窗里陈列着油光光的大块肉，有块状的、条状的和片状的。有朝霞般光亮的橘子和柠檬，有小丘般的糖堆和大山般的黄油。人人都在吃啊吃。他们把能弄到的鲜艳的肉、鲜艳的食物统统填进肚子，仿佛没有明天了。

然而，明天是有的；只有明天。消逝的是昨天。

从理查德那里，以及从劳拉的遗产中，我现在得到了足够的钱。我已经买好了我的小房子。艾梅还在怨我把她从原来富裕得多的生活中拖出来，但她看上去已经安下心来了。不过，偶尔我会瞧见她那冷冷的目光。她断定我不是一个令人满意的母亲。另一方面，理查德已经获得了相隔遥远的益处：由于他已不再出现，他在她的眼中具有了更多的闪光点。然而，他源源不断寄来的礼物渐渐减成了细流，所以她也没有很多的选择。恐怕我期望她能过比现在更清苦的生活。

与此同时，理查德正在准备攫取权力；据报纸说，这差不多已是他的囊中之物了。无疑，我拖了他的后腿。不过，关于我们分居的传言被压下去了。我被说成是“在乡下”。只要我打算待在那里，这种说法就勉强能够成立。

在我不知情的情况下，别的谣言已在流传：什么我精神不正常；什么尽管我古怪乖僻，理查德还在赡养我；什么理查德是个圣人等等。如果处理得当的话，有一个疯癫妻子对他也没什么坏处。它的确能使当权者们的配偶更加同情他的事业。

在提康德罗加港，我过得十分安宁。每当我出去，我都走在一片充满敬意的低语声中；当我走近能听见时，声音低下去了，而后又响起来。人们有个一致的看法：不管理查德出了什么事，我肯定是受害的一方。我吃了亏，但因为世上缺乏公平和宝贵的小小仁慈，所以什么也不能为我做。当然，这种情况发生在这本书出版之前。

时光流逝。我搞园艺、读书，还干点别的事情。我已经着手进行小量的旧工艺品的买卖——那是从理查德给我的几件动物形状的首饰开始的。结果证明，它在后来的几十年里对我是非常有用的。一种正常的外表建立起来了。

然而，没流出来的泪可以使你变得酸臭。记忆也会。咬自己的舌头也会。我难受的夜晚开始了。我无法入眠。

公开来看，劳拉的事已经被掩盖了。再过几年，她就仿佛是从来没存在过一样。我对自己说，我本不该发誓保持沉默。我想要什么呢？没什么，只是某种纪念物。然而，当你剥去一个纪念物的包装后，它除了是忍受的伤口纪念之外，还会是什么呢？忍受它，而且怨恨它。没有记忆，也就没有报复。

不能忘却。记住我。我们向你伸出我们的枯手。这是那些渴望关怀的鬼魂们的呐喊。

我发现，再没有比理解死者更困难的事了。但是，也再没有比无视他们更危险的事了。

一堆瓦砾

我把书稿寄出去了。过了些日子，我收到一封回信。我又作了答复。事情自然地进展下去。

正式出版之前，作者的样书寄来了。护封的勒口上有一段感人的传记性文字：

> 劳拉·蔡斯写出《盲刺客》一书时还不到二十五岁。这是她的第一部小说。令人悲哀的是，这也是她的最后一部小说，因为她于一九四五年死于一场悲惨的车祸。现在能推出这位年轻的天才作家惊人成熟的处女作，我们深感骄傲。

文字之上是劳拉的照片，复制得相当糟糕：她的脸看上去像沾了苍蝇屎。不过，这毕竟也能聊以自慰了。

书出版以后，开头毫无反响。毕竟，它是本很小的书，而且内容也算不上畅销故事。虽然它在纽约和伦敦的评论界受到好评，但在这里却没有引起什么轰动，一开始没有。后来，道学家们抓住了它，传道士和当地的碎嘴婆娘们行动起来，喧嚣开始了。一旦那些“尸体上的苍蝇”找到了某种联系——劳拉是理查德·格里芬死去的小姨子——他们便一哄而上，炒作这个故事。那时，理查德已经树立了一批政敌。含沙射影的攻击开始了。

关于劳拉自杀的说法当时曾被十分有效地压了下来，现在又浮出水面。不仅提康德罗加港的人在议论，而且那些重要圈子里的人也议论起来。如果她是自杀的，为什么？有人打来了匿名电话——可能是谁呢？——而且贝拉维斯塔诊所也被牵连进来。根据诊所的一名前职员（据说，一家报社曾付给他重金）的证词，有关方面对诊所的可耻做法进行了一番充分的调查。造成的结果是：后院被掘地三尺，整个诊所关门大吉。我饶有兴致地细细看它的照片。在成为诊所之前，它是一个木材大王的宅第。据说，它的餐厅有一些相当精美的雕花玻璃窗，但自然不如阿维隆庄园的精美。

理查德和诊所所长之间有一些通信来往。作为证据，这些信件特别具有杀伤力。

偶尔在脑海中或梦中，理查德会出现在我面前。他灰蒙蒙的，身上却带着斑斓的光泽，就像水坑上的一层油花。他冷冰冰地瞧了我一眼。又是一个来指责我的鬼魂。

在报纸宣布他退出官场政治前不久，我收到他的一个电话。这是从我离开之后他打来的第一个电话。他怒气冲冲，暴跳如雷。别人告诉他，由于那件丑闻，他不再被考虑为领导班子的候选人，而且那些重要人物也不再回他的电话了。他受到了冷遇。他被封杀了。他说，我是故意这样做的，目的是要毁了他。

“我做了什么？”我说，“你并没有被毁。你仍然很有钱呀。”

“那本书！”他说道，“你暗地里毁了我！你出版它花了多少钱？我不相信劳拉会写出那本肮脏的——那堆文字垃圾！”

“你是不想相信，”我说，“因为你迷醉于她。你无法面对这种可能性：在你下流地同她寻欢作乐时，她一直和另外一个男人频频上床——她所爱的那个人，同你不一样。我猜想，那本书说的就是这个——不是吗？”

“是那个激进分子吧？就是野餐会上他妈的那个狗杂种！”理查德一定十分恼火；通常他是很少骂人的。

“我怎么会知道？”我说道，“我又没去监视她。不过，我同意你的看法，那是从野餐会上开始的。”我没有告诉他，同亚历克斯有关的野餐会有两次：一次劳拉去了；第二次在一年以后，劳拉没去，那是我在皇后街碰见亚历克斯那天之后。有煮鸡蛋的那一次。

“她这样做是出于怨恨，”理查德说，“她就是在报复我。”

“那我并不吃惊，”我说道，“她一定痛恨你。她为什么不呢？你差不多是强奸了她。”

“这话不对！没有她的同意，我什么都不会做！”

“同意？这就是你所谓的同意？我说这是胁迫。”

他一下子挂断了电话。他们家族就是这个德性。先前威妮弗蕾德打电话来责骂我时，她也是这么做的。

后来，理查德失踪了。接着，他又在“水妖”号上被找到了——好了，这些你都知道。他一定是悄悄进了镇，悄悄进了阿维隆庄园的庭院，悄悄上了船。当时船是在船棚里——顺便告诉你，不是像报纸上错误报道的那样，说是拴在码头上。那是掩人耳目的。漂在水上的船里有一具尸体应该十分正常，但停在船棚里的船上有尸体就古怪了。威妮弗蕾德不想让人们认为理查德精神错乱了。

那么，真正发生了什么事？我也说不准。他的尸体一被找到，威妮弗蕾德就接管了一切事务，尽量把事情弄得好看一些。她的说法是中风。然而，人们却发现他胳膊肘旁有一本书。我知道这个情况，因为威妮弗蕾德歇斯底里地打电话来告诉了我。“你怎能对他做出这种事？”她说，“你毁了他的政治生涯，然后你又毁了他关于劳拉的美好记忆。他爱她！他崇拜她！她死了，他无法承受这个事实！”

“我很高兴听说他感到一丝懊悔，”我冷冷地说，“当时我并没发觉他有什么懊悔。”

威妮弗蕾德自然对我进行了一番责备。过后，那就是公开的战争了。她对我做出了她所能想到的最恶劣的事。她带走了艾梅。

根据威妮弗蕾德的说法，想必你读过了福音书[①]。在她的嘴里，我一定是一个酒鬼，一个野鸡，一个荡妇，一个坏母亲。随着时间的推移，我无疑又变成了一个邋遢的老泼妇，一个老疯婆，一个卖破烂的小贩。然而，我怀疑她是否对你说我害死了理查德。如果她那样说的话，她还不得不说她是从哪儿听来的。

破烂是个诋毁的词。不错，我贱买贵卖——在古董这个行当，谁不是这样？——但我有好眼光，而且从来不强迫别人。我承认，有一段时间我饮酒过量，但那是在艾梅走了之后。至

① 福音书：指《圣经》中的《约翰福音》等章节所讲的基督教义。

于男人，我也有过几个。那从来就不是个爱情问题，更像是每隔一段时间包扎一次伤口。我同周围的一切关系都被割断了，不能伸手，不能触摸；同时，我感到被擦伤了，伤得生疼。我需要另外一个身体的慰藉。

我避开我以往社交圈里的任何男人。不过，其中有些男人一听到我孤独，乃至可能境况糟糕的风声，便像果蝇一样出现了。那些男人可能是受了威妮弗蕾德的怂恿；看来这是毫无疑问的。我坚持找一些陌生人，他们是在我去附近的城镇搜寻人们所说的“可捡的男人”时捡来的。我从来不说自己的真名。但最后，威妮弗蕾德的穷追不舍令我难以招架。她只需要雇一个人跟踪我，就能得到对我不利的证据。我进出汽车旅馆房门的照片；登记簿上的假名；贪图贿赂的旅馆老板的证词。我的律师说：*你可以在法庭上力争，但我建议你别这样做。我们要尽力争取探访权，这才是所有你能指望的。你把弹药交给他们，他们已经用上了。*甚至连律师对我也抱怀疑态度，不是因为我道德堕落，而是因为我笨头笨脑。

理查德在遗嘱里指定威妮弗蕾德为艾梅的监护人，还指定她为艾梅一笔不小的信托基金的唯一委托人。因此，这一点也对她有利。

至于那本书，劳拉一个字也没写过。不过，你明白这点想必有一些日子了。在我那些漫长的孤独的夜晚，当我等候亚历克斯回来，以及后来我知道他不会回来了，我自己把书写成了。我并没认为我是在写作——只是写下来而已。我写下我所记得的，以及我所想象的，那同样也是真相。我认为自己是在记录。仿佛一只脱离了躯体的手，在墙上涂写。

我想要个纪念物。写书就是这样开始的。为了亚历克斯，同时也为了我自己。

从我写书到用劳拉署名并不是个大跨越。你也许断定，激发我这么做的是怯懦，或胆小怕事——我从来就不喜欢聚光灯。或者仅仅是出于谨慎：署我自己的名字将会让我永远失去艾梅；迄今为止，我始终见不着她。不过，再一想，这只是在实现公平，因为我不能说劳拉一个字也没写。从表面上看，这么说并不错，但在另一种意义上——劳拉所谓的精神意义——你可以说她是我的合作者。真正的作者并不是我们俩中的任何一个：拳头大于手指的总和。

我还记得劳拉十岁或十一岁时坐在阿维隆庄园祖父的书桌前的情景。她面前放着一张纸，正忙着安排天堂里的座位。“耶稣坐在上帝的右手，”她说，“那么谁坐在上帝的左手呢？”

“也许上帝并没有左手，”我逗她道，“左手应该是邪恶的，所以他也许没有。也许他的左手在战争中被砍掉了。”

“我们是按照上帝的模样捏成的，”劳拉说，“我们有左手，因此上帝一定也有。”她一面查看她的图表，一面咬着铅笔头。“我明白了！”她说道，“桌子一定是圆的！所以，人人都坐在别人的右手，一直这么转过来。”

“反过来也一样。”我说。

劳拉是我的左手，我也是她的左手。我们一起写出了这本书。这是一本左手写成的书。这就是为什么不管你从哪一面去看，我们俩中有一个总是看不到的。

当我开始记述劳拉的生活——我自己的生活——我不知道我为什么要写，也不知道完成后期望谁去读。但现在我都清楚了。我是在为你而写，亲爱的萨布里娜，因为你是现在需要它的人——唯一的一个人。

既然劳拉不再是你心目中原来的那个形象，那么你自己也不再是你心目中的那个形象了。这可能是个打击，但也可能是个解脱。比如，你同威妮弗蕾德没有任何亲属关系，同理查德也没有亲属关系。在你身上根本没有一星半点格里芬家族的影子：在这一点上，你的手是干净的。你真正的祖父是亚历克斯·托马斯；至于他的父亲是谁，噢，谁都有可能。富人、穷人、乞丐、圣人、几十种国籍、十几幅作废的地图、上百个夷为平地的村庄——你自己去挑。你从他那里获得的遗产是一个无限遐想的王国。你可以随意重新创造你自己。

第十五章

《盲刺客》尾声：另一只手

她有一张他的照片，是黑白的。她仔细地保存着，因为它几乎是她留下的唯一与他有关的东西。照片是他们俩的合影——她和这个男人在一次野餐会上。野餐的字样写在背面——不是他或她的名字，仅仅是野餐两个字。她心里知道两个人的名字，不需要写下来。

他们俩坐在一棵树下；那一定是棵苹果树。她把一条宽大的裙子掖在膝盖上。那是个大热天。她把手伸到照片上方，仍能感到热气蒸腾上来。

他头戴一顶浅色的礼帽，半遮着脸。她斜转身对着他，面带笑容；她记不得从此以后她还对谁那样笑过。她在照片中显得十分年轻。他也在微笑，但他抬起一只手，横在他自己和照相机之间，似乎要挡住镜头。他仿佛要挡住她将来的视线，以免她再回头看现在；又仿佛要保护她似的。他的手指中夹着一个烟蒂。

在没有人的时候，她取出照片，平放在桌子上，然后盯着它看。她审视每一个细微之处：他冒烟的手指、他衣服上洗白了的皱褶、挂在枝头的未成熟的苹果、前方地面上的枯草，还有她的笑脸。

照片已被剪过，三分之一被剪去了。左下角有一只手，搁在草地上，腕部以上被截掉了，那是另一个人的手——那个人总是在照片里，不管看得见还是看不见。这是那只将来要记述事情的手。

她心里在想：我怎么会如此无知？又如此愚蠢、如此视而不见、如此粗心大意？然而，如果没有这种无知、这样的粗心大意，我们又怎么活下去？如果你知道将要发生什么事，如果你知道下一步将要发生的一切事情——如果你预先知道你自己行为的后果——你就注定完蛋了。你将会像上帝一样毁了。你将是块石头。你将永远不会吃，不会喝，不会笑，不会在早晨起床。你将不会爱任何人，永远不会。你将永远不敢爱任何人。

现在这一切都被时间淹没了——还有树、天空、风和云彩。她所留下的仅仅是这张照片。还有关于它的故事。

照片是幸福的，而故事不是。幸福是一座围着玻璃围墙的花园：没有进来或出去的途径。天堂里没有故事，因为那儿没有旅行。是丧失、悔恨、苦难和渴望驱赶着故事，让故事沿着它崎岖的道路前进。

《提康德罗加港先驱旗报》（1999 年 5 月 29 日）

艾丽丝·蔡斯·格里芬——一位难忘的夫人

米拉·斯特奇思

上星期三，艾丽丝·蔡斯·格里芬夫人在提康德罗加港的家中突然去世，享年八十三岁。“她坐在她家的后花园里，十分平静地离开了我们，”蔡斯家族的老朋友米拉·斯特奇思夫人说道，“这并不出人意料，因为她正患心脏病。她具有鲜明的个性，是历史的一个里程碑，也是她那一代了不起的人物。我们都将怀念她。她必将永远活在人们心里。”

格里芬夫人是本地著名作家劳拉·蔡斯的姐姐。此外，她还是这座城镇永久怀念的诺弗尔·蔡斯上尉的女儿，又是创办钮扣厂和其他几家工厂的蔡斯企业的创始人本杰明·蔡斯的孙女。而且，她是已故著名企业家和政治人物理查德·E.格里芬的妻子，同时也是去年离世、给我们的中学留下一笔丰厚遗赠的多伦多慈善家威妮弗蕾德·格里芬·普赖尔的嫂子。她身后留下了她的外孙女萨布里娜·格里芬；后者刚从国外归来，不久将抵达本镇料理她外祖母的后事。我相信，她将受到热情的欢迎，将得到我们大家所能提供的任何帮助。

根据格里芬夫人的意愿，不公开举行葬礼，骨灰将安葬在希望山公墓的蔡斯家族纪念碑下。然而，本星期二下午三点整，将在乔丹殡仪馆的小教堂里举行悼念仪式，感谢多年来蔡斯家族所作出的诸多贡献。仪式结束后，米拉·斯特奇思家里有茶点供应，欢迎赏光。

门　槛

今天下雨了。一场温暖的春雨。雨雾弥漫，空气变成了乳白色。急流的声音在悬崖上方回响——像一阵风，但又凝然不动，仿佛是留在沙滩上的海浪印迹。

我坐在后门廊凸檐下的木桌旁，朝外凝视着长长的、杂草丛生的花园。天色几乎是黄昏了。野生的福禄考花正在盛开，或者说，那盛开的野花想必是福禄考；我无法看清。花园的另一端，一种蓝色的东西闪着微光，那是阴影中雪的磷光。花坛里，那些嫩芽争相冒出来，状如蜡笔，颜色有紫红的、水绿的、绛红的。湿漉漉的土壤和新鲜植物的气味一阵阵向我袭来，水灵灵的，滑溜溜的，还带有树皮般的酸味。它像青春的气味；它又像心碎的气味。

我用一条披巾把自己裹起来；今晚对于这个季节来说是温暖的，但我并没有感觉到它的温暖，只是不再寒冷。我从这里把世界看得清清楚楚——这里指的是在下一个浪头把你冲下去之前，从一个浪头的顶端所看到的景色：天是多么蓝，海是多么绿，前景是多么美好。

我的胳膊肘旁是一堆稿纸：我月复一月辛勤积累起来的文稿。当我完成之后——当我写完最后一页——我将把自己拖出这张椅子，走到厨房，去翻寻一根橡皮筋，或一段绳子，或一条旧缎带。我将把这些文稿扎起来，然后掀开我扁行李箱的盖子，把这捆文稿放在其他东西之上。它将在那里等待你旅行归来，如果你确实回来的话。律师持有箱子的钥匙和我的指令。

我必须承认我有一个关于你的白日梦。

某一天晚上将会有人敲门，那将是你。你将身穿黑衣服，背着一个如今人们都在使用的那种小帆布包，而不是手提包。天将下着雨，就像今晚一样，但你不愿打伞，你蔑视伞；年轻人喜欢他们的头被自然界的风雨吹打，由此而感到振奋。你将站在门廊上，笼罩在雾蒙蒙的灯光中；你黑亮的头发将是湿漉漉的，你的黑衣服将被浸湿，雨点将像饰片一样在你的脸上和衣服上熠熠闪光。

你将会敲门。我将听见你来了，我将拖着脚步走下门厅，我将把门打开。我的心将跳动翻腾；我将仔细瞧你，接着认出了你——我珍藏的、余留的最后一个愿望。我将暗自思忖：我从来没见过这么美丽的人，但我不会这样说；我不想让你认为我变得傻乎乎的。然后，我将欢迎你，我将向你张开双臂；我将吻你的脸颊，稀稀地吻你，因为放纵我自己是不得体的。我将流几滴眼泪，但只有几滴，因为老年人的眼睛是干涩的。

我将邀请你进来。你将走进来。其实，我内心并不想建议一位年轻姑娘跨过像我这样的一个地方的门槛，里面住着一个像我这样的人——一个老妇人，一个年长的妇人，独自住在一间僵化的小屋里，头发像燃烧的蜘蛛网，还有一个杂草丛生的花园充满了鬼知道什么东西。这样的东西身上有股地狱之火的气息：你甚至会有些怕我。然而，你也会像我们家族所有的女人一样，生性有点鲁莽，所以你终究会进来的。你会叫我一声外婆；通过这一个词，我和你之间的亲情关系将得以恢复。

我将让你坐在我的桌子旁，四周是木匙、枝条编的花环和从未点亮过的蜡烛。你将会浑身颤抖，我将给你一块毛巾，我将用一条毯子把你裹起来，我将给你冲一杯可可。

然后，我将给你讲一个故事。我将给你讲这样一个故事：你是如何到这里来，坐在我的厨房里，听我给你讲这个故事的。如果有这样的奇迹发生，将不会需要这堆杂乱的文稿了。

我想从你那里得到什么呢？不是爱，因为这个要求过分了。不是原谅，因为那不是你能赐予的。或许只是一名听众，只是一个愿意看望我的人。不过，无论你还要做什么，不要美化我；我并不希望做一具装饰过的颅骨。

然而，我把自己交到你的手中。我还能有什么选择呢？当你读到这最后一页时，那里——如果我在什么地方的话——将是唯一我存在的地方。

图书在版编目(CIP)数据

盲刺客／(加)玛格丽特·阿特伍德(Margaret Atwood)著；韩忠华译．—上海：上海译文出版社，2022.9
(译文经典)
书名原文：The Blind Assassin
ISBN 978－7－5327－9051－7

Ⅰ．①盲… Ⅱ．①玛… ②韩… Ⅲ．①长篇小说—加拿大—现代 Ⅳ．①I711.45

中国版本图书馆 CIP 数据核字(2022)第 139353 号

盲刺客

[加拿大] 玛格丽特·阿特伍德/著 韩忠华/译
责任编辑/杨懿晶 装帧设计/张志全工作室

上海译文出版社有限公司出版、发行
网址：www.yiwen.com.cn
201101 上海市闵行区号景路 159 弄 B 座
山东临沂新华印刷物流集团有限责任公司印刷

开本 787×1092 1/32 印张 17.5 插页 5 字数 330,000
2022 年 10 月第 1 版 2022 年 10 月第 1 次印刷
印数：0,001—6,000 册

ISBN 978－7－5327－9051－7/I·5627
定价：88.00 元

“译文经典”（精装系列）

瓦尔登湖	[美] 梭罗 著　潘庆舲 译
老人与海	[美] 海明威 著　吴劳 译
情人	[法] 玛格丽特 · 杜拉斯 著　王道乾 译
香水	[德] 聚斯金德 著　李清华 译
死于威尼斯	[德] 托马斯 · 曼 著　钱鸿嘉 译
爱的教育	[意] 亚米契斯 著　储蕾 译
金蔷薇	[俄] 帕乌斯托夫斯基 著　戴骢 译
动物农场	[英] 乔治 · 奥威尔 著　荣如德 译
一九八四	[英] 乔治 · 奥威尔 著　董乐山 译
快乐王子	[英] 王尔德 著　巴金 译
都柏林人	[爱] 乔伊斯 著　王逢振 译
月亮和六便士	[英] 毛姆 著　傅惟慈 译
蝇王	[英] 戈尔丁 著　龚志成 译
了不起的盖茨比	[美] 菲茨杰拉德 著　巫宁坤 等译
罗生门	[日] 芥川龙之介 著　林少华 译
厨房	[日] 吉本芭娜娜 著　李萍 译
看得见风景的房间	[英] E · M · 福斯特 著　巫漪云 译
爱的艺术	[美] 弗洛姆 著　李健鸣 译
荒原狼	[德] 赫尔曼 · 黑塞 著　赵登荣 倪诚恩 译
茵梦湖	[德] 施托姆 著　施种 等 译
局外人	[法] 加缪 著　柳鸣九 译
磨坊文札	[法] 都德 著　柳鸣九 译
遗产	[美] 菲利普 · 罗斯 著　彭伦 译
苏格拉底之死	[古希腊] 柏拉图 著　谢善元 译
自我与本我	[奥] 弗洛伊德 著　林尘 等译
“水仙号”的黑水手	[英] 约瑟夫 · 康拉德 著　袁家骅 译
变形的陶醉	[奥] 斯台芬 · 茨威格 著　赵蓉恒 译
马尔特手记	[奥] 里尔克 著　曹元勇 译
棉被	[日] 田山花袋 著　周阅 译
69	[日] 村上龙 著　董方 译
田园交响曲	[法] 纪德 著　李玉民 译
彩画集	[法] 兰波 著　王道乾 译
爱情故事	[美] 埃里奇 · 西格尔 著　舒心 鄂以迪 译
奥利弗的故事	[美] 埃里奇 · 西格尔 著　舒心 译
哲学的慰藉	[英] 阿兰 · 德波顿 著　资中筠 译
捕鼠器	[英] 阿加莎 · 克里斯蒂 著　黄昱宁 译
权力与荣耀	[英] 格雷厄姆 · 格林 著　傅惟慈 译
十一种孤独	[美] 理查德 · 耶茨 著　陈新宇 译

浪子回家集	[法] 纪德 著　卞之琳 译
爱欲与文明	[美] 赫伯特·马尔库塞 著　黄勇　薛民 译
存在主义是一种人道主义	[法] 让-保罗·萨特 著　周煦良　汤永宽 译
海浪	[英] 弗吉尼亚·伍尔夫 著　曹元勇 译
尼克·亚当斯故事集	[美] 海明威 著　陈良廷　等译
垮掉的一代	[美] 杰克·凯鲁亚克 著　金绍禹 译
情人的礼物	[印度] 泰戈尔 著　吴岩 译
旅行的艺术	[英] 阿兰·德波顿 著　南治国　彭俊豪　何世原 译
格拉斯医生	[瑞典] 雅尔玛尔·瑟德尔贝里 著　王晔 译
非理性的人	[美] 威廉·巴雷特 著　段德智 译
论摄影	[美] 苏珊·桑塔格 著　黄灿然 译
白夜	[俄] 陀思妥耶夫斯基 著　荣如德 译
生存哲学	[德] 卡尔·雅斯贝斯 著　王玖兴 译
时代的精神状况	[德] 卡尔·雅斯贝斯 著　王德峰 译
伊甸园	[美] 海明威 著　吴劳 译
人论	[德] 恩斯特·卡西尔 著　甘阳 译
空间的诗学	[法] 加斯东·巴什拉 著　张逸婧 译
爵士时代的故事	[美] F·S·菲茨杰拉德 著　裘因　萧甘 等译
瘟疫年纪事	[英] 丹尼尔·笛福 著　许志强 译
想象	[法] 让-保罗·萨特 著　杜小真 译
论自愿为奴	[法] 艾蒂安·德·拉·波埃西 著　潘培庆 译
人间失格·斜阳	[日] 太宰治 著　竺家荣 译
在西方目光下	[英] 约瑟夫·康拉德 著　赵挺 译
辛德勒名单	[澳] 基尼利 著　冯涛 译
论精神	[法] 雅克·德里达 著　朱刚 译
宽容	[美] 房龙 著　朱振武　付远山　黄珊 译
爱情笔记	[英] 阿兰·德波顿 著　孟丽 译
德国黑啤与百慕大洋葱	[美] 约翰·契弗 著　郭国良　陈睿文 译
常识	[美] 托马斯·潘恩 著　蒋漫 译
欲望号街车	[美] 田纳西·威廉斯 著　冯涛 译
佛罗伦萨之夜	[德] 海涅 著　赵蓉恒 译
时情化忆	[法] 米歇尔·布托 著　冯寿农 译
理想国	[古希腊] 柏拉图 著　谢善元 译
逆流	[法] 于斯曼 著　余中先 译
权力意志与永恒轮回	[德] 尼采 著 [德] 沃尔法 特编　虞龙发 译
人各有异	[美] E·B·怀特 著　贾辉丰 译
三十七度二	[法] 菲利普　迪昂　著　胥弋　译
精神疾病与心理学	[法] 米歇尔·福柯　著　王杨　译
纯真年代	[美] 伊迪丝·华顿　著　吴其尧　译

我们	[俄] 叶甫盖尼 · 扎米亚京 著　陈超 译
亚当夏娃日记	[美] 马克 · 吐温 著　周小进 译
为奴十二年	[美] 所罗门　诺萨普 著 蒋漫 译
美丽新世界	[英] 马克 · 奥尔德斯 · 赫胥黎 著　陈超 译
斯万的一次爱情	[法] 普鲁斯特 著　沈志明 译
怪谈・奇谭	[日] 小泉八云 著　匡匡 译
名人传	[法] 罗曼 · 罗兰 著　傅雷 译
西西弗神话	[法] 阿尔贝 · 加缪 著　沈志明 译
大师和玛格丽特	[俄] 米 · 布尔加科夫 著　高惠群 译
人的权利	[美] 托马斯 · 潘恩 著　乐国斌 译
螺丝在拧紧	[美] 亨利 · 詹姆斯 著　黄昱宁 译
古代哲学的智慧	[法] 皮埃尔 · 阿多 著　张宪 译
柏林，亚历山大广场	[德] 阿尔弗雷德 · 德布林 著　罗炜 译
心灵、自我与社会	[美] 乔治 · H.米德 著 赵月瑟 译
生活的意义与价值	[德] 鲁道夫 · 奥伊肯 著 赵月瑟 译
身份的焦虑	[英] 阿兰 · 德波顿 著 陈广兴 南治国 译
反抗者	[法] 加缪 著 沈志明 译
沉思录	[古罗马] 马可 · 奥勒留 著 唐江 译
新教伦理与资本主义精神	[德] 马克斯 · 韦伯 著 袁志英 译
天才雷普利	[美] 帕特里夏 · 海史密斯 著 赵挺 译
小说面面观	[英] E · M · 福斯特 著 冯涛 译
伤心咖啡馆之歌	[美] 卡森 · 麦卡勒斯 著 卢肖慧 译
走出非洲	[丹麦] 伊萨克 · 迪内森 著 刘国枝 译
骑兵军	[苏联] 伊萨克 · 巴别尔 著 张　冰 译
有闲阶级论	[美] 索尔斯坦 · 凡勃伦 著 凌复华　彭婧珞 译
乌合之众	[法] 古斯塔夫 · 勒　庞 著 陆泉枝 译
陌路人	[法] 加缪 著 沈志明 译
萨宁	[俄] 阿尔志跋绥夫 著 刘文飞 译
莎乐美	[英] 奥斯卡 · 王尔德 著 吴刚 中译 阿尔弗雷德 · 道格拉斯勋爵 英译
漫长的告别	[美] 雷蒙德 · 钱德勒 著 宋佥 译
宫廷社会	[德] 诺贝特 · 埃利亚斯 著 林荣远 译
米佳的爱情	[俄] 蒲宁 著 冯玉律 冯春 译
当代英雄	[俄] 莱蒙托夫 著 冯春 译
达芬奇与白日梦	[美] 西格蒙德 · 弗洛伊德 著 张唤民 陈伟奇 译
人文主义地理学	[美] 段义孚 著 宋秀葵 陈金凤 张盼盼 译

哈姆雷特	[英]莎士比亚 著 方平 译
罗密欧与朱丽叶	[英]莎士比亚 著 方平 译
太阳照常升起	[美]海明威 著 赵静男 译
土星照命	[美]苏珊·桑塔格 著 姚君伟 译
长日将尽	[英]石黑一雄 著 冯涛 译
包法利夫人	[法]福楼拜 著 李健吾 译
流动的盛宴	[美]海明威 著 汤永宽 译
疾病的隐喻	[美]苏珊·桑塔格 著 程巍 译
阴界与阳界	[法]加缪 著 沈志明 译
玉米人	[危]阿斯图里亚斯 著 刘习良 笋季英 译
乞力马扎罗的雪	[美]海明威 著 汤永宽 鹿金 等译
不祥的蛋·狗心	[苏联]布尔加科夫 著 白桦熊 译
公共哲学	[美]沃尔特·李普曼 著 任晓 译
弗兰肯斯坦	[英]玛丽·雪莱 著 刘新民 译
野性的呼唤	[美]杰克·伦敦 著 刘荣跃 译
耶利哥的玫瑰	[俄]蒲宁 著 冯玉律 译
王子出游记	[英]塞缪尔·约翰生 著 水天同 译
鼠疫	[法]加缪 著 沈志明 译
在轮下	[德]赫尔曼·黑塞 著 张佑中 译
剧院魅影	[法]加斯通·勒鲁 著 符锦勇 译
反对阐释	[美]苏珊·桑塔格 著 程巍 译
好兵帅克	[捷克]雅·哈谢克 著 萧乾 译
为什么相信达尔文	[美]杰里·A.因科 著 叶盛 译
查拉图斯特拉如是说	[德]弗里德里希·尼采 著 黄明嘉 译
人的问题	[美]托马斯·内格尔 著 万以 译
人性的弱点	[美]戴尔·卡耐基 著 陆泉枝 译
培根随笔	[英]弗朗西斯·培根 著 蒲隆 译
蒙田随笔	[法]蒙田 著 马振骋 译
西线无战事	[德]雷马克 著 颜徽玲 译
窄门	[法]纪德 著 老高放 译
如果种子不死	[法]纪德 著 罗国林 译
盲刺客	[加拿大]玛格丽特·阿特伍德 著 韩忠华 译